詞話叢編 第四冊

唐圭璋編

中華書局

雨華盦詞話

〔清〕錢裴仲撰

雨華盦詞話目錄

雨華盦詞話

好立調名最無謂

今人作詞，好巧立名式，古人亦或有之，此最無謂。蓋雖極小之詞，未有不可摘一二三字爲名者，而彼作某、此作某，不徒迷人，亦以自迷。況知之者一望而知，不知者本是不知，即使人人信以爲另有此調矣，於作者有何益處，有何趣處乎。

菉斐軒韻不可作詞

余以爲菉斐軒韻本太寬，只宜製曲，不可作詞。如「不」字，作平則可，「合」字作平，韻書無之，不可也。而萬紅友獨遵之，故其著詞律，注仄作平甚多。更可怪者，通首押仄，而曰可作平聲讀。然則通首用上去入作成一詞，曰但讀入聲作平，自然協調，可乎，此惑之甚者也。況一體而有平有仄，其長短句讀雖同，其平仄音節迴別，紅友特未察耳。

心折張姜兩家詞

樂笑翁詞，清空一氣，轉折隨手，不爲調縛。麗不雜，淡不泛，斯爲聖乎。余談古人詞，惟心折於張、姜兩家而已。

讀詞須細心體會

讀詞之法，心細如髮。先屏去一切閒思雜慮，然後心向之，目注之，諦審而咀味之，方見古人用心處。若全不體會，隨口唱去，何異老僧誦經，乞兒丐食。丐食亦須叫號哀苦，人或與之，否則亦不可得。

柳詞與曲相近

柳詞與曲，相去不能以寸。且有一個意或二三見，或四五見者，最爲可厭。其爲詞無非舞館魂迷，歌樓腸斷，無一毫清氣。

情與褻判然兩途

言情之作易於褻，其實情與褻，判然兩途，而人每流情入褻。余以爲好爲褻語者，不足與言情。

言情宜迷離惝怳

迷離惝怳，若近若遠，若隱若見，此善言情者也。若忒煞頭頭尾尾說來，不爲合作。竹垞先生静志居詞，未免此病。

詞不能瑕瑜互見

玉田云：「詞有一二警句，便通首看得起。」此言誠是。然亦須通首襯得過。若有一句落腔，一句不妥，瑕瑜互見，非盡美之作矣。

坡公赤壁詞存舊爲佳

坡公才大，詞多豪放，不肯翦裁就範，故其不協律處甚多，然又何傷其爲佳叶。而詞綜論其赤壁懷古，「浪淘盡」當作「浪聲沉」，余以爲毫釐千里矣。知詞者，請再三誦之自見也。夫起句是赤壁，接以「浪淘盡」三字，便入懷古，使千古風流人物，直躍出來。若「浪聲沉」，則與下句不相貫串矣。至於「小喬初嫁了」，「了」字屬下，更不成語。「多情應笑」作「多情應是」，亦未妥。不如存其舊爲佳也。

柳七不能與張先齊名

柳七詞中，美景良辰、風流憐惜等字，十調九見。卽如雨淋鈴一闋，只「今宵酒醒」二句膾炙人口，實亦無甚好處。張、柳齊名，秦、黃並譽，寃哉。

朱竹垞詞不近玉田

吾鄉朱竹垞先生自題其詞曰：「不師黃九，不師秦七，倚新聲，玉田差近。」余竊以爲未然。玉田詞清高靈變，先生富於典籍，未免堆砌。詠物之作，尤覺故實多而旨趣少。詠物之題，不能不用故實。然須運化無跡，而以虛字呼喚之，方爲妙手。

清詞推樊榭爲能手

本朝詞家，我推樊榭。佳叶雖不多，而清高精鍊，自是能手。

孺人素性澹泊，不習紛華，歷數十年如一日。生平躭吟詠，每誦古人言情之什，輒歌哭以當之。故所作詩類多商音，其於詞也亦然。余既刊其詞稿，復檢得詞話一種，附録卷末。兵燹之餘，多遭散佚，存者止此十一。右十二條中，未免持論有偏執處，恐不爲填詞家所許。因欲存廬山面目，不爲增減一字。覽者披其文，亦可得其概矣。同治戊辰二月，戚士元識於鶴砂暑齋。

蓼園詞評

〔清〕黃　氏撰

蓼園詞選序

近人操觚爲詞，輒曰吾學五代，學北宋，學南宋。近十數年，學清真、夢窗者尤多。以是自刻繩，自表白，認筌執象，非知人之言也。詞之爲道，貴乎有性情，有襟抱，涉世少，讀書多。平日求詞詞外，臨時取境題外。尺素寸心，八極萬仞，恢之彌廣，斯按之逾深。返象外於環中，出自然於追琢。率吾性之所近，眇衆慮而爲言。乃至詣精造微，庶幾神明與古人通，奚必迹象與古人合，矧乎於衆古人中而斷斷蘄合一古人也。惟是致力之始，門徑不可不知。晚近輕佻纖巧，餖飣嗷囂諸失，皆門徑之誤中之。舍步趨古人，末由辨識門徑，擷羣賢之精華，詔來學以津逮。綜觀宋以前諸選本，花間未易遽學，花庵問涉標榜，弁陽翁絶妙好詞，泰半同時儕輩之作，往往以詞存人。或此人別有佳構，翁未及見，而遂闕如，烏在其爲黄絹幼婦也。唯草堂詩餘、樂府雅詞、陽春白雪，較爲醇雅。以格調氣息言，似乎草堂尤勝。中間十之一二，近俳近俚，爲大醇之小疵。自餘名章俊語，撰録精審，清雅朗潤，最便初學。學之雖不能至，卽亦絶無流弊。於性情，於襟抱，不無裨益，不失其爲取法乎上也。蓼園詞選者，取材於草堂，而汰其近俳近俚諸作者也。每闋綴以小箋，意在引掖初學。蓼園先生姓黄氏，吾姊夫顯卿比部之曾大父。姊氏名桂珊，字月芬，明慧能爲小詩。楷書昉歐陽率更，絶秀勁。嘗手寫爾雅，授余讀。曩歲壬申，余年十二，先未嘗知詞。偶往省姊氏，得是書案頭，假歸雒誦，詫爲鴻寶。由是遂學爲詞，蓋余詞之導師也。曩撰詞話有云:讀詞之法,取前人名句意境絶佳者,將此意境締構於吾想望中,然後澄思眇慮,以吾身入乎其中,而涵泳翫索之,吾性靈與相浹而俱化,乃真實爲吾有,而外物不能奪。所謂前人名句意境絶佳者,皆載在是編者也。晚卧滄江,學殖荒落,兹事亦復衰退。涉世雖少,而讀書不多,不能詣精造微,負吾導師,愧矣。叔雍公子,微尚清遠,早飲香名。其於倚聲之學,尤能肇精覃思,發前人所未發,非近人操觚爲詞者比。其性情襟抱,與予尤有沆瀣之合。十年以來,得漚尹同聲之雅爲吾師,得叔雍後來之秀爲吾友,斯道爲之不孤,抑又幸矣。叔雍從余假觀是書,謀付排印,以廣其傳,以爲初學周行之示,屬序於余,而識其崖略如此。庚申季春月幾望,臨桂況周頤夔笙書於秀䆴。

蓼園詞評目録

蓼園詞評

漁歌子

元真子　西塞山前白鷺飛

黄山谷曰：有遠韻。　按數句只寫漁家之自樂，其樂無風波之患。對面已有不能自由者，已隱躍言外，藴含不露，筆墨入化，超然塵埃之外。

憶王孫

李重元　萋萋芳草憶王孫

沈際飛曰：一句一思。　因「樓高」曰「空」，因「閉門」曰「深」，俱可味。　按高樓望遠，「空」字已悽惻，況聞杜宇乎。末句尤比興深遠，言有盡而意無窮。

如夢令

秦少游　門外緑陰千頃

沈際飛曰：「不勝情」三字，包裹前後。　秦少游又有春景一闋曰：「鶯嘴啄花紅溜。燕尾點波綠皺。指冷玉笙寒，吹徹小梅春透。依舊。依舊。人與綠楊俱瘦。」沈際飛深賞其琢句奇峭，然細玩終不如此首韻味清遠。　「不勝情」，從「千頃」字、「相應」字生出。因「不勝情」而行行而無人，只見「風弄一枝花影」，更難爲情。「一枝」字幽雋。

李易安　昨夜雨疏風驟

苕溪漁隱云：近時婦人能文詞如李易安，頗有佳句，如云「綠肥紅瘦」，只此語甚新。又九日詞，「簾捲西風，人似黃花瘦」，此言亦婦人所難到也。　沈際飛曰：「知否」二字，疊得可味。「綠肥紅瘦」，創獲自婦人，大奇。　按一問極有情，答以「依舊」，答得極澹，跌出「知否」二句來。而「綠肥紅瘦」，無限悽婉，却又妙在含蓄。短幅中藏無數曲折，自是聖於詞者。

長相思

白居易　汴水流

花庵詞選云：居易此詞，上四句皆說錢塘景。並載長相思一首云：「深畫眉。淺畫眉。蟬鬢鬅鬙云滿衣。陽台行雨迴。　巫山高，巫山低。暮雨蕭蕭郎不歸。空房獨守時。」蓋詠閨怨也。此二詞非後世作者所及。沈際飛曰：「點點」字俊。　太白開山後，及至元和又見此二闋，不易得也。

万俟雅言　短長亭

玉林詞客云：雅言之詞，詞之聖者也。發妙旨於律呂之中，運巧思於穿鑿之外，工而平，和而雅。比諸刻琢句意而求精麗者，豈不遠者。按「一暈生」三字，仍帶有古今情之意。末句「不要聽」三字，含有無限惋惻。

生查子

晏叔原　金鞍美少年

「去躍」二字，從婦人目中看出，深情摯語。末聯「無處」二字，意致悽然，妙在含蓄。

張子野　含羞整翠環

按「一一」字，從「頻」字生來，「春鶯」語，從「得意」字生來。前一闋，寫得意時情懷，無限旖旎。次一闋寫別後情懷，無限淒苦。胥於箏寓之。凡遇合無常，思婦中年，英雄末路，讀之皆堪下淚。

點絳唇

何籀　鶯踏花翻

按「鶯踏花翻」，自是傷時寄託語。「杜鵑來了，梅子枝頭小」，自是時當晚季，自傷卑賤耳。看下一闋，「知音少」，「傷懷抱」，則前一闋寓意尤顯。士不得志而悲憫之懷，難以顯言，託於閨怨，往往如是。

汪彥章　新月娟娟

按此首寫在外栖栖不得意，思家之作耳。「霜天」無酒，落漠可知，寫來却蘊藉。

林君復　金谷年年

詩話總龜云：林和靖不特工於詩，尤工於詞。如作點絳脣，乃詠草耳，終篇不出一草字，更得所以詠之情。按羅鄴詩，「不似萋萋南浦見，晚來烟雨正相和」，和字詠草入細。「南北東西路」句，宜緩讀。一字一讀，恰是「無數」二字神味。

浣溪沙

周美成　水漲魚天拍柳橋

沈際飛曰：此等景徑畫不出。　按首二句，寫景入微。末二句，是静眼看人得意，而良時不覺蹉跎矣。神致黯然，耐人玩味也。

賀方回　鷺外紅銷一縷霞

漁隱叢話云：詞欲全篇好，極難得。如賀方回「淡黄楊柳帶棲鴉」，秦處度「藕葉清香勝花氣」二句，寫景詠物，造微入妙。其全篇則不逮此也。

歐陽永叔　湖上朱橋響畫輪

沈際飛曰：人謂永叔不能作麗語，如「隔花」句，「海棠經」兩句，非麗語耶。按「奈何春」三字，從「縈」字「喚」字生來。「縈」字「喚」字，下得有情。而「奈何」字，自然脫口而出，不拘是比是賦，讀之疊疊情長。

歐陽永叔　雨過殘紅溼未飛

按上闋言落英滿地，斜日照之，遊蜂尚自採之。下闋言我今獨居夜靜，風過竹響，沉水香微，黯然魂銷，玉人何在，一春惟付之寤思而已。思婦懷人，孤臣戀主，同此情懷，不必泥也。熟玩自饒神韻。

蘇軾　風壓輕云貼水飛

按此作其在被謫時乎。首尾自喻。「燕爭泥」，喻別人得意，「沈郎」，自比。「未聞鴻鴈」，無佳信息也。「鵜鴂啼」，聲淒切也。通首婉惻。

晏同叔　一曲新詞酒一盃

漁隱叢話：晏元獻公赴杭州，道過維陽，憩大明寺。瞑目徐行，使侍吏誦壁間詩板，戒其勿言爵里名姓，終篇者無幾。又俾別誦一詩云：「水調隋宫曲，當年亦九成。哀音已亡國，廢沼尚留名。儀鳳終陳迹，鳴蛙只廢聲。淒涼不可問，落日下蕪城。」徐問之，江都尉王琪詩也。召至同飲，又同步遊池上。春晚已有落花，晏云：「每得句書牆壁間，或彌年未嘗強對。且如『無可奈何花落去』，至今未能也。」王應聲曰：「似曾相識燕歸來。」由此辟置館職。

沈際飛曰：「油壁車輕金犢肥」二句，歌行麗對也。「細雨夢回鷄塞遠」，「青鳥不傳云外信」，「無可奈何花落去」六句，律詩俊語也。然自是天成一段詞，著詩不得也。

張子野　錦帳重重捲暮霞

沈際飛曰：前人詩：「夢魂不知處，飛過大江西。」此云「飛不去」，絶好翻用法。

按「重重」、「曲曲」，寫得柔情旖旎，方唤得下句。「何事」字起，即第二闋「飛不去」亦從此生出。寫閨情至此，意致濃深，大雅不俗。

黄魯直　新婦磯頭眉黛愁

東坡云：黄魯直作此詞，清新婉麗。聞其得意自以水光山色，替却玉肌花貌，此乃真得漁父家風也。然才出新婦磯，又入女兒浦，此漁父無乃太瀾浪耶。

按前一闋，寫得山水有聲有色，有情有態，筆筆清奇。第二闋，「無限事」，「一時休」，寫漁父情懷，未免語含憤激。涪翁一生坎壈，託興於漁父，欲爲恬適，終帶牢騷。結句與張志和「斜風細雨不須歸」句，亦自神理逈别。張句是無心任運，涪翁句是有心避患也。細味當自得之。

歐陽永叔　堤上遊人逐畫船

按第一闋，寫世上兒女多少得意歡娱。第二闋「白髮」句，寫老成意趣，自在衆人喧嚣之外。末句寫得無限悽愴沉郁，妙在含蓄不盡。

攤破浣溪沙

李中宗　手捲真珠上玉鈎

温叟詩話：李景有曲「手捲真珠上玉鈎」，或改爲「珠簾」。舒信道有曲云：「十年馬上春如夢」，或改云「如春夢」，非所謂知音。

按「手捲珠簾」，似可曠日舒懷矣。「誰知依然恨鎖重樓」，所以恨者何也，見落花無主，不覺心共悠悠耳。且遠信不來，幽愁空結。第見三峽波接天流，此恨何能自已乎。清和婉轉，詞旨秀穎。然以帝王爲之，則非治世之音矣。

李後主　菡萏香消翠葉殘

雪浪齋日記云：荆公問山谷云：「作小詞，曾看李後主詞否。」云：「曾看。」荆公曰：「何處最好。」山谷以「一江春水向東流」爲對。荆公曰：「未若『細雨夢回鷄塞遠，小樓吹徹玉笙寒』，又『細雨溼流光』最好。」按「細雨」、「夢回」二句，意興清幽，自係名句。結末「倚欄干」三字，亦有説不盡之意。後主詞自多佳製，第意興淒涼慘憔，實爲亡國之音，故少選之。

菩薩蠻

李太白　平林漠漠烟如織

按入首二句，意興蒼涼壯闊。第三第四句，説到「樓」、到「人」，又自静細孤寂，真化工之筆。第二闋,「欄干」字跟上「樓」字來,「佇立」字跟上「愁」字來,末聯始點出「歸」字來,是題目歸宿。所以「愁」者此也。所以「寒山」傷心者亦此也。更覺前闋凌空結撰,意興高遠。至結句仍含蓄不說盡,雄渾無匹。

秦少游　金風簌簌驚黃葉

按「匝」字從「轉」字生來。匝月由東而西,轉於高樓之上者已匝也。通首亦清微澹遠。

黃叔暘　南山未解松梢雪

按玉林係叔暘號。通首自寫山居清況,而素節清操,不可一世之意自見。

張子野　哀筝一弄湘江曲

按寫筝耶,寄託耶,意致却極悽婉。末句意濃而韻遠,妙在能蘊藉。

訴衷情

僧仲殊　湧金門外小瀛洲

玉林詞選云:仲殊之詞多矣,佳者固不少,而小令爲最。小令之中,訴衷情一調又其最。蓋字字清婉,高處不減唐人風致也。

按宋之南渡,西湖號爲銷金窩。一時繁華遊冶之盛,有心者能不憂之。不謂物外緇流,已於冷眼中覷之。「一片云頭」四字,真力彌滿,傑句也。

醜奴兒令

康伯可　馮夷翦破澄溪練

花庵詞客云：順庵作此詞，促養直赴雪夜溪堂之約。

按第一闋是詠雪夜。第二闋起句，點明「夜」字，是承上。以下俱促養直赴約之意。「山陰」是用徽之訪戴安道事。

宋史載蘇庠，字養直，丹陽人。少工詩，蘇軾見其清江曲，大愛之。嘗爲銘其硯，稱爲吾家養直。紹興間，與徐師川同召。庠辭，師川造朝，便道過庠，留飲甚歡。徐奕高於庠，是日庠拈奕子，笑視徐曰：「今日須還老夫，下此一著。」徐有愧色。朝命以禮津遣，不赴，遁太湖馬跡山。

卜算子

秦處度　春透水波明

沈際飛曰：「春未透」，「花枝瘦」，山谷句也。極爲學者稱賞，秦蓋法此。「人在否」，從「宛在水中央」悟出。四和，香也。

按懷人之作，自饒清微澹遠之致。自是俊才，可藥纖濃惡俗之病。

徐師川　胸中千種愁

按不言所愁何事，曰「千種」，曰「遮不斷」，意象壯闊，大約爲憂時而作。「緑蕪」二句，似喻小人之得意。「凌波」二句，似嘆君門之遠，離騷美人之恉也。意致自是高迥。

沈際飛曰：少陵云：「憂端如山來，澒洞不可掇。」趙嘏云：「夕陽樓上山重疊，未抵春愁一倍多」，合下三絕。

僧皎如晦　有意送春歸

沈際飛云：善謔。送春詞中，此爲第一。清空超脫，不滑熟，不沾滯，當得一雋字。

蘇子瞻　缺月掛疎桐

山谷云：東坡道人在黃州作此詞，語意高妙，似非吃煙火人語。自非胸中有萬卷書，筆下無一點塵俗氣，孰能至此。鮦陽居士云：「缺月」，刺明微也。「漏斷」，暗時也，幽人不得志也。「獨往來」，無助也。「驚鴻」，賢人不安也。「回頭」，愛君不忘也。「無人省」，君不察也。「揀盡寒枝不肯棲」，不偷安於高位也。寂寞沙洲冷，非所安也。此詞與考槃詩極相似。

按此詞乃東坡自寫在黃州之寂寞耳。初從人說起，言如孤鴻之冷落。第二闋，專就鴻說，語語雙關。格奇而語雋，斯爲超詣神品。

好事近

蔣子云　葉暗乳鴉啼

按第一闋，言春老花謝，蝴蝶猶解戀人。次闋言不須勸酒，天下惟静者能觀人。閑者自閑，飄泊者自飄泊耳。倫然有物外觀化之意，斯爲淡遠。

憶秦娥

李太白　簫聲咽

花庵詞客云：太白此詞及菩薩蠻二詞，爲百代詞曲之祖。

按此乃太白於君臣之際，難以顯言，因託興以抒幽思耳。言至今簫聲之咽，無非秦地女郎夢想從前秦樓之月耳。夫秦樓乃簫史與弄玉夫婦和諧，吹簫引鳳，升仙之所。至今誰不慕之。豈知今日秦樓之月，乃是灞陵傷別之月耳。第二闋，漢之樂遊原，極爲繁盛。今際清秋古道之音塵已絶，惟見淡風斜日，映照陵闕而已。嘆古道之不復，或亦爲天寶之亂而言乎。然思深而託興遠矣。

張安國　雲垂幕

沈際飛曰：路迷迷路，傳雪之神也，饒有清迴之趣。

謁金門

陳子高　愁脈脈

按「落花到地聽無聲」，怨矣。曰「飛不得」，其怨更深。首闋言事多阻隔，次闋言少吹噓之力，總是爲身世而感也。

秦處度　鴛鴦浦

沈際飛曰：欲載愁，愁又無着，意緒紆迴惝怳。　按似亦爲憂時而作。言浦漲春江，正擬鴛鴦戲暖。誰知數聲柔櫓，忽又碧樹生秋。乃舟子欲載愁歸去，而無處非愁，將從何處載將歸去乎。託意深微矣。

韋莊　春雨足

按端己以才名入蜀，後王建割據，遂被羈留爲蜀散騎常侍，判中書門下事。曰「弄晴對浴」，其自喻仕蜀乎。曰「寸心千里」，又可以悲其志矣。

馮延巳　風乍起

雪浪齋日記，南唐詞集云：馮延巳作謁金門「風乍起」，李後主云：「『吹皺一池春水』，干卿何事。」對曰：「未若陛下『細雨夢回鷄塞遠，小樓吹徹玉笙寒』也。」

沈際飛曰：起語與前詞同一況味。　聞鵲報喜，須自喜中還有疑在，無非望澤希寵之心，而語自清雋。

清平樂

晁次膺　深沉院宇

按「飛雲過雨」，「殘雷」「夕陽」，總見非清平時候，借燕歸巢，以寄其招隱之心耳。先從清平寫入，「一霎」字斗轉，引起下闋，局法一變，有見幾不俟終日之意。

按詞綜以此詞爲劉涇作。涇於元符末，官職方郎中，則此詞所指，應指章惇、蔡卞紹述之禍；所謂「一霎飛雲過雨」也。黨人難作，日月不停，所謂「隱隱殘雷」也。「夕陽」喻不明也。宣仁太后聽政，召用賢臣，朝野歡騰。太后卽世，哲宗信任奸邪，元祐諸賢，貶逐殆盡，謂「莫把珠簾垂下」者，望諸賢歸來也。

阮郎歸

歐陽永叔　南園春半踏青時

沈際飛曰：景物閑遠。又曰：「簾垂」則「燕栖」，「栖」則在「梁」，妥甚。

按是人是物，無非化日舒長之景。望而知爲治世之音，詞家勝象。

秦少游　春風吹雨遶殘枝

沈際飛曰：諱愁無奈，想深且慧。又曰：既已「翻身整頓」，終不禁「應劫」之遲。寫生手「應劫」，猶言應敵。按此詞疑少游坐黨被謫後作。言己被謫而衆謗尚交搆也。「遶」字有糾纏不已之意。風雨相逼，至「花無可飛」，則慘悴甚矣。「池」「欲生漪」，亦「吹縐一池」之意也。「日西」言日已暮，而時已晚也。「整頓殘棋」而「應刦遲」，言欲求伸而無心於應敵也。辭旨清婉悽楚。結末「沈吟」二字，妙在尚有含蓄。

蘇養直　西園風暖落花時

沈際飛曰：似從前二首脱胎。前句好在「絮飛」，後句好在「人未歸」。愁不可諱，亦不可遣，各領一奇。因思愁來無着處，又非確論。

按此乃閨怨詞耳。「絮飛」句言花飛，而蝶亦無可采也。言之黯然自傷。次闋是心繫歸人也，此首意在句中，比前兩首意在句外者，自是不同。

蘇東坡　綠槐高柳咽新蟬

按此詞清和婉麗中而風格自佳。

曾純甫　柳陰庭館占風光

絶妙詞選云：上苑初夏，公侍宴池上，有雙飛新燕掠水而去，得旨賦之。

按末二句，大有寄托忠愛之心，婉然可想。

晝堂春

徐師川　落紅鋪徑

按一篇主意，只是時已過，而世少知己耳。説來自娟秀無匹。末二句猶爲切摯。花之香，比君子德之芳也。所以「手撚」者以此，所以「無語」而「對斜暉」者以此。既無人知，惟自愛自解而已。語意含蓄，清氣遠出。

徐俯字師川，分寧人。由通直郎進右諫議大夫。紹興初，賜進士出身，累擢端明殿學士，僉書樞密院事，權參知政事。

浪淘沙

歐陽永叔　把酒祝東風

按末二句，憂盛危明之意，持盈保泰之心，在天道則虧盈益謙之理，俱可悟得。大有理趣，却不庸腐。粹然儒者之言，令人玩味不盡。

西清詩話云：南唐李後主歸朝後，每懷故國，且念嬪妾散落，鬱鬱不自聊，作浪淘沙詞。其詞曰：「簾外雨潺潺。春意闌珊。羅衾不耐五更寒。夢裏不知身是客，一晌貪歡。獨自莫凭欄。無限江山。別時容易見時難。流水落花歸去也，天上人間。」詞甚悽惋，膾炙人口。但亡國之音，氣象太猥葸，一望而知也。

錦堂春

趙德麟　樓上縈簾弱絮

苕溪叢話，趙德麟「重門不鎖相思夢，隨意遶天涯」，徐師川「門外重重疊疊山，遮不斷愁來路」，二詞造語不同，其意絕相類。

沈際飛曰：休文「夢中不識路，何以慰相思」，反其指而用之，情思纏綿動人。又齊已詩「重門不鎖夢」。

按絮樸簾而情動，花礙月而望沉。年年心事最難處者，日落栖鴉時耳。末二句尤寫得沉摯。情到處，不覺神魂飛動矣。

朝中措

歐陽永叔　平山欄檻倚晴空

歐陽文忠公守維揚日，於西城北大明寺側建平山堂，頗得遊觀之勝。金華劉原父出守揚州，文忠公作朝中措以餞之。後東坡亦守是邦，登平山堂，有感而賦西江月一闋云：「三過平山堂下，半生彈指聲中。十年不見老仙翁，壁上龍蛇飛動。欲弔文章太守，仍歌楊柳春風。休言萬事轉頭空，未轉頭時皆夢。」末句感慨之意，見於言外。

按君子進德修業欲及時也，無事不須在少年努力者，現身說法，神采奕奕動人。

眼兒媚

王元澤　楊柳絲絲弄輕柔

本草，丁香一名百結花，其子有雌雄，雌者擊破有順理而解爲兩向。彙苑，豆蔻花，一穗數十蕊，每蕊心有兩瓣相並。秦樓卽弄玉夫婦升仙處。

按此詞亦爲日月易逝，而事多不偶，託閨情以寫意耳。語語清新婉倩，後人爭鮮鬥艷，終不能及。數百年來，脫口如新。

秦少游　樓上黃昏杏花寒

按此久別憶內詞耳。語語是意中摹想而得，意致纏綿中繪出，盡是鏡花水月。與杜少陵「今夜鄜州月」二律同看。

西江月

蘇軾　照野瀰瀰淺浪

東坡自序云：「春夜行蘄水中，過酒家飲，酒醉，乘月至一溪橋上，解鞍，曲肱少休。及覺，已曉。亂山葱蘢，不謂人世也，書此詞橋柱上。」

桃源憶故人

秦少游　碧紗影弄東風曉

沈際飛曰：「『海棠開了』下，轉出『啼鳥』粧點，趣溢不窘。奇筆。」

按第一闋言春色明艷，動閨中春思耳。次闋言抑郁無聊，青春已老，羞望恩澤耳。託興自娟秀。

青門引

張子野　乍暖還輕冷

沈際飛曰：懷則愈觸，觸則愈懷，未有觸之至此極者。

按落寞情懷，寫來幽雋無匹。不得志於時者，往往借閨情以寫其幽思。角聲而曰「風吹醒」，醒字極尖刻。至末句那堪送影，真是描神之筆，極希窅渺之致。

南柯子

蘇子瞻　山與歌眉歛

按周建德中，許京城民居起樓閣，大將軍周景威先於宋門内臨汴水，建樓十三間。世宗嘉之。杜牧詩：「誰知竹西路，歌吹古揚州。」左傳，享有昌歜。今水澤大菖蒲也。海録碎事，隋煬帝開汴州，自造水調歌頭。首章之第一解也。博物志，秦青善謳，每撫節而歌，聲振林木，響遏行雲。此詞不過敍汴京端午繁盛光景耳。在蘇集中，此爲平調，然亦自壯麗。

怨王孫

李易安　夢斷漏悄

東君，司春之神。

沈際飛曰：連篇四换韻，有兔起鶻落之致。

鷓鴣天

辛幼安　着意尋春懶便回

按通首總是隨遇而安之意。山縱好而行難盡，詩未成而雨已來，天下事往往如是。豈若隨遇而樂，境愈近而情愈真乎。語意如此，而筆墨入化。故隨手拈來，都成妙諦。末二句尤屬指與物化。

秦少游　枝上流鶯和淚聞

古今詩話，此詞形容愁怨之意最工。如後疊「甫能炙得燈兒了，雨打梨花深閉門」，頗有言外之意。

孤臣思婦，同難爲情。「雨打梨花」句，含蓄得妙，超詣也。

辛幼安　枕簟溪堂冷欲秋

其有匪風下泉之思乎，可以悲其志矣。妙在結二句放開寫，不即不離尚含住。

沈際飛曰：「紅蓮」二句，生派愁怨與花鳥，却自然。結二句，其人之秋乎，良足悲感也。

黄山谷　黄菊枝頭破曉寒

菊稱其耐寒則有之，曰「破寒」，更寫得菊精神出。曰「斜吹雨」、「倒着冠」，則有傲兀不平氣在。末二句，尤有牢騷。然自清迥獨出，骨力不凡。

朱希真　檢盡曆頭冬又殘

看「拖條」、「竹杖」二語，似隨處行樂之意。細玩首二句，冬殘耐寒，居然是生當晚季之憂。所云行樂，亦出于無聊耳。下一闋所云痴頑者此也。觀末二句，只完自己身世，即與梅花同夢矣。非好逸也，自有難於言者在。正妙在含蓄。

黄魯直　西塞山邊白鷺飛

山谷自序云：「李如篪云，元真子漁父詞，以鷓鴣天歌之，極入律。但少二句，因以元真子遺事足之。憲宗畫像，訪之江湖不得。因令集其歌詩上之。元真子兄松齡，懼其放浪而不返，和其漁父云：『樂在風波釣是閑。草堂松桂已勝攀。太湖水，洞庭山。狂風浪起且須還。』此余續成之意。」按山谷生遇坎坷，文字之禍，兢兢于心。將志和原詞，每闋添兩句，神理迥然大異，便少優游自得之致矣。然亦其遇然也。備録之，以見翻案之法。

晏叔原　綵袖慇勤捧玉鍾

雪浪齋日記云：晏叔原此詞云：「舞低楊柳樓心月，歌盡桃花扇底風」，此等語不愧六朝宮掖體。趙德麟侯鯖録，晁无咎云：叔原不蹈襲人語，而風調閑雅，自是一家。如「舞低楊柳樓心月，歌盡桃花扇底風」，自可知此人不生於三家村中也。舞低二句，比白香山「笙歌歸院落，燈火下樓台」，更覺濃至。惟愈濃情愈深，今昔之感，更覺悽然。

玉樓春

宋子京　東城漸覺風光好

遯齋閑覽云：張子野郎中以樂章名擅一時。宋子京尚書奇其才，先往見之。遣將命者曰：「尚書欲見『雲破月來花弄影』郎中。」子野屏後呼曰：「得非『紅杏枝頭春意鬧』尚書耶。」遂出，置酒盡歡。蓋二人所舉，皆其警策也。古今詩話亦云：子野嘗作天仙子詞云：「雲破月來花弄影」，士大夫多稱之。張初謁見，歐公迎謂曰，好「雲破月來花弄影」。恨相見之晚也。

沈際飛曰：香倩無比，安得不傾動一時。

通首濃麗，然總以「春意鬧」三字，尤爲奇闢也。

晏同叔　緑楊芳草長亭路

詩眼云：晏叔原見蒲傳正云：「先公平日小詞雖多，未嘗作婦人語。」傳正云：「『緑楊芳草長亭路，年少拋人容易去』，豈非婦人語乎。」晏曰：「公謂『年少』爲何語。」傳正曰：「豈不謂其所歡乎。」晏曰：「因公言遂曉樂天詩兩句：『欲留所歡待富貴，富貴不來所歡去。』」傳正笑而悟其言之失。然此詞語意甚爲高雅。

按言近而指遠者，善言也。「年少拋人」，凡羅雀之門，故魚之泣，皆可作如是觀。「樓頭」二語，意致悽然，擊起多情苦來。末二句總見多情之苦耳。妙在意思忠厚，無怨懟口角。

温飛卿　家臨長信往來道

蘇小歌：「油壁車，久相待。」倦遊録：流蘇乃盤線繪組之毬，五色錯爲之，同心下垂。

苕溪漁隱曰：飛卿作此晚春曲，殊有富貴佳致。

沈際飛曰：實是唐詩，而柔艷近情，詞而非詩矣。晚唐之所以爲晚唐也。又曰：結處雖有衰老字面，殊自富貴。

按前後闋一氣渾成。前六句是寫家居繁盛之地，見人家富麗之象。末二句始借以自況，黯然情深。

周美成　桃溪不作從容住

按東坡有點絳脣詞，詠天台云：「醉漾輕舟，信流直到花深處。塵緣相誤。無計花間住。　烟水茫茫，回首斜陽暮。山無數。亂紅如雨。不記來時路。」蓋全用劉阮天台事也，今併附於此。

按美成由祕書監徽猷閣待制出知順昌，是其被出後，借題寄託也。東坡亦由翰林學士被謫，其點絳脣一詞，亦其寓意耳。是皆工於寫意者。

晏叔原　鞦韆院落重簾暮

題爲憶歸而作。前闋首二句，別後想其院宇深沉，門闌謹閉。接言牆內之人，如雨餘之花。門外行踪，如風後之絮。次闋起二句，言此後杳無音信。末二句言重經其地，馬尚有情，況於人乎。似爲遊冶思其舊好而言。然叔原嘗言其先公不作婦人語，則叔原又豈肯爲狹邪之事，或亦有所寄託言之也。

鵲橋仙

秦少游　纖雲弄巧

按七夕歌，以雙星會少別多爲恨。少游此詞，謂「兩情若是久長」，不在「朝朝暮暮」，所謂化臭腐爲神奇。

凡詠古題，須獨出新裁，此固一定之論。少游以坐黨被謫，思君臣際會之難，因託雙星以寫意。而慕君之念，婉惻纏綿，令人意遠矣。

謝勉仲　鈎簾借月

沈際飛曰：借天上多情，破人間薄倖，題外意妙。此詞不貪寫雙星，惟從人間兒女落筆。首一闋專就瞻拜雙星之人寫入。第二闋起三句，言將曙時雙星泣別，尚屬有情。末二句撲到人間，迴應前闋，思議清超。是能得避實擊虚之法，故自不襲故常，豁人眉宇。

虞美人

蘇東坡　波聲拍枕長淮曉

揚州廨，王敦所創開東西南三門，俗謂之西州。冷齋夜話云：東坡與少游維揚飲別作此。世傳賀方回作，非也。山谷亦云，大觀中，於金陵見其親筆，實東坡詞也。

只尋常贈別之作，已寫得清新濃厚如此。

想是時少游在揚州，而東坡自汴抵揚，又與之飲別也。首一闋，是東坡自敍其舟中抵揚情事。第二闋，是敍與少游情分，「風鑑在塵埃」，是惜少游，此其所以煩惱也。

南鄉子

黄叔暘　萬籟寂無聲

沈際飛曰：幻思幻調。

王摩詰詩：「欲與梅爲友，常憂不稱渠。從今斷火食，飲水讀仙書。」此是從飲水讀仙書來者。

蘇東坡　霜降水痕收

沈際飛曰：自來九日多用落帽。東坡不落帽，醒目。又曰：東坡升沉去住，一生莫定，故開口説夢。如云「人間如夢」，「世事一場大夢」，「未轉頭時皆夢」，「古今如夢，何曾夢覺」，「君臣一夢，今古虚名」，屢讀之，胸中鄙吝，自然消去。

按破帽戀頭，語奇而穩。「明日黄花」句，自屬達觀。凡過去未來皆幾非，在我安可學蜂蝶之戀香乎。

潘廷堅　生怕倚欄干

沈際飛曰：「閣下溪聲閣外山」句，便已婉摯，況復足「山水」一句乎。又曰，結得凄切。

按溪山句，「梅花」句，似非憶妓所能當。或亦别有寄託，題或誤耳。而詞致俊雅，故自不同凡艷。

雨中花

王逐客　百尺清泉聲陸續

清氣滿紙，夏日展讀，如飲一服清凉散也。

醉落魄

黄魯直　紅牙板歌

廣輿記，長安城内有章台，京兆尹張敞，罷朝會，走馬章台街。沈際飛曰：後主詞，「待踏馬蹄清夜月」，其不羈在個碎字。

張子野　雲輕柳弱

「雲輕柳弱」，寫佳人神韻清遠。「生香真色」，尤爲高雅。至「聲入霜林」，「梅」亦能「落」，此又是真藝矣。寫得佳人色藝天然。惟一「真」字，豈是尋常所有寫佳人耶。借佳人以寫照耶。須玩味於筆墨之外，方可不是買櫝還珠也。

梅花引

万俟雅言　曉風酸

寫得寒氣凜凜，客中人更難爲懷。

踏莎行

黄魯直　臨水夭桃

山谷云：余親書此詞，遺祝有道云，諸樂伎雖有賞嘆其詞，而未深解其義味者，故并奉寄，辭旨濃郁。結二句雖近纖新，而辭旨亦自沉郁有致。

秦少游　霧失樓台

冷齋夜話云：少游到郴州作此詞，東坡絶愛其尾兩句，自書於扇曰，少游已矣，雖萬人何贖。

按少游坐黨籍，安置郴州。首一闋是寫在郴，望想玉堂天上，如桃源不可尋。而自己意緒無聊也。次闋言書難達意，自己同郴水自遶郴山，不能下瀟湘以向北流也。語意凄切，亦自蘊藉，玩味不盡。霧失月迷，總是被讒寫照。

寇平仲　春色將闌

郁紆之思，無所發洩，惟借閨情以抒寫。古人用意多如是。「春色」二句，喻年漸老也。「梅小」，喻職卑也。「屏山」、「香裊」，見香氣徒郁結也。「密約」二句，比啓納之心也。「菱花」，喻心難照也。至末句則總而言，見離間者多也。文情郁勃，意致沈深。

晏同叔　小徑紅稀

沈際飛曰：景物不殊，運掉能奇離夭矯。又曰：結句深深妙，着不得實字。

按此篇仍前章之意，託興既同，而結構各異。首三句言花稀而葉盛，喻君子少而小人多也。「高台」指帝闍。「東風」二句，小人如楊花之輕薄，易動摇君心也。「翠葉」二句，喻事多阻隔。「爐香」句，喻己心之郁紆也。「斜陽却照深深院」，言不明之日難照此淵衷也。臣心與閨意雙關，寫去細思，自得之耳。

歐陽永叔　候館梅殘

按此詞特爲贈別作耳。首闋，言時物暄妍，征轡之去，自是得意。其如我之離愁不斷何。次闋，言不敢遠望，愈望愈遠也。語語倩麗，韶光情文斐亹。

小重山

李漢老　誰勸東風臘裏來

沈際飛曰：風風雅雅，下字亦自不凡。

不過寫臘月立春，而天氣尚寒耳。寒逼梅不能開，似惱之也。而綵燕則已上鬢矣。次闋「紅羅」句，着想新鮮，妙在「先」字。

蔣子云　花過園林清蔭濃

沈際飛曰：竹初落籜，荷已翻風；精當。又曰：語聲可聞不可近，有味乎言之。寫閑適之致，超然塵外。

汪彥章　月下潮生紅蓼汀

沈際飛曰：梧桐雨有恨獨聽者，恨「不同聽」，趣味尤篤。

按前闋不過寫閨中寂寞耳。次闋始入懷人，末句妙在「梧桐」字。

臨江仙

賀方回　巧剪合歡羅勝子

復齋漫録云：方回詞有雁後歸詞，乃山谷守當塗，方回過之，人日席上作也。腔本臨江仙，山谷以方回用薛道衡詩，故易以雁後歸云，今仍其舊。

首闋，言勸酒者，辭意周至，見主人款待之厚。第二闋，言自己心緒之多牽。未至句，言尚未至如相如爲文園令以病免之時。而心繫京華，如薛道衡之思故國也。情至婉而篤。

陳去非　憶昔午橋橋上飲

苕溪漁隱云：去非舊有詩云：「風流邱壑真吾事，籌策廟堂非所知。」其後登政府，無所建明，卒如其言。如憶吴中舊遊臨江仙一闋，清婉奇麗。簡齋詞集，惟此最優。

沈際飛曰：意思超越，腕力排界，可摩坡仙之壘。又曰：「流月」、「無聲」，巧語也。「吹笛」、「天明」，爽語也。「漁唱」、「三更」，冷語也。功業則歉，文章自優。

按「長溝流月」，卽「月湧大江流」之意。言自去滔滔，而興會不歇。首一闋是憶舊，至第二闋則感懷也。

蝶戀花

蘇子瞻　花褪殘紅青杏小

古今詩話，予得此詞真本於友人處，極有理趣。「綠水人家遶」，非「遶」字，乃曰「人家曉」。曉字與遶字蓋霄壤也。

林下詞談，子瞻在惠州時，青女初至，落木蕭蕭，淒然悲秋。命朝雲歌此詞。朝雲歌喉將轉，淚滿衣襟。詰其故，答曰：「奴不能歌，是『枝上柳綿』句也。」子瞻笑曰：「吾正悲秋，而汝又傷春矣。」後朝雲遂亡，子瞻終身不復聽此詞。

沈際飛曰：「枝上」二句，斷送朝云。一聲何滿子，竟能使腸斷。李龜年正若是耳。又曰：「佳人」是「無情」，「行人」是「多情」者。

按「柳綿」自是佳句，而次闋尤爲奇情四溢也。

晏同叔　簾幕風輕雙語燕

沈際飛曰：「猶未見」、「心事」句，「餘花落」句，并不尋常。又曰：「斜陽」送波，遠望之澹然，然其中甚切，不許速領，必數過之。

按「心事」二句，言心事未見有春意怡人處，而春已闌矣。「消息」二句，言春歸未知早晚，而斜照「平波」，已是送春歸模樣矣。確是暮春。看此詞似有寄託，不獨因時即事已也。

歐陽永叔　庭院深深深幾許

沈際飛曰：詩中有一句連三字者，劉駕「樹樹樹梢啼曉鶯」，「夜夜夜深聞子規」。復有一句疊三字者，吳融「一聲南雁已先紅」，「槭槭淒淒葉葉同」。歐公「深深深」字，方駕劉吳。

首闋因楊柳烟多，若簾幕之重重者，庭院之深以此。即下句章台不見亦以此。總以見柳絮之迷人。加之雨横風狂，即擬閉門，而春已去矣。不見亂紅之盡飛乎，語意如此。通首詆斥，看來必有所指。第詞旨濃麗，即不明所指，自是一首好詞。

晏叔原　庭院碧苔紅葉遍

按前面平平敍來，至末二句，引入深處，幾有北風其凉之思矣。云而曰護霜，寫得凜栗，此蘆管之所以愁怨也。

周美成　月皎驚烏棲不定

沈際飛曰：美成能爲景語，不能爲情語。能入麗字，不能入雅字。價微劣於柳。至若「枕痕一線紅生玉」，「喚起兩眸清炯炯」，形容睡起之妙，良足動人。

按首一闋，言未行前，聞烏驚漏淺，轆轤響而驚醒淚落。次闋言别時情況凄楚，玉人遠而惟鷄相應，更覺凄婉矣。

秦少游　鐘送黄昏鷄報曉

沈際飛曰：朱顔緑髮，變爲鷄皮老人，能不感慨係之。又曰：後段占多許地步，開多許眼光，詞之得致亦在此。

前闋言世事無窮，忙者自相促迫，人自催老而物自循環也。次闋言天下惟閑中日長耳。「登樓望青山一點」，正是閑處所。此詞似屬閲歷有得之言。

蘇東坡　春事闌珊芳草歇

沈際飛曰：烏啼花落，夢回月落，一境慘一境。通首是別後遠憶之詞，非贈別之作。題作離別尚未確。

唐多令

劉改之過　蘆葉滿汀洲

沈際飛曰：情暢語俊，韻叶音調，不見扭造，此改之得意之筆。

按宋當南渡，武昌係與敵分争之地。重過能無今昔之感，詞旨清越，亦見含蓄不盡之致。宋史稱改之，泰和人，號龍洲道人。以詩俠名湖海間。辛棄疾帥浙東，改之謁之，門者不納。辛方款朱晦庵、張南軒飲羊羹。過喧嘩於門，辛怒。朱、張曰：「才士也，試納之。」過寒甚，乞巵酒，餘瀝流胸。辛卽命以流字爲韻。過吟云：「拔毫已付管城子，爛首曾封關内侯。死後不知身後物，也隨樽俎伴風流。」辛喜，折氣岸與交。周必大罥其名，欲客之門下，不就。辛守京口，大雪宴僚佐多景樓，以難字限韻。過詩云：「功名有分平吴易，貧賤無交訪戴難。」嘗叩閽上書，請光宗過宫，聲重一時。

蘇幕遮

范希文　碧雲天

沈際飛曰：「芳草更在斜陽外」，「行人更在青山外」，兩句不厭百回讀。又曰：人但言睡不得爾，除非「好夢留人」，反言愈切。

按文正一生並非懷土之士，所爲鄉魂旅思以及愁腸思淚等語，似沾沾作兒女想，何也。觀前闋可以想其寄托。開首四句，不過借秋色蒼茫，以隱抒其憂國之意。「山映斜陽」三句，隱隱見世道不甚清明，而小人更爲得意之象。「芳草」喻小人，唐人已多用之也。第二闋，因心之憂愁，不自聊賴，始動其鄉魂旅思。而夢不安枕，酒皆化淚矣，其實憂愁非爲思家也。文正當宋仁宗之時，揚歷中外，身肩一國之安危。雖其時不無小人，究係隆盛之日。而文正乃憂愁若此，此其所以先天下之憂而憂矣。

漁家傲

王介甫　平岸小橋千嶂抱

雪浪齋日記云：荆公此詞，略無塵土思。　黄玉林選詞云：半山老人此詞，極能道閑居之趣。此必荆公退居金陵時所作也。借漁家樂以自寫其恬退。首闋筆筆清奇，令人神往。次闋似譏故人之戀位者，然亦不過反筆以寫其幽居之樂耳。情詞自超雋無匹，運用入化。

范希文　塞下秋來風景異

東軒筆録云：范希文守邊日，作漁家傲數闋，皆以「塞下秋來」爲首句，頗述邊鎮之苦。永叔嘗呼爲窮塞主之詞。及王尚書素守平凉，永叔亦作漁家詞送之。其斷章曰：「戰勝歸來飛捷奏。傾賀酒。

玉階遥獻南山壽。」且謂曰：「此真元帥事也。」

沈際飛曰：希文道德未易窺，事業不可筆記。「燕然未勒」句，悲憤郁勃，窮塞主安得有之。

按文正當西夏坐大，因自請出鎮以制之。所謂「軍中有一范，西賊聞之驚破膽」者也。至今讀之，猶凛凛有生氣。

謝無逸　秋水無痕清見底

沈際飛曰：兩條穿鯉，霜刀落鱠，冷中取熱，漁父不落寞也。又曰：古之漁隱，大抵感時憤事，胸中有大不得已者也，豈在漁哉，自嘆直鈎，老漁知心。

按無逸第進士後，郁郁不得志，嘗作花心動詞。中有句曰：「香餌懸鈎，魚不輕吞，辜負鈎兒虛設。」其卽「直鈎無處使」之意乎。此詞借漁父以寫其牢落自慰自解，亦不得已有託而逃者乎，可思其志。

品令

黄魯直　風舞團團餅

苕溪漁隱云：魯直諸茶詞，余謂品令一詞最佳，能道人所不能言。尤在結尾三四句。

首闋「風舞」至「玉塵」，言茶之形象也。「湯響」二句，言茶之功用也。二闋味濃。三句言茶之味也。「恰如」以下至末，言茶之性情也。凡著物題，止言其形象則滿，止言其味則粗。必言其功用及性情，方有清新刻入處。苕溪稱結末三四句，良是。以茶比故人，奇而確。細味過，大有清氣往來。

行香子

蘇子瞻　北望平川

苕溪云：淮北之地平夷，自京師至汴口，並無山，惟隔淮方有南山。南山石厓上有東坡行香子詞，後題云：「與泗守過南山，晚歸作。」字畫是東坡所書，小字，但無姓名。崇觀間禁元祐文字，遂鐫去之。余居泗上打得此碑詞，至今尚存。

凡遊覽題，易於平呆，最難做得超雋。「飛鴻」二句，情景交融，自具雋旨。結句於旁觀着筆，筆筆有余妍。亦是跳脫生新之法。

錦纏道

宋子京　燕子呢喃

古今詞話云：此詞「海棠經雨胭脂透」一句，最善形容景物。至下段用問酒杏花村事，曲盡郊外遊春之情。此亦遊覽題。好在「海棠經雨」一句，比興濃深，餘亦清倩不俗。

青玉案

歐陽永叔　一年春事都來幾

沈際飛曰：「有箇人憔悴」，下文都在此句生出。

按此詞不過有不得已心事，託而思歸耳。「一年」二句，言年光已去也。「緑暗」四句，言時芳非不可玩，而自己心緒憔悴也。所以憔悴，以不見家山桃李，苦欲思歸耳。大意如此。但永叔亦非迫子思歸者，亦有所不得已者在耶。當于言外領之。

賀方回　凌波不過横塘路

潘子眞詩話，世稱方回所作「梅子黄時雨」爲絶唱。蓋用寇萊公語也。寇云：「杜鵑啼處血成花，梅子黄時雨如霧。」

沈際飛曰：疊寫三句閒愁，眞絶唱。山谷嘗稱云：「解道江南斷腸句，世間惟有賀方回。」是也。

按方回有小築在姑蘇盤門内，地名横塘。時往來其間，有此作。方回以孝惠皇后族孫，元祐中，通判泗州，又倅太平州，退居吴下。是此詞作於退休之後也。自有一番不得意，難以顯言處。言斯所居横塘，斷無宓妃到。然波光清幽，亦常目送芳塵，第孤寂自守，無與爲歡，惟有春風相慰藉而已。次闋言幽居腸斷，不盡窮愁。惟見煙草風絮，梅雨如霧，共此旦晚耳。無非寫其景之郁勃岑寂也。

天仙子

張子野　水調數聲持酒聽

古今詩話，有客謂張子野曰：「人皆謂公張三中，卽心中事、眼中淚、意中人也。」公曰：「何不目之爲張三影。」客不曉，公曰：「『雲破月來花弄影』，『嬌柔懶起，簾壓捲花影』，『柳逕無人，墜飛絮無影』，此余平生所得意。」

高齊詩話，子野有詩云：「浮萍斷處見山影。」又長短句云：「雲破月來花弄影。」又云：「隔牆送過秋千影。」並膾炙人口。世謂「張三影」。

按苕溪漁隱云：細味二說，當以古今詩話所載三影爲勝。

按子野第進士，爲都官郎中。此詞或係未第時作。子野吳興人。聽水調而愁，爲自傷卑賤也。送春四句傷其流光易去，而後期茫茫也。沙上之句，言其所居岑寂，以沙禽與花自喻也。重重三句，言多蔽障也。結句仍繳送春本題，恐其時之晚也。

江城子

蘇子瞻　天涯流落思無窮

按彭城卽徐州，泗水汴水皆在焉。其形勝，東接齊魯，北屬趙魏，南通江淮，西控梁楚。意此時東坡於彭城遇舊好，又別之而赴淮揚，臨別贈言也。先從自己流落寫起，言舊好遇於彭城，又匆匆折殘紅以泣別。別後雖有春，不能共賞矣。隨堤，汴堤也，通於淮。言我沿隋堤而下維揚，回望彭城，相去已遠。縱泗水流與淮通，而淚亦寄不到，爲可傷也。楚江東謂揚州，古稱吳頭楚尾也，故曰吴中，又曰楚江東。

千秋歲

秦少游　柳邊沙外

冷齋夜話云：少游小詞奇絶，詠歌之，想見其神情在絳闕道山之間。

按此乃少游謫虔州思京中友人而作也。起從虔州寫起，自寫情懷落寞也。「人不見」，即指京中友。故下闋直接「憶昔」四句。「日邊」，北京友也。「夢斷」、「顔改」、「愁如海」，俱自嘆也。

謝無逸　楝花飄砌

按無逸，臨川人。第進士，意其筮仕在湖湘間耶。詞意不過寫其宦情淡泊耳。筆墨瀟灑，自饒一種幽俊之致。

辛幼安　塞垣秋草

按宋史，高宗紹興三十二年立建王爲太子。時史浩爲王府教授。是年金人略邊，高宗親征，而江淮失守。廷臣争陳退避計，太子請率師爲前驅。史浩言太子不宜將兵，乃草奏請扈蹕以供子職。上亦欲令太子遍識諸將，遂扈蹕如建康。太子受禪于建康，是爲孝宗。隆興元年，以史浩參知政事。是年，山東忠義耿京起兵，復東平府。遣其將賈瑞及掌書記辛棄疾來奏事。召見，授棄疾承務郎，并以節使印告召京。會張安國殺京降金。棄疾至海州聞變，乃約統制王世隆，徑趨金營。安國方與金將酣飲，即衆中縛之以歸。金將追之不及，獻俘行在，斬于市。棄疾改判建康，年才二十三。此詞當作于是時。沈際飛以閔刻本抹鳳詔中書二句，謂其近俚，是並未讀史，僅以尋常壽詞目之也。是時戎馬倥傯，終日播遷，幼安一見史浩，而卽以汾陽恢復規勵之。義勇之氣，溢于言表。史浩相孝宗，雖未能全行恢復，而得以安然。史稱其忠，年八十九，卒謚文惠。此詞未爲失言矣。

祝英台近

辛幼安　寶釵分

按此閨怨詞也。史稱稼軒人材，大類温嶠、陶侃。周益公等抑之，爲之惜，此必有所託而借閨怨以抒其志乎。言自與良人分釵後，一片烟雨迷離，落紅已盡。而鶯聲未止，將奈之何乎。次闋，言問卜欲求會，而間阻實多，而憂愁之念，將不能自已矣。意致悽惋，其志可憫。史稱葉衡入相，薦棄疾有大略，召見，提刑江西，平劇盜，兼湖南安撫。盜起湖湘，棄疾悉平之。後奏請于湖南設飛虎軍，詔委以規畫。時樞府有不樂者，數阻撓之。議者以聚歛聞，降御前金字牌停住。棄疾開陳本末，繪圖繳進，上乃釋然。詞或作于此時乎。

過澗歇

柳耆卿　淮楚曠望極

趨炎附熱、勢利薰灼、狗苟蠅營之輩，可以「九衢塵里，衣冠冒炎暑」二語盡之。耆卿好爲詞曲，未第時，已傳播四方，西夏歸朝官且曰：「凡有井水飲處，卽能歌柳詞。」其重于時如此。嘗有鶴冲天詞云：「忍把浮名，換了淺斟低唱。」及臨軒放榜，時人語之曰：「且去『淺斟低唱』，何要浮名。」是耆卿雖才士，想亦不喜奔競者，故所言若此。此詞實令觸熱者讀之，如冷水澆背矣。意不過爲「衣冠冒炎暑」五字下針砭，而凌空結撰，成一篇奇文。先從舟行苦熱，深夜舟人之語，布一奇景。忽用「此際」二字，直接點入衣冠炎暑，令人不測。以後又用「江鄉」倒繳，只一「幸」字縮住。語意含蓄，筆勢奇矯絕倫。

新荷葉

僧仲殊揮　雨過回塘

南渡後，西湖佳麗地，遊冶之盛，豈獨采蓮。此詞從越女泛舟，艷粉菱歌，郎心妝影，寫得十分旖旎。歸時直至天掛蟾鈎，可謂盡態極妍矣。乃忽然遞到蟬噪晚風，鷗棲霞照，便覺有荒凉光景。乃更接入「漁笛，不道有人，獨倚危樓」，奇絕橫絕。蓋斯時也，早已于百尺樓上，有冷眼看而心歎者。不獨采蓮者不知，漁笛亦不知也。末句斗轉，真如天上下將軍，令人無處躲閃。情奇筆奇，感慨意乃含蓄不露。

驀山溪

曹元寵　洗妝真態

沈際飛曰：「竹外一枝斜」，用東坡「竹外一枝斜更好」之句。徽宗時禁蘇學，元寵又近幸之臣，而暗用蘇句，所謂掩耳盜鈴也。奸臣醜正惡直，徒爲勞耳。

按此詞佳處，不在「一枝斜」句。佳在前後段跳脱處，情景交融，語多雋永耳。前段梅不御「鉛華」，如佳人安于寂寞院落也。人尚不自見，況風雨「江頭」，誰知其清香乎。次闋言不獨花開冷淡，即「結子欲黄」，尚多如塵之雨。蓋伊一生，惟供人之有情者見而生愁，今我亦瘦如「東陽」，花知之乎。語語超雋，自是一篇拔俗文字。

千秋歲引

王介甫　别館寒砧

沈際飛曰：介甫有遊仙之意，悟矣悟矣。必待「夢闌」、「酒醒」、「思量著」，又何遲也。又曰：媚出於老，動出于整齊，其筆墨自不可議。按是必其退居金陵時作也。意致清迴，倏然有出塵之致。

早梅芳

周美成　花竹深

沈際飛曰：曉得「袖」因「淚」重，「聲」因「意」小，老于個中人。

按前闋由曉字寫入，漸引到別字，是未別以前也。次闋從別時寫起，說到別以後，是去路也。詞意綿密細膩，無一剩字。

華胥引

周美成　川源澄映

按美成由徽猷閣待制，出知順昌府，徙處州。此詞或在順昌處作乎。結後三句，戀戀主恩。情詞斐惻，不失敦厚之致。

洞仙歌

李元膺　雪雲散盡

公自序云：「一年春物，惟梅柳間意味最深。至鶯花爛漫時，則春已衰遲，使人無復新意。予作洞仙歌，使探春者歌之，不無有後時之悔耳。」

隨分自得，有知足持盈之意。說來亹亹可聽。知此可以養福，亦可以養德。

晁无咎　青煙冪處

苕溪叢話云：凡作詩詞，要當如常山之蛇，救首救尾，不可偏也。如晁无咎作中秋洞仙歌，其首云：「青煙冪處」，至「閑階臥桂影」，固已佳矣。其後云：「待都將許多明，付與金樽」，至「素秋千頃」，若此可謂善救首尾者也。至朱希真作中秋念奴嬌則不知出此。其首云:「插天翠柳,被何人推上一輪明月。照我籐床凉似水,飛入瑶台銀闕。」亦已佳矣。其後云:「洗盡凡心,滿身清露,冷浸蕭蕭發。明朝塵世,記取休向人說。」此兩句全無意味。收拾得不佳,遂并全篇其氣索然矣。

按前評固甚得謀篇搆局之法。至其前闋從無月看到有月。次闋從有月看到月滿人間。層次井井,而詞致奇傑,各段俱有新警語,自覺冰魂玉魄,氣象萬千,興乃不淺。

李元膺　廉纖細雨

沈際飛曰:一起一收,實説雨。中間都説己意,有作法。又曰:淚珠都做秋宵枕前雨,顛之倒之,無不入妙。

按元膺爲南京教官,澹泊好學。此作不知所指。讀集中有茶瓶兒悼亡詞,情詞凄切。此作或亦爲悼亡後作也。是雨是淚,寫得婉轉流動,比興深切。筆筆飛舞,自是超詣也。

林外　飛梁壓水

詞品云:宋林外字豈塵,題比作道裝,不告姓名,飲醉而去。人疑爲吕仙,傳入宫中。孝宗笑曰:「『鎖』字與『老』字叶,則讀音掃,乃閩音也。」後訪之,林果閩人也。

按此詞以爲仙詞,固屬無識。第此人必有目擊時艱,興山河今昔之嘆,心不能平者,亦奇傑士也。看一劍横空句,氣亦偉壯。置于無用,亦惜哉。

江城梅花引

康伯可　娟娟霜月又侵門

按伯可渡江初，以詞受知高宗，爲郎中，待詔金馬門。凡中興粉飾治具，多出其手。初高宗駐維揚，上中興十策，頗爲切中。宰相汪黄不能用，人皆屈之。厥後秦檜當國，擢爲台郎。慈寧歸養，兩宫燕樂，與之專應制爲歌詞，聲名大減。檜死，與之亦貶。此作或其在坐貶時乎，詞自凄清，但亦少骨力也。

八六子

秦少游　倚危亭

沈際飛曰：長短句偏入四六，何滿子之外，復見此而已。寄託耶，懷人耶，詞旨纏綿，音調凄婉如此。

魚遊春水

無名氏　秦樓東風裏

復齋漫録云：政和中，一中貴使越州，得詞于古碑陰。無名無譜，録以進御，命大晟府填腔，因詞中語，賜名魚遊春水。

古今詩話云：東都防河卒于河上掘地，得石刻有詞一闋。臣僚進上，上喜其藻思絢麗，命教坊倚聲歌之。詞凡八十九字，而風花鶯燕動植之妙曲盡，此唐人語也。後之狀物寫情不及之矣。落落寫來，詞旨韻雅，無一纖巧語。自是秀色天成，風情和篤。復齋漫録以爲唐人語，不爲無見。

滿江紅

張仲宗　春水連天

寫旅況淒迷憶家之作。想亦憂世者寄懷也。前闋言浪生風惡，夏雲遮風，隱然有念亂之意。芳洲杜若，有賢人隱之象。帆帶雨落，有自傷飄泊意。「寒猶在」六句，不過寫繁憂獨省意。「寒食」二句，見時已逝。末二句，懸想家中念己，不過不得已欲歸隱之意。情有難以顯言者，隱約言之，自抒懷抱耳。

仲宗，長樂人。紹興中，坐送胡銓及寄李綱詞除名，有歸來集蘆川詞一卷。此必被黜後作也。

趙元鎮　慘結秋陰

忠簡公此詞，當與「身騎箕尾歸天上，氣作山河壯本朝」二語同其不朽。

張安國　斗帳高眠

寫雨寫情，是一是二，筆極清婉流麗。至其託興處，當于言外細細參之。

呂居仁　東里先生

苕溪漁隱云：余性樂閒退，一邱一壑，蓋將老焉。呂居仁所作此詞，能具道阿堵中事。每一歌之，未嘗不擊節也。

寫村居樂趣，骨秀神清，玲玲高韻，由其天機勝也。朗吟一過，覺陶淵明歸去來詞後，有此傑作。

康伯可　惱殺行人

伯可際高宗南渡之初，十策上陳，人望丰采，所謂東風啼血也。雖惱殺行人，人亦憐之。言既不用，或遠舉可也。乃又以諛言取悦幸進，後終於擯斥。杜鵑不如歸去之言，何不凜于幾先，徒貽後悔，則亦何益。故表出以爲能言而不能行者戒。

滿庭芳

秦少游　曉色雲開

此必少游被謫後作。雨過還晴，承恩未久也。「燕蹴紅英」，喻小人之讒搆也。「榆錢」，自喻也。「綠水橋平」，喻隨所適也。「朱門」「秦箏」，彼得意者自得意也。前一闋叙事也。後一闋則事後追憶之詞。「行樂」三句，追從前也。「酒空」二句，言被謫也。「豆蔻」三句，言爲日已久也。「凭欄」二句結。通首黯然自傷也，章法極綿密。

周美成　風老鶯雛

此必其出知順昌後作。前三句見春光已去。「地卑」至「九江船」，言其地之僻也。「年年」三句，見宦情如逆旅。「且莫思」句至末，寫其心之難遣也。末句妙于語言。

秦少游　碧水澄秋

亦應是在謫時作。「風搖」二句，寫得蘊藉。非故人也，風也，能弗黯然。酒未醒，愁已先回，意亦曲而能達，結句清遠。

秦少游　山抹微雲

侯鯖録云：晁无咎云，比來作者，皆不及秦少游。如「斜陽外，寒鴉數點，流水遶孤村」。雖不識字，亦知是天生好語也。

按少游入京見東坡，坡曰：「久別作文甚勝，都下盛唱公『山抹微雲』之詞。」少遊遜謝。坡曰：「不意別後，公却學柳七作辭。」游曰：「某雖無識，亦不至是。」坡曰：「『銷魂當此際』，非柳句法乎。」又問別作何詞，游舉「小樓連苑横空，下窺綉轂雕鞍驟」。坡曰：「十三箇字，只説得一個人騎馬樓前過。」秦問坡近著，坡舉「燕子樓空，佳人何在，空鎖樓中燕」。无咎在座，謂三句，説盡張建封一段事。大以爲奇。詞之不易工如此。

蔡伯世云：「子瞻辭勝乎情，耆卿情勝乎詞，情辭相稱者，惟少游而已。」其推重如此。

張綖云：少游多婉約，子瞻多豪放。當以婉約爲主。

沈曰：粘字工，且有出處。趙文鼎「玉關芳草粘天碧」，劉叔安「暮煙細草黏天遠」，葉夢得「浪黏天滿桃漲緑」，皆用之。

沈曰：「人之情，至少游而極，結句『已』字情波幾疊。」

水調歌頭

黃山谷　瑤草一何碧

一往深秀，吐屬雋雅絕倫。

蘇東坡　明月幾時有

東坡自序云：「丙辰中秋，歡飲達旦，大醉，作此篇，兼懷子由。」按通首只是詠月耳。前闋，是見月思君，言天上宮闕，高不勝寒，但仿佛神魂歸去，幾不知身在人間也。次闋，言月何不照人歡洽，何似有恨偏于人離索之時而圓乎。復又自解，人有離合，月有圓缺，皆是常事。惟望長久，共嬋娟耳。纏綿惋惻之思，愈轉愈曲，愈曲愈深。忠愛之思，令人玩味不盡。

韓无咎　今日俄重九

不過一首登高詞耳，易入熟徑，最難超卓。詞雖未甚奇闢，但亦清雅不俗，有俊拔自喜之概。无咎係南渡遺老，辛幼安作壽詞，所望之以真儒事業者也。其後事業不甚著。次闋，平原西望，應亦有神州陸沉之慨乎。「休問隨處是蓬萊」句，見南渡非可苟安也。有志未逮，有心者能弗感慨係之。

蘇子瞻　落日綉簾捲

前闋從「快」字之意入，次闋起三語，承上闋寫景。「忽然」二句一跌，以頓出末二句來。結處一振，「快」字之意方足。

燭影搖紅

張材甫　雙闕中天

沈際飛曰：材甫目靖康之難，前段追憶徽廟，後直指目前。哀樂各至。

按材甫爲南渡遺老，有蓮社詞一卷。詞多變徵，此首尤清壯。

塞垣春

周美成　暮色分平野

沈際飛曰：將「珠淚」、「沉吟」，傷矣，「沉吟向」、「寒燈」，傷如之何。比耶興耶，情文相生，音節俱極清儁。

倦尋芳

王元澤　露晞向曉

沈際飛曰：「榆錢」二句，可謂費力。史邦卿「做冷欺花」、「將烟困柳」，殆尤甚焉。然俱險麗出俗。或議元澤不能作小詞，援筆爲之，居然名流。後絕不作。

黃鶯兒

柳耆卿　林園晴晝春誰主

翩翩公子，席寵承恩，豈海島孤寒能與伊争韶華哉。語意隱有所指，而詞旨穎發，秀氣獨饒，自然清雋。

漢宫春

晁叔用　瀟洒江梅

借梅寫照，丰神藴藉。

苕溪漁隱云：此詞用玉堂事，乃引用薛維翰「白玉堂前一樹梅」詩事。又云：曾端伯編樂府雅詞，以此詞爲李漢老作，非也，乃晁叔用。

按詞綜載此詞，引王仲言云：「漢老少日，作漢宫春詞，膾炙人口。所謂『問玉堂何似，茅屋疏籬』是也。政和間，自王省丁憂歸山東，舉國無與談者。方悵悵無計，時王黼爲首相，忽遣人招至。東閣開宴，出家姬唱是詞侑觴。數日，遂有館閣之命。」此詞爲當時推重若此。按其風骨應爲李漢老作，恐非叔用所辦。苕溪説恐誤也。

八聲甘州

蘇東坡　有情風萬里捲潮來

此詞不過嘆其久于杭州，未蒙內召耳。次闋，見人地相得，便欲訂終焉之意。未免有激之言，然意自爾豪宕。

苕溪漁隱云：「晉書，謝安雖受朝寄，然東山之志，始末不渝。鎮新城，造浮海之裝，欲須經略粗定，自海道還東。雅志未就尋薨。羊曇爲安所愛重，安薨後，輟樂彌年。行不由西州路。嘗因大醉，不覺至州門。左右白曰：「此西州門也。」曇悲感以馬策扣扉，誦曹子建詩曰：「生存華屋處，零落歸山邱。」慟哭而去。東坡用此故事。若世俗之論，必以爲成讖矣。然其詞石刻後，東坡自題云：元祐六年三月三日，余以東坡年譜考之，元祐四年知杭州，六年召爲翰林學士承旨。則此詞蓋此時作也。自後復守穎徙揚，入長禮曹，出帥定武。至紹聖元年方南遷嶺表，建中靖國元年北歸，至常乃薨。凡十一載，則世俗成讖之論，果足信耶。

夏初臨

劉巨濟　泛水新荷

按巨濟舉進士，官職方郎中。元祐間，中外無事。詞亦從容和雅。但次闋起語及「路遥水遠」，似指當時黨禍被謫諸賢，紛紛遠別。惟惜洞府紅妝，聊以自遣而已。

前清平樂一詞，詞綜載以爲巨濟作。合前詞觀之，益可以思此詞之用意。

慶清朝慢

王通叟　調雨爲酥

許蒿廬曰：昌黎詩「肴核紛飣餖，如世盤欑盒」是也。此借以爲斗湊之義。

玉林詞話云：風流楚楚，詞林中之佳公子也。世謂柳耆卿工爲浮艷之詞，方之此作，蔑矣。集名冠柳，豈偶然哉。春遊踏青一詞，又不獨冠柳詞之上者也。

按通叟官翰林學士，賦應制詞，宣仁太后以其近褻，謫之。此詞係最著名之作，黄叔暘亟稱賞之。然總未免纖巧，少真意，第語多清雋耳。

雙雙燕

史邦卿　過春社了

「藻井」，俗稱天花板也。

玉林詞話云：姜堯章極稱賞「柳昏花暝」之句，形容雙燕，亦曲盡其妙矣。

許蒿廬曰：清新俊逸，兼有之矣。又曰：「便忘了、天涯芳信。」傳書燕，見開元天寶遺事，太白詩已用之。

按「棲香正穩」以下至末，似有所指。或於朋友間有不能踐言者乎。借燕以見意，亦未可定。而詞旨倩麗，句句慰貼，匠心獨造，不愧清新之目。

孤鸞

朱希真　天然標格

按汪叔耕曰：希真詞多塵外之想。雖雜以微塵，而其情氣自不可没。黄叔暘曰：希真東都名士，詞章擅名。天資曠遠，有神仙風致。觀此詞後闋，幽思綿渺，一往而深。無一習見語擾其筆端，清雋處可奪梅魂矣。

瑣窗寒

周美成　暗柳啼鴉

李賀詩：「穠眉籠小唇」。又「晚奩妝秀靨」。

前闋寫宦况凄清。次闋起處，點清寒食。以下引到思家情懷，風情旖旎可想。

玉蝴蝶

高賓王　喚起一襟凉思

總是寫宦境蕭條，因而思家之意閑。「蕙帳猿鶴悲吟」，是用北山移文中語，通首清俊。

渡江雲

周美成　暗嵐低楚甸

前人詩：「可憐委曲來山舍。」想是由待制出守時，水程艤舟時作也。「雁起平沙」，是舟中所見。「借問」句，是因目中而想到家中之春耳。「塗香」句至「藏鴉」，是心中摹想春到家園光景如此。次闋起處，寫身在舟中，心懷魏闕之意。「宴闌」句，是寫被黜之故。「今朝」二句，點明其時其地。收處含蓄不露。

絳都春

丁仙現　融和又報

寫都城宮禁之夕放燈光景，麗而不泛，穠而不俗，合作也。

念奴嬌

李易安　蕭條庭院

花庵詞客云：前輩嘗稱易安「綠肥紅瘦」爲佳句，余亦謂此篇「寵柳嬌花」之語，亦甚奇俊。前此未有道之者。只寫心緒落漠，遇寒食更難遣耳。陡然而起，便爾深邃。至前闋云「重門須閉」，次闋云「不許」「不起」，一開一合，情各戛戛生新。起處雨，結句晴，局法渾成。

沈公述　杏花過雨

憶別情懷，寫得婉婉曲曲。前闋順叙，後闋愈轉愈深，意致纏綿，迷離惝恍，非止一日九迴腸矣。饒有敦厚之致。夫婦君臣間，俱有此真境。

葉少藴　洞庭波冷

閼子東稱葉公妙齡，詞甚婉麗。晚歲落其華而實之，能于簡淡時出雄傑，合處不減東坡。

按少藴，紹聖四年進士，官翰林學士，兼侍讀户部尚書。以崇信軍節度致仕。此詞想爲致仕後作也。不過借月寫懷耳。前闋寫其在京時啓沃之意。如長笛之破層陰。「洶湧」五句，寫其披肝瀝膽耳。下闋寫其分散後，無復從前光景矣。然猶心不忘君，想嫦娥應知此心也。所謂時出雄傑者與。

李漢老　素光練静

苕溪漁隱云：李漢老此詞，有「滿天霜曉，叫雲吹斷横玉」之句，乃用崔魯華清宫詩，「銀河漾漾月輝輝。樓礙天邊織女機。横玉叫雲清似水，滿空霜逐一聲飛。」或云「叫云」乃笛名，非也。

後闋以仙翁自比，言今日誰念我從前有人共樂，而此時孤獨，惟與月對影而三，能不痛飲以洗離愁乎。飲至夜將闌而神魂飄越，翩然歸去，如仙人之騎黄鵠而吹笛也。想亦思其故鄉之作。

姚孝寧　素娥睡起

氣體清高，詞旨又極伉爽。

按此作乃和漢老作，而用其原韻耳。句句超雋，無一平熟語，自是俊才。「會稽修竹」句，不過言其陳迹耳。

韓子蒼　海天向晚

按此詞總是憂君憂國之念，觸題而發耳。題是詠月，開首從秋字寫起，漸入到月。因就月說到姮娥之幽獨，即是蘇東坡「瓊樓玉宇，高處不勝寒」之意。借以比君勢之孤也。次闋，就望月之人獨立無偶，以見己之獨立少同心也。結處「此情誰會」，不過嘆想得同志之人耳。比興深切，含而不露，斯爲情景交融者。凡寫景而不寓情，則意盡言中，便少佳致。

蘇子瞻　大江東去

題是懷古，意謂自己消磨壯心殆盡也。開口「大江東去」二句，嘆浪淘人物，是自己與周郎俱在内也。「故壘」句至次闋「灰飛烟滅」句，俱就赤壁寫周郎之事。「故國」三句，是就周郎拍到自己。「人生似夢」二句，總結以應起二句。總而言之，題是赤壁，心實爲己而發。周郎是賓，自己是主。借賓定主，寓主于賓。是主是賓，離奇變幻，細思方得其主意處。不可但誦其詞，而不知其命意所在也。

張于湖　洞庭青草

寫景不能繪情，必少佳致。此題詠洞庭，若只就洞庭落想，縱寫得壯觀，亦覺寡味。此詞開首，從「洞庭」說至「玉界瓊田三萬頃」，題已說完，即引入「扁舟一叶」，以下從舟中人心跡與湖光映帶，寫隱現離合，不可端倪。鏡花水月，是二是一。自爾神采高騫，興會洋溢。

朱希真　別離情緒

按希真，洛陽人。以薦起賜進士出身，爲秘書省正字，兼兵部郎官。遷兩浙東路提點刑獄。上書乞休，居嘉湖。詞品清超。此作尤爲峭拔。此必爲乞休後作。開首五句，言别京中友，途中冷淡情懷。「桃李」五句，不過言己心跡疏放冷淡。次闋起處，言所以疏放冷淡之故，總是「酒」與「花意薄」耳。「此情誰識」，見無人知此心者。末説「文君」，説「受他」「憐惜」，隱見妻能知愛惜我，而世少愛惜我者矣。妙在語意含蓄。

趙承之　舊游何處

按承之，衞城人。元祐中進士。宣和中，以右文殿修撰知鄧州，召爲大府卿卒。此詞或係出爲鄧州後作。送王長卿，因有傷今追昔之感。尚屬聚散常情。結處「甚矣吾哀」，似爲有激之言。或目擊靖康之難而有所激乎。

朱希真　見梅驚笑

希真急流勇退，人品自爾清高。觀「受了多少凄凉風月」句，或有不能見用，不得已而託于求退者乎。且讀至「和羹心在」，可以知其志矣。希真作梅詞最多，以其性之所近也。此作尤奇矯無匹。起處作問答語，便自起雋異常。次闋起處，亦自高雅。「豈是無情」一折，意更周密。結語黯然。

僧仲殊　水楓葉下

按仲殊，安州進士，姓張氏。棄家爲僧，居杭州吴山寶月寺。想或有目擊時事，因有所激而逃于禪者乎。此詞前闋，寫西湖荷花之盛，隱隱見繁華之俗于言外。次闋，自寫其孤寒，隱隱有目擊心憂物外，閑觀不能自已之意。爲誰凝竚，世之有心人別有懷抱。妙在語意含蓄不盡。

桂枝香

張宗瑞　梧桐雨細

朱湛盧曰：東澤得詩法于姜堯章，世謂謫仙復作，不知其又能詞也。東澤，輯集名。英雄失路，歲月易徂，迴想故鄉，能無耿耿。

王介甫　登臨送目

杜牧詩：「商女不知亡國恨，隔江猶唱後庭花。」

沈際飛曰：竇鞏詩：「傷心欲問南朝事，惟見江流去不回。日暮東風春草緑，鷓鴣飛上越王台。」六朝句從此化出。又曰：此篇及東坡「明月幾時有」、「冰肌玉骨」二篇，又，白石暗香云：「舊時月色，算幾番、照我梅邊吹笛。」疎影云：「苔枝綴玉，有翠禽小小，枝上同宿。」皆清空中出意趣，無筆力者難爲。

水龍吟

陸務觀　摩訶池上追遊

放翁一生憂國之心，觸處流出，無非一腔忠愛。此詞辭雖含蓄，而意極沉痛。蓋南渡國步日蹙，而上下安于逸樂，所謂「一城絲管」争占亭館也。次闋，自嘆年華已晚，身安廢棄，流落天涯，不能爲力也。結句「恨向東風滿」，饒有沉雄鬱勃之致，躍躍紙上。

陳同甫　鬧花深處層樓

按同父，永康人。淳熙間詣闕上書，孝宗欲官之，亟渡江歸。至光宗策進士，擢第一。史稱其千言立就，氣邁才雄，推倒智功，開拓心胸。授僉書建康府判官廳事，未至官而卒。其策言恢復之事甚剴切。無如當事者，志圖逸樂，狃于苟安，此春恨詞所以作也。「鬧花深處層樓」，見不事事也。「東風軟」，卽東風不競之意也。「遲日」，「淡雲」，「輕寒輕暖」，一暴十寒之喻也。好「世界」不求賢共理，惟與小人遊玩如鶯燕也。「念遠」者，念中原也。「一聲歸雁」，謂邊信至，樂者自樂，憂者徒憂也。

辛幼安　渡江天馬南來

韓元吉，字无咎，號南澗，許昌人。官吏部尚書。

考晉史，元帝渡江讖，五馬渡江，一馬化爲龍。

新亭，周顗事。桓温自江陵北伐，望中原嘆曰：「神州陸沉，王夷甫諸人，不得不任其責。」唐柳渾議和戎事曰：「夷狄易以兵制，以信結。」德宗曰：「渾生未達邊事。」夜半，邠寧奏吐番刼盟。代宗大驚，以表示渾曰：「卿儒士，乃知軍戎萬里情乎。」

韓愈言行文章，學者仰之，如太山北斗。裴度有緑野堂。李德裕有平泉，宴遊之地。謝安有東山之勝。

按幼安助耿京起義，克復東平。由山東間道赴行在奏事。忠義之氣，根于肺腑，見南澗，而勸以功名，亦猶壽史致遠之意也。

草堂詩餘載指迷云：壽詞盡言富貴則塵俗，盡言功名則諛佞，盡言神仙則迂誕。言功名而慨嘆寫之壽詞中，合踞上座。此猶刻舟求劍之説也。幼安忠義之氣，由山東間道歸來，見有同心者，即鼓其義勇。辭似頌美，實句句是規勵，豈可以尋常壽詞例之。誦其詩，讀其書，不知其人可乎。是以論其世，不能知人論世，又豈能以論文。

蘇東坡　楚山修竹如雲

石崇妾緑珠，善笛。

沈際飛曰：笛制取良幹，首存一節。節間留纖枝，剪而束之。節之下，若臍處則微漲，而全體皆須白净。「龍鬚」三句，善狀。又曰：五十餘字，堪與馬賦並傳。修語清遠，馬似不逮。又曰：用許多故事，不爲事用。又曰：結嶺南太守上，妙妙。

沈際飛又曰：考嶺南太守閭邱公顯，致仕居姑蘇。東坡每過必留連。嘗言不遊虎邱，不謁閭邱，乃二欠事。一日，出其後房善吹笛者，名懿卿佐酒，坡作此贈之。

周美成　素肌應怯餘寒

按寫梨花冷淡性情，曰「占盡青蕪」，曰「長門閉」，曰「引黄昏淚」，曰「不成春意」，爲梨花寫神矣。却移不到桃李梅杏上。

三秦記，武帝園一名樊川，一名御宿，有大梨如五升。尹喜傳，老子渡關西遊，省太真王母，食紫梨。

唐詩：「夜來風雨送梨花。」白詩：「惟聽梨園歌吹發。」韓詩：「江陵城西二月尾。花不見桃惟見李。風揉白練雪羞比。「波浪翻空香無已。」誠齋詩序：「桃李同時而退之詩不見桃花，不可解。因晚登碧落堂，望隔江桃暗而李獨明，乃悟其妙，蓋炫晝縞夜云」薛瓊英以香屑雜食啖之，長而肌香，名曰香兒。

章質夫　燕忙鶯懶芳殘

質夫，浦城人。試禮部第一，以平夏州功，累擢樞密直學士，龍圖閣端明殿學士，拜同知樞密院事，卒贈右銀青光祿大夫，謚莊簡。

黃叔暘曰：「傍珠簾」數語，形容盡矣，體會入微。

韓詩：「楊花榆莢無才思。」白詩：「香毬趁拍迴環迎。」柳詩：「仰蜂黏落絮。」羅鄴詩：「輕輕碎粉落無香。」

瑞鶴仙

周美成　悄郊原帶郭

按此詞美成或在出守順昌後作乎。似有郁郁不得意，而託於遊，託於酒，以自排遣。醉中語猶自遶藥欄，而怨東風，所云「洞天自樂」，亦無聊之意也。細玩，應自得其用意所在。

拜星月慢

周美成　夜色催更

古詩：「願一見顏色，不獨遇瓊枝。」韓琮集：「吴魚楚雁無消息，水盼蘭情别來久。」杜詩：「畫圖省識春風面。」楚詞：「望瑶臺之偃蹇兮，見有娀之佚女。」

按美成以内廷供奉，出守順昌，道中寂寞，旅况淒清，自所不免。而依依戀主之情，「隔溪山不斷」，饒有敦厚之致，「驚風吹散」句，怨自有所歸也，可以怨矣。

石州慢

張仲宗　寒水依痕

此亦天涯落漠，望遠思家之作耳。但題曰感舊，詞有「天涯舊恨」句，或亦思舊友而作也。仲宗於紹興中，坐送胡銓及李綱詞除名，是其憂國之心，不肯附秦檜之和議可知矣。(在彼)國事孔棘之時，因思同心之友，遠謫異域，此心之所以耿耿也。起首六語，是望天意之回。寒枝競發，是望謫者復用也。「天涯舊恨」至黄昏節，是目望中原又恐不明也。想東風消雪，是遠念同心者，應亦瘦損也。負枕前雲雨，是借夫婦以喻朋友也。因送友而除名，不得已而託於思家，意亦苦矣。

南浦

魯逸仲　風悲畫角

翠屏，指眉山也。

逸仲，爵裏時地俱未詳。細玩詞中語意，似亦經靖康亂後作也。第詞旨含蓄，耐人尋味。

氐州第一

周美成　波落寒汀

詞旨淒清，情懷闇淡，其境地，可於筆墨外思之。

宴清都

周美成　地僻無鐘鼓

按西漢趙充國願至金城，上方略金城，近西羌地。侯彭老詩：「兩鬢秋霜一鏡中。」曰文園，曰文君，似爲旅宦思家之作。或別有所託，亦未可知。而詞旨自爾淒然欲絕。

花犯

周美成　粉牆低

玉林詞選云：此只詠梅花，而紆餘反復，道盡三年間事。昔人謂好詩圓美流轉如彈丸，余於此詞亦云。愚謂此爲梅詞第一。總是見宦跡無常，情懷落漠耳。忽借梅花以寫，意超而思永。言梅猶是舊風情，而人則離合無常。去年與梅，共安冷淡。今年梅正開，而人欲遠別梅，似含愁悴之意。而飛墜梅子將圓而人在空江中時，夢想梅影而已。

春雲怨

馮偉壽　春風惡劣

偉壽，號雲月，雙溪子。黄叔暘曰：偉壽精於律吕，詞多自製腔。大概看來，前闋是比，次闋是賦。因有下闋之意，夫妻恩愛乖違，乃有前闋之比興，如詩詠終風也。然夫婦亦非正面，不過寄託而已。則下闋仍是比興也，須領會於語言之外。

綺羅香

史邦卿　做冷欺花

玉林詞話云：「臨斷岸」以下數語，姜堯章稱賞。謂梅溪之詞，蓋能融情景於一家，會句意於兩得，其謂是歟。愁雨耶，怨雨耶，多少淑偶佳偶，盡爲所誤。而伊仍浸淫漸漬，聯綿不已。小人情態如是，句句清雋可思。好在結二語，寫得幽閑貞静，自有身分，怨而不怒。

雨霖鈴

柳耆卿　寒蟬淒切

送別詞，清和朗暢，語不求奇，而意致綿密，自爾穩愜。

花心動

阮逸女　仙苑春濃

花庵詞客云：「阮逸女工於文詞，惟此曲傳於世。風流婉約，蔚然深秀。

瀟湘逢故人慢

王和甫　薰風微動

寫夏日清況，栩栩欲活，饒具深致，耐人玩味。

尉遲盃

周美成　隋堤路

杜牧詩：「煙籠寒水月籠沙。」唐鄭仲賢詩：「亭亭畫舸向寒潭。直到行人酒半酣。不管煙波與風雨，載將離恨過江南。」李義山詩：「冶葉倡條偏相識。」

按此詞，應是美成由待制出知順昌，初出汴京時作。自汴水買船東下，因念京中舊友，故曰「想鴛侶」也。情辭自爾淒切。

二郎神

徐幹臣　悶來彈鵲

徐伸字幹臣，三衢人。政和初，以知音律爲太常典樂。出知常州。有青山樂府一卷。黄叔暘云：青山詞多雜調，惟二郎神一曲，天下稱之。

按沈際飛刻草堂詩餘本，題作懷去妾。幹臣以太常出知常州，託於去妾以自抒其悃乎。辭意婉曲深致，最耐諷詠。

望遠行

柳耆卿　長空降瑞寒風翦

鄭谷詩：「江上晚來堪畫處，漁人披得一簑歸。」又，「長安酒價高」。越溪，剡溪也，戴安道所居。寫雪，通首清雅不俗。第以用前人意思多，總覺少獨得之妙句耳。

望梅

柳耆卿　小寒時節

爲梅花寫照，筆墨玲瓏，有超然物外之致。

望湘人

賀方回　厭鶯聲到枕

咸通中，臨淮武公業愛妾步非姻，善秦聲，好文章。意致濃腴，得騷怨之遺韻。方回以孝惠皇后族孫，通判泗州。又倅太平州，退居吳下，自號慶湖居士。張文潛稱其樂府，絶妙一世。幽索如屈宋，悲壯如蘇李，斷推此種。

夜飛鵲

周美成　河橋送人處

天文志：參旗，九星在參，一曰天旗。劉禹錫再遊玄都觀詩叙：「惟兔葵燕麥，動搖春風耳。」一首送別詞耳，自將行至遠送，又自去後，寫懷望之情。層次井井，而意致綿密，詞采穠深。時出雄厚之句，耐人咀嚼。

風流子

秦少游　東風吹碧草

長恨歌：「天長地久有時盡，此恨綿綿無絶時。」此必少游被謫後，念京中舊友而作。託於懷所歡之辭也。情致濃深，聲調清遠。回環雒誦，真能奕奕動人者矣。

張文潛　亭皋木葉下

庾信詩：「閉户欲驅愁，愁終不肯去。斂迹欲避愁，愁已知人處。」文潛，淮陰人。第進士，歷官起居舍人。以直龍圖閣知潤州。坐黨籍，謫官。晚監南嶽廟，主管崇福宫。建炎初，贈集英殿修撰。曰「楚天晚」，必其監南嶽時作也。所云「至容，知安否」，憂主之心也。曰「分付東流」，愁豈隨流而去乎，亦與流俱長而已。

周美成　楓林凋晚葉

「花銷風蠟」，「幕捲金泥」，自是以待制出知順昌時作。而戀主之情，婉曲周至。至「惟有天知」字，其心亦苦矣。

周美成　新綠小池塘

沈際飛曰：末句馳騁恣其望，申其鬱。張玉田云：詞欲雅而正，志之所之。一爲物役，則失其雅正之音。耆卿伯可不必論，雖美成有所不免。如「爲伊淚落」，「尋消問息減容光」，及「最苦夢魂」，「雲時厮見」，淳意盡變爲澆風已，然此膠柱鼓琴之論也。按此詞亦猶前詞之旨也。因見舊燕度莓牆而巢於金屋，乃思自身已在鳳幃之外，而聽別人理絲簧，未免悲咽耳。次闋亦託詞以戀主之意，讀者不可以辭害意也。

丹鳳引

周美成　迤邐春光

唐詩：「錢塘蘇小小，人道是夭邪。」又「長安女兒仲髻鴉，隨風起蝶學夭邪」。古今詩話，李白嘗謂徐雙雅曰：「公篘詩，如女子弄粉調朱。」

按此亦猶前詞之意也。「翠藻翻池」，喻自己之顛覆也。「黃蜂遊閣」，喻別人之得意也。「杏靨」、「榆錢」，俱刺譏之意耳。次闋，是別京中好友而作。「素手」、「重握」，指素心之友也。細玩自得其用意處。

沁園春

辛幼安　三逕初成

稼軒忠義之氣，當高宗初南渡，由山東間道奔行在，竭蹶間關，力圖恢復，豈是安於退閑者。自秦檜柄用，而正人氣沮矣。所謂驚弦駭浪，迫於不得已而思退，心亦苦矣。末又云：「怕君恩未許，此意徘徊。」退不能退，何以爲情哉。

摸魚兒

辛幼安　更能消幾番風雨

鶴林玉露云：詞意殊怨。斜陽煙柳之句，其與未須愁日暮，天際乍輕陰者異矣。使在漢唐間，寧不賈種豆種桃之禍哉。愚聞壽皇見此詞，頗不悦，然終不加罪。可謂至德也已。又題江西造口詞：「郁孤臺下清江水。中間多少行人淚。西北是長安。可憐無數山，青山遮不住。畢竟東流去。江晚正愁予。山深聞鷓鴣。」蓋南渡之初，虜人追隆祐太后，御舟至造口，不及而還。幼安因此起興。「聞鷓鴣」之句，謂恢復行不得也。

辭意似過於激切。第南渡之初，危如累卵。「斜陽」句，亦危言聳聽之意耳。持重者多危詞，赤心人少甘語，亦可以諒其志哉。

沈際飛曰：稼軒中年被劾，凡十六章，自況淒楚如是。

晁无咎 買陂塘旋栽楊柳

花庵詞客云：晁无咎摸魚兒，真能道急流勇退之意。真西山極愛賞之。

觀「休憶金閨故步」句，是由翰林遷謫後作也。語意峻切，而風調自清迥拔俗。故真西山極賞之。

孫仲益云：軒冕之榮，造物於人，不甚愛惜。而一邱一壑，未嘗輕以與人。言之有味。

賀新郎

李玉 篆縷銷金鼎

玉林詞話云：李君之詞，雖不多見。然風流蘊藉，盡於賀新郎一詞矣。

情詞旖旎，風骨珊珊，幽秀中自饒雋旨。

葉夢得　睡起流鶯語

沈際飛曰：一意一機，自語自話。草木花鳥，字面迭來，不見質實。受知於蔡元長，宜也。夢得理學名臣，晚年致政家居而作。此詞自有所指，可細玩之。

文選：「裁爲合歡扇，團圓似明月。」龍城錄：「八月望日，明皇遊月宮，見素娥千餘人，皆皓衣，乘白鸞。」

李太白詩：「離恨滿滄波。」柳子厚詩：「春風無限瀟湘意，欲採蘋花不自由。」採蘋花，卽離騷擷芳草之意也。

蘇東坡　乳燕飛華屋

前一闋，是寫所居之幽僻。次闋，又借榴花，以比此心蘊結，未獲達於朝廷，又恐其年已老也。末四句，是花是人，婉曲纏綿，耐人尋味不盡。

沈際飛曰：恍惚輕儇。又曰：本詠夏景，至換頭，單說榴花。高手作文，語意到處卽爲之，不當限以繩墨。又曰：榴花開，榴花謝，似芳心。「共粉淚」，想像詠物妙境。香山詩：「山榴花似結巾紅。」

趙文鼎　晝永重簾捲

夏日諷誦數遍，如在水晶宮裏住，涼意逼人。

劉潛夫　深院榴花吐

潛夫，莆田人。以蔭仕。淳熙中，賜同進士出身，官龍圖閣直學士。有後村別調一卷。

沈際飛曰：駁世俗見聞，洗靈均心事，詞壇有創立之功。淳祐辛丑八月，御筆署劉某文名久著，史學尤精，特賜同進士出身，殆不怍也。

非爲靈均雪恥，實爲無識者下一針砭，思理超超，意在筆墨之外，可細玩之。

劉潛夫　思遠樓前路

前首，是就競渡者及沈角黍者落想，是從實處落想。此首前闋，是就觀競渡者落想，是避實擊虛之法。下一闋，「誰肯獨醒」，翻用得妙。「看未足，怎歸去」。妙有寄託。含蓄無限意。

宋謙父　靈鵲橋初就

沈際飛曰：大盲開眼矣。潛夫端午詞有嗣響。

古詩：「雙星今夜食歡樂，那得工夫賜巧思。」正起謙父之論。中年以前，日子萬不可輕棄了。人生精力一日減一日，意與一年減一年，時乎時乎不再來，欲揮朝云之涕。

古人云：「文徵實而難巧，意翻空而易奇。」觀潛夫兩作并此作益信。結數語，有含蓄。妙在「隨分」二字。

草堂詩餘續集，載宋謙父，名自遜，號壺山，宋南昌人。文筆高絕，當代名流皆愛敬之。其詞集名漁樵笛譜。

劉改之　睡覺啼鶯曉

黄叔暘云：改之，稼軒之客。詞多壯語，蓋學稼軒者也。陶九成云：改之造語，贍逸有思致。按改之爲稼軒之客，稼軒一生忠義，坎壈崎嶇後，以激而思退，作沁園春及摸魚兒詞，以抒其意。此詞所謂「百計不如歸好」，亦稼軒之意，有激之詞也。前闋尤奇崛郁勃，得騷雅之遺。志隱而彰，旁若無人，可以悲其遇。

金明池

秦少游　瓊苑金池

吴融詩：「三點五點映山雨，一枝兩枝臨水花。」沈際飛曰：「人生有幾韶光美，倒盡金樽拚醉眠。」朱淑真云：「願教青帝常爲主，莫遣紛紛點翠苔。」秦作曼聲，琳琅振耳。

前闋寫韶光婉媚，奕奕動人。次闋起處，「願朱顔留住」，意已感慨。至結句猶峻切，語意含蓄得妙。

大酺

周美成　對宿煙收

馬融好音律，能鼓琴吹笛。而爲督郵，無留事，獨卧郿縣平陽塢中。有雒客舍逆旅，吹笛，爲氣出精列相和。融去京師逾年，聞聲甚悲。

觀「平陽客」句，用馬融去京事，知爲由待制出知順昌後作。寫得淒清落漠，令人惻惻。

六醜

周美成　正單衣試酒

自嘆年老遠宦，意境落漠，借花起興。以下是花是自己，比興無端。指與物化，奇情四溢，不可方物。人巧極而天工生矣。結處意致尤纏綿無已，耐人尋繹。

左庵詞話

〔清〕李　佳撰

左庵詞話卷上目録

左庵詞話卷上

詞要達意

張茗柯論詞，謂取意内言外之旨。謝枚如内翰論之甚詳。予仍一言以蔽之曰：「詞達而已矣。」

詞貴曲

宋人詞體尚澀，國朝宗之，謂爲浙派，多以典麗幽澀争勝。予不謂然。以爲詞貴曲而不直，而又不可失之晦，令人讀之悶悶，不知其意何在。

詞必通律

詞必通音律而後精，然宫商角徵羽，平上去入一字之判，微乎其微。能於音律之學確有所解者，百無二三，此境未易言也。

柳周解律

詞家昉於宋代，然只柳屯田、周美成爲解音律，其詞猶未盡工。姜白石、吴夢窗諸人，尚爲夫解音律，而頗多佳作。以是知詞固非樂工所能。

詩詞不同

詩詞之界，迥乎不同。意有詞所應有而不宜用之詩。字有詞所應用而亦不可用之詩。漁洋山人詩，用「雨絲風片」，爲人所疵，卽是此義。故有能詩而不能詞者，且有能詞猶是詩人之詞，非詞人之詞，其間固自有辨。

詞律少發明

宋沈義父所著樂府指迷，元張炎所著詞源，陸輔之所著詞旨，法律講明特備，不可不讀。萬紅友詞律，不過備載各調，詞家妙處，卻少所發明。

詞以意趣爲主

詞以意趣爲主，意趣不高不雅，雖字句工穎，無足尚也。意能迥不猶人最佳。東坡詞最有新意，白石詞最有雅意。

詞最忌板

詞最忌板，須用虛字轉折方活。如任、看、正、待、乍、怕、總、向、愛、奈、似、但、料、想、更、算、況、悵、快、早、儘、憑、嘆、方、將、未、已、應、若、莫、念、甚、倘、便、怎、恁等類皆是。學者不曉音律，但譜一詞，自唱數遍，覺有生硬，啞而不響，平側不順之字，屢屢易之，以求其諧。久之亦暗與音律自合。

音律可以意會

詞源有云：「先人曉暢音律，有賦瑞鶴仙一詞云：『粉蝶兒撲定花心不去。』按之歌譜，『撲』字稍不協，改爲『守』字乃協。又作惜花春起早云『瑣窗深』，『深』字不協，改『幽』字又不協，再改『明』字，歌之始協。」按此中微妙，可以意會，不可言傳。

詞忌説煞

作詞結處，須有悠然不盡之意，最忌説煞，便直白無趣。古人集中講究結束者不少，求之自見。

詞發於天籟

詞有發於天籟，自然佳妙，不假工力强爲。如説部中載有樵夫哭母詞云：「哭一聲。叫一聲。兒的聲音娘慣聽。如何娘不應。」所謂文章本天成，妙手偶得之。又謂信手拈來，都成妙諦。又謂「清晨登隴首」，羌無故實。此詞之旨，可以通於詩文。

詞要清真

詞要清真，不要質實。昔人謂吴夢窗詞如七寶樓台，眩人眼目，碎拆下來，不成片段。如聲聲慢云：「檀欒金碧，婀娜蓬萊，游雲不蘸芳洲。」前八字不免板滯。若唐多令云：「何處合成愁。離人心上秋。縱芭蕉、不雨也颼颼。都道晚涼天氣好，有明月、怕登樓。前事夢中休。花空煙水流。燕辭歸、客尚淹留。垂柳不縈裙帶住，謾長是、系行舟。」此卻疏快，無質實之病。

范希文詞

范希文賦蘇幕遮云：「碧雲天，黃葉地。秋色連波，波上寒煙翠。山映斜陽天接水，芳草無情，更在斜陽外。　黯鄉魂，追旅思。夜夜除非，好夢留人睡。明月樓高休獨倚。酒入愁腸，化作相思淚。」希文，宋一代名臣，詞筆婉麗乃爾。比之宋廣平賦梅花，才人何所不可。不似世之頭巾氣重，無與風雅也。

張子野詞

人謂張子野爲張三中，卽「心中事」，「眼中淚」，「意中人」。公曰：「何不目爲張三影，『雲破月來花弄影』，『嬌柔懶起，簾壓捲花影』，『柳徑無人，墮飛絮無影』。此余平生得意句也。」

東坡詞

東坡詞如水龍吟咏楊花，水調歌頭丙辰中秋作，皆極清新。最愛其念奴嬌赤壁懷古云：「大江東去，浪淘盡、千古風流人物。故壘西邊，人道是、三國孫吴赤壁。亂石崩雲，驚濤掠岸，捲起千堆雪。江山如畫，一時多少豪傑。　遥想公瑾當年，小喬初嫁了，雄姿英發。羽扇綸巾，談笑間、檣櫓灰飛煙滅。故國神遊，多情應是，笑我生華髮。人間如寄，一尊還酹江月。」淋漓悲壯，擊碎唾壺，洵爲千古絶唱。

晁周詞

晁无咎水龍吟云：「去年暑雨鉤盤，夜闌睡起同征轡。今年芳草，齊河古岸，扁舟同艤。萍梗孤踪，夢魂浮世，別離常是。念當時緑鬢，狂歌痛飲，今憔悴、東風裏。此去濟南爲說，道愁腸、不醒猶醉。多情北渚，兩行烟柳，一湖春水。還唱新聲，後人重到，應悲桃李。待歸時，攬取庭前皓月，也應堪寄。」周美成花犯咏梅云：「粉牆低，梅花照眼，依然舊風味。露痕輕綴。疑浄洗鉛華，無限清麗。去年勝賞曾孤倚。冰盤共宴喜。更可惜、雪中高士，香篝熏素被。今年對花太匆匆，相逢似有恨，依依憔悴。凝望久，青苔上、旋看飛墜。相將見、脆圓薦酒，人正在、空江煙浪裏。但夢想、一枝瀟洒，黄昏斜照水。」二詞層次曲折，一氣舒卷，機軸相同。

稼軒詞

辛稼軒詞，慷慨豪放，一時無兩，爲詞家別調。集中多寓意作，如摸魚兒云：「更能消、幾番風雨。匆匆春又歸去。惜春長怕花開早，何況落紅無數。春且住。見說道、天涯芳草無歸路。怨春不語。算只有殷勤，畫檐蛛網，盡日惹飛絮。長門事，準擬佳期又誤。蛾眉曾有人妒。千金縱買相如賦，脉脉此情誰訴。君莫舞。君不見、玉環飛燕皆塵土。閒愁最苦。休去倚危欄，斜陽正在、煙柳斷腸處。」又如：「怕上層樓，十日九風雨。斷腸點點飛紅，都無人管，更誰勸、流鶯聲住。」又如：「一番風雨，一番狼藉。

尺素如今何處也，綠雲依舊無綜跡。謾教人、羞去上層樓，平蕪碧。」又如：「把吴鈎看了，闌干拍遍，無人會、登臨意。」又如：「剩水殘山無態度，被疏梅、料理成風月。兩三雁、也蕭瑟。」此類甚多，皆爲北狩南渡而言。以是見詞不徒作，豈僅批風詠月。

辛詞永遇樂

六十一上人永遇樂，京口北固亭懷古云：「千古江山，英雄無覓，孫仲謀處。舞榭歌台，風流總被，雨打風吹去。斜陽草樹，尋常巷陌，人道寄奴曾住。想當年，金戈鐵馬，氣吞萬里如虎。元嘉草草，封狼居胥，贏得倉皇北顧。四十三年，望中猶記，烽火揚州路。可堪回首，佛狸祠下，一片神鴉社鼓。憑誰問、廉頗老矣，尚能飯否。」此闋悲壯蒼涼，極咏古能事。

白石詞

白石筆致騷雅，非他人所及，最多佳作。石湖詠梅二詞，尤爲空前絶後，獨有千古。暗香云：「舊時月色，算幾番照我，梅邊吹笛。喚起玉人，不管清寒與攀摘。何遜而今漸老，都忘却、春風詞筆。但怪得、竹外疏花，香冷入瑶席。江國。正寂寂。歎寄與路遥，夜雪初積。翠尊易泣。紅蕚無言耿相憶。長記曾携手處，千樹壓、西湖寒碧。又片片、吹盡也，幾時見得。」疏影云：「苔枝綴玉，有翠禽小小，枝上同宿。客裏相逢，籬角黄昏，無言自倚修竹。昭君不慣胡沙遠，但暗憶、江南江北。想佩環、月下歸來，化作此花幽獨。猶記深宫舊事，那人正睡裏，飛近蛾綠。莫記春風，不管盈盈，早與安排金屋。還教一片隨波去，又却怨、玉龍哀曲。等恁時、重覓幽香，已入小窗横幅。」清虚婉約，用典亦復不涉呆相。風雅如此，老倩小紅低唱，吹簫和之，洵無愧色。

碧山詞

余謂詞，最宜清空，一氣轉折，方足陶冶性靈。碧山花外集摸魚兒云：「洗芳林、夜來風雨。匆匆還送春去。方纔送得春歸去，却又送君南浦。君聽取。怕此際春歸，也過吴中路。君行到處。便快折、河邊千條翠柳，爲我繫春住。春還住。休索吟春伴侣。殘花今已塵土。姑蘇台下煙波遠，西子近來何許。能唤不。又只恐、殘春到了無憑據。煩君妙語。更爲我將春，連花帶柳，寫入翠箋句。」不須雕琢自佳。蒙每學詞，必以此旨爲式。

玉田詞

張玉田白雲山中詞，四庫全書提要稱其首首可誦，清麗穩諧，洵非虚語。足以並美草窗，似猶駕竹屋、梅溪之上。

劉過詞

劉過唐多令，重過武昌云：「蘆葉滿汀洲。寒沙帶淺流。二十年、重過南樓。柳下系船猶未穩，能幾日、又中秋。黄鶴斷磯頭。故人曾到否。舊江山、都是新愁。欲買桂花同載酒，終不似、少年游。」輕圓柔脆，小令中工品。詞以寫情，須意致纏綿，方爲合作。無清靈之筆意致，焉得纏綿。彼徒以典麗堆砌爲工者，固自不解用筆。

李易安詞

李易安漱玉詞，匪特閨閣無此清才，卽求之詞家能手亦罕。聲聲慢云：「尋尋覓覓，冷冷清清，悽悽慘慘戚戚。乍暖還寒時候，最難將息。三杯兩盞淡酒，怎敵他、晚來風急。雁過也，正傷心，却是舊時相識。滿地黄花堆積。憔悴損、如今有誰堪摘。守著窗兒，獨自怎生得黑。梧桐更兼細雨，到黄昏、點點滴滴。這次第，怎一個愁字了得。」連用十餘迭字，此格爲清照所創，難得妥帖，毫不牽强。又如：「寵柳嬌花寒食近，種種惱人天氣。」又如：「莫道不銷魂，簾捲西風，人比黄花瘦。」又如：「試問捲簾人，卻道海棠依舊。知否。知否。應是緑肥紅瘦。」語意清新，的是詞家吐屬。

張翥詞

張翥蛻巖詞，典雅温潤，每闋皆首尾完善，詞意兼美，允推元代一大家。最酷愛其王季境湖蓮，雙頭一枝，爲人折去，惘然賦摸魚兒云：「問西湖、舊家兒女，香魂還又連理。多情欲賦雙蕖怨，閒却滿奩秋意。嬌旖旎。愛照影紅妝，一樣新梳洗。王孫正擬。喚翠袖輕歌，玉筝低按，涼夜爲花醉。　鴛鴦浦，淒斷凌波夢裏。空憐心苦絲脆。吴娃小艇應偷採，一道緑萍猶碎。君試記。還怕是、西風吹作行雲起。闌干謾倚。待載酒重來，尋芳已晚，余恨渺煙水。」他如留别臨川諸友，解連環，使歸閩浙歲莫有懷，陌上花，西池敗荷、水龍吟，定風波、摘紅英各詞，皆字字熨貼，意妙韻諧，卓然可誦之作。

宋謙甫詞

宋謙甫賀新涼云：「喚起東坡老。問雪堂、幾番興廢，斜陽衰草。一月有錢三十萬，何苦抽身不早。又底用、北門摛藻。儋雨蠻烟添老色，和陶詩、翻被淵明惱。畢竟是，忘言好。周郎英發人間少。漫依然、烏鵲南飛，山高月小。歲月堂堂留不住，此世何時是了。算不滿、英雄一笑。我有豐淮千斗酒，把新愁、舊恨都傾倒。醉吹笛，到天曉。」此詞慷慨激昂，坡老見之，定當把臂入林。

王容溪詞

王容溪如夢令云：「林下一溪春水。林上數峯嵐翠。中有隱居人，茅屋數間而已。無事。無事。石上坐看雲起。」豁堂點絳脣云：「來往烟波，十年自號西湖長。秋風五兩。吹出蘆花港。得意高歌，夜靜聲初朗。無人賞。自家拍掌。唱得青山響。」二詞極寫得冲澹之致，讀之令人置身塵表。

朱竹垞詞

朱竹垞自題詞集有云：「老去填詞，一半是空中傳恨。」此語不啻爲儂寫照。

楊韶父詞

楊韶父長相思云：「溪水清。溪水渾。溪上人家數畝園。垂楊深閉門。青羅裙。白羅裙。採盡青蘩到白蘋。江南三月春。」趙慶熺長相思云：「蘇公隄。白公隄。十里亭臺高復低。斷橋流水西。杜鵑啼。鷓鴣啼。樓外斜陽一酒旗。楊花不住飛。」詞意新鮮，如明珠仙露，不著點塵，且絶好一幅圖畫。

康伯可詞

江城梅花引調難協，佳作罕見。只康伯可詞：「娟娟霜月冷侵門。怕黄昏。又黄昏。手撚一枝，獨自對芳樽。酒又不禁花又惱，漏聲遠，一更更，總斷魂。　斷魂斷魂不堪聞。被半温。香半熏。睡也睡也睡不穩，誰與温存。惟有床前，銀燭照啼痕。一夜爲花憔悴損，人瘦也，比梅花，瘦幾分。」郭頻迦詞云：「一重方空一重紗。采蓮花。采菱花。愛住吴船，生小號吴娃。牆内紅樓牆外水，有明月，照鴛鴦，宿那家。　那家那家在天涯。雨又斜。雲又遮。聽也聽也聽不到，一曲琵琶。漸漸西風，秋柳不藏鴉。欲倩西風吹夢去，還只恐，夢魂中，太遠些。」纏綿宛轉，工力悉敵。

陳行詞

陳行貂裘换酒：「醉言覺得魂兒驟。夢初醒，被池冰冷，一燈紅瘦。斗大眼花看不定，撐下床來行走。似顛倒、風前楊柳。渴殺劉伶難忍耐，索茶湯、笑向妻開口。妻不語，兩蛾斗。　蒼天生我卿知否。早安排、幾千萬石，無愁春酒。明日杏花村裏去，還要盡情消受。待記取、歸來時候。跌進門來須照管，玉纖纖、扶住勞卿手。直睡到、百年後。」此詞乃游戲筆墨，步兵狂放，頗有滑稽之妙。

吳蘭修詞

吳蘭修，嶺南詞人，新著桐花閣稿，多清新可愛。爲梁子春題春堂藏書圖乳燕飛，尤情韵綿邈，真摯足以感人。詞云：「一夕酸心話。問平生、説猶未忍，那堪圖畫。阿母昔兼師與父，儲取縹緗滿架。將舊日、釵鈿都捨。一盞寒燈親口授，有繅車、伴盡啼烏夜。衣絮冷，寺鐘打。而今白首悲親舍。笑哭秋風，樹根讀竟，淚涔涔下。剩有緇帷常入夢，猶待殘機未罷。算此種、深恩難寫。任説馬周當富貴，痛泉台、何處頻封鮓。我亦是，傷心者。」

周昀叔詞

祥符周昀叔都轉星譽詞，清新俊逸，惜全稿散佚。東鷗草堂詞，僅百餘首，江陰金粟香爲刻入叢書中。觀荷買陂塘云：「便朝朝、花邊載酒。還能消幾歌舞。鬧紅已較頭番減，何況又添離緒。愁絶處。道水閣風簾，人去花誰主。殘香無數。但萬緑濃邊，凉雲如夢，一鷺共秋語。欹枕裏，寂寞疏燈窗户。暗蛩偏傍人絮。客心還比花憔悴，禁得者宵風雨。腸斷句。待讀與花聽，又怕花悽楚。問花能否。化一縷秋魂，盈盈煙際，隨我渡江去。」題乙未亭讌月圖，水龍吟云：「蒼然片月飛來，酒波都向青天卷。舉杯一笑，東南如此，且聽簫管。七百年前，黄樓吹笛，風流未遠。看萬荷香裏，魚龍跌宕，似睥睨、江山宴。千載猿愁鶴怨。把湖波、傾來重浣。紅裙烏帽，古今多少，星飛雲亂。海樣秋光，不判一醉，流年潛换。待明朝散了，卑韡雙脚，又黄埃滿。」集中美不勝舉，録此以見一斑。

八旗詞家

八旗詞家，向推納蘭容若飲水側帽二詞，清微淡遠。嗣嘉道間，子久方伯承齡著有冰蠶詞，一時許爲作家。然音調雅諧，猶嫌意少。咸同間有姚秋士比部斌桐，亦工填詞，遺有還初堂集，清麗芊綿，似出子久方伯之右。近則鄭叔問中翰文焯，刻有瘦碧詞，才名著聞江南，此外罕聞有專集。

潘飛聲詞

嶺南潘飛聲，刊有說劍堂詞，中水龍吟一闋，筆端饒有清氣。詞云：「柴門淡月如煙，垂陽浸在輕煙裏。半池荷露，一隄花影，兩三船艤。今夜流雲，昨宵宿雨，碧天無際。把湘簾四捲，瑶琴漫理，還乍聽，疑流水。　前度城西舊寺，集詞人、携尊同醉。聽潮亭上，絃聲浩漫，有江湖氣。響散松陰，愁生焦尾。知音誰是。記回船、尚有娟蟾影，照人無睡。」

汪琜詞

汪琜虞美人云：「鶯聲勸我尋春好。將近春分了。便隨芳草到城東，却又春煙漠漠、雨濛濛。　分明雁字橋邊路。是我曾游處。重來不見小桃花，何況小桃花下、那人家。」語亦尋常，却不尋常，寫出無可奈何情態。又有句云：「不爲花愁兼酒病，只是無聊。題詩帕子舊生綃。小半墨痕，多半淚，一半香消。」亦妙。

王芰舫詞

王芰舫看桃花爲雨所阻，蝶戀花云：「天到花時難作主。纔得春晴，剛要春陰護。商酌輕雲兼薄霧。積來又怕成風雨。　雨雨風風愁不住。流水無情，斷却尋芳路。自古妖嬈人易妬。天公也喫桃花醋。」上半眼前情景，却未經人道。末句意尤新，可爲後人添一詞料。

陳澧詞

陳澧蘭甫，以經學稱，詩詞亦超雋。水龍吟，追和石華，陪春海師登越秀看月云：「詞仙曾駐峯頭，鸞吟縹緲聞天際。成連去後，素絃彈折，萬重雲水。碧月仍圓，蒼山不改，舊時烟翠。只長林墜葉，金風過處，都吹作、秋聲起。　今夜露台同坐，對清光、酒顏全洗。珠江滾滾，暗潮消盡，十年前事。疏雨飛來，白雲一角，漲嵐廿里。攢出山回望，燈明佛屋，有閒僧睡。」具見通品，無不能之。視彼一孔半瓶，沾沾自命爲儒士，轉鄙詞賦爲雕蟲而不屑覩之，能勿汗顏。

那彥成詞

那文毅相國彥成，性風雅，喜臨池，蘭亭序、多寶塔曾各撫百本。有瑶花詞，紫藤花下作云：「瓔穿珞纈。高架暮霞，浸一壺寒碧。滿身清影，玲瓏甚、篩透衣香幾迭。輕寒約住，才留得、而今春色。訝石家、步障張空，翻起流雲疑活。　凄涼轉憶前游，是那曲闌干，春最佳絕。十年花夢，應不識、禁得等閑蜂蝶。心情正苦，更何處、悠揚孤笛。怕者番、吹徹陽關，驚舞翠虬香雪。」洵所謂經濟文章，足以彪炳一代。

樊榭詞

樊榭老人詞有云：「寂寂寥寥，朝朝暮暮，吟得梅花俱惱。」用迭字是從李易安詞脫胎，然亦自諧。

左錫璇詞

左錫璇，梅爲風雨所敗，感賦疏影云：「一宵風雨。早小園梅萼，飄墜無數。才見花開，又見花飛，瞥眼便成塵土。但教落去人知惜，更何必、重幡深護。只愁他、没箇人知，枉自魂銷千古。日暮幾回巡索，嘆繁華如夢，韶光迅羽。乍霽仍陰，擬暖還寒，種種惱人情緒。天心到此，應難問，漫惆悵、留春不住。看枝頭、點點殘英，空剩寒香一縷。」清紆悲壯，感慨繫之。

汪仁溥詞

汪仁溥，念奴嬌咏浣紗石云：「苧羅山畔，有當年、西子經行遺迹。霸越亡吴彈指去，留得江山片石。土漬苔封，沙崩浪齧，磊砂難銷蝕。一拳千古，動人多少思憶。寧料一縷溪紗，偶然出浣，顯出傾城質。今日西村何限女，誰向塵埃物色。石倘能言，也應似我，望古增嗚咽。精靈何在，悄然長卧江側。」咏物體，須不即不離，有議論，有興會，有寄託，能組織生新，自佳。

曹仰山詞

曹仰山金縷曲云：「轣轆車聲裏。是誰家、隔籬小犬，吠人行李。生怕黃昏無處宿，到店客心先喜。都歇在、茅檐影底。濯足篝燈同飯罷，大家兒、等夢來邀睡。儂獨自，尚無寐。打窗落葉緣何事。似風聲雨聲，故故攪人不已。啟户階前惟皓月，滿地霜華如水。聽一片、荒鷄四起。欲想登程愁太早，剔殘燈、守定窗兒紙。天曙也，可行矣。」寫出蕭條情狀，真是一幅行旅圖。宋子京詞，「紅杏枝頭春意鬧」，鬧字固鍊，然太吃力，不可學。

南唐兩宋詞

南唐中主詞：「無可奈何花落去，似曾相識燕歸來。」「小樓吹徹玉笙寒。」「流水落花春去也，天上人間。」「剪不斷，理還亂，是離愁。別是一般滋味、在心頭。」晏叔原詞：「落花人獨立，微雨燕雙飛。」秦少游詞：「斜陽處，寒鴉數點，流水繞孤村。」「郴江幸自繞郴山，爲誰流下瀟湘去。」「雨打梨花深閉門。」賀方回詞：「一川烟草，滿城風絮。梅子黃時雨。」張芸叟詞：「回首夕陽紅盡處，應是長安。」周美成詞：「低聲問向誰行宿，城上已三更。馬滑霜濃，不如休去，直是少人行。」張叔夏詞：「能幾番遊，看花又是明年。見説新愁，如今也到鷗邊。莫開簾。怕見飛花，怕聽啼鵑。」柳耆卿詞：「楊柳岸，曉風殘月。」陳子高詞：「簾外落花飛不得，東風無氣力。」陳去非詞：「杏花疎影裏，吹笛到天明。」「古今多少事，漁唱起三更。」張叔夏詞：「向尋常野橋流水，待招來、不是舊沙鷗。空懷感，有斜陽處，却怕登樓。」「寫不成書，只寄得相思一點。」李冠詞：「數點雨聲風約住。朦朧淡月雲來去。」万俟雅言詞：「雙燕故來問我，怎生不上簾鈎。」劉弇詞：「斷送一生憔悴，能消幾個黄昏。」陳去非詞：「吟詩日日待春風。及至桃花開後，却匆匆。」趙彦端詞：「波底夕陽紅濕。」周密詞：「看畫船盡入西泠，閒却半湖春色。」「一硯梨花雨。」僧揮詞：「一聲啼鳥怨年華。又是凄凉時節、在天涯。緑楊堤畔鬧荷花。記得年時，沽酒那人家。」僧祖可詞：「珠簾卷盡夜來風。人不見，春在緑蕪中。」趙子昂詞：「消沈萬古意無窮。盡在長空。淡淡鳥飛中。」曾允元詞：「來是春初，去是春將老。長亭道。一般芳草。只有歸時好。」虞集詞：「報道先生歸也，杏花春雨江南。」盧申之詞：「暗數十年湖上路，能幾度、著娉婷。載酒買花年少事，渾不似、舊時情。」韓子畊詞：「可奈夢隨春漏短，不到江南。」吴琚詞：「幾日不來春便老，開盡桃花。」朱鼎孫詞：「春雲作冷春知未，春愁在、碎雨敲花聲裏。」皆佳。

咏物詞

咏物最争託意隸事處，以意貫串，渾化無痕。碧山集中，以此擅場。讀之自見家國身世之感，每流露於言外。

玉田才不高

筆以行意，不行須换筆，换筆不行，便須换意。玉田惟换筆，不换意，當緣才本不高。

周濟論詞

周濟止庵作宋四家詞選序有云：東真韵寬平，支先韵細膩，魚歌韵纏綿，蕭尤韵感慨，各具聲響，莫草草亂用。陽聲字多則沈頓，陰聲字多則激昂。重陽間一陰，則柔而不靡。重陰間一陽，則高而不危。韵上一字最要相發，或竟相貼。紅友極辨上去，是已。上入亦宜辨，入可代去，上不可代去。入之作平者無論矣。其作上者可代平，作去者斷不可以代平。平去是兩端。上由平而之去，入由去而之平。上聲韵，韵上應用仄字者，去爲妙。去入韵則上爲妙。平聲韵，韵上應用仄字者去爲妙。入次之。迭則聱牙，鄰則無力。硬軟字宜相間，如水龍吟等俳句，尤重領句。單字一調數用，宜令變化渾成，勿相犯。一領四五六字句，上二下三上三下二句，上三下四上四下三句，四字平句，五七字渾成句，要合調無痕。重頭、迭脚、蜂腰、鶴膝、大小韵，詩中所忌，皆宜忌。積字成句，積句成段，最是見筋節處。吞吐之妙，全在换頭煞尾。古人名换頭爲過變，或藕斷絲連，或異軍突起，皆須令讀者耳目振動，方成佳制。换頭多偷聲，須和婉。和婉則句長節短，可容攢簇。煞尾多减字須峭勁，峭勁則字過音留，可供摇曳。

黄仲則詞

陽湖黄景仁仲則竹眠詞中，丑奴兒慢云：「日日登樓，一换一番春色。者似捲如流春日，誰道遲遲。一片野風，吹草草背白烟飛。頹牆左側，小桃放了，没個人知。　嫣然一笑，分明記得，三五年時。是何人、挑將竹淚，粘上空枝。請試低頭，影兒憔悴浸深池。此間深處，是伊歸路，莫惹相思。」此闋意清詞婉。

張皋文詞

武進張皋文，茗柯詞中，水調歌頭一闋，清空宛委，最堪諷咏。「長鑱白木柄，斸破一庭寒。三枝兩枝生綠，位置小窗前。要使花顏四面，和着草心千朵，向我十分妍。何必蘭與菊，生意總欣然。曉來風，夜來雨，晚來烟。是他釀就春色，又斷送流年。便欲誅茅江上，只怕空林衰草，憔悴不堪憐。歌罷且更酌，與子繞花間。」

清人詞

顧貞觀詞：「古今來，一例斷腸回首。」陳維崧詞：「腸斷也，百花生日，只是無聊。」沈岸登詞：「打起沙頭宿雁，分付與、一寸紅箋。紅箋迭，沈吟路遥，雁也難傳。」許田詞：「漾花梢、一朵行雲，化水痕難覓。」王策詞：「落盡櫻桃，濕盡棠梨，天也没些分曉。聽風聽雨，忽聽到、弄晴啼鳥。」黃憲清詞：「月自纏綿花自妒，人自無聊。醒着欲眠眠着醒，燈也心焦。」趙慶熺詞：「又落碧桃花，紅了來時路。」汪焜詞：「記得盟時，笑指鬢邊釵。記得鬢邊釵上，雙鳳不分開。」趙我佩詞：「樓外垂楊樓上人，同是懨懨病。」「記得去時言，約在梅開後。風信而今過海棠，到底歸來否。」周星譽詞：「牆裏梨花花上月，花底闌干，無賴是秋鴻。」「但寫人人，不寫人何處。」承齡詞：「縱說道東風，年年依舊，老了楊枝。」潘飛聲詞：「夢魂如水一痕消。不信人間，真有可憐宵。」「只是紅牆，遮不住簫聲。」周星詒詞：「夕陽闌角紅膩，芭蕉搖得秋碎。」嚴秋槎詞：「思量自入朱門，空房小膽，偏住在深深深院。呢喃燕子歸來，匆匆又去。剛訴了、春愁一半。」錢瑗詞：「閒恨閒愁千萬種，寫來紙角都無縫。慣聽鵲聲檐外弄。燈花也把人兒哄。」張道詞：「夢魂賺得無凭準。」蔣春霖詞：「一片春愁，漸吹漸起，恰似春雲。」恰是詞中絕妙語。

勒方錡詞

江南勒方錡，書法工秀，詞亦新。有云：「争得不凄凉，一陣西風，一陣蘆花雨。」又，江西劉熙載，官翰林，講理學，頗能詞。有云：「我送君歸，我尚歸期杳。君應笑。異時同老。白發看誰早。」

王星諴詞

山陰王星諴，年少有才名，詩工而多秋氣。潘刻西鳧山居殘草，坿詞數闋，有云：「棗花如豆，吹绿作朝雨。把一掬酸辛，傷時涕淚，贈與趙州土。」

東鷗草堂詞

東鷗草堂詞，有云：「還記那時聽不得，何況今朝。」又云：「容易黄昏，挨過明朝，還有黄昏。」董元愷詞云：「何如索性不逢春，一年長在愁邊住。」蔣醉園詞云：「索性掃除清凈，還他一片蒼苔。」皆進一步加一倍寫法。

莊盤珠詞

莊盤珠蓮佩女史秋水詞，娣視易安，非尋常閨秀所能。踏莎行，京口泊舟云：「白日西馳，大江東去。朝朝暮暮相逢處。其旁坐老有青山，不言不笑看今古。　渡口帆檣，波心鐘鼓。後人又逐前人去。莫將詩句擲寒濤，多情恐惹蛟龍怒。」語意頗雄壯。又有咏楊花云：「不見花開，但見花飛處。繞砌縈簾剛欲住。打個盤旋，又被風吹去。　野棠村，芳草渡。離却枝頭，總是傷心路。」又云：「一院海棠春不管，儂替花愁。知道明年人在否，花替儂愁。」又云：「誰料酒人都去，剩箇蜻蜓，立西風呆想。」又云：「不教細雨幾番催，留春一日花應肯。」筆致頗新。

歐詞

歐陽永叔詞：「庭院深深深幾許。楊柳堆烟，簾幕無重數。玉勒雕鞍遊冶處。樓高不見章台路。　雨横風狂三月暮。門掩黄昏，無計留春住。淚眼問花花不語。亂紅飛過秋千去。」「庭院深深」，宫閫邃深也。「樓高不見」，哲王不寤也。「章台」「游冶」，小人之徑。「雨横風狂」，政令暴急。「亂紅」飛去，斥逐者多也。卽詩之比興體。

東坡詞

東坡詞：「缺月掛疏桐，漏斷人初定。時有幽人獨往來，縹緲孤鴻影。　驚起却回頭，有恨無人省。揀

「揀盡寒枝不肯棲」,不偷安高位也。「寂寞沙洲」,非所安也。「獨往來」,無助也。「驚鴻」,賢人不安也。「回頭」,愛君不忘也。「無人省」,君不察也。「揀盡寒枝不肯棲,寂寞沙洲冷。」此在黄州作。「缺月」,刺明微也。「漏斷」,暗時也。「幽人」,不得志也。

詞林正韻

吴縣戈載順卿,輯詞林正韵一書,列平上去爲十四部,入聲爲五部,共十九部。大要有二:一曰律,一曰韵。律不協,則聲音之道乖。韵不協,則宫商之理失。詞韵與詩韵有别,與曲韵亦不同耳。是書之出,近頗奉爲正宗。

入作三聲

詞林正韵有云:入聲作三聲,詞家多承用。如晏幾道梁州令:「莫唱陽關曲。」曲字作邱雨切,叶魚虞韵。柳永女冠子:「樓台俏似玉。」玉字作于句切。又黄鶯兒:「暖律潛催幽谷。」谷字作令五切,皆叶魚虞韵。晁補之黄鶯兒:「兩兩三三修竹。」竹字作張汝切,亦叶魚虞韵。黄庭堅鼓笛令:「眼厮打過如拳踢。」踢字作他禮切,叶支微韵。辛棄疾丑奴兒慢:「過者一霎。」霎字作雙鮓切,叶家麻韵。杜安世惜春令:「悶無緒,玉簫抛擲。」擲字作徵移切,叶支微韵。張炎西子妝漫:「遥岑寸碧。」碧字作邦彼切,亦叶支微韵。又,徵招换頭:「京洛染淄塵。」洛字須韵,作郎到切,叶蕭豪韵。此皆以入聲作三聲而押韵也。又有作三聲而在句中者,如歐陽修摸魚兒:「憾人去寂寂,鳳枕孤難宿。」寂寂叶精妻切。柳永滿江紅：「待到頭，終久問伊著。」著字叶池燒切。又，望遠行：「斗酒十千。」十字叶繩知切。蘇軾行香子：「酒斟時須滿十分。」周邦彦一寸金：「便入魚鈎樂。」十字入字同。李景元帝台春：「憶得盈盈拾翠侶。」拾字亦同。周邦彦又有瑞鶴仙：「正值寒食。」值字叶征移切。秦觀望海潮：「金谷俊游。」谷字叶公五切。又，金明池：「才子倒玉山休訴。」玉字叶語居切。吴文英無悶：「鸞駕弄玉。」玉字同。黄庭堅品令：「心下快活自省。」活字叶華戈切。辛棄疾千年調：「萬斛泉。」斛字叶紅姑切。吕渭老薄倖：「携手處，花明月滿。」月字叶胡靴切。姜夔暗香：「舊時月色。」吴文英江城梅花引：「帶書傍月自鉏畦。」兩月字同。万俟雅言梅花引：「家在日邊。」日字葉人智切。又，三台：「餳香更酒冷，踏青路。」踏字叶當加切。方千里瑞龍吟：「暮山翠接。」接字叶兹野切。又，倒犯：「樓閣差參簾櫳悄。」閣字叶岡懊切。陳允平應天長：「曾慣識凄涼岑寂。」識字叶傷以切。周密醉太平：「眉銷額黄。」額字叶移介切。如此類不可悉數，故用其以入作三聲之例，而末仍列入聲五部，則入聲既不缺，而入作三聲者皆有切音，人亦知有限度，不能濫施以自便。

反切

反切者，牙舌脣齒喉之分，以上下兩字相合而成音。上字主起音，求之别韵，辨其呼音之清濁，而以入聲翻起。先類其字，繼歸其母，後合其紐，所謂雙聲是也。下字主收音，求之本韵，清濁互用。如宫用角清，角用宫清。徵用變徵，變徵用徵清。商清、次清、次濁并用。次清次音。次清次用次濁音。正濁用清音，次商清濁并用變商。變商用次商清音。羽清濁并用本次濁音。次濁用清音，次羽清濁互用。凡有缺字，循序借補，或純用宮清亦可，所謂迭韵是也。

詞忌落腔

詞之爲道，最忌落腔，落腔卽所謂落韵也。姜白石云：十二宫住字不同，不容相犯。沈存中補筆談，載燕樂二十八調煞聲。張玉田詞源，論結聲正訛，不可轉入別腔住字，煞聲結聲，名雖異而實不殊，全賴乎韵以歸之，然此第言收音也。而用韵之吃緊處則在乎起調畢曲。蓋一調有一調之起，有一調之畢，某調當用何字起，何字畢，起是始韵，畢是末韵，有一定不易之則。而住字煞聲結聲卽由是以別焉。詞之諧不諧，恃乎韵之合不合。韵各有其類，亦各有其音，用之不紊，始能融入本調，收入本音耳。韵有四呼七音三十一等，呼分開合，音辨宫商，等敍清濁。而其要則有六條：一曰穿鼻，二曰展輔，三曰斂脣，四曰抵齶，五曰直喉，六曰閉口。穿鼻之韵，東冬鐘江陽唐庚耕清青蒸登三部是也。其字必從喉間反入，穿鼻而出作收韵，謂之穿鼻。展輔之韵，支脂之微齊灰佳皆咍二部是也。其字出口之後，必展兩輔如笑狀，作收韵，謂之展輔。斂脣之韵，魚虞模蕭宵爻豪尤侯幽三部是也。其字在口半啓半閉，斂其脣以作收韵，謂之斂韵。抵齶之韵，真諄臻文欣魂痕元寒桓删山先仙二部是也。其字將終之際，以舌抵著上齶作收韵，謂之抵齶。直喉之韵，歌戈佳麻二部是也。其字直出本音，以作收韵，謂之直喉。閉口之韵，侵覃談鹽沾嚴咸銜凡二部是也。其字閉其口以作收韵，謂之閉口。凡平聲十四部，已盡於此，上去卽隨之，惟入聲有異耳。入聲之本體，後有論四聲表在，亦可類推。至其叶三聲者，則入某部，卽從某音，總不外此六條也。明此六者，庶幾韵不假借而起畢住字，無不合矣，又何慮其落韵乎。

楊纘論詞

楊纘有作詞五要，第四云：要隨律押韵，如越調水龍吟、商調二郎神，皆合用平入聲韵。古詞俱押去聲，所以轉摺怪異，成不祥之音也。詞之用韵，平仄兩途，而有可以押平韵，又可以押仄韵者，正自不少。其所謂仄乃入聲也。如越調又有霜天曉角、慶春宫，商調又有憶秦娥。其餘則雙調之慶佳節，高平調之江城子，中吕宫之柳梢青，仙吕宫之望梅花、聲聲慢，大石調之看花回、兩同心，小石調之南歌子。用仄韵者，皆宜入聲。滿江紅有入南吕宫，有入仙吕宫。入南吕宫者，卽白石所改平韵之體，而要其本用入聲，故可改也。此外又有用仄韵而必須入聲者，則如越調之丹鳳吟、大酺，越調犯正宫之蘭陵王，商調之鳳凰閣、三部樂、霓裳中序第一、應天長慢、西湖月、解連環，黄鐘宫之侍香金童、曲江秋，黄鐘商之琵琶仙，雙調之雨霖鈴，仙吕宫之好事近、蕙蘭引、六么令、暗香、疏影，仙吕犯商調之淒凉犯，正平調近之淡黄柳，無射宫之惜紅衣，正宫中吕宫之尾犯，中宫商之白苧，夾鐘羽之玉京秋，林鐘商之一寸金，南宫商之浪淘沙慢，此皆宜用入聲韵者，勿概之曰仄，而用上去也。其用上去之調，自是通叶，而亦稍有差别。如黄鐘商之秋宵吟，林鐘商之清商怨，無射商之魚遊春水，宜單押上聲。仙吕調之玉樓春，中吕調之菊花新，雙調之翠樓吟，宜單押去聲。復有一調中，必須押上，必須押去之處，有起韵結韵，宜皆押上，宜皆押去之處，不能一一臚列。唐段安節樂府雜録，有五音二十八調之圖，平聲羽七調，上聲角七調，去聲宫七調，入聲商七調，上平聲調爲徵聲，以五音之徵，有其聲無其調，故止二十八調也。所論皆填腔叶韵之法，更有商角同用，宫逐羽音之説，可與紫霞翁之言相發明。

詞以方音叶

宋人詞有以方音爲叶者，如黄魯直惜餘歡，閣合同押。林外洞仙歌，鎖考同押。曾覿釵頭鳳，照透同押。劉過轆轤金井，淄倒同押。吴文英法曲獻仙音，冷向同押。陳允平水龍吟，草驟同押，皆以土音叶韵，不可爲法。

借音

有借音數字，宋人習用之。如柳永鵲橋仙：「算密意幽歡，盡成孤負。」負字叶方佈切。辛棄疾永遇樂：「凭誰問、廉頗老矣，尚能飯否。」否字叶方古切。趙長卿南鄉子：「要底圓兒糖上浮。」浮字叶房逋切。周邦彦大酺：「況蕭素青蕪國。」國字叶古六切。潘元質倦尋芳：「待歸來碎揉花打。」打字叶當雅切。姜白石疏影：「但暗憶江南江北。」北字叶逋沃切。韓玉曲江秋，亦用國北叶屋沃韵。吴文英端正好：「夜寒重、長安紫陌。」陌字叶末各切。燭影摇紅：「相間金茸翠畝。」畝字叶忙補切。蔣捷女冠子：「羞與鬧娥兒争耍。」耍字叶霜馬切。此類略舉數家，已見一斑。

上去音異

韵中平聲之陰陽，一定之法，稍習四聲者，即能辨之。惟上與去，其音迥殊。元和韵譜云：上聲厲而舉，去聲清而遠，相配用之，方能抑揚有致。故詞中之宜用上，宜用去，宜用上去，宜用去上，有不可假借處。至字有去上兩見者，爲體爲用，大有區别，不可不審。

孫芝房詞

善化孫芝房學士蒼筤詞鈔，有杏花天云：「鶯鶯燕燕都來訴。無計將伊分付。」湘月云：「漸近春宵三九後，月色便多歡喜。」句極清新。倦尋芳云：「怕黄昏，便黄昏時節，也難捱到。」亦是加一倍寫法。

周自庵詞

長沙周自庵閣學壽昌，卜算子，閏三月餞春云：「何處見春來，又送春歸去。芳草多情不放歸，緑斷來時路。展得一春期，便擬春長住。不是聲聲布穀催，險怪鶗鴂誤。」小令最宜清婉。又，燭影摇紅云：「前歲重陽，瀟湘望斷長安月。去年愁裏又重陽，淚灑么弦絶。今更重陽時節。莽天涯、從新賦别。日高天遠，萬里孤鴻，扁舟一葉。」半闋中，幾多轉折，善用曲筆。水龍吟聞笛云：「漫自憐、聽不分明，恰更比、分明好。」意亦翻新。所著曰思益堂詞。

王壬秋詞

湘潭王壬秋闓運，學問博雅，負一時重望。所著湘綺樓集，詩文詞無不工。摸魚兒，洞庭舟望云：「問汀州、幾多芳草，青青遠黏天去。少年兒女春閨意，又對流光重數。留不住。烟波恨、逡巡踏遍湖邊路。凭闌不語。待更不傷心，此心仍似，一點未飛絮。　人間事，離合悲歡總誤。無情猶有痴妒。愁來漫寫登樓賦。未遇解人，休訴梁燕舞。還只恐、洞庭也化桑田土。當年戰苦。誰更憶周郎，風流盡在，千古浪淘處。」

張雨珊詞

長沙張雨珊觀詧祖同，工詞，精音律。所著湘雨樓集，希蹤白石，抗手玉田。水龍吟游絲云：「小闌花韵晴初，悠揚上下隨風轉。略無頭緒，渾無氣力，漾成凄眷。網斷憐蛛，依殘補蝶，縷斜迎燕。只玉人心上，絲絲牢繫，等閒是、愁難剪。　休説游蹤已倦。尚纏綿、寶釵低顫。撩將畫鬢，拈凭纖指，誤他雙眼。香篆纔縈，梁塵輕度，簾陰微見。算青春此際，千般蕩治，在斜陽院。」摸魚兒云：「悵重重、楚峯十二，行雲還未成雨。雙塘生長相思草，欲采自憐春暮。春未去。指落照明邊，有箇消魂處。紅樓第五。認幾葉枇杷，數枝楊柳，一顆小桃樹。　花如繡，曾是清溪暫住。而今休唱金縷。紫姑乩畔猊烟瘦，仙夢總無凭據。愁欲賦。略記得、些些閒事閒情緒。番風暗數。算燕肯思量，鶯將惆悵，都入斷腸句。」

朱綬詞

朱環之綬，工詞，刻有知止堂詞三卷。記其中高陽台有云：「葉葉花花，風風雨雨，年來春恨偏多。燕燕鶯鶯，看春無奈春何。」十二疊字，參錯用之，是由漱玉詞中化出。

樊雲門詞

樊雲門同年增祥，鄂中才人，詩文並皆佳妙。東風玉茗樓詞有句云：「撮得繡鞵尖上土，修成丸藥療相思。」意何纖姸乃爾。辛丑四月，予奉觀督長寶之命，雲門以詞送別，調寄金縷曲云：「冷眼觀棋局。酌使君、英雄一盞，酒香梅熟。屈指同年三百輩，大半霜顛秃蔌。剩爾我、雲龍追逐。此去湖南騷雅地，有君山、眉黛瑶妃竹。還憶否，羽衣曲。　才高折盡花間福。入關來、老僧藜杖，秀才虀粥。兩制文章拚棄了，換取瀟湘畫幅。且莫厭、長沙卑溼。冰雪聰明詩一卷，九疑烟、染就波箋緑。須寄與，故人讀。」端午樵中丞，嘗謂同一典故，經雲門運用，便化腐爲新，此蓋由於筆妙。

杜仲丹詞

巴陵杜仲丹同年貴墀，經術湛深，而頗工倚聲。張雨珊題其桐華閣詞云：「鏤雲斲月。」運心白石老仙，螺洲王先生嘆爲不及。兹讀其長亭怨慢，題俞中丞卧游圖云：「望鄉眼、濁河遮住。一笑今逢，别來如故。雪屐烟笻，舊時曾歷畫中路。蹇驢馱夢，公自題句。容易把錢輕負。白榜倚烏篷，又認向、衡雲湘霧。公自言：白板烏篷船，惟其鄉有之。　雲霧暗、齊州九點甚處。可容愁覷，澎湖浪涌，算總是、淚河波注。好境但、獅嶺駝峯，蒼生亦、鷺儔鷗侶。囑枕畔啼鵑，休道不如歸去。」亦可嘗鼎一臠。

詞中五七言

詞中五言七言句，最易淆亂。七言有上四下三，如鷓鴣天「小窻愁黛淡秋山」，玉樓春「棹沈雲去情千里」之類。有上三下四者，若唐多令「燕辭歸客尚淹留」，爪茉莉「金風動冷清清地」之類。五言有上二下三，若一路索「暑氣昏池館」，錦堂春「腸斷欲栖鴉」之類。有一字領句，下則四字者，若桂華明「遇廣寒宮女」，燕歸梁「記一笑千金」之類。誤填便失調，不可不審。

鹿潭詞

江陰蔣鹿潭春霖，工詞，刻有水雲樓稿。有句云：「壓春潮、一船幽恨。」又云：「樹影滿地壓凍月。」又云：「老紅吹盡春無力。」又云：「瘦腰不恨秋來早，恨秋來偏在天涯。」又云：「過却清明春是客。」又云：「恨西風、吹淡白鷗心。」鍊字鍊意，極詞家能事。

項蓮生詞

錢塘項蓮生廷紀，道光朝頗擅詞名。所著憶雲詞四卷，能入宋人之室。與戈順卿同時，聲律之學，饒有講解。但蒙不甚喜讀，猶嫌其不甚醒豁耳。

金昌宗詩

金昌宗詩：「一縷柳花飛不定，和風搭在繡簾前。」固佳，然似詞中語用之於詩，便近纖巧。

王策詞

王策詞有云：「更竹籬外，小桃綻了。」此則又似曲中句，作詞，便不合。詩詞各有體裁，參觀益見。

朱淑真詞

朱淑真詞，蝶戀花云：「樓外垂陽千萬縷。欲繫青春，少住春還去。猶自風前飄柳絮。隨風且看歸何處。　綠滿山川聞杜宇。便作無情，莫也愁人意。把酒送春春不語。黃昏却下瀟瀟雨。」情致纏綿，筆底毫無沈悶。

劉敏中詞

劉敏中點絳唇云：「短夢驚回，北窗一陣芭蕉雨。雨聲還住。斜日明高樹。　遠望行雲，送雨前山去。山如霧。斷虹猶怒。直入山深處。」寫出驟雨乍晴光景。

薩都剌詞

薩都剌酹江月，過淮陰云：「短衣瘦馬，望楚天空闊，碧雲林杪。野水孤城斜日裏，猶憶那回曾到。古木鴉啼，紙灰風起，飛入淮陰廟。椎牛釃酒，英雄千古誰弔。　何處漂母荒墳，清明落日，腸斷王孫草。鳥盡弓藏成底事，百事不如歸好。半夜鐘聲，五更鷄唱，南北行人老。道旁楊柳，青青春又來了。」雁門諸作，多感慨蒼莽之音，是咏古正格。

張樞詞

張樞瑞鶴仙詞：「捲簾人睡起。放燕子歸來，商量春事。風光又能幾。減芳菲，都在賣花聲裏。吟邊眼底。披嫩緑、移紅換紫。甚等閑，半委東風，半委小溪流水。　還是。苔痕湔雨，竹影留雲，待晴猶未。蘭舟静艤。西湖上，多少歌吹。粉蝶兒、守定落花不去。濕重尋香兩翅。怎知人、一點新愁，寸心萬里。」此詞微特音調和諧，卽意致亦頗清約。

許南陽詞

許南陽花非花云：「畫眉山上鷓鴣啼，畫眉山下郎行去。」猶有古樂府遺音。

酷相思煞句

酷相思詞，最争煞句。如佟國器石城懷古云：「前代也、東流去。後代也、東流去。鶯語也、如相訴。燕語也、如相訴。」朱彝尊阻風湖口云：「大姑也、留人住。小姑也、留人住。風急也、聲聲雨。風定也、聲聲雨。」均見情致。

吴蘋香詞

吴蘋香女史祝英台近，咏影云：「曲闌低，深院鎖。人晚倦梳裹。恨海茫茫，已覺此身墮。那堪多事青燈，黄昏纔到，又添上、影兒一箇。　最無那。縱然着意憐卿，卿不解憐我。怎又書窗，依依伴行坐。算來驅去應難，避時尚易。索掩卻、繡幃推卧。」如夢令云：「燕子未隨春去。飛入繡簾深處。軟語話多時，莫是要和儂住。延佇。延佇。含笑回他不許。」故作痴情語，卻妙。

易石甫詞

湖南易石甫同年順鼎，少有才子之目，著有琴志樓集，已刻，詩詞多卓卓可誦。尤愛其菩薩蠻云：「銀屏夢入江南遠。桃花落盡無人管。何處避春愁。小紅樓上樓。鈿塵飛不起。惆悵芳驄去。才隔一重簾。便同千萬山。」又有句云：「料得迴腸，比迴廊更多。」幾轉輕圓柔脆，小令最工。

王漁洋詞

王漁洋詞有云：「郎似桐花，妾似桐花鳳。」人因呼之爲王桐花。吴石華云：「瘦盡桐花，苦憶桐花鳳。」不讓漁洋山人，專美於前也。

姚敔詞

姚伯昂竹葉亭雜記，録姚敔柳梢青詞云：「秋老吟鞍。開州郭外，有客停驂。鄉夢重重，離愁一一，岐路三三。晚風亂撲征衫。對涼月、床空夜闌。昨夕山東，今朝薊北，明日河南。」謂末三句恰切。開州乃三省交界。

張少南詞

浙江張道少南，有影香、雪頌二詞，不下百餘首。意纖語練，如「秋聲冷入一燈爽。指涼吹茅堂，瘦笻晴訪。乳鳳閒鷗，共盟烟水長。」「雁宇蛩疏眠未穩，夢落湖雲湖月。」摘録一二，可以概見。

李夢韶詞

河間李鈞夢韶，典粤試，途次填漁家傲云：「飯罷登程纔過未。升輿又復瞢騰睡。一簇弓刀成小隊。人語沸。路旁艷説郎君貴。笑我輕裝携襆被。寒酸依舊書生味。茅店幾家懸酒旗。堪買醉。斜陽且駐行人轡。」此雖游戲筆墨，然以陶寫閒情，亦何不可。

東鷗草堂詞

東鷗草堂詞，有春晚坐寓園桃花下寫懷，買陂塘云：「下湘簾，緑濛濛處，涼雲漸送春暝。小桃紅煞斜陽裏，閃得蝶魂無定。風又緊。看碎糝燕支，繡箇春愁影。鑾紗香静。恁負手尋花，扶頭中酒，又做去年病。　蘭閨裏，也有一株細錦。横枝正嵌窗鏡。者時料已開成雪，都與茜裙争靚。離夢醒。恐一桁珠闌，閒煞無人憑。將愁和悶。好寫上銀箋，倩他燕子，寄箇斷腸信。」因寓園憶家，因花憶人，情懷繾綣，筆致曲折。且首尾完善，無一字不工，在詞家最爲合作。

方履籛詞

方履籛咏簾影詞云：「迷離半晌，任雨雨風風，織成愁様。」亦微妙，亦細切。

董元愷詞

董元愷生查子詞云：「送郎上車輪，車遠郎亦遠。願作車後塵，步步隨郎轉。郎行轍不歸，妾淚不離眼。看取眼淚痕，與轍誰深淺。」此調本似五言絶句體，蒼梧所作，頗得樂府雅音。

沈湘雲詞

沈湘雲歸舟咏蟬詞云：「烏衣巷柳曾相識。捲起孤篷，迢迢往事，一樹無情碧。」莊盤珠絡緯詞云：「亂愁誰漾千千縷，争把秋心識。便無愁，也自聽他不得。」咏物妙在不即不離，自無呆相。

彭君穀詞

彭君穀卜算子云：「瞥見月如眉，還道眉如月。過不多時月又圓，依舊眉頭結。」筆意清矯。

許棫詞

許棫百字令，和畇叔題詞草云：「九州莽莽，有幾人腕底，能飛霹靂。寂寞湖山容我老，放眼大江南北。君是何人，軒騰奇氣，醉把青天兀。怒潮萬里，驅來紙上都立。我欲踢倒銅山，銷完金印，鑄箇人兒鐵。憑仗斫鯨屠鱷手，來補東南天缺。莫把雄心，金尊檀板，付與蕭閒客。劍華紅處，蘇台兒女應識。」慷慨激昂。

竹山詞

蔣竹山一剪梅詞，有云：「銀字箏調。心字香燒。紅了櫻桃。綠了芭蕉。」久膾炙人口。

吴石華詞

吴石華羅敷媚，題采桑圖云：「誰覺銷魂。只管銷魂。再不回頭看使君。」抵得一首羅敷行。

丁至和詞

丁至和慶清朝，春草云：「燕陌泥蘇，苔衵凍拆，孤根同轉青陽。閒門盡掩，漸看春滿吟窗。十里馬蹄去後，綠腰裙繞蝶雙雙。燈期過，好尋嫩約，早鬥明妝。　猶記故園翠軟。又爲誰遍鋪，石冷台荒。征袍淚染，謝池幽夢難忘。漫剔玉鉤卧碣，雨昏烟碧下雷塘。王孫老賦歸未準，愁共波長。」自識云：一詞屢加推敲改削。承齡水龍吟水車云：「幾回聽水聽風，客遊遮莫車輪轉。關河冷落，數聲鵶軋，人家近遠。一道驅烟，亂流翻月，爲誰催趲。問何如且住，抽刀斷水，難祝取，迴腸緩。　夢裏輕雷乍輾。曉云飛捲。梯田打疊，待伊甘雨，平分翠筧。休學勞薪，馬蹄方後，去程繾倦。只當日，抱甕原非，空獨立，溪山晚。」自注：戊午冠山作。凡七易稿。觀此，固見詩詞研鍊之功不容或廢。但蒙細讀二詞，究未識其妙處。

左庵詞話卷下目録

左庵詞話卷下

東坡詞

蘇東坡詞云：「架上秋千牆外道。牆外行人，牆裏佳人笑。笑漸不聞聲漸杳。多情卻被無情惱。」此亦寓言，無端致謗之喻。

山谷詞

黄山谷清平樂詞：「春歸何處。寂寞無行路。若有人知春去處。喚取歸來同住。　春無蹤跡誰知。除非問取黄鸝。百囀無人能解，因風飛過薔薇。」亦寓言也。

俞國寶詞

俞國寶風入松調煞句：「明日重携殘酒，來尋陌上花鈿。」德祐改爲「重扶殘醉」，便多蘊藉，不似原作，猶帶寒酸氣。

史達祖詞

史達祖春雨詞煞句：「記當日、門掩梨花，剪燈深夜語。」就題烘襯推開去，亦是一法。

夢窗詞

吴夢窗惜紅衣云：「鷺老秋絲，蘋愁暮雪，鬢那不白。倒柳移栽，如今暗溪碧。烏衣細語，傷伴惹、茸紅曾約。南陌。前渡劉郎，尋流花蹤跡。朱樓水側。雪面波光，汀蓮沁顔色。當時醉近繡箔，夜吟寂。三十六磯重到，清夢冷雲南北。買釣舟溪上，應有煙蓑相識。」此等詞，撫今傷昔，以之寫情，哀艷易工。

張炎詞

張炎詞：「寫不成書，只寄得相思一點。」沈崑詞：「奈一繩雁影斜飛，點點又成心字。」周星譽詞：「無賴是秋鴻，但寫人人，不寫人何處。」三詞咏雁字，各具巧思，皆不落恆蹊。

金粟香筆記

金粟香筆記，輯録前後用東坡念奴嬌·赤壁懷古元韻，不下數十闋，間有佳作。然較之蘇詞，終無出其右者。足見邯鄲學步，萬不及前人之工。和韻詩不必作，和韻詞尤不必強作。

吴錫麒詞

吴錫麒春陰詞：「天涯燕子，問伊來也，可有斜陽信息。聽傍人、半晌呢喃，似怨暮寒簾隙。」梁紹壬春陰詞：「梁燕呢喃聲不定，似猜詳、明日風和雨。鎮相對，説愁緒。」意似相襲，而實不相犯，故各覺其運用之妙。

葉以倌詞

葉以倌一剪梅詞，有云：「天做新秋。人做新愁。月掛眉頭。人掛心頭。」兩兩對舉，意極工妙。

側犯

側犯調，詞律收千里和清真之作，謂煞尾「愁聽落葉轆轤金井」句，聽字是韻，而以清真詞爲傳誤。蓋因前段有「風定波静」，皆二句爲叶。後段當從同。今讀白石此詞，此句無韻。且玩清真詞，語意非訛，而千里愁聽」二字，語氣未足。劉光珊謂詞有雙拽頭之格，前之二字句，連下八字，兩處吻合，正雙拽頭也。體應分作三段，因填一詞云：「夢飛欲去。片魂忽被風留住。疑雨。是鐵馬丁當、和愁句。「寒汀醒夜，縞袂人何處。私語。但暗祝東皇、好相顧。笙歌舊院，消受閑歌舞。今獨自。客天涯，誰與共尊俎，悶坐愁城，愁來無數。月底人孤，懶修簫譜。」此説可正紅友之訛。

鄭叔問詞

鄭叔問孝廉，與予爲中表誼。人極風雅，所著瘦碧詞得詞家正宗。然鄙見以清空曲折爲主，意趣不甚合。兹録其題金粟香氷泉唱和集高陽台云：「斸玉花田，題瓊梅嶺，新詞繡遍蠻弓。夢換蘿衣，倦懷烏帽塵籠。故山落盡酴醾雪，怕燕歸、還誤東風。慢銷凝，暗草池尊，亂葉樓鐘。蒼梧舊蹟追遺賞，憶呼猿煙語，招鶴雲踪。一掬寒湫，採珠應嘆江空。袖中重見滄洲稿，倩夜弦、彈淚鮫宫。感年芳，紅雨桃榔，碧月芙蓉。」字句間故極工整。

國朝詞綜

詞綜所選録國朝人諸詞，大半研鍊典麗。咏物作各求細切，極其刻畫。然咏味之，究嫌無甚意致。

金武祥詞

江陵金淮生同轉武祥所著粟香隨筆五集，多録朋輩詩詞。此外復刻書多種，提倡風雅。自爲詩文詞罔不工。予甲午游粤，相與訂交，下榻公之坡山精舍浹旬。幸承履綦，録其同人祝放翁生日金縷曲云：「嶺外春回早。夢醒時、梅花一樹，朗吟而笑。笑取清尊花下祝，仕隱如翁都妙。喜文字、長官同調。巾履蕭然頽放甚，太平庵、尚説歸來好。全晚節，鏡湖老。樓船鐵馬紛紛擾。想當年、滿腔忠憤，愁焉如擣。今日何堪談往事，也自悲歌長嘯。且把酒、同開懷抱。八十五年詩萬首，古鬢眉、團扇留遺稿。看皓月，一輪皎。」疎朗清勁，不以堆砌爲能。

劉炳照詞

陽湖劉光珊學博炳照，工倚聲，號語石詞人。有留雲借月庵詞，俞蔭甫太史序之，有云：「歐陽公有言，詩必窮而後工，余謂詞亦然。」自題秋窗填詞圖云：「一寸詞腸，七分是血，三分是淚。」其概可見。

余成之詞

余成之一鼈，爲楊蓉裳先生宅相。集中虞美人云：「落花有限紅辭樹。一片濛濛絮。柳陰斜日子規啼。送客江頭，別夢兩依依。　春來春去尋常過。欲話愁無那。香消酒醒不勝情。回首畫眉，江上畫眉聲。」其他斷句有云：「舊時巢燕語温存。落紅飛過，銜着總銷魂。」又云：「篋中檢點那時封，啼痕幻作桃紅色。」又云：「風雨横塘一葉舟。知君載得許多愁。」又云：「夢更無聊醒更難，往事思量着。」又云：「便成好夢成何用，何況夢難成。」又云：「拼着一腔綺恨，付東風。」又云：「幾度春風。擱住海棠紅。」又云：「只有飛來燕子，替儂愁。」又云：「東風吹夢無尋處。」又云：「滿身花影數春星。」又云：「東風揉得楊花碎。」又云：「惜春滋味。寒食清明離別意。渺渺關河。猶有黄花趁着他。」皆詞中妙語。

粟香五筆

粟香五筆，因賭棋山莊詞話，辨論意内言外之説，爲引而伸之。謂當意内有意，言外有言，此語更合填詞之旨。

江南春詞

金粟香輯倪雲林江南春詞，並後人和作，匯刻一卷。此調除下闋起二句，句三字，餘皆七字句。似七言古體詩音節，不如他調長短相間之妙。

舒佐堯詞

舒棠陔茂才佐堯摸魚兒詞題云：粵中木魚歌聲最悽咽，客中聞此，百感頓生　吟以遣之。「乍紅樓、聽殘弦管，淒涼人在孤舫，江風遠度聲聲慢。何處採菱歸唱。潮漸長。看隔浦斜陽，正晒蘆花網。漁娃盪槳。帶一縷歌雲，尋煙送暝，波面自來往。　蠻天迥，數點征鴻弄吭。新蟾剛被催上。秋江未了芙蓉怨，吹入洞簫哀響。添悵惘。更宛轉、尊前不斷離愁漾。鱸魚慢想。剩渺渺拏舟，丹楓岸冷，頻倚翠篷望。」頗有清倩之致。

陸蓉佩詞

陽湖陸蓉佩女士光霽樓詞，菩薩蠻秋蝶云：「荒園露冷花枝少。匆匆舊夢春前杳。抱蒂似尋思。伶俜弱不支。　天涯風景換。霜緊飛應倦。黃菊耐秋風。蕭疏獨伴儂。」綺羅香燈花云：「彩筆難描，金刀未剪，芳事忽驚如許。多少愁心，寞寞背人初吐。伴小樓、永夜長吟，却幾度、疑風疑雨。縱非花、也當花憐，風簾低下爲深護。　盈盈能否解語。一樣嫣紅燦爛，不教春妬。驀地驚看，問卜幾番疑誤。愛繽紛、巧勝天工，恐化作、彩霞飛去。費騷人、百遍思量，剔殘天欲曙。」江南閨秀爲詞，蓋多瓣香秋水云。

錢瑗詞

宛平錢玉旻女士瑗有小玲瓏舫詞一卷。清平樂春日云：「柳搖花顫。吹遍東風軟。好夢驚回鶯百囀。天遠何如人遠。　乍寒乍暖無憑。一宵幾遍陰晴。猜着天公情性。算他真個聰明。」舟行和璞舍弟云：「離人酒醒。搖夢波無定。」筆致頗空靈。

姚秋士詞

姚秋士詞有云：「鴛鴦最苦。怕涼到天心，欲栖無處。」又云：「欸乃驚回，聽得是、六街車軸。吹破涼雲，才認得横歸壙路。」又云：「不出鄉關，争認得驛亭車騎。」又云：「箐雨茆煙，也未似、雪饕風虐。」意多悽惻。

曉泉詞

輝發那拉曉泉續廉，腹笥博雅，詩詞均有家數。惜脱稿懶自收拾，多散佚。剪燈談藝之餘，得數闋，亟登之。　唐多令新蟬云：「向晚雨初晴。先秋露未凝。怎禁他、遺蜕娉婷。算爾登仙真羽化，深樹裏、咽悲聲。　老我鬢星星。多愁不忍聽。悵年年、入耳心驚。最是今年腸欲斷，渾不似、去年情。」此蓋爲悼亡姬作。木蘭花慢七月二日同味蒓在廷泛舟慶豐閘云：「雨晴殘暑退，携二客、泛扁舟。正荻冷蒲荒，水平風穩，容與中流。三忠至今在否，剩叢祠、煙柳夕陽秋。管甚英雄寂寞，且饒我輩遨遊。　休休。老已何求。桃葉渡、酒家樓。有紅粉當窗，笙歌夾岸，誰解閑愁。歸船暗催日落，指高城、星火似瓜州。可惜一川香水，年年白了人頭。」齊天樂，咏金鐘兒云：「銷魂天壽山前路。斷垣衰草零露。趯趯岩棱，啾啾月窟，那解興亡今古。悲鳴自訴。有樵子尋踪，幾回籠取。賣向街頭，一時驚到小兒女。涼蟬漸辭暗樹。臢蛩寒蛄冷，相和爾汝。檐馬敲風，車鸞語夜，等是一般淒楚。銅瓶好貯。正良夜無眠，惱人情緒。試問秋蟲，爲誰調律呂。」菩薩蠻，上巳游蟠桃宮云：「長堤一線偎春水。香車寶馬人如織。隔岸兩三家。牆頭紅杏花。旗亭斟綠酒。恰遇蘭言友。好去強追歡。年年三月三。」曉泉十入秋闈，始獲一捷。又兩喪愛姬，故詞多哀怨之音。

鄧濂詞

鄧濂百字令，題金粟香冰泉唱和集詞頭云：「漫郎去也，只危亭猶在，綠蘿深處。」起筆極飄逸。尾云：「瘦藤無恙，甚時來訪桑苧。」結筆推開，留悠然不盡之致。

朱苗生詞

朱苗生大令懷新惜餘芳館詞，雄快處似近蘇辛。金縷曲云：「撲面塵如霧。又今番、馬蹄得得，忍寒北去。一抹荒煙斜照外，彷彿離魂無數。更送到、雁聲淒楚。如許閑愁嘗未慣，甚愁人、偏與愁相遇。酒醒也，在何處。　夜深鎮向孤燈絮。記年時、有人相對，綠窗眉嫵。愧我近來增落拓，贏得青衫塵污。但提起、便傷遲暮。望斷雲山千萬迭，莽天涯、何處尋歸路。今夜夢，恐無據。」下第由海道南旋云：「海氣連雲白。甚青衫、軟塵涴透，又成歸客。掣電轟雷帆力健，闖過水晶宮闕。准擬倩、玉妃喚月。伴我淋漓三百盞，更老龍、促板蛟吹笛。淪落感，對伊說。　休休漫學窮途泣。算人生、綠幺紅袖，足償此失。

鶯燕聲聲催客夢，尋遍玉人蹤跡。嘆回首、都教輕別。臥看諸公誇得意，但狂生、笑等秋蟬翼。長嘯起，暮潮急。」念奴嬌，題樓芸皋丈戀花集云：「一生花底，嘆萍飄梗泛，又成羈客。燕玉如花消旅況，擬作長圓明月。鴛徑栖香，蝶魂鎖夢，綰就同心結。杜鵑無賴，酒邊人又催別。恨煞滚滚長江，茫茫碧海，故把離人隔。織女黄姑相望苦，况比天河更闊。哀樂中年，憑他陶寫，剩有生花筆。舊歡新恨，個中酸楚誰識。」

彈指詞

無錫顧梁汾彈指詞，多清微淡遠之作，尚有傳本。典籍兄景行明經匏園詞，弟倚平茂才清琴詞，已不存。姊碧汾女士栖香詞二卷，金粟香在葉蘭台吏部許鈔得。山陽李芝齡侍郎女弟文媛序云：「滿紙凄凉，頻問梅花之影。一庭沈寂，如參薝蔔之禪。憂非萱草可忘，志豈幽蘭能託。」可以想其詞境。浣溪沙，和王夫人仲英韻云：「百囀嬌鶯唤獨眠。起來慵自整花鈿。浣花風日試衣單。　幾日不曾樓上望，粉紅香白已争妍。柳條金嫩帶春煙。」卜算子，憶嫂氏云：「木葉下庭皋，針綫無心理。閒向黄花説可憐，依約纖腰細。　孤雁泣樓頭，明月人千里。十二闌干獨自憑，嘗遍愁滋味。」又有天仙子十影，中有「自掬清流憐瘦影」，「梅花界斷闌干影」，「繁華夢去難留影」，幾與張子野争名。

錢孟鈿詞

錢孟鈿女士浣青詩鈔，附詞三十二首，中有長亭慢咏楊花云：「似花似雪渾無緒。過眼韶光，這般滋味。

數點霏微，畫檐飄盡向何許。斷腸堪寄。更莫問、章台路。便折得長條，已不是、舊時眉嫵。遲暮。望天涯漠漠，忍見亂紅無數。池塘夢醒，倩鶯兒、喚他重訴。却又被曉風吹去。更淒冷、一天煙雨。算只有灞橋，幾曲綰愁千縷。」清虛婉約，詞家正派。

惲南田詞

惲南田先生以畫名，詩亦得清氣。嘗見其倚聲二首，清華朗潤，不染塵滓。南唐浣溪沙美人春睡云：「户外飛花心乍驚。縹緗不度懶調箏。倦倚鮫綃金鷄冷，總無情。蝴蝶迷雲隨夢去，桃花倒暈與潮生。料得醒來呼婢女，打流鶯。」金浮圖，鳳生畫美人，倚梅接履，小婢扇底俯拾落梅云：「探梅去。寒香映水。金谷春回，畫堂人起。曉煙深、偏繞花多處。錦石長堤，曲曲澗泉如雨。忽見落英飄樹。迴看扇底，脱却紅絲履。湘紋住、何曾動步。輕縷行纏，只怕金鉤露。紅綃總被青苔濕。喚雙鬟、細拾瑶林霧。還道多折南枝。烘暖銅缾，莫使封姨妒。」無錫陸鐵莊楣疏快軒詩二卷，坿詞十餘首。金縷曲，哭朱子西安云：「再見斯人否。只飄零、數行珠玉，照人懷袖。蝸角虛名磨蝎命，多少雨僝風僽。剛博得、幾年詩酒。草草園池生計辦，撇鷗盟、更續轅駒走。聊爾事，亦何有。歸來三徑花如舊。縱長貧，肯教冷落，翟門師友。今日一棺知己淚，不爲綈袍情厚。奈寂寞、才名身後。千載心期吾不忘，悔五湖、有約終相負。風乍咽，暮濤吼。」情詞悱惻。

丁誦孫詞

丁誦孫學士，取張玉田「折腰橫掛酒壺歸」詞意，浼吴君冠英繪爲小照。仁和戴文節公熙、錢唐吴仲昀制軍振棫、長沙羅蘇溪制軍繞典，均有題詞。具徵先輩筆墨之雅。戴倚霓裳中序第一云：「溪橋獨自覓。忽覺梅花香到骨。竹外斜枝漫折。拚蠟屐沽春，携歸簾隙。盈盈脉脉。悄自憐、今夕何夕。銀燈下，翠尊重洗，小坐對花吸。清絕。問絳都仙客。可能有、酒紅花白。空香摇漾簟席。怕醉裏壺天，多化香國。閬風顛上立。望玉宇、瓊樓霽雪。醒來後，一天瑶想，更向縞衣説。」吴倚尉遲杯云：「空山静。恁幾點、寫出春風影。荒苔白石斜陽，細覓江南芳信。尋幽彩素，拚跰足、豪情破春冷。趁歸禽、小徑昏黄，一肩微月香凝。倐然紙帳銅瓶。横斜好商量，位置宜稱。無數明妝清尊畔，渾不是、燈窗獨飲。平生夢、瓊樓玉宇，奈夢到、羅浮蝶瓣酲。便來朝、尚殢餘醒，踏雲重訪仙境。」羅倚夢横塘云：「醉眸雲洗，健步風鬟，冷香無數吹墮。鶴氅神仙，不肯任、花期忙過。紅友招來，翠衣歌罷，半肩花妥。寫壺天世界，滿紙清芬，剛容得、梅花我。今年踏遍巒山，儘傾壺百醉，壓檐千朵。餞别花前，還屬與、小詩題和。一彈指、羅浮夢短，畫裏人先隔清瑣。淚洒黄壚，更從何處，問梅花因果。」

和韻詞

余向不喜作和韻詩詞，蓋以拘牽束縛，必不能暢所欲言。若押韻妥諧，别出機軸，十不得一。兹録一二，聊備參觀。陳德生太史亮疇高陽台原韻云：「瞥眼光陰，傷心院宇，芳魂别樣惺忪。劉阮歸來，不知洞口苔封。尋常草緑王孫怨，到而今、恨煞東風。最難堪，客裏情懷，鞭影忽忽。章臺柳挽行人住，況塵飛不到，穩系花驄。同是天涯，何須夢逐征鴻。相思只道隨流水，甚花時、還比春濃。算人間，萬事浮雲，且盡杯中。」

丁紹基詞

丁汀鷺大令紹基和云：「紅綻梅肥，綠侵竹瘦，小窗午夢惺忪。倦眼慵開，不知妝鏡塵封。無言悄倚闌干立，甚新來、弱不禁風。最銷魂，病酒懨懨，小別怱怱。　相逢何處曾相識，認樓頭翠袖，柳外青驄。一樣飄零，更番秋燕春鴻。重來事事堪惆悵，正庭前、綠樹陰濃。聽芭蕉、夜雨瀟瀟，滴向愁中。」陸廣專太史爾熙和云：「昨夜星辰，五更鐘鼓，覺來依舊惺忪。曾說蓬山，當時早是雲封。而今好夢都難覓，倚闌干、錯怨東風。黯銷魂，芳草年年，流水怱怱。　雲英飄泊司勳老，記樓頭彩鳳，陌上花驄。無意成書，定教目斷飛鴻。天涯何限愁何限，甚春歸、偏是情濃。莫關心，綠樹陰中，啼鴂聲中。」

張佩之詞

張佩之大令應蘭，南湖集中金縷曲，乞兒獨醉圖，爲王芩塘作云：「行遍天涯脚。問何如、醉鄉獨往，解衣盤礴。吳市簫聲聽未已，吹得愁雲滿郭。算塵世、真同糟粕。一笑壺中明月上，任興酣、拔劍王郎斫。恣游戲，丹青託。　臨風却唱貧兒樂。溯當年、通侯門弟，歌姬院落，一例清狂容掉臂，不受嗟來輕薄。更別有、枯腸芒角。只乞中山千日酒，便抵他、畫象淩煙閣。歸去也，揚州鶴。」頗有狂放不羈之概。

繆荃孫詞

江陰繆筱珊太史荃孫，負文名。嘗輯刻同郡自國朝以來詞三十卷，曰常州詞録。自著亦多佳者。齊天樂，雨過錫山云：「九龍山色空濛裏，亂煙織成新暝。湖雨抽絲，岑雲擘絮，驀地白鋪千頃。天公做冷。一樣漸鄉夢催回，酒潮逼醒。隔岸漁家，菰蒲深處響笭箵。滄江驚又歲晚，銜泥同燕子，巢幕難穩。一樣清游，燈前酒底，換了舊時情性。凋年急景。憑轉瞬陰晴，也無憑準。夜半楓橋，聽鐘聲猛省。」金菊對芙蓉，送春云：「柳眼微舒，蕉心盡吐，斷腸人在天涯。悵繡旛難護，羯鼓頻撾。遼陽信斷東風緊，漸吹散、鬢霧衫霞。相思紅豆，嵌來入骨，是也非耶。管甚春深春淺，把春光一半，分送人家。更買春開宴，重撥琵琶。鶯嗔燕咤真多事，有誰能、收拾芳華。可憐杜牧，緑陰如水，尚逐香車。」情勝於文，不同凡艷。

夏孫桐詞

夏閏枝太史孫桐，亦工詩詞。夜飛鵲，題同舟聽雨圖云：「西風暗吹雨，黄葉聲邊。孤棹冷泊吴煙。津橋星火半明滅，羈人相對遲眠。瀟瀟又喧幾陣，正山鐘換斷，野柝催闌。清愁萬點，任篷窗、一晌無言。　休嘆轉蓬身世，偏共卧滄江，經歲經年。今夕茫茫荒浦，雲淒水闊，誰更鳴舷。擁衾剪燭，想蘆中、夢影都寒。怕栖烏驚起，明朝攬鏡，換了朱顔。」南浦，次月湖看雨韻云：「澤畔共行吟，又幾時，冷入露漣殘粉。風雨雁來天，江潭句、遥識漢南秋訊。盈盈衣帶，料常被鄉心句引。兩家荒徑。笑無主煙蘿，飄零訴盡。　軟紅舊夢如塵，便不問、銅駝青衫淚迸。　黃葉數聲蟬，恨無端、作就梧宮寒信。　菰蒲覓侶，只鷗鷺酬將吟興。　吴楓驛暝，盼極浦霜帆，爪痕來印。」夏與繆筱珊同邑，所作亦可爲笙磬同音。

蔣溥卿詞

蔣溥卿大令玉棱，鹿潭嵯尹猶子，亦工詩詞，有冰紅詞四卷。好事近云：「疎雨焙茶天，深院畫長人靜。閒煞坐花雙燕，説斜陽紅冷。　大堤飛絮已天多，相思逐梗。留取半池淒碧，認江南春影。」虞美人，蕪湖道中見楊花云：「晴綿如雪東風緊。颭破春波影。怪他只解撲青衫，不肯替人，扶夢到江南。　溟濛遮斷天涯路，似勸征帆住。相逢底田惜飄零。縱使沾泥，猶未化浮萍。」八聲甘州，春草云：「襯平蕪、彌望翠雲涼，柔芳妒羅裙。趁三分酥雨，一分殘雪，喚醒春魂。千里晴光澹沲，生意滿閒門。憂思無埋處，念我王孫。　斷送繁華今古，問江關渺邈，誰種愁根。弔玉鈿遺跡，定付採香人。更休過、北邙山下，背夕陽、多少可兒墳。興亡恨、闇銷磨盡，都化煙痕。」高陽台，玉屏舟中清明云：「杏酪融香，餳膠粘恨，閒愁料理春人。過眼韶光，天涯時序逡巡。柳陰濃似江南岸，記柔荑、親剪涼雲。最難忘，梨雪紅蘭，燕子朱門。　深閨定有登樓感，對長堤芳草，空怨王孫。落魄而今，花枝應笑離羣。遊絲已礙還鄉夢，又東風、捲起珠塵。正無聊篷背瀟瀟，細雨黃昏。」以視水雲樓詞，洵足追步。

劉光珊詞

劉光珊明經，同集望雲水榭，洞仙歌云：「園林大好，有詩人爲主。燕子當年借棲處。繞迴廊一帶，盡是垂楊，猶記得、幾度尋芳來去。故鄉纔握手，旋唱驪歌，悔不萍踪莫相聚。準擬舉離觴，底事無情，早做就、漫天風雨。拚别後相思，鎮無聊，剩冷醉閒吟，倚闌敲句。」贈惲季庵憶舊游云：「記涼迫竹外，笑索梅邊，容住詩狂。十載重來後，縱亭台易主，暢好春光。燕歸似曾相識，前度老劉郎。瞰古樹猶存，閒花獨艷，盡彀思量。回廊。共攜手，羨張緒風流，别有詞腸。柳亦如人瘦，憑柔絲牽惹，一樣情長。待招舊時吟侶，同醉紫霞觴。奈我已無家，羈栖不定忘故鄉。」二詞不勝今昔交游之感，撫景言情，不外一真字。

粟香詩

粟香陶廬雜憶詩，有句云：「姹紫嫣紅開遍了。」亦是詞中字，用之於詩不合，與「雨絲風片」同一分别。

莊眉叔詞

莊眉叔縉度，有黄雁山人詞四卷。顧箓塘贊曰：「洞簫飄揚，碧笙幽咽。鶯脰秋波，蛾眉古月。芳草入性，奇花初胎。玉人天際，靈光徘徊。」可以想其詞境。金縷曲云：「玉柱愔愔語。是何人、織縑成匹，繅絲成縷。儂有閒愁千萬種，種種都非自主。休戀着、江干飛絮。羈鳳漂鸞天半唳，並無多、枳棘栖身處。黄竹淚，冷如雨。曇雲一霎罡風誤。憑無端、揚州跨鶴，仙山騎虎。摘得青梅雙蒂小，中有人兒心苦。應蹙損、幾家眉嫵。庭外游絲窗外柳，一條條、也算春歸路。誰解惜，採旛護。」生查子云：「玉骨賦梅花，詩稿無人見。喜伺阿娘眠，夜洗琉璃硯。密意倩誰傳，十幅焚黄絹。心裏葬春多，和酒同灰嚥。」陸容芙卿巢睫詞，蝶戀花云：「小鳳盈盈年十五。不解憐人，便是憐人處。珠箔飄燈人自去。緑楊影裏家家雨。花影如潮流不住。春老鶯酣，愁向眉峯聚。待約湔裙芳草渡。愁過昨夜秋千路。」頗肖宋人口吻。木蘭花慢游絲云：「是誰從空際，把殘錦、撚成絲。好綰住花魂，牽回蝶夢，纏就鶯癡。收將十分春色，只憑他、一縷係相思。怪底似無還有，幾番欲即仍離。凄迷。絮影太紛披。休道不如伊。儘香篆低縈，簾波徐颺，没個人知。漫猜。天孫織罷。浣雲綃、誤漾出天池。只恐柔情易斷，好風且莫輕吹。」咏物亦不沾不脱。

竹坨詞

竹坨老人遺兩孫析産書，文人多咏之。馬澮於汾題八聲甘州云：「只叢殘、一紙抵家藏。遺墨閲星霜。悵蕭然貧宦，無多負郭，書劵分將。大好文孫競爽，耐得淡虀黄。想見坨南北，瓦屋斜陽。並少金留謏墓，但閉門苦守，絮語家常。溯蓬山舊事，回首太茫茫。幸當年、青蓮交契，有後昆、只字實琳瑯。還驚喜，風花寒食，未替椒漿。」此詞可爲古董家，留以備考。

張仲遠詞

張仲遠觀察，有比屋聯吟圖，沈湘佩女史題壺中天云：「蘭姨瓊姐，喜仙鄉共住，團圓骨肉。阿弟多才夫婿雅，萬卷奇書同讀。秋月霄澄，春花晨艷，消受清閒福。劉樊趙管，人間無此雍睦。更憐繞屋扶疏，樹皆交讓，玉筍抽業竹。相約臨池，邀覓句、無間雨風寒燠。花萼交輝，鴛鴦比翼，樂事天倫足。重逢宦舍，傷心偏少徐淑。」一時閨閣多才 其事可傳，文亦可誦。

談雲西詞

談雲西鷓鴣天贈歌者云：「眼底春光值幾錢。鶯聲喚住夕陽天。夕陽也似人憔悴，縱不黃昏亦可憐。嬌欲語，淚潸然。自言冷落又年年。兒家事事堪回顧，不止當筵誤拂絃。」煞處用典，頗能翻新。

任筱沅詞

任筱沅中丞繼配吳宛之夫人，閨中唱和合刻稿，曰沅蘭詞。嘗繪退食聯吟圖，夫人譜賀新涼云：「已是傷離別。更那堪、風風雨雨，助人淒切。寶鼎香寒銀燭暗，遠夢迷離難覓。聽破曉、流鶯聲滑。似說金門人待漏 負香衾、一樣工愁絕。身千里，寸心折。天涯驛使遲消息。倚闌干、腰支盈握，只應自惜。三五良宵團欒影，相對可憐遙夕。算只有、啼痕凝碧。目極蒼茫雲樹外，料鞭絲、空裊斜陽陌。魂銷處，共誰說。」一往情深，有往復低徊之概。

金惠生詞

金惠生茂才汝梅，金縷曲重游滬上感賦云：「夢醒篷窗曉。驀抬頭、樓台金碧，煙絲縈繞。回憶滄桑離亂後，航海曾經假道。正書劍、風塵潦倒。夾道垂楊空裊娜，任多情、難挽行人棹。思往事，寸腸攪。

而今鴻跡重尋到。認橋邊、舊時流水，舊時斜照。壯歲年華愁裏過，辜負風光多少。還只是、心情草草。十載江湖何所事，算重來、也被鶯花笑。慚對酒，綺筵好。」身世之間，無限感慨。

樊雲門詞

樊雲門自題東溪草堂圖，西江月云：「一段不平山色，數叢本分桃花。小橋紅板逐溪斜。錦帶一條虹跨。　夢裏江鄉魚稻，眼前杜曲桑麻。清明無客不思家。閒看草堂圖畫。」蒙夙不喜西江月調，謂其近俚，似少雅音。

陳慶森詞

陳莘塏大令慶森，同官長沙。聞其工詞，索所作百尺樓詞讀之，題摸魚兒以贈。莘塏步韻答云：「藹金爐、承明儤直，罏香知染多少。薔薇春晚催歸騎，又報玉缸開了。欹帽笑。正拍遍紅牙，待起花間草。衡雲夢繞。乍一舸分巡，此邦仙吏，着箇子瞻老。　王郎感，已分焦桐潦倒。琴材誰賞清調。高軒忽遺陽春和，逸響畫梁還繞。風肆好。悵五度春明，悔不瞻韓早。然脂寫稿。須喚起湘靈，更張錦瑟，重譜洞庭曉。」才華雅贍，非風塵俗吏可同語。

宗彭年詞

宗彭年子谷題冰泉唱和集，八聲甘州云：「甚西風、吹冷宦游心，寒泉靜無波。自漫郎去後，裁箋人杳，誰共吟哦。天與在山清福，老去一漁蓑。漫說西湖勝，喚起東坡。猶有詩人重到，怪蠻花閱遍，醉不成歌。悵殘碑難覓，著意寫煙蘿。待掬取、清流細問，問冰心、可比玉壺多。空搔首、舊題詩處，有夢經過。」水淨沙明，詞境似之。

劉定夫詞

劉定夫好談括帖古今體詩，格雖不高，工夫頗深。一日，以和白石人日定王臺一萼紅韻，屬爲改正，曰：「余詩文皆集成帙，載詞一二首，斯集中體備矣，子幸勿吝。」余婉言謝曰：「君乃文人，無待假詞以名，請勿談此藝可也。」定夫意猶怏怏。

詩詞不容少紊

人有欲爲古今體詩以爲名者，往往作七言律以爲庶異於試帖。實則法律毫無領會，不值識者一哂。不解倚聲者，强欲作詞，亦不過亂拈詩文中字，填作長短句，輒自負爲能詞。而詞家法律，亦毫無領會。然果屬通品，能文章，自必能詞賦，何致夏蟲語冰之誚。文有體裁，詩詞亦有體裁，不容少紊，而筆致固自不同。清奇濃淡，各視性情所近。爲學詣所造，正不必强不同以爲同，亦惟求其是而已。

意警

作詞，字警不如句警，句警不如意警。令人閱之，不禁加圈叫好。彼平平之作，雖通首無不妥處，細玩之，竟欲加一圈而不能。

用筆

作詞全在用筆，筆能立得起，不爲調所縛。故善用筆者靈而活，不善用筆者滯而板。

張雨珊詞

余來湘，喜遇張雨珊詞人。思以所作就正。雨珊謙讓未遑，曾譜上林春慢贈之。雨珊和云：「粉署鳴珂，英簜繡衣，落落知名何早。待漏曉朝，簪毫小暇，猶傳舊年新稿。感時哀曲，向玉平宇、望中人渺。快相逢，更素髟末希，翠尊同倒。問官梅、數枝漸老。問題句、幾行去烏絲環繞。杜衡自芳，瑶華枉贈，芊芊涉江春草。楚波畫舸，唱殘月、曉風人少。待從君，重倚拍管清絃巧。」律呂謹嚴，音節入古，覺原作疵謬不免。並録於此，以資印證。詞云：「岳麓雲閒，湘水月清，笑我宦游非早。案牘怕留，詞人喜接，攜從袖中吟稿。玉簫檀板，拍籐几、曲終縹緲。算新聲，更解自玉田，怎禁傾倒。莽囂塵、髩絲欲老。乾坤恨，半著胸端縈繞。小詩滌情，芳尊寄興，爭如美人香草。四愁漫譜，問平子、舊時多少。覓知音，可容得傍牆偷巧。」

杜鈍叟詞

杜鈍叟同年和余瑞鶴仙韻云：「循良從古少。問獄判南山，誰誇手老。公來讓人早。嘆寃魂怨魄，散隨煙緲。塵昏八表。挽乾坤，須宏懷抱。甚高秋、隼擊鷹揚，得似鳳翔鸞矯。羞道。六朝金粉，夢繞觚稜，韻嚴詞峭。孩兒綳倒。媿煞我，爨余稿。願金甌重補，扶雲捧日，春殿從容視草。待偷將、杜句酬公，濟時已了。」律細語工，具見故人晚年筆墨。

左笏青詞

左笏青比部紹佐，好吟咏。同直樞垣，日相唱和。因其以御史用，賀以暗香詞。笏青次韻云：「舊時旅思。似向空倦鳥，逢林投住。隨著鴛鴻，顧望長雲沒情緒。偏是秋曹轉職，離不得、嚴天霜地。凭宦海、一葉虛舟，渺若泛槎使。聽取。天上侶。待穩步赤霄，騁力皇路。鳳池勝處。一集一官紀榮遇。不見經綸密勿，惟只見、昇平寰宇。把諫院、閒煞也，閉門覓句。」君盼遷官頗亟，故不禁情見乎詞。

詞不宜和韻

凡前人名作，無論咏古咏物，既經膾炙人口，便不宜作和韻，適落窠臼。必須用翻案法，獨出新意，方足以争奇制勝。否則縱極工穩，亦不過拾人牙慧。

詞以白描爲妙

李義山咏蟬、落花二律詩，均遺貌取神，益見其品格之高。推此意以作詞，自以白描爲妙手，豈徒事堆砌者所能見長。

湘絃離恨譜

張雨珊有悼亡詞百餘首，顏曰湘絃離恨譜，蓋深於情者。情真乃覺語摯，詞之所由佳也。

詞以入畫爲工

王摩詰詩中有畫，畫中有詩。詞家描景造句，往往堪以入畫，尤爲工峭，寫作丹青，愈令人讀之不厭。

詞不易爲

人多謂詞賦爲雕蟲小技，意不屑爲。非不屑爲，乃不易爲也。微論音律奥妙，未易索解，卽求諸字句之工，非精心深詣，何能造到恰好地步。彼高談道學者，固難語此，卽謬託風雅者，亦豈足知此。

盛昱詞

宗室伯熙同年盛昱，早負才名，仕至祭酒，引疾卒。遺稿尚待搜輯，兹録其題芙蓉碣傳奇，減蘭云：「風流子野。一曲陽春誰和者。艷絶才華。江上芙蓉筆上花。　茫茫大地。千古難消兒女淚。緑酒銀箏。我欲同尋石曼卿。」雖小令一曲，大雅不羣之氣，已自表表。

續曉泉詞

續曉泉年來約同人結社談詩，以詩詞賡答。有咏法華禪院白桃花綺羅香云：「笑靨凝酥，夭姿斲玉，春色武陵初見。梅已埋香，梨蕊欲開還晚。喜重來、前度劉郎，驚不似、去年人面。懶梳妝，早卸鉛華，夜深應共素娥伴。坡仙而今漸老，翻被朝雲惹恨，不勝清怨。流水無情，斷送飛瓊何限。肯效他、薄命楊花，恐誤了、乍來梁燕。漫消得、禪榻閒眠，鬢絲愁更短。」冬日踏雪，同在廷味蒓酒樓小飲，用稼軒金縷曲韻云：「往事休重説。問何人、追蹤靖節，希風諸葛。幸有青蓮招市飲，踏破天街積雪。應笑我、早生華髮。豪氣元龍真老矣，料今宵、只可談風月。聽榨酒，助蕭瑟。排檐滴雨聲無別。恰開尊、剪燈夜語，幾經離合。難得入關班定遠，味蒓甫自軍中回。猶賸嶔奇傲骨。正簾外、六花都絶。扶醉歸來眠不穩，悵杜陵、老被寒如鐵。西風緊，紙窗裂。」曉泉所作，能得詞家三昧。惜全稿不自檢點，僅寸金尺縑，令人悵惘不置。

詞貴首尾一線

詞貴有意，首尾一線穿成，非枝枝節節爲之。其間再參以虛實、反正、開合、抑揚，自成合作。

詞須講音律

俗謂作詞爲填詞，此語便謬。填之云者，只視其句之長短，字之多寡，如數填足耳。音律之叶，平上去之調，懵然不講，安有好詞。

艱苦詞易好

韓子云：「懽愉之詞難工，艱苦之言易好。」詩文皆然，詞亦何莫不然。統觀諸作，凡泛泛應酬，空空寫景，半屬平平。若騷客勞人，俯仰古今，溯洄身世，自罔不情味雋永，令讀者百回不厭。

永言之義

書曰：「詩言志，歌永言。」永者長言之不足，而又嗟嘆之。若非音節抑揚抗墜，情意宛轉纏綿，何由合永字之義。

詞曲相近

詞曰詩餘，曲曰詞餘，詩與詞不同，詞與曲境界亦難強合。然工詩者未必工詞，工詞者自可工曲，詞曲之間，究相近也。

馮延巳詞

馮延巳詞：「風乍起，吹縐一池春水。」自是妙語。南唐后主曰：「干卿何事。」此語便覺隱含譏諷。

詞有巧思

余嘗有句云：「柳陰稀處春星閃。」又云：「蝶也爲花愁。偏他不白頭。」自謂尚有巧思，顧以質之大雅，未審亦見許否。

八旗詞人少

金粟香來書，謂鐵梅庵尚書曾輯八旗詩，成熙朝雅頌集。君曷不輯八旗詞，以增盛事。蒙非不有此志，然國朝二百餘年，八旗中詞人，納蘭成德容若外，以詞名者頗罕，搜輯殊非易易，非區區力量所能及也。

俞廙軒詞

山陰俞廙軒中丞，繪臥游圖，遍徵題咏。自題長亭怨慢云：「問何事、家山拋了。十載風塵，那堪吟眺。締鷺盟鷗，幾時重理鑑湖棹。舊游如夢，贏得是、丹青稿。試讀向空堂，只枕上、幽尋偏好。煩惱。嘆飄蓬泛梗，畢竟不如歸早。煙霞嘯侶，算帷有少文同調。倘更許、探絶搜奇，應猶認、當年鴻爪。趁一箬秋風，休遣蒓鱸香老。」湖山之美，故鄉之思，惓惓不忘，遂覺一往情深。

俞廷颺詞

俞廷颺紫松花館詞，採桑子云：「相思有夢難相遇，郎到兒家。兒到郎家。去路來程各一涯。從今夢也商量作，郎夢兒家。兒夢郎家。夜夜排匀總見他。」妙在故作癡語。

李後主詞

李後主詞：「爛嚼紅絨，笑向檀郎唾。」李易安詞：「倚門回首。卻把青梅嗅。」汪肇麟詞：「待他重與畫眉時，細數郎輕薄。」皆酷肖小兒女情態。

李邴詞

李邴漢宮春咏梅，下闋云：「清淺小溪如練，問玉堂何似，茅舍疏籬。傷心故人去後，冷落新詩。微雲淡月，對孤芳、分付他誰。空自賞、清香未減，風流不在人知。」此詞爲人所忌，仕途遂至蹭蹬。甚矣筆墨失檢，乃易賈禍。

白石詞

姜白石玉梅令，下闋：「公來領客，梅花能勸。花長好，願公更健。便揬春爲酒，剪雪作新詩，拚一日、繞花千轉。」詞中寓祝壽意，寫來却見語妙意新，與俗手固自不同。

稼軒詞

稼軒千年調詞：「左手把青霓，右手挾明月。吾使豐隆前導，叫開閶闔。周遊上下，徑入寥天一。覽元圃，萬斛泉，千丈石。　鈞天廣樂，燕我瑤之席。帝飲予觴甚樂，賜汝蒼璧。璘珣突兀，正在一丘壑。余馬懷，僕夫悲，下恍惚。」又粉蝶兒云：「昨日春如，十三女兒學綉。一枝枝、不教花瘦。甚無情、便下得，雨僝風僽。向園林，鋪作地衣紅縐。　而今春似，輕薄蕩子難久。記前時、送春歸後。把春波，都釀作，一江醲酎。約清愁、楊柳岸邊相候。」用筆如龍跳虎卧，不可羈勒，才情橫溢，海天鼓浪。然以音律繩之，豈能細意熨貼。

玉田詞

玉田綺羅香，紅葉煞句：「記陰陰綠遍江南，夜窗聽暗雨。」與梅溪春雨詞煞尾，同一機軸。

詞與詩無異

詞律中紇那曲、羅嗊曲、生查子，皆五言絶句。塞姑、回波、舞馬、三臺，皆六言絶句。竹枝、小秦王、採蓮子、楊柳枝、阿那曲、欸乃曲、清平調、瑞鷓鴣，皆七言絶句。與詩無異。乃古樂府可歌者，腔板與詩，要自不同。

草堂詩餘不可讀

草堂詩餘所録，皆鄙俚，萬不可讀。舒白香詞譜，雖僅百首，調多未備，然皆選佳作，足資規撫。不枉竹坨當年，向錢遵王家，巧偷得來。

王幼霞詞

臨桂王幼霞侍御工詞，翻刻名家詞集多種。官内翰日，與同人唱和，有薇省聯吟詞。庚子，京師亂聞，侍御糾二三同志，杜門結詞課自遣，必多悲憤蒼涼之作。惜不獲索讀爲憾。

翻易安詞

易安詞：「窗外芭蕉窗裏人，分明葉上心頭滴。」句久膾炙人口。或又云：「我自有愁眠未得，不關窗外種芭蕉。」已是翻卻舊案。或又云：「愁多禁得雨瀟瀟，況又窗前窗後，密密種芭蕉。」是則翻而又翻矣。或更云：「斫盡芭蕉吹盡雨。看他還有愁如許。」執此類推，人果善用心思，自有翻空不窮之意。

李白詞

李青蓮菩薩蠻云：「平林漠漠煙如織。寒山一帶傷心碧。暝色入高樓。有人樓上愁。玉階空竚立。宿鳥歸飛急。何處是歸程。長亭更短亭。」憶秦娥云：「簫聲咽。秦娥夢斷秦樓月。秦樓月。年年柳色，灞陵傷別。樂遊原上清秋節。咸陽古道音塵絶。音塵絶。西風殘照，漢家陵闕。」二作爲此調鼻祖，實亦千古絶唱。謫仙才固自不凡。

詞常用調

詞譜長短不下六百餘調，同名異體者尚不與。而詞家常用，不過一二百調。戚氏三疊，鶯啼序四疊，乃最長之調。非層折多，波瀾闊，未易相稱。豈纖小家所敢弄筆。

東坡詞

東坡哨遍詞，運化歸去來辭，非有大力量不能。此類後人不易學，亦不必學。强爲之，萬不能好。

梅溪詞

史梅溪換巢鸞鳳調，乃以妾爲妻之作，玩其詞意自見。亦可爲詞苑中作一典故。

自度腔

古詞人製腔造譜，各調多自由創，固非洞曉音律不能。今人倘自制一調，世罔不笑其妄者。雖解音理，亦不過依樣畫胡盧耳。故近日倚聲一事，僅以陶瀹靈性，寄興牢騷。風雅場中，尚遑云協于歌喉，播諸絃管，自度腔所由罕也。

詞宜諧宜雅

詞貴音調鏗鏘，尤貴丰神藴藉。不諧不可爲詞，不雅亦不可爲詞，固應曲子相公，方稱通品。

翻東坡詞

東坡詞：「春色三分，二分塵土，一分流水。」葉清臣詞：「三分春色，二分愁悶，一分風雨。」蒙亦有句云：「十分春色，欣賞三分，二分懊惱，五分抛擲。」用意不同而同。

品令不雅

品令，前人多作俳詞，蓋爲彼時歌伶語氣。如石孝友云：「困無力。幾度偎人，翠颦紅濕。低低問，幾時麽，道不遠、三五日。你也自家寧耐，我也自家將息。驀然地、煩惱一箇病，教一箇、怎知得。」秦少游云：「幸自得。一分索强，教人難吃。好好地、惡了十來日。恰而今、較些不。須管啜持教笑，又也何須肐織。衡倚賴、臉兒得人惜。放軟頑，道不得。」此等詞，太嫌不雅。

涪翁俳詞

涪翁詞，每好作俳語，且多以土字攙入句中，萬不可學。此古人粗率處，遺誤後學非淺。

竹山詞

蔣竹山虞美人云：「絲絲楊柳絲絲雨。春在溟濛處。樓兒忒小不藏愁。幾度和雲、飛去覓歸舟。天憐客子相關遠。借與花消遣。海棠紅近緑闌干。才捲珠簾、却又晚風寒。」亦工整，亦圓脆。

東坡戲作

東坡皂羅特髻詞，疊用採菱拾翠字，凡七句。或此調有此格，抑坡老游戲爲之，無可考證。但此體只可偶作，究屬無味。又詞中有獨木橋體，押一字韻到底，蒙亦不喜，究爲偏鋒，非正格。

詞宜流暢

詞中摸魚兒、金縷曲等調，最宛轉幽咽可聽，作者多喜用之，以其寫情，自能暢然。

揚无咎詞

玉抱肚調，作者不多見。揚无咎詞云：「同行同坐。同携同卧。正朝朝暮暮同歡，怎知終有拋嚲。記江皋惜别，那堪被、流水無情送輕舸。有愁萬種，恨未説破。知重見、甚時可。見也渾閒，堪嗟處、山遥水遠，音書也無箇。這眉頭、强展依前鎖。這淚珠、强拭依前墮。我平生、不識相思，爲伊煩惱忒大。你還知麽。你知後、我也甘心受摧挫。又只恐你，背盟誓，似風過。共别人、忘着我。把洋瀾在。都捲盡與，殺不得、這心頭火。」語多俚質似曲，詞家不可爲式。

東坡水調歌頭

東坡水調歌頭：「明月幾時有，把酒問青天。不知天上宫闕，今夕是何年。我欲乘風歸去，只恐瓊樓玉宇，高處不勝寒。」此老不特興會高騫，直覺有仙氣縹緲于毫端。

蜕巖詞

蜕巖詞中陌上花，使歸閩浙，歲暮有懷云：「關山夢裏歸來，還又歲華催晚。馬影鷄聲，諳盡倦郵荒館。緑箋密記多情事，一看一回腸斷。待殷勤、寄與舊游鶯燕，水流雲散。滿羅衫、是酒痕凝處，唾碧啼紅相半。只恐梅花，瘦倚夜寒誰暖。不成便没相逢日，重整釵鸞筝雁。但何郎、縱有春風詞筆，病懷偏懶。」無一字不叶，無一字不工。此等佳作，誰不欣賞，洵非凡手所能趨步。集中好詞尚多，不媿元朝冠冕。

令詞難作

作詞令曲較難，似詩之難于絶句。不過十餘句，卻一句一字閒不得。末句尤當留意，有有餘不盡之致，始佳。韋莊、温飛卿、馮延巳諸公，多擅長，可取爲則。

警句

詞家有作，往往未能竟體無疵。每首中，要亦不乏警句，摘而出之，遂覺片羽可珍。如徐幹臣云：「悶來彈鵲，又攪碎一簾花影。」張于湖云：「寒光亭下水連天，飛起沙鷗一片。」范石湖云：「花影吹笙，滿地淡黄月。」又云：「涼滿北窗，休共軟紅説。」又云：「惟有兩行低雁，知人倚畫樓月。」劉改之云：「翠銷香煖雲屏，更那時酒醒。」謝靜寄云：「燕子不歸花有恨，小院春深。」洪平齋云：「海棠影下，子規聲裏，立盡黄昏。」徐山民云：「相思無處説相思。笑把畫羅小扇、覓春詞。」又云：「妾心移得在君心。方知人恨深。」姜白石云：「波心蕩、冷月無聲。」又云：「冷香飛上詩句。」劉小山云：「一般離思兩銷魂。馬上黄昏。樓上黄昏。」孫花翁云：「絮飛春盡，天遠思深，日長人瘦。」史梅溪云：「自憐詩酒瘦，難應接許多春色。」高竹屋云：「新愁萬斛，爲春瘦，卻怕春知。」又云：「警愁攪夢，更不管、庾郎心碎。」張東澤云：「悠悠歲月天涯，一分秋、一分憔悴。」又云：「落葉西風，吹老幾番塵世。」又云：「算只藕花知我意，猶把紅芳留客。」劉後村云：「貪與蕭郎眉語，不知舞錯涼州。」羅澗谷云：「何處消魂。初三夜月，第四橋春。」周嘯齋云：「薄倅東風，薄情遊子，薄命佳人。」趙霞山云：「怪别來胭脂慵傅，被東風、偷在杏梢。」陸雲西云：「對菱花與月，相思看誰瘦損。」蕭小山云：「清絶。影也别。知心惟有月。」鍾梅心云：「花開猶是十年前，人不似、十年前俊。」李肩吾云：「丁寧記取兒家。碧雲隱約紅霞。直下小橋流水，門前一樹桃花。」黄玉林云：「又是羊車過也，月明花落黄昏。」吴夢窗云：「連呼酒，上琴臺去，秋與雲平。」又云：「簾半捲、帶黄花，人在小樓。」又云：「南樓不恨吹横笛，恨曉風、千里關山。」又云：「玉奴最晚嫁東風，來結梨花幽夢。」又云：「緑陰青子去溪橋，羞見東鄰嬌小。」又云：「不約舟移楊柳岸。有緣人映桃花面。」又云：「漸老夫容，猶自帶霜重看。」趙釣月云：「珠簾捲上還重下，怕春風吹散歌聲。」陳西麓云：「寄相思偏仗柳枝。待折向尊前唱，奈東風吹作絮飛。」江月湖云：「不成又是教人恨。待倩楊花去問。」莫兩山云：「但良宵，空有亭亭霜月，作相思伴。」湯西村云：「燕子銜來相思字，道玉瘦不禁春病。」又云：「都將千里芳心，十年幽夢，分付與、一聲啼鴂。」又云：「不妨綵筆銀箋，翠尊冰盞，自管領、一庭秋色。」趙元建云：「春在闌干咫尺。」李篔房云：「幾番鸚外斜陽，闌干倚遍。恨楊柳、遮愁不斷。」王可竹云：「心期暗數。總寂寞當年，酒籌花譜。付與春愁，小樓今夜雨。」周草窗云：「夢魂欲度蒼茫去。怕夢輕、還被愁遮。」又云：「花深深處，柳陰陰處。一片笙歌。」王碧山云：「一掬春情，斜掛杏花屋。」又云：「揉碎花心，吟碎淡黄雪。」又云：「翠簟一池秋水，一床露，半床月。」又云：「恰似斷魂江上柳，越春深越瘦。」丁基仲云：「雁風吹裂雲痕，小樓一線斜陽影。」又云：「清陰一架，顆顆蒲萄醉花碧。」樂笑翁云：「和雲流出空山，甚年年淨洗，花香不了。」又云：「才放些情意，早瘦了梅花一半。也知不作花看，東風何事吹散。」又云：「東風不奈，垂楊柳、吹卻絮雲多少。」

詞眼

作詞須用詞眼，如潘元質之「燕嬌鶯姹」，李易安之「緑肥紅瘦」、「寵柳嬌花」，夢窗之「醉雲醒月」，碧山之「桃雲硏雪」，梅溪之「柳昏花暝」，竹屋之「玉嬌香怨」，西林之「柳腴花瘦」，秋岑之「燕昏鶯曉」、「漁煙鷗雨」，可竹之「翠嬌紅妒」、「愁煙恨粉」，樓君亮之「月約星期」，玉田之「雨今雲古」，東澤之「恨煙愁雨」，梅心之「燕窺鶯認」，皆是。

佈置

製一詞，須佈置停勻，血脈貫穿。過片不可斷意，如常山蛇，首尾相應爲佳。

屬對

詞中屬對，亦有求工者。如田不伐「小雨分山，斷雲籠月」、「煙横山腹，雁點秋容」。徐淵「問竹平安，點花番次」。美成「穉柳蘇晴，故溪歇雨」。白石「虛閣籠寒，小簾通月」。丁夢庵「蟬碧句花，雁紅攢月」。夢窗「碎葉霞飄，敗窗風咽」。翁處靜「種石生雲，移花帶月」。梅溪「斷浦沈雲，空山掛雨」、「畫裏移舟，詩邊就夢」。丁夢庵「疏綺籠寒，淺雲栖月」。施梅川「竹深水遠，臺高石出」。梅溪「做冷欺花，將煙困柳」。白石「池面冰醪，牆腰雪老」。李篔房「紫曲迷香，緑窗夢月」。夢窗「霜杵敲寒，風燈搖夢」。丁湖南「向月睒晴，憑春買夜」。樂笑翁「斷碧分山，空簾賸月」，「晴光轉樹，晚氣分嵐」，「鶴響天高，水流花淨」，「開簾過雨，隔水呼燈」，「浪捲天浮，山邀雲去」，「岸角銜波，籬根受葉」，「淺草猶霜，融泥未燕」。皆經鍛煉而出，然亦不可十分吃力。

詞不宜雕刻

詞意貴遠，用字貴便，造語貴新，鍊字貴響。古人詩有翻案法，詞亦然。詞不用雕刻，刻則傷氣。務在自然。詞旨之説如是，操觚染翰家，宜深味也。

用事最難

詞中用事最難，要體認著題，融化不澁。如東坡定風波：「破帽多情卻戀頭。」用龍山落帽事。永遇樂云：「燕子樓空，佳人何在，空鎖樓中燕。」用張建封事。白石疏影云：「猶記深宮舊事，那人正睡裏，飛近蛾綠。」用壽陽事。又云：「昭君不慣胡沙遠，但暗憶、江南江北。想佩環月夜歸來，化作此花幽獨。」用少陵詩。皆用事不爲事所使，自不落呆相。

詞中語句

詞中語句太寬則率易，太工則苦澁。如起頭八字相對，中間八字相對，卻須用工夫着一字眼。如詩眼亦同。若八字既工，下句便合稍寬，庶不窒塞。約莫寬易，又著一句工致者，便精粹。此詞中之關鍵，不可不講。

詞中咏節序

詞中咏節序，須脱俗率，要有意境。如美成解語花賦元夕云：「風銷焰蠟，露浥烘爐，花市光相射。桂華流瓦。纖雲散、耿耿素娥欲下。衣裳淡雅。看楚女、纖腰一把。簫鼓喧，人影參差，滿路飄香麝。因念帝城放夜。望千門如晝，嬉笑游冶。鈿車羅帕。相逢處、自有暗塵隨馬。年光是也。惟只見、舊情衰謝。清漏移，飛蓋歸來，從舞休歌罷。」梅溪東風第一枝，賦立春云：「草脚愁蘇，花心夢醒，鞭香拂散牛土。舊歌空憶珠簾，綵筆倦題綉户。黏雞貼燕，想立斷、東風來處。暗惹起、一掬相思，亂若翠盤紅縷。今夜覓、夢池秀句。明日動、探花芳緒。寄聲沽酒人家，預約俊游伴侣。憐他梅柳，怎忍潤、天街酥雨。待過了、一月燈期，日日醉扶歸去。」黄鍾喜遷鶯，賦元夕云：「月波疑滴。望玉壺天近，了無塵隔。翠眼圈花，冰絲織練，黄道寶光相直。自憐詩酒瘦，難應接、許多春色。最無賴，是隨香趁燭，曾伴狂客。蹤跡。慢記憶。老了杜郎，忍聽東風笛。柳院燈疏，梅廳雪在，誰與細傾春碧。舊情未定，猶自學、當年游歷。怕萬一，誤玉人、夜寒窗際簾隙。」可謂辭意兼美，非空泛填寫景物者神味索然。

光緒壬寅六月，交卸臬篆，奉檄回鹽道任，公事頗簡。溽暑潛蒸，晝長人倦，暫謝冠蓋，暇倚碧紗窗下，聊藉筆墨，爲消遣計。檢讀各種詩餘，自録其有裨誦習者匝月，居然成帙，爰額曰左庵詞話。蒙夙未工詞，尚何話爲。非敢以語大雅也，蓋漫存我臆説也。世有作者，幸勿我哂。李佳繼昌蓮畦跋于小五嶽齋。

南亭詞話

〔清〕李寶嘉撰

南亭詞話目録

南亭詞話

和尚肥

遊僧騙財，欲壑難滿，有作和尚肥樂府譏之者云：「無肉令人瘦，和尚何以肥。鄉鄰悲，家家日失犬與雞。犬能走，雞能飛。和尚日暮寺外歸。菩薩開寶庫，和尚稱貧僧。稱貧僧，勸衆人。未曾開庫先輸銀。大僧巧，小僧能。阿彌陀佛佛不聞。」

那末難干

毘陵某君，嘗客京師，以冶遊罄其旅槖，居恒鬱鬱。有人見所填詞曰：「入都容易出都難。貨馬典裘歸不得，那末難干。」末語用毘陵方言，讀之令人失笑。

恰姆桑

大餐館每以雪茄奉客，例不索資，名之曰恰姆桑。恰姆桑者，譯言非分也，則其烟之惡劣可知矣。予向不識此烟，某君偶懷一支見示，戲作讚曰：「硬似鐵，黑如漆。非壽頭之所抽，即曲辮之所吸。」某君鼓掌而去。

坐馬車自拉韁

有填百字令調坐馬車自拉韁者曰：「泥城橋外，有翩年少，拉韁來往。高放風箏低背縴，也算別翻花樣。兩面留神，一頭使勁，左右空依傍。輪蹄過處，但聞得得聲響。　聞道巡捕先生，森然獨立，儼執金吾仗。快馬違章如議罰，明日公堂要上。轉手都窮，掉頭已絕，難寫虛浮帳。老婆無法，坐看衣服進當。」

惜餘春

聊齋志異有惜餘春詞，久已膾炙人口。有套其調貽某校書者，使校書見之，亦必曰魏收輕薄哉。然君知我者。詞曰：「戲子姘頭，髦兒搭脚。日日爲錢顛倒。負債從良，下堂求去，同是一般懷抱。甚的新夫舊夫，拔去還生，有如春草。自別來、仁壽里中，度將昏曉。　今日個力量雙麋，衾同一狗，說老何曾算老。天水中分，玉山頽倒。要姘何曾姘好。人道長宵有人，他道一宵比人猶少。過三年、已換三人，更有何人不好。」

某滑頭

某滑頭生平種種歷史，老於滬瀆者無不知之。余友女牀山人，曾製西江月詞一折，燭温犀而觀禹鼎，可作僉人傳贊。其詞曰：「賺煞鴉片烟鬼，假造□□糖精。無端被控到公庭。此是滑頭絕命。　板子賞從南面，烟筒偷過東人。倩人代作□□亭，敝内居然通品。」

販米出洋

有署名樂圃閬茶客者，投到小詞一首，爲録於下，倚聲西江月：「去臘曾飄瑞雪，新春大放晴光。年年豐稔足稱揚。何事米糧騰漲。只爲連檣出口，衆人共怨奸商。更倚中國大銀行。鈔票被人仿樣。」

問月詞

見有問月詞者絶妙，曰：「多情月，掛在奈何天。你爲甚看人離別，獨自團圓。」

嘲秀才

有作長短句嘲秀才者，曰：「秀才家，陡然紅。修金滿拆封。洋蚨去换青蚨用，辦家事匆匆，還店帳重重。無多些子，轉眼已成空。作指望，再遲幾月，纔得見家兄。」

脚色

士子赴試，陸行良苦。有人作詞自慰其足曰：「春闈期近也，望帝鄉迢迢，猶在天際。懊恨這一雙脚底，一日厮趕上五六十里。争氣。扶持我去。博得一官歸。恁時賞你。穿對朝靴，安排你在轎兒裏。更選弓鞋，夜間伴你。」案此爲宋人詞

家貧親老

粤中某生精於音律，某年下第，在南海會館鼓琵琶。唱自製謳歌，甫三句，同館聞之，無不痛哭。詞曰：「怎樣好。家貧親又老。八千里路，没一點功勞。」

百字令

某君新填百字令一闋相貽，讀之則爲某倡作也。附録之，以供一粲：「章臺重歷，有房間亭子，祇堪容膝。沙發一張稀爛矣，何況落紅狼藉（沙發，洋榻名，以着水故色殷紅）。番館傷心，戲園門口，情緒無聊極。更持麻雀，碰和以永今夕。　聽説客人上樓，二少狂呼，門户砉然闢。白板中風全不管，驀地推牌起立。大姐倉皇，娘姨碌亂，三下鐘鳴急。老夫無語，東方坐待發白。」

一品香獨酌

有在一品香獨酌者，見隔座中釵飛釧動，簧暖笙清，因填百字令一闋，録之以供一粲：「此間重到，有無窮曲辦，盤旋五號。鬼臉神頭相掩映，可惜電光燈照。倚笛徵歌，持盃鬥酒，叫得王三寶。端茶送菜，忙煞翡翠二少。　聞道有客登樓，招呼起立，添寫三張票。節下開銷渾不管，只顧眼前歡笑。接耳交頭，摸腮嗅頰，都與倌人吵。老夫無語，坐看小子胡鬧。」

踏莎行

山陰鐵丐作踏莎行兩闋，其一呈楊蓮帥檢閲師徒者，其二爲程德帥作，緣德帥奏稿有「敲比户之脂膏供同僚之貪橐」云云，起首卽用其語。兩詞寓諷於微，録之以供尚論者：「鼙鼓轟雷，干旄麗日。將軍神武應無敵。先王耀德不觀兵，鵷行鷺序紛然集。　甲仗森森，風沙瑟瑟。太平有象和戎策。書生原是不凡才，公侯還自兜鍪出。」「貪洽同僚，脂敲比户。哀鴻遍野鳴凄楚。不教清夢續黃粱，巽言上令君人度。故國茫茫，扁舟何處。江流日夜東南注。羨君歸卧好湖山，莫辭勞瘁聞雞舞。」

富幕

某二尹向習刑錢幕，腰纏既富，報捐今職。一日，與某簽並渡西江。大風捲水，二尹輕舟一葉，幾占滅頂。篙師呼救，賴某等援之起，而箱籠已爲水浸。二尹萬分懊喪。有與之共濟者，戲填金縷曲紀其事，詞曰：「路上雲萍遇。記連朝、雙舟並走，一帆同竪。萬頃烟波明似鏡，兩兩中流容與。停泊處、相離數武。驀地風雷吹爾散，滚驚濤、性命相孤注。燈明滅，久延佇。　横財未必天俱妬。只君家、篋篷轎子，偶然丢去。簽押大爺驕治甚，也向紅粧低訴。衹片語、告君休怒。整頓良心須趁早，看黃鬚、漸近黃泉路。且倚我，船頭住。」下半闋中數語，謂簽押向其妻慶幸也。其二曰：「獻盡當場醜。歎平生、鮮衣華服，而今糟透。自把皮箱忙揭起，魂與淚珠同走。一件件、漿餿汗臭。單夾棉紗都變色，白羔皮、紅似雞毛帚。腸已斷，手猶抖。　相幫幸有同心偶。記昨夜、大爺纔去，師爺又湊。恰好輕舟風阻住，不覺精神抖擻。搬運得、船夫牛吼。辛苦一場須犒賞，問酒錢、可有加增否。這樁事，難消受。」下半闋全寫其曬衣景象也。外有七律詩二首，其一曰：「頭上蒼蒼豈有天。風波壞到老爺船。猴冠盡作泥漿臭，馬桶猶留海味鮮。太息皮衣都姓趙，可憐腰橐不名錢。只愁大快東家意，莫向雩都縣裏傳。」「趙」字，取其音如「潮」字也。其二曰：「不幸翻船一老爺。祇今流落在天涯。風乾補服都成片，水浸羅衣膩有渣。髮色黄於焦尾狗，背痕紅似剥皮蝦。褌襠更染猩猩點，難怪人疑白壁瑕。」褌襠二句，因着覆染棗紅馬褂，淋漓下注，致臀上皆作渥丹色，故藉詞以相謔也。

鄭板橋詞

鄭板橋令山東濰縣，有循迹，民受其施。蓋區區七品官，以艱難困苦得之。閱歷既深，尤習於世故情僞，故足當衆稱而無慚德也。顧鄭雖孤潔，察察自喜，而佻脱不廢聲妓。少年文酒，時或流連，酒酣耳熱，恒自道其逸事。有憶秦娥詞二闋，蓋生平本事詩，而爲原集所未刊者。詞曰：「何時了。有緣還是無緣好。無緣好。怎生禁得，多情自小。　重逢難覓回生草。相思未刷招魂稿。招魂稿。日如有恨，天胡不老。」「春光瀉。春風記得花開夜。花開夜。明珠雙贈，相逢未嫁。　舊時明月雙鈎掛。至今提起心還怕。心還怕。漏聲初定，玉樓人下。」

臨危念佛

某二尹與某某二尹共濟，一遭風浪，篙師長宣佛號，以冀神靈呵護。某某二君復填滿江紅一首，其詞曰：「月黑風狂，壁立起、波濤千尺。最無賴、驚沙横走，迅雷亂劈。雙櫓摇摇空欸乃，一舟悄悄無聲息。

聽船頭、慘喚老天爺，聲悽切。　披衣坐，床鋪濕。推篷望，燈籠滅。笑腐儒無計，迷魂失魄。默念彌陀含涕淚，倉皇面目無人色。剩吾曹、談笑不知愁，心如鐵。」又浪淘沙二首，其詞曰：「馬桶上孤篷。臭氣漫空。老爺做事太龍鍾。行李本來如性命，肯放輕鬆。」老爺者，指某二尹而言也。其二曰：「昨夜雨和風。船底齊通。兒啼婦哭五更終。舀盡破窗三尺水，睡眼矇朧。」又生查子一首，其詞曰：「昨宵風雨來，閃電明如晝。脫脫復喃喃，魄散魂飛後。　今朝天色明，人與船依舊。買肉要銅錢，淚濕藍衫袖。」末二句，言燒神福也。

金縷曲

某君遊蘇，見某妓而悅之。某妓日必駕車往來閶胥兩門，某君亦駕車尾躡其後。一詞人填金縷曲以嘲之曰：「又出閶門矣。最無聊、斜陽一抹，洋場半里。油壁香驄如掣電，有個人兒纖麗。肯輕易、失之交臂。磁石竟將針吸引，有執鞭、能得主人喜。但苦了，追風驥。　者番省識其中味。早忘却、祿榮坊口，倉橋浜裏。……」填至此，某君至，見而掩之。詞人大笑輟筆。

武榜詞

有人録取歌妓若干，臚列一紙，名曰武榜。或題滿江紅兩闋甚妙，記之：「罝兔呈才，多半是、鬚眉巾幗。休再道、射兼馬步，藝兼刀石。此輩已無科目望，彼姝別有攻心策。聽一聲、燕燕與鶯鶯，真清越。　大江去，銅琵裂。小紅唱，銀箏撥。竟高高下下，天然音節。謝傅深諳絲竹性，周郎長抱笙歌癖。請携來、玉尺細評量，真才出。」「花榜開時，爲月裏、嫦娥生色。倏又屆、瑣闈戰藝，金泥報捷。選色徵歌雖異趣，重文輕武休勸說。知一般、奪得錦標歸，芳心熱。金縷曲，陽春雪。瓊林宴，中秋月。把承平歌舞，轉旋浩劫。虎帳坐銷男子氣，鶯簧力戰嬌娃舌。狀元郎、輸與踏歌娘，尤奇絶。」

江南好詞

某僧喜填詞，其鄰有女絶美，僧涎之，填江南好曰：「陽臺月，如鏡復如鈎。如鏡不親紅粉面，如鈎不上玉人頭。虛附水東流。」女得詞後，獻諸父。父控諸官，以僧不守戒律，命盛之以籠，而沉於水。又填江南好曰：「江南竹，巧匠製爲籠。付與法師藏法體，碧波深處伴蛟龍。始信色皆空。」

吸烟詞

菸即淡巴菰。日人謂之泰拔谷，音正相似。某君有吸菸鵲橋仙一闋，語頗雋妙，録之：「樽前席上，明僮傳與，吹氣如蘭堪憶。山人腸肚轉車輪，這喫字，虛名何益。偷閒忙裏，消除煩惱，那有些兒風力。醉鄉户小不封侯，拚做個、烟霞成癖。」

校長漁色

某爲留學生所攻訐，返於粵。粵撫復委以學堂總辦。某日在珠江花舫中，未嘗到差視事。有作滿江紅詞詠之者曰：「漏鼓垂垂，正譙樓、三更時節。偏又是、齋空人寂，布衾如鐵。教習學生都去也，孤燈風入將明滅。寫幽懷、遠望大沙頭，真欣絶。想君口，開又歇。想君足，起復蹩。盡夜飲酒，猜身寒情熱。舫外滔滔珠海水，坐中滚滚懸河舌。有個人、望斷腹中書，情悽切。」

嘲娶婦詞

某君娶婦後，一變其平時宗旨。或填長亭怨慢詞一闋以嘲之曰：「再休論神奇腐臭，一頂儒冠，已被醋浸。來去匆匆，攢眉道是卯期緊。青廬爲唱，祝英臺近。欲换喜鶯遷，奈棘地荆天，没個佳境。歎文明思想，都爲室家消盡。西洋鬼子，盛傳播、閨中話柄。剛剩得幾塊錢，又猛被、搜將乾浄。問他提要書成，還有幾多番餅。」

解釋圈兒詞

兩般秋雨盦有圈兒詞者，傳誦於時。某君曰，是非情書，乃錢帳也。爰擬仿之曰：「舊年積欠如薪束，試把圈兒録。數在圈兒記，情在圈兒屬。我密密加圈，你須密密將圈讀。雙圈兒兩臺，單圈兒一局。破圈兒酒帳，整圈兒住宿。還有那、鬧不盡的零賒帳，一路圈兒交到足。」

小足詞

中國人好纏小足，惟内地尚有實踐其事者。至於通商口岸，則多向戲臺花旦行中討生活，皆以矯揉造作爲事。彼瘦如菱角，灣如新月者，實非本來面目也。蘇俠作勝如花詞曲，以形容其醜，讀之令人失笑。録之以博大衆一噱：「行不穩，卧難安。堪笑堪憐堪歎。人道他纖纖可愛，我知他痛楚難當，更可恨，喬粧打扮。鎮日裏忙上加忙，要使他長不長，竹片聯班。又修高底板。你聽他嬌聲細喘，一舉步便倩人攙。一舉步便倩人攙。」

父子聚麀詞

某觀察歷當要差，曾爲上海某局老總，輒微服作狹邪遊。其子某部郎，尤漁色無厭。喬梓二人，往往合暱一妓，聞者鄙之。嘗治具某妓家，宴諸當道，其哲嗣與焉。旋樓下男班呼請客，緫而上視之。票書觀察父子姓名，下書□□□房麀敍。紙背書西江月詞一闋曰：「紫石街頭門户，翠屏山上人家。安仁擲果滿羊車。擺出龍陽功架。必正偷詩無賴，大官馳馬夭斜。詩人天韻貌如花。可許汝南偷嫁。」詞中所引，皆觀察同宗事實。蓋觀察固騎省後人，湖南産，出身微末，以軍功得擢今職者也。座客傳觀，皆相顧愕眙，亟命火之。觀察大慚，挾其子託故逃席而去。

龔詞之纖巧

龔定庵無著詞云：「花底鞋兒花外月，月如弓，入懷同不同。」纖巧極矣。及觀定庵全集，又皆句奇語重，類商周人文字，而詞之側豔如此。可知退之山石，亦能作女郎詩也。

常州學務謡

常州盜賊充斥，白晝行劫。陽湖令翁延年，緣是爲蘇撫所劾，奉旨革職，已見邸抄。按翁宰陽湖時，本有翁郎中之稱。前見某記，載有常州學務謠三首，茲録其第三首云：「開民智，在學堂。學堂不開國脈亡。官辦不興旺，究是何心腸。一府與兩縣，衙署新堂堂。長官在内做甚事，麻雀打一場。厮養出外言：今日老爺輸五十，今年老爺輸三千。打牌是要緊，學堂不過問。吁嗟乎，庸醫殺人人所恨，糊塗官吏人尤恨。常州兩縣令，皆是有名姓。一個吴塗蟲（注，吴秀芝其昌），一個翁郎中。（注，翁笠漁延年）」

哀星軺詞

蔡鈞與學生齟齬，指摘之者，幾於罄竹難書。有東亞傷心人撰成樂府，帷燈迎劍，明眼人自能一望而知。爲録於下：哀星軺（譏辱國也）「使臣怒，使臣怒，使臣怒阿誰，不怒赤阪妓，不怒新橋女。大夫學生，汝太不曉事，長揖空階求不已。不是龍門汝誤投，市儈認作韓荆州。從來市儈得志慣横行，未聞獻媚蓄意殺學生。使臣當日好肩背，南洋負米東洋賣。相公堂前，袖獻票紙。王爺膝下，跪呈扇子。王爺心中憂，肥奴旁侍喘如牛，親捧留聲機器奏牀頭。翁在街頭賣卜命，兒走上房司門政。兒今作貴人，紫綬金章襯緑巾。緑巾恥，富貴功名由巾起。吁嗟乎，君名不愧替錢死。」

雄雌鷄相交詞

金陵妓陳全遊，偶見雄雌鷄相交，爲詠之曰：「女靈禽，非走獸。風流事，誰不有。只好背地偷情，那許當場出醜。若是依律問罪，應該笞杖徒流。更加一等强論，殺來與我下酒。」余謂全遊此詞，亦借鷄喻人，隱寓諷刺類也。而顯豁呈露如此，以視日作鷄談之某某，讀之沈悶艱深，正若索解無從，何異痴人說夢。

湯文正公詞

詞盛於宋，而周程皆不聞有作，晦庵偶一爲之，而非所長。湯文正公集後附存數闋，謹録千秋歲八月十六日夜玩月云：「暮霞成綺。又送冰輪起。花影裊，簾波細。輕清河漢色，珍重嫦娥意。今歲好，今宵賒取明年醉。　剖玉笛，情堪寄。雲母屏還倚。瓜再剖，杯重洗。紅牙翻舊譜，妙舞風吹袂。澄露滴。盈階桂落天如水。」斯亦元人詞選存許魯齋作意也。

梅村絶命詞

吴梅村祭酒偉業，其將死時，填一金縷曲，蓋絶筆矣。詞云：「萬事催華髮。論龔生、天年竟夭，高名難没。吾病難將醫藥治，耿耿胸中熱血。待洒向、西風殘月。剖却心肝今置地，問華佗、解我千腸結。思往恨，倍嗚咽。　故人慷慨多奇節。恨當年、沈吟不斷，草間偷活。艾炙眉頭瓜噴鼻，今日須難決絶。早患苦、重來千疊。脱屣妻孥非易事，竟一錢不值何消説。人世事，幾圓缺。」

宋芸子詞

富順宋芸子育仁，丙戌春刊其問琴閣詞一卷於都門，即以是科成進士，入翰林。葉汝諧歸途舉示，録金縷曲云：「門掩東風柳。甚長條、繫春不住，繫愁依舊。芳草無人深一寸，庭掩緑苔深繡。看掃到、殘紅一斗。花落如潮春如水，剩楝風、吹夢梨雲瘦。聽鸝去，載春酒。閑情坐與春厮守。鎮難忘，影摇絳蠟，記屏銀豆。擱下江關蘭成筆，留下春三下九。問子細、春能留否。一架荼蘼開遍了，倚闌干、怕短銅壺晝。夕陽院，緑陰逗。」

咏吐鐵詞

南味不易解，故有嚼螺半日，僅碎一枚者。某少黠不食，自不貽誚。乃在南時，或有吐鐵之遺，不得已，轉饋解人。蓋此物甚纖，肉不及螺，殆鷄肋類耳。近見姚梅伯燮疎影樓詞内，桂枝香詠之，若深以爲美者。其詞云：「海田春霽。正踏沙人趁，斜陽潮尾。卸笠肩筐，沫點認來纖細。碧桃零落安期醉，灑星星墨花滿地。翠珠摘到，紅涎漉去，露腥烟膩。愛嫩殼、微含玉理。儘拈來席上，比到筝指。虀醢茄菹，俊配閑園風味。天涯未惹相思夢，漫緘魚、鈿窗迢寄。三霉雨過，江村唤賣，渴饞消否。」吐鐵以定海桃花山爲最佳，山爲安期生醉後灑墨作桃花處。全謝山太史詠吐鐵句云：「未惹相思亦號螺。」

陳姑追舟圖

粤東黎春洲先生工詩詞。有人携畫一幅，爲陳姑追舟圖，託其題詞於上。而畫繪一船，艙中坐書生，船梢一榜人作摇槳狀。岸上楊柳數株，傍立一美人。樹上鳴禽數個。先生即景題辭曰：「東邊一株楊柳樹。西邊一株楊柳樹。樹樹樹。任你千條萬絮，繫不得郎舟住。南邊啼鷓鴣，北邊喚杜宇。鷓鴣啼，行不得也哥哥。杜宇喚，不如歸去。不如歸去。」按前半即景生情，已是妙想天開。而後半即景中情，雙管齊下，純是一片天籟，神乎技矣。不知其實由六才子脱胎而來。誠如袁子才所謂「我口所欲言，已出古人口。我手所欲書，已出古人手」，真淹博羣書之言也。

張冶秋之文采

春闈撤棘，陳夔龍因請正副總裁排日爲歡。汴梁名勝，有鐵塔、禹王臺、宋太宗石座。張冶秋尚書善詞翰，到處留題。其過國大夫祠，有浣溪沙一闋云：「斜日鞭絲過洧川。輿人猶誦大夫賢。訪碑東里踏秋烟。芍藥洲邊喧社鼓，李桃花下奏神絃。靈祠香火亦千年。」可想見其風流文采矣。張取士極公，其以新思想納入舊風格者，無不高擢元魁而去。有一卷泛填日本名詞，房考力薦，張不爲動，卒擯之。

題楞嚴經

英斂之有題楞嚴經五古一首，是真能具正法眼藏者，「我有荒唐心，如寄如佛寄。七處微不得，況乃四十四。世尊胡饒舌，阿難胡迸淚。心象兩相忘，天地蒼蒼睡。」其所刊鬘天影事譜。有佳製，略載於此。酷相思云：「鏡裏眉山青一寸。比夢裏，屏山近。纔打算歸期還未定。誰隔著、簾兒聽。更倚著、窗兒問。　瓊漿縱有雲英贈。醫不了、文園病。把錦瑟華年飄泊盡，卿是個、桃花性。儂是個、楊花命。」金縷曲云：「軟語花邊聽。正商量、個儂歸計，矮鬟肩並。話到明朝銷魂處，數點明珠偷迸。更不管、無衫紅沁。映院沈沈春到海，便緋桃、落盡無人問。心上有，別離恨。明璫莫負年時贈。怎忘他、弄嬌體態，倚愁情性。縱倩張郎偷春筆，寫出眉痕一寸，也難寫、相思一寸。回首秦樓簫聲杳，算蘭堂、未抵蓬山近。應寄個，紫鸞信。」

黄鶯探花

蔣心餘少年時，在鄂西林座中，詠黄鶯兒偷花一闋，傳誦於時。人因以黄鶯探花呼之。偶至揚州，遊於妓館，有一校書名薔香者，諦視心餘曰：「此黄鶯探花也。」蔣驚問之，校書復誦其詞曰：「相思不相識，嘗盡孤眠滋味。」又曰：「捨不得卿卿，行不得哥哥。怎奈如何。」蔣忽起立，握其手大笑曰：「此不減『黄河遠上白雲間』也。」舉杯痛飲，不覺大醉。醒則校書尚侍其側也。忽問蔣曰：「探花郎知儂意否。」蔣曰：「可不言喻矣。」校書曰：「君勿落下乘禪也。」言已，出繡巾一幅，中裹玉柄團扇，垂淚謂心餘曰：「願題詩爲儂吐氣。」心餘曰：「孰奚落卿者。」校書復自枕函中，取出一紙，則袁簡齋詩也。心餘遂題一詩曰：「黄鶯小小探花來。揀得薔薇帶雨開。啣到金鈴枝上掛，一鳴飛轉入蓬萊。」題罷，薔香拜謝曰：「一首詩抵得十萬金鈴矣。」蔣流連數日而去。薔香之名，因是復噪。

別妓詩

陳鳴高少時，曾與少年爲狎遊，隔日猶似雌雄之相依倚也。一朝遇諸塗，而此少年已不復相識，歸而悵然。又其族弟緯雲，曾宿一北里家，情致纏綿，臨別贈詩四絶云：「昨夜羅幃始覺霜。馬嘶寒影候嚴裝。

曉燈欲暗將離室，不道離情畏曙光。」「楓葉鴉翻秋水明。長橋衰柳古今情。尋常歌板銀罌地，從此傷離不忍行。」「君身未去妾心行。相顧無聲覺淚零。別後何人照憔悴，空餘明鏡解含情。」「留君且住畏淒其。少住懽悰轉益悲。欲別不知緣底事，將無眞作有情痴。」聲調柔婉，悱惻動人。並云：「妾與君一夕之情，奚減於崔媚兒之愛黃元龍乎。」相與執手洒淚而別。明日，拉伊兒其年及魯望跡之，適有貴客在座，旅幣陳庭，而此伎驚問誰何，亦漫不相憶，與前事絕相類。其年因作解語花一闋，詞曰：「柳花似夢，鶯語初圓，人遇章臺下。舊愁縈惹，曾與宛轉，風軒水榭。金丸擲洒，佯不認隔年司馬。恨無情，惆悵歸來，擬碎揉花打。因記杜陵元夜，有春衣醉宿，肌沾冰麝。重來繫馬，誰提起，昨夜月中私話。揚州夢假。煩寄語嬉遊小謝。任盈盈露井沾桃，向粉箋休寫。」自是厥後，兩人終身不復狹邪，亦迷香洞之閉門羹也。

詠美人詞

朱竹垞茶煙閣體物集中，咏美人一身幾遍，既盡態極妍矣，然有象可摹，有形可指也。後見吳禮部四美詞，亦塡沁園春調，所詠神光氣姿四闋，則更繪月繪影，繪水繪聲，美善無以復加。如崔顥題詩，普天下才人一齊閣。乃有東家子，率爾效顰，居然步韻，其殆飲管公明酒，壯膽而爲之者耶。美人神曰：「玉骨天然，秋水爲之，純粹以精。便白描小影，傳來尚濁，臨流獨坐，照處逾清。林下風柔，燈前光炫，十二巫山結想成。嬌慵慣，祇懨懨春病，微減平生。空房月上三更。奈頻卜金錢離思縈。記心馳郎邸，迎回驄馬，啼驚妾夢，打起黄鶯。觸處靈通，凝時專壹，無限含顰不語情。還堪羡，恰門闌有喜，爽氣晴明。」美人光曰：「白虹燭天，是耶非耶，紅兒雪兒。乍入懷明月，自他有耀，畫眉圓鏡，顧我無虧。奕奕雲飄，軒軒霞舉，日麗纖瑕靡孑遺。人雙璧，喜一般皎潔，相對離離。黯然髮鑑瓊枝。渾不許檀奴不惜伊。更春來人面，桃花交映，夢中脂粉，蝴蝶先窺。緑似珠鮮，碧同玉艷，燭影摇紅獨立時。生虚白，訝水晶簾捲，曉露含滋。」美人氣曰：「微步香閨，非霧非煙，斯馨似蘭。想歌喉輕囀，早沾微露，愁腸寸結，須嚥金丹。飲我如醇，迎他恰善，一縷青蓮吐舌端。嘲夫婿，怕河東獅吼，莫約幽歡。生憎花信摧殘。每哀怨騰騰倚藥欄。最雀舌浮甌，輕雲吸破，龍涎裊鼎，濃篆呵團。柘舞筵前，秋千架畔，細喘吁吁屏欲難。嬌羞處，暫佯嗔不應，略帶些酸。」美人姿曰：「如此清標，彷彿寒梅，鐵石心腸。甚魚驚避影，花光如浸，山凝染黛，秀色相當。不是矜情，非關作態，微轉秋波看欲狂。憑郎唤，覺將行又止，金屋深藏。遲遲春日方長。倩鷓鴣呼茶出繡牀。待石畔敲碁，含羞落子，夜闌拜月，暗祝添香。一種嬌痴，十分嬔嫿，薄薄羅衣淡淡粧。東風峭，爲小開低罵，裙易飄颺。」

梨園新樂府

梁應來梨園新樂府，描寫情態，曲折如生。其發端云：「軟紅十丈春塵酣，不重美女重美男。」此風至今不絶，近人品花寶鑑所爲作也。蓋寓公大抵無聊，留連妓館，恐爲盛名之累，不得不借此以資排遣。所居名曰下處，滿壁琳琅。嘗見水芸主人東壁懸有蠅頭楷書四幅。僅記高陽臺詞兩闋：「紫芝吟邊，紅蕉夢裏，躭愁悔煞年時。燭灺香尟，幾回待不思伊。斷腸最是三更漏，況笙歌、別院迷離。也多應、蹙損眉峰，瘦損腰支。分明見了添惆悵，怎背人時節，萬轉千思。試托微波，此情更有誰知。夢魂已是無憑據，更那堪、夢也來遲。但悽然，夜月窺人，愁對花枝。」「載酒拕烟，禁愁擔恨，劇憐冷抱秋心。雙槳無情，一帆吹渡江雲。蓬山回首如天遠，説從前、多少銷魂。悵無端，萍梗飄摇，身世誰論。尋思總爲多情誤，悔當時成錯，未改而今。門巷櫻桃，知誰解道温存。無聊慣定尊前酒，有啼痕都上衫痕。對斜曛，幾點寒鴉，流水孤村。」

陳制軍詞

陳小石制軍，詞家也。某年萬壽，制軍在輿中，口占齊天樂一闋，歸屬幕賓和之。兹從友人處鈔録：「紅燈夜半朝天去，千官玉階□擁。□□□□，□□□□，仗外爐烟香動。嵩呼浩涌。正□□□□，衆星朝拱。巍蕩無名，太皇萬歲字嫌冗。昔年凝碧法曲，憶宮牆擫笛，曾叨恩寵。雪滿梁園，簫吹吴市，不是舊時供奉。戴山知重。況滄海急流，敢云退勇。手晉霞觴，寸心將日捧。」「霞觴剛祝齊眉壽，華堂絳雲深擁。黻帳千官，衣冠萬國，又聽呼嵩雷動。詞源倒湧。喜歌詠承平，冕旒垂拱。一德明良，後先何厭㲉詞冗。緒言親接末座，得聞天上曲，亦矜光寵。酒溢螺觴，花催羯鼓，豈是尋常酬奉。頓增價重。愧筆遜金荃，末由賈勇。顰效西施，祇將心自捧。」

茌平旅壁題

荏平旅壁，有女子題蘇幕遮詞，並和作録後。詞云：「月兒高，燈影媚。悄背蘭釭，雙鬢頽雲墜。私語喁喁呼小字，促卸殘粧，聽落釵聲膩。漆投膠，鹽著水。儂我歡卿，不盡綢繆意。贈與定情金合子，握手怱怱，已月波窗漬。」「困添愁。慵益媚。水閣風迴。絮影侵簾墜。愛聽鸚歌呼小字。笑拓紗幮，露紫痕紅膩。檻凝烟，屏摺水。一寸柔腸，百丈纏綿意。喜報銀釭紅結子，私語凭肩，見唾絨新漬。」

賣花聲詞

昔年進京，人道如黄村等處，逆旅粉牆，題詩殆遍。憶某店壁間，題有賣花聲詞一闋，甚悽惋。時喬鶴儕宫保松年入都陛見，見而嘆賞，遂依韻和之。其思字韻曰：「莽莽天涯無覓處，徒惹相思。」先輩愛才之意，溢於言表。

朝鮮忠臣詞

甲午中東之役，朝鮮武臣某，兵敗自刎，從容賦絶命詞云：「拔劍看天，問當世、誰最豪傑。更莫問、詞賦關山，烽烟陳迹。離離禾黍故宫秋，蕭蕭易水衣冠泣。恨今生、未雪戴天仇，歌長别。愁不盡，王孫玦。啼不斷，子規血。嘆吾王孱懦，受人磨折。柳花宫裏黑燐飛，閼英井畔紅牙歇。莽沙場、何處賦招魂，空飯麥。」

董美人墓碣詞

董美人墓碣，爲蜀王手製。龐芝閣得其舊拓精本，石印萬餘卷，以餉同嗜，並徵題咏。泉唐陳蝶仙爲倚安慶摸一解云：「認斑斑、零縑賸墨，淚華千載猶溼。六朝山水都如夢，何況美人顏色。拋未得。有一縷情絲，嵌住三生石。呼之欲出。問環珮來時，棠梨落後，誰與共寒食。　休再說。往日隋宮明鏡，土花一寸凝積。落鬟故黛無憑據，早被繡紋侵蝕。尋往迹。祇龍首原前，芳草年年碧。春燈似漆。縱拾取殘碑，摹來恨字，何以致魂魄。」

陳詩仲詞

天南隨筆云：陳子詩仲，少有大志，性極聰敏，然近於傲。文筆甚充，惟詞欠雕琢。有疵其文字不佳者，則嘵嘵與辨，惟獨降心於余。前與某爲文字之戰，盈篇累牘，絮絮不休。黄子萌初，固愛詩仲之聰明者，屢欲排解，均置弗恤。乃請葉子季允，居中調處。季允以余與詩仲善，遂作函告余曰：轅門射戟之能，非公不可。余欣然任之，於是兩相解釋。世謂詩仲之傲，爲余高其聲價所致。而不知詩仲之於余，相交以敬者。彼以敬投，我以敬報。彼敬我之行，我敬彼之才。即其人之聲價，亦爲其人能自高之，於他人何與。詩仲晤余未久，即以賀新郎一闋見贈云：「天外雲萍遇。數年來、論交載酒，論文問字。宇宙雖寬翻見窄，悵望同魂何處。更一樣、醉生夢死。我獨自來還自去，跨須彌，冀出人頭地。還諒我，復生子。　文園事業荒疏矣。祇君家、淵源遠邁，杜王仙李。南國風流欽泰斗，令我仰鑽無既。休道我、不材而棄。他日詩宗安石好，附微名、驥尾君家騎。毋金玉，爾音闕。」余以禮尚往來，遂填浪淘沙一闋報之云：「愧我繭南天。病酒花前。剔殘燈燼不成眠。別有深心難遣處，翻欲無言。家國兩危顛。景待誰延。願君猛着祖生鞭。似水韶華容易逝，嗟歎流連。」再以感時用前調寄之云：「海外訪桃源。樹色如煙。綠波春水送蘭船。一角夕陽樓閣掛，畫本天然。何處是中原。望眼徒穿。春花秋月自年年。幾度欲歸歸不得，棘地荆天。」

念奴嬌詞

滬遊時，恒就味蒓園憩止。游客識與不識，皆笑指曰：「此文學士也。」有安塏第觀劇紀事，倚念奴嬌詞一闋，載雲起軒詞鈔。劇場譁擾，把筆便寫，曾不損其文思。不獨才氣迴絕，亦問學爲之耳。詞曰：「衣瓜夏五。試於闐新樂，柘枝蠻鼓。七寶樓臺彈指見，乍染繽紛花雨。釧動聲輕，釵橫光顫，寶靨明星互。天河不隔，盈盈咫尺無語。爲問拾翠洲邊，明璫未解，可要陳思賦。結綺臨春朝復夜，贏得東昏千古。海綠非春，雲香何葉，回首蘅皋暮。維摩病也，憑誰問訊天女。」

調婢詞

平湖陸梅谷妾虹屏，工倚聲。有婢名春雲，本吳門船家女，頗有姿首，而性輕揚，多言善笑。虹屏調踏莎行示之云：「瀹茗分泉，薰香添火。些須小事安排妥。相隨學繡識之無，其餘不許多言哆。拋月先眠，折花遲躲。從來未遣泥中坐。若勾浪蝶惹游蜂，苗條箬汝休嗔我。」已而竟爲匪人誘去，經平湖令勾到。令故遵義人，猶沿峒苗法。好紮手弔打，竟鞭之見血，勅歸舊主。而苗條管汝之言，竟成詞讖，亦可異也。

詞學集成

〔清〕江順詒輯 宗山參訂

江先生秋珊，宏才績學，尤工倚聲。折肱於此，垂三十年，著有明鏡詞。山與先生有同好，倡和往還，多所指授。竊念詞之爲道，自李唐沿及兩宋，濫觴厥製，漸至紛紜歧出，有江河日下之慨。先生憂之，爲之尋源竟委，審律考音，取諸説之異同得失，旁通曲證。折衷一是。所以存前人之正軌，示後進之準則。心苦矣，功亦偉矣。山校讎既竣，分列子目，成書八卷，名曰詞學集成，慫其付梓，以公同志。先生虛懷若谷，俾附賤名於簡端，謹綴數言，并譔序目如左：

析津沿支，每況愈下。正界閏統，祧紊鼻祖。循乃故轍，溯厥本根。爲民祈祀，必先追源。集詞源第一。

辭尚體要，無體不立。正變剖分，大小次第。物不可遺，聲亦如味。爰稽其屬，總有十二。集詞體第二。

六律克諧，八風宣暢。應節角徵，調鐘脣吭。已無伶倫，矧乃夔曠。如縴嫋嫋，誰其繼響。集詞音第三。

彥倫切韵，李登聲類。差積累黍，五音幾廢。益則減半，損則加倍。如禮已止，競守綿蕞。集詞韻第四。

滚滚詞源，横擁其派。泛涉者疏，專攻者隘。風歸麗則，語芟蕪稗。南北江河，人海而會。集詞派第五。

法立文成，旋周旋折。異曲異詩，非莊非謔。變必歸宗，反而能縮。一氣轉圜，是謂中則。集詞法第六。

不離乎情，不泥乎境。託逍遥游，瞷町畦逕。寓目皆春，水流不競。香象羚羊，乃臻上乘。集詞境第七。

盈廷之官，各司其司。八珍之味，各宜其宜。析縷分條，抒以論斷。希跡名流，則吾何敢。集詞品第八。

鐵嶺宗山謹識

凡例

一、引證前人書，或詞序，或詞話，或專論詞，或不專論，有與詞相發明者，率皆引用，抒以論斷，皆加論案以別之。論斷後再引他人之説者，亦加某以別之，以清眉目。

一、徵引書不能不删節字句。然有删無增，不能妄竄人著作也。

一、有前人論議，必全篇登載始能得其旨趣者，率皆全篇錄之。期讀者於詞之源律，展卷瞭然。鈔胥之譏，所不辭也。

一、間有己論，自成一則者，皆不書名，以省煩瀆。

一、家藏書絶少。僅就目之所見蒐集成書，掛漏之譏，知所不免。

一、此書積之數十年，有見必錄，迄未成書，亦不過詞話之流耳，未敢出以示人。鐵嶺宗小梧司馬山，文字之交，莫逆最久。偶論作詞，以是稿就正。遂蒙激賞，謂爲卞和之璞，有功於詞不小。即爲之條分縷析，撮其綱，曰源、曰體、曰音、曰韵，衍其流曰派、曰法、曰境、曰品，分爲八卷，以各則麗之，易其名曰詞學集成。蕢桴土鼓，儼若金聲而玉振矣，豈祇參訂云爾哉。因并列其名於卷首。

一、或謂此書詆譏萬氏太甚。余曰不然，古今事變，各有其時。孔子作春秋，孟子距楊墨，易地皆然。使余生萬氏之時，亦祇爲萬氏之詞律，以闢嘯餘之謬。使萬氏生今之時，亦能因韵以求音，因音以求體，亦能知繁聲增字之所以然，余此書可以不作。

一、是書論又一體之非，僅證之一二詞之增字，殊不足爲確據。擬博考羣書，凡一調而有數體者，悉爲之删繁去複，以正體列於前，以異同各體低一格列於後。俟書成後，再爲續刻。

一、是書雖皆引前人之説，究不能無議論之偏，或棄或取，各因學力所造之淺深。尚望諸君子指摘議評，不遺餘力，庶不致貽誤後人。

詞學集成目錄

詞學集成卷一

一曰源

詞源於古樂府

汪晉賢森詞綜序云：「自古詩變而爲近體，而五七絶句傳於伶官樂部，長短句無所依，不得不變爲詞。當開元盛時，王之渙等詩句，流播旗亭，而李白菩薩蠻等詞，亦被之歌曲。詩之與樂府，近體之於詞，齊鑣並騁，非有先後。謂詩降爲詞，以詞爲詩之餘，殆非要論矣。」詒案，溯詞於樂府，則詞爲大宗。而古近體詩，乃樂府之變調，不能叶律之樂府耳。詩自唐以後無歌者，詞自宋以後無歌者，元曲出而古樂亡。如黄河南徙，今且奪淮入海之路。古近體詩，黄奪淮也，謂之黄而不謂之淮。詞則碣石黄河之故道，其蹤跡，知之者鮮矣。

今詞不可入樂

王述庵先生詞綜序云：「汪氏晉賢，序竹垞太史詞綜，謂長短句本於三百篇，並漢之樂府。其見卓矣，而猶未盡也。蓋詞實繼古詩而作，而本於樂。樂本乎音，有清、濁、高、下、輕、重、抑、揚之別，乃爲五音十二律以著之。非句有長短，無以宣其氣，而達其音。故孔氏穎達詩正義謂風雅頌有一二字爲句，及至八九字爲句者，所以和人聲而無不均也。三百篇後，楚辭亦以長短爲聲。至漢郊祀歌、鐃吹曲、房中歌，莫不皆然。蘇李畫以五言，而唐時優伶所歌，則七言絶句，其餘皆不入樂府。李太白、張志和以詞續樂府，不知者謂詩之變，而其實詩之正也。由唐而宋，多取詞入於樂府，不知者謂樂之變，而其實所以合樂也。且夫太白之西風殘照，黍離行邁之意也。志和之流水桃花，考槃衡門之旨也。嗣是温歧、韓偓稍及閨襜，然樂而不淫，哀而不怨，亦猶是蔓草摽梅之意。至柳耆卿、黄山谷輩，然後多出於褻狎，是豈長短句之正哉。」詒案，謂長短句發源於詩可也，謂今之長短句卽古之詩不可也。今之詩尚非古之詩，何況於詞。引孔氏正義謂詩有一二字及八九字，卽詞所本。究之詩中之一二字八九字甚少，而一代有一代之樂，正後人之善變，非墨守磨驢陳跡也。又云：「國朝念詩樂失傳甚久，命儒臣取三百篇譜之，著以四上五六諸音，列以琴瑟簫管之器，於是三百篇，皆可奏之樂部。今之詞，苟使伶人審其陰陽平仄，節其太過，而劑其不足，安有不可入樂之詞。可入樂，卽與詩之入樂無異也。是詞乃詩之苗裔，且以補詩之窮，余故表而出之。以爲今之詞卽古之詩，卽孔氏之謂長短句。」詒按，三百篇入樂，乃以音就字，以上四工尺之音，就平上去入之字，其節奏無考，其格調難尋，卽所謂聽古樂而恐卧者。若唐宋人之詞，則皆知律吕者爲之，所謂今樂也。有音節可考，又有律、有腔、有五音十二宫，由音生字，與以音就字者不同。若不知律者所作之詞，雖師曠復生，亦難入樂。調錯句訛，字脱音梗，改不勝改，勢必另作而後可，豈伶人之事乎。今人之詞，皆可入樂，似非通論。

萬樹未探詞皆可歌之源

朱竹垞先生羣雅集序云：「用長短句製樂府歌詞，由漢迄南北朝皆然。唐初以詩被樂，填詞入調，則自開元天寶始。逮五代十國，作者漸多，有花間、尊前、家宴等集。宋之太宗，洞曉音律，製大小曲及因舊曲造新聲，施之教坊舞隊，曲凡三百九十，又琵琶一曲，有八十四調。仁宗於禁中度曲時，有若柳永，徽宗大晟名樂時，有若周邦彥、曹組、晁次膺、万俟雅言，皆明於宮調，無相奪倫者也。洎乎南渡，家各有詞，雖道學如朱仲晦、真希元，亦能倚聲中律呂，而姜夔審音尤精。終宋之世，樂章大備，四聲二十八調，多至十餘曲，有引，有序，有令，有慢，有近，有犯，有賺，有歌頭，有促迫，有攤破，有摘遍，有大遍，有小遍，有轉踏，有轉調，有增減字，有偷聲。惟因劉昺所編燕樂新書失傳，而八十四調圖譜不見於世，雖有歌師板師，無從知當日之琴趣簫笛譜矣。樓上舍儼曰：「詩變爲詞，詞變爲曲，歷世久遠。聲律之分合，均奏之高下，音節之緩急過渡，既不得盡知，至若作者才思之淺深，不係文字之多寡。顧世之作譜者，類從歸自謡銖累寸積，及於鶯啼序而止。以字之長短分調，安能各得其所。莫如論宮調之可知者敍於前，餘以時代先後爲次，斯世運升降，可以觀焉。」予曰：「旨哉，當以段安節樂府雜録、王灼碧雞漫志及宋元高麗諸史所載調存詞佚者，具載之。並以張炎、沈伯時樂府指迷冠於首，學者覩此，若大水之涉津梁焉。」詒案：此序於詞之源流派別，最爲明晰。蓋自詩變爲樂府，詞與曲本不分，無不可入樂之詞。緣作者不明律呂，所作之詞不入調，而語則甚佳，讀者不能割愛，於是以不可度之腔謂之詞，即以可唱之詞別名爲曲，而詞曲遂分。故宋人之知律呂者，詞皆可歌也。至後之人，則曲亦有不可歌者矣。而因曲語之妙，則亦流傳而不廢。萬紅友詞律雖校勘功深，實未探乎詞皆可歌之源。而於不可歌之詞，斤斤於上去之必不可誤，平仄之必不可移，增一字爲一體，減一字又爲一體，並不知何謂爲宫爲商。毋亦自昧其途，而示人以前路乎。夫詞至於不可歌，則失調之曲，長短句之詩，杜陵、香山新樂府之變耳。增一字可，減一字亦可，上與去何所別，平與仄何所分，讀之順口卽佳。似詩非詞，似曲亦非詞，作者神明之可也。

萬樹不明宫調

蓮子居詞話云：「萬紅友當轇轕榛楛之時，爲詞宗護法，可謂功臣。舊譜編類排體，以及調同名異，調異名同，乖舛蒙混，毋庸議矣。其餘段落、句讀、平仄間，猶多模糊，詞律一一訂正，辨駁極當。所論上去入之聲，上入可替平，去則獨異，而其聲激勵勁遠，轉折跌宕，全在乎此，本之伯時。煞尾字必用何音方爲入格，本之挺齋。皆造微之論。」詒案：紅友開闢榛莽，二百年來填詞家恪遵矩矱，一洗明人之荒謬。近時講求益密，乃有摘其疵纇，補其罅漏者，其草昧之功不可沒也。惜不明宫調，僅從四聲斤斤比較，究非探源星宿耳。

詞不應舍五音而講四聲

香研居詞麈，歙方成培撰。深明音律之源，語多可采。原詞之始云：「古者詩與樂合，而後世詩與樂分，古人緣詩而作樂，後人倚調以填詞。古今若是其不同，而鐘律宮商之理，未嘗有異也。自五言變爲近體，樂府之學幾絶。唐人所歌多五七言絶句，必雜以散聲，然後可被之管絃，如陽關必至三疊而後成音，此自然之理。後來遂譜其散聲以字句實之，而長短句興焉。故詞者，所以濟近體之窮，而上承樂府之變也。」又宮調發揮云：「宋時知音者，或先製腔而後實之以詞，如楊元素先自製腔，張子野、蘇東坡填詞實之，名勸金船，范石湖製腔，而姜堯章填詞實之，名玉梅令之類是也。或先率意爲長短句，然後協之以律，定其宮調，命之以名，如姜堯章長亭怨自敍所云是也。又有所謂犯調者，或采本宮諸曲，合成新調，而聲不相犯，則不名曰犯，如曹勛八音諧之類是也。或采各宮之曲合成一調，而宮商相犯，則名之曰犯，如姜夔淒涼犯、仇遠八犯玉交枝之類是也。」詒案：合前二説，則一詞有一詞之腔，後之撰詞譜者當列五音，而不應列四聲。當分宮商之正變，而不當列字句之平仄。當列散聲增字之多寡，而不當列一調數體之參差。自宋以後，音律失傳，未始非詞譜誤之也。蓋五音四聲，皆屬天籟，近體平仄押韻有一定，故四聲人人皆知。詞曲雖有宮商，必待歌而始協律，故五音人人皆不知矣，其始則亦人人知之。今之填詞者，舍五音而講四聲，毋亦昧其源乎。

詞概論詞先得我心

詞概云：「曲之名古矣，近世所謂曲者，乃金元之北曲，及後復溢爲南曲者也。未有曲時，詞即是曲。既有曲時，曲可悟詞。苟曲理未明，恐詞亦難獨善矣。」詒案，此論亦先得我心，於詞之源流，了然豁然。

五季詞宏大穠厚

徐仰魯云：「自樂府亡，而聲律乖。謫仙作清平調、憶秦娥諸詞，時因效之。厥後行衞尉少卿趙崇祚，輯爲花間集，凡五百闋，此塡詞之祖也。放翁云：『詩至晚唐五季，氣格卑陋，千人一律。而長短句獨精巧奇麗，後世莫及。此事之不可曉者。』蓋傷之也。」詒案：詞在五季，正如詩在初唐，有陳、隋之綺靡，故變爲各體之宏大。有晚唐之纖薄，故變爲小令之穠厚。此亦時勢使然，與興亡之國勢不相涉。

張惠言詞論高出流輩

常州張皋文先生校録唐宋詞凡四十四家，僅一百十六首，可謂嚴矣。其序論云：「唐之詞人，李白爲首。其後韋應物、白居易、王建、劉禹錫、皇甫松、司空圖、韓偓，并有述造，而温庭筠最高，其言深美閎約。五代之際，孟氏、李氏君臣爲謔，競作新調，詞之雜流，由此起矣。至其工者，往往絶倫，亦如齊梁五言，依託漢魏，近古然也。宋之詞家，號爲極盛，張先、蘇軾、秦觀、周邦彦、辛棄疾、姜夔、王沂孫、張炎，淵淵乎文有其質焉。其蕩而不返，傲而不理，枝而不物，柳永、黄庭堅、劉過、吴文英之倫，亦各引一端，以取重當時。而前數子者，又不免有一時放浪通脱之言出於其間。後進彌以馳逐，不務原其旨意，破析乖刺，壞亂而不可紀。故自宋之亡而鄭聲絶，元之末而規矩隳，以至於今，四百餘年，作者十數，諒其所是，互有繁變，皆可謂支蔽乖方，迷不知門户者也。」詒案：此論高出流輩，發前人所未發。然如朱、厲二公，清真雅潔，似猶不足爲正聲。

詞壞於元明

六合徐釚水雲樓詞序云：「詩餘之作，蓋亦樂府之遺。孤臣孽子，勞人思婦，籲閶闔而不聰，繼以歌哭。懼正容之莫悟，矢以曼音。其體卑，其思苦，其寄託幽隱，其節奏嘽緩。故爲之者，必中句中矩，端如貫珠，宜宮宜商，較之纍黍。太白、飛卿，實導先路，南唐、兩宋，蔚成巨觀。玉宇高寒，子瞻將其忠愛。斜陽煙柳，壽皇識爲怨誹。朝野不少賞音。元之雜以俳優，明人決裂阡陌，淫哇日起，正始胥亡，高論鄙之。弁髦小儒，鼓其瓦缶，臣質之死，匠石傷焉。」詒案：「元人雜以俳優，明人決裂阡陌」二語，詞之壞於明，而實壞於元。俳優竄而大雅之正音已失，阡陌開而井田之舊跡難尋。夫詞變爲曲，猶詩變爲詞，非製曲之過，乃填詞之過。然曲之粗鄙，製曲者取悦於俗耳，則元人不得辭其責矣。

詞從樂府變出

王元美云：「花間以小語致巧，世説靡也。草堂以麗字取研，六朝媮也。即詞號詩餘，然而詩人不爲也。何者，其婉孌而近情也，足以移情而奪嗜，其柔靡而近俗，嘽緩而就之，不知其下也。之詩而詞，非詞也。之詞而詩，非詩也。詞興而樂府亡，曲興而詞亡。非樂府與詞之亡，其調亡也。」詒案：樂府亡而詞作，詞亡而曲作。非亡也，蓋變也。本有所不足，變一格以求勝，而本遂亡。

詞可不變爲南曲

毛稚黄曰：「南曲將開，塡詞先之，花間、草堂是也。北曲將開，絃索先之，董解元西廂記是也。西廂卽北人塡詞，然塡詞盛於宋，至元末明初，始有南曲，其接續也甚遥。弦索調生於金，而入元卽有北曲，其接續也相踵。斯又聲音氣運之微，殆有不可以臆測者。」詒案：塡詞入律，苟無弦索之變北曲，詞至今亦可不變南曲。蓋詞卽樂府，廟廷用之，又何曲之變哉。

樓儼自訂羣雅集

蒲褐山房詩話：「樓儼，號西浦，義烏人。居申江，與繆雪莊、張幻花以詞倡和。康熙癸丑，詔修詞譜，被薦與杜紫綸同館纂修，辨析體製，考訂源流，駁正萬氏詞律百餘條，最中窾要。又以張綖之詩餘圖譜、程明善之嘯餘譜，及毛先舒之詞學全書，率皆謬妄錯雜，倚聲家無所遵循。因自訂羣雅集一書，以四聲二十八調爲經，而以詞之有宫調者爲緯，并以詞之無宫調者，依世代爲先後，附於其下。朱竹垞先生爲之序。以卷帙繁重，未及開雕。今不可復得矣。」詒案：羣雅集序，前已詳論之矣。至以四聲二十八調爲經，以詞之有宫調者爲緯，卽詒之以古之七音十二律爲經，以今之四上工尺爲緯，删複正誤之意也。見二卷第二條。惜乎羣雅集不傳於世，而詞學之源流，遂成絶響。

詞苑叢談論斷少

詞苑叢談，吴江徐電發釚所輯，共十二卷，内分七條，一體製、二音韻、三品藻、四紀事、五辨證、六諧謔、七外編。前人詞話本少，此編比詩話而略變其例，然搜採多而論斷少。其體製一卷，泛而不當。音韻一卷，粗而不精。品藻以下十卷，則仍詩話之例矣。

詩詞同源

梁武帝江南弄云：「衆花雜色滿上林。舒芳曜采垂輕陰。連手躞蹀舞春心。舞春心，臨歲腴。中人望，獨踟躇。」此絶妙詞，在清平調之先。又沈約六憶云：「憶眠時，人眠獨未眠。解羅不待勸，就枕不須牽。復恐旁人見，嬌羞在燭前。」亦詞之濫觴。詒案：此體製似詞，乃樂府之變格。非先有詞，而後有唐人之詩，亦不能祧詩而言詞。蓋詩與詞本同一源，詩盛於唐，詞盛於宋，亦物莫能兩大之理。

詞律不言襯字宫調

詞有定名，卽有定格，其字數多寡，平仄韻脚較然。中有參差不同者，一曰襯字，文義偶不聯暢，用一二字襯之，密按其音節虛實，正文自在，如南北劇這字、那字、正字、個字、卻字之類，從來詞本卽無分别，不可不知。一曰宫調，所謂黄鐘宫、仙吕宫、無射宫、中吕宫、正宫、仙吕調、歇指調、高平調、大石調、小石調、正平調、越調、商調也。詞有同名而所入之宫調異，字數多寡亦因之異者，如北劇黄鐘水仙子，與雙調水仙子異。南劇越調過曲小桃紅，與正宫過曲小桃紅之類。一曰體製，唐人長短句皆小令耳，後演爲中調，爲長調。一名而有小令，復有中調，有長調。或系之以犯、以近、以慢别之，如南北劇名犯、名賺、名破之類。又有字數多寡同，而所入之宮調異，名亦因之異者，如玉樓春與木蘭花同，而木蘭花歌即入大石調之類。又有名異而字數多寡則同，如蝶戀花一名鳳棲梧，念奴嬌一名百字令之類。詒案：詞律中，攻擊圖譜不遺餘力是已。而無一語及襯字宮調。徐氏叢談與萬氏不相後先，而襯字宮調屢言之。雖所引證爲南北劇，合而觀之，三者皆兼詞曲而言。後人塡詞一遵詞律，故不知詞有襯字。宮調之說，古意云亡，不能不歸咎於萬氏矣。

詞上薄風騷

又梨莊云：徐巨源曰：「古詩者，風之遺。樂府者，雅之遺。蘇李變而爲黃初，建安變而爲選體，流至齊梁排律，及唐之近體，而古詩遂亡。樂府變爲吳趨越豔，雜以捉搦、企喻、子夜之屬，以下逮於詞，而樂府亦衰。然子夜、懊儂，善言情者也。唐人小令，尚得其意。則詩餘之作，不謂之直接古樂府不可。」余謂巨源之論詞之源於樂府是矣。獨所言子夜、懊儂善言情，唐人小令得其意，是詞貴於情矣。余意所謂情者，人之性情也。上自三百篇，以及漢魏樂府詩歌，無非發自性情。故魯不同於衞。卿大夫之作，不同於閭巷歌謠。卽陶謝揚鑣，李杜分軌，各隨其性情之所在。古無無性情之詩詞，亦無舍性情之外，別有可爲詩詞者。若舍己之性情，强而從人之性情，則今日餖飣之學，所謂優孟衣冠，何情之有。唐人小令善於言情，然亦不爲子夜、懊儂之情。余故謂凡詞無非言情，卽輕豔悲壯，各成其是，總不離吾之性情所在耳。詒案：詩道性情，古人言之詳矣。今謂詞亦道性情，卽上薄風騷之意，作者勿認爲閨幃兒女之情。

詞亦可以初盛中晚論

尤悔菴侗詞苑叢談序云："「詞之系宋，猶詩系唐也。唐詩有初盛中晚，宋詞亦有之。唐之詩由六朝樂府而變，宋之詞由五代長短句而變。約而次之，小山、安陸，其詞之初乎。淮海、清真，其詞之盛乎。石帚、夢窗，似得其中。碧山、玉田，風斯晚矣。唐詩以李、杜爲宗，而宋詞蘇、陸、辛、劉，有太白之氣。秦、黃、周、柳，得少陵之體。此又畫疆而理，聯騎而馳者也。唐詩之後，香奩、浣花，稍微矣。至有明而起其衰。宋詞之後，遺山、蜕巖，亦僅矣。及本朝而恢其盛。天地生才，若爲此對偶文字以待後人之側生挺出，角立代興，惡可存而不論哉。」又詞繹云："「詞亦有初盛中晚，不以代也。牛嶠、和凝、張泌、歐陽炯、韓偓、鹿虔扆輩，不離唐絶句，如唐之初，不脱隋調也，然皆小令耳。至宋則極盛，周、張、康、柳，蔚然大家。至姜白石、史邦卿，則如唐之中，而明初比晚唐。蓋非不欲勝前人，而中實枵然，取給而已，於神味全未夢見。」諭案：比詞於詩，原可以初盛中晚論，而不可以時代後先分。如南唐二主似唐之初，秦、柳之瑣屑，周、張之孅靡，已近於晚。北宋惟李易安差强人意。至南宋白石、玉田，始稱極盛，而爲詞家之正軌。以辛擬太白，以蘇擬少陵，尚屬閏統。竹山、竹屋、梅溪、碧山、夢窗、草窗，則似中唐退之、香山、昌谷、玉溪之各臻其極。晚唐之詩，未可厚非，元明之詞不足道，本朝朱、厲步武姜、張，各有真氣，非明七子之貌襲。其能自樹一幟者，其惟飲水一編乎。」尤序固非探源之論，詞繹所云，亦未得其要領。

詞限格限字

詞苑叢談引藥園閒話云：「屈子離騷名辭，漢武秋風亦名辭。詞者，詩之餘也，合於詩按其調而知之。詩曰『殷其雷，在南山之陽』，此三五言調也。『魚麗於罶，鱨鯊』，此二四言調也。『遭我乎猺之間兮，並驅從兩肩兮』，此六七言調也。『不我以，不我以』，此疊句調也。『我來自東』四句，此換韻調也。『厭浥行露』三章，此換頭調也。」詒案：古人文字有二，一曰無韻之文，一曰有韻之文，俱不限字，不限格。然有韻以後，即有格矣，有格而字之或長或短，即有不入格者矣。有韻而無格，則韻不叶，有格而字或長或短，則格不整，而韻亦不齊。古詩而變爲近體，皆因韻而生也。格限以五古、七古、五律、七律、五絶、七絶，字限以四言、五言、六言、七言，有韻之文，於是乎一變，遂與騷賦分途。而駢文且有格而無韻，與無格無韻之文争長。至詞乃既限格、既限字，後之别製，非未限格、未限字前之先聲也。

趙函論音律精確

趙艮甫函碎金詞敍云：「宋詞以清真、白石、草窗、玉田四家爲正宗。清真典掌大晟，白石自訂詞曲，草窗詞名笛譜，玉田詞源一書，所論律吕最精。凡此四家之詞，無不可歌。其餘則或可歌，或不可歌，不過按調填詞，於四聲不盡諧協，遑論九宫。今之填詞者，祇以萬紅友詞律平仄爲準，不究音律之源。無怪乎好拈熟調，一遇拗體，則步步如行荊棘中矣。」詒案：此論精確，未僅爲拈熟調遇拗體者説法，則似明而忽昧。

詞學集成卷二

二日體

古樂府非今之詞

毛西河詞話云：「白樂天花非花、唐人醉公子詞、長孫無忌新曲、楊太真阿那曲，自是詞格。若回鶻、石洲、阿䩭迴、迴波樂、烏鹽角、鷊浪堆、水調歌頭，俱是樂府。然其辭有近詞者，亦可以詞名之。如隋帝望江南、徐陵長相思，初何嘗是詞，而句調可填，卽謂填詞。由是推之，武帝江南弄諸樂，及鮑照梅花落、陶宏景寒夜怨、徐勉迎客送客、王筠楚妃吟、梁簡文春情、隋煬夜飲朝眠曲，皆謂之詞，何不可哉。」

詒案：謂詞出於樂府則可，謂古之樂府卽今之詞則不可。如以鮑照梅花落爲詞，則謂國風卽今八韻試帖，烏乎可。同一詩名，體以代異，而況樂府與詞，已異名乎。

詞調應正誤删複

聽秋聲館詞話云：「萬氏詞律，共六百五十九調，計一千七百七十三體。欽定詞譜共八百二十六調，計二千三百六體，較之萬律增體一倍有奇。然較定爲譜者，僅居其半，餘皆列以備體而已。乃采取猶有未及。以是知鄧林滄海尚多遺佚。」詒案：詞體之多，蕪雜實甚，其始誤於傳寫，其繼誤於妄作。其一調，而同時或增減一二字，別爲一體者，大約皆增字。後人誤以旁行列正，因羣相倣效。如吳夢窗唐多令「縱芭蕉不雨也颼颼」，縱字非如曲之旁行增字乎。又或不知句讀，有字數同而句異者，皆後人之誤也。惟有删之一法。余擬將各調之正者審定，以古之七音十二律之宮調爲經，以今之四上工尺爲緯，正其誤，删其複，庶榛蕪之途一闢。此願其何日償也。

碎金詞譜妄作聰明

聽秋聲館詞話云：「謝默卿碎金詞譜，每字讀以今之四上工尺，云自姜石帚詞旁註譜中尋究而出，得古來不傳之秘。詢之善歌者，則祇堪以協笙笛。」宜泉司馬云：「近時之崑腔，與古歌迴殊。古歌多和聲，似今之高腔，然又有别。聲音之道，與世遞遷，執今樂以合古詞，終不免工陵羽替。」詒案：碎金詞譜妄作聰明，無足論。惟古歌無纏聲，故聽之欲卧。樂府有句尾之幫腔，如妃豨之類。無增字，亦無纏聲。唐人歌七言詩有疊腔，陽關三疊之類。然究嫌板滯。長短句出而古樂皆廢，此古今樂之關鍵。曲之增字更多於詞，故有曲而歌詞亦廢。緣纏聲多，則聲調並淫。雖聖人出，能正廟堂之樂，而不能禁世俗之興，淫哇豔語，古調浸亡，奈之何哉。

詞腔不能臆造

吳西林穎芳云：「詞之興也，先有文字，從而宛轉其聲，以腔就詞者也。洎乎傳播久，音律確然，繼起諸人，不得不以辭就腔，於是必遵前詞字脚之多寡，字面之平仄，號曰填詞。或變易前詞，仄字而平，平字而仄，要於音律無礙。或前詞字少而今多之，則融洽其字於腔中，或前詞字多而今少，則引伸其字於腔外，亦於音律無礙。蓋當時作者述者，皆善歌，故製詞度腔，字之多寡平仄參焉。今則歌法已失傳，音律之故不明，變易融洽引伸之技，何由而施。操觚家按腔運辭，兢兢尺寸，不易之道也。」詒案：以詞就腔者，執柯以伐柯，此後人之善因，所謂其則不遠。若夫以腔就詞，則未有柯以前之柯，此古人之善創。後人自度腔，亦古人之創，特音律不明，不能臆造耳。

詞有增字襯字

詞麈論繁聲云：「黃鐘醉花陰本五句，並換頭衹五十二字，又加襯八十餘字，繁聲太多，音節太密，去古益遠矣。蓋始作此曲者，或四言、或五言，必有襯字以贊助之，通爲五十二字。後人撰詞，並其襯字亦以詞填實。工師不知，於定腔五十二字之外，又加襯八十餘字之多，皆淫哇之聲也，必刪去始爲近古。案，繁聲，唐宋人謂之纏聲。太真傳、明皇吹玉笛，遲其聲以媚之，即纏聲多也。今人譜工尺，多用贈板，音方旖旎悅耳，即淫哇之謂，古靡靡之音也。善乎稗編之言曰：今樂與古樂同者，器也、律也。其不同者，製詞有邪正散慢也，度曲之節有繁簡嚴媚濃淡也。用其所同，而去其所不同，使其詞一歸於正，其曲淡而不厭，其節稀而不密，則古樂豈外是哉。」詒案：在音則爲襯聲、纏聲，在樂則爲散聲、贈板，在詞曲則爲加襯字，爲旁行增字。曲之增字寫於旁行，故易知。詞之增字，則知之者鮮矣。前引夢窗唐多令以證之。凡詞之調一，而體二三至十餘者，皆增字之旁行，並入正行也。故一調而同時之人共填，體各小異，實增字任人增減，無戾於音，又何害於詞。流傳至今，迷如煙霧。萬氏作詞律，苦心孤詣，遠紹旁搜。苟知增字襯字，詞與曲同，則提綱挈領，得其製調之本詞。又何至列數體，嘵嘵置辯，而無所折衷哉。

詞塵得音律奧窔

詞體叢雜，各家詞譜皆少探源之論，自別名爲曲，而詞遂不歌。非不歌，實多不合律，不能歌耳。歌有纏聲，曲多增字，而詞本亦可歌，何以無纏聲、增字。始悟詞之字句，一調而多寡不同，且至數體者，皆增字不旁行之誤也。然宋至今無明言，一人之臆說，豈足憑乎。今閱詞塵所論，多與余合，喜前人之先得我心。方氏於音律得其奧窔，溯源於十二均八十四調，凡諸窒礙，無不迎刃而解。今之填詞者，不能悉知音律，而於四聲五音之理，亦可以稍留意焉，而不爲古人所欺，由是而考訂詞譜不難矣。故余采方氏之說最多。

詞須推求合律

楊守齋作詞五要：「第三，要填詞按譜。自古作詞能依句者少，依譜用字，百無一二，若歌韻不協，奚取哉。或謂善歌者，能融化其字，則無疵。殊不知製作轉折或不當，則失律。正旁偏側，淩犯他宮，非復本調矣。」宋人多先製腔而後填詞，觀其工尺當用何字協律方始填入，故謂之填詞。及其調盛傳，作者不過照前人詞句填之，故曰依句者少，依譜用字百無一二也。轉折乃節奏所關，故下字不當則失律，淩犯他宮。起韻、過變兩結，尤爲喫緊。詒案：調已盛傳，作者第照前人詞調填之，在宋時依譜者已百無一二，何怪今之填詞者乎，然其源則不可不知也。不知其源，而自詡其律之精嚴，吾不知其謂精嚴者，果何律也。「第四，要擢律。擢字當作推，謂推求此調屬某律某音，然後協某韻，方始合體，即段安節五音二十八調所説是也。詞源作隨律押韻，如越調水龍吟、商調二郎神，皆用平入聲韻，古調用俱押去聲，所以轉折乖異。」水龍吟越調即黄鐘商，二郎神商調即無射商，入聲商七調用之，平聲商角同用者也。若去聲韻當叶宫聲調，非商調所宜矣。然宋詞往往不拘，蓋文士揮毫，不暇推求合律故耳。詒案：今人不知推求，非宋人不暇推求誤之乎。然而欲正詞體，則不能不推求合律也。

詞有襯字

毛稚黄先舒填詞圖譜凡例云：「詞中有襯字者，因此句限於字數，不能達意，偶增一字。後人竟可不用，如繫裙腰末句問字之類。」沈天羽曰：「調有定格，即有定字，其字數音韻較然。中有參差不同者，一曰襯字，因文義偶不聯屬，用一二字襯之，按其音節虛實，正文自在，如南北劇這那正個卻字之類，亦非增實字，而藉口爲襯也。」詒案：因曲有襯字而知詞亦有襯字。萬氏增減一二字別爲一體，非定論也。不意有先我而言之者。

後人不知詞有襯字

毛稚黄曰：「夢窗詞『縱芭蕉不雨也颼颼』，應上三下四，則也字當爲襯字，謂縱字爲襯字非。」詒案：詞中有襯字，可指證者甚少，故後人不知耳。

詞律謂詞無襯字

萬紅友唐多令註謂：「縱芭蕉不雨也颼颼，誤刻多一字。詞統註，縱字爲襯字。襯之一說，不知從何而來，詞何得有襯字乎。」詒案：詞何以必不准有襯字，而謂誤刻多一字，真是牽强。又云：「此句上三下四，應註也字爲襯。然也字必是誤多，不可立襯字一說，以混詞格。」詒案：此詞誤多一字，多得如此好，卽不誤矣。詞格不准襯字，是何人之格。何以同一調一人填之，忽多一字，忽少一字，有是格乎。總之，紅友一生之誤，誤在不明音律之源，遂謂樂府與詞異，詞與曲異。不能知一篇之音律，遂謂多一字爲誤，少一字亦爲誤，殊可笑也。

同調異名考

詞有同調異名，昔人分爲二體，概可從删。如搗練子，杜、晏二體，卽望江樓。荆州亭，卽清平樂。眉峯碧，卽卜算子。月中行，卽月宮春。惜分飛，卽惜雙雙。桂華明，卽四犯令。清川引，卽涼州令。杏花天，卽於中好。番搶子、轆轤金井，卽四犯翦梅花。月下笛，卽瑣窗寒。八犯玉交枝，卽八寶妝。又原書一體而後人誤分，如仇遠之薦金蕉，卽虞美人之半。劉壎之醉思仙，卽醉太平。王之道之折丹桂，卽一落索。趙鼎之醉桃源，卽桃源憶故人。米友仁之醉春風，卽醉花陰。費原之惜餘妍，卽露華。歐慶嗣之慶千秋，卽漢宮春。奚㴁之雪月交輝，卽醉蓬萊。張虛靖之雪夜漁舟，卽繡停鍼。晁端禮之戀春芳慢，卽萬年歡。趙孟頫之月中仙，卽月中桂。羅志仁之菩薩蠻引，卽解連環。詒案：欲辨詞體，定詞律，必先自考同調異名始。

又詞律目已拈出者，録如左：

十六字令，卽蒼梧謠。南歌子，卽南柯子，又卽春宵曲。雙調，卽望秦川，又卽風蝶令。三台，卽翠華引，又卽開元樂。憶江南，卽夢江南、望江南、江南好，又卽謝秋娘。其望江南、夢江口、歸塞北、春去也等名，則人不甚知矣。深院月，卽搗練子。陽關曲，卽小秦王。賣花聲、過龍門、曲入冥，卽浪淘沙。憶君王、豆葉黄、欄干萬里心，卽憶王孫。宮中調笑、轉應曲、三台令，卽調笑令。憶仙姿、宴桃源，卽如夢令。一絲風、桃花水，卽訴衷情。内家嬌，卽風流子。紅娘子、灼灼花，卽小桃紅。水晶簾，卽江城子。烏夜啼、上西樓、西樓子、月上瓜洲、秋夜月、憶真妃，卽相見歡。雙紅豆、憶多嬌、吴山青，卽長相思。醉思凡、四字令，卽醉太平。愁倚欄令，卽春光好。一痕沙、宴西園，卽昭君怨。溼羅衣，卽中興樂。南浦月、沙頭月、點櫻桃，卽點絳脣。月當窗，卽霜天曉。百尺樓，卽卜算子。羅敷媚、羅敷豔歌、采桑子，卽醜奴兒。青杏兒、似娘兒，卽促拍醜奴兒慢。子夜静、重疊金，卽菩薩蠻。釣船笛，卽好事近。好女兒，卽繡帶兒。玉連環、洛陽春、上林春，卽一落索。花自落、垂楊碧，卽謁金門。喜沖天，卽喜遷鶯。秦樓月、碧雲深、玉交枝，卽憶秦娥。江亭怨，卽荆州亭。憶蘿月，卽清平樂。醉桃源、碧桃春，卽阮郎歸。烏夜啼，卽錦堂春。虞美人歌、胡搗練，卽桃源憶故人。秋波媚，卽眼兒媚。早春怨，卽柳梢青。小闌干，卽少年游。步虚詞、白蘋香，卽西江月。明月棹孤舟、夜行船，卽雨中花。春曉曲、玉樓春、惜春容，卽木蘭花。玉瓏璁、折紅英，即釵頭鳳。思佳客、於中好，即鷓鴣天。舞春風，即瑞鷓鴣。醉落魄，即一斛珠。一蘿金、黄金縷、明月生南浦、鳳棲梧、鵲踏枝、捲珠簾、魚水同歡，即蝶戀花。南樓令，即唐多令。孤雁兒，即玉街行。月底修簫譜，即祝英台近。上西平、西平曲、上南平，即金人捧露盤。上陽春，即驀山溪。瑞鶴仙影，即淒涼犯。鎖陽台、滿庭霜，即滿庭芳。碧芙蓉，即尾犯。緑腰，即玉漏遲。花犯念奴，即水調歌頭。紅情，即暗香。緑意，即疏影。催雪，即無悶。瑶台聚八仙、八寶粧，即秋雁過粧樓。百字令、百字謡、大江東去、酹江月、大江西上曲、壺中天、淮甸春、無俗念、湘月，即念奴嬌。惟湘月另一調，萬氏誤。疏簾淡月，即桂枝香。小樓連苑、莊椿歲、龍吟曲、海天闊處，即水龍吟。鳳樓吟、芳草，即鳳簫吟。台城路、五福降中天、如此江山，即齊天樂。柳色黄，即石州慢。四代好，即宴清都。菖蒲緑，即歸朝歡。西湖，即西河。春霽，即秋霽。望梅、杏梁燕、玉聯環，即解連環。扁舟尋舊約，即飛雪滿羣山。惜餘春慢、蘇武慢、選冠子，即過秦樓。壽星明，即沁園春。金縷曲、貂裘换酒、乳燕飛、風敲竹，即賀新郎。安慶摸、買陂塘、陂塘柳，即摸魚兒。畫屏秋色，即秋思耗。緑頭鴨，即多麗。箇儂，即六醜。

杜文瀾爲萬樹功臣

秀水杜小舫觀察文瀾詞律校勘記序云：「詞學始於唐，盛於宋，有一定不移之律，亦有通行共習之書。南宋時修内司所刊樂府混成集，巨帙百餘，周草窗齊東野語，稱其古今歌詞之譜，靡不備具，而有譜無詞者，實居其中。故當日填詞家雖自製之腔，亦能協律，由於宮譜之備也。元明以來，宮調失傳，作者腔每自度，音不求諧，於是詞之體漸卑，詞之學漸廢，而詞之律則更鮮有言之者。七百年古調元音，直欲與高筑嵇琴同成絶響。使非萬氏紅友一書起而振之，則後之人奉嘯餘圖譜爲凖繩，日趨於錯矩偭規而不自覺，又焉知詞之有定律，律之必宜遵哉。其書爲卷二十，爲調六百四十，爲體一千一百八十有奇。凡格調之分合，句逗之長短，四聲之參差，一字之同異，莫不援名家之傳作，據以論定是非。俾學者按律諧聲，不背古人之成法，其有功於詞學也大矣。」詒案：萬氏有功於詞學，杜氏又爲萬氏之功臣。雖其書知聲而不知音，然舍此别無可遵之譜，則校勘記之不可少也明矣。然律之一字，究非音律之律，亦非律例之律，不過如詩之五七律之律耳，不如仍名爲譜之確也。

詩餘圖譜及嘯餘圖譜謬妄

鄒程村祗謨曰：「今人作詩餘，多據張南湖詩餘圖譜及程明善嘯餘圖譜二書。南湖譜平仄差核，而黑白及半白半黑圈以分别，不無亥豕之訛。且載調太略，如粉蝶兒與惜奴嬌本兩體，而誤爲一。至嘯餘譜則舛誤並甚，如念奴嬌之與無俗念、百字謡、大江東，又賀新郎之與金縷曲，又金人捧露盤之與上西平，本一體也，而分數體。燕台春卽燕春台，大江乘卽大江東，秋霽卽春霽，棘影卽疏影，因訛字而列數體。甚至錯亂句讀，增減字數，而强綴標目，妄分韻脚者，不一而足。」詒案：二書之謬妄，詞律俱已駁正，姑録一則以證之。

胡元瑞於詞理未精研涉

詞苑叢談云：「胡元瑞筆叢，駁楊用修調名原起之説最多，其辨詞調尤極覼縷。然元瑞考據精詳，而於詞理未精研涉。」毛稚黄駁胡元瑞云：「詞人以所長入詩，其七言律非平韻玉樓春，則襯字鷓鴣天。並不知玉樓春無平韻者，鷓鴣天無襯字者，瑞鷓鴣亦未見。」按詞品序云：「唐七言律卽詞之瑞鷓鴣也，七言仄韻卽詞之玉樓春也。」詒案：此亦詞有襯字之一證。

趙鼎詞襯字

宋詞有襯字，夢窗唐多令外，趙鼎滿江紅下闋云：「欲待忘憂除是酒，奈酒行欲盡情無極。」奈字亦是襯字。

萬氏又一體之非

宗小梧司馬云：「紅友開闢榛蕪，示人矩矱。然不究五音，不諧宫調，徒辨韻之平仄，字之增減，毋乃舍本求末，自昧其途。僕惜其孤詣苦心，不能盡如人意。」又，邊竹潭葆樞艖尹云：「詞有襯字之説，最確。萬氏於另體多一二字者，註曰誤，多游移其辭，且戒人不宜從。如知爲襯字，則無是説矣。」詒案：以宫調論詞，駁萬氏又一體之非，小梧、竹潭俱以爲然。竊喜一知半解，天下後世，必有同心也。

詞學集成卷三

三曰音

自度腔不能妄作

西河詞話:「古者以宫、商、角、徵、羽、變宫、變徵之七聲,乘十二律,得八十四調。後人以宫、商、羽、角之四聲,乘十二律,得四十八調。云徵聲與二變不用。四十八調,宋人詞猶分隸之,其調不拘長短,有屬黄鐘宫者,有屬黄鐘商者,皆不相出入。非若今之譜詩餘者,以小調、中調、長調分班部也。其詳載樂府一書。近人不解音律,動造新曲,曰自度腔。試問其所自度者,曲隸何律,律隸何聲,聲隸何宫、何調,乃茫然妄作如是耶。」詒案:此論甚允。夫宫調雖失傳,尚有門徑可尋。苟欲自度腔,何不一求其源,而必妄作乎。

韻與音異

萬氏詞律發凡云:「自沈吴興分四聲以來,凡用韻樂府,無不調平仄者。至唐律以後,浸淫而爲詞,猶以諧聲爲主,儻平仄失調,則不可入詞。周、柳、万俟等之製腔造譜,皆按宫調,故協於歌喉,播諸弦管。

以迨白石、夢窗輩，各有所創，未有不悉音理而可造格律者。雖今音理失傳，而詞具在，學者但宜做舊作，字字恪遵，庶不失其矩矱。」詒案：萬氏既知音理失傳，又云字字恪遵，而不知韻與音異。夫平上去入謂之韻，喉舌脣齒牙謂之音，由喉舌脣齒牙之音，可以配合宮商。由平上去入之韻，不能配合宮商。萬氏僅欲字字恪遵平仄，於音尚隔一層。今雖音理失傳，而喉舌脣齒牙之音未失也。一調之中，平上去入之韻，固宜恪遵。一字之中，喉舌脣齒牙之音，尤宜嚴辨。試取古人自度腔，先定夫平上去入之不易，再審夫喉舌脣齒牙之無訛，進而求之，其庶幾乎。

清代律呂之學少專門

詞塵云：「本朝律呂之學，尠有專門。曾見應嗣寅古樂府兩册，詳於體，而昧於用。江慎修先生律呂闡微，本諸鄭世子新發，皆無當於曲調。餘多經生家，勦襲陳言，資場屋之用而已。如馬宛斯繹史中律呂通考、及柴紹炳考古類編中律呂一條，抄撮羣説，組織可觀，然到底不曾明白，不曉如何施用。方氏通雅、顧氏日知録，淵博罕有倫比，獨説律呂亦屬顢頇。此外可知。」詒案：填詞本小技，而論及律呂，探源星宿，與月露風雲毫無干涉，鮮不以爲迂者。方氏謂律呂爲我朝之絶學，豈所語於詞章之士哉。

辨詞體須嚴詞律

又製腔即自度腔。之法云：「腔出於律，律不調者，其腔不能工。然必熟於音理，然後能製新腔。製腔之法，必吹竹以定之，或管、或笛、或簫，皆可。金石絲革無不可製腔造譜者，此獨以竹言，取其聲易調不走作也。故古人知弦，亦必取定於管色。惟吾意而吹焉，卽以筆識其工尺於紙，然後酌其句讀，劃定板眼，聲之雅俗，在板之疏密，宋人詩餘贈板甚少，故其聲猶有雅淡之意。而後吹之。聽其腔調不美，音律不調之處，再三增改，務必使其抗墜抑揚，圓美如貫珠而後已。再看其起韻之處，前後兩節，是何字眼，而知其爲某宮某調也。假如是六字起調，六爲黃鐘清，而第一拍轉至起韻，用高五字爲太簇，黃鐘均以太簇爲商，則此屬太簇清商也。在燕樂名爲大石調。餘倣此。若兩結不用高五字，則爲出調，淩犯他宮，非復大石調矣。至於犯調宮商，雖犯而律字相同，實有以類相從，聲應氣求之義，不可以淩犯例之，此古人製犯調之精義也。新腔既定，命名以實之，而後實之以詞。卽不實之以詞，亦可被之管弦，但不能歌耳。」又填腔之法云：「新腔雖無詞句可遵，第照其板眼填之，聲之悠揚相應處，卽用韻處也。故宋人用韻少之詞，謂之急曲子，韻多者謂之慢曲子，義蓋如此，此非所難。難在審其起韻兩結之高低清濁，而以韻配之，使歌者便於融入某律某調耳。然腔調雖至多，韻脚雖至夥，而止以清濁陰陽高下配之，且所重正在起韻兩結，而其他不論，故其法又簡易不煩。古之知音者，卽酒邊席上，任意揮毫，莫不可諧諸律呂，蓋識此理也。至於舊腔第照前人詞句填之，有宮調可考者，稍致謹於煞尾兩字，卽無不合律矣。」詒案：元人變詞爲曲，而歌詞者鮮，故詞之律亡。其實可歌之曲有纏聲，可歌之詞亦有增字。詞體叢雜，律以弦管，而繁蕪皆删。膠以字句，而正變俱迷。既欲填詞，不能不辨詞體。欲辨詞體，不能不嚴詞律。古人習見之，而運妙用於一心。今人遂成絶學矣。

由工尺求旋宫之法

又云：「世儒不習其器，徒知有律吕之名，而不識工尺之理。俗工雖粗習工尺之節，而又昧於律吕之源。此所以兩不能知，終身由之而弗悟也。夫損益忽微，律之體也。四上工尺，律之用也。究其體不明其用，則律吕爲虛器。循其用不知其體，則宫調爲空名矣。」詒案：近世俗傳度曲七調，一字調最低，上字調次之。五字調最高，六字調次之。惟工字調便於高下。遇曲音過抗，則用尺字或上字調。曲音過衰，則凡字調。今之俗工皆知之。苟由俗傳之工尺而求古人旋宫之法，得十二均八十四調之源，則自製新腔，又何難哉。

擇腔與擇律

楊誠齋作詞五要，培案，當是守齋。張炎得音律之學於楊守齋，陸輔之又學詞於張，故撰詞旨而載守齋之説，訛爲楊誠齋耳。守齋卽紫霞翁。「第一，要擇腔。腔不韻則勿作，如塞翁吟之衰颯，帝台春、隔浦蓮之寄煞，鬭百花之無味是也。不韻卽不美。」詒案：此擇腔係指自度曲者，若填前人已傳之詞，則腔自韻矣。「第二，要擇律。律不應則不美，如十一月必用正宫，元宵詞必用仙吕爲宜也。」仙吕當作南吕。

詞律不知宫調之誤

萬氏詞律自敍云：「詩餘乃劇本之先聲，昔日入伶工之歌板，如耆卿標明於分調，誠齋垂法於擇腔，堯章自注鬲指之聲，君特久辨煞尾之字。當時或隨宫造格，創製於前。或遵調填音，因仍於後。其腔之疾徐長短，字之平仄陰陽，守一定而不移，證諸家而皆合。」詒案：此條箇析明暢，於宫調之理未嘗不知之。又發凡云：「紅情緑意，其名甚佳，再四玩味，卽暗香、疎影，二調之外，不另收紅情、緑意。」詒案：此實紅友之精覈也，删之誠是。又發凡云：「石帚賦湘月自註云：卽念奴嬌之鬲指聲，體同名異，或有故。但宫調失傳，作者依腔填句，不必另收湘月。蓋人欲填湘月，卽是念奴嬌，無庸立此名也。」詒案：此實紅友不知宫調之誤也。蓋湘月與念奴嬌字句雖同，業已移宫换羽，别爲一調。非如紅情緑意，僅取牌名新異也。後人不知鬲指之理，則填念奴嬌，不填湘月可耳。而湘月之調，則不可删。按鬲指之義，方氏詞麈有云：「姜堯章湘月詞，自註卽念奴嬌鬲指聲，於雙調中吹之。鬲指亦謂過腔，見晁无咎集，凡能吹竹者便能過腔也。後人多不解鬲指過腔之義，培思索久之，而悟其説。蓋念奴嬌本大石調，卽太簇商，雙調爲仲吕雙，律雖異而同是商音，故其腔可過。太簇當用四字，仲吕當用上字。今姜詞不用四字住，而用上字住。簫管四上字中間，祇鬲一孔，笛四上字兩孔相聯，只在鬲指之間。又此兩調畢曲當用一字尺字，亦鬲指之間，故曰鬲指聲也。吹竹便能過腔，正此之謂。」詒案：念奴嬌、湘月，填詞者雖不知過腔爲何事，而欲並爲一詞，歌者能不問太簇之用四字，大吕之用上字，而並爲一曲乎。吾恐念奴嬌詞之字，吹之四字而協者，吹之上字而未必協也。

萬氏專以四聲論詞

詞綜湘月註云：「宜興萬氏專以四聲論詞，畏其嚴者，多詆之。瀘州先箸尤甚。以爲宋詞宮調，別有祕傳，不在乎四聲。按白石集滿江紅云：末句無心撲，歌者將心字融入去聲方諧。徵招云：正宮齊天樂慢，前兩拍是徵調，故足成之。及考徵招起二句，平仄與齊天樂脗合。然則宋人未嘗不以四聲定宮調，而萬氏之說初不與古戾。」詒案：前謂萬氏僅知四聲而不知五音，非謂無四聲也。今註云：專以四聲論詞。曰專云，則無五音可知。僕正病其疏，非謂其嚴也。

字有喉舌之別

劉氏熙載詞概云：「詞家既審平仄，當辨聲之陰陽，又當辨收音之口法，取聲取音，以能協爲尚。玉田稱惜花詞『鎖窗深』，而深字不協，改幽字，又不協，改明字。此非審於陰陽者乎。又深爲閉口音，幽爲斂脣音，明爲穿鼻音，消息亦別。」詒案：劉氏既知閉口脣舌之別，閉脣舌，本之戈氏順卿。而不知喉舌脣齒牙之五音何也。其謂既審平仄又當辨字之陰陽，當云詞有平仄之分，字尤有喉舌之別。然其論實先得我心，特不知同母異母之源，故言之不暢耳。又案，深幽明三字皆平聲，足徵四聲與五音毫不相涉。萬氏以平上去入爲叶律，然乎，否乎。

戈載首以音律論詞

戈順卿云：「詞以協音爲先，音者譜也，古人按律製譜，以詞定聲。故玉田生平好爲詞章，用功逾四十年，錘煅字句，必求協乎音律。觀詞源一書，可知用功之所在。今世之往往視詞爲易事，酒邊興豪，引紙揮筆，不知宮調爲何物。卽有知玉田爲正軌者，而所論五音之數，六律之理，則又茫乎在雲霧中。」詒案：近世以音律論詞者，惟戈氏。

起調畢曲須同用一韻

又云：「詞之爲道，最忌落腔，卽所謂落韻也。姜白石云：『十二宮住字不同，不容相犯。』沈存中補筆談，載燕樂二十八調殺聲，張玉田詞源，論結聲正訛，不可轉入別腔，住字、殺聲、結聲，名異而實同，全賴乎韻以歸之。然此第言收音也。而用韻之喫緊處，則在乎起調畢曲。蓋一調有一調之起，有一調之畢，某調當用何字起，何字畢，起是始韻，畢是末韻，有一定不易之則。而住字、殺聲、結聲，卽由是以別焉。詞之諧不諧，視乎韻之合不合。有其類亦各有其音，用之不紊，始能融入本音耳。」詒案：詞定何調，以始韻之字何音，卽謂何調。畢韻仍用始起之音則協，如用他音則過腔矣，與轉韻不相涉。

戈載言韻不出萬氏窠臼

又云：「韻有四呼、七音、三十一等，呼分開合，音辨宮商，等敍清濁。而其要則有六條：一曰穿鼻，二曰展輔，三曰斂脣，四曰抵齶，五曰直喉，六曰閉口。穿鼻之韻，東冬鍾江陽唐庚耕清青蒸三部是也。其字必從喉間反入，穿鼻而出，作收韻，謂之穿鼻。展輔之韻，支詣微齊灰佳半皆咍二部是也。其字出口之後，必展兩輔如笑狀，作收韻，謂之展輔。歛脣之韻，魚虞模蕭宵爻豪尤侯幽三部是也。其字在口半啓半閉，歛其脣以作收韻，謂之歛脣。抵齶之韻，真諄臻文欣魂痕元寒桓删山先仙二部。其字將終之際，以舌抵上齶作收韻，謂之抵齶。直喉之韻，歌戈佳半麻二部是也。其字直出本音，以作收韻，謂之直喉。閉口之韻，侵覃談鹽沾嚴咸銜凡二部是也。其字閉其口以作收韻，謂之閉口。凡平聲十四部，已盡於此，上去卽隨之，惟入聲有異耳。明是六者，庶幾起畢住字無不合。」詒案：韻之與音，一經一緯，不可强而合。如所云穿鼻之類，卽三十六字母，分喉舌之理，而變其名。以六者分轄宮商，而必使某類轄某韻，將以全一韻之字皆隸宮，全一韻之字皆隸商乎。一韻之字不一母，此明反切者，皆知之。卽云穿鼻之類與喉舌脣齒異，第以轄韻不以轄音，則欲求字之宮商於何求乎。總之，宋以後合音與韻而一之，不能歧音與韻而二之。由韻以求音，毋怪其扞格也。又案，穿鼻等六條見毛氏聲音韻統論，戈氏亦抄襲耳。又云：「上去自來通用，惟上與去其音迥殊。元和韻譜云：『上聲厲而舉，去聲清而遠，相配用之，方能抑揚有致。』故詞中之宜用上，宜用去，宜用上去，宜用去上，有不可假借之處，關係非輕。」詒案：曲之關係在可歌，詞之關係亦在可歌，詞至於可歌，則斷無不入調矣。夫可歌之曲，且上去通押，獨可歌之詞不能上去通用乎。抑詞於可歌之外，别有妙巧乎。但當審其字之爲宮爲商，不當問其字之爲上爲去。蓋上聲中之字，兼有宮商五音，去聲中之字，亦兼有宮商五音。戈氏言韻而不言音，仍未出萬氏窠臼。戈氏何不以穿鼻展輔者分隸宮商乎，吾知其未必協也。

古人未言以喉舌脣齒配宮商

張氏玉田詞源二卷，其上卷曰五音相生，曰陽律陰呂合聲圖，曰律呂隔八相生圖，曰律生八十四調，曰古今譜字，曰四宮清聲，曰五音宮調配屬圖，曰十二律呂，曰管色應指字譜，曰宮調應指譜，曰律呂四犯，曰結字正訛，曰謳曲要指。其於音律之學，至詳且悉，按譜求之，自無不得。何以自宋至今，俱云音律失傳也。蓋詞源所列者，成詞後之音律也。作者當未成調之時，必先以字求音，何字爲宮，何字爲商，此無定也。工字應宮，尺字應商，此有定也。由工尺而配宮商，諸譜具在。由宮商而求何字爲宮，何字爲商，則古人未之言也。即宋之深明音律者，亦不過宮調熟悉，以天籟得之耳。必成詞後，先歌以審之，復管笛以參之，不合者改字以協之。如玉田云：「瑣窗深，深字不協，改爲幽字，又不協，再改爲明字，歌之始協。」此三字皆平聲，胡爲如是，蓋五音有喉舌脣齒牙，所以有輕清重濁之分。張氏苟知何字爲宮，何字爲商，卽深字誤用，一改而得明字，卽不用明字，亦必用脣音之字矣。何以改幽字不協，而始改明字，足見以喉舌脣齒分清濁，古人知之，以喉舌脣齒配宮商，古人未言也。余初以喉舌脣齒爲字之音，平上去入爲字之韻，自以爲創，讀張氏之論，實非創也。張氏所謂鼻音，卽牙音。

周邦彥詞間有未諧

詞源下卷第一條云：「古人之樂章、樂府、樂歌、樂曲，皆出於雅正。自隋唐以來，聲詩間爲長短句。至唐人則有尊前、花間集。迄於崇寧之大晟樂府，命周美成諸人，討論古音，審定古調，淪落之後，少得存者，由此八十四調之聲稍傳。而美成諸人又復增演慢、引、近，或移宮换羽，爲三犯、四犯之曲，按月律爲之，其曲遂繁。美成負一代詞名，所作之詞，渾厚和雅，善於融化詩句。而於音譜且間未諧，可見其難矣。」詒案：樂以和爲貴，樂府之聲，安有不諧者。美成製作才，而間有未諧，此則余之所不解也。張氏亦第言其難，而不言所以未諧與所以難之故。其所謂未諧者，以余揣之，非選聲之不克入律，實用字之未能審音也。至後之人，於字之不協者，欲易一字，於音雖協，或於語句未妥，更無可易之字，不得已用原字，歌時讀作某音，此亦變通之一法也。

古人按律製譜

又云：「詞以協音爲先，音者何，譜是也。古人按律製譜，以詞定聲，此正聲依永、律和聲之遺意。有法曲，有五十四大曲，有慢曲。」詒案：古人所謂譜者，先有聲而後有詞。聲則判宫商，一調有一調之律。詞則分清濁，一字有一字之音。按律而製名之曰譜，歌者即案律以歌。後人易詞而不能易譜，易字而不能易音。凡後世詞譜，有能求製譜之始，而定其字之清濁乎，判其詞之宫商乎。至萬氏紅友以律名，所謂律者安在。

今人填詞以訛傳訛

又云：「聽者不知宛轉遷就之聲，以爲合律，不詳一定不易之譜，則曰失律。矧歌者豈特忘其律，抑且忘其聲字矣。述詞之人，若只依舊本之不可教者，一字填一字，以訛傳訛，徒費思索。當以可歌者爲工，雖有小疵，亦庶幾耳。」詒案：今之塡詞，正以訛傳訛，徒費思索耳。卽講求聲律者，究不聞別有眞傳，而求用字之宮商。其所謂必用去必用上，必不可用平，不可用入之句，同一歌之不協而已。

注意起結防其犯他調

又云：「作慢詞看是甚題目。先擇曲名，然後命意。意旣了然，思量頭如何起，尾如何結，方始選韻，而後述曲。最是過片，不要斷了曲意，須要承上接下。詞旣成，試思前後之意不相應，或有重疊句意，又恐字面粗疎，卽爲修改。改畢一本，展之几案，或貼之壁。少頃再觀，必有未穩處，又須修改。至來日再觀，恐有未盡善者，如此改之又改，方成無瑕之玉。倘急於脫稿，倦事修擇，豈能無病，不惟不能全美，抑且未協音聲。」詒案：思量頭如何起，尾如何結，防其犯他調也。一言宮調，詞與曲無二理。協律家以起字結字並論，詞中論字，第論其協與不協而已。應平應仄固不言，應宮應商，亦未及之。

歌詞須合律

竹西詞客詞源跋云：「玉田生與白石齊名，詞之有姜、張，猶詩之有李、杜也。二君皆能案譜製曲，是以詞源論五音均拍，最爲詳贍。謂樂府一變而爲詞，詞一變而爲令，令一變而爲北曲，北曲一變而爲南曲。今以北曲之宮譜，考詞之聲律，十得八九焉。詞源所論樂色管色，卽今笛色之六五上四合一凡也。管色應指字譜。七調之外，若勾失一小大上小大凡大住小住掣折大凡打，乃吹頭管者換調之指法也。宮調應指譜者，七宮指法起字，卽指法十二調之起字也。論拍眼云：以指尖節候拍，卽今之三眼一板也。花十六前衮中衮打前拍打後拍者，乃今之起板、收板、正板、贈板之類也。樂色拍眼，雖樂工之事，然填詞家亦當究心，若舍不論，豈能合律哉。細繹是書，律之最嚴者結聲字，如商調結聲是凡字，若用六字，則犯越調。學者以此類推，可免走腔落調之病矣。蓋聲律之學，在南宋已尠矣。」詒案：音律之所以失傳者，不在八十四調之繁多，而在字之音不知分隸何宫。夫古人之詞具在，擇其無錯誤者，先辨其清濁，次别其爲喉音、舌音、脣音、齒音、牙音、半齒、半舌音，而立一格。填詞時喉格用喉，舌格用舌，苟歌之而合律，則復古不難矣。

宫商從天籟出

亡友汪稚松大令根蘭云：「吴門戈順卿爲近時作者，其所作必協宫商，於律韻則誠精矣，但少生趣耳。陶鳧薌太常爲余言，戈詞如塑像一般，非有神氣骨血者。並云：詞者，天籟也。詩所不得而達，詞得而達之。好詞自合宫商，若刻意求之，恐所合者僅宫商耳。」詒案：戈詞如塑像固然，必謂合宫商者，皆無神氣骨血，則非。須知宫商亦從天籟出，不知者刻意求之而不得，知者固毋庸刻意求也。

先審音後論韻

此卷專就喉舌脣齒牙而論音，似平上去入全置不問矣。非不問也，審音既定，工尺無訛，然後就一音之中，審其宜上宜去，而抑揚以判。若未審音，而先論韻，是分眇者之黑白，聽啞者之雌黄矣。

萬氏論字不論音之誤

宗小梧司馬云：「太白清平調，是詩非詞。當時伶人以清平調譜出，故以爲名。詞律收之，乃紅友之陋。旗亭畫壁所歌皆詩，何以黄河遠上，詞律獨不收乎。」詒案：詞無定體，作者之填詞，與歌者之按調各不同，非以字之多寡限之，尤非以字之上去限之。彼雲想衣裳乃七言絶，而歌者以清平調譜之。渭城朝雨亦七言絶，而歌者以陽關三疊譜之。至旗亭畫壁所歌亦皆七言絶，而調名不傳。決其非一調，並決其非清平等調矣。夫此數詩之平上去入，皆無稍異。何以調各異名，唱者異腔，從可知歌者之增減字句以成調，不能以體限也。今之九宫大成及納書楹曲譜，同一調名之詞，而旁注之工尺板眼無同者。其起句與收句尚不甚懸遠，其餘或增或減，或疾或徐，皆無一定。并有字無增減而板眼各別者，亦足徵萬氏論字不論音之誤。

詞學集成卷四

四曰韻

失韻並非無韻

西河詞話云：「詞本無韻，故宋人不製韻。任意取押，雖與詩韻不遠，然要是無限度者。予友沈子去矜，與家稚黄取刻之，雖有功於詞，反失古意。」詒案：此條昭代叢書楊氏已駁之，謂前人疵漏未檢，若據以爲徵，又何異尸祝子桑原壤，而遂訾經曲爲不必設也。毛氏歷引舊詞之失韻者爲無韻之證，故楊氏糾之。而紀氏以爲精核，貽誤後學不淺，故不可以不辨。

宋詞皆可入樂

毛氏詞話載軼事，爲他書所未見，後人引用者亦少。紀曉嵐先生昀云：「西河詞話無韻一條最爲精核，謂辛、蔣爲别調，深明源委。」先生於詞不屑爲，故所論未允。夫宋人之詞，皆可入樂。韻爲天籟，未有四聲以前，三百篇未有無韻者。豈唐宋以後入樂之文而不用韻乎。况宋人自度腔皆可歌，後人不得其傳。至辛、蔣以豪邁之語，爲變徵之音。如今弦笛，腔愈低則調愈促，聲高則調高，何礙吟歎之有。

榕園韻最確

蓮子居詞話云：「錢塘沈謙去矜取劉淵、陰時夫，而參之周德清韻，併其所分，分其所並，甚至割裂數字，並失廣韻二百六部，所屬誠多可議。萊陽趙鑰、宜興曹亮武次第之，均之失也。全椒吴烺學宋齋本其面目，終亦沿沈氏之誤。近日海鹽吴應和榕園韻，部目斟酌分併，聲從沈氏，上去以平爲準，入以平上去爲準，最確。其中有增益删汰而無割裂，亦屬至是。」詒案：學宋齋本，爲世所重。榕園韻近有刻本。又有碎金詞韻，填詞家亦尚之。

菉斐軒非宋韻

又云：「菉斐軒韻，不箸撰者姓氏。平聲三十九韻，次以上去聲，其入聲卽配隸三聲，不另立韻。厲樊榭詩，所謂『欲呼南渡諸公起，韻本重雕菉斐軒』是也。顧其書無入聲，究似北曲。且既爲南宋所刊，不應有一百六部。」詒案：菉斐軒乃元人填詞度曲通用之韻，非宋韻也。近有以上去韻分列平韻後，而入聲別自爲部，乃入聲分部者五，平聲分部者十四，則併而又併爲太簡矣。

用韻須觀通別

劉氏熙載詞概云：「詞家用韻在先，觀其韻之通別，別者必不可通，通者仍須知別。如江之於陽，真之於庚，古韻既別，雖今吻相通，要不得而通也。東冬於江，歌於麻，古韻雖通，然今吻既別，便不可以無別也。至一韻之中，如十三元，今吻讀之，韻分三類，亦當擇而取之，餘韻準此。又上入雖可代平，然亦有不可代之處。使以宛轉遷就之聲，亂一定不易之律，則代之一説，轉以不知爲愈也。」詒案：此淺近言之，使學者有門徑可尋。

詞律本二沈之説

又云：「上去不宜相替，宋沈伯時義甫之説也。去聲當高唱，上聲當低唱，沈璟詞隱之説也。兩説爲後人論詞者所本，故表而出之。」詒案：後人似指萬氏詞律而言。

戈氏韻有功後學

戈順卿云：「詞始於唐，別無詞韻之書。宋朱希真擬應制詞韻十六條外，列入聲韻四部。其後張輯釋之，馮取洽增之，元陶宗儀譏其混淆，欲爲改定，今其書久佚，目亦無考矣。厲鶚詩云：『欲呼南渡諸公起，韻本重雕菉斐軒。』注云：曾見紹興二年，刊菉斐軒詞韻一册，分東紅邦陽十九韻，亦有上去入三聲作平聲者，於是人皆知有菉斐軒詞韻，而又未之見。近秦敦夫先生取阮氏家藏詞林韻釋，一名詞林要韻，重爲開雕，題曰宋菉斐軒刊本。而跋中疑爲元明之季謬託，此書爲北曲而設，誠哉是言也。觀其所分十九韻，且無入聲，則斷爲曲韻，樊榭偶未深究耳。是欲輯詞韻，前無可考，而此書又不可據以爲本。沈謙著詞韻略一編，毛先舒爲之括略，並注以東董江講支紙等標目，平領上去，而止列平上，似未該括。入聲則連兩字曰屋沃，曰覺藥，又似紛雜。且用陰氏韻目，删併既失其當，則分合之界模糊不清。字復亂次以濟，不歸一類，其音更不明晳，舛錯之譏，實所難免。同時有趙鑰、曹亮武均撰詞韻，與去矜大同小異。若李漁詞韻，列二十七部，以支微部分爲三，曰支紙寘，曰圍委未，曰奇起氣。魚虞部分爲二，曰魚雨御，曰夫甫父。家麻部分爲二，曰甘感紺，曰兼檢劍。入聲則以屑葉爲一部，厥曷月缺爲一部，物北爲一部，撻伐爲一部。以鄉音妄自分析，尤爲不經。胡文焕之文會堂詞韻，平上去三聲用曲韻。入聲分九部，曰古通古轉，曰今通今轉，曰借叶，自云本樓敬思洗硯集中之論。大旨以平聲貴嚴，宜從古，上去較寬，可參用古今，入聲更寬，不妨從今。但不知所謂古今者，何古何今，而又何所謂借叶。癡人說夢，不足道。今填詞家所奉爲圭臬者，則莫如吴烺、程名世之學宋齋詞韻。其書以學宋爲名，乃所學者皆宋人誤處。真、諄、臻、文、欣、痕、魂、庚、耕、清、音、蒸、登、侵皆同用，元、寒、桓、删、山、先、仙、覃、談、鹽、沾、嚴、咸、銜、凡又皆併部，入聲則物迄入質陌韻，合盍業洽押乏八月屑韻。濫通取便，踳駁不堪，取宋人名作讀之，果若是之寬乎。且字數太略，音切又無分合，半通之韻，則臆斷之，去上兩見之字，則偏收之。種種疏謬，其病百出，不知而作，貽誤來兹。復有鄭春波緑漪亭詞韻以附會之，羽翼之，而詞韻遂因之大紊矣。是古人之詞具在，無韻而有韻，今人之韻書成，有韻而無韻，豈不大可笑哉。因作詞林正韻一書，列平上去爲十四部，入聲爲五部，共十九部，皆取古人之名詞，參酌而審定之。盡去諸弊，非謂前人皆非，而予獨是，不過求合於古知音者，自能鑒諒爾。」詒案：應試詩賦悉遵一百六部，無敢踰越。游戲之作，似可不必遵功令。然韻與律相表裏，填詞家既精於求律，自不能疏於押韻。前人詞韻甚夥，而戈氏均不以爲然，所著誠有功後學。至以入作平，平作上，雖見之古人詞中，據以爲韻，取而押之，究於心未安也。蓋一代有一代之方言，一隅有一隅之方音，生同時而隔數十里，音卽不同。雖同文之世，亦不能强。況南北分裂，以入作平上去用，未始非南北曲之濫觴。或一詞之中，一二字偶有未協，歌者不能不改音以就律，而因以改其本字之音，爲法於後世不可也。又近時有晚翠軒袖珍本詞韻，亦分十九部，與正韻同。

詞韻不妨從嚴

又云：「詞韻與詩韻有別，然其源卽出於詩韻分合之耳。沈約四聲譜久失，隋仁壽初，陸法言等撰切韻五卷，唐郭知元等附益之。天寶中，孫愐加增補，曰唐韻。宋祥符初，陳彭年等重修，易名廣韻。景德四年，戚綸承詔詳定考試聲韻，則名曰禮部韻略。景德初，宋祁、鄭戩建言，以廣韻爲繁略失當，乞别刊定，命祁、戩與賈昌朝同修，而丁度李淑典領之，書成，名曰集韻。自切韻，而唐韻，而廣韻，而韻略，而集韻，名易而體例未易。總分爲二百六部，獨用同用，所注了然。非特可用之於詩，卽用於詞，亦無不可也。至平水劉淵師心變古，一切改併，省至一百七部。而元黄公紹古今韻會因之。又有陰氏時夫作韻府羣玉，併爲一百六部，字删剩八千八百餘字，較集韻僅十之二。今雖通行，考之古，鮮有合焉。卽以詞論，灰咍本爲二韻，灰可以入支微，咍可以入皆來，元魂痕本三韻，元可以入寒删，魂痕可以入真文。卽佳泰卦於詞有半通之例，其字皆以切音分類，各有經界，分合自明。乃妄爲删併，紛紜淆亂，而填詞者亦不知所宗矣。正韻一書，俱從舊目，以詞盛於宋，用宋代之書。廣韻、集韻稍有異，而集韻纂輯在後」字最該廣。」詒案：坂韻以下數部，皆由官定。今一百六部佩文韻府，亦遵之，從寬也。填詞家何妨從嚴，而因以復古乎。

詞曲俱可四聲並押

又云：「詞韻與曲韻不同，製曲用韻，可以平上去通押，且無入聲。如中原音韻則東鍾江陽等十九部，入聲則以配隸三聲。例曰：廣其押韻，爲作韻而設。以予推之，入爲瘂音，欲調曼聲，必諧三聲。故凡入聲之正次清音轉上聲，正濁作平，次濁作去，隨協始有所歸耳。高安雖未明言其理，而予測其大略如此。實則宋時已有中州韻之書，載嘯餘譜中。而凡例謂宋太祖時所編，毛稚黄亦從其說。明范善溱又撰中州全韻，李書雲有音韻須知，王鵕有音韻輯要，此又本高安而廣之者。至詞林韻釋，與中原音韻亦同，而標目大異，如東鍾則曰東紅，魚模則曰車夫之類。其爲十九部以入聲配三聲則一也，此皆曲韻也。況蓋中原音韻諸書，支思齊微分二部，寒山桓歡先天分三部，家麻車遮分二部，於曲則然，於詞則不然。四聲缺入聲，而詞則明明有必須用入聲之調，斷不能缺，故曲韻不可爲詞韻。惟入聲作三聲，詞家亦多承用。」詒案：戈氏謂曲韻非詞韻，詞有必須用入聲之調，不能缺。夫以入聲配三聲，猶之上去隸平聲後，上自爲上，去自爲去，通押獨押皆可，非缺也。至以入聲作三聲，則改作入聲之音，爲平上去之音矣。又歷引宋人詞數十句，爲入作三聲之證。竊以爲不然。夫平上去入，韻也，非音也。歌者但求叶乎宮商，不必合乎平仄。平上去入中，皆有喉舌脣齒牙之音，如歌者詞中一字，必喉音始叶工尺，平聲中之喉音可，即上去入中之喉音，皆可也。元人之曲，長套多四聲兼押，短調數韻則鮮，詞亦不過十數韻而止。總之，四聲並押，曲可，詞亦可，期於叶律而已，不必以少證多也。又聞北人無入聲，皆讀作平，或作上去者，此字隨音變謂之方音，不得謂之作某聲，以開後人通押四聲之漸。

詞韻與曲韻可不分

又云：「四聲之中，入聲最難分別。中原音聲，以入作三聲，惟支微、魚虞、皆來、蕭豪、歌戈、家麻、尤侯七部，其音卽隨部轉協，此入聲而非入聲也。若四聲表之以入分配，則有無相反，其說亦微有不同。就詞韻而論，莫如以沃屋燭爲東鍾之入聲，覺鐸藥爲江陽之入聲，質術櫛爲真文之入聲，勿迄月没曷末黠牽宵薛葉帖爲寒删之入聲，陌麥昔職德爲庚清之入聲，緝爲侵尋之入聲，盍業洽押乏爲覃鹽之入聲。其餘七部皆無，則至當不易。毛先舒所撰七韻，似有與詞合者。如一屋單用，二質七陌八緝通用，五屑十葉通用，亦可單用。此爲南曲而設，南曲卽本乎詞，其於宋詞之用韻，信乎殊流而同源。至三曷六葉通用，四轄九合通用，則又於詞不合矣。」詒案：戈氏謂南曲卽本乎詞，夫今之詞與曲異者，詞不能歌耳。而以求詞之源，則詞皆可歌，詞韻與曲韻何必分，詞之用平上去入，何必與曲異。所異者，詞衹一闋，分上下段，多至三段、四段而止，衹一調名。曲則合數闋而爲一套，有引子，有尾聲，而以宫商合簫管，以喉舌五音合宫商無二致。詞變爲曲，殆所謂言之不足，而長言之乎。

句中不宜用同韻字

詞麈記夢云：「凡一詞用某韻，則句中勿多雜入本韻字，而每句首一字尤宜愼之。如押魚虞韻，而句中多語虞字，無吾字，則五音紊。」又云：「精於律呂者，未嘗有書，而其詞具存。試奏一曲，其中不言之意，在善悟者自領略之耳。」詒案：既押某韻，而句中不用同韻字，嫌其拗口也。五音四聲，其理實一。反切合五聲，五聲隸五音，謂反切爲不傳之祕，然乎，否乎。

協律在宮商不在平仄

毛稚黄云：「塡詞家大約平聲獨押，上去通押，間有三聲通押者。故沈去矜韻，每部總統三聲，而中分平仄，凡十四部。至於入聲，無與平上去通押之法，故爲五部。」詒案：詞變爲曲，詞入聲專押，至曲復四聲統押，足見協律在宮商，而不在平仄。非詞律之精嚴，皆塡詞之不知律耳。

宋詞重在協律

詞麈録李易安論詞云：「易安居士言詩文分平仄，而歌詞分五音，又分五聲，又分音律，又分清濁。且如近世所謂聲聲慢、雨中花、喜遷鶯，既押平聲韻，又押入聲韻。玉樓春本押平聲，又押上去聲，又押入聲，本押仄聲韻，如押上聲則協，如押入聲，則不可歌矣。培案：段安節言商角同用，是押上聲者，入聲亦可押也，與易安説不同。余嘗取柳永樂章集按之，其用韻與段説合者半，不合者半，乃知宋詞協韻，比唐人較寬。宋大樂以平入配重濁，以上去配清輕，亦與段説不同。大抵宋詞工者，惟取韻之抑揚高下，與協律者押之而不拘拘於四聲。其不知律者，則惟求工於詞句，倂置此而不論矣。」詒案：後之塡詞，韻有上去通押者，而無平仄同押者，雖與曲有別，究與律無關也。

詞韻半通之例師唐韻

毛稚黄詞韻説云：「詩韻惟唐孫愐唐韻，稽載詳明，考韻者當據爲正。如灰韻一部亦自別，而孫臚分最清楚。如回枚之類，自以灰字領韻爲一段。開哀之類，自以咍字領韻爲一段。又先韻中亦自別，如袁煩之類，以元字領韻爲一段。昆門之類，以魂字領韻爲一段。又隊韻中亦自別，如佩妹之類，以隊字領韻爲一段。穢吠之類，以廢字領韻爲一段。今詞韻有某韻半通之例，覽者案孫氏本而考之，亦庶幾矣。」

詒案：唐韻分段之説，言詞韻者未論及之，半通之例，卽師其意也。

宋以後不分音與韻

毛氏聲音韻統論曰：「夫人欲明韻理者，先須曉識聲音韻三説。蓋一字之成，必有首、有腹、有尾。聲者，出聲也，是字之首。孟子云，金聲而玉振之，聲之爲名，蓋始事也。音者，度音也，是字之腹。字至成音，而其字始正矣。韻者，收韻也，是字之尾，故曰餘韻。然三者韻居其殿，而最爲要。凡字之有韻，如山之趨海，其勢始定。如畫之點睛，其神始完。故古來律學之士，於聲於音，固未嘗置於弗講，而惟審韻尤兢兢焉。所以沈約、孫愐而下，所著之書，卽聲音之理，未嘗弗貫，而專以韻名書也。然韻理精微，而法煩苛，又古今詩騷詞曲體製不同，因造損益，相沿亦異，擬爲指示，並增眩惑。今姑以唐人詩韻爲準，而約以六條，簡之有以統韻之繁，精之有以悉韻之變，標位明目，庶便通曉。一曰穿鼻，二曰展輔，三曰斂脣，四曰抵齶，五曰直喉，六曰閉口。穿鼻者口中得字之後，其音必穿鼻而出，作收韻，東、冬、江、陽、庚、青、蒸七韻是也。展輔者，口之兩旁角爲輔，凡字出口之後，必展開兩輔如笑狀，作收韻，支、微、齊、佳、灰五韻是也。斂脣者，半啓半閉，聚斂其脣，作收韻，魚、虞、蕭、肴、豪、尤六韻是也。抵齶者，其字將終時，以舌抵著上齶作收韻，真、文、元、寒、删、先六韻是也。直喉者，收韻直如本音者也，歌、麻二韻是也。閉口者，卻閉其口，作收韻，侵、覃、鹽、咸四韻是也。凡三十平韻，盡於此，上去卽可緣是推之，惟入聲有異。」詒案：音之與韻，一經一緯，不可强而合。如所云穿鼻之類，卽三十六字母喉舌脣齒牙之理，而變其名。全韻之字，苟同一母，則反切二字上母下韻，反無所依據矣。卽云穿鼻之類，與字母異，第以轄韻，不以轄音，韻之淺顯易知，何必求之深微幽渺也。總之，宋以後合音與韻而一之，不能歧音與韻而二之。由韻以求宮商，豈可得乎。戈氏順卿亦宗其說。

陰平陽平同一母

毛氏七聲略例云：「陰平、陽平、上聲、陰去、陽去、陰入、陽入之七聲，其音易曉，而鮮成譜。周德清但分平聲陰陽，范善溱中州全韻兼分去入，而作者不甚承用，故鮮見之。余略舉其例，每部以四字爲準，諧聲循理，連類可通，計凡七部。惟上聲無陰陽。敍次先陰而後陽，姑襲周氏之舊。

陰平聲：种、該、箋、腰　陽平聲：篷、陪、全、潮

上聲無

陰去聲：貢、玠、霰、鈞　陽去聲：鳳、賣、電、廟

陰入聲：穀、七、妾、鴨　陽入聲：孰、亦、爇、鐵」

詒案：拍音者，第三次平上去入，原用四拍，因平聲有陰陽，故如一拍，作五拍。至就字論字，陰平陽平，固判然矣。若論字之音，則陰平陽平同一母，卽同一宮商，固無俟辨析毫芒也。

北曲韻無入聲

詞苑叢談，鄒祗謨詞韻衷云：「阮亭嘗與余論韻，謂周挺齋中原音韻爲曲韻，則范善溱中州全韻爲詞韻。至洪武正韻斟酌諸書而成，其於詩韻，有獨用併爲通用者，東冬青清之類。有一韻拆爲二韻者。虞模麻遮之類。又如冬鍾併入東韻，江併入陽韻，挑出元字等入先韻，翻字殘字等入刪韻，俱與宋詞暗合，塡詞所當援據，議極簡核。但愚案中州之比中原，止省陰陽之別，及所收字微寬耳。其減入聲作三聲及半遮等韻，則一本中原，尚與詞韻有別。」詒案：詞韻與曲韻不同者，以詞韻平仄不通押，而曲韻則四聲通押也。曲韻惟北曲押入聲，非韻之可通，實北人無入聲。凡入聲字皆讀作平上去聲，此音之變，非韻之通也。南曲之平上去通押，皆無礙於宮商，押平者不押仄、押仄者不押平，若上去尚有通融之處。塡者自嚴其律可耳。平仄通押，或亦於宮商無礙。

詞曲押入聲韻最宜斟酌

又云：「入聲最難分別，卽宋人亦錯綜不齊。沈氏詞韻當已。近時柴虎臣古韻，則一屋二沃通，而三覺

半通。三覺半通，如嶽濁角數之類。四質五物通，而九屑半通。九屑半通，如耋拙譎結之類。六月七曷八黠九屑通十藥十一陌通，而三覺半通。三覺半通，如罍濯邈朔之類。十二錫十三職通，而十一陌半通。十一陌半通，如辟革易麥之類。十四緝獨用，十五合十六葉十七洽通。毛馳黄曲韻則準洪武正韻，而一屋單用，二質七陌八緝通用，三曷六藥通用，四轄九合通用，五屑十葉通用。又屑葉可單用，因南曲入聲單押而設也。與詞韻俱可參看。」詒案：平韻如庚侵之不通，人皆知之。至入聲南人方音亦有各别者，最易混淆。詞曲家押入聲，最宜斟酌。

沈韻去古未遠

又云：「沈休文四聲中，如朋與蒸，靴與戈，車與麻，打與等，卦畫與怪壞，挺齋與升庵俱駁爲鴂舌。而宋詞中呼否爲府，以叶去，林外呼瑣爲掃以叶老，俞克成呼我爲襖以叶好，詞品皆指爲閩音。而毛馳黄謂沈韻本屬同文，非江淮偏音，挺齋詆之，謬已。自三百篇、楚辭，以迄南曲，一系相承，俱屬爲韻統。而北曲偏音，四聲不備，爲偏統。故金元人作詩亦用沈韻，作詞亦不專用周韻。從無以入聲分叶平上去者，又安得以曲韻廢詞韻，且上格詩韻乎。」詒案：説文無韻字，古人但言音而不言韻，蓋韻生於音，非音生於韻也。沈氏去古未遠，其編字入韻，多與三百篇、楚辭及秦漢人文合。安得以今人土音之不合，而疑沈氏之鴂舌，並非古人哉。

詞學集成卷五

五曰派

香奩本非詞格

許宗彥蓮子居詞話序云：「文章體製，惟詞溯至李唐而止，似爲不古。然自周樂亡，一易而爲漢之樂章，再易而爲魏晉之歌行，三易而爲唐之長短句，要皆隨音律遞變。而作者本旨，無不濫觴楚騷，導源風雅一也。故覽一篇之詞，而品之純駁，學之淺深，如或貢之。命意幽遠，用情温厚，上也。詞旨儇薄，冶蕩而忘返，漓其性命之理，則君子弗爲也。述庵司寇，謂北宋多北風雨雪之感，南宋多黍離麥秀之悲，所以爲高。張皋文編修詞選亦深明此意。」詒案：山谷豔詞，已有法秀泥犂之呵。香奩本非詞格，後生小子，矜其一得，競爲穢褻之語，豈大雅所屑道者哉。

宋人論詞以清空爲圭臬

沈伯時樂府指迷云：「作詞難於詩。蓋音律欲其協，不協則成長短句。下字欲其雅，不雅則近乎纏令之體。用意不可太露，露則直實而無深長之味。發議不可太高，高則狂怪而失柔婉之意。此其所以爲難。」詒案：宋人論作詞，已以清空爲圭臬矣。

詞宜有寄託

紅鹽詞序云：「詞雖小技，昔之鉅公通儒，往往爲之。蓋有詩所難者，委曲倚之於聲，其詞愈微而其旨益遠。善爲詞者，假閨房兒女子之言，通之於離騷變雅之義，此尤不得志於時者所寄情焉耳。」

學浙派流弊

聽秋聲館詞話云：「昔人言詩話作而詩亡，蓋爲宋人穿鑿而言。藉以攀援標榜者無有也。不然，非詡己作，卽廣搜顯者之詩，曲意貢諛，冀通聲氣。甚或不問美惡，但助刻資，卽爲刊録，且以爲利。間有采及詞句，論詞則是，論調則非，未免强作解事。獨頻伽詞話，不蹈前弊，議論亦佳也。謂近日倚聲家，莫不宗法雅詞，厭棄浮豔。然多爲可解不可解語，令人求其意旨而不可得，足爲學浙派者他山之錯。」詒案：詞尚清空，本無流弊，而後之作者多隱約語，此又不善學之病也。

學玉田流弊

北宋詞，用密亦疏，用隱亦亮，用沈亦快，用細亦潤，用精亦渾，南宋祇是掉歸來。戈順卿云：「詞以空靈爲主，而不入於粗豪。以婉約爲宗，而不流於柔曼。意旨綿邈，音節和諧，樂府之正軌也。不善學之，則循其聲調，襲其皮毛，筆不能轉，則意淺，淺則薄。筆不能鍊，則意卑，卑則靡。」詒案：此爲學玉田者針砭。

朱竹垞不菲薄明人

竹垞先生黑蝶齋詞序云：「詞莫善於姜夔。宗之者張輯、盧祖皋、史達祖、吳文英、蔣捷、王沂孫、張炎、周密、陳允平、張翥、楊基，皆具夔之一體。基之後得其門者，或寡矣。」詒案：先生論詞，未嘗菲薄明人。

不必以南宋壓倒明人

蓮子居詞話云：「詞至南宋始極其工，秀水創此論，爲明人孟浪言詞者示刀圭，意非不足。夫北宋也，蘇之大，張之秀，柳之豔，秦之韻，周之圓融，南宋諸老，何以尚茲。」詒案：明人之孟浪，卽北宋之粗疏，何必以南宋壓倒明人乎。

毛稚黃論北宋詞

毛稚黃曰：「北宋詞之盛也，其妙處不在豪快，而在高健。不在豔褻，而在幽咽。」

詞不宜質實

張玉田云：「詞要清空，勿質實。清空則古雅峭拔，質實則凝澀晦昧。姜白石如野雲孤雁，去來無蹤。夢窗如七寶樓臺，眩人眼目，拆下來不成片段。秦少游詞，體製淡雅，氣骨不衰，清麗中不斷意脈，咀嚼無滓，久而知味。晁无咎詞名冠柳，琢語平帖，此柳之所以易冠也。辛稼軒、劉改之作豪氣詞，非雅詞也。

於文章餘暇，戲弄筆墨爲長短之句耳。康、柳詞亦自批風抹月中來，風月二字在我發揮，二公則爲風月所使耳。」詒案：以夢窗之才，尚不免質實之弊，後之尚詞藻者，可知矣。揚秦而抑柳，以辛劉爲別派，自是確論。

張功甫評梅溪詞

張功甫評梅溪詞云：「情詞俱到，織綃泉底，去塵眼中，有瓌奇警邁，清新閒婉之長，而無訑蕩汙淫之失。」詒案：梅溪、竹屋，去姜、張一間耳。

宋人詞評

黃魯直云：「叔原樂府，寓以詩人句法，精壯頓挫，能動摇人心，合者高唐洛神之流，下者不減桃葉團扇。」

黃叔暘云：「耆卿長於纖豔之詞，然多近俚俗。」陳質齋云：「柳詞格不高，獨音律諧婉，詞意妥貼，承平氣象，形容曲盡。尤工於羈旅行役。」

陳無己云：「東坡以詩爲詞，如教坊雷大使之舞，雖極天下之工，要非本色。」周暉云：「豈無去國流離之思，殊覺哀而不傷。」

蔡伯世云：「子瞻詞勝乎情，耆卿情勝乎詞，情詞相稱者，惟少游而已。」張綖云：「少游多婉約，子瞻多豪放。」

張文潛云：「方回樂府，妙絶一時，盛麗如游金張之堂，妖冶如攬嬙施之祛，幽索如屈、宋，悲壯如蘇、辛。」

强焕云：「美成詞撫寫物態，曲盡其妙。」張叔夏云：「美成詞渾厚和雅，善於融化詩句。」

黄叔暘云：「雅言精於音律，自號詞隱。發妙旨於律吕之中，運巧思於斧鑿之外。平而工，和而雅。比諸刻琢句意而求精麗者遠矣。」

陳質齋云：「伯可詞鄙褻之甚。」沈伯時云：「伯可、耆卿，音律甚協，但未免時有俗語。」

范石湖云：「白石有裁雲縫月之妙手，敲金戛玉之奇聲。」趙子固曰：「白石，詞家之申、韓也。」沈伯時云：「白石清勁知音，亦未免有生硬處。」

張叔夏云：「竹屋、白石、邦卿、夢窗，格調不凡，句法挺異，俱能特立清新之意，删削靡曼之詞，自成一家。」

姜堯章云：「邦卿詞奇秀清逸，融情景於一家，會句意於兩得。」

沈伯時云：「夢窗深得清真之妙，但用事下語，太晦處，人不易知。」張叔夏云：「詞欲雅而正，志之所之，爲物所役，則失其雅正之音。近代陳西麓，所作平正，亦有佳者。」

以上所録，皆評宋人詞。非欲較其短長也，持是以讀諸家之詞，可以知所去取矣。以所得證古人之是非，而已之是非亦見，勿泛作詞評看。後録評語，皆此例。

劉熙載論各家詞

劉氏熙載詞概論各家詞，多中肯綮，彙錄之於左：

太白菩薩蠻、憶秦娥，張志和漁歌子，兩家一憂一樂，歸趣難名。或靈均思美人、哀郢，叟濠上莊近之耳。

温飛卿詞精妙絕人，然類不出乎綺怨。韋端已、馮正中諸家詞，流連光景，惆悵自憐，蓋亦易飄摇於風雨者。若第論其吐屬之美，又何加焉。

馮延巳詞，晏同叔得其俊，歐陽永叔得其深。

宋子京詞，是宋初體，張子野始創瘦硬之體。

耆卿詞細密而妥溜，明白而家常，善於序事，有過前人。惟綺羅香澤之態，所在多有，故覺風期未上耳。

秦少游得尊前、花間遺韻，卻能自出清新。東坡詞雄姿逸氣，高軼古人，具神仙出世之姿。

叔原貴異，方回澹逸，耆卿細貼，少游清遠。四家詞趣各別，惟尚婉則同耳。

周美成律最精審，史邦卿句最警鍊。然未得爲君子之詞者，周旨蕩而史意貪也。

稼軒詞龍騰虎擲，任古書中理語瘦語，一經運用，便得風流天姿，是何夐異。

白石才子之詞，稼軒豪傑之詞。

白石詞幽韻冷香，令人挹之無盡。擬諸形容，在樂則琴，在花則梅也。陸放翁詞安雅清澹。劉改之詞狂逸之中自饒俊致。高竹屋爭驅白石，然嫌多綺語。

蔣竹山詞，未極流動自然，洗鍊縝密，語多創獲。其志視梅溪較貞，其思視夢窗較清。玉田詞，清遠蘊藉，悽愴纏綿，大段瓣香白石。

詞壞於秦黃周柳之淫靡

陶篁村自序云：「倚聲之作，莫盛於宋，亦莫衰於宋。嘗惜秦、黄、周、柳之才，徒以綺語柔情，競誇豔冶。從而效之者加厲焉。遂使鄭衛之音，氾濫於六七百年，而雅奏幾乎絶矣。」詒案：詞之壞，壞於秦、黄、周、柳之淫靡，非有巨識，孰敢議宋人耶。

論容若詞

顧梁汾云：「容若詞一種淒婉處，令人不忍卒讀。人言愁我始欲愁。」陳其年云：「飲水詞，哀感頑豔，得南唐二主之遺。」

論螺舟詞

丁藥園云：「螺舟詞能於無景着景，此意近人所未解。」

論秋錦詞

曹升六云：「秋錦論詞，必盡掃蹊徑，嘗謂夢窗之密，玉田之疏，兼之乃工。

論樊榭詞

徐紫珊云：「樊榭詞生香異色，無半點煙火氣，如入空山，如聞流泉。」陳玉几云：「樊榭詞清真雅正，超然神解。如金石之有聲，而玉之聲清越。如草木之有花，而蘭之花芬芳。」

論琢春詞

陳玉几云：「琢春詞，豔豔如月，亭亭若雲。蕭然遇之，清風入林，程物賦形，而無遺聲焉。至於審音之妙，鑰合尺圍，靡間絲髮，昔人所稱神解者非耶。」

南北二宋如文中之八家

陳曼生鴻壽衡夢詞序云：「夫流品別則文體衰，摘句圖而詩學蔽。花庵淫狎，争價一字之奇。草堂噍殺，矜惜片言之巧。繆道乖典，鮮能圓通。是以耆卿騫翮於津門，邦彦厲響於照碧。至北宋而一變。石帚、玉田，理定而摛藻。梅溪、竹山，情密而引詞。詞至南宋又一變矣。」論案：論書者謂初寫黄庭，恰到好處。詞自太白創始，至南唐而極盛，温潤綺麗，後鮮其倫。南北二宋，其文中之八家乎。

清詞選本

聽秋聲館詞話云：「余所見專輯本朝人詞者，宜興蔣京少瑶華集，華亭姚茝汀詞雅，吳江沈時棟吳門蔣重光詞選，均不免雅俗糅雜。惟青浦王蘭泉司寇國朝詞綜，選擇最爲美備。然其書成於嘉慶初元，迄今已六十餘年，即乾嘉以前亦多遺漏。余念兵燹以後，文字摧殘，雖無適於用，亦一時風雅所繫。爰就耳目所及，凡司寇未入選，而其人堪論定者，彙錄爲國朝詞綜補六十卷。終以僻處海隅，搜羅未廣爲憾。聞吳縣戈寶士明經，有絶妙好詞。嘉善黄霽青太守有續詞綜之輯，所采定多佳什。」周季貺司馬云：「戈詞未刊，黄詞存藏黄韻珊大令處。」詒案：黄選已刊於湖北，易大令名矣。陶鳧香有詞綜補遺二十卷。

宋詞各造其極

蔡小石宗茂拜石詞序云：「詞勝於宋，自姜、張以格勝，蘇、辛以氣勝，秦、柳以情勝，而其派乃分。然幽深窅眇，語巧則纖，跌宕縱横，語粗則淺，異曲同工，要在各造其極。」詒案：此以蘇、辛、秦、柳與姜、張并論，究之格勝者，氣與情不能逮。

詞非至南宋而敝

華亭宋尚木徵璧曰：「吾於宋詞得七人焉：曰永叔，其詞秀逸。曰子瞻，其詞放誕。曰少游，其詞清華。曰子野，其詞娟潔。曰方回，其詞新鮮。曰小山，其詞聰俊。曰易安，其詞妍婉。他若黄魯直之蒼老，而或傷於頹。王介甫之劖削，而或傷於拗。晁无咎之規檢，而或傷於樸。辛稼軒之豪爽，而或傷於霸。陸務觀之蕭散，而或傷於疏。此皆所謂我輩之詞也。苟舉當家之詞，如柳屯田哀感頑豔，而少寄託。周清真蜿蜒流美，而乏陡健。康伯可排敍整齊，而乏深邃。其外，則謝無逸之能寫景，僧仲殊之能言情，程正伯之能壯采，張安國之能用意，万俟雅言之能協律，劉改之之能使氣，曾純甫之能舒懷，吴夢窗之能疊字，姜白石之能琢句，蔣竹山之能作態，史邦卿之能刷色，黄花庵之能選格，亦其選也。詞至南宋而繁，亦至南宋而敝。作者紛如，難以概述。夫各因其資之所近，苟去前人之病，而務用其長，必賴後人之力也夫。」詒案：舉宋人詞不下數十家，可謂崇論閎議矣。而不及碧山、竹屋、玉田、草窗，何也。其評語亦不甚允當。觀「詞至南宋而敝」一語，非篤論矣。

常州派專尊美成

汪稚松云：「茗柯詞選，張皋文先生意在尊美成，而薄姜、張。至蘇、辛僅爲小家，朱、厲又其次者。其詞貴能有氣，以氣承接，通首如歌行然。又要有轉無竭，全用縮筆包舉時事，誠是難臻之詣。」詒案：常州派近爲詞家正宗，然專尊美成。今取美成詞讀之，未能造斯境也。

詞有詩文不能造之境

郭頻伽云：「詞家者流，源出於國風，其本濫於齊梁。自太白以至五季，非兒女之情不道也。宋之樂用於慶賞飲宴，於是周、秦以綺靡爲宗，史、柳以華縟相尚，而體一變。蘇、辛以高世之才横絶一時，而憤末廣厲之音作。姜、張祖騷人之遺，盡洗穠豔，而清空婉約之旨深。自是以後，雖有作者，欲别見其道而無由。然寫其心之所欲出，而取其性所近，千曲萬折，以赴聲律，則體雖異，而其所以爲詞者無不同也。」詒案：有韻之文，以詞爲極。作詞者着一毫粗率不得，讀詞者着一毫浮躁不得。夫至千曲萬折以赴，固詩與文所不能造之境，亦詩與文所不能變之體，則仍一騷人之遺而已矣。

淫詞豔語有害於人心風俗

宗小梧司馬云：「香奩格非詞之正宗，可使大千世界迷人，同登覺路，吾欲比於洙泗正樂之功。」詒案：詞章之學，漢宋諸儒所不屑道。淫詞豔語，有害於人心風俗不少，未始非秦七、黄九階之厲，此姜、張所以獨有千古也。

詞學集成卷六

六曰法

南宋多堆積琱琢之弊

蓮子居詞話云：「詞忌堆積，堆積近縟，縟則傷意。詞忌琱琢，琱琢近澀，澀則傷氣。」詒案：南宋以後諸家，率多此弊。此白石、玉田所以獨有千古也。

詞宜渾成

俞仲茅云：「遇事命意，意忌庸、忌陋、忌襲。立意命句，句忌庸、忌澀、忌晦。意卓矣，而束之以音，屈音以就意，而意能自達者鮮。句奇矣，而攝之以調，屈句以就調，而句能自振者鮮。此詞之所以難也。」詒案：命意一時也，命句又一時也。屈音以就意，屈句以就調，則就意之時，即就調之時。枝枝節節而爲之，未必渾成矣。

賀黄公論詞

賀黄公曰：「詞之最醜者，爲酸腐，爲怪誕，爲粗莽。以險麗爲貴矣，又須泯其鏤刻痕乃佳。」詒案：酸腐者，道學語也。怪誕者，荒唐語也。至粗莽，則蘇、辛之流弊，犯之甚易。若險麗而無鏤刻痕，則仍夢窗一派，而未臻姜、張之絶詣也。

詞貴得縮字訣

張砥中曰：「凡詞兩結最爲緊要，前結如奔馬收繮，尚存後面地步，有往而不住之勢。後結如泉流歸海，迴環通首，源流有盡而不盡之意。」詒案：此論兩結句固佳，然詞尤貴句句縮。得縮字訣可以作詞，非僅結句爲然。

順句必精警

又云：「一調中通首皆拗者，遇順句必須精警。通首皆順者，遇拗句必須純熟。此爲句法之要。」詒案：遇拗句必純熟，人固知之。遇順句必精警，人或未知。然即知之，豈拗調之順句精警，而順調順句，遂不必警乎。

用成語不如用造語

頻伽詞話云：「有拗調拗句，須渾然脱口，若不可不用此平仄聲者方爲作手。如未能極工，無難，取成語之合者以副之，斯不覺其聱牙耳。」詒案：用成語若太腐，不如造語爲佳。須知成語，即古人造語也。

論詞中用字

蓮子居詞話云：「詞有疊字，三字者易，兩字者難，要安頓生動。詞有對句，四字者易，七字者難，要流轉圓愜。」詒案：三字者須不能減一字，兩字者須不能增一字，四字者不可似賦，七字者不可似詩。

小令要節短韻長

張玉田云：「詞之難於小令，如詩之難於絶句。蓋十數句均要無閒字句。要有閒意趣，末又要有餘不盡之意。」詒案：此所謂節短韻長也。詞源中此條小令曲，宋人以長調爲慢，短調爲令，曰小令足徵後人之訛。

仇山村謂詞難於詩

仇山村曰：「世謂詞爲詩之餘，然詞尤難於詩。詞失腔，猶詩落韻，詩不過四五七言而止，詞乃有四聲五音均拍輕重清濁之別。若言順律舛，律協言謬，俱非本色。或一字未合，一句皆廢，一句未妥，一闋皆不光彩。信戛戛乎難之。」詒案：此猶兼四聲五音而言。

古人專心致志爲詞

郭頻伽云：「文章之事，各有所出，亦有所極。唐人以詩爲樂章，尚有温李之詞。五代及宋，别爲一體。至南渡諸家，分刌合度，律吕精嚴，其矩矱森然秩然。一時爲之渠帥者，皆有好古絶俗之姿，蕭遠超邁之氣，而又於他文不工，獨工爲此事，故其道大備。」詒案：此謂藝必專而後精，不獨詞爲然。而古人之爲詞，則專心致志，非僅以餘力及之也。

詞概論詞九則

詞概云：「詞之章法，不外相摩相盪，如奇正、實空、抑揚、開合、工易、寬緊之類是也。

詞中承接轉換，大抵不外紆徐斗健，交相爲用。所貴融會章法，按脈理節拍而出之。

空中蕩漾，是詞家妙訣，上意本可接入下意，却偏不入，而於其間傳神寫照，乃愈使下意栩栩欲動。

詞之爲物，色香味，宜無所不具。以色論，有真色、有借色，借色每爲俗情所豔。必先將借色洗盡，而後真色乃見也。

詞澹語要有味，壯語要有韻，秀語要有骨。

詞深於興，則覺事異而情同，事淺而情深。故没要緊語，正是極要緊語，亂道語正是極不亂道語。

詞中用事，貴無事障。晦也、膚也、多也、板也，此類皆障也。僻事熟用，熟事虛用，學有餘而約以用之，善用事者也。乍敍事而間以理言，得活法者也。

詞尚清空妥溜，惟須妥溜中有奇創，清空中有沈厚，纔見本領。

描頭畫角，是詞之低品。蓋詞有全體，宜無失其全，詞有内藴，宜無失其藴。」

詞源論鍊字

張玉田詞源云：「句法中有字面，蓋詞中一個生硬字用不得，須是深加鍛鍊，字字敲打響，歌誦妥溜，方爲本色。如賀方回、吴夢窗，皆善於鍊字面，多於温庭筠、李長吉詩句中來。字面亦詞中之起眼處，不可不留意也。」詒案：詞中鍊字，義山、飛卿稍爲近之，昌谷則微嫌滯重矣。

詞源論虛字

又云：「詞與詩不同，詞之句語有二字、三字、四字，至六字、七、八字者，若堆垛實字，讀且不通，況付之雪兒乎。合用虛字呼喚。單字如正、但、甚、任之類，兩字如莫是、還又、那堪之類，三字如更能消、最無端、又却是之類。此等虛字，却要用之得其所。若能盡用虛字，句語自活，必不質實。」詒案：更能消字未全虛。

後人論詞不出詞源範圍

又云：「詞要清空，如夢窗之唐多令，白石之暗香、疏影、揚州慢、一萼紅、琵琶仙、探春、八歸、淡黄柳等曲。詞又以意趣爲主，如東坡水調歌、洞仙歌，王荆公桂枝香，白石暗香、疏影賦梅等曲。詞之用事亦最難，要體認着題，融化不澀，用事不爲事所使。至於詠物尤難，體認稍真，則拘而不暢，模寫差遠，則晦而不明。須收縱嚴密，用事合題，一段意思，全在結局，斯爲絶妙。如史邦卿東風第一枝春雪、綺羅香春雨、雙雙燕詠燕，白石暗香、疏影詠梅，劉改之沁園春美人指甲脚等曲。又籛弄風月，陶寫性情，詞婉於詩。蓋聲出鶯吭燕舌間，稍近乎情可也。若鄰乎鄭衛，與纏令何異。若能屏去浮豔，樂而不淫，是亦漢魏樂府之遺意。」又離情云：「情至於離，則哀怨必至，苟能調感愴於融會中，斯爲得矣。全在情景交集，得言外意。」又云：「詞之語句，太寬則容易，太空則苦澀。如起頭八字相對，中間八字相對，却用功着一眼，如詩眼亦同。若八字既緊練，上下句便合稍寬，庶不窒塞。約莫寬易，又着一句工緻者，便覺精粹，此詞中之關鍵也。」又云：「詞不宜强和人韻。」又云：「大詞之料，可以斂爲小詞。小詞之料，不可展爲大詞。必是一句之意，引而爲兩三句，或引他意入來，捏合成章，必無一唱三歎。」詒案：後之論詞與作者皆不能出詞源所論之範圍。秦敦夫恩復刻是書跋云：「詞源一書，元明收藏家俱未著録，故見者少。雖陳眉公祕笈載半卷，以爲樂府指迷，又以陸輔之詞旨爲指迷之下卷，承訛襲謬，幾乎佚逸。萬氏紅友、朱氏竹垞，俱未言及，其未見此書可知。」

棠村詞

陸藎思云：「棠村詞極穠豔，而無綺羅香澤之態，所謂生香真色人難學也。」

論詞絶句

聽秋聲館詞話云：「孫文靖爾準有論詞絶句，厲樊榭亦有論詞絶句，臨桂朱小岑亦有論詞詩。」又云：「綜古今詩詞而論列之，貴有特識，尤貴持平。於古人寓微詞，而於今人多溢美，適形其陋。樊榭詩最爲醇正。朱小岑悖謬，至論父之詞。文靖古少今多。然皆論定之人，至尤二娱則懷人詩耳。」

詞有三蔽

歙金應珪詞選後序云：「近世爲詞，厥有三蔽。義非宋玉，而獨賦蓬髮，諫榭淳于，而惟陳履舄。揣摩牀第，污穢中篝，是爲淫詞，其蔽一也。猛起奮末，分言析字，詼嘲則俳優之末流，叫笑則市儈之盛氣。此猶巴人振喉以和陽春，黽蜮怒嗌以調疏越，是爲鄙詞，其蔽二也。規模物類，依託歌舞，哀樂不衷其性，慮歎無與乎情。連章累篇，義不出乎花鳥，感物指事，理不外乎酬應。雖既雅而不豔，斯有句而無章。其蔽三也。」詒案：此皆詞人之通病，卽詩人何嘗不蹈此弊，作詞者當廢然返矣。

各家詞序

吳穀人露蟬詞序云：「詞者既限之長短，復拘以聲律。片言未協，則病其啞鐘，隻字未諧，則譏同濕鼓。故必選勝以定質，蕩滓以證音。而後宛轉入情，案衍式度。蓋閻娥之産，非繪爲纂繹，不能見其娥嫿也，般輸之巧，非漸乎矩鑿，不能美乎輪奐也。」又銀藤詞序云：「倚聲之道，雅正爲難。質實者連蹇而滯音，浮華者苛縟而喪志。其或猛起奮末，徒規於虎賁，陰淫案衍，漸流爲褻弄。翩其返矣，又何稱乎。」又竹滬漁唱序云：「詞之道情欲其幽，而韻欲其雅。摹其履舄，則病在淫哇。雜以箏琵，則流爲傖楚。」又嚴敍云：「以綺麗之傷骨，而力洗穠纖，以奮勵之滯音，而務懲偏宕。采湘丸以植骨，援飈藹以流韻。騰其餘絢，足煥采於雲藍，習其恆姿，亦奮秀於山綠。」又陳敍云：「詞以韻流，當效玉田之雅。詞以情勝，須兼竹屋之癡。」以上各序，雖就各家之長而被以腴詞，其所論，實倚聲家矩矱也。

詞綜續編序

錢塘諸遲菊可寶詞綜續編序云：「詞選之難，厥弊有五。夫其翠謔紅笑，好搜豔歌，粉怨珠啼，但羅研唱。

溺志丁娘之索，塞耳秀師之呵。雅音不存，哇響競奏。古怨寫意，閒情署題。此則强鬚眉之客，塗飾粉黛，襲閨房之語，評隲履舄。此一弊也。或者嬌宗辛、劉，蔑視秦、柳。纍牘塊磊，乏縱横之才，連篇詘詘，無雄放之氣。謂寶瑟不韻，矜其箏琶，謂瓊琚可捐，崇其冠劍。斯猶甕牖奇士，引怒鼃爲鼓吹，幽并少年，結屠狗而賓客。此一弊也。乃至抗心邁古，肆力式靡。吹花嚼蕊，相炫虚華。範水模山，自詑澹遠。鮮姜、史之清俊，守郊、島之寒儉。韻要眇而不幽，思纏綿而不盡。是謂宋子名句，僅此蘋末見賞，南威淑姿，必以蓬葆稱微。此又一弊也。握玉麈者，惑清談之習，唱銅鞮者，忘正始之原。鬲指之聲，訾石帚多事，煞尾之字，以夢窗太嚴。取快喉舌，毁棄鐘吕。又何啻冠笏倚胡牀之座，紘袍攙羯鼓之撾。是曰踰閑，難語同律。則亦一弊也。又吹求過刻，鶩博或誇。光耀沉落，非無天外一鶴之表，聲氣標榜，不皆春初萬花之觀。謝客山居，未登削簡，南郭朝位，乃備吹竽。況之潮汐鮮流，則羼雜蚌蠣，培塿孤峙，而希樹松柏。此賢者之過，亦一弊也。」詒案：此節當與金應珪詞序，後先參看。

詞要立意新

楊守齋（原誤作誠齋。）作詞五要：「第五，要立意新。」後人填詞止此耳，務求尖新，不近自然便俗。楊升庵、王弇州諸君正自不免。詒案：立意亦在作詞五要之列，然後知辨宫商者腐詞讕語，亦不足言詞也。

碧山詠物有君國之憂

皐文詞選云：「碧山詠物諸篇，皆有君國之憂。漸新痕懸柳，詠新月一篇，喜君有恢復之志，而惜無賢臣也。殘雪庭除，梅花一篇，傷君臣宴安不思國恥，天下將亡也。玉局歌殘，榴花一篇，言亂世尚有人才，惜世不用也。」詒案：此解亦古人所未有。而詞家之有少陵，亦倚聲家所亟欲推尊矣。

詞要放得開收得回

詞要放得開，最忌步步相逢。又要收得回，最忌行行愈遠。必如天上人間，去來無迹，方妙。

就詞字之意論詞

包慎伯大令世臣月底修簫譜序云：「意內而言外，詞之爲教也。然意內不可强致，言外非學不成。是詞說者，言外而已，言成則有聲，聲成則有色，色成而味出焉。三者具，則足以盡言外之才矣。若夫成人之速者，莫如聲，故詞名倚聲。聲之得者，又有三，曰清、曰脆、曰澀。不脆則聲不成，脆矣而不清，則膩。清矣而不澀，則浮。屯田、夢窗以不清傷氣，淮海、玉田以不澀傷格，清真、白石則能兼之矣。六家於言外之旨得矣，以云意內，惟白石、玉田耳。淮海時時近之，清真、屯田、夢窗皆去之彌遠，而俱不害爲可傳者，則以其聲之幺眇鏗磐，惻惻動人，無色而豔，無味而甘故也。」詒案：就詞字之意以論詞，本說文以解經，而意内言外兩層，說得確切不移，實發前人所未發。至聲字獨取清脆澀三聲，而證以各名家之詞，學者循之，亦不入歧途矣。

詞繹論襯字不可少

詞繹云：「中調長調轉換處不欲全脱，不欲明粘，如畫家開合之法，須一氣而成，則神味自足，以有意求之不得。」又曰：「長調最難工，蕪累與癡重同，襯字不可少，又忌淺熟。」又曰：「詞中對句，正是難處，莫認作襯句。至五言對句，七言對句，使觀者不作對句尤妙。」詒案：詞繹係劉氏公㦷體仁所著，亦國初人，而中有襯字不可少之語，萬氏何以不知詞有襯字也。

沈謙論詞

沈東江謙云：「小調要言短意長，忌尖弱。中調要骨肉停勻，忌平板。長調要操縱自如，忌粗率。能於豪爽中着一二精緻語，綿婉中着一二激勵語，尤見錯綜。」又云：「白描不可近俗，修飾不可太文，生香活色，在卽離之間，不特難知，亦難言。」又云：「僻詞作者少，宜渾脱乃近自然。常調作者多，宜生新斯能振動。」又曰：「詞要不亢不卑，不觸不悖，驀然而來，悠然而逝。立意貴新，設色貴雅，搆局貴變，言情貴含蓄，如驕馬弄銜而欲行，粲女窺簾而未出，得之矣。」詒案：以上四則，填詞之道，思過半矣。

詞學集成卷七

七曰境

詩詞曲意境各不同

王阮亭云：「或問詩詞分界，余曰：『無可奈何花落去，似曾相識燕歸來』，定非香奩詩。『良辰美景奈何天，賞心樂事誰家院』，定非草堂詞。」諧案：會真記之「碧雲天，黄花地」，非即范文正之「碧雲天，紅葉地」乎。詩詞曲三者之意境各不同，豈在字句之末。

張祖望引句不當

張祖望曰：「詞雖小道，第一要辨雅俗。結構天成，而中有豔語、雋語、豪語、苦語、癡語、没要緊語，如巧匠運斤，毫無痕迹，方爲妙手。古詞中，如『秦娥夢斷秦樓月』，『小樓吹徹玉笙寒』，『香老春無價』，『償盡迷樓花債』，豔語也。『對桐陰滿庭清晝』，『任老卻蘆花，秋風不管，祇有夢來去』，『不怕江闌住』，雋語也。『試問琵琶，烟沙外、怎生風色』，『河星澰灩晴雲熱』，『月輪桂老』，『搗破珠胎』，『柳鎖鶯魂』，奇語也。『卷起千堆雪』，『任天河水瀉流乾銀汁』，『易水瀟瀟西風冷，滿庭衣冠似雪』，豪語也。『淚花落枕紅棉冷』、『黄昏卻下瀟瀟雨』、『楊柳梢頭能有春多少』、『斷送一生憔悴』、『能銷幾個黄昏』，苦語也。『牡丹開後，望到如今』、『惟有樓前流水』、『應念我終日凝眸』、『倘後夜暗風凄雨，再休來小窗悲訴』，癡語也。『這次第、怎生一個愁字了得』、『怕無人料理黄花』、『等閒過了，一寸相思千萬結，没個安排處』，没要緊語也。略拈一二。至如『密約佳期』、『把燈撲滅』、『巫山雲雨』、『好夢歡』等，字面惡俗，不惟不佳，亦君子所不屑道。」詒案：各種語於所引句，有未切當處。

詞概論詞四則

詞概云：「詞有點染，耆卿雨淋鈴云：『多情自古傷離别，更那堪冷落清秋節。今宵酒醒何處，楊柳岸曉風殘月。』上二句點出離别冷落，今宵二句乃就上二句染之，點染之間，不得有他語相隔，隔則警句亦成死灰矣。」詒案：點與染分開説，而引詞以證之，閲者無不點首。得畫家三昧，亦得詞家三昧。

詞以鍊章法爲隱，鍊字句爲秀，秀而不隱，猶百琲明珠，而無一綫穿也。

詞之妙莫妙於以不言言之，非不言也，寄言也。如寄深於淺，寄厚於輕，寄勁於婉，寄直於曲，寄實於虚，寄正於餘，皆是。

司空表聖云：「梅止於酸，鹽止於鹹，而美在酸鹹之外。」嚴滄浪云：「妙處透徹玲瓏，不可湊泊，如水中之月，鏡中之象。」此皆論詩也，詞亦以得此境爲超詣。

毛大可鶴門詞序

毛大可鶴門詞序云：「大抵詞必有意、有調、有聲、有色，人人知之。若別有氣味，在聲色之外，則人罕知者。驟得鶴門詞，適久客初歸，心思迷煩之際，不辨其何意、何調、何聲、何色。而徘徊纏綿，心煩意擾，一若醉裏思鄉，燭邊顧影，使人轇轕不可解。在昔莊皇帝入宮，宮人焚色目所貢鵲腦。時方簡文書，忽若醉夢間，迷殢頓生，憧憧然，既而漸甚。亟命撤其焚而擯其貢，當其時未嘗有所聞、有所見也，鶴門詞猶是矣。」詒案：此固詞之妙境也，而亦文之妙境，不言佳而詞可想矣。鶴門詞未克見，其佳果如是乎。

黃魯直評東坡詞

黃魯直評東坡缺月掛疏桐詞云：「語意高妙，似非喫煙火食人語。非胸中有萬卷書，筆下無點塵俗氣，孰能至此。」詒案：此非擡高詞人身分，實古人獅子搏兔，亦用全力。非同後人浮光掠影也。

董蒼水評玉叔慢詞

董蒼水云：「玉叔慢詞多商羽之音，如秋飈拂林，哀泉動壑。小令則如新箏乍調，雛鶯初囀，尖俛新豔。」

黃唐堂評對琴詞

黃唐堂云：「對琴詞，如入武夷啖荔枝，鮮美獨絕。又如饌設江瑶柱，與羣餚錯迥別。」

黃韻甫評憶雲詞

黃韻甫云：「憶雲詞，古豔哀怨，如不勝情，猿啼斷腸，鵑淚成血，不知其所以然也。」

潘功甫評閏生詞

潘功甫云：「閏生詞，如踏雪孤嶺，落花空潭，口香莓苔，食冷煙火。」

錢筱南評白坡詞

錢筱南云：「白坡詞，婉約清空，纏綿深致，無紛然雜出之語，有往復不已之思。」

黃韻甫評惺齋詞

黃韻甫云：「惺齋詞，如曉霞媚樹，春水浮花，極幽豔蕩漾之致。」

曹𤥭玉壺買春詞序

吳縣曹稼山𤥭玉壺買春詞序，頗得詞之三昧，文亦峭潔，因截録之。「嗚呼，天下傷心之致多矣，於時爲秋，在月爲夜，爲月榭之笛，爲嚴城之鼓，爲空庭之脱葉，爲斷垣之寒蛩。睇邈空以神惢，觸古怨以淚滋，哽咽喉嗌，難攄簡素。故欲曲折達意，庶幾倚聲能之。側帽、長蘆二集，咸極其指。後之君子，引商刻羽，度合刌分，非不秩然，以嚴矩矱。然而真靈不與，哀樂不存，徒累氄費之詞，未極遠姚之韻。讀買春而快然矣，旁糅羣雅，不因一家。海以大之有蘇，淵以沈之有張，濤以雄之有稼軒，平以遠之有竹屋，瀫紋蜃氣以綺之有夢窗，纏綿菀結以赴之有石帚。冷汰衆製，煦以鮮華，芬芳百家，自成馨逸。迨焉無漠，渾而不流，如彼秦尊是生澹，如彼豳籥是生希，如彼空梁曲徑是生幽，如彼銑溪瓊岳是生澀。故言其連忭，則雜組之成錦，逋峭則寒鏡之瘦夜，委婉則細石之淩亂，雋蓄則哀泉之嗚湍，神韻則美人之遲來，慨弔則良朋之孤往。牢騷離別之際，徘徊生死之間，直舉胸臆，非有依傍，納蘭、秀水以來，斯爲造極矣。」

楊芸士洛州倡和序

楊芸士文蓀洛州倡和序云：「體物（原誤作均）則課虛叩寂，畫冰鏤塵，幽思宜搜，微旨獨引。紅情綠意，蓮波寫愁。疏影暗香，梅格入畫。麗不染俗，巧不近纖。離貌追神，工如之何矣。賦景則銜彼山川，命玆毫素。荒原弔古，躑躅斜陽。野渡尋秋，蒼茫遠水。曉風殘月，霽色冷光。雅擅白描，能傳清景。妍心妙手，雋如之何矣。」詒案：詞之言情，乃詩之賦體也。詞一作賦體，則直陳其事，有是詞乎。比興二體，不外體物賦景二事。是序論二事，亦可謂無妙不臻，極詞人之能事矣。

趙秋舲花簾詞序

趙秋舲慶熹花簾詞序云：「無歲而無落花也，無處而無芳草也，無日而無夕陽明月也。然而古今之能言落花芳草者幾人，古今之能言夕陽明月者幾人，則甚矣寫物之難，寫愁之難也。花簾主人工愁者也，詞則善寫愁者。不處愁境，不能言愁。必處愁境，何暇言愁。栩栩然，荒荒然，幽然，悄然，無端而愁，即無端其詞。落花也，芳草也，夕陽明月也，皆不必愁者也。不必愁而愁，斯視天下無非可愁之物，斯主人之所以能愁，主人之詞所以能工。」詒案：此專言愁，固作詞者之妙境，而即讀詞者之佳話也。

吳穀人紅豆詞序

「駐楓煙而聽雁，艤葭水而尋漁。短徑遥通，高樓近接。琴横春薦，雜花亂飛。酒在秋山，缺月相候。此其境與詞宜。金迷紙醉之娱，管語絲哇之奏，浦遺余佩，釵掛臣冠。滿地蘼蕪，夕陽如畫。隔堤楊柳，紅窗有人。此其情與詞宜。此穀人紅豆詞敍。」詒案：詩與文，不外情境二字，而詞家之情境，尤有所宜，此序長言之未足也。

姚梅伯緑牋詞序

姚梅伯燮緑牋詞云：「一曰綺而不靡，一曰典而不滯，措詞幽雋，亦詞家之妙境，因録之。當其夕綺披紛，春小繫夢，笛尾涕下，煙心醉慵。延淥水以蕩漾 引眉絲以結語。背花憑鏡，纖臀窣波。兜燕坐衣，素襟横雪。離合者影，嬋媛其姿，玉曼難鐫，柱嫻可賦。爲之犀梳櫛玉，鋭管題紈。羅帳燈昏，三更畫樓之語，横塘月落，一笏遥天之峯。蓋綺而不靡者，情之止乎義也。風騷斯擅，體繪亦工。揚造化爲波瀾，植理寓爲根柢。搓雲接線，游絲梟來。擣麝成塵，鞠香浮去。塗鴉學劍，而真宰愁權。引蟻穿珠，而鬼工妬巧。都尉之鴛鴦比翼，魏收之蛺蝶五銖。張郎花影之弄，柳壻微雲之抹。罔不潔逾水瀹，燦擬鄃雕。陽和蓄於寸心，優曇噴薄，萌田専於尺楮，芍藥嬋嫣。蓋典而不滯者，韻之餘於文也。」

姚梅伯鷗波詞序

又鷗波詞序五節，可擬詞品之五，觀其揎袖整瑟，拈釵播簧。賺鶯飛來，掛簾額之鏡子。恐花睡去，拭屏角之煙痕。其柔膩也。或復養麝半溫，試酒微醉。遠岫微霽，比淺翠於初苔。美人秋病，量窄腰以弱燕。其疏秀也。若夫室白無滓，天青不雲。素月到潭，濯彼姑射之魄。紅玉在掌，溫如太真之膚。其明潤也。至於顧影自憐，凝情移世。脫楓亭之荔殼，櫻桃可奴。結苕溪之鷗盟，菡萏爲佩。其俊逸也。抑且淑兮若思，迴乎無盡。關中行馬之路，蘼蕪未黃。湘上夕陽之樓，闌干有絮。其綿遠也。」

姚梅伯次柳詞序

又次柳詞云：「有登臨之作，有游宴之作，有投贈感懷之作，亦可補詞品之未及。」登臨云：「浮舸江湖，策馬巖壑。落日横野，憂從中來。芳蘺照襟，春若可擥。脫劍於吳公子墓，試釣於韓王孫亭。朝游九峯，蘿澗尋鶴。夕下京峴，霜燈聽鐘。賁宅姑胥，寄襆茂苑。破楚之門，上有荒雲。梧桐之園，鞠爲茂草。趨趄寡悅，弔古涕零。」游宴云：「綺懷偶引，結客巷游。珠樓高甍，乳燕雙囀。水蘋照屏，落花來媚。青蟲若炮，酒氣逼燈。鍛甲一汎，箏語潛送。凝情相許，綺扇索題。染春波以靡蕪，寄頑豔於子夜。或蓮室逃暑，菊社開禊。新芡剥素，肥蟹擘紫。清言不倦，玉麈與忙。密醉思歸，犢車猶繫。」投贈感懷云：「五陵氣豪，俠盛交廣。縞紵所納，滿乎東南。孟郊性介，與韓忘形。亦有嵇阮，金蘭爲契。傾蓋片語，憐美人之目成。一日不見，解瓊瑰以密贈。至於安陽折柳，送客盡情之橋。少陵聽鳥，寄夢渭北之樹。帝子已去，寸腸九迴。高台偶憑，蔓煙千里。逝湘無鯉魚之信，明河斷鳷鵲之梁。青山阻歡，紅豆寫梅。」

姚梅伯鞞花詞序

「好謀而曼，習率而俳，競讕哆而麤坌，皆詞之蠹也。若規式兩白，粉澤二窗，自斵心根，私附矉貌，抑惑焉。風弄林葉，態無一同。月當流波，影有萬變。形聲至眇，委乎自然。静氣相抱，可得其理。」此姚梅伯鞞花詞敍，語亦簡當。

姜汝長論毛大可詞

姜汝長論毛大可詞云：「其旨精深，其體温麗。户網粘蟲，枕聲停釧。吹簫苦唇朱之落，夢歡愁臂紅之消。腰慵結帶，時作縈迴。鏡喜看花，暗相轉側。此其靡曼之瑋詞，夫豈纖庸之逸調。」詒案：此論可入詞之綿邈品，毛詞不足以當之。

杜成之評元時可董國華詞

杜成之評元時可詞云：「如絮浮水，如荷溼露，縈旋流轉，似沾非著。」又董國華二白詞序云：「琅然清圓，一唱三歎。如冷風過林，自協流徵。涼月暉席，都成秋痕。攄芬芳悱惻之懷，極哀豔騷屑之致。雪滌凡響，棣通太音。萬塵息吹，一真孤露。度以横竹，當飛奇聲。和之弦桐，居然流水。」詒案：二評，皆當入詞之清逸品。

蔡小石拜石詞序

蔡小石拜石詞序云：「夫意以曲而善託，調以杳而彌深。始讀之則萬萼春深，百色妖露。積雪紵地，餘霞綺天。此一境也。再讀之，則煙濤澒洞，霜飇飛搖。駿馬下坂，泳鱗出水。又一境也。卒讀之，而皎皎明月，仙仙白雲。鴻雁高翔，墜葉如雨。不知其何以冲然而澹，翛然而遠也。」詒案：始境情勝也，又境氣勝也，終境格勝也。

詞繹論詞與古詩同義

詞繹云：「詞有與古詩同義者，『瀟瀟雨歇』，易水之歌也。『自是天涯』，麥蕲之詩也。『又是羊車過也』，團扇之辭也。『夜夜岳陽樓中』，日出當心之志也。『已失了春風一半』，鯢居之諷也。『瓊樓玉宇』，天問之遺也。詞又有與古詩同妙者，『問甚時同賦三十六陂秋水』，即濡岸之興也。『闕河冷落，殘照當樓』，即勑勒之歌也。『危樓雲雨上，其下水扶天』，即明月積雪之句也。『燕子樓空，佳人何在，空鎖樓中燕』，即平生少年之篇也。」詒案：專寫閨幃者，亦知此境界否。

填詞不可不知界限

柴虎臣云：「旨取温柔，詞歸蘊藉。暱而閨帷，勿浸而巷曲，浸而巷曲，勿墮而村鄙。」又曰：「語境則咸陽古道，汴水長流。語事則赤壁周郎，江州司馬。語景則岸草平沙，曉風殘月。語情則紅雨飛愁，黃花比瘦。」詒案：塡詞者各有界限，不可不知。

如冠九以禪喻詞

如冠九山都轉心庵詞序云：「『明月幾時有』，詞而仙者也。『吹皺一池春水』，詞而禪者也。仙不易學，而禪可學。學矣，而非棲神幽遐，涵趣寥曠，通拈花之妙悟，窮非樹之奇想，則動而爲沾滯之音矣。其何以澄觀一心，而騰踔萬象。是故詞之爲境也，空潭印月，上下一澈，屏智識也。淸磬出塵，妙香遠聞，參淨因也。鳥鳴珠箔，羣花自落，超圓覺也。」詒案：以禪喻詞，又爲詞家闢一途。羚羊挂角，香象渡河，知不僅爲詩喻矣。

譚仲修明鏡詞序

譚仲修大令廷獻明鏡詞敍云：「江君某賦士不遇，憔悴婉篤而無由自見於世，於是玲瓏其聲，有所不敢放，屈曲其旨，有所不敢章。爲長短言數卷，退然不欲附於著作之林，而無靡曼奮末之病，杳杳乎山水之趣，花草之色。夫聲至於不敢放，至於不敢章，是亦離騷小雅之意，而出之勞人思婦之口乎。吾願世之爲詞者，同臻斯境也。」

詞學集成卷八

八日品

郭頻伽詞品十二則

幽秀

千巖巉巉，一壑深美。路轉峯回，忽見流水。幽鳥不鳴，白雲時起。此去人間，不知幾里。時逢疏花，娟若處子。嫣然一笑，目成而已。

高超

行雲在空，明月在中。瀟瀟秋雨，泠泠好風。卽之愈遠，尋之無蹤。孤鶴獨唳，其聲清雄。衆首俯視，莫窮其通。回顧藪澤，翩哉飛鴻。

雄放

海潮東來，氣吞江湖。快馬斫陣，登高一呼。如波軒然，蛟龍牙鬚。如怒鶻起，下盤浮圖。千里萬里，山奔電驅。元氣不死，乃與之俱。

委曲

芙蓉初花，秋水一半。欲往從之，細石淩亂。美人有言，玉齒將粲。徐拂寶瑟，一唱三歎。非無寸心，繾綣自獻。若往若還，豈曰能見。

清脆

美人滿堂，金石絲簧。忽擊玉磬，遠聞清揚。韻不在短，亦不在長。哀家一梨，口爲芬香。芭蕉灑雨，芙蓉拒霜。如氣之秋，如冰之光。

神韻

雜花欲放，細柳初絲。上有好鳥，微風拂之。明月未上，美人來遲。卻扇一顧，羣妍皆媸。其秀在骨，非鉛非脂。渺渺若愁，依依相思。

感慨

人生一世，能無感焉。哀來樂往，雲浮鳥仙。銅駝巷陌，金人歲年。鉛華迸淚，鵾雞裂弦。如有萬石，入以肺肝。夫子何歎，唯唯不然。

奇麗

鮫人織綃，海水不波。珊瑚觸網，蛟龍騰梭。明月欲墮，羣星皆趖。淒然掩泣，散爲明珠。織女下示，雲霞交鋪。如將卷舒，貢之太虛。此則下半換韻。

含蓄

好風東來，幽鳥始哢。陽春在中，萬象皆動。一花未開，衆綠入夢。口多微詞，如怨如諷。如聞玉笛，快作數弄。望之邈然，鶴背雲重。

遒峭

清霜警秋，微月白夜。其上孤峯，流水在下。幽鳥欲窮，乃見圖畫。愜心動目，喜極而怕。跌宕容與，以觀其餺。翩然將飛，尚復可跨。

穠豔

雜組成錦，萬花爲春。五醖酒釅，九華帳新。異彩初結，名香始薰。莊嚴七寶，其中有人。飲芳食菲，摘星扶雲。偶然咳唾，名珠如塵。

名雋

名士揮麈，羽人禮壇。微聞一語，氣如幽蘭。荷雨初歇，松風夏寒。之子何處，秋山槃槃。萬籟俱寂，惟聞幽湍。千嗽萬嚥，奉君一丸。

楊伯夔續詞品十二則

輕逸

悠悠長林，濛濛曉暉。天風徐來，一葉獨飛。望之彌遠，識之自微。疑蝶入夢，如花墮衣。幽弦再終，白雲逾希。千里飄忽，鶴翅不肥。

獨造

萬山巑巑，迴風蕩寒。決眥千仞，飲雲聞湍。龍之不馴，虹之無端。畸士羽衣，露言雷喧。洞庭隱鱗，蒼梧逸猿。元氣分變，創此奇觀。

淒緊

送君長往，懷君思深。白日欲墮，池臺氣陰。百年寸暉，徘徊短吟。松篁幽語，獨客泛琴。聆彼七弦，瀟湘雨音。落花醉枝，淒入燕心。

微婉

之子曉行，細客香送。時聞春聲，百鳥含哢。林花初開，鬖鬖欲動。美人何許，短琴潛弄。明明無言，泠泠如諷。卷簾緣陰，微雨思夢。

閒雅

疏雨未歇，輕寒獨知。茶煙化青，靑藤一枝。秋老茅屋，檐挂蟲絲。葉丹苔碧，酒眠悟詩。飲真抱和，仙人與期。其日偶然，薄言可思。

高寒

俯視苔石，行歌長松。千葉萬吹，懍然噓東。返風乘虛，餐煙太蒙。矯矯獨往，落落希蹤。夜開元闕，盪聞天鐘。光滿眉宇，與斗相逢。

澄澹

空波淩天，鳴簪叩舷。鷺鷥立雨，浪花一肩。采采白蘋，江南曉煙。覓鏡照春，逢潭寫蓮。漁舟往還，相忘千年。佳語無心，得之自然。

疏俊

卓卓野鶴，超超出羣。田家敗籬，幽蘭愈芬。意必求遠，酒不在醇。玉山上行，疏花角巾。短笛快弄，長嘯入雲。軒軒霞舉，鬚眉勝人。

孤瘦

悵焉獨邁，憀予隱憂。悟出繫表，天地可求。亭亭危峯，倒影碧流。空山冱寒，老梅古愁。味之無腴，揖之寡儔。遥指木末，一僧一樓。

精鍊

如莫邪劍，如百鍊鋼。金石在中，匪曰永藏。鉥心掐胃，韜神斂光。水爲沉流，星無散芒。離離九疑，鬱然深蒼。萬棄一取，駏驉錦囊。

靈活

天孫弄梭，腕無暫停。麻姑擲米，走珠跳星。荷露入握，菊香到瓶。如泉過山，如屋建瓴。虚籟集響，流影幻形。四無人語，佛閣一鈴。

江順詒續詞品二十則

昔隨園補詩品三十二首，謂前人祇標妙境，未寫苦心，特爲續之。詒於詞品，亦同此論，因仿其意得二十首。

崇意

詩尚諷諭，詞貴含蓄。綺麗單辭，支離全局。七寶樓臺，炫人耳目。叩厥本原，毫無歸宿。其貌如花，其味如木。一覽無餘，奚庸三復。

用筆

無波不迴，無露不垂。得縮字訣，是謂之詞。弩張劍拔，雨驟風馳。雄而且健，竊恐非宜。用我五色，組彼千絲。但求羚角，莫畫燕支。

布局

名園之樹，國手之棋。起復相應，疏密得宜。峯腰雲斷，水面風移。千巖萬壑，尺幅見之。求方必矩，刓圓必規。刻舟無劍，趁韻非詩。

斂氣

游絲初起，微風縈絆。輕煙裊空，浮雲瀲灩。吹之蘭芳，凝之露泫。雲龍盤旋，倏隱倏見。若決江河，如掣雷電。一往無前，神豈能鍊。

考譜

宮商莫辨，喉齒不分。競競上去，是韻非音。天籟人籟，長吟短吟。自在流出，杳不可尋。勿以箏琵，而廢瑟琴。樂府之遺，窺古人心。

尚識

風雅之調，離騷之篇。美人香草，十九寓言。塗抹脂粉，綴拾釵鈿。深情往復，密意纖綿。誤爲綺語，已落言筌。刻劃微物，均無取焉。

押韻

千鈞之重，一髮繫之。萬人之衆，一將馭之。句有長短，韻無參差。一字未穩，全篇皆疵。曲之有板，師之有旗。位置自然，雖巧何爲。

言情

是桓子野，是王伯輿。不知所起，人孰能無。如飲篤耨，如醉醍醐。樓頭柳遠，海上琴初。綿綿有恨，渺渺維余。蠶絲難割，春水何如。

戒褻

郎居城北，妾在牆東。眉語通翠，心曲傳紅。是爲淫哇，見屏宗工。裝來翡翠，薰透芙蓉。秦七黄九，情之所鍾。泥犂未墮，亦可憐蟲。

辨微

是清非矯，是新非巧。是淡非枯，是空非佻。辨之幾希，得之窈渺。一息紛緼，一絲裊嫋。體判才華，句矜丰調。吹影鏤塵，是爲恰好。

取徑

小舟沿溪，岸夾桃花。石梁飛渡，飯飽胡麻。別有天地，是耶非耶。峯之九曲，路之三叉。可以獨往，可以移家。津如許問，請泛仙槎。

振采

珊瑚鏡檻，翡翠釵梁。中有仙人，霞佩雲裳。剥膚存液，刮垢磨光。千狐之腋，百和之香。明珠的皪，寶玉輝煌。餘霞成黛，寒星射芒。

結響

觀廬山瀑，聽廣陵濤。可以駭俗，未足含毫。春之嬌鳥，秋之寒蜩。碎玉清脆，落葉刁騷。曲終笛裂，風過瓊敲。孤猿三峽，一鶴九皋。

善改

機忌其滯，筆貴乎靈。已安一字，仍撚數莖。金樽滿滿，檀板輕輕。漫抛紅豆，淺畫銀屏。九轉丹成，百鍊金精。鸚鵡作賦，未免餖飣。

著我

玉田公子，白石神仙。已有千古，豈無後賢。空谷之蘭，淥水之蓮。各占其候，各擅其妍。冰魂濯月，瘦影含煙。寒香冷翠，跂脚高眠。

聚材

羣芳之英，釀而爲蜜。郵亭之椽，截而爲笛。白璧十雙，黃金萬鎰。儲之貴多，棄之不惜。一軍皆驚，萬花無色，落實已秋，製錦成匹。

去瑕

維鐵可點，維玷可磨。伐毛洗髓，玉律金科。淄澠必辨，銖兩無訛。體著其潔，不法嫌苛。千金不易，珍重吟哦。著一屠沽，奈賢人何。

行空

芙蓉之城，忽爾淩虛。白雲橫腰，遠峯欲無。吹笙跨鶴，躡屐飛鳧。不著跡象，豈有步趨。仙人五夜，金闕傳呼。騎白鳳皇，態何紆徐。

妙悟

對鏡忘言，拈花微笑。色本是空，影無遺照。畫理自深，仙心獨抱。參之以禪，常覿其妙。忽然而通，必由深造。一轉秋波，十分春到。

宗小梧司馬云：「續詞品二十則，化工之筆，讀之如游夏，不能贊一辭。他日擬請善書者，以靈飛經小楷書之，泐之貞珉，拓出以詒同好。」亦詞壇佳話也。

附録

填詞小技，固不必以言舉人，亦不必以人廢言。然此中亦自有品在，因録數則，附於詞品之後。

論稼軒仙才亦霸才

詞苑叢談，梨莊云：「辛稼軒當弱宋末造，負管樂之才，不能盡展其用，一腔忠憤，無處發洩。觀其與陳同甫抵掌談論，是何等人物。故其悲歌慷慨，抑鬱無聊之氣，一寄之於詞。今乃欲與搔頭傅粉者比，是豈知稼軒者。」羨門云：「稼軒詞胸有萬卷，筆無點塵，激昂排宕，不可一世。」飴案：稼軒仙才，亦霸才也。

論湘真集

古今詞話：「大樽文宗兩漢，詩軼三唐，蒼勁之色，與節義相符。乃湘真一集，風流婉麗如此。傳稱河南亮節，作字不勝羅綺。廣平鐵石，賦心偏愛梅花。」倚聲集云：「詞至雲門、湘真諸集，言內意外，已無遺議。柴虎臣所云華亭斷腸，宋玉銷魂，所微短者長篇耳。」王阮亭云：「大樽諸詞，神韻天然，風味不盡，如瑶台仙子獨立。而湘真一刻，晚年所作，寄意更綿悽惻。」飴案：文有因人而存者，人有因文而存者，湘真一集，固因其詞而重其人，又實因其人而益重其詞也。

論嚴蕊詞

天台營伎嚴蕊，有才名，唐與正爲守，嘗命賦紅白桃花蕊，作憶仙姿一闋，與正賞之雙縑。後朱晦庵以節使行部至台，欲摭與正之罪，指其嘗與蕊濫。蕊雖備受箠楚，而一語不及唐。獄吏好言誘之，蕊曰：「身爲賤伎，與大守濫，亦不至死罪。然是非真僞，豈可妄言，以污士大夫也。」繫獄兩月，聲價愈騰，至徹阜陵之聽。未幾，朱改除而岳霖爲憲，憐其無辜，令作詞。蕊占卜算子云：「不是愛風塵，似被前緣誤。花落花開自有時，總賴東風主。去也終須去。住也如何住。若得山花插滿頭，莫問奴歸處。」即日判令從良。詒案：此事宋人說部鮮載之者。蕊以一伎，寧備受箠楚，而不肯污衊士大夫，其節亦可見矣。彼污衊而欲摭其罪者，誠何心哉。

蔣心餘先生之性情氣節

蔣心餘先生云：「大凡人之性情氣節，文字中再掩不住。詞曲雖游戲之文，其中慷慨激昂，即是一個血性丈夫。寫情至死不變，正是借以自況，其愚不可及也。」詒案：臨川一生品誼，心餘先生於四夢中見之。先生之高潔，不又於香雪九種見之乎。臨川夢廿齣，尤多見道之言，令今古才人讀之，一齊下淚。

賭棋山莊詞話

〔清〕謝章鋌撰

賭棋山莊詞話序

少學倚聲，苦無師授。取竹垞詞綜讀之，曼聲綽態，囀玉圓珠，使人蕩氣迴腸魂銷而不能已。循念茹荼食蓼，無酒裙歌扇之歡，以發其哀麗跌宕之致，卽强習之而不肖也，輟弗講。長游維揚，山川佳麗甲天下，青簾畫舫，歌吹往來。每當風日晴和，煙月靚深，倚櫂推篷，思取洞簫一枝，抗聲長嘯以嘲弄景光，亦彷彿有詞意。而方心鈍舌，不能作酸甜柔脆語，遂噤不敢發聲。南旋，過燕南趙北口，時值初秋，蕭蕭蘆葦，漁謳荻唱，大似江以南風景。趙女抱箏至，聲嗚嗚不可辨，哀厲激亢，有悲歌慷慨之遺風焉，始嘆「銅琶鐵板」與「曉風殘月」正復異曲同工。知此道剏刌毫芒，不差累黍。非按切宮商調和心氣者，不能領藝也。何嘗不可進於道哉。同年友謝君枚如，弱冠負異才，出語輒驚老宿。其爲詩，嶔奇磊落，奇氣拂拂從十指出，讀竟不勝屈服。嗣出其詞話一卷相視，捃摭遺聞，旁采近什，浸淫不已。於詞道奧窔，實能窺見三昧，惜乎余之不足以語此也。顧念聲音之道，感人最微。雍門之琴，河西之謳，卽素不相習者，聞之猶且淒人心脾，竦人毛髮，纏綿悽咽，若不知歌泣之何因者，動於所感也。今讀枚如之文，峭厲廉悍似韓非，連忭恢譎似蒙叟，已適適然詫爲奇才。繼讀枚如之詩，騷情掩抑，一絃一心，如老鶴孤唳，幽蘭獨笑。今又旁溢而爲詩餘，以抒其抑揚抗墜駘宕不盡之思。烏虖，美矣，而謂能移我情，否耶。枚如好奇服，性落落寡合。同譜中辱與余善，謬以爲知音，投詩枉贈。而余則蒲柳早衰，心精銷耗，無以答其相勉之意。回憶壯盛年華，幾若前塵宿夢。挑燈卒讀，拔劍起舞，爲之唱浪淘沙一闋，不禁涕泗之沾襟也。咸豐建元閏八月望後，閩縣年愚弟劉存仁謹敍。

余纂詞話，初得一卷，炯甫喜之，即爲作序。其後編輯漸多，頗有議論考訂，然炯甫皆不及見矣。今故人已逝，何忍棄置，遂不索他序，仍以此篇誌緣起云。光緒甲申章鋋記。

賭棋山莊詞話目録

卷三

卷四

卷五

卷六

卷七

卷八

卷九

卷十

卷十一

卷十二

續編一

續編二

續編三

續編四

續編五

賭棋山莊詞話卷一

王昶論兩宋詞

王述庵昶云：「南宋詞多黍離麥秀之悲，北宋詞多北風雨雪之感。世以填詞爲小道者，此扣槃捫籥之說。」誠哉是言也。詞雖與詩異體，其源則一，漫無寄託，誇多鬬靡，無當也。述庵一生專師竹垞，其所著之書，皆若曹參之於蕭何。然竹垞選詞綜，當時蘇辛派未盛，故所登寥寥。至國朝，則「鐵板銅琶」與「曉風殘月」齊驅並駕，亦復異曲同工。劃而一之，無怪有遺珠之歎。若蔣藏園，若黃仲則，集中佳作，皆不入録。

閩詞家

吾閩詞家，宋元極盛，要以柳屯田、劉後村爲眉目。明代作者雖少，然如張志道以甯、王道思慎中、林初文章，亦復流風未泯。又繼以余澹心懷、許有介友、林西仲雲銘、丁雁水煒、韜汝焯。雁水與竹坨、電發友善，其名尤著。近葉小庚太守申薌亦擅此學，著詞存、詞譜等書。有金縷曲詠落花云：「命莫如花薄。歎年年、一番春盡，一番飄泊。辜負東皇栽培意，生受封家惡據。況更有、許多做作。飛上錦茵能有幾，但吹來籓溷真無著。回首視，孰清濁。紅嫣紫姹何如昨。想都因、未除結習，俗緣難却。琪樹瓊花神仙品，一染紅塵便錯。空悵望、蓬瀛樓閣。此別鈞天成小謫，也有人說道人間樂。身世事，查難託。」時太守由翰林改縣，故不無玉堂天上之感。

詞話中警語

詩話汗牛充棟，詞話作者頗罕。然如劉公勇之七頌堂詞繹，王阮亭之花草蒙拾，鄒程村之遠志齋詞衷等書，亦復金鍼暗度。今略其警語於左，鄙見所及，則附其下：

詞欲婉轉而忌複。

詞字字有眼，一字輕下不得。

中調、長調轉換處，不欲全脫，不欲明黏。

重字良不易，須另出不是上句意乃妙。此方有味，不然直可刪却。

詞不可參一死句。

有警句則全首俱動。

須上脫香奩，下不落元曲，乃稱作手。未脫香奩猶可，落元曲風斯下矣。

長調最難工，蕪累與癡重同忌。襯字不可少，又忌淺熟。詠物至詞更難於詩，即「昭君不慣胡沙遠，但時憶江南江北」亦費解。此詞音節固佳，至其文則多有欠解處，白石極純正嫻雅，然此闋及暗香闋則尚有可議，蓋白石字雕句鍊，雕鍊太過，故氣時不免滯，意時不免晦。

柳七最尖顈，時有俳狎，山谷亦不免。山谷更甚，於俳狎中更見鶻突。

陡然一驚，正是詞中妙境。

檃括體不作可也。

古人多於過變乃言情，然其意已全於上段，若另作頭緒，不成章矣。以上詞繹

弇州謂蘇、黄、稼軒爲詞之變體，是也。謂温、韋爲詞之變體，非也。謂之正始則可，謂之變體則不可。

絶調不可强擬。

詞本色語，入詩便失古雅。

近人不及前人者，其趣淺也。

詠物不取形而取神，不用事而用意。此鄒程村所謂不可不似，尤忌刻意太似也。以上花草蒙拾

朱承爵云：詞句欲斂，字欲捷，長篇須曲折三致意，而氣自流貫乃得。

小調不學花間，則當學歐、晏、秦、黄，總以不盡爲佳。

詞非自選詩樂府來不能入妙。

詞至詠古，非惟著不得宋詩腐論，並著不得晚唐人翻案法。反覆流連，别有寄託。

填詞與騷賦異體，自當斷以近韻爲法。以上詞衷

程村論詞譜、詞名、詞韻，語頗精詳，以篇長不及録，然攻詞者不可不肄業及之。

許賡皞詞

甌甯許秋史賡皞著蘿月詞，於里門舉梅崖詞社，同社十一人，大半出其指授。生平酷好白石、玉田二家。嘗有「人在子規聲裏瘦，落花幾點春寒驟」句，爲陸萊莊我嵩、沈夢塘學淵、王友山埒所歎賞，呼爲許子規。後以修武吏志故，搜幽剔險，墜仙掌峰下死，惜哉。未死時自編是年詩，名曰巖扃，是殆俗所謂詩讖也。卜算子云：「兀坐擁孤衾，怕背燈兒卧。一夜碪聲響不停，好夢都敲破。無賴是吟蛩，引得愁無那。醒時已自怯淒清，夢也何須做。」點絳脣云：「白板門前，酒帘摇曳留人住。驚沙吹雨。捲起昏鴉語。候館燈青，鬼唱秋墳句。摇鞭去。紫羸嘶處。殘月低於樹。」江城梅花引詠夜雨云：「酒闌燈灺夢初遥。畫橈畫橈，聽瀟瀟。恨瀟瀟。敲碎春心，無賴是芭蕉。花正怯寒人更冷，漏聲緊，夢相逢，到畫橈。畫橈畫橈，隔紅橋。魂自銷。首自搔。去也去也，去不見江水迢迢。怕是落花驚醒，轉無聊。簷畔風鈴猶自語，和雨點，一聲低，一聲高。」滿江紅題尤展成鈞天樂傳奇云：「豎子成名，甚塊壘、酒澆難下。問紈袴、五陵年少，幾人金馬。一第無緣歸去易，萬言有策知音寡。弔湘纍，千古共神傷，長沙賈。烏江哭，胡爲者。青山約，何時也。歎錦囊才盡，玉樓真假。碧落仙郎鸞鶴侶，白頭詞客漁樵社。只一腔熱血未曾消，歌邊灑。」他如菩薩蠻云：「語燕替人愁。夕陽紅上樓。」虞美人云：「離愁無力似楊花。縱趁東風，飛不到天涯。」嗟乎，若秋史者，天假以年歲，豈不攀辛揖柳哉。

汪于鼎集載，鄉鄰某，娶婦甫一月，即行賈，婦刺繡易食，以其餘積歲易一珠，用綵絲繫焉，名曰紀歲珠。

夫歸，婦歿已三載，啟篋得珠二十餘顆。秋史有高陽臺一闋詠其事。

詞律脱落

紅友詞律，倚聲家長明燈也。然體調時有脱畧，平仄亦多未備。如念奴嬌，余據蘇軾、趙鼎臣、葛郯、呂渭老、沈瀛、張孝祥、程垓、杜旟、姜夔增出二十三字。齊天樂，予據高觀國、史達祖、方岳、洪瑹、吳文英、陳允平、周密、姚雲文、詹正、劉天迪、蕭東父、滕賓、王易簡、張伯淳增出三十三字。水調歌頭，予據蔡伸、劉之翰、辛棄疾、仲并、王以寧、袁華、于立、陸仁增出十五字。摸魚兒，予據歐陽修、晁補之、辛棄疾、程垓、杜旟、馮取洽、張炎、徐一初、李裕翁、張翥增出二十五字。賀新郎，余據蘇軾、張元幹、辛棄疾、劉克莊、劉過、高觀國、文及翁、蔣捷、李南金、葛長庚、王奕增出四十三字。雖其中不無誤筆，然有累家通用者，不載則疏矣。然其中亦有以入代平，以上代平之字，不得第據平仄而不細辨也。

李應庚詞

「君丈夫也，長別後，依然顢頇。我急向，蒼天一問，天方苦醉。畫餅虛名難下咽，一錢措大非容易。莽乾坤、能得幾清秋，君其戲。　不堪說，今世事。惟共寫，相思字。歎生平可笑，無聊之至。爲古擔憂心未死，强顏豈把儒冠棄。息勞筋，又是對牀眠，君須記。」贈友人調滿江紅。「伯也歸來矣。莽關山、麻衣匍匐，父棺旋里。無恙妻孥童僕輩，一切平安差喜。賃廡在，龍潭小市。近日登山謀負土，待梅花初放之期是。曾叮囑，報吾子。　陸屋東西差可擬。算幾番，風晨月夕，聯牀卧起。慚愧年來真骯髒，負累阿兄凡幾。向窗下縹緗漫理。駒姪豚兒同筆硯，鬼畫符，學究村而已。白近狀、只如此。」寄劉芭川調金縷曲。此吾鄉李星村應庚詞也。星村與臺江校書張錦雲善，有長生七夕之約，所居曰「餐霞樓」，朝夕二人書聲與釵聲相間也。其贈餐霞樓主人七古云：「居無桃花主人之汪倫，出無鑑湖狂客之季真。丈夫少壯不得志，年來流落江水濱。掉頭不受噲等伍。手抱美人夢龍虎。劉項殂兮阮籍哀，時不再來焉用武。金尊泛酒如葡萄。酒酣長嘯天争高。胸中千萬之塊壘，隨風飛落奔驚濤。美人爲我揚清歌。歌聲含愁不能和。罷酒相向各痛哭，爾我共命將奈何。范大夫，元真子。身挾名姝弄江水。煙波不問亂與理。拍手大笑吾仙矣。」未三年而錦雲竟死。星村圖其影爲長卷，爲之葬於天寧山。山對面有酒樓，星村飲其上，必釃酒隔江遥酹之，歲時致祭如其私。其視墓七律云：「山頭宿草不重肥。我亦人間百事非。有墓清明來一慟，無家魂魄汝何歸。零星掛紙冥資薄，倉卒焚香野祭微。歲歲蕭郎爲添土，可憐故鬼已啼饑。」戊申秋，余暫歸自東洋，星村出長卷屬題，余爲填乳燕飛一闋，中有句云：「天壤憐才能幾輩，便相憐、未必真知己。又孤負一年三入夢，夢醒時，枕簟涼如水。」星村讀竟，淚汪汪欲墜。錦雲有女曰月清，現依某姬求活，星村贈以四絶云：「阿母香墳宿草荒。餐霞樓碎散羣芳。年來汝似亡巢燕，苦向人家覓畫梁。」「曾侍珊瑚筆架旁。曾經呼喚點茶湯。左芬今日非嬌小，那更潘郎鬢有霜。」「易殘風月感南唐。何處天台覓阮郎。地下有靈憐塊肉，好從苦海乞慈航。」「枉向人間説可憐。青樓從古恨如天。不應使汝猶淪落，我愧曹瞞嫁蔡年。」北里間多傳誦者。

彭金粟語

彭金粟云：「詞以自然爲宗，但自然不從追琢中來，便率易無味。」此三語尤爲詞中中肯之論。又云：「用古人之事，則取其新僻而去其陳因。用古人之語，則取其清雋而去其平實。用古人之字，則取其輕麗而去其淺俗。然用事亦不宜太新僻，恐有狐穴詩人之誚。熟事能生，舊事能新，更爲妙手。蓋辭有限，意無窮，以意運辭，何熟非生，何舊非新。」近秀水馮柳東登府好用僻典，然觀其詞，意爲辭掩，頗覺晦澀，乃歎范贊之記雲仙，陶穀之録清異，稍資談柄，不是仙才。

和僻詞

遍和僻調，自是才人興致，究竟不足爲長技，體製既不圓潤，音節更多聱牙。古人傳作，正不以僻調見長，觀於柳屯田、万俟雅言便見。

和韻疊韻

和韻疊韻，因難見巧，偶爲之便可，否則恐有未造詞先造韻之嫌，且恐失却佳興。國初詞人迦陵最健，疊韻諸作已不能縱𢬵妥帖。阮亭才極清妙，和韻亦不無湊砌句。新豐雞犬，總未能盡得故處也。

余懷詞

莆田余澹心懷僑寓金陵，推襟送抱，一時名士皆從之遊。詞曰秋雪，阮亭稱其步武放翁。其卜算子詠殘鶯云：「柳外與花前，啼斷廉纖雨。慣鶯殘夢慣鶯魂，欲住真難住。記得乍來時，嬌小歌金縷。如今上苑總無春，只得隨春去。」虞美人吴門感舊和李後主云：「鸚哥報道花開了。春事知多少。玉簫吹出一江風。昨夜美人携手曲欄中。銀塘珠箔依然在。夢境何曾改。愁人禁受許多愁。却憶十年零落淚空流。」永遇樂爲陳其年題小像云：「髯汝來前，我知汝心，汝知我意。湖海元龍，大牀自卧，碌碌輕餘子。騷耶奴僕，史耶牛馬，總在書生籠裏。乍相逢，虬鬚直視、五嶽胸中墳起。六朝遺恨，半生落魄，都付馬蹄秋水。我見猶憐，世皆欲殺，弔客青蠅耳。賦成窮鳥，命鍾磨蝎，罵坐何知程李。看三毛誰添頰上，磊砢如此。」望海潮錢塘懷古云：「六橋煙雨，兩峯雲霧，看來總是銷魂。弩射潮頭，笛吹湖口，有人立盡黄昏。流水遶孤村。況西陵松柏，今日猶存。油壁輕車，春風掃盡馬蹄痕。興衰伯業誰論。但孤臣血濺，野老聲吞。如此江山，幾番歌哭，那堪月落空尊。浩劫滿乾坤。歎句留一半，飄泊三分。無賴荷花桂子，香簇湧金門。」澹心，字無懷，曾著板橋雜記，筆墨哀麗，雖光遠之志北里，不啻子山之賦江南，後之作者，莫之或先。

飛來峯有蕭九娘酒壚，九娘能詩，有「斜陽遠掛湖邊樹」句。澹心踏莎行，所謂「怪石飛來，冷泉流去。斜陽遠掛湖邊樹。徐娘雖老尚多情，當年留下傷心句」。

林雲銘詞

閩縣林西仲雲銘以議論古文得名，亦能詞，有吴山轂音。菩薩蠻守歲云：「譙樓只聽三更鼓。今年更把明年補。總是一宵分。遂成兩歲人。通宵臨鏡好。細看如何老。看去不争多。争多能奈何。」念奴嬌詠愁云：「問愁何物，記當初、那里和伊相識。慣認眉尖尋舊路，誤我花朝月夕。向壁搔頭，闌干倚遍，倦眼慵春色。平蕪大地，一齊顰皺如尺。正苦白髮頻催，無端萬緒，牽我腸應直。户掩黄昏剛就枕，惡夢更番突入。斥去還來，除非拌飲，醉死華胥國。酒多晨困，又將前病添劇。」耿逆作亂，要西仲降，不應，囚之三年。初入獄，夢頭飛去，既出獄，復夢頭飛歸。妻蔡氏步仙捷通經籍，與同患難，後寓錢塘家焉。女瑛珮，適閩縣諸生鄭郯，皆能詞。

翁宗琳詞

「少小繁華，那時節、金陵家住。誰不道、教坊第一，妝成人妒。恨被五陵年少累，因教儂作商人婦。别離來，思昔又思今，淚無數。前歡笑，羅裙污。後冷落，容顔故。抱琵琶遮面，感君相顧。今欲招邀彈一曲，不妨心事絃中訴。奈空船、月白與江寒，難虚度。」董琴虞平章大令，曾於舟中誦是詞，時校書曾月仙在側，大令誦且解，未終調，而月仙淚簌簌下。嗟呼，溼盡青衫，何怪當年司馬哉。詞爲閩縣翁玉樵宗琳作。芑川云。

迦陵填詞圖

迦陵填詞圖爲釋大汕作，掀髯露頂，旁坐麗人拈洞簫而吹。是圖近日有刻本，其中洪稗畦、蔣鉛山二套南北曲最佳。昨在都門於袁筱塢保恆侍郎處見其原卷，抽妍騁祕，詞苑大觀也。惜大汕人品不堪，宗風掃地。以工爲祕戲圖，得當路歡心，卒以違禁取利斃於法。詳王漁洋分甘餘話。此圖出其手，是一大玷耳。

吴衡照語

吴子律衡照云：「詞患堆積，堆積近縟，縟則傷意。詞忌雕琢，雕琢近澀，澀則傷氣。」又云：「言情以雅爲宗，語豔則意尚巧，意褻則語貴曲。」又云：「詞八百二十餘調，二千三百餘體，紅友詞律録止六百六十餘調，千百八十餘體。」然余讀竹垞詞綜凡例云：「葆酚舍人輯詞噢計一千調。」余所見未經采入者又百餘，然則不止八百餘調矣。

論學稼軒

學稼軒，要於豪邁中見精緻。近人學稼軒，只學得莽字、粗字，無怪闌入打油惡道。試取辛詞讀之，豈一味叫囂者所能望其頂踵。蔣藏園爲善於學稼軒者。稼軒是極有性情人，學稼軒者，胸中須先具一段真氣奇氣，否則雖紙上奔騰，其中俄空焉，亦蕭蕭索索如牖下風耳。吴子律曰：稼軒長短句十二卷，元大德己亥孫粹然、張公俊刊於廣信書院，曾於知不足齋見寫本。

彭羨門填詞

彭羨門填詞，字之多寡，音之平仄，多所出入，迦陵亦然。

題湖海樓詞後

余題湖海樓詞後云：「善權山上誦經苦。別如來，蓮花座下，人間小住。」相傳迦陵爲善權山誦經猿再世，見鶴徵録、蓮子居詞話等書。

仇遠詞

金匱孫平叔爾準制軍在閩時，曾刻無絃琴譜，乃宋錢塘仇遠山村箸。山村在宋爲名家，張翥、張雨、莫維賢，皆在門下，其詞則絶少流傳。合較周公謹絶妙好詞、朱竹垞詞綜等書，不過三四首。平叔爲太史時，得於永樂大典凡一百一十九調。中如越山青云：「四月時。五月時。柳絮無風不肯飛。卷簾看燕歸。雨凄凄。草凄凄。及早關門睡起遲。省人多少詩。」更漏子云：「楝花風，都過了。冷落緑陰池沼。春草草，草離離。離人歸未歸。暗魂銷，頻夢見。依約舊時庭院。紅笑淺，緑顰深。東風不自禁。」丰神一何旖旎。山村家錢塘西城脚下，今呼仇家園。先新叔華田尊青曾經其地，云園出莧，絶佳，鬻者稱爲仇園莧。先叔長於詩，中年卽死，其稿多散佚。余記其宿白沙云：「一塘涼月浸蘆花。摇曳舵聲過白沙。此去中州幾千里，此間猶算未離家。」又詠萍調寄鳳棲梧末云：「從此離愁生不數。楊花應悔低飛誤。」

林章詞

福清林初文章，萬曆元年孝廉，詩詞有盛名，然遺集不傳，述庵明詞綜祇録孤鸞一首。余讀蓮子居詞話，又得長相思云：「江南頭。江北頭。水滿花灣花滿洲。花間是妾樓。郎東頭。妾西頭。妾處春波郎處流。勸郎休蕩舟。」初文負大志，嘗獻書闕下，不報，歸而卜居華林園側，亭樹池館之勝，金陵無出其右。子君遷、古度皆能詩。古度，字茂之，號那子，尤傑出，嘗以撾鼓行見賞屠隆。兒時佩一萬曆錢，至老不去身。又有江東父老小印。

二丁詞

二丁競爽，澹汝煒、韜汝焯。時有詞兄詞弟之稱。澹汝尤以小調見長，所著紫雲詞中，如釵頭鳳云：「春如酒。花如繡。惱人天氣清明候。荼蘼下。秋千架。東鄰嬌女相招游冶。怕、怕、怕。羅衫舊。腰肢瘦。風情困似三眠柳。山盟話。都成假。待伊來後，揉將花打。罷、罷、罷。」訴衷情金陵懷古云：「胭脂冷落六朝妝。苔井久荒涼。休問景陽殿闕，禾黍滿宮牆。懷晉宋，憶齊梁。總堪傷。一雙社燕，幾陣昏鴉，過盡斜陽。」更漏子江夜舟行同韜汝云：「背孤衾，聽急觵。耿耿無眠淒楚。江國路，幾秋殘。無如此夜寒。雲墨墨。風瑟瑟。空把闌干暗拍。天渺渺，水茫茫。無如此夜長。」與北宋人真堪把臂入林也。澹汝由漳平教授，官湖北廉訪，治甓園，延賓客。竹垞、園次、緯雲、蘅圃諸公，朝夕唱和其中。酒酣以往，豔歌一曲，引商刻羽，籠柳眠花，其風流真難數數覯也。所得諸姬贈物，封諸一篋，題曰情價。澹汝嘗泊舟廬陵張家渡，夜夢身在全州，買舟作忽忽他適狀，蘇東坡追送江滸，歌詞贈別，詞調楊柳枝云：「煙雨微茫二月天。水山連。征人曉立瘴江邊。默無言。十里長亭新柳色。傷心碧。客中別客最堪憐。是坡仙。」

劉家謀詞

戊申，予依劉芑川家謀於東甯，唱和頗多，芑川有斫劍集，短調如釵頭鳳云：「窗前雨。窗中語。一般牽引無頭緒。風聲惡。鉤聲作。有人偷傍，水晶簾箔。莫、莫、莫。　天將曙。人先去。亂啼烏臼真無趣。丁寧約。殷勤諾。月圓時節，再來休錯。確、確、確。」又云：「惺忪境。伶俜影。自家安慰無人省。秋眉結。春心熱。病容消瘦，怎禁摧折。撇、撇、撇。　眠方醒。更還永。錦衾錯怨熏籠冷。人久別。書重疊。一鞭歸騎，綠楊時節。説、説、説。」長調如金縷曲寄李少棠敬云：「空自傷心起。歎古來、英雄豪傑，都歸蒿里。究竟未能低首坐，一片熱腸難死。況濁酒更爲驅使。百尺危樓天漢上，看無邊浩浩東流水。水有盡，愁何已。　君家衮衮名門子。却少年、激昂忼慨，胸襟如此。黃肖巖謝枚如風流還絶世，俊爽又如程石夫李星村。莫掉臂，但爲名士。勉力同擔天下計，笑鯫生宮與人俱鄙。嶺海外，素餐耳。」寄黃肖巖宗彝云：「往事休提起。到如今、停雲天外，傷心無已。屈宋九原呼不出，涸盡沅湘千里。更何處滋培蘭芷。欲説自慙還自歎，空滿腔熱血如流水。後望者，茫茫耳。　伯輿只道緣情死。却又能、耽吟縱酒，自家料理。俠骨柔腸齊迸出，兒女英雄誰是。奈絶調無人識此。快壻東牀君所喜，便有成未免頭巾氣。臣狂處，難及矣。」自注：大兒爲君壻。皆可以右挹蘇、辛，左聯秦、柳。芑川與其婦詹氏伉儷極篤，余嘗見計偕入都寄内四絶云：「闌干十二對銀河。攜手無因奈別何。一樣團圓好明月，他鄉不及故鄉多。」「功名得失總須歸。莫更相思怨錦幃。到底紅顏能似舊，夢卿消瘦夢卿肥。」「春風吹緑柳梢頭。節序關心淚兩流。便得浮名了何益，又添離別又添愁。」「錦衾冷擁月痕斜。夢斷雲山萬里涯。惟有客心清似水，不曾貪折異鄉花。」其枕邊聽雨調月上海棠中云：「滴滴閒階，屢驚人枕邊雙睡。」又云：「生怕庭花，怎禁伊幾番敲墜。妝臺人，偏只關心茉莉。」想見深夜夢回枕畔喁喁時也。

「怒髮衝冠，恨血沾襟，鬱勃難消。問能飛將軍，是誰李廣，横行青海，幾許天驕。未缺金甌，空捐玉幣，爲甚和親學漢朝。多時累我，胸中磊塊，索酒頻澆。　誰圖無限憂焦。忽眉舞神飛在此朝。看磨刀水赤，人心未死，彎弓月白，鬼膽先飄。襏襫同袍。犁鋤當戟，不待軍門尺籍標。腥臊滌，聽歡聲動處，萬頃春潮。」此調沁園春，乙巳芑川所填，感事作也。是時海氛方棘，彼族逼處城内烏石山，居民義憤同仇，幾如廣東之三元里。而徐松龕繼畬中丞，力持和議，極意與民爲難，而俎上之肉，惟其所欲爲矣。嗟乎，登樓一望，秋風四起，海水滔滔，逝將安止，安得攜一斗酒，濡大筆，復填此等詞哉。

賭棋山莊詞話卷二

黄仲則與吴石華詞

五倫非情不親，情之用大矣，世徒以兒女之私當之，誤矣。然君父之前，語有體裁，觀情者要必自兒女之私始，故余於諸家著作，凡寄内及豔體，每喜觀之。黄仲則十六夜憶内踏莎行云：「珠斗斜擎，雲羅淺熨，蟾盤偷減分之一。重圓又是一年看，明年看否誰人必。今夜蘭閨，癡兒嬌女，那知阿母消魂極。擬將歸櫂趁秋江，秋江又近潮生日。」吴石華寄内黄金縷云：「一春歡意何曾縱。似怕春寒，又怯寒衣重。不做情天長似夢。雨絲織得愁無縫。藥鑪茗盌成清供。病亦無多，只是酸心湧。欲寄尺書情萬種。平安一半將伊哄。」又喝火令云：「慧業寧多福，離愁也夙因。十年兩度祝三生。奈是八年今夕，孤影可憐卿。心近人千里，宵涼雁一繩。又驚歸夢見分明。見汝焚香，見汝損眉青。見汝綠鬟扶起，獨自拜雙星。」

石華短調絶佳，梁應來紹壬曾采黄金縷、減字木蘭花等闋，入兩般秋雨庵隨筆。更有臨江仙云：「落得半生甘薄倖，爲誰只管離家。東風支病小年華。情絲千縷，和淚寄天涯。短紙行行惆悵字，幾曾重仿簪花。急來一半是塗鴉。零星苦語，寫了又添些。」菩薩蠻云：「秋蟲瑣碎啼金井。離人漸覺秋衾冷。一味做淒涼。夢魂都不雙。當年相戀意。萬種心頭記。酒醒一燈昏。更長細細溫。」黄金縷春夜聽儀疊農瑣語云：「溫柔見慣尋常事。約笑裁歡，珍重三分媚。看到熱懷涼似水。真真地久天長意。憶曾檢得雙文紙。寫了鴛鴦，小注卿儂字。不許儂看生隱避。那知儂又牢牢記。」一杯在手，孤燈相對，循環雒誦，誠不知作幾許銷魂。

鹽田旅壁詞

芑川云：鹽田旅壁有調醉太平云：「愁多病多。血潮淚波。清風明月聞歌。喚數聲奈何。時過夢過。心長景矬。情絲欲斷還拖。把青萍自磨。」末云：「僕西湖狂客，東嶠勞人，無地埋憂，有天問句。孔融四海，難覓新知。杜牧十年，空留舊夢。矧茲黯黯一燈，倍覺茫茫萬感，聊題小令，自識孤蹤。丙申六月仁和厲淳。」又長白袁一峯賣花聲云：「花月正春三。綠柳毿毿。山光抹翠水拖藍。隔岸人家應住處，無限烟嵐。斜日又停驂。小醉初酣。梁間棲燕語呢喃。一夜客中眠不穩，夢近江南。」

張雲璈詞

錢塘張仲雅雲璈浪淘沙長安客思云：「紅雨撲闌干。鶯意摧殘。閒愁如草未能删。戀盡重衾多少夢，只在鄉關。香冷鷓鴣斑。簾外輕寒。年年別恨說西灣。看遍綠蘿屏上畫，不是春山。」金縷曲詠虞姬云：「不信天亡汝。怪千秋、英雄末路，未離兒女。此際虞兮無可奈，雪涕中宵如雨。恨一霎、嬋娟誰主。子弟八千無一在，況當年帳下閒歌舞。留蓋世，氣如虎。漢家也復空眉嫵。算而今，定陶垓下，共成黃土。一樣尊前翻楚調，鴻鵠聲聲偏苦。只疑事、重教懷古。駿馬已隨亭長去，問美人畢竟歸何所。

此意在，倩誰補。」仲雅極推尊袁簡齋、趙雲松，名其詩集曰簡松，詞曰三影閣等語。

仲雅嘗賦十無詞，謂無書、無米、無錢、無官、無知己、無佳山水、無花、無盛宴、故鄉無屋、家書無好音。其次女褱，亦能詩。有小婢吴金鳳者，隨侍有年，其兄來贖券以去，褱送以七律云：「六萌何處駕香車。淚色空滋繫臂紗。脱口芳名呼易熟，憑肩軟語記無差。妝梳莫便隨時習，舉止終須入大家。憐爾正如窗外蝶，東風吹上别枝花。」仲雅爲書於扇首，並繫以清平樂云：「落梅風驟。只向窗紗逗。燕子未來人去後。正是花朝時候。江南歸路如絃。一帆送爾猶憐。明日春寒半臂，不知更喚誰添。」

長調與短調

長調要轉折矯變，短調要詞意惝怳。

弔李光瑚夫婦詞

閩縣李亦珊光瑚仕廣州別駕，家庭多缺憾，一弟又桀驁不可馴，自甘涼解餉歸，抑鬱以死，棺久不得歸。其妻蔡氏名梅魁，字如珍，有焚餘集，卒年二十九，嘗割股愈姑疾。謂老婦曰：「吾夫死，無一過問者，設久殯此，其何以堪。我將死之，聞者或憐我之節，送夫柩歸，吾翁姑亦籍以同歸，吾無憾矣。」乃冠帔拜堂上自縊。其同官某之妻聞於老婦而憫之，屬其夫醵金以助，已仍出二百金送之歸，且立廟祀之。粵中南海知縣仲振履爲之填雙鴛祠院本。振履字柘泉，一字柘庵，又號覽岱庵木石老人，籍江南，長於倚聲，此詞尤哀怨動人。卷首有吾鄉劉心香士棻先生題詞，余調乳燕飛書其後云：「苦雨淒風夜。把此卷、長吟一遍，數行泣下。夫婦人間多似卿，似汝淒涼蓋寡。儘辛苦、艱難都罷。委曲求全還未得，況無端、貝錦工嘲罵。心中痛，誰能寫。肝腸寸斷顔凋謝。却猶將、綱常二字，時時認者。爲婦爲兒無一可，此罪千秋難赦。說不出淚行盈把。博得旁觀稱苦節，想君心聽此添悲詫。不得已，如斯也。」

謝堃詞

甘泉謝佩禾堃遊幕四方，喜結納，著春草堂集十數種，集中惟詞差勝，詞亦短調較長。菩薩蠻云：「輕煙送暖侵簾幕。輕衫欲換春羅薄。無語下階墀。青梅子滿枝。簷牙聞鵲喜。暗數青梅子。試喚小鬟猜。猜郎來不來。」「閒情片片屏山隔。侵簾草妒羅裙色。楊柳一絲絲。日高春晝遲。花開不甚惜。花落長相憶。惆悵凭闌干。花光拂袖寒。」「鶯聲啼破遼西夢。絃聲撥碎江南弄。春晝雨絲絲。春愁春不知。垂垂烏臼樹。綠遍江南路。春共落花飛。春歸人未歸。」丰神秀倩，娓娓可誦。他如生查子云：「隔歲落花時，執手蓬窗底。相勸酒如澠，相別淚如水。悵望浮雲端，遊子情難已。會面安可期，鄉縣萬餘里。」又「鬟聳楚山雲，裙繫湘江水。午倦發嬌瞋，故枕郎衣睡。」入詩較佳，入詞稍非本色。佩禾有小妻曰蘭姬，亦能詩，嘗集唐句寄外云：「嫁得蕭郎愛遠遊。烟花三月下揚州。遠書珍重何由達，春日凝妝上翠樓。」

劉琛詞

劉東臣琛侯官孝廉，余與遇於東甯學署。爲人性豪雋，言語聲聞數室。芑川留之作三日飲，飲酣，二人述少年事，其言烏烏，數太息，繼之以泣。余急呼奚僮買爆竹數十放之，響震牆壁，琉黄之氣，縷縷從鼻間入，酒懷爽然，三人對視，大笑而起。臨别，東臣曰：「吾最畏人家西賓，見子獨不畏，子他日歸家必過我。」詞如浪淘沙云：「午夢醒行雲。怕看鸞文。七分愁帶病三分。庭草無人隨意緑，門掩斜曛。咽淚問氤氲。小語曾聞。心香一瓣晚來焚。鴛牒三千編子細，新婦參軍。」是所謂願天下有情人都成了眷屬也。

周之琦詞

祥符周穉圭之琦箸金梁夢月詞，短調學温李，長調學姜史。青玉案云：「西山顔色仍依舊。只添了、眉痕皺。小院珠簾垂永晝。吟箋半摺，畫闌孤倚，長憶分襟後。閒中記曲拈紅豆。風雨還驚夜來驟。曾問南園芳事否，鶯如人懶，花如人醉，春也如人瘦。」踏莎行云：「勸客清尊，催詩畫鼓。酒痕不管衣襟污。玉笙誰與唱銷魂，醉中只想瞢騰去。綺席頻邀，高軒慣駐。悶來却覓棲鴉語。城頭一角晉陽山，怪他青到無人處。」菩薩蠻云：「映門衰柳無顔色。長條一夜西風急。人在小紅樓。闌干天際愁。愁來天又暮。艇子銜波去。打槳問鴛鴦。鴛鴦秋夢長。」相見歡云：「爐香冷了金猊。鏡臺攜、不信生來長見翠眉低。春夢斷。畫闌畔。舊情迷。剛是曉鴉啼後，子規啼。」又「一絲秋入雕梁。燕雙雙。驀地庭梧，已做十分凉。楚竹簟。越羅扇。漫思量。咫尺畫欄西畔、是斜陽。」齊天樂詠寒鴉云：「晚霜天外歸飛急，淒淒噤寒無語。水驛檣稀，河隄樹老，羞説垂楊終古。酸風聽取。問積霰平林，舊巢安否。黯淡叢祠，陣雲吹送楚江暮。蘇臺前事暗數。醉歌人未散，銀箭催曙。叫月聲孤，棲煙夢冷，重憶昭陽何處。蕭條倦羽。悵子夜啼殘，白頭還苦。鬟影相看，玉顏空淚雨。」

稺圭婦沈氏卒後，稺圭悼之甚，有懷夢詞一卷，皆悲香哀粉之作也。其調青山溼遍云：「瑶簪墜也，誰知此恨，只在今生。怕説心香易折，又争堪燼落殘燈。憶兼旬病枕慣瞢騰。看宵來，一樣懨懨睡，尚猜他、夢去還醒。淚急翻嫌錯，莫銷魂，直恐分明。回首並禽棲處，書帷鏡檻，憐我憐卿。暫别常憂道遠，況淒然泉路深扃。有銀箋，愁寫瘞花銘。漫商量，身在情長在，縱無身、那便忘情。最苦梅霖夜怨，虚窗遞入秋聲。」傷心苦語，真不數潘安仁、元微之也。調乃納蘭容若所譜者。

黄仲則水調歌頭

「一事與君説，君莫苦相留。百年過隙駒耳，行矣復何求。且耐殘杯冷炙，銷受曉風殘月，博得十年遊。若待嫁娶畢，白髮待人不。離擊筑，驢彈鋏，粲登樓。僕雖不及若輩，頗抱古今愁。此去月明千里，且把離騷一卷，讀下洞庭舟。大笑揖君去，帆勢破清秋。」此填水調歌頭，黄仲則别友之作也。表弟李少棠，嘗取「頗抱古今愁」句篆諸印，曰：「此五字恰似爲我設。」

宋玉叔詞

國初馬伽沙賈船抵朱崖，主帥利其貲，將執戮之。雷瓊道林鐵崖争以爲不可，與帥忤。會尚耿二藩有異志，欲集餉，鐵崖議屯田，拂其意，嗾帥劾之，落職。居西湖，與朱錫鬯、宋玉叔、王貽上相引重。鐵崖口吃，有小史名絮，鐵絶憐愛之，不使輕見一人。一日，玉叔在坐，呼之不至。玉叔戲爲西江月云：「閲盡古今俠女，肝腸誰得如他。兒家郎罷太心多。金屋何須重鎖。羞説餘桃往事，憐卿勇過龐娥。千呼萬喚出來麽，君曰期期不可。」傳者以爲韻事。鐵崖名嗣環，字起八，晉江人。有文集、詩集、海漁編、嶺南紀畧。既歿，葬西湖白沙泉右，瓊人祀之包拯祠。

蔣心餘詞

詠事之詞，有通闋述其事而美刺自見者，有上半闋述其事，下半闋或議論或贊歎者，其法皆與古文家紀傳相通。至於詠節義，述忠孝，則剛健婀娜之筆，婉轉慷慨之情，四者缺一，難免負題。余最愛心餘明餘杭知縣府谷蘇公萬元殉節詞，填賀新涼云：「寇至無人抗。歎孤城、丸泥失守，誰當屏障。舊令歸田遺一老，肯復去先民望。露白刃，與公相向。亂世之人爲賊好，勸先生、冠改黄巾樣。得富貴，且無恙。公怒裂眦氣何壯。看微臣，此時心目，海天空曠。願脱齒牙爲劍戟，一駡豕蛇都喪。賊顧曰，是真倔强。爾不我從須賂耳，奈窮官、壁立無封藏。但斫此，好頭項。」「利刃環而下。血淋漓，浩然之氣，與刀相射。賊技如斯堪一唾，公乃憑虚而駡。看府谷荒城斗大。中有孤魂垂白練，照河山、不許秦關夜。萇宏恨，豈能化。鄉宜義烈南雷亞。惜當時，寸權尺土，一無憑藉。過客哀歌還擊缶，汨湧渭橋清壩。公有後，士之良者。作令尋公遺愛去，向餘杭、酹酒公祠舍。述祖德，定悲詫。」公裔孫遇龍，壬申進士龍泉令。廉頑立懦，端推此種。遇龍，字德水，亦風雅士，嘗刻元葉子奇草木子行於世。

吴逆之亂，廣西巡撫馬文毅公雄鎮死之。初，吴逆欲文毅降，囚之土室四年，作彙草辨疑十二卷。妾顧氏按字爲之旁訓，後顧氏亦死，死者凡四十餘人。心餘填桂林霜院本記之。錢塘顧瓚園孝威之妾姚夢蘭，既定聘，其父利厚貲，欲奪其志，夢蘭不屈，尋死者三。及歸顧，善和上下，治家事井井，且好周人之急，卒年二十九。心餘填空谷香院本記之。其事則如天如日，其文則可歌可泣，日置案頭，誠生人多少情，助人多少氣。心餘填詞處曰紅雪樓，四面皆梅花，其孫小樹客嶺外三年，不得歸，圖以誌憶。吴石華嘗以綺羅香題之，見桐花閣詞集。

朱竹垞詞

國初詞場諸老，蘊藉端推竹垞，即紙醉金迷，亦復令人意遠。如贈女郎細細、逢吕二梅、寄吕二梅、贈伎餅兒、蠟兒、張綺綺、張伴月、贈歌者陳郎以及偶憶感舊諸作，莫不關注遥深，閑情自永。至於紅橋尋歌者沈西云：「石橋西。板橋西。遥指平山日未西。舟來蓮葉西。人東西。水東西。十里歌聲起竹西。西施更在西。」倩人寄静憐札云：「瓦市塞雲涼。封書遠寄將。小樓前一樹垂楊。縹緲試聽樓上曲，催短拍、玉娥郎。雙袖越羅香。人同錦瑟長。愛秋花慣插釵梁。行四曲中人定識，只莫問、謝三娘。」自注：謝三娘不識五字，宋時謡也。比之小樓連苑，一鈎斜月，使君英雄，何讓秦七。静憐姓晁，竹垞之所最眷者，集中别静憐有青門引，憶静憐有金縷曲，七夕懷静憐有尉遲杯。玉娥郎，明武宗遺曲，金鼇退食筆記所謂御製四景玉娥郎者。郎一作兒，静憐最善此調。

竹垞有小史吴時來，計甫草欲索之，竹垞答以有有令云：「尊前須記。記取小名兒，時來方見，爾年便周三五，看秀靨依然媚。是天生付與騷人，苦吟不足，添他憔悴。南北相攜萬里。且緩作五湖歸計。鎮日箋裁藤角，洗硯收龍尾。鈔詩更會人意。問伊故里。可有個延年女弟。」代州伎白狗，竹垞與之狎，晨訪不值，投以步蟾宮云：「疏簾日影纔鋪地。却早被金鈴喚起。朝雲一片出巫山，盼不到黃牛峽裏。杜甫詩：「白狗黃牛峽。」仙源乍入重門閉。任開煞桃花春水。劉郎去了阮郎歸，算只有相如伴爾。相如小字犬子。」又伎席玉樓春云：「蟲蟲本愛穿花徑。改席廻廊翻道冷。歌時小扇拍猶嫌，醉裏香肩憑未肯。情知並坐無由並。且喜眉梢遠相映。待他月上燭斜時，壓住影兒應不省。」循誦數詞，令人失笑，竹垞真無賴哉，兩廡豚蹄，宜不能換風懷二百韻也。

詠物詞

詠物詞雖不作可也，別有寄託如東坡之詠雁，獨寫哀怨如白石之詠蟋蟀，斯最善矣。至如史邦卿之詠燕，劉龍洲之詠指足，縱工摹繪，已落言詮。今日則雖欲爲劉、史奴隸，恐二公亦不屑也。彼演膚辭，此徵僻典，誇富矜多，味同嚼蠟。夫詠物之詩，古來汗牛充棟，然佳者亦甚寥寥，況詞之體又微與詩異乎。作之不已，多者百篇，少亦不下廿卅篇，此如詠梅花者，累代不能得數語。而逐臭之夫，或百詠，或五十詠，是徒使開府汗顔，逋仙冷齒矣。且竹垞詠貓，武曾詠筍，輒臚故實，亦載鄙諺，偶一爲之，亦才人忍俊不禁之故態。究之，靜志居、秋錦山房之聯蹤二宋，弁冕六家者，區區在此，諒不其然，顧奈何以侔色揣稱爲能事乎。

林喬蔭雜著

侯官林樾亭喬蔭大令，承同人侗、吉人佶二先生之後，家世風雅，著述甚夥。顧所刻者，祇三禮陳數求義若干卷，其餘率多散佚，且爲强有力者篡取以去。余嘗得其雜著數種，窮三日夜爲之整理，中有二則頗足爲倚聲談助，輒録之：

趙北口當瀛海之交，漁舟蘆蕩，不減江南，北行至此，心目一爽。旅舍壁上有謁金門一闋云：「情脈脈。目斷燕南趙北。十二垂虹斜日色，有柳花飛碧。　鳴蚓歸鴉聲接。一桁水田漁宅。舉似瀟湘渾未別。少青山幾疊。」下書楚南楓江釣師，未知何人詞，特楚楚可誦。

吾鄉前輩謝古梅道承閣學，少日請乩，有女仙媚蘭者，降筆與唱和。既而冥合，閣學刻檀香爲主，供書館秘室中，卽至交不得見也。歡好凡數十年，自少而宦，及老無間，唱答之詩，裒然成集。閣學歿後，其主不知藏何處。吾友龔惟芳偶於市見之，因贖以歸。主高九寸，寬三寸，中無日月名氏，惟正書西江月詞一闋云：「香蕙留充君佩。文檀乞與兒棲。祖胸六六叩瓠犀。應念雲開月霽。」疑卽媚蘭作者。道家有叩齒之法，祖胸六六叩瓠犀，蓋招致之密記歟。余按閣學號種芋山人，以孝聞，性又端整，詩文書法，俱臻勝妙，名與永福黄莘田任大令並。所居曰二梅亭，在省會來魁里。樾亭伯祖蒼崖正青鹽大使有記甚詳。媚蘭事亦見林淡茹芳竹佃詩略。

徐釚詞

徐電發釚菊莊，詞名重一時，卷首題贈諸家，重歎增歔，不能竟其譽。然輾轉應拍，綿麗宜人，求其回味餘香，輒覺不足。集中如卜算子春恨云：「滿院碧桃花，半爲東風瘦。惱煞梁間燕子飛，有個人來否。簪柳過清明，斜插憑纖手。煙鎖樓頭翠鎖眉，薄恨濃於酒。」惜分釵別恨云：「心情別。柔腸結。幾回立盡梅梢月。惜東流。付東流。郎做楊花，儂逐萍浮。悠悠。眉兒皺。人兒瘦。魂銷最是黄昏候。泪難收。倚銀鉤。拌著東風，斷送離愁。休休。」點絳脣云：「颯颯乾坤，簾前暮雨西風透。秋潮如溜。鐵騎聲還驟。腹轉車輪，緑鬢原依舊。君知否。一分重九。消得人兒瘦。」滿江紅吴越故宫弔錢武肅王用岳忠武韻云：「電馬霜戈，馳江上、怒濤始歇。誇保障、幷吞割據，韓彭比烈。寂寞幾堆羊虎石，淒涼一片銅駝月。憶白鹽、擔裡是何人，關情切。故宫內，餘殘雪。荒廟裡，靈旗滅。笑宋家南渡，金甌也缺。五國未曾生馬角，五王莫漫啼鵑血。算原來、天道好循環，悲雙闕。」則與悔庵所賞之「一片殘陽在客衣」。減字木蘭花詠客途掌公所賞之「脈脈紅樓，萋萋緑野，一江春水茫茫瀉。」踏莎行詠愁同爲神到。會寧餅金，宜仇元吉、徐良琦之破行囊哉。電發所纂詞苑叢談，采摭宏富，爲倚聲家所必讀之書，惜其條下不標出處，幾有掠美之嫌。當時竹垞已深病之，電發便欲再注，迄不能也。且其中謬誤時有，吴子律曾正數則，見蓮子居詞話，然亦未盡。近小庚太守著本事詞，尚沿此例。余外從祖丁曼叟鑄嘗爲校補，丹鉛嚴整，甚可寶貴，今其底本在苣川處。

摸魚兒結語，從來皆仄仄仄平仄，第三字無用平者。雹發寒夜觀演韓蘄王故事云：「擂鼓長江口。」又云：「拌與銷殘漏。」盡屬誤筆，填者不得以爲口實。

調名宜從朔

古人調法始皆獨創，調有數名，宜從其朔。如日湖漁唱既曰酹江月，又曰百字令，前後異稱。至雹發菊莊詞蝶戀花與鳳棲梧分載，心餘銅絃詞賀新涼與金縷曲雜書，又若調本先傳，而題開新號，如納蘭詞之改憶王孫爲秋千索，雖曰信筆，頗近炫奇。

詞宜典雅

或曰，詞者詩之餘，然自有詩即有長短句，特全體未備耳。後人不究其源，輒復易視，而道録佛偈，巷説街談，開卷每有如夢令、西江月諸調，此誠風雅之蟊賊，聲律之狐鬼也。乃近日詞壇哲匠，亦復不嫌鄙倍，唱道情鼓子詞之類，張皇楮墨。夫古人樂府，專重典雅，竹垞操選，以此爲準。試觀小山、夢符二家小令，抑何宛轉多風。況詞又非曲比者，而必以釘鉸爲瓣香哉。此其罪過，當不止如秀師之呵魯直。

馮柳東詞

馮柳東生於詞人薈萃之鄉，承朱、李諸老之後，意欲獨立一幟，故其詞輒戛戛生造，可謂有志之士矣。然以云善變，則未也。繁縟弗删，遂嫌質實。如醉太平過嚴灘云：「高臺水長。扁舟客忙。亂帆飛過驚瀧。露青山一窗。灘光樹光。鷗鄉鷺鄉。數聲漁笛滄浪。正秋風滿江。」行香子東坡生日云：「騎鳳天涯。磨蝎年華。證心情、聊欲趺跏。百年身世，萬里無家。任黃州月，潁州雪，惠州花。白髮烏紗。鐵板銅琶。唱淵明、歸去來耶。一尊頓遞，鄉味陳些。有木魚筍，花猪肉，密龍茶。」滿宮花云：「燕來遲，鶯語早。惆悵一春多少。一春幾日是春晴，到得春晴春老。西月東風常好。姹紫嫣紅休拗。今年人看去年花，花似今年人老。」生查子云：「秋到那家多，月向何人墮。記得昨宵無，早替吹燈火。心是共愁心，坐是同愁坐。長定怯衾單，推枕和衣臥。」滿江紅崑山謁劉龍洲墓云：「斷碣山阿，歎故國、可憐天水。想魂銷紅拍，名驚青兕。蘆葉江寒風雨夜，金杯酒盡悲歌地。看狂來、氣岸轢辛陳，無餘子。二頃業，何須計。千金散，渾閒事。且瘉肩羊臂，高歌而已。大布衣能謀一戰，小朝廷竟容奇士。卧清風、埋鍤近梅花，君寧死。」則如複嶺重巒之下，時見奇峯突兀。詞凡三種，曰月湖秋瑟，曰釣船笛譜，曰花墩琴雅。柳東由翰林改官閩中，視將樂縣事，纔七十日，輒謝去歸就教職。何乾生春元孝廉送行詩所謂「當年應笑陶彭澤，宦況多嘗十日餘」。

柳東婦梅卿有隨月樓殘稿，亦能詞。其南柯子寒夜云：「細點瓜虀譜，閒栽萱草花。三年爲婦慣貧家。且喜蘆簾，紙閣手同叉。獸火温篝局，蛾燈罷紡車。戲他小女綰雙鴉。懶放鴛針，今夜較寒些。」以産亡。柳東悼亡城頭月四闋，有云：「鶼鶼比翼原同命。那料鸞離鏡。寂寞黔婁，他年誰哭，欲語泪先哽。」又云：「飄零翠鬢春風度。雨近清明苦。幾寸香心，無多瘦骨，淺淺埋黄土。」

柳東於舊書得詞箋云：「袖薄那禁寒。羞與郎言。早拌賣却墒池田。辛苦天風蘿屋底，又遇荒年。繡帖未成完。針線拋殘。嬌兒啼飯忒心酸。一盞瓦燈籬落外，廢盡秋眠。」末署款瘦鸞。柳東曰：「是貧婦有才者，不可無傳，和而著之，調爲賣花聲。」

柳東於詞雖非上乘，而較譜讐律，頗爲精審。如云：玉田以疏影暗香爲紅情緑意，圖譜另分二調，堆絮園駁正之，然不知爲玉田作，沿樂府雅詞之誤也。按二調乃白石自度仙吕宫，用工字結聲，旁譜起結，皆用工五，江國國字换頭即用工五，是韻無疑。吴潛和作不叶，非也。山中白雲有七調，並叶入聲，無用上去者，他人即不盡然矣。陳日湖每改上爲平，蓋上入平皆可通，去不可通耳。又云：按張子野惜瓊花原詞下闋云：「汴河流如帶窄，任輕舟如葉。」詞綜脱汴字、舟字，萬氏詞律知輕下落一字，不知河上之有脱誤，今據原本正之。考詞綜脱誤甚多，如蔡伸侍香金童「更柳下人家似相識」，脱相字，詞律另收趙長卿多一字爲别體。張先塡于飛樂「怎空教花解語，草解宜男」，脱花解語三字，詞律不知，而以毛滂多此三字另立一體。周邦彦荔枝香近「香澤方薰」，脱遍字是韻，詞律作四字句，而謂「白舄屨起」二十八字，直至遠字方叶，必無是理，遂誤認卷字是韻。柳永闘百花「終日扃朱户」，應作换頭起句，詞綜誤屬上闋，而以「遠恨綿綿」作起。詞律不知，收晁補之一調，亦同此誤，致疑參差無味，宜矣。外如蔣捷白苧，「憶昨」下，脱「經鶯柳畔」四字，詞律以柳永多此四字爲另格。趙以夫角招「溪横畧彴」脱横字。張先山亭宴「問還解相思否」，脱還字。陳允平垂楊「縱鵑啼不喚春歸」，脱縱字。此類不可縷舉。萬氏無由考正，沾沾以辨上去爲獨得，句調之未審，何暇更論音律耶。近日專尚宫徵，而文不逮意，又未免有聲無辭之誚。仇山村所謂言順律舛，律協言謬，俱非本色者也。又云：白石念奴嬌鬲指聲雙調，按雙調乃夾鐘商，戈氏順卿謂中呂商，非也。中呂商乃小石調也。念奴嬌係太簇商，夾鐘與太簇相連，太簇商用四字住，用一字結聲。夾鐘商用一上字住，用上字結聲。同是商音，宮位相聯。以太簇而兼夾鐘，故曰過腔。白石云：「鬲指謂之過腔是也。」此卽十二宮相犯之意，惟相犯之調，所住字同，此則住字位相連，微有異耳。若萬氏謂念奴嬌卽湘月，其說之謬，不足致辨。持論確有依據，亦足參倚聲者一解。柳東又有金石綜例，專采碑刻，較潘、黄之書，既詳且核，尤文章家不廢之作。其文集名石經閣。

賭棋山莊詞話卷三

雨村詞話之誤

羅江李雨村調元著詞話四卷，其於詞用功頗淺，所論率非探源，沾沾以校讎自喜，且時有剿說，更多錯繆。如謂宋人未有著詞話者，惟后山集中所載吴越王來朝等七條。不知玉田詞源，輔之詞旨，業有專書。而吴曾能改齋漫録十六、十七兩卷曰樂府，皆詞話也。如周公謹浩然齋雅談末卷，亦論詞。其餘散見於各家詩話雜記，如漁隱叢話、老學叢談等類，更指不勝僂引。毛稚黄清平樂訛作憶秦娥，又謂稚黄填詞名解，能發人所未發。顧此書多拾升庵、元瑞餘唾，牽强殊甚，雨村誤矣。惟以黄九不及秦七，痛闢其俚鄙諸作，則誠非隨聲附和者比。

雨村謂張輯東澤綺語債，皆取詞中字題以新名。如桂枝香名疏簾淡月，齊天樂名如此江山，長相思名山漸青，憶秦娥名碧雲深，點絳脣名南浦月，又名沙頭雨，謁金門名花自落，又名垂楊碧，憶王孫名闌干萬里心，好事近名釣船笛，雖於題下自註寓某調，已屬掩耳盜鈴。乃後世作譜，好一一改舊易新，極無意味，見之令人嘔惡。此與余前卷所論甚合。夫名之新舊，無關於詞之美醜，好奇之極，必墜荒唐，無怪買陂塘之訛爲邁陂塘，大江東去之訛爲大江乘也。蓋無白石製腔之手，正不必易念奴嬌爲湘月耳。

山谷罪過

詞之原出古樂府，樂府多雜俗諺，如豨妃谂浡之類，填詞者效之而每放愈下，稍近鄙褻。又以其道之通於曲也，因而則個、甚麽、、呆坐、快活等字，無不闌入，而詞品壞矣。推波助瀾，山谷無乃罪過，此白石所以以雅字爲宗旨。

姚燮詞

姚梅伯燮曰：「詞，小道也，然韻不騷雅則俚，旨不微婉則直。過鍊者氣傷於辭，過疏者神浮於意，而叫囂積習，淫曼爲工者，尤弗取。」此非探詞中驪珠者不能道，宜其自度之工也。短調如落花時云：「疏燈隱隱柳絲摇。樓近人遥。春愁著意知深淺，恐難掩、兩眉梢。　東風江上茫茫路，吹雨添潮。便伊流得殘紅去，莫流向、謝娘橋。」愁倚闌令云：「垂茜袖，側金釵。立蒼苔。昨夜陰陰微弄雨，海棠開。　羈人無限春懷。歌聲隔，楊柳池臺。簾幕疏疏風側側，燕飛來。」南鄉子云：「江日動流鶯。江上朱樓照水明。樓上女兒年十五，盈盈。衫與楊枝一樣青。　無那此時情。櫂個蘭舟款款行。簾影忽沈人忽下，輕輕。才響鉤聲響釧聲。」一落索云：「獨立亂紅深處。背風無語。怪伊胡蝶繞人飛，卻不向、花邊去。　重上畫樓日暮。江煙催雨。帆來帆去總依稀，惱多種、垂楊樹。」更漏子云：「水沈沈，天悄悄。雁帶遠秋飛到。煙淡碧，月昏黄。夜深微有霜。　羅袖舉。銀箏語。消得相思何許。疏柳外，一層樓。昨宵樓上頭。」清平樂云：「闌干空處。撲入東風絮。兩兩鵁鶄啼不住。卻又無煙無雨。　春愁亂似楊絲。春腰瘦似楊枝。夕燕未知歸否，捲簾待了多時。」憶少年云：「疏疏簾子，層層花氣，低低絃語。香風一絲動，繫愁心不住。　莫慢苦吟金縷調，黯燈屏，湘雲吹雨。　春陰軟無力，蝨蝶魂來去。」長調如金菊對芙蓉云：「輕暖輕寒，疑晴疑雨，坐人水閣當中。　正金羊暈蠟，玉馬搖虹。　是春花影，春鬢影，亂酒邊，香脆雲鬆。　沉沉夜色，深深笑語，密密簾櫳。　卻喜帶醉生慵。　儘眉疏痕翠，靨淺渦紅。　更冰絃細擘，茜袖低籠。　是春歡曲，春愁曲，奈淒涼座有吳儂。　夢回人遠，門開天曉，日上煙空。」梅伯，句東人，詞名疏影樓。梅伯好撰句，如汗充，汗牛充棟也。　如鳳么，么鳳也。　如狂牧，狂杜牧也。　如天泛卵，卵色天也。　如凸黃凹翠，如睇苦顰酸，如醺初夢杪，如眉楚鬢悽，如顫紅暈綠，如種龍螽虎，文種、范蠡也。皆戛戛自造。　又好用古文奇字，如種作穜，剔作鬄，韻作均，珍作袗，評作諍，孤負作姑負，怡晴作怡姓，滿紙斑駁，指不勝屈，足見其好奇之癖。　至如沁園春咏呵云：「相思字慣，噓將几潤，劃與郎看。」又云：「鬱恨含吁，撓肩引笑，約略微聲隔幔傳。」咏嚏云：「眼角跳輕，耳輪熱重，一例鴛鞵卜未妨。　郎歸後，問孤衾那夕，曾否思量。」咏睛云：「照水能清，依人慣倩，小鳳翩翩總逐伊。」則巧而能雅，庶足繼響龍洲，非直弄狡獪於字句間也。　而咏嚏數語，運用毛詩人道我意，比辛、陸之掉書袋者，尤見擅場。　始知淺斟低唱，亦資經術。　按丹鉛總錄云：有以騷人墨客而合之曰騷墨，以汗牛充棟而合之曰汗充，皆文理不通，足以發後世一笑，則汗充二字非梅伯創用矣。

柳如是幼與錢生青雨狎，稱莫逆交，其詩若書，皆生所教。　梅伯詠如是鏡云：「問鍾情何似春雨」，指此也。　鏡背銘二十字云：「照日菱花出，臨池滿月生。　宜看巾帽整，妾映點妝成。」整作整，帽作帽。

蔡崔詞

明代詞學，譬諸空谷足音，而海濱樸習，更無有肄業及之者。芑川居寧德，撰鶴場漫志，采先輩遺著數十家，而長短句無聞焉。近人則惟蔡筠山明紳明經、崔松門挺新秀才，頗有涉筆。而秀才詞尤清折。醉花陰云：「繡陌和風收宿雨。簇簇霞千縷。時節正花朝，嫩綠嫣紅，都藉春爲主。一尊醽醁斟芳圃。看日高葩吐。撲鼻清香，十二闌干，蛺蝶争飛舞。」秀才爲秋谷世召刺史裔孫，刺史與先方伯在杭先生稱詩友，秀才一見余，諄諄以古誼相砥礪。余歸，復以詩文寵余行，其言俱極鄭重也。余酬以絶句云：「俯仰乾坤共嘆嗟。崔郎家世自清華。樓頭好月依然在，知有文章繼霍霞。」霍霞刺史别字，刺史有問月樓稿。

洪亮吉詞

洪稚存亮吉與黄仲則景仁並名，其詞亦不相上下。第稚存早年多沿嘯餘圖譜，時有錯拍。如機聲燈影詞，憶秦娥，十六字令諸闋可見。特其氣最清疏，讀之可藥繁瑣之病。金縷曲清風亭夢李白云：「天與人俱老。又何爲、一千年後，此間憑弔。一半江山歸李白，一半分還謝朓。我到也、祇餘衰草。畢竟微軀容易盡，覓些須身後名纔好。勤打疊，零星稿。青衫百計供人笑。只悠悠、非公知我，恨和誰告。金粟前身真小劫，墮作五湖年少。有夢也、不離蓬島。猛憶人生何者是，只浮雲偶寄孤飛鳥。殘夢破，余歸了。」烏夜啼云：「中年一種情牽。病懨懨。欲借舊家樓閣，訴當年。黄庭卷。丹爐畔。學飛仙。留得一絲兒恨，未生天。」僮窺園從稚存八年，體弱善病，既稚存秋試被黜，僮忽辭去，稚存送以金縷曲云：「衣薄還如紙。最淒涼、前宵氄毷，今宵送爾。八載追隨無别事，傷病傷離傷死。總誤爾、朝饑飲水。苦訪蟲魚摩篆籀，但論才、爾便成佳士。休更作，朱門使。　無家我共居僧寺。只蕭蕭、寒雲丙舍，尚堪南指。入夢總從吾父母，醒處怕逢妻子。況薄命、久無人齒。明日出門誰念我，就飄蓬斷梗商行止。爾去矣，泪流駛。」僮得詞，泣不忍去，稚存復填前調云：「暗裏驚聞泣。一聲聲、無端惹我，青衫又溼。多病經旬誰得似，欲共候蟲秋蟄。爾似燕、舊巢還入。典盡衣裘頻擁絮，更同扶、瘦影當風立。渾不怕，霜華襲。　八年侍我肩差及。笑囊空，新詩屢付，傭錢未給。費爾一杯村落酒，爲我解除狂習。說月好，今宵初十。樓上三更雲氣淨，看星辰如豆天如笠。吟正遠，催歸急。」此僮得無如蕭穎士之奴耶，何言之沉痛也。

詞有句中韻

詩有句中韻法，如籥舞笙鼓，舞與鼓韻。采荼薪樗，荼與樗韻。日居月諸，居與諸韻。有壬有林，壬與林韻。顧其法詩家頗不講，而時見於詞。如河傳醉太平等調，句中多有用韻者。填之應節，極可吟諷。姚梅伯云：「露華滿天。月華盪煙。隔波人影娟娟。在荷邊柳邊。　天仙水仙。新憐舊憐。回燈恰並雙肩。弄三絃四絃。」又云：「城高斗橫。山高月沈。風吹門外贏鈴。客將行未行。　三聲兩聲。蛩鳴雁鳴。惱伊枕上人聽。夢將醒未醒。」洪稚存云：「葵芳菊芳。蜂忙蝶忙。小庭節近重陽。是秋花總黃。　疏枝貼窗。濃陰滿廊。人間月午清涼。比天邊更香。」原註：庭桂盛開，鄰人復貽野菊秋葵。葉小庚云：「秋晴夜清。雲輕月明。遶庭閒步微吟。引離人恨生。更深酒醒。愁縈夢驚。擁衾遥伴孤檠。更怕聽雁聲。」四闋皆醉太平。

姜夔傳

姜白石宋史無傳，祖述倚聲者，一缺憾也。阮芸臺元相國於西湖置詁經精舍，以擬作課肄業生，張鑑之篇，最爲詳覈，備録於左，或資參考，亦前人補韋蘇州傳意也。

姜夔，字堯章，號白石，饒州番陽人。早孤露，氣貌若不勝衣服。家貧無立錐，然好客，未嘗一日倦。少時卽奔走四方，一時如辛棄疾、楊萬里、樓鑰、王炎、周文璞，皆愛其才，爲之延譽。既而客游湘江，以詩謁千巖蕭氏，蕭以爲能，因以其兄之子妻之。初夔率意爲長短句，既成，按以律吕，無不協者，於是喜音律，善吹簫，多自製曲。慶元三年，時議以享國久長，而禮樂之事，式遵舊章，未嘗有所改作，因詔天下，求知音之士，蒐講古制，以補遺軼。於是夔進大樂議於朝，欲以正廟樂。其略曰：「紹興大樂，多用大晟所造，有編鐘、鎛鐘、景鐘，有特磬、玉磬、編磬，三鐘三磬，未必相應。塤有大小，簫篪邃有長短，笙竽之簧有厚薄，未必能合度。琴瑟絃有緩急燥溼，軫有旋復，柱有進退，未必能合調。總衆音而言之，金欲應石，石欲應絲，絲欲應竹，竹欲應匏，匏欲應土，而四金之音，又欲應黄鐘，不知其果應否。樂曲知以七律爲一調，而未知度曲之義，知以一律配一字，而未知永言之旨。黄鐘奏而聲或林鐘，林鐘奏而聲或太族，七音之協四聲，各有自然之理。今以平入配重濁，以上去配輕清，奏之不諧協。」夔之言樂，大致以權衡度數先正爲主，其議詳樂志中。又嘗作琴瑟考古圖一卷，及聖宋鐃歌鼓吹曲十四首，曰上帝命、曰河之表、曰淮海濁、曰沅之上、曰皇威暢、曰蜀山邃、曰時雨霈、曰望鍾山、曰大哉仁、曰謳歌歸、曰伐功繼、曰帝臨墉、曰維四葉、曰炎精復。上尚書省作表曰：「臣聞鐃歌者，漢樂也，殿前謂之鼓吹，軍中謂之騎吹，其曲有朱鷺等二十二篇。由漢逮唐，承用不替，雖名數不同，而樂紀罔墜，各以詠歌祖宗功業。唐亡，鐃部有柳宗元作十二篇，亦棄弗録。神宗受命，帝績皇烈，光耀震動，而逸曲未舉。乃政和七年，臣工以請上詔製用，中更否擾，聲文罔傳。中興文儒，薦有擬述，不麗於樂，厥誼不昭。臣今製曲辭十四首，昧死以獻。臣粤稽前代鐃歌，咸敍威武，屻人之軍，屠人之國，以得土彊，乃矜厥能。惟我太祖太宗真仁高宗，或取或守，罔匪仁術，討者弗戮，執者弗劉，仁融義安，歷數彌永。故臣斯文特倡盛德，其辭舒和，與前作異。臣又惟宋因唐度，古曲墜逸，鼓吹所録，惟存三篇，譜文乖謬。因事製辭，曰導引曲、十二時、六州歌頭，皆用羽調，音節悲促。而登封岱宗、郊祀天地、見廟耕籍、帝后册寶、發引升祔、五禮殊情，樂不異曲，義理未究。乞詔有司取臣之詩，協其清濁，被之簫管，俾聲暢辭達，感臧人心，永念宋德，無有紀極，海内稱幸。」書奏，詔付奉常有司收掌，令太常寺與議。當世嫉其能，不獲盡其所議，僅免解而已。同時惟待制朱熹嘗歎夔，以爲深於禮樂。夔既不遇，益自放於詩酒，其友竊哀憐之，欲輸貲爲之拜爵，輒謝不許。順陽范成大之請老也，夔詣之，范有青衣曰小紅，色藝雙絶。一日，范授簡，徵新聲，夔製暗香、疏影兩曲以進，范使二妓肄習之，音節清婉。迨夔歸吴興，范以小紅贈焉。其夕大雪，過垂虹亭，因賦詩使小紅歌，而自吹洞簫以和之，聞者莫不淒絶。夔生平學，尤邃於長短句，説者以爲南宋詞家大宗。其於自制諸曲，皆注節拍於旁，殆似西域旁行之字，然終以無所遇而卒。所著白石詩詞集及絳帖平、續書譜、禊帖偏旁考行於世。其後宋人學詞者，如張輯、盧祖皐、史達祖、吴文英、蔣捷、王沂孫、張炎、周密、陳允平之徒，皆以夔爲宗。

輯字東瑞，號東澤，鄱陽人，受詩詞法於夔。有長短句二卷，名東澤綺語債。

祖皐，字申之，永嘉人，樓鑰之甥。登慶元中進士，嘉定時爲軍器少監。自號蒲江居士。有蒲江詞一卷。

達祖，字邦卿，汴人。有梅谿詞二卷。

文英，字君特，號夢窗，四明人。有夢窗甲乙丙丁稿四卷。

捷，字勝欲，義興人。德祐進士，入元不仕，學者稱竹山先生。有竹山詞一卷。

沂孫，字聖與，號碧山，又號中仙，會稽人。有碧山樂府二卷，一名花外集。

炎，字叔夏，循王俊之孫，西秦人。僑居臨安，自號樂笑翁。有樂府指迷及玉田詞、山中白雲，共十二卷。

密，字公謹，濟南人。僑居吴興，號弁陽嘯翁，又號蕭齋，四水潛夫。嘗輯南渡以後諸名家樂府，爲草窗詞選。自著有草窗詞二卷，一名蘋洲漁笛譜。案周密父晉號蕭齋。

允平，字君衡，號西麓，明州人。有日湖漁唱二卷。

論曰：自制氏去而古義亡，四始衰而雅音溺。樂勝則流，詩降爲曲。雖燥溼所感，生民大情。而政府相推，品物恆性。文辭繁詭，則靡而非典。才情異區，斯麗而有則。有唐中葉，創始倚聲。俎豆青蓮，宗祧囉嗊。温飛卿助教之年，杜紫微制誥之日。易梵唄爲豔曲，雜紇那於鐃吹。雙聲單調，綱領之要可指。側犯換頭，情變之數易濫。迨至五代，風流彌劭。孟蜀花間，南唐蘭畹，或沿波於初造，或尋條於後時。小樓吹徹，水殿風來，君臣閒作，互相嘈鬨。以至深宮剗襪之辭，祕監欹梳之作，莫不流播旗亭，傳歌酒肆。然而綺縟爲多，柔靡不少。豐藻克贍，而風骨不飛。振采失鮮，則負聲無力，斯言諒矣。洎乎天水徵祥，斯學不墜。元祐、慶曆，代不乏人。晏元獻之辭致婉約，蘇長公之風情爽朗。豫章、淮海，掉鞅於詞壇。子野、美成，聯鑣於藝苑。幽索如屈、宋，悲壯如蘇、李，固已同祖風騷，力求正始。君子正其文，瞽師調其器，厥功所存，良可嘉歎。然而畛域猶存，涯度未遠。爭價一句之奇，儷采百字之偶，大成之集，遺以來喆。若夫學士微雲，郎中三影，尚書紅杏之篇，處士春草之什。柳屯田曉風殘月，文潔而體清。李易安落日暮雲，慮周而藻密。綜述性靈，敷寫器象，蓋駸駸乎大雅之林矣。南宋以還，元風益著，雖周、柳之纖麗，辛、劉之雄放，風氣所競，不可相强。而求紅牙之哲匠，問綺袖之專門，幾於家習偷聲，户精協律，有房中之妙奏，非風雅之罪人。賀方回腸斷於東山，康伯可風柔於應制，花庵既光價於東南，東浦亦騰輝於河朔，詞流之變，於斯極焉。既而白石歸吴，移情絲竹，經正者緯成，理足者詞暢。清真濫觴於其前，夢窗推波於其後，學者宗尚，要非溢美。其後竹屋、玉田、梅谿、碧山之儔，遞相祖習，轉益多師，洗草堂之纖穠，演黄初之眇論，後有作者，可以止矣。夫搓酥滴粉，麗密居多。澂碧闘紅，佻巧不少。自三唐創雕瓊鏤玉之文，而五季沿月露風雲之舊，求其辭致蕭閒，情采標舉，則竹坡擂舌，審齋掣肘。何況志感絲篁，韻諧笙板，探王化之本原，昭歌永之符契也哉。良田學慎始習，功在初化，頓八紘之遐觀，搜千載之餘韻。遊盛麗者，用登金張之堂，視妖冶者，必攬施嬙之袪。爰依沈約宋書詩人謝靈運傳贊之例，綜厥涇渭，略具條貫，俾言選聲者得以考焉。至於菊莊門下，猶蘄清溪，楚女閨中，暫徇淮海，則刪詩者未嘗泥其體，而聞聲者自足通乎情。必謂妙達此旨，妄加繩墨，又蠹生於木而還食其木，知音之俟，亦無取爾。

按堯章徙家苕上，所居近白石洞天，因號石帚，潘樫復贈以號，所謂白石道人也。所著尚有張循王遺事集，古印譜。後游臨安，館水磨方氏，卒葬西馬塍，范石湖詩所謂「差幸小紅先死去，不然啼損馬塍花」。同時又有黃巖老者，亦號白石，亦學詩於蕭千巖，時稱雙白石云。

孫家穀詞

種玉詞一卷，僅十餘闋，四明孫曙舟家穀大令撰，其友姚梅伯爲之刊行。雖多涉軟語，而清儁可詠。如江城梅花引訪病云：「蓬鬆雙鬢綠雲拖。睡生魔。病生魔。轉側一聲，嬌喘壓衾窩。無計留人春又去，怨流水，怨東風，可奈何。奈何奈何愁轉多。掩繡羅。拋玉梭。瘦也瘦也，瘦得似、花影婆娑。笑臉伴開，紅暈不成渦。直恁懨懨誰忍得，憑解説，總無言，待甚麽。」法駕導引賺別云：「相依戀，相依戀，一刻怕分離。病後忍教聞苦語，愁中難與説行期。索性且瞞伊。」酷相思惜別云：「聽得幾聲留客住。又幾日廉纖雨。任叮囑、東風難做主。人覷著、花無語。花覷著，人無語。楊柳絲絲煙幾許。兀自戀、微微絮。有多少閒愁無著處。分一半，卿將去。留一半，儂將去。」十六字令言愁云：「酸。心上眉頭兩處攢。辛和苦，攙入許多般。」

填詞宜選調

填詞亦宜選調，能爲作者增色，如詠物宜沁園春，敍事宜賀新郎，懷古宜望海潮，言情宜摸魚兒、長亭怨等類，各取其與題相稱，輒覺辭筆兼美，雖難拘以一律，然此亦倚聲家一作巧處也。其他西江月、如夢令之甜庸，河傳、十六字令之短促，江城梅花引之糾纏，哨遍、鶯啼序之繁重，儻非興至，當勿强填，以其多拗、多俗、多冗也。然俗調比拗調涉筆，尤須斟酌。

方仰松詞麈

推究音律，倚聲家之最上乘也。紅友一書，世稱精審，然譬之涉水，揭而未厲。宋王晦叔灼之碧雞坊漫志、國朝方仰松之香研居詞麈，有意爲耆卿、白石者，諒可作先路之導也夫。仰松，名成培，歙西人。大抵謂工尺卽律吕，樂器無古今。程教諭瑶田，其友也，素精按拍，亦心折其言。書凡五卷，中有云：「凡一詞用某韻，則句中勿多雜入本韻字，而每句首一字尤宜慎之。如押魚虞韻，而句中多用語麌無吾等字，則五音紊矣。」雖非深談，持論甚碻。節録於此，餘則全書具在，嗜學者自探索之可也。

海警散曲

曩者逆夷肆亂，生民塗炭，而有心人感事憤時之作，更僕難終。有自京師歸者，傳海警散曲一套，不知出於誰何，然言者無罪，聞者足鑒，真減偷家庀史之篇也。其辭曰：「放眼乾坤，二百年，太平天下。聖聖相承，盛德周函夏。塞北無塵，江南如畫。看海外島嶼微茫，棋布星羅，一一沾王化。垂衣天子紫宸衙。武緯文經，都上麒麟畫。吏民問遍地桑麻。父老慈鳩，兒童竹馬。作息光陰多閒暇。真個是世躋羲軒，治齊虞夏。漢唐以後如斯寡。卻不道平陂往復，兀兀的暗裏禍萌芽。甚春工作孽，放出米囊花。是誰人暗解羅衣偷栽罷。羞答答殢雨尤雲，默向東風嫁。煎熬的迷魂仙藥，呼吸的奪命丹砂。迷溺中原百萬家。這淡巴菰名不差。那暎咭唎來非乍。真個是黃金與土争同價。有兒童俊雅。更性情瀟灑。等閒下了陳蕃榻。卻道是色奪宮鴉。勝似那香焚寶鴨。一陣陣，迷濛雲氣繞窗紗。悄不覺如梭日月賒。瘦骨如柴，腰肢一把。能文的，恇怯了絳帳談經，會武的，躭誤了柳營試馬。黑騰騰臭染房幃，等藥渣萬人唾罵。那朝廷法令嚴，那官府設施大。痛哭陳書，不讓長沙賈。紛藉藉儒紳弄舌，惡悻悻吏卒磨牙。禁煙天氣無晝夜。一味胡拏。最苦的桃代李僵，叵測的虎威狐假。羅鉗吉網巧梳爬，小户織連寃牽挂。亂紛紛市逢白著，急攘攘獄滿黃沙。首事的惹禍招災，旁觀的裝聾作啞。要除積弊報天家。怎知道掀天攪地，只圖得論酒評茶。到頭來成虛話。算從來作事須明達。敗事率虛誇。濟巨川，要用著萬頃淩波舟，行長途，要策著千里追風駕。寸壤怎補黃河罅。他本是橫海鯨，汝覷作井底蛙。一霎時錦繡香街，轉眼見頹垣斷瓦。 想定海地勢佳。四面周遭聚客槎。聽艫聲咿啞。認帆影橫斜。蜒户魚堪買，居人酒可賒。猛一聲霹靂從天下，死的走的，把滿城文武都嚇煞。可憐呵，深閨弱質，蓬巷嬌娃。一似漢公主去和番，別抱琵琶。腸斷春風花草，萬里越天涯。 況番禺舊繁華。接閩疆，地犬牙。遥遥一水通，那怕著、夷船番舶，來往周遮。互市的紅氈錦罽，貪得的藥草名茶。積薪厝火人聊且。有一個邀功啓釁，更一番議和養患，醞釀作焚廬劫舍。漢金繒，宋歲弊，若是耶。還道是文事昆夷湯事葛。儘摧塌了錦繡街，恁沾污了笙歌榭。堪嗟。只餘得、舊時月過女牆來，荒城寂寞寒潮打。 這廈門，集將領，團鄉社。經業虛將手段誇。風流安許管蕭亞。譙樓呵擊鼓，城角呵吹笳。寇至曾無一矢加。脱身策出檀公下。督師的、忘抽了光弼刀，死綏的、空餧了房謨馬。勾引了封豕長蛇。辱没了大纛高牙。便有個辭漢仙人，也應泪如鉛瀉。 説起來嗟呀。想起來驚怕。那鎮海飛禍天來大。我這裏軍起蒼頭，他那裏賊連黄帕。大星夜落海氛驕，一腔熱血萇宏灑。平白地，把一座縣城讓與他。寃慘慘父老焚香，連骨如麻。遺鏃沈沙。真個是百年征戰盡，往往見魚鰕。願皇威，暢邇遐。師議律，士無譁。擒楊么、洞庭湖，殺蚩尤、中冀野。羈縻更望金雞赦。海上干戈談笑罷。只見海天一色，曙氣上雲霞。恁些時，小醜跳梁，看作一場戲耍。」

賭棋山莊詞話卷四

肖巖詞

肖巖自臺灣移書曰：「客裏無聊，取讀詞律，略有興會，依譜填之，未知頑鐵有可鑄否。」詞調賀新郎曰：「抱盡風騷怨，想謝郎、近時心事，如何安頓。醉酒高歌聊復爾，豈是我生始願。況逐隊、舞衫歌扇。博得紅顏心肯許，算多情、一樣承恩眷。人世事，那堪問。　相思難覓飛鴻便。只堪憐、自家愁緒，自家排遣。我本情懷多感慨，莫道都因貧賤。儻寄意、又無人見。此恨消從何處去，恐東風、錯認舊時面。腸千轉，心一片。」余報書曰：「讀大作，驚喜欲狂，以手加額者三四。閩中詞學，宋代林立，元明稍衰，然明人此道本少專家，昧昧者蓋不獨一隅。特怪國初漁洋、羨門、迦陵、竹垞諸老，南北提唱，一時飆發泉湧，電掣雲屯，倚聲一途，稱爲極盛。吾閩卒無特起與之角立者，卽二丁勉强繼響，顧附庸風疋，不足擅場。近時葉小庚太守，著書數十卷，先型略具，宗風未暢。許秋史秀才用筆清秀，頗有姜、史遺風。其所刻蘿月詞，後半氣體，比前半加宏，使培充磨礲，未必不轉而愈上。天不假年，無由臻於大成，惜乎。詞律留以備考，頗非佔畢善本，芑川前年曾於詞綜中選鈔一卷，取讀之當必有進。且芑川所録，豪宕多而工緻少，初學作詞，每患體調拘束，得其梗概，真可以伸縮如意，然後再求熨貼，所謂能用調而不爲調用者，則善矣。近日詞風，浙派盛行，降而愈下，索然無味。詞之真種子，殆將没於黄葦白茅中矣。足下勉之。」後寓信芑川，屬其慫恿左右。芑川復書曰：「肖巖詞如曇花一現，近又在若有若無之間。嗟乎，肖巖之不欲以雕蟲小技勝人如此。

李喬詞

嘉義諸生李蒼官喬春夢調夢蝶令云：「別夢迷蝴蝶，春心怕杜鵑。東風無力百花殘。惆悵中天，月色好誰看。　黯黯看離色，依依憶舊歡。愁腸緊處帶圍寬。不見高城，空自倚闌干。」自嘆調蘇幕遮云：「水雲緣，林壑趣。蝸角蠅頭，至竟何人悟。試看年光新又故。今古英豪，頭白應無數。　美人遲，芳草暮。王粲依劉，空作登樓賦。十載飄零誰與訴。一片雄心，盡把東流付。」俱覺清拔可誦，海外之英楚也。

毛西河詞

毛西河少年受知於陳臥子，故詞詩皆承其派別，而詞較勝於詩。臥子之論詞也，探源蘭畹，濫觴花間，自餘率不措意。西河雖稍貶辛、蔣，而不廢周、史。其詞於小令、中調、長調之中，析隋唐題特立一卷，曰原調，雖菩薩蠻、小重山之古，而多爲宋人取填者，亦不入焉，可以知其意趣之所在矣。浪淘沙云：「杉木爲簰竹作檐。江潮能苦雨能甜。連朝只飲檐頭雨，翻道江潮錯著鹽。」南鄉子云：「蕉葉領，橘花麹。紅藤箋子束裙腰。私念鵁雞顏色好，從誰道，裁作大郎頭上帽。」天仙子谿城爲王郎記事云：「城上春雲城下雨。倩人留婿傾春醑。偷將婿袷障春寒，烹雪黍，炊玉杵。調婿鄉音隔窗語。」長相思泛舟西江郎事云：「雙頭釵。獨頭釵。一樣金鵝兩樣排。釵梁起四臺。烏帽來。白帽來。湖就磯頭望幾回。菖蒲花未開。」點絳脣送春云：「惱煞啼鵑，逢人還道春歸去。留人不住。誰要留春住。花絮茫茫，萬點愁人緒。歸何處。春歸無路。莫是人歸路。」其填一翦梅半闋，名爲翦半，是則難辭杜撰。然古人玲瓏四犯，本集取四調而成，割裂原文，小作狡獪，於攤破捉拍之旨，固無傷也。觀者當不以余爲西河佞臣。

西河有調笑令三闋，一記馮一馬州當壚者，解西河桃枝詞，招西河不就。一記胥芩弟慕鄰人伍鱗才，而不及亂。一記王琴從吴雲章。略云：章少年壬子就北試，諸父勞酒設東西院，兩伎迓之侑，一王琴，一王箏也。琴年弱好章，章時例著紗帽藍衣韡。臨行，琴私謔曰：「紗帽郎，肯以一觴別。」後十年再入都，見琴院西曰：「非紗帽郎耶。」諮章寓，告以猗隘，且懼漏大人側。琴立謀購別所安置。詰旦，有叩寓婦人聲，則琴也。潛徙去，且曰：「昨誤作官人妾，苦贖之，今自由耳。」且曰：「今乃幸酬一觴，願居移月。」章太君、王太君聞之，諷俱歸。琴泣曰：「不復爲人妾矣。」章歸後，都破，不得問。西河又有鵲橋仙詞序曰：邑甲聘戊女，有彊委禽者，明府姚公斷歸甲，合巹訟庭。其斷詞駢儷，世多稱之。既而訟者争不徹，太守何公復斷歸甲。時余方從兩公游，兩公並命爲詞紀其事。詞曰：「東牀先訂，西家願宿，何事穿墉穿瓦。縱教彊委後來禽，卻不道子南夫也。明府風流，使君瀟灑。兩斷可妻公治。莫言河漢鵲橋乖，看合浦、在訟庭之下。」其事皆韻甚，檀槽間一勝談也。閻百詩父牛叟，與妻丁伉儷甚篤，自紀以兑閣十詞，兑閣，其所居處也。西河和之，有證前生、雙魚問、病榻閒情等小序。其病榻閒情序云：丁少君鮮情容，雖病亦薄妝讀史，牛叟嘗調之曰：「提學未至，女秀才仡仡何爲。」每庭前花木蔣灌，牛叟謂丈夫當掃除天下，少君曰：「請從一室始。」西河詞話四卷，佚其二，論韻、論歌諸則，俱極精鑿，亦談詞一正法眼。中記錢塘俞季瑮詞，極骯髒可喜。詞云：「灑盡窮途淚。看少年一番行役，一番憔悴。雨雪霏霏泥滑滑，上馬屢愁顛躓。又況值金輪西逝。屈指離家纔幾日，早行來已是三千里。嗟歲月，似流水。蒙茸漸覺羊裘敝。怎當他、朔風淒緊，裂膚墮指。莽莽長途誰是主，燈火前村近矣。只無奈望門投止。沽得濁醪聊破冷，向燈前、獨飲難成醉。天未曉，又催起。」又云：「撫劍悲歌罷。望長天，驚風飇戾，橫河傾瀉。有客訪余余已醉，且自坐君牀下。有至語、語君休訝。餐菊紉蘭徒自潔，看夷光未字無鹽嫁。非詭遇，賤工也。」又曰：「襟懷嶽嶽和誰語。笑卞和，楚庭泣玉，徒多愁苦。我有草堂東郭畔，管樂何妨自許。且抱膝長吟梁甫。有志男兒非困頓，彼掃門、魏勃何須數。不似意，且歸去。」詞名京師雜感，共九章。余按季瑮名士彪，官崇仁縣丞，有玉蕤詞鈔二卷。是詞未登詞綜，而蔣子宣昭代詞選、姚茝階國朝詞雅等書，亦未録及。又按此調乃賀新郎，西河以爲滿庭芳，誤也。

情語與綺語不同

純寫閨襜，不獨詞格之卑，抑亦靡薄無味，可厭之甚也。然其中卻有毫釐之辨。作情語勿作綺語，綺語設爲淫思，壞人心術。情語則熱血所鍾，纏綿惻悱，而即近知遠，即微知著，其人一生大節，可於此得其端倪。「笑問雙鴛鴦字怎生書」，出自歐陽文忠。「殘燈明滅枕頭攲，諳盡孤眠滋味」，出自范文正。是皆一代名德，愼勿謂曲子相公皆輕薄者。憶昔與友人讀板橋雜記，及萊陽姜給諫事，或指以爲笑資。予慷慨言曰：「嗟乎，此給諫異日之所以能忠君死國也。」各眙愕太息謝去。徐仲公咸清青玉案曰：「少年不幸稱才子，徒多作淫詞耳。」綺語淫，情語不淫也。況詞本於房中樂，所謂燕樂者，子夜、讀曲等體，固與高文典册有間矣。近者或矯枉過正，稍涉香奩，一概芟薙，號於衆曰：「吾詞極純雅。」及受讀之，則投贈膚詞，詠物浮豔，轇轕滿紙，何取乎爾。反不如靡靡者之尚有意緒可尋也。香草美人，離騷半多寄託。朝雲暮雨，宋玉最善微言。識曲得真，是在逆志。因噎廢食，甯復知音。故昔人謂天之風月，地之花柳，與人之歌舞，無此不成三才。楊用修以爲雖戲語，有至理也。

閩詞鈔

葉小庚太守撰閩詞鈔四卷，始於宋徐昌圖，終於元洪希文，附以方外閨媛，凡六十一家，爲詞逾千首，閩中詞人梗概具焉。昔者元鳳林書院詩餘，厲樊榭謂可以溯江西詞派。顧亦不盡豫章之人。至國朝浙西六家詞、荆谿詞、四明近體樂府，則皆專摭土風勒爲一編者。小庚是書，存亡萃佚，其亦維桑之敬也夫。但此道宣究殊希，流傳或滯，仍歸寂寞。特略其姓氏於左，以資參稽。

宋徐昌圖莆田人，殿中丞。　三首。

楊億浦城人，字大年，雍熙賜進士，翰林學士，卒贈禮部尚書，謚文。　一首。

蔡襄仙遊人，字君謨，天聖八年進士，端明殿學士，知杭州，謚忠惠。　一首。

柳永崇安人，初名三變，字景莊，景祐元年進士，改今名，字耆卿，屯田員外郎，有樂章集。　二百十首。

章楶浦城人，字質夫，治平二年進士第一，資政殿學士，卒贈光祿大夫，謚莊簡。　一首。

陳瓘延平人，字瑩中，元豐二年甲科，右司諫，謚忠肅，有了齋集，詞附。　十八首。

黃裳南平人，字冕仲，元豐五年進士第一，端明學士，卒贈少傅，有演山集，詞附。　九首。

李彌遜連江人，字似之，大觀三年進士，户部侍郎，謚忠肅，有筠谿集，詞附。　十二首。

李綱邵武人，字伯紀，政和二年進士，湖廣宣撫使，江西安撫大使，卒贈少師，謚忠定，有梁溪詞。　二十一首。

蔡伸仙游人，字伸道，襄孫。　政和五年進士，歷倅徐楚饒真四州，自號友古居士，有友古詞。　百四十三首。

李持正莆田人，字季秉，政和五年進士，朝請大夫。　一首。

鄧肅沙縣人，字志宏，左正言，有栟櫚集，詞附。　三首。

劉子翬崇安人，字彥冲，號病翁，興化通判，有屏山集，詞附。　二首。

高登漳浦人，字彥先，紹興二年進士，富川簿，有東溪集。　三首。　按：東溪集近有刊本。

康與之福甯人，初名執權，字伯可，侍郎，有順庵樂府。　四十首。

張元幹長樂人，字仲宗，太學上舍，有歸來集、蘆川詞。　百五十一首。

黃公度莆田人，字師憲，紹興八年進士第一，考功員外郎，有知稼翁集，詞附。　十二首。

朱熹原籍婺源，父松爲尤溪尉，卒，遂居閩。　字元晦，紹興十八年進士，煥章閣待制，謚文，有晦庵詞。　十三首。

林外晉江人，字豈塵，紹興三十年進士，興化令，自號嬾窩，有嬾窩類稿。　一首。

黄銖崇安人，字子厚，自號穀城翁，有穀城集。　三首。

吕勝己建陽人，後家邵武，字季克，有渭川詞。　十五首。

游次公建安人，字子明，號西池。　三首。

劉褒崇安人，字伯龍，淳熙五年進士，司門郎中。　五首。

真德秀浦城人，字景元，慶元五年進士，資政殿學士，謚文忠。　一首。

趙以夫長樂人，字用甫，嘉定十年進士，吏部尚書，有虚齋樂府。　三十三首。

王邁仙游人，字實之，嘉定十年進士，司農少卿。　七首。

劉子寰建陽人，字圻父，自號篁嵲翁，嘉定十年進士，有麻沙集。　十首。

哀長吉崇安人，字叔巽，又字壽之，嘉定十三年進士，靖江書記，有雞肋集。　一首。

劉清夫建陽人，字静甫。　五首。

黄師參閩清人，字子魯，嘉定十三年進士，南劍倅。　一首。

鄭域莆田人，字中卿，紹定五年進士，自號松窗。　五首。　按：筆精云：鄭域，字中鄉。

潘牥閩縣人，字庭堅，端平二年進士，潭州通判，有紫巖集。　六首。

卓田建陽人，字稼翁。　四首。

劉克莊莆田人，字潛夫，淳祐六年恩賜同進士，龍圖閣學士，謚文定，詞名後村别調。　百三十一首。

馬子嚴建安人，字莊甫，自號古洲居士，岳陽守。　十四首。

嚴仁邵武人，字次山，詞名清江欸乃。　三十首。

嚴參邵武人，字少魯，自號三休居士。　二首。

嚴羽邵武人，字儀卿，自號滄浪逋客，有滄浪集，詞附。

陳以莊建安人，字敬叟，號月溪。　三首。

李芸子邵武人，字耘叟，自號芳洲。　一首。

黄公紹邵武人，咸淳進士。　二首。

馮取洽延平人，字熙之，自號雙溪翁。　十七首。

馮艾子延平人，取洽子，字偉壽，自號雲月。　六首。

李振祖閩縣人，字仲山，寶祐四年進士。　一首。

陳德武閩縣人，詞名白雪遺音。　三十二首。

黄鑄邵武人，字希顔，自號乙山，柳州守。　二首。

黄簡建安人，字元易，自號東浦。　三首。

鄭楷閩縣人，字持正，自號眉齋。　一首。

李吕光澤人，字濱老，有澹軒集，詞附。　三首。

劉學箕崇安人，字習之，有方是閑居士詞。　三十五首。

留元崇泉州人，字積翁。　一首。

留元剛永春人，字茂潛，開禧元年博學宏辭，祕閣校理，直學士，有雲龕集。　一首。

廖瑩中邵武人，字羣玉，賈似道門客。　一首。

翁孟寅字賓暘，崇安人，寄居臨安，領鄉薦。　四首。

金吴澂建州人，字彦高，知深州，有東山集。　七首。

元洪希文莆田人，字汝執，有續軒渠集。　一首。

福建士子一首

方外葛長庚閩清人，字如晦，號瓊琯，隨母適白氏，冒其姓，稱白玉蟾。嘉定中，賜號紫清明道真人，有海瓊集，詞附。　八十二首。

閨秀蘇氏蘇頌妹，同安人，適延安李氏。　六首。

阮氏阮逸女，建陽人。　一首。

孫氏黄銖母，崇安人，自號冲虚居士。　八首。

按：劉子寰字圻父，馬子嚴字莊父，朱竹垞詞綜皆以字爲名。其餘缺者甚多，若黄簡、李振祖、黄鑄，翁孟寅，則汪碧巢所補者，黄簡作黄蘭，然簡又名居簡，則作蘭誤，絶妙好詞選可證也。李吕、劉學箕、王邁，則王蘭泉所補者。李吕調笑令前有七言八句，四平四仄，此蓋如曲之有引子，本不入詞，故樂府雅詞所載鄭彦能、晁無咎諸作，其體皆同。其句中平仄，亦無一定，今與詞合爲一闋，分爲上下拍，後來陶鳧薌亦沿其誤，非也。似此分列於前，則得矣。其餘李綱、高登、林外、游次公、劉清夫、卓田、嚴參、鄭楷、留元崇、留元剛、廖瑩中諸人，直至鳧薌著詞綜補遺，始及之。而楊億、蔡襄、吕勝己哀長吉、黄師參，及福建士子與閨秀孫氏，則獨見於此編矣。陶、葉兩家同時著書，皆刻於道光十四年甲午，而彼此互有得失，如李吕則陶所選較佳，劉學箕則葉所收獨富，或兩人素鮮交情，不及參校耶。然陶選所列之閩后陳氏、名金鳳，閩嗣主王延鈞之后。朱耆壽、閩人。方信孺、字孚若，興化軍人。陳合、字惟善，長樂人，謚文惠。王楙、字勉夫，其先福清人，後爲長洲人。則尚當補録耳。又王邁有臞軒集十六卷，詞附，此亦未載。

詞品大體可觀

楊升庵詞品六卷，補遺一卷，中記劉子寰、馬子嚴、馮艾子，皆以名爲字。張仲宗又專舉其字，而失記其名，殊誤。謂詞名多取詩句，雖歷歷引據，率皆附會，屢爲筆叢辨駁，然大體極有可觀。蓋升庵素稱博洽，於詞更非門外道黑白。如云：「辛稼軒自非脱落故常者，未易闖其堂奥。劉改之所作沁園春，雖頗似其豪，而未免於粗。近日作詞者惟説周美成、姜堯章，而以東坡爲詞詩，稼軒爲詞論。蓋曲者曲也，固當以委曲爲體，然徒狃於風情婉孌，則亦易厭。回視稼軒所作，豈非萬古一清風哉。」此説極愜當。其載東莞方彦卿俊正月六日於俞君玉席上擘糟蟹壽其友人黄瑜鵲橋仙云：「草頭八足。一團大腹。持螯笑向俞君玉。花燈預賞爲先生，生日是新正初六。今宵過了，七人八穀。又七日天官賜福。福如東海壽如山，願歲歲春盤盈録。」瑜字廷美，香山人，才伯佐之祖。詞雖未佳，然與郎仁寶七修類稿所載，豐城道中有詩婦余淑柔題浪淘沙詞云：「苦雨溜風鈴。滴滴丁丁。釀成一枕別離情。可惜當年陶學士，孤負郵亭。邊雁帶秋聲。音信難憑。花鬢偷數卜歸程。料得到家秋正晚，菊滿寒城。」并爲述庵明詞綜所未入，録之以遺讀明詞者。

升庵云：「李太白應制清平樂辭四首，見呂鵬遏雲集。黄玉林以其二首無清逸韻，止選二首。慎補作二首，其一云：「君王未起。玉漏穿花底。永巷脱簪妝黛洗。衣溼露華如水。六宮鸞鳳鴛鴦。九重羅綺笙簧。但願君恩似日，從教妾鬢如霜。」其二云：「傾城豔質。本自神仙匹。二八承恩初選入。身是三千第一。月明花落黄昏。人間天上消魂。且共題詩團扇，笑他買賦長門。」永昌張愈光見而深愛之，以爲遠不忘諫，歸命不怨，填辭中有風雅也。按升庵此詞，其即「羅衣香未歇，猶是漢宮恩」詩意也。譬之東坡水調歌頭，庶幾無愧。傅粉插花，諸伎扶觴，迹其行事，頗類風狂，然胸中實不知有幾斗熱血，眼中實不知有幾升熱淚。後人徒以鄭夾漈、王深甯相視，猶淺之乎知升庵矣。光澤何金門長詔秀才有新都嘆樂府云：「朝廷有一張。鄙夫袞袞登廟堂。朝廷有一桂。正士紛紛皆引避。新都修撰相公兒。闕廷拜杖血淋漓。臣言是、君知之，臣言非、罪當治。陛下戍臣永昌，手爲錯足下無扉。臣在永昌三十有六年，不如李太白夜郎猶得生歸。亂曰：張桂一何譊譊，曷還我鳳凰池。老顛兮歸來，南方不可以久稽。」此胡元瑞所謂鄙人於楊子業，欣慕爲執鞭者也。

虞姬墓

武進閨秀吴文璧詠虞妃曰：「大王既英雄，妃亦奇女子。惜哉太史公，不記美人死。」此與余前卷所記張仲雅詞同意。梁曜北玉繩瞥記云：「姬墓在靈璧縣東三十里，虹縣道南，陰陵山北。蓋姬死於陰陵失道時也。」然詩詞著不得此考據語。

詞調出入

東坡念奴嬌、大江東去闋。水龍吟、似花又似非花闋。稼軒摸魚兒、更能消幾番風雨闋。永遇樂如此江山闋。等篇，其句法連屬處，按之律譜，率多參差。即謹嚴雅飭如白石，亦時有出入。若齊天樂詠蟋蟀闋。末句可見，細校之不止一二數也。蓋詞人筆興所至，不能不變化。此如太白古風云：「秦人相謂曰，吾屬可去矣。」於詩且合十字作一句也。升庵亦云，填詞平仄及斷句皆定數，而語意所到，時有變換。如秦少游水龍吟前段歇拍句云：「紅成陣，飛鴛甃。」換頭落句云：「念多情但有，當時皎月，照人依舊。」以詞意言，「當時皎月」作一句，「照人依舊」作一句，以詞調拍眼，「但有當時」作一拍，「皎月照」作一拍，「人依舊」作一拍爲是也。維揚張世文云：陸放翁水龍吟首句本是六字，第二句本是七字，若「摩訶池上追游客」，則七字。下云「紅綠參差春晚」，卻是六字。又如後篇瑞鶴仙，「冰輪桂花滿溢」爲句，以滿字住。而以溢字帶在下句。別如二句分作三句。三句合作二句者尤多。然句法雖不同，而字數不少，妙在歌者上下縱橫取協爾。古詩亦有此法，如王介甫「一讀亦使我，慨然想遺風」是也。鋌又按，亦有字數多少者，如賀新郎調，東坡少一字、李南金多一字等類，然單文隻證，率是錯誤，不足援爲依據，其平仄亦然。

謂吹笙爲竊

宋時諺，謂吹笙爲竊，嘗見張仲宗蘆川詞。

楊氏昆仲詞

金匱楊蓉裳芳燦、荔裳揆兄弟并名，而蓉裳尤見擅場。其長調頗近陽羨生，有芙蓉山館稿。謁金門云：「看不得。一派洛陽秋色。堤畔蕭蕭衰柳葉。西風如許急。　目斷寥天凝碧。征雁暮飛無力。又是誰家吹玉笛。滿庭霜月白。」百字令云：「藥爐烟裏，怪春來小病，厭厭如許。玉琢相思金鑄淚，只有此情難訴。麝炷香銷，鉛波鏡掩，誰與修眉譜。沉思往事，總如春夢無據。　須信交頸鴛鴦，雙頭菡萏，慣入閒詞賦。留得情腸經劫在，花鳥也堪千古。光碧堂前，蕊珠宮畔，待覓游仙侶。三生慧業，未妨多作情語。」滿江紅寫懷云：「飄泊天涯，作計誤、虛名沾惹。不信道、名駒汗血，一生轅下。明鏡顛毛霜欲滿，青衫老淚鉛同瀉。任歡場、豪竹間哀絲，難陶寫。　謀生拙，休誇詫。當官懶，從嘲罵。只騷茵墨寶，尚餘聲價。噩夢難尋空覆鹿，華年易逝如奔馬。向燈前、看劍引杯深，寒芒射。」又寄弟云：「蜀棧連天，正黛色、千峯噴射。況又是、奔湍駭浪，瞿塘如馬。彈指兩年人久別，關心一紙書無價。奈朝來、乾鵲慣欺余，臨風罵。　夢中事，醒時詫。心曲恨，毫端寫。怪愁吟未了，淚波偷瀉。我自看雲秦樹外，君應聽雨巴山下。道瀟瀟、不似對牀聲，離愁惹。」又謁金門云：「階下寒蛩啼不歇。秋聲高一尺。」荔裳有桐華吟館稿。金縷曲送汪劍潭歸揚州云：「把袂如今別。算人生風塵消受，幾番離合。細馬輕衫歸去好，莫負揚州明月。到此際胡爲兀兀。最恨情深難自解，卻臨岐、一語無從說。相聚少，又相憶。當筵不飲心偏熱。倩玲瓏驪歌，爲唱陽關三疊。同是浮雲游子意，羨爾思歸卽得。涼月下、荒雞再咽。此去短長亭畔路，有曉風、吹聚沙如雪。珍重意，善調攝。」蘇幕遮詠菊影云：「落葉聲中人病酒。不爲悲秋，也怕秋深候。」二楊俱長於用兵，蓉裳以拔萃試高等，得伏羌令，田五之亂，防禦極有功。荔裳亦以中書舍人從征廓爾喀，著績擢甘肅藩司。比之雙丁兩到，蓋不獨文字稱爲二難也。

葉小庚詞

「十載江湖常載酒，等閒孤負春風。莫愁湖畔板橋東。垂楊千萬樹，何處繫遊驄。爲愛綠窗人似玉，卿偏憐我情濃。翻教恨晚惜相逢。清歌聽未已，離夢又匆匆。」臨江仙「溪水碧於油。溪娃能盪舟。慣淩波秀靨明眸。生長闌干船上住，渾不解，別離愁。佳節快臨流。蘭橈枉駐留。憶臺江競渡芳游。鬢影衣香簾盡捲，人都上，水邊樓。」南樓令此小庚詞也。豔情當家，雖未比芳彭十，庚公南樓，亦興復不淺矣。小庚輯本事詞自序云：「凡茲麗製，問何事以干卿。偶輯豔聞，正鍾情之在我。」又云：「僕也頗比柘枝，癡同竹屋，癖既耽乎綺語，賦更慕乎閑情。」吳縣石敦夫同福謂小庚學蘇、辛，多豪語。小庚示以手爐脚爐調驀溪山二闋，謂蘇、辛亦有豔體，非不能也。然則小庚何嘗不步韓偓之塵而作廣平之賦乎。其自題詞集云：「且喜拈來無綺語，差慰平生。」亦響言已。

小庚阻雪東阿摸魚兒云：「最無端、昨宵風雨。偏將寒月吹去。輪蹄歷碌剛過半，喜把來程暗數。翻又住。算難事人生，難莫如行路。問天不語。更費盡工夫，裝成玉戲，六出舞飛絮。男兒志，堪笑儒冠多誤。浮名肯把人妬。酒闌欲擬鷦鷯賦。多少壯懷誰訴。拚醉舞，從吾願，此身願化陶家土。休論甘苦。但塊壘須澆，醉鄉頻到，此外少佳趣。」金縷曲云：「游宦成羈旅。問當時、誰人投筆，誰人誓墓。笑我頻年牛馬走，依舊頭顱如許。休更憶、金閨故步。萬里攜家從薄祿，又那堪、千里拋家苦。離思積，向誰訴。愁來難覓高陽侶。鎮無聊、編籬穿沼，移花栽樹。敢學魚湖同鹿柴，運甓漫消閒緒。但可惜流年虛度。曾道銷魂緣賦別，恨而今、魂也無銷處。空悵望，碧雲暮。」小庚於洛中官舍治寄園，雜蒔花木，有寄園百詠。其按拍處曰天籟軒，風流真不減甓園，而詞則前賢又當畏後生也。

孫辰溪詞

孫辰溪溢沅與余善，知守其家學。有自題小照云云：「萬樹梅花裏。望迷漫、一天飛雪，珠拋玉戲。如此園林幽絶景，獨對柴門閒倚。曾修得幾生能至。一幅琉璃香世界，處其間、不啻神仙矣。知此樂，寫吾志。任誇桃李爭春美。怎及他、清高骨格，歲寒開起。和靖風流消歇盡，誰把孤山重理。非敢謂孤芳自喜。我本滿腔皆熱血，借三分、梅雪胸中洗。君莫笑，畫圖意。」卷中林子魚直題詞云：「恍見春來也。染東風，梅花萬樹，開殘原野。中有幽人方獨立，早被暗香縈惹。正狂雪、漫天而下。側帽披裘無一語，任鵝毛、片片當頭打。花與客，共心寫。寒郊景物真瀟灑。隔疏林，彎環一帶，竹籬茅舍。雲影山光幽映極，我亦置身圖畫。問此樂、何如僕射。清福幾人修得到，算吾宗、和靖君其亞。風雅事，惟君藉。」余亦附一闋云：「世界茫茫裏。向何方，三間小築，傍山臨水。更有好花環左右，終日對花臥起。

這設想未爲不美。君儻按圖能結搆，我移家、請與君同里。種花事，齊料理。雖然君本名門子。問當年，寄園百詠，於今餘幾。樹蕙滋蘭無限意，不合幽芳自喜。君慨然、低頭曰是。我輩那容清福享，但生平、頗愛梅花耳。寫吾意，聊復爾。」皆賀新涼調。余題作不甚留稿，是闋亦久忘之矣。適辰溪於酒間稱及，怳然如遇故人，因掇記於此。

陳氏一門詞

梅伯題記曲圖云：「看銀燭、氍毹試舞。癡絕七郎含微醉，倚紅紅、細校燈邊譜。道尚有，一些誤。」小庾聽琵琶云：「十五載、青衫塵土。潦倒使君癡絕甚，枉替人、細把衷情訴。呼燭起，題長句。」語意極相似。然尚不及陳迦陵聽白璧雙琵琶摸魚兒一闋云：「是誰家本師絕藝，檀槽搯得如許。半灣邐迤無情物，惹我傷今弔古，君何苦。君不見、青衫已是人遲暮。江東煙樹。縱不聽琵琶，也應難覓，珠淚曾乾處。淒然也，恰似秋宵掩泣，燈前一對兒女。忽然涼瓦颯然飛，千歲老狐人語。渾無據。君不見，澄心結綺皆塵土。兩家後主。爲一兩三聲，也曾聽得，撇卻家山去。」此調前後兩結句，曾字、家字，俱不應用平，荆溪詞選曾作有，家山作故宮。泣字宜用韻，然其詞則極頓挫淋漓之致。望江龍二爲光舟中聽琵琶滿江紅結句云：「歎兩家後主好江山，雕蟲滅。」用意與迦陵同，而措辭何啻霄壤。國初填詞最多者，王价人翃及迦陵。价人草本阨於水，迦陵則湖海樓集裒然數寸許。然腹笥既富，成篇自易，堆垛之病，同於繁縟。去其濃醽厚醬，真味乃見，不有賴於浙中之庖乎。述庵乃寶其櫝而多遺其珠，動以姜、史相纚，令此老生氣不出，余所以不能無間於國朝詞綜者，率以此類。蓋選家須瀏覽全集，取其長技，不得以意見爲去取也。

蔣竹山聲聲慢秋聲、虞美人聽雨，歷數諸景，揮灑而出，比之稼軒賀新涼綠樹聽啼鴂闋。盡集許多恨事，同一機杼，而用筆尤爲嶄新。迦陵春溪泛舟填四代好，上闋提四水，下闋分疏其事，亦是此格。詞云：「碧透雙溪尾。蒲桃浪，慣被暖風吹碎。琉璃正滑簟紋小，展一川空翠。春衣篷窗浪倚。十載事、從頭都記。算飄零、曾度汶水漳水，沁水泜水。汶水長繞孤城，漳水又抱銅臺廢址。可憐沁水，還灌太原殘壘。三關怒濤夜起，過泜水重嗟餘耳。總不如春水江南，柔藍千里。」

大抵文字無才情，便無興會。所以古人論詩，比之張弓。須有十分力，方開得到十分。否則勉强鉤弦，筋怒面赤，一再發，敬謝不敏矣。吾讀迦陵長調，庶幾綽有餘勇哉。過信陵君祠填滿江紅云：「席帽聊蕭，偶經過、信陵祠下。正滿目、荒臺敗葉，東京客舍。九月驚風將落帽，半廊細雨時飄瓦。柏初紅、偏向壞牆邊，離披打。今古事，堪悲詫。身世恨，從牽惹。儻君而尚在，定憐余也。我詎不如毛薛輩，君寧甘與原嘗亞。歎侯嬴、老淚苦無多，如鉛瀉。」詞客有靈，霸才無主，陳琳墓下，傷心不獨古人。迦陵受知於龔芝麓鼎孳尚書最深，集中贈別諸作，讀之令人氣厚。沁園春云：「歸去來兮，竟別公歸，輕帆早張。看秋方欲雨，詩爭人瘦，天其未老，身與名藏。禪榻吹簫，伎堂說劍，也算男兒意氣場。真愁絕，卻心憂似月，鬢禿成霜。新詞填罷蒼涼。更暫緩、臨岐入醉鄉。況僕本恨人，能無刺骨，公真長者，未免霑裳。此去荆溪，舊名罨畫，擬繞蕭齋種白楊。從今後、莫逢人許我，宋豔班香。」又與吳園次詞布衣昆弟之歡，園茨挈舟過訪，迦陵填滿江紅，其上片云：「雨覆雲翻，論交道、令人冷齒。告家廟、甲爲乙友，從今日始。官笑一麾君竟罷，病驚百日余剛起。問乾坤、弟蓄灌夫誰，惟卿耳。」哀嘯狂吟，無非跋扈。竹垞以比青兕，豈過譽哉。餘如詠螢云：「慣照人間，閒事一星星。」陸上慎移居云：「故人和燕定新巢。」飲韓樓云：「狂受人憎，醉供人罵，老任雛姬侮。」雪夜云：「三十六簧寒不起，醉把紅鵝笙炙。」遇颶風云：「亂石將崩，孤城欲没，老樹森奇鬼。」虎邱云：「春風日夜換，換不了吴宮羅綺。」暮春風雨云：「時有茶煙，絶無人影，好個他鄉天氣。」其可入詞旨警句者，數闋難竟。蓋不獨浪擁前朝一語，足稱才子也。然迦陵流盪浩瀚，時少停滀，其率易處，頗不宜取法。

陳氏門材最盛，烏絲一篇，既推老手。而半雪維嵋有亦山草堂詞，緯雲維岳有紅鹽詞，魯望維岱有石閭詞，皆迦陵兄弟行，莫不含宫咀商，壎篪迭奏。半雪除夕懷弟緯雲南鄉子云：「翠燭坐更闌。柏葉傳觴强自寬。繞柱騰騰思阿緯，燕關。三度梅花未共看。何必錦衣還。竹杖荷裳好是閒。大有故園兄弟在，盤桓。雪後煙簑雨後山。」緯雲有憶舊滿江紅云：「脉脉濛濛，是誰把、繁華吹去。斜陽外，故家亭榭，亂煙凝竚。仿佛細聞絲竹響，飄零碎落銀燈雨。記當場、一曲牡丹亭，銷魂侣。錦帳裏，春無數。綺席畔，人如許。幾番趁、遍了差池燕羽。有恨羅裙尋畫蝶，無情紈扇銷金縷。問溪邊、一帶白楊花，應能語。」虞美人春閨云：「乍寒乍暖春無賴。門掩薔薇外。小樓朝雨忒懨懨。最是冷清清地傍妝奩。愁來無那愁人老。可惜韶光好。海棠吹落滿園中。又是一池紅浪皺東風。」魯望五陵俠少水調歌頭云：「白面誰家子，腰下佩錕鋙。短衣匹馬馳驟，遊俠遍三吴。更向長安道上，不惜黄金千鎰，調笑酒家胡。

兄尚平陽主，弟拜執金吾。行樂處，追從者、緑韝奴。一生有力如虎，人號小於菟。最愛灌夫籍福，暇日吹簫擊筑，自笑一愁無。朱邸春留客，紅燭夜呼盧。」蓋定生先生爲黨人魁首，名在三公子之列，文采炳蔚，貽爲淵源，故不獨迦陵有鳳凰之譽，迦陵與彭古晉、吴漢槎，并稱江左三鳳凰，見今世説中。即羣從亦半是惠連。

孫振豪詞

浦城孫汝西振豪虞美人本意云：「悲歌帳裏情千古。戀戀非歌舞。意氣何曾有盡時。能下英雄雙淚是蛾眉。　麝蘭一任灰塵土。玉骨香如故。不隨蓮葉萎泥中。化成一堆芳草訴東風。」臨江仙水村云：「塢裏溪橋橋裏樹。樹梢屋角溪隅。溪囘橋轉忽模糊。雲多山見少，花滿路疑無。　聽有濤聲尋卻誤。也非燕唤鶯呼。隔林招手叫提壺。牧童樵得筍，農父釣歸鱸。」汝西，乾隆初舉明經，刻賡籟集分餽同人，當時名噪甚，然其詩靡屑不足取，詞則此二闋差可詠。

林鼎復詞

別駕林天友鼎復，長樂人，曾視宜興縣事。有滿庭芳云：「緑樹陰濃，白蘋水漲，乍晴煙景波涵。中流擊楫，孤櫂指荆南。詞藻羣推二妙，湘江曲、還讓陳三。空憑弔，蒼涼臺樹，梁燕向呢喃。　當年。歌舞地，雲消霧散，澗愧林慚。且褰裳空翠，縱步名藍。欲拜峯頭大石，斜陽近、早促歸驂。留餘興，觴行小令，潦倒鏡中酣。」

賭棋山莊詞話卷五

荔支天

閩中以六月爲荔支天，宋莆田黄師憲公度好事近詞，所謂還家應是荔支天。

劉後村住宅

劉後村居金鳳坊柳行庵，俱見王實之邁賀新涼詞，一云馳玉勒歸金鳳，一云人頂禮柳行路。

陳孟周詞

陳孟周，瞽人也。聞人填詞，問其調，爲誦太白菩薩鬘、憶秦娥二首。不數日，即爲其友人填二詞，亦用憶秦娥調。其詞曰：「光陰瀉。春風記得花開夜。花開夜。明珠雙贈，相逢未嫁。舊時明月如鉤掛。只今提起心還怕。心還怕。漏聲初定，玉樓人下。」「何時了。有緣不若無緣好。無緣好。怎生禁得，多情自小。重逢那覓回生草。相思未創招魂稿。招魂稿。月雖無恨，天何不老。」聞者莫不驚歎。此載鄭板橋集中，知文章自關夙慧，國初聾啞二君，不足異也。

沈啓南詞有淵源

沈啓南父恆吉，名恆，字同齋，號緑庵。題畫云：「一竿風月，一蓑烟雨。家傍釣臺西住。賣魚生怕近城門，況肯到、紅塵深處。潮生解纜，潮平鼓枻，潮落放歌歸去。時人錯認是嚴光，自是個、無名漁父。」調爲鵲橋仙。其伯貞吉，名貞，字南齋，又字陶庵，號陶然道人。自題小影云：「此老粗疏一釣徒。服也非儒。狀也非儒。年來只爲酒糊塗。朝也村酤。暮也村酤。胸中文墨半些無。名也何圖。利也何圖。烟波染就白髭鬚。出也江湖。處也江湖。」調爲一翦梅。啓南風雅，淵源有自矣。此詞明詞綜失載。

周玄詞

周微之玄名在十才子中，於林子羽鴻又爲高足。永樂間，以文學徵授禮部祠祭司員外郎。徐興公𤊹稱其詩瓌奇悲壯，又稱其揭天謠酷類李長吉。集名宜秋，道光間福鼎王遐春付梓。末附詩餘六闋，殘訛不可句讀者去半。唐多令云：「明月上高樓。青天一片愁。舊江山、幾度同游。縱道嬋娟千里共，終不似、故園秋。洒淚寄東流。相思夢到不。刺桐花、發遍滄洲。醉裏風光都過了，更何處、繫孤舟。」頗有南宋大家風味。玄一，字又玄，與十子中黄玄并名，稱二玄。

徐𤊹詞

明季閩縣徐𤊹、徐熥兄弟競爽。熥以詩顯，所著有幔亭集。𤊹以博洽聞，插架甚富，丹鉛歷落，至今流傳，尚爲世寶。所著有筆精、榕陰新檢等書，家擅池館，宛委山房、紅雨樓皆其勝處。詳國朝陳貢士惕園庚焕鰲峯坊先賢宅蹟考。後廢爲尼庵，今又轉鬻爲民居矣。明詞綜載其望江南云：「城上角，吹動薜蘿烟。別意難忘燈下約，歸期空向夢中傳。消息杳如年。孤館客，今夕不成眠。萬井寒碪敲夜月，數聲黄葉墜秋天。人在碧雲邊。」清脆可誦。惜其鰲峯集不得見也。子存永延壽，曾與阮亭游，有詩見漁洋詩話。

張紅橋與林子羽唱和

張紅橋與林子羽唱和，豔傳藝苑，二人皆能倚聲。子羽之金陵，有寄懷百字令一闋，紅橋亦有和詞。今檢明詞綜，只載紅橋，而子羽不載，子羽鳴盛集，尚有詞十數闋，明詞綜俱不入選。爲録於此，真佳話也。子羽云：「鍾情太甚，人笑我、到老也無休歇。月露煙雲多是恨，況與玉人離别。軟語丁寧，柔情婉戀，鎔盡肝腸鐵。歧亭把酒，水流花謝時節。應念翠袖籠香，玉壺温酒，夜夜銀瓶月。蓄意含嗔多少態，海嶽誓盟都設。此去何之，碧雲春樹，合晚峯千疊。圖將羈思，歸來細與伊説。」紅橋步韻云：「鳳凰山下，恨聲聲玉漏，今宵易歇。三疊陽關歌未竟，城上棲烏催别。一縷離情，兩行清淚，漬透千重鐵。重來休問，尊前已是愁絶。還憶浴罷描眉，夢回攜手，踏碎花間月。漫道胸前懷荳蔻，今日總成虚設。桃葉津頭，莫愁湖畔，遠樹雲烟疊。翦燈簾幕，相思誰與同説。」子羽嘗夜至，作絶句云：「素馨花發暗香飄。一朵斜簪近翠翹。寶馬歸來新月上，緑楊影裏倚紅橋。」紅橋和云：「橋外千花照碧空。美人遥隔水雲東。一聲寶馬嘶明月，驚起沙汀幾點鴻。」子羽，名鴻，兩人唱酬，皆藏名於末句，此例凡十數首。昔少游贈營伎陶心兒南歌子，末云：「天外一鈎殘月帶三星。」蓋暗藏心字。東坡見之笑曰：「此恐被他姬厮賴耳。」子羽無亦有此意哉。紅橋没，留玉珮玦一枝，絶句七首，懸一緘床頭。子羽歸見，不勝哀怨。王恭、周元，各有詩弔之。恭云：「新緑只疑銷曉黛，落紅猶記掩歌脣。舞樓春去空留月，飲榭香飄不見人。」元云：「夢逐梨雲遠，歌傳薤露愁。祇今橋上水，亦作斷腸流。」紅橋卽今之洪山橋，張氏居其地，因以爲名。鳳凰山亦與相近，但今日水閣諸姬，環萃橋之左右，匪獨不解文章，抑亦未聞姝麗，豈山川清淑之氣，一洩而不能再聚耶。抑世無子羽其人，莫能消受，而不必生耶。初長樂王偁有時望，紅橋拒不納，而獨委心於子羽。子羽婦朱氏亦嫺吟咏。古人云：「不羡君才羡君福。」吾於子羽，亦作如是想。

辰溪詞

辰溪攜所作詞一卷相視，惜分飛云：「望斷垂楊青萬縷。勾出萬千離緒。無計留君住。馬蹄竟逐飛花去。從此停雲空望雨。最是多情如汝。憶到傷心處。月光黯淡花無語。」綽有蘋洲漁笛、無絃琴譜遺風。辰溪與余交情甚摯，集中贈懷諸作，語重情長，所謂不自知其啼笑也。

孟超然詞

孟瓶庵超然先生敦品績學，爲閩中有數人物。自爲部郎，典試蜀粤，及歸，掌教鼇峯，諄諄以培育人才爲己任。詩文雅潔，多明理見道之言。辛亥夏，余偶讀先生所著瓜棚避暑録，見爲孫羡門題九曲移居圖，乃知先生於詞，亦當家者，録之以資談助。

錢唐孫羨門霖久客於閩，作九曲移居圖。學使朱竹君首唱，題詩曰：「曲曲逾奇水在山。諸巖且待暇時攀。賣茶客到君須避，背坐仙人蜕骨間。龍潭壁上閣船人。大會曾孫怪底真。莫唱人間可哀曲，全家已化白雲身。」竹君任滿，令弟石君受代爲學使，一年，竹君卒，石君追和原韻，爲羨門題云：「賦就東南最秀山。已祛害馬任躋攀。壯看放櫂雞籠外，老欲浮家虎嘯間。吹塤獨感愛山人。墨淡曾留手跡真。六六峯頭猿鶴唳，憑君指點夢中身。」自注：先兄竹君曾夢爲武夷君所召。蓋竹君以庚寅主試閩闈，過建州，夢武夷君來召。夢中復之曰：「某王事未竣，不可以往。」使者問何時，曰：「當以十年爲期耳。」己亥竹君奉督學之命，復來閩，庚子按試建州，乃决意遊武夷，窮搜巖壑之勝，盡興而返。辛丑，竹君使畢入都，不久得微疾逝。計武夷君來召之歲正十年，豈非數耶。癸卯八月，羨門以圖索題，余既作四絶句應之，覽二朱君作，悵然有感，爲復作金縷曲一詞云：「廿載蓬山客。爲乘軺、仙霞關上。山丹水碧。一枕孤篷催客夢，夢到洞天窟宅。訝風馬、雲車絡繹。九曲峯頭虚左待，望先生認取三生石。人世事，塵凡隔。當時鞍掌嗟行役。武夷君、十年以後，不虚諾責。誰料重來前緣在，蜕骨寒巖猶昔。曾幾時、果登仙籍。莫唱人間可哀曲，吹篾人、淒斷緱山笛。才俯仰，成陳迹。」

聞先生掌教鼇峯時，門生有以非分干者。先生徐起行，自撫其心曰：「日來或有不肖處，被諸君窺見乎。不然斯言何以至吾耳也。」門生驚懼，謝過乃止，其風骨如此。

劉存仁詞

閩縣劉炯甫存仁孝廉，見余酒邊詞，極爲欣賞。且曰：「僕少日曾學之，未工也。」因檢案頭大清律例卷首相視，有滿江紅二闋云：「友人勸習是業，有感而賦。」「無計療饑，枉說道、讀書萬卷。苦恨煞、吐氣如虹，目光似電。碌碌儒冠徒悞事，區區小技休牽戀。嘆拊髀、困盡英雄身，思量遍。定遠筆，君苗硯。終軍繻，總貧賤。記廿載名場，與酣文戰。新貴黑頭多自立，故人青眼重相見。看先生、一笑付浮雲，真萬變。」「數玉量珠，莫輕付、漏卮丞掾。須知道、經濟勳名，文章歷練。論抱負春華秋實，看聲價南金東箭。想朝廷、側席好求賢，延英殿。只可惜，題黃絹。黯青衫，遭白眼。嘆賓客梁園，豪華久擅。幕府辟除曾倒屣，參軍記室羞延薦。擁書城、權當小諸侯，還健羨。」炯甫爲余序賭棋山莊詞話，文極峭豔，似蘇、黄門庭中語。

炯甫爲予序詞話後，余報以書曰：「捧讀巨作，流連往復，不獨文字之妙，非心知其境者，不能道隻字。其中鐵板數語，尤見持論精湛。詩詞離合處，知者蓋尠，能詞者或弱於詩，能詩者或粗於詞。至今日浙派盛行，專以詠物爲能事，臚列故實，鋪張鄙諺，詞之真種子，殆將湮沒。不知詩詞異其體調，不異其性情，詩無性情，不可謂詩。豈詞獨可以配黄儷白，摹風捉月了之乎。然則崇奉姜、史，卑視蘇、辛者，非矣。第今之學蘇、辛者，亦不講其肝膽之輪囷，寄託之遥深，徒以浪煙漲墨爲豪，是不獨學姜、史不之許，卽學蘇、辛，亦宜揮之門外也。鄙見如是，與賜作大旨頗合。閩中宋元詞學最盛，近日殆欲絕響，而議者輒曰，閩人蠻音鴂舌，不能協律吕。試問曉風殘月，何以有井水處皆擅名乎。而張元幹長樂、趙以夫長樂、陳德武閩縣、葛長庚閩清諸家，皆府治以內之人，其詞莫不價重鷄林，卽林豈塵以鎖韻掃，此乃用古韻通轉，不得以聞見録之言而譏誚之也。且今之作詞者，將協古樂乎，將協俗樂乎。若協古樂，則吾誠不敢知，若協俗樂，則今日樂部所演習者，大抵老伶伎師隨口胡謅之言，何以抑揚頓挫皆可入聽乎。古人詞不盡皆可歌，然當其興至，敲案擊缶，未嘗不成天籟。東坡鐵板銅琶，即是此境。作者不與古人共性情，徒與伶工競工尺，遂令長短句一道，畏難若登天，不知皆自畫之爲病也。且夫既能詞又能知工尺，豈不更善。然與其精工尺，而少性情，不若得性情而未精工尺。故不獨姜、史輕蘇、辛，而蘇、辛亦不願爲姜、史也。鋌流覽近日詞家，頗怪其派別之訛，非但無蘇、辛，亦無周、柳，大抵姜、史之糟粕耳。姜、史之精，十不得一也。不揣狂妄，學填數十闋，於斷絶寂寞之中，爲吾閩永此一途。然願甚奢，而才識俱不逮，秋蚓號竅，誠不足當大疋一吷。惟進而教督之，匡正之，則真爲無窮之賜，且更望助我張目，於此道樹立一幟，亦吾閩一大生色也。」此書頗足備參詞學，故縷述於此。

漳平唱和

壬子，余在漳平，以事同董少白慶瀾至感化谿，張軒叔承渠款余，作平原十日歡，刪除煩惱，自尋樂趣。軒叔能畫，少白善飲，譚藝每徹四鼓。少白有句云：「君才我量，同垂不朽。」蓋一時意氣之盛如此。一夜，余填永遇樂調寄高文樵應焱云：「嗟聚紅生，寂寞溪山，阿誰知汝。碧海騎雲，霓裳自奏，下界無人語。遥天有眼，犬星見角，出没羣魚亂舞。抱幽蘭、一枝獨笑，歸去五雲深處。熱塵九斗，離愁一斛，兩岸落紅如雨。歌不能狂，言還畏罵，酣睡尤辛苦。何如飲酒，解衣槃礴。自謚騷壇醉虎。招故人元龍樓上，共分千古。」少白、軒叔亦有作，少白云：「吁江田生，茫茫天壤，居然有汝。相聚何遲，相期何厚，千里移書語。原注：前承千里移書相招，且贈句云：血性文章無客氣，艱難身世見交情。放開隻眼，伸來隻手，怕甚羣魔起舞。扛一枝、如椽健筆，直揮斥煙雲處。他怎曉狂中苦」句。癡邊漫駐，忍耐何辛苦。原注：枚如自號江田生，又屬余作是癡邊人印。擔當宇宙，已飢已溺，細訴來，淚如雨。狂裏深藏，原注：枚如有「世笑儂狂，好鞭笞龍虎。招癡張、各持杯酒，烹今鍊古。」原注：軒叔，號癡張。軒叔云：「枚汝知乎，我醉人醒，我憂人喜。情之所鍾，都如我輩，有恨焉能已。灌夫罵座，禰生撾鼓，便怏亦無聊耳。看造化、小兒游戲，舞一陣，天魔起。屍居腐氣，污人羶行，累得侏儒飽死。射策無緣，傭書不值，碌碌風塵裏。我生三十，何如投筆，食肉而侯萬里。冷黃齏，長年齕盡，書生真鄙。」

張軒叔詞

軒叔爲復齋見心先生之孫，復齋能詩，擅書畫，有疋量。予舊贈軒叔詩云：「軒叔名公孫，飢驅向海甸。濯濯楊柳姿，不爲污泥變。填詞有新聽，作畫究真面。」蓋軒叔能守其家學。余之自感化谿歸，軒叔填惜分飛五闋送余。自跋云：「余與枚如相識甫三載，而相知之深，歡若平生。秋日過我，客次拌酒，縱歌互答，承惠新詩數章，意氣陵鑠，金石逾堅，余將何以對我故人也。今枚如行有日矣，嗟嗟，熱血三升，癡情萬種，爲古擔憂，依人作嫁。一副頭顱自喜，滿腔肝膽向誰。本慧業多磨，豈英雄無賴。長年馬磨，異夢同牀，到處蛇神，奇形醜狀。茫茫知己，落落人間。何幸大蘇青眼，酒邊聯聽雨之歡。無如老杜思歸，客裏唱停雲之曲。捫心別後，惆悵奚如。執手今朝，纏綿乃爾。會當鑄汝黃金，作客猶留鴻爪。更願貽余彤管，封侯共奮鳶肩云爾。」詞云：「阿大才華當有數。不獨登高能賦。自步江東路。古人深慕今人怒。秋雨湖西絃管度。家世清華如故。莫把浮名誤。黃金應鑄紗應護。其一。我輩鍾情輕世故。謡諑蛾眉空妒。豈受樊籠錮。冲天竟去休愁顧。霜雪人間寒已固。鬼壘登場堪惡。一笑東流付。天心保護無遲暮。其二。何處清輝長夜度。冷落雲鬟香霧。征鳥飛無數。惱他雲路頻來去。玉桂涼風金菊露。多被秋花猜妒。難得杯中趣。齋期寧誤茵寧吐。其三。三載相知承眷注。驥尾龍麟欣附。倦眼風塵顧。長亭離樹横朝霧。肝膽牢騷收不住。潤色詩筒酒具。蕭索真難度。孤絃自語秋心聚。其四。顛酒狂歌能幾度。此別何時再晤。不恨來遲暮。深情如鑄新如故。好月幽花難湊趣。總爲離愁絆住。尤抱傷心處。臨行分付書來去。其五。」嗟乎，若軒叔者，能不令人增交道之重哉。

友仁精舍雅集圖題詞

友仁書院在漳平北門外，一樓高聳，遠山如屏，蓋踞菁城最勝處。秋日余與文樵話別於此，酒酣，聯滿江紅調題壁。越數日，適逢重九，文樵復餞余，重疊前韻，和者十數人。文樵屬汀州廖鏡清作友仁精舍雅集圖，備録諸作，每篇係以跋語，余爲序其緣起，成一巨册，真一時勝概也。題壁原韻云：「如此溪山，無我輩亦嫌寂寞。長樂謝章鋌枚如想當日，危樓初建，胸饒邱壑。入夜應憐秋月淡，錢唐高應焱文樵凌虚莫笑浮雲薄。枚如聽風吹、漁唱與樵歌，窗間落。吴中李堉涵享書一卷，吾能讀。枚如酒千琖，誰言濁。閩縣董慶瀾少白聚二三知己，各尋歡樂。文樵人到中年悲白髮，閩縣葉鼎全甲三天教異地逢青目。閩縣潘聯禧藹庭潑淋漓、墨氣染菁城，枚如觥籌錯。文樵」重九疊韻云：「瑟瑟西風，聯袂至、同分寂寞。文樵悄離心、閒泉出峽，倦雲歸壑。枚如未去已知雙櫂穩，再來翻笑孤雲薄。甲三看輕鳶、一線趁斜暉、前村落。涵亭王粲賦，休重讀。徐邈酒，時中濁。閩縣張承渠軒叔算人生難遇，知音最樂。吳中計樹穀榮村浮白能豪詞客膽，少白垂青應刮山靈目。汀州廖鏡清菊農計良辰、幾度得傾談，時休錯。韶安陳玉宇星垣」先是端午余觴文樵於東山蓮花巖，作五日登高聯句題壁云：「蓮花巖下訂同心。少白五日登高百感侵。異地相逢人似燕，文樵好山今日客如林。百年肝膽拌濁酒，閩縣薛禧年幼臣半世蹉跎怨素琴。未老那堪雙鬢白，文樵幽蘭笑我碧雲陰。枚如」是時余將旋省，文樵爲作東山話別圖贈行，余以憶秦娥二闋題之。

和友仁精舍作

友仁精舍之會，肖巖、幼臣俱以秋試未與。後二君皆落孫山外，幼臣至而余已歸，於甲三處見其和作，歸以視肖巖。肖巖亦和一闋，失意之言，令人寡歡。幼臣云：「二度菁城，重把臂、敢云寂寞。祇難再、滿江紅聚，蓮花之壑。轉眼忽驚時事換，捫心不怨人情薄。把新愁舊恨淚君前，雙行落。何必問，耕與讀。何必論，清與濁。算眼前第一，愛錢便樂。貧賤生來贏傲骨，英雄老去輸科目。嘆秋風、辜負故人多，文章錯。」肖巖云：「苦喚奈何，只閉門、自捱寂寞。怎忍看，寡妻稚子，待填溝壑。生我難知天道遠，反躬敢責人情薄。這肚皮，總不合時宜，該淪落。聰明怕，書休讀。交游謝，世原濁。且平分貧富，何憂何樂。入世已慚增馬齒，知音最易混魚目。儻因循，一失便終身，誰之錯。」蓋肖巖時方貧困失計，而又感傷時事，故其言甚苦。嗟乎，輒喚奈何，豈獨子野哉。

幼臣爲星村之甥，星村屢向余稱其刻苦，幼臣亦雅知余，然相見初不相親。壬子作客漳平，余至而幼臣歸矣。余遣使要自同安，既至，甚莫逆。其客中不寐填滿江紅云：「十日離鄉，路迢迢、寸心千里。又況是、客中作客，勞塵未已。絶險風波經弗盡，不惜歲月依胡底。嘆無端、一付好鬚眉，依人耳。寒窗外，江如市。孤枕畔，夜如水。苦思量欲覓，家山夢裏。白髮高堂游子淚，青燈短榻讀書味。惱來時、輾轉睡難成，鷄聲起。」比之星村，洵爲宅相。幼臣大父悟邨嘉穎先生，積學有重名，著書經精華、詩經精華等書，爲家塾蒙訓善本，盛行於時云。

聚紅詞社

初余録諸同好滿江紅調贈文樵，且係之曰：「他日杯酒相逢，各出長技，請目爲聚紅詞社可乎。」文樵喜，乃自號聚紅生，顔其寓齋曰聚紅軒。一夜，余與文樵對坐填詞，燈結花四，既又茁一蕊，文樵曰：「是所謂聚紅也。」故余詞云：「把聚紅佳話祝燈花，花休落。」文樵有俊才而深於情，余歸，文樵送至江岸，淚承睫若不自禁，凝立望予舟弗見，乃返。且寓書所知，屬爲余排遣，故余感懷詞云：「蘇小鄉親，高三十五，爲我添憔悴。無臺避債，填詞相向垂淚。」文樵藉錢唐，入閩，能以師道佐州縣君有聲。然酒酣以往，時慷慨不自得，思援例入職自效，曰：「雞口終勝牛後也。」余舊贈文樵句云：「幾輩真爲愛我者，小官猶勝依人耳。」文樵讀之極欣喜，曰：「枚如真知我心。」乃填金縷曲一闋，書以團扇贈余云：「驀地逢知己。倚新聲、淺斟低唱，情從此起。九十春光虛負了，人在落梅風裏。忍見那、榴花開矣。昔日汨羅江上恨，問三閭、何事身輕死。絲五色，纏無已。拋殘書卷年三紀。甚來由、依人作嫁，飄零千里。漫道焦桐常掛壁，祇爲知音有幾。且商量、自家料理。事到艱時心轉怯，小功名、亦屬難懸擬。知我者，枚如耳。」其疊題壁韻送余云：「分手河干，君此去，吾添寂寞。不盡雲迷遠道，鳥沈深壑。處世那堪身累重，初交莫怨朋情薄。望故鄉、蓴菜起秋風，傷淪落。酒邊句，曾披讀。原注：枚如著酒邊詞。眼前事、分清濁。願早尋良遇，共圖安樂。離別敢爲兒女態，音書休阻雲天目。笑調羹、手段付東流，謀生錯。」是則一聲河滿，雙淚交流，便冷心肝亦要裂卻也。文樵篤於伉儷，其婦李氏月田，能詩，曾見其寄外數絕句，記其二云：「利鎖名韁西復東。年年長自慨囊空。自從嫁作君家婦，非在愁中卽病中。」「長日如年獨自眠。惱人情思是炎天。洪山橋下溪流水，一片風帆似妾懸。」文樵常持余詞稿示其婦曰：「謝君筆下有人。」

梅信詩唱和

汪稼門志伊尚書督吾閩時，以梅信詩書扇，贈吳清夫賢湘翰簿，清夫裝爲册。伊墨卿太守秉綬爲作寒味芳心四字於首，且和一詩。後爲吾友肖巖所得，歲除前二日出以示余，爲節録唱和諸作於此。尚書原作云：「一番花信到春臺。誰遣陽和透骨栽。天地心從枝上見，冰霜氣逼蕚中來。鶴知消息驚幽夢，月助精神護緑苔。幾度衡寒山有意，不煩羯鼓自先開。」墨卿和云：「扶容橋迴當平臺。樓畔梅花手自栽。最喜故人同鶴至，況聞明月送香來。橫枝欲放多臨水，寒色雖嚴未没苔。共識心情貞鐵石，青青松竹對門開。」肖巖和云：「霜前雪後護樓臺。遠處移根近處栽。況遇名賢寄意在，如同驛使折芳來。弄笛恰宜歌白雪，刊碑卻易上蒼苔。風流今日逢潘令，明月一樽涼對開。」原注：余與梅花爲生死交，度歲迎年，每與作緣。故鄉梅之多者，近則南臺之梅塢、鳳岡里梅塢，甚屬寥寥。遠則閩縣之梅溪、永福之方廣巖、連江之青塘，皆十餘里，清香撲鼻，令人有欲仙之致。舊歲臘底游菁城，欲求一枝，竟不可得。壬子復之寧洋，潘藹庭出此册相贈，真投我好也，敬和一律，聊以償余癖云。中又有江沅東風第一枝詞云：「臘意衡寒，春心釀雪，東風欲到江岸。只應驢背詩人，省識暗香早晚。黃昏月色，已仿佛相思一半。問舊時、驛使重來，記否故人天遠。消瘦損，玉關望斷。空領略，笛聲哀怨。甚時過了，江南路遥，計程尚緩。深深烟夢，合早約東君催喚。正萬山、消息歸來，訝許凍痕暗換。」此詞於梅信二字極有體貼，非浪賦寒花也。即以胎息論，亦從石帚、梅溪門逕來。

省會烏石山范忠貞公祠有梅一，相傳宋代物也。十數年來，嘆夷盤踞是山，植綽楔，崇樓觀，而梅亦困頓於腥羶之中，無能過而問之者。予戊申在甯德，填金縷曲有云：「撩起我淒涼心事。細雨忠貞祠下過，人對花、齊滴傷心淚。要花看，將何地。」及歸，聞或者欲縱尋斧，先數日梅竟憔悴死。適睹肖巖此册，感物傷懷，乃填滿江紅一首，并附跋語二則。嗟乎，思從曩人，渺不可得，孤芳摇落，何以爲心，慷慨廣平之賦，非爲黃大輿之梅苑資故實也。詞云：「嚴凍一天，偏做出、江山春色。纔曉是、調羹手段，消寒骨格。香暗不沾蠭蝶鬧，枝高故耐冰霜逼。幸賦花、人盡鐵心腸，花非阨。宜愛護，休摧摘。今忽瘁，誰之責。冷相思無著，檐低月黑。夢斷忠貞祠下路，埋香也化萇宏碧。屬瘦魂、莫向隴頭銷，招應得。」跋云：「歲壬子，余抱幽憂，浪游自排遣，一二知己，惠書省問，述所見聞，皆堪痛哭。適肖巖寄此册相視，欣賞累日夜不厭。因思昔日尚書治吾閩，政舉目張，時國家稱極休盛，而册中唱和諸君子亦各能出所樹立，以自見於世。嗟乎。及今幾何時，竟令人累欷增歎，而莫能自解耶。十月，余行經泉南，見道旁薪者，皆焦爨無枝葉。詢其故，始知前日劇盜方出掠，官不敢問。盜去，官乃索賄於鄉，鄉民破家不能滿官欲，官遂縱兵焚其十數鄉，衆悉趨入海，此其燼餘之物也。嗟乎，付之一炬中，安知無梅花哉。則亦與烏石山之宋樹相弔而相泣也已。」又跋云：「墨卿先生與外大父丁階庭先生同舉春官，素相得。嘗曰，墨卿每朝起，舉筆懸畫數十百圜，自小累大，以極匀圓爲度，蓋謂能是，則作書腕力自是健。其隸法駿漢走唐，無一俗筆，與所述作并負重名。清夫先生曾爲鼇峯書院監院，敦己愛士，人望與墨卿相埒。著甚德堂集，文峭潔不類凡近，與謝退谷教諭、陳惕園貢士最善，有二士記。前輩典型，令人起敬，宜肖巖珍襲之而不敢稍褻也。」

賭棋山莊詞話卷六

南浦秋波録

去省會南門十里地曰灣裏，洲邊皆水閣，諸姬所居，詳張亨甫南浦秋波録。今年九月災時，予居龍溪，得是信。友人陳星垣玉宇填明月棹孤舟調云：「却道收場時尚早。只因伊、杜娘非老。詎意重陽，纔過幾日，卻被祝融勾了。　從此無分昏與曉。知汝難支煩惱。少慰愁懷，并詢近況，恨不將身飛到。」余聞汪稼門尚書督閩時，惡諸姬，欲驅逐之，諸姬扶老攜幼，環跪轅門，願輟業，求賜少資本以爲治生。尚書計其費不貲，事遂寢。及道光辛巳，洲邊災時，太守王君楚堂，禁人撲滅，延燒殆盡。後雖屢有興作，而壯麗終遜從前。非必嚴禁知斂跡，蓋亦一時財力之不及。吾友張任如仁恬常言神而五帝，則人無不媚之者。人而娼妓，則人無弗溺之者，故二處爲銷金巨壑。至五帝嘆寂寞，娼妓多貧寠，則民窮財殫可知矣。乙巳，予游連江，填金縷曲寄芑川中云：「官府催租聲不斷，誤幾家、紅粉飄零死。樂游曲，猶佳耳。」蓋亦本此意也。嗟乎，論治者亦知歌舞爲太平之象哉。又聞某年臺江水漲，巨木擁萬壽橋，狂浪噴薄高於屋，中洲地震動有聲，居民皆涕泣呼號，幸而橋折木下，水勢漸平復。陳惕園先生建議謂旁岸皆伎女逼處，施椿治樓，乃盡奪容水之區，故水横如此。宜令伎女皆舟居，不許侵水涔尺寸地，不然中洲之衆，恐終難免其魚之痛也。詳惕園初稿。此說亦奠民者所宜留心也。蓋省會水利近多不治，小西湖在西門外，歲溉田數千頃，道光初頗堙塞，林文忠公倡議濬之。今居民復私種菱芡於其中幾滿，敗株朽橛，污泥日積，秋潦不能及踝，輒苦旱。而東湖之在旗地者亦然。夏春，上游水溢闌入湖，湖淺隘不可容，復旁濫爲災。且數年前以備夷故，費數十萬緡買巨石扼濂浦，水易入而難出。故頻歲旱稻多損，蓋漲甚則累旬，少亦十餘日方退。而城壕及内河亦多積穢，高者可以爲路，設有緩急，竊恐非宜。昔日若移濂浦之費以之廣筵十席矣。余嘗見湖壖父老説，其初建屋時，門去水尺許，不及廿年，今門前可列濬湖治河，不獨無虚縻之患，而民且受無窮之益矣。蓋海口門户，在五虎不在濂浦。且濂浦填後，逆夷長驅直進，而商賈之覆没者歲且無數。又附近灣裏洲邊有地曰後牆裏，徑路宂折，漳泉奸民，羣萃其中。勾通夷人，販積鴉片，獲賄無算，因而招納閒散，朋比吏胥，作奸犯科，不可窮詰。漳泉俗本好勇尚氣，此輩又素習不善，一旦有警，勢必乘閒鬨起矣。曲突徙薪之計，吾望其勿待焦頭爛額時也。

榕園詞韻

海鹽吴子安著榕園詞韻，修潔有條理，其凡例諸則，持論俱確。然云：本書從廣韻録出，所取甚簡，如雖字、詎字、但字、或字、及崆峒之崆，茱萸之茱，剞劂之剞，邂逅之邂之類，難施韻脚，悉從舍旃。隱僻生澀，亦一意屏却。作詩不妨叶險韻，然終非上乘，不爲識者所韙。至於填詞，尤貴平易，字面一乖，便非當行本色。且爲韻甚寬，叶字復有定數，非如詩家滔滔百韻，無所底止，以故不習見難叶者，概不復存。是固然矣。但其中亦有太缺略者，即如否字、舀字，皆詞家常用，而麌韻、篠韻皆失入。否，方矩切，陳琳大荒賦「豈云行之藏否」，辛棄疾永遇樂「爲問廉頗尚能飯否」，俱與上文虎字叶，蓋古音也。不字有夫音，詩鄂不是也。故轉入甫音。舀以沼切，說文：舀，抒臼也。廣雅釋詁：舀，抒也。今閩人猶謂抒水爲舀。又如䵾字，齒傷酸也。高士奇曰：「今京師語，謂怯皆曰䵾。」曾茶山和曾宏父送柑云：「莫向君家樊素口，瓠犀微䵾遠山顰。」天祿識餘笛字讀邱玉切。陸游曰：瀘卭間謂笛爲曲。故魯直念奴嬌詞「老子生平，江南江北，愛聽臨風笛。孫郎微笑，坐來聲噴霜竹」。笛與竹叶，今俗本竟改作曲，非是。老學庵筆記其字其音，雖不如否、舀之古，而此等在詞家則確有依據，所當補入，不得執廣韻之書，而諉其挂漏之咎也。

顧貞觀南鄉子

古錢率一面有字，一面無字，無字爲陽爲面，有字爲陰爲背。無字，漢書西域傳謂之幕，唐書柳仲郢傳謂之模，而或謂之漫。明末輒鑄字於漫，如天啓大錢鑄一兩字，崇禎錢鑄户工等字。至國朝則一面鑄漢字，一面鑄清書，而世俗謂漢字爲字爲陽，清書爲覆爲陰。惟卜筮之用錢，則以三覆爲重爻爲陽，三字爲交爻爲陰。二字一覆，以一覆爲主，爲單爻。二覆一字，以一字爲主，爲折爻。禮儀疏：筮法古用木畫地，今則用錢。以三少爲重錢，重錢則九也。三多爲交錢，交錢則六也。兩多一少爲單錢，單錢則七也。兩少一多爲折錢，折錢則八也。顧亭林曰：今人以錢筮者猶如此。顧梁汾貞觀南鄉子云：「繡榻近來閒。似整如敧欲卸鬟。自把毛詩教小鳳，關關。鸚鵡偷傳唤阿鬟。湘管淚痕斑。擲罷金錢弄玉環。身似離爻中斷也，單單。欲展雙眉更折難。」以此運入詞句，特覺新穎，其前片末二語，用時俗稱謂，更爲巧合。

肖巖詞

肖巖自臺灣歸，復之甯洋。壬子夏，余於菁城讀其詞一卷，兼攬南北宋之勝，傳作也。滿江紅云：「紅雨樓前，愛有石、有泉有竹。憶當日、雪堆幽徑，月明華屋。兩扇青山排闥入，異書坐對焚香讀。看黃塵、滾滾者相公，皆粗俗。嗟擲筆，謀食肉。嘆餬口，徒果腹。算難得再種，故園之菊。十載奇憂白髮盡，一場好夢黃粱熟。問人生、歲月有幾何，消清福。」又云：「莽莽蒼蒼，十萬里、胸吞八九。放眼處、左攜詩卷，右攜杯酒。破浪乘風行壯矣，幕天席地言夸否。倚長鯨，拔劍斫西風，神龍吼。山欲納，巨鼇口。潮欲殺，水犀手。枕柁樓細數，翼張星柳。喝月狂哦蘇子賦，呼風醉踢周公斗。論人生、富貴與功名，終吾有。」原注：辛亥七月，余自臺灣對渡五虎門，舟出觀音山，駛風如箭。是夜舟過黑水洋，風止，數萬里茫茫，波平若鏡。聞下有磁石，舟停久輒碎，同舟者皆失色。余至天后神前焚香默告，登柁樓唱姜白石平韻滿江紅一闋，依填一闋，風復大作，次日，舟抵虎門白畎。又云：「會上麟山，好一帶、茂林修竹。又幾曲、綠侵苔徑，紅迷柳谷。伽葉喜歡花在手，釋迦嗔恨雲生足。趁浮生、半日且偷閒，歸休速。鐘聲斷，茶聲續。梵聲緩，泉聲促。嘆樂地難得，似僧幽獨。肯戒六根方是淨，未除一髮終嫌俗。況吾曹、利鎖與名韁，皆拘束。」原注：麟山寺在寧洋縣南，一邑之勝也。百字令云：「晴窗破曉，又開門牆角，迷濛山色。萬籟無聲人悄悄，風墜空庭一葉。殘月留輝，微雲弄影，意象都澄澈。泠然善也，妙悟難索言說。卻嘆橫海經年，破浪乘風，兩鬢將成雪。失計歸來仍得計，免涉波濤深闊。六月旋家，三冬就道，依舊身爲客。衝寒犯暑，年年忘却除夕。」好事近云：「搔首問青天，是我知心惟月。多少不團圓事，莫向青燈説。年來何事慰春心，有兩鬢華髮。休似柳花飛散，任行人攀折。」卜算子云：「取次等新晴，晚覺斜陽逗。又聽空階滴滴聲，正四更時候。情感百端更，心緒千般湊。人道愁來縱酒宜，奈酒新愁舊。」

燕蘭小譜

燕蘭小譜五卷，自稱西湖安樂山樵，傳者謂余秋室集所作。皆紀有名京旦，分花雅二部。花者，弋腔梆子傅粉旦也，四十四人，以成都陳銀官爲冠，王桂官次之，魏長生爲殿。雅者，崐腔不傅粉旦也，二十人，以元和吴大保爲冠，四喜官次之，張發官爲殿。近張亨甫復著金臺殘淚記三卷，紀事同而用意頗異。凡爲傳十篇，詩五十九首，詞三闋，雜記三十七則，始楊法齡，終王小慶。其小慶傳首云：「華胥大夫曰：人得於天，而可愛者才也，色也，二者自相爲愛，又深於衆人。衆人愛之而已，自相爲愛，則相憐焉，相悲焉，而至於相殉焉。嗟乎，吹氣皆韻，送目已通，清魂易消，芳心難閟。是惟才人，是惟美人，此宜其相愛。未隕先虞，不寒猶怯，年知似水，意常若秋，故才人必早衰，美人亦然。美人必善病，才人亦然，此宜其相憐。至於嫁於廝養，辱在僕圉，蓋美人之薄命也，而才人有甚焉。送正平於江夏，則廝養不如，罪子長以宫刑，則僕圉不如，此宜其相悲。嗟乎，愛復奈何，憐復奈何，悲復奈何，不相殉而奈何。是故綺幃初卷，横波一顧，是爲態殉。壁畫黄河，舟邀青翰，是爲意殉。卧病枕股，越禮奔琴，是爲身殉。

身殉而情可無憾矣。然而情天多陷，無石可填，情海多沈，無鵲可渡，是故又有思殉者焉。浦口別傷，門闌映斷，寄書悄悄，度夜迢迢，此一時也。傷何如矣。又有疾殉者焉，鏡羞改曆，黛損欺眉，衣外盈盈，我自語我，笛邊黯黯，卿不知卿，此一時也，怨何如矣。又有癡殉者焉，青塚埋啼，紅泉污粉，宮中帳裏，慘淡娙娥，天上人間，淒涼信誓。況乃未曾平視，洛川思寶枕之投。乍感傳觀，蜀道掩香羅之泣。招尋九地，憑弔千秋，代往哀來，愁多涕少。嗟乎，此一時也，則有冒非笑而不辭，結悵惘而如溯，如余今日之爲小慶傳者，又豈非癡也哉。嗟乎，讀此文而不揉腸蕩氣者人情乎。其疏影用姜白石韻爲韻香即法齡題畫梅云：「嬋娟似玉。記那年舊夢，林下曾宿。喚醒羅浮，雙翠啼痕，斑斑欲化湘竹。仙雲不墜春仍晚，甚處問、枝南枝北。恰夜來墨影橫斜，又是月明人獨。堪嘆朱顏宛轉，抱清怨瘦損，眉嫵孤綠。可得東風，吹汝如花，只在空山茅屋。關河日夕愁煙暗，且莫聽、笛中淒曲。便算他冷豔幽芳，也半落生綃幅。」則彷彿過垂虹橋，聽小紅低唱時也。遠者王紫稼，近者李桂官，皆取重於碩彥，歌詠之辭爛如。而迦陵眷戀紫雲，至以百首梅花詩贖罪過，努力作藁砧模樣，一闋賀新郎，檀板間於今猶豔稱之。蓋洛陽分司，江州司馬，一領青衫，別饒熱淚，婦人醇酒，果知其何心耶。豈與徒侈狐媚者齊語哉。李雨村欲作孌鑒一書，見雨村詩話。吾恐大欲難防，諷一勸百也，況夫遁爲跅弛，固有大不得已者乎。

林子羽詞

林子羽有游仙記云，客游玉華洞，夢入一莎徑，見華表朱榜金書曰「瑤草洞天」，有一女奴曰：「子非林郎耶，妾之女君，待子久矣，妾請肅客。」乃過泠然馭風之館，道華萼葆光之樓，至怡神亭。亭西有天葩軒，軒中碼磁几上陳一册曰霞光集。一女年可二八，向余再拜。予答禮請姓字，女曰：「妾之嚴君，瑶華洞主葆素真君，董其姓，處默其字。妾乃第三女，小字芸香。嚴君階列地仙，職司文衡，佳者皆録於霞光集，以備上帝觀覽。君之作凡數十，其『一鳥鏡天浄，萬花潭雨香』與『撒雨古壇暝，禮星寒殿開』之句，尤爲稱賞，今日願求雅作。」余獻詩曰：「白玉仙源隔紫霞。人間有路入瑶華。絳囊儻示餐松訣，長向天壇掃落花。」女和曰：「天葩芳豔絢雲霞。自愧才非萼緑華。待得塵緣收拾盡，鳳笙同奏碧桃花。」既驚寤，翼日尋其地，見一潭中有赬鯉數尾，因念尺素傳書事，乃作一絶投之曰：「曾入瑶華洞裏來。天葩軒檻絶纖埃。玉笙未奏青鸞曲，山下碧桃空自開。」忽雙魚銜而入，須臾一箋浮上，有詩曰：「天葩小院敞銀屏。鵲散天河逗客星。欲識别來幽思苦，晚峯長想黛眉青。」記甚長，不能詳録。驂鸞偶鳳，何此君好夢之多也。其與紅橋唱和，余已覼縷於前。兹讀其詞集，復見其蝶戀花紅橋憶别，有「錦屏翠幄留春住」之句，「玉漏遲記紅橋故人春游，有「偏付與容華，稱顰宜笑」之句，摸魚兒書情云：「記紅橋，少年遊冶，多少雲情雨趣。金鞍幾度歸來晚，香靨笑迎朱户。腸斷處。數半醉微醒，燈暗夜深語。問情幾許。情應似，吴蠶吐繭，撩亂萬千緒。離别處。淡月乳鴉啼曙。淚痕墜，紅袖污。海懷遐想何年了，空寄錦囊佳句。春欲去。恨不得長繩，繫日留春住。相思最苦。莫道不銷魂，衷腸鐵石，涕淚也如雨。」愈徵其傾倒之至矣。又其錢塘舟中述懷填滿庭芳云：「小雨催寒，輕煙弄晚，空江一望模糊。片帆東去，誰念旅懷孤。寒雁連翔欲下，還驚起、相應相呼。栖泊處，擁篷攲枕，清夢繞菰蒲。還思行樂處，有高陽酒侶。洛浦嬌姝。空贏得半生，酒困詩癯。不道年來憔悴，但顧影、冷笑微吁。螺江上，天公還肯，容我釣鱸魚。」子羽詞不失南宋清疏之氣，在明初卽置之劉誠意、高青邱間，亦復何慚作者。況紅橋留別之篇，康熙時，徐電發纂本事詩，備采於集，炳炳在人耳目前。王述庵竟一字不登，其疏甚矣。按摸魚兒闋，上片結拍，攷之譜律，少二字。當是錯誤，非有此體也。第二句刻本作「雨情雲緒」，與下「千萬緒」重押。曾見林吉人佶樸學齋鈔本，作「雲情雨趣」，從之。或謂詞家重押甚多，卽如近人納蘭容若浣溪沙，旣曰「多情情寄阿誰邊」，又曰「紅綿粉冷枕函邊」，是亦一明證也。且葉少蘊塡賀新郎云：「誰采蘋花寄與，但悵望蘭舟容與。」連用二與字矣。然余按蘆浦筆記，謂石林詞下與字去聲，漢禮樂志「練時日，淡容與」，顏注：與，閒舒。今歌者不辨，乃以其疊兩與字，妄改上與作寄取，可嘆也。然則雖似重押，實非重押。大抵字同而音義則有異耳。蓋詞自蒼梧謠、南歌子，至戚氏、鶯啼序，短者三四韻，長者亦不過二十餘韻，儻使一韻兩用，匪獨才儉，卽審音之道亦疏。不得引柏梁臺之三治字、二哉字，陌上桑之三頭字、二隅字等文，謂古人不忌重韻，以爲文過也。又子羽集中，有望海潮，刻者將後片起三句分入上片作結語，尤誤。

刻詞不合體例

自明以來，詞學道微，不獨倚聲無專家，卽能分句讀者亦少。近刻子羽鳴盛集，目其詞爲詞話，此何說耶。丁雁水與竹垞、電發善，及刻紫雲詞，將二公評語刊入，蓋作者旣以少而自珍，故見者亦過譽而失實，不知其貽笑於大方也。鄭荔鄉方坤刻青衫詞，小令與散曲夾廁其間，體例尤爲不合。許秋史刻蘿月詞摸魚兒一調，竟脱去一拍，屢有良友審定，竟亦不覺。今日或作詩話，引朱子水調歌頭，誤以爲滿庭芳。而某鉅公著書講學於論文論詩之末，以爲填詞無關學問，可以不作。嗟乎，是又大言欺人，自掩其短者也。詞本古樂府，而句法長短，則又淵源三百篇。有宋一代，名公鉅卿，魁儒碩彦，無不講偷聲減字者，豈真曲子相公盡皆輕薄哉。不習其藝，置之不論可也，妄加雌黄，則有胡盧於其側者矣。然亦因究心於此道者，太屬寥寥也。

鄭荔鄉一門風雅

荔鄉與兄石幢方城，猶子有鱗天錦，以時文雄長閩中，稱三鄭。而荔鄉詩古文辭頗不愧方家，其詞則見賞於蔣鉛山。大抵佳處，卻有後村別調風味。采桑子云：「漢皇重色思傾國，長短纖穠。玉白花紅。塗抹都爲悦己容。天寒有女依修竹，鏡暗芙蓉。月冷簾櫳。獨處姽嫿恰伴儂。」又云：「生平怕讀登樓賦，不謂兒童。便爾飄蓬。佳節多於馬上逢。誰知行路難如此，寄廡憐鴻。彈鋏歌馮。冷炙殘杯到處同。」浣溪沙秋閨夜坐圖云：「落葉蕭蕭月鑒帷。塞鴻一夜盡南飛。檀郎何事獨歸遲。且自孤燈挑永夕，從渠小玉睡多時。緑窗對影静支頤。」清平樂秋江泣別圖云：「蕭其森矣。臨水悲哉氣。浪打孤篷篙拔起。不許征人再倚。連絲別淚熒熒。歸期縱訂奚憑。恨不身爲檣燕，隨郎直上巴陵。」金縷曲寒漏云：「海水涼銀箭。聽天街、鼕鼕不絶，千門盡掩。無數啼蛄爭弔月，迸出悲絲急管。更腷膊、翰音相亂。驛柝村舂齊唱和，一聲聲、打入愁心坎。夢不到、華胥館。此情此夜誰能遣。最憐渠、孤燈逆旅，深閨小膽。坐擁繡衾寒似鐵，一串鮫珠著臉。捱不過五更三點。惟有玉釵冠上掛，揭流蘇、軟玉籠香暖。喃喃語，尚嫌短。」又步韻題朱雲亭大令桐莊詞云：「檀板當窗挂。溯從來偷聲減字，源流騷雅。周柳辛蘇音響歇，誰更鑿空補罅。算都只，寄人籬下。心折桐莊詞一卷，是紅鹽白紵烏絲畫。歌宛轉，幾晨夜。寥寥此調誰彈也。細評量、聲同金擲，字均縑價。清比嬌鶯啼恰恰，圓似露荷珠瀉。又五色雨絲飛灑。穠郁芊眠白石境，嘆悠悠、孰是知音者。將進酒，與君話。」傳聞荔鄉子天鋂，博學而不慧。嘗曉出，歸而不知其家，問鄰人曰：「君識鄭某所居乎。」過市或屑銅敷泥爲燈，天鋂以爲真也，典衣數百錢買歸，其癡厚率如此。然十三經註疏背誦不遺一字，并能舉某句在某卷某簡某行。初其婦翁某見其善讀，謂當成大器，以女歸焉。天鋂亦謂宰相當用讀書人，以此愈益自負。而其婦卒鬱鬱死，天鋂輓之曰：「不作今生宰相，願爲來世夫妻。」天鋂後以縣學生終，其遺事至今猶藉藉人口。荔鄉一門風雅，婦女皆嫻吟詠。

小西湖詞

省會小西湖，在閩王時恆舞酣歌之地，歷詳省志府志及姚循義西湖志。湖山灣環，水木明瑟，樓臺載酒，嘯歌遂多。芑川訪水晶宮云：「芙蓉落盡秋煙夕。短棹漁郎臥吹笛。瑯琊王氣杳如雲，三十六宮土花碧。全盛曾聞龍啓年。經營屢費水衡錢。四圍複道度香輦，十里清波飛綵船。大羅仙人領威武。自謂樂遊足千古。歌舞風流盡燕鶯，江山蟠踞猶龍虎。石榴花發石門開。東虎征鼙動地來。金雁鈿蟬沒衰草，珠簾畫棟生寒埃。可憐五縣尚天子。溶溶不見全湖水。終竟胭脂土一堆，無端骨肉兵雙起。俯仰盛衰空愴然。秦樓漢殿誰常全。古來水晶宮不壞，惟有湖月光團圓。」張任如仁恬登湖心亭云：「空亭有秋色，一寺抱湖光。」撫往陳今，俱善形容。近讀荔鄉金縷曲西湖懷古云：「郭外西風射。憶當年、金戈鐵騎，争王奪霸。複道縱横三十里，一片珠甍繡瓦。曳綺縠、環而侍者。急鼓短簫樂遊曲，奉新詞、滿寫香羅帕。重開宴，長春夜。而今事去如奔馬。似楚臺、梁園趙苑，蕩無存也。莽莽川原何處問，寂寞江城潮打。剩樵牧、歌吟其下。喚醒迷離龍帳夢，聽晨鐘、隱隱傳蓮社。銅仙淚，浩盈把。」是則故壘西邊，竹西佳處，僕本恨人，其傷心當不讓東坡、白石也。西湖所重在水利，今則雄兵橋下，積穢可以隱人。姚氏舊志，尚待補苴。誰能搜葺前聞，參稽往籍，仿蕭山毛氏湖湘水利志，儀徵李氏揚州畫舫録兩家義例，勒成一書，庶論治者有所考鏡焉。若徒侈游覽，以資歌詠，抑已末矣。

按樂遊曲，諸家選詞概不收録，然其音節與張志和漁歌子極相類，是固絶妙好詞者。紅友詞律據以爲譜，真不爲無見也。天籟軒詞譜，收及遼蕭后回心院詞，而獨置此曲不登，是殆一時失檢耳。

賭棋山莊詞話卷七

黃甌論詞

康熙中，閩縣黃御卜名甌著數馬堂問答，自天文至數學二十卷，曾於親舊見其稿本。然惟五行之學頗精，方伯黃學圃淑琬稱其占驗無不奇中，中亦有一則論詞。略云：余與友人拈韻作詞，因論詞要務頭上；用韻嘹亮，學者苦不知務頭爲何物，亦從無有分明指出者。李笠翁乃以爲詞之有務頭，猶棋之有眼，有此則活，無此則死。信如此言，則務頭原無定位，惟佳句之所在便是務頭矣，非也。竊謂務頭乃詞中頓歇之處，千里來龍，聚於環抱之地。蓋於務頭上用字嘹亮，則餘韻悠揚，不致板煞，而有聯絡貫串之妙。余按此說尤非。務頭言聲，非言辭也。如李之說，是詞中之緊句。如黃之說，是詞中之主意。均於務頭名義不合。南海梁章冉廷枬曲話云：中原音韻於北曲之務頭，臚列甚詳，而南曲絕無道及。嘯餘譜載務頭一卷，究未析明。笠翁謂既不得其解，當以不解解之，不得爲謎語欺人者所惑，此說良當。然余謂九宮譜定云：凡曲遇揭起其音，而宛轉其調，如俗之所謂做腔處，卽是務頭。其論雖創而實確也。君徵度曲須知內有字頭辨解一篇，字頭卽務頭。所謂字端一點鋒鋩，見乎隱、顯乎微也。又云：善唱則口角輕圓，而字頭爲功不少。不善唱則吐音龐雜，字疣著累偏多，此則務頭要嘹亮之說也。御卜又著振梅集、癡奴集、龍山集、振梅雜紀。其父名志輔，字翼素，著四書增删繹注、毛詩要旨、列國圖攷、全閩藝文鏡、墨池試草、明詩選、翼齋文集，不知世有傳本否。矮屋寒儒，埋頭故紙，不可謂非有志之士，然而殊可悲已，故略其姓氏於此。

御卜又謂，詞體如美人含嬌掩媚，秋波微轉，正視之一態，旁觀之又一態，近窺之一態，遠窺之又一態。數語頗俊，然此亦謂温、李、晏、秦耳，若蘇、辛、劉、蔣，則如素娥之視虞妃，尚嫌臨波作態。

徐興公論詞

徐興公筆精中載詞品十則，然如宣宗之寄生草，六如之黄鶯兒，枝山之皁羅袍，王和卿之詠蛱蝶，林廷玉之詠酒，此皆論曲，論詞只五則耳。五則中如引文衡山滿江紅調，錯誤近半，無乃失檢太甚。兹爲校正如右。「漠漠輕寒，寒字下句重出，别本作陰字是。正梅子弄黄時節。最惱是、欲晴還又雨，此句羨又字。寒又熱。寒上脱乍字。燕子梨花都過也，小樓無那傷春别。此下脱「傍闌干欲語更沉吟，終難説」二句，遂令上片無結語。一片片，榆錢莢。一點點，楊花雪。下二句與上二句原本互换。傍闌干、欲語更沉吟，終難説。此處脱「漸西垣日隱，晚涼清絶」二句，而誤將上片結語贅此，語意節拍，俱不相屬，尚得謂之佳作乎。池面盈盈深淺水，柳梢淡淡黄昏月。是誰人、吹徹玉參差，情凄切。」蓋明代少講減偷，故體製未辨，評隲多訛，興公有意炫博，遂生籠東之談。

興公謂易安未嘗改嫁。以爲易安作金石録後序，在紹興二年，年五十有二，老矣。清獻公之婦，清獻應爲清憲，王阮亭分甘餘話曰：聞中今古録論李易安晚節改適云，翁則清獻，爲時名臣。又引翟佑詩話：清獻名家厄運乖，羞將晚景對非才云云。以挺之爲抃，謬矣。蓋以閱道謚清獻，而挺之謚清憲，故致此舛訛耳。郡守之妻，必無更嫁之理。持論精審，足爲賢媛洗寃。國朝諸老，如竹垞、西堂輩，悉衍其説。近海鹽張詠川宗橚詞林紀事於中卿詞後小注詞品云云，卽是與鄭域，諸書俱云字中卿，此云字中鄉。四朝聞見録載中卿自作韓侂胄南園記，併碧石以獻。韓以放翁記爲重，仆公此書，非升庵之詞品也。鄭石瘞之地。後韓敗，鄭獲免。蓋其人品不足道，而詞自是作家。如生日念奴嬌云：「嗟來咄去，被天公把作小兒調戲。蹀雪龍庭歸未久，還促炎州行李。不半年間，北朝南粤，一萬三千里。征衫著破，著衫人，可知矣。休問海角天涯，黃蕉丹荔，自足供甘旨。泛緑依紅無個事，時舞斑衣而已。救蟻篠橋，養魚盆沼，亦是經綸耳。伊周安在；且須學，老萊子。」此等作肩隨竹山，差無愧色。中卿，慶元中隨張貴謨使北，著燕谷剽聞二卷，故有蹀雪龍庭之語。

四明近體樂府

浪淘沙二十八字絶句耳，李主衍之爲五十餘字。陽關曲亦二十八字絶句耳，元人歌之至一百餘字。詞轉於詩，歌詩有泛聲，有襯字，併而填之，則調有長短，字有多少，而成詞矣。故竹枝、柳枝諸體，無非詞，亦無非絶句也。然作譜者不録此體，則失詞源。選集者盡録此體，又紊詞界。若其人素不知按拍，而我於其詩卷中，强拈此等作，名之曰詞，列入詞選，不獨燕書郢説，頓失作者初心。而又詞又詩，反令二十八字并無一定歸宿。況沉香被詔，旗亭畫壁，采蓮欸乃之篇，江南紅豆之曲，無不登之絃管，盡應廁之減倫。今獨取竹枝、柳枝而入之，則抉擇更爲失平，然則選詞之不必選此體也明矣。近鄞人袁陶軒鈞撰四明近體樂府十四卷，自唐至國朝凡百六十人，然如唐之賀季真知章，元之袁伯長桷，葛邏祿迺賢易之，明之屠田叔本畯，國朝之陳玉几撰，羌無他作，祇載竹枝、柳枝一二篇，遂得謂之倚聲家乎。又各家序履歷，而不序著述，令人無從考訂，亦是一失。至近體樂府之名，本周益公必大詞，卻非陶軒臆創也。

宋趙立之聞禮選陽春白雪，將已作散列其中。近蔣子宣輯昭代詞選，張蔭嘉玉穀、沈瞻文光裕，實同排纂。而張、沈二君之作，互相參定刻入，且至四卷之多，皆非例也。當如絶妙好詞載於卷末，則得矣。袁陶軒亦用此例，附録已作。其蝶戀花夾竹桃云：「一夜蕭蕭紅雨溼。搖動微風，斜映疏簾月。不信武陵春寂寂。琅玕淚灑相思血。人面那堪經歲别。翠袖當年，曾倚修篁立。沅水湘流都可惜。無情有恨花應泣。」賦物有新意，不徒工於粘合也。又秋闈題壁滿江紅云：「這破青衫，還只管、留他何用。單則是、年年矮屋，心枯骨痛。疏雨斜風詩鬢短，冷餚粗飯官廚送。没奈何、把酒問青天，天如甕。一點點，燈懸夢。一個個，蝨逃縫。笑鼠肝蟲臂，文章屈宋。爛得羊頭君莫笑，看來雞肋時偏重。問何如、傀儡上排場，隨人弄。」陶軒困諸生二十年，舉孝廉方正，卒不遇，故未免文章憎命之歎。有瞻衮堂集未刻。陶軒是書，刻於其甥鄭耐生喬遷，耐生妹壻周克延世緒善倚聲，嘗欲繪周郎顧曲圖，以匹陳檢討填詞圖。其壽菰山館集，錢塘陳雲伯文述稱爲直超北宋，早卒，耐生哀而破例附刻之。寒食浪淘沙云：「不了四山青。午暖啼鶯。杜鵑花密凝蹊行。扶起紙錢風力大，會做清明。我自訴卿卿。病與愁并。舊時潘岳鬢星星。渾不相干松樹下，一椀青精。」又調云：「爲愛藕花香。單等斜陽。斷無氣力晚梳妝。手了一枝黄玉笛，吹過南廂。月自上蠡牆。今夜初涼。管他不慣野鴛鴦。坐到銀河西轉去，鐵樣心腸。」珍珠簾云：「睡魔去了眠難定。短屏山、又是燈花紅燼。襆被孤樓，客裏秋懷冷。多謝牆梢殘月上，透一重、松窗簾影。休整。且不衫不履，欄干斜凭。芳徑。篔簹修倩，與芭蕉闊葉，浮青遥併。替我破寂寥，更送番風陣。只怪海棠花睡足，便緊喚、喚難蘇醒。清境。做明朝、半日小樓詩興。」病悶滿江紅云：「大約斯人，書不上、太常名姓。否則甚，壯年潦倒，兼之多病。花未春酣原不豔，草當風疾終須勁。怪奚奴、煮藥日安排，蕭蕭鼎。忙筆硯，猢猻性。愁歲月，蜉蝣命。忽夢中人告，此心休冷。天若早將君輩死，世誰更把吾文定。古鬢眉，何氏欲端詳，雞啼醒。」題虞小林繡幕圍香讀六朝圖買陂塘云：「笑儒生酸寒骨相，誰消豔福如此。明經三十頭顱老，那有尋常青紫。如幻耳。且幻出風流，紅杏尚書事。簪花女子，算偎我添香，泥卿捧硯，都付半張紙。人間世。要賺金釵十二，商量先撇圖史。後堂歌舞通宵宴，孰解斆文嚼字。吾語爾。者富貴繁華，莫把詩書恃。各言其志。願椎髻挑絲，布裙舂米，嬌女母邊侍。」他如滿江紅云：「詩卷定因排悶富，酒腸莫爲憐錢窄。」鷓鴣天云：「楓瑟瑟，荻蕭蕭。許多秋影夕陽描。隔樓煙密長堤暗，一個僧歸第四橋。」賀新涼云：「不料尋常薪米債，也滿肩、付與英雄負。」又云：「思量西發長安笑。鏡中看、酸寒骨相，公侯未肖。況挾兔園殘册子，狠欠玉堂才調。其氣疏達，頗不愧湖海樓中人。」竹垞選明詞，未就而卒，述庵得其草本而梓之，即今所傳之明詞綜也。余每惜其多滲漏，吴子律嘗有補人補詞之作，記其概於詞話中。近讀陶軒此書，所録明詞，更出子律之外，凡四十八人。內若魏安、張楷、李文靖、鄔昭明等十餘人，皆竹枝、柳枝絶句耳。其成詞者實三十餘人，詞綜祇登屠隆、錢光繡一二人，其餘皆佚。夫四明一隅，尚且如此，則述庵之荒略多矣。況錢忠介肅樂、張忠烈煌言之輩，身爲勝朝遺獻，其詞尤足增壇坫之光乎。當竹垞時容有忌諱，匿不得見，今則炳如日星矣。忠介唐多令云：「往事總堪嗟。歸心逐暮鴉，二十年、南北天涯。破屋半間還未許，浮雲外，旅人家。白眼看繁華。風流安在耶。問奔馳、幾輛麻鞵。欲借東風重拾取，早蹴損，牡丹芽。」滿江紅云：「滿世瘡痍，何獨我、藜床支骨。應堪笑、新來病鬼，伴他貧客。一抹孤煙天外冷，數行香篆空中結。問年來、祠禱是何方，心頭血。春風起，幽禽說。秋草罷，聽鵑鴂。嘆幾何生世，繁華頓歇。京洛魚書千里恨，故園蝶夢三更月。怪陰陽、無故又欺人，凄涼絶。」忠烈步岳忠武韻滿江紅云：「屈指興亡，恨南北、皇圖銷歇。更幾個孤忠大義，冰清玉烈。趙信城邊羌笛雨，李陵臺畔胡笳月。慘模糊、吹出玉關情，聲凄切。漢苑露，梁園雪。雙龍逝，一鴻滅。剩逋臣，怒擊唾壺皆缺。豪氣欲吞白鳳髓，高樓肯飲黄羊血。試撥雲、待把捧日心，訴金闕。」有聲皆血，如過西臺下聽臯羽擊碎竹如意時。董閬石含蓴鄉贅筆載忠烈就義詩極悽惋，有「生比鴻毛猶負國，死留碧血欲支天」之句。而全謝山祖望結埼亭集，忠介忠烈神道碑，敍述最爲詳核。或傳謝山爲忠介後身。

姜宸英與姚鼐詞

姜西溟宸英曰：「少時與客爲長短句，亦不下百餘曲。」又曰：「記壬戌燈夕，與陽羡陳其年、梁溪嚴蓀友、顧華峯，嘉禾朱錫鬯、松陵吳漢槎數君，同飲花間草堂。中席，主人指紗燈圖繪古跡，請爲賦臨江仙一闋。余時與漢槎賦裁半，主人摘某字於聲未諧，某句調未合。余謂漢槎曰：『此事終非吾勝場，盍姑聽客之所爲乎。』漢槎亦笑起而閣筆。」湛園未定稿。今西溟集中無詞，殆以不愜意而盡删之歟。然觀四明樂府所録，如秋柳臨江仙云：「五更知有恨，碧月冷于霜。」未嘗非佳句也。姚姬傳鼐曰：「詞學以浙中爲盛，余少時嘗效焉。一日，嘉定王鳳喈語休甯戴東原曰：『吾昔畏姬傳，今不畏之矣。』東原曰：『何耶。』鳳喈曰：『彼好多能，見人一長，輒思並之。夫專力則精，雜學則粗，故不足畏也。』東原以見告，余悚其言，多所捨棄，詞其一也。」惜抱軒後集。然如詠蘆花水龍吟云：「霜濃幾夜，宿鳧影壓，玲瓏秋碎。」詠秋蝶臺城路云：「樓陰靜悄。正欲向東家，又依殘照。」未嘗非合作也。今人既不能勝場，又不忍捨棄，頭白有期，汗青無日，悲夫。

李裕詞

李房山裕倡詞學於四明，和者頗衆，其自業亦時有勝撰。旅舍題壁菩薩蠻云：「籬邊落盡西鄰棗。空庭一半生秋草。予有白雲心。相思在故林。此間空鬱鬱。似兔難離月。夢也阻人還。門前一帶山。」春曉羅敷媚云：「夜來翠幌春寒淺，醒也朦朧。睡也惺忪。多半迷離細雨中。春皇太似人無賴，一度東風。一度殘紅。花信朝來到刺桐。」秋思醉花陰云：「月影漸肥梧漸瘦。不道秋來驟。夜夜望明河，屈指佳期，又落牽牛後。手撚小紅涼露透。晚砌金風溜。離思遶天涯，驀地飛來，何處箜篌奏。」俞醉六經慕房山，欲得其傳，適喪偶，遂娶房山女，翁壻齒相若，此尤詞苑佳話。柳絮如夢令云：「片片飄來玉樹。舞向珠簾開處。無力自安排，一任東風措置。且住。且住。帶著春愁飛去。」其采桑子「柳會含煙榆會飛，畫出清明三月天」。則與房山鷓鴣天之「海上秋多黃葉村」句同一工妙也。

西廬詞話

陶軒西廬詞話曰：最愛倪韭山象占清明卜算子云：「山上送春風，雨又蕭蕭下。紅笑紅啼兩不分，是杜鵑開也。」嘗戲呼爲倪杜鵑。韭山嘗自評所作不能蘊藉，先求疏通。夫不疏通未有能蘊藉者，韭山可謂知言矣。余謂韭山戲爲內人寫照沁園春云：「請勿含羞，拂我吟箋，當君鏡臺。看一丸螺翠，同憐鬟髮，三分脂粉，代暈雙腮。比恁風流，房中京兆，而我頭銜尚秀才。還無奈、每逢春離別，計日歸來。此中不盡情懷。悵少小、香閨夢幾回。但朝朝柴米，忙將時度，年年兒女，老把人催。花落庭前，月明窗外，我亦愁深不可猜。春何在，且微挑言笑，略展眉開。」此真可謂疏通矣。且以畫眉之筆，轉而傳神，吾知其非貌尋常行路人比也。

顧梁汾詞

顧梁汾短調雋永，長調委宛盡致，得周、柳精處。跡其生平，與吳漢槎兆騫最稱莫逆，秋笳之詩，彈指之詞，固是騷壇二妙。其寄漢槎甯古塔賀新涼云云，濃摯交情，艱難身世，蒼茫離思，愈轉愈深，一字一淚。吾想漢槎當日，得此詞於冰天雪窖間，不知何以爲情。後來效此體者極多，然平鋪直敍，率覺嚼蠟，由無深情真氣爲之幹，而漫云以詞代書也。

梁汾詠寒柳臨江仙云：「西風著意做繁華。飄殘三月絮，凍合一江花。」又云：「永豐西畔即天涯。白頭金縷曲，翠黛玉鈎斜。」詠梅浣溪沙云：「凍雲深護最高枝。」又云：「一片冷香惟有夢，十分清瘦更無詩。待他移影說相思。」剔透玲瓏，風神獨絕，誠詠物雅令也。比之排比嫩辭，襞積冷典，相去豈不萬萬哉。余嘗怪今之學金風亭長者，置靜志居琴趣、江湖載酒集於不講，而心摹手追，獨在茶煙閣體物卷中，則何也。夫詠物南宋最盛，亦南宋最工。然儻無白石高致，梅溪綺思，第取樂府補題而盡和之，是方物略耳，是羣芳譜耳，便謂超凡入聖，雄長詞壇，其不然歟。詠梅詞亦見賞於容若，容若有憶江南一闋，即因此詞而作。首曰：「新來好、唱得虎頭詞。」末曰：「標格早梅知。」中間即述此二句。可見好文章，知音自同也。恐觀者未省，聊復舉之。

納蘭詞

納蘭容若成德深於情者也。固不必刻劃花間，俎豆蘭畹，而一聲河滿，輒令人悵惘欲涕。情致與彈指最近，故兩人遂成莫逆。讀兩家短調，覺阮亭脫胎温、李，猶費擬議。其中贈寄梁汾賀新涼大酺諸闋，念念以來生相訂交，情至此，非金石所能比堅。僕亡友侯官張任如仁恬，才高命薄，死之日，僕輓之云：「本是肺腑交，已矣，似此人間誰識我。可憐肝腸斷，嗟乎，從今地下始逢君。」戊申，僕寓居甯德，寒食懷人，悽愴欲絕，塡百字令云：「春光似箭，看鶯嬌蝶懶，清明又到。梨樹陰陰聞故鬼，如訴如啼如禱。南國家山，杜鵑滴血，緑遍王孫草。滿城苦雨，柳條檐際飛掃。卻憶張籍當時，酒邊戲語，百樣添煩惱。寒食西風吹點淚，此際纔爲情好。一別六年，夜臺無雁，幽信何從討。孤遊已屢，個人曾否知道。」蓋僕曾與君泛論交際，君笑曰：「清明肯流幾點淚，方見好也。」心怪其語不祥，越一年，而君竟歿。今讀容若「後生緣恐結他生裏」句，山陽聞笛，愈增腹痛矣。

漢槎梁汾友耳，容若感梁汾詞，謀贖漢槎歸，曰：「三千六百日中，吾必有以報梁汾。」厥後卒能不食其言，遂有「絶塞生還吴季子，算眼前此外皆閒事」句。嗟乎，今之人，總角之友，長大忘之。貧賤之友，富貴忘之。相勖以道義，而相失以世情，相憐以文章，而相妒以功利。吾友吾且負之矣，能愛友之友如容若哉。容若嘗曰：「花間之詞如古玉器，貴重而不適用。宋詞適用而少貴重。李後主兼有其美，更饒煙水迷離之致。」又曰：「詞雖蘇辛并稱，而辛實勝蘇，蘇詩傷學，詞傷才。」淥水亭雜識此真不隨人道黑白者。集中警句，美不勝收，略舉一二，以與解人共賞：語密翻教醉淺。心事眼波難定。如夢令花骨冷宜香。遠夢輕無力。總是别時情，那得分明語。判得最長宵，數盡厭厭雨。生查子一種蛾眉，下弦不似初弦好。點絳脣感舊逗雨疏花濃淡改，關心芳字淺深難。浣溪沙妝罷只思眠。江南四月天。人在玉樓中。樓高四面風。休近小闌干。夕陽無限山。只是去年秋。如何淚欲流。菩薩蠻雨歇春寒燕子家。桃花羞作無情死，感激東風。吹落嬌紅。飛入閒窗伴懊儂。冷逼氈帷火不紅。不辨花叢那辨香。采桑子蕭蕭落木不勝秋，莫回首、斜陽下。一落索天將妍暖護雙棲。山花子惜花人共殘陽薄。春欲盡，纖腰如削。新月纔堪照獨愁，卻又照梨花落。攤香灰天將愁味釀多情。鷓鴣天不恨天涯行役苦。只恨西風，吹夢成今古。蝶戀花誰翻樂府淒涼曲，風也蕭蕭。雨也蕭蕭。瘦盡燈花又一宵。不知何事縈懷抱，醒也無聊。醉也無聊。夢也何曾到謝橋。采桑子容若詞有飲水、側帽兩種，其刻本有通志堂集、顧梁汾合刻兩種。後袁蘭村通復梓飲水詞，附小倉山房合刻中。而最備者，莫如鎮洋汪仲安元治之納蘭詞，凡五卷三百二十三闋，比之袁本多百餘闋，可謂搜羅無遺憾矣。然其中頗有失攷。毛稚黄嘗自度曲名撥香灰，其句法字數與憶王孫俱同，但平仄稍異，容若渌水亭春望卽填此調，因其中有「颺一縷秋千索」句，故自名秋千索。琵琶仙係白石自度腔，容若中秋闋卽填此調，只第六句比原作少一字，原作載詞律第十六卷一百字類，仲安皆以爲譜律不載，疑其爲自度曲，非也。仲安刻是書竟，曾填齊天樂一闋，鐫板分同人索和，真好事者。詞云：「驂鸞返駕人天杳，傷心尚留蘭畹。豔思攢花，哀音咽笛，當日更番腸斷。烏絲漫展。認蠹粉芸烟，舊痕悽惋。擁鼻微吟，怎禁清淚暗承眼。終慚替人過許，只爲蘦落甚，重爲排卷。白氎晨書，青燈夜校，忍記三生幽怨。蓉城夢遠。儻夢可相逢，此情深淺。傳遍詞壇，有愁應共辭。」仲安填詞有納蘭再世之目，替人句謂此也。

余德水金云：容若，大學士明珠子，十七爲諸生，十八舉鄉試，十九成進士，康熙癸丑二十二授侍衛，擁書萬卷，蕭然自娛，人不知爲宰相子也。熙朝新語。丁藥園云：容若填詞，多於馬上尊前得之。吳園次序飲水詞末云：非慧男子不能善愁，唯古詩人乃云可怨，公言性吾獨言情，多讀書必先讀曲，嗟乎，若容若者，所謂翩翩濁世佳公子矣。亡友芑川最愛此詞，嘗手録數十闋，并以百字令題其後。有云：「爲甚麟閣佳兒，虎門貴客，遁入愁城裏。此事不關窮達也，生就肝腸爾爾。既教諭臺陽，攜以渡海，辛亥臺亂，勤勞歿王事，其棺附舟南下，中途遇盜，遺稿秘鈔，俱付之洪濤巨浸中，悲夫。芑川又素愛李後主，每讀其詞，輒太息。嘗與余立題分詠，余頗訾南唐之失政，芑川見之，愠曰：「若此多情人，豈可不從末減乎。」乃以自填黄金縷示予曰：「重瞳又見江南李。垓下悲歌，變出柔腸裏。懊惱小樓風又起。天涯何處黄花水。　撮襟題遍澄心紙。好個翰林，可惜爲天子。流水落花春去矣。斷腸猶説鴛鴦寺。」組織往事，意在言表，真詠古之妙則，甚愧余之褊且腐也，牽連書之，以俟後之續詞苑叢談者。容若所著，又有大易集成粹言八十卷、陳氏禮記集説補正三十八卷、通志堂集二十卷。

容若婦沈宛，字御蟬，浙江烏程人，著有選夢詞。述庵詞綜不及選。菩薩蠻云：「雁書蝶夢皆成杳。月户雲窗人悄悄。記得畫樓東。歸驄繫月中。　醒來燈未滅。心事和誰説。只有舊羅裳。偷沾淚兩行。」丰神不減夫壻，奉倩神傷，亦固其所。檢集中悼亡之作，不下十數首，其沁園春自敘云：丁巳重陽前三日，夢亡婦淡妝素服，執手嗚咽，語多不復能記，但臨别有云：「銜恨願爲天上月，年年猶得向君圓。」覺後感賦長調：「瞬息浮生，薄命如斯，低徊怎忘。自那番摧折，無衫不淚，幾年恩愛，有夢何妨。最苦啼鵑，頻催别鵠，贏得更闌哭一場。遺容在，只靈飆一轉，未許端詳。　重尋碧落茫茫。料短髮、朝來定有霜。信人間天上，塵緣未斷，春花秋月，觸緒堪傷。欲結綢繆，翻傷漂泊，兩處鴛鴦各自涼。真無奈，把聲聲簷雨，譜入愁鄉。」容若頗多自度曲，玉連環影、三十一字落花時、五十二字添字采桑子、五十字與促拍采桑子字同句異秋水、一百一字青衫溼遍、一百二十二字一曰青衫溼湘靈鼓瑟、一百三十二字一曰翦字梧桐是也。若踏莎美人、六十二字翦湘雲八十八字則梁汾所度，取而填者。容若所與游皆知名士。震澤趙函曰：「惠山之陰，有貫華閣者，在羣松亂石間，遠絶塵軌。容若扈從南來時，嘗與迦陵、梁汾、蓀友信宿其處，舊藏容若繪像及所書閣額，近燬於火，甚可惜也。」納蘭詞序而稗官中紅樓夢一書，或傳爲容若而作，雖無左證，然相其情事，頗相類也。若隨園以爲記曹通政，殆不然歟。

賭棋山莊詞話卷八

鄒祇謨詞

鄒程村祇謨與阮亭、羨門游，故其詞修潔，有花間遺意。浣溪沙調不易填，以其句法近詩。程村别緒云：「何事連宵唱懊儂。雙垂斗帳繡芙蓉。凄清曉起怨征鴻。水驛蓬窗山驛店，夜程霜月曉程風。丁寧有限意無窮。」此卻恰好，且有餘味。又南鄉子云：「妾身能自造春風。」水調歌頭中秋云：「剛道人間月半，天上月團圓。」造句亦奇，月半字見祭義及士喪禮，又岑參詩涼州三月半，韓愈詩南方二月半。

國初三毛

國初三毛：稚黄、西河、鶴舫際可。稚黄、西河較勝，西河論詞多確鑿。即稚黄談藝亦復不苟。議者徒訾其填詞名解之附會穿鑿，遂盡没其真耳。鶴舫與吾閩林西仲善，文亦相似，均非上乘正法眼也。其蝶戀花云：「桂魄凄涼寒玉宇。顧影無憀，影也添凄楚。爲月不眠情更苦。明朝願下廉纖雨。」翻説頗覺新妙。

彭孫遹詞

彭羨門孫遹真得温、李神髓，由其骨妍，故辭媚而非俗豔。董東亭潮謂先生晚年收燬延露詞，故傳本甚少。東皋雜鈔然迦陵之豪宕，竹垞之醇雅，羨門之妍秀，攻倚聲者所當鑄金事之，缺一不可。卜算子云：「身作合歡牀，臂作游仙枕。打起黄鶯不放啼，一晌留郎寢。」彭十豔情當家，固宜阮亭怵服。相傳羨門見沈去矜董文友詞，笑謂鄒程村曰：「泥犂中皆若人，故無俗物。」斯雖戲言，亦可見其忍俊不禁矣。至若雨中花令云：「麴生已拜尚書尹。更毛潁又中書品。橘叟千頭，竹君千户，盡領通侯印。羽客乘軒花錫袞。先生相豈長棲遁。官柳排衙，官蛙疊鼓，官補南柯郡。」此則解嘲應閒之別調，可謂温厚善謔矣。

太白如姑射仙人，温尉是王謝子弟，温尉詞當看其清真，不當看其繁縟。胡元任謂庭筠工於造語，極爲奇麗。然如菩薩蠻云：「梧桐樹。三更雨。不道離情正苦。一葉葉，一聲聲。空階滴到明。」語彌淡，情彌苦，非奇麗爲佳者矣。羨門深窺此秘。生查子云：「起立悄無言，殘月生西弄。」玉樓春云：「江南無限斷腸花，枝上東風枝下雨。」又云：「人從春色去邊來，舟向夢魂來處去。」臨江仙云：「斜陽如弱水，只管向西流。」著墨無多，尋味不盡，亦異乎屯田俳語矣。

設色，詞家所不廢也。今試取温尉與夢窗較之，便知仙凡之别矣。蓋所争在風骨，在神韻，温尉生香活色，夢窗所謂七寶樓臺，拆碎不成片段。又其甚者，則浮豔耳。阮亭揣摩花間，沾沾於駢苣一二字義，是猶見其表而遺其裏歟。須知「檀欒金碧，婀娜蓬萊」，未必便低便俗於「寶函鈿雀，畫屏鷓鴣」，亦視驅遣者造詣何如耳。

毛先舒詞

毛稚黃先舒時有新意「短調亦善留餘，當時以三瘦得名，謂「不信我真如影瘦」，玉樓春「書來墨淡知伊瘦」，踏莎行「鶴背山腰同一瘦」，臨江仙而其集中尚有「除卻鬟尖似昔時，餘都是今春瘦」，撥香灰「花枝解我因花瘦，故意相挑逗」，虞美人未嘗非好句也。菩薩蠻云：「試暖春無力。」浪淘沙云：「一夢幾回醒。斷續難成。偏從醒後憶分明。好夢如今須好做，不許零星。」措辭工妙。撥香灰，稚黃自度曲。又有滿鏡愁，五十字。乃沈去矜所度。

稚黃曰：「填詞不得名詩餘，猶曲自名曲，不得名詞餘。又詩有近體，不得名古詩餘，楚騷不得名經餘也。蓋古歌皆作者隨意造之，歌者隨變入節，傳之以聲而歌，故樂有譜而歌無譜也。後世歌法漸密，故作定例而使作者按例以就之，平平仄仄照調製曲，預設聲節，填入辭華，蓋其法自填詞始。故填詞本按實得名，名實恰合，何必名詩餘哉。問：『若是，則古人隨意爲之，何以皆可歌。是歌工之工善傳喉吻耶，抑古人皆知音律耶。』曰：『歌工雖巧，不能使拗者之可歌。古作者才雖高，不能盡通音律。要之古人事不强作，亦不强成，通音律者乃作歌，不通者不作也。歌之而叶者乃歌，不叶者不歌也。』後世歌者愈昧，作者愈多，而歌法愈益密，不得不爲定譜以繩之。使賢者俯而就，不肖者跂而及，填詞之謂矣。故填詞既出，則詩亡，夫詩之亡也，詩餘也哉。」潠書余按此論最爲明通。惟謂詞出而詩亡，則又不然。夫所謂詩餘者，非謂凡詩之餘，謂唐人歌絕句之餘也。蓋三百篇轉而漢魏，古樂府是也。漢魏轉而六朝，玉尌後庭、子夜、讀曲等作是也。六朝轉而唐人，絶句之歌是也。唐人轉而宋人，長短句之詞是也。其後詞轉爲小令，小令轉爲北曲，北曲轉爲南曲，源流正變，歷歷相嬗。故餘者聲音之餘，非體製之餘。然則詞明雖與詩異體，陰實與詩同音矣。而曰詞出詩亡哉。雖然，樂府之歌法亡，後人未嘗不作樂府，絶句之歌法亡，後人未嘗不作絶句。且唐人絶句，宋人詞，亦不盡可歌，謂必姜、張而後許按拍，何其寬於詩而嚴於詞歟。

江藩論詞

江鄭堂藩曰：「仇山村謂腐儒村叟，酒邊豪興，引紙揮筆，動以東坡、稼軒、龍洲自況。極其至四字沁園春，五字水調歌頭，七字鷓鴣天、步蟾宫，拊几擊缶，同聲附和，如梵唄，如步虚，不知宫調爲何物。令老伶俊倡面稱好而背竊笑，是豈足以言詞哉。近日大江南北，盲詞啞曲，塞破世界，人人以姜、張自命者，幸無老伶俊倡竊笑之耳。」詞源跋余謂鄭堂之言過矣。宋人歌詞，猶今人之歌曲，走腔落調，知者頗多。若論詞於今人，則猶宋人論絶句，歌法雖極攷究，終鮮周郎，而謂老伶俊倡能竊笑哉。聲音既變，文字隨之，正不得軒輊太甚。至今日詞學所誤，在局於姜、史。斤斤字句氣體之間，不敢拈大題目，出大意義，一若詞之分量不得不如是者，其立意蓋已卑矣，而奚暇論及聲調哉。

沈謙詞

沈去矜謙好盡好排，取法未高，故不盡倚聲三昧。長調意不副情，筆不副氣，徒覺拖沓耳，且時時闌入元曲。去矜好自度曲，如美人鬘、四十四字。月籠沙、六十字。東風無力、七十一字。蝶戀小桃紅、犯曲上四蝶戀花，下三小桃紅，後段同。七十二字。勝常七十六字。之類皆是。東湖月一百字則及門潘雲赤所度，去矜和之者，調皆圓美。其東風無力云：「萬里春愁直。」直字最奇。至十二時慢云：「仔細想真無意思。撞著喫虧忍氣。」又云：「人也勸奴，爲何守這冷冷清清地。奴須丟不下，死生只在這裏。」等句，實非雅調，不得以黃九、柳七藉口。

萬紅友詞

紅友詞律，去矜詞韻，皆聲名極盛之作。而二君於詞，都非超乘，但紅友較强耳。其登悠然樓云：「曲尚屯田柳。獨予宗眉山蘇大，分甯黃九。」然其排盪處，頗涉辛、蔣籓籬，一瀉千里，絕少縈洄。詞論之譏，正恐不免。蘇幕遮云：「彩分鸞，絲絕藕。且盡今宵，且盡今宵酒。門外驪駒聲早驟。惱煞長亭，惱煞長亭柳。倚秦箏，扶楚袖。有个人兒，有个人兒瘦。相約相思須應口。春暮歸來，春暮歸來否。」賀新涼云：「汝到園中否。問葵花向來鋪綠，今全紅否。種柳塘邊應芽發，桃實牆東落否。青筍籜褪蒼龍否。手植盆荷錢葉小，已高擎、碧玉芳筒否。曾綠遍，桂叢否。書篋爲寄村翁否。乞文章、茅峯道士，返茅峯否。舍北人家樵蘇者，近斫南山松否。隄上路，尚營工否。是處秧青都是浪，我鄰家、布穀還同否。曾有雨，有風否。」論文有疏氣，而無深情。論調是奇格而非雅令。作者見奇，讀者稱妙，而詞之古意亡矣。按此體本於山谷，山谷有檃括醉翁亭記瑞鶴仙，通闋皆用也字。又有阮郎歸，通闋皆用山字。其後竹山秋聲聲聲慢，亦通闋皆用聲字，都非美製，而竹山差勝耳。蓋填短調、押實字，或有佳者。若長調虛字，則必不能妥帖矣。張詠川曰：是蓋效福唐獨木橋體者，然余按禮載湯盤銘三韻新字，其後靈帝中平中，董逃歌十三韻逃字，則此體之濫觴也。曲亦有之，如元人揚州夢那吒令，疊押頭字，薦福碑叨叨令，疊押道字者是。

去矜紅友，皆工院本，紅友所撰雜劇傳奇至十六種之多。黄文暘曲海蓋紅友爲吳石渠炳之甥，石渠以四種得名，淵源固有所自。其言曰：「曲者有音有情有理，不通乎音弗能歌，不通乎情弗能作，理則貫乎音與情之間，可以意領不可以言宣，悟此則如破竹建瓴，否則終隔一膜也。」予謂詞亦如是，高下疾徐，抗墜抑揚，音之理也。景地物事，悲歡去就，情之理也。按之譜而無礙，音理得矣。揆之心而大順，情理得矣。理何由見，於音之離合、情之是非見之，理具，而後文成也。然而文則必求稱體，詩不可似詞，詞不可似曲，詞似曲則靡而易俚，似詩則矜而寡趣，均非當行之技。吾請於音、情、理之外益之曰有文。紅友又工於集句，如江城子旅懷云：「醉來扶上木蘭舟。張仲宗踏莎行 大江流。唐庚訴衷情 去難留。周邦彥早梅芳 闊甚吳天，史達祖玲瓏四犯 極浦幾回頭。孫光憲菩薩蠻 春盡絮飛留不得，劉禹錫柳枝 又重午，劉濬夫賀新涼 又中秋。劉過唐多令 芳塵滿目總悠悠。蔣捷高陽臺 倚危樓。辛棄疾歸朝歡 雨初收。歐陽修芳草渡 天氣凄涼，程垓蝶戀花 冉冉物華休。柳永八聲甘州 水面霜花勻似翦，秦觀玉樓春 翦不斷，孟昶烏夜啼 那些愁。毛滂更漏子」又寄內云：「蕭蕭江上荻花秋。無名氏眼兒媚 水悠悠。黄昇長相思 思悠悠。李景山花子 移過江來，僧揮木蘭舟 飛夢到揚州。晁補之臨江仙 芳草連天迷遠望，周邦彥滿江紅 官驛外，陸游蓦溪山 柳枝愁。史達祖祝英臺近 庭槐影碎被風揉。吳淑姬小重山 晚雲留。蘇軾南柯子 夕陽洲。蔣捷木蘭花慢簾幕輕陰，馬偉壽春雲怨 暝色入高樓。李白菩薩蠻 涼月去人纔數尺，王安石蝶戀花應念我，李清照憶吹簫 不擡頭。牛嶠西溪子」真可謂天衣無縫矣。辰溪曰：「翦不斷，乃李後主句，非孟昶也。」

王阮亭詞

阮亭沿鳳洲、大樽緒論，心摹手追，半在花間，雖未盡倚聲之變，而斂辭選字，極費推敲。且其平日著作，體骨俱秀，故入詞即常語淺語，亦自娓娓動聽。其「郎似桐花，妾似桐花鳳」之句，最爲擅名，然起結少味，殊非完璧。憶江南云：「江南好，畫舫聽吳歌。萬樹垂楊青似黛，一灣春水碧於蘿。懊惱是橫波。」浣溪沙云：「雨後蟲絲罥碧紗。朝來鵲語鬭簷牙。日痕紅曙一闌花。殘夢未遥猶眷戀，篆煙初裊半天邪。消魂應憶泰娘家。」菩薩蠻云：「玉蘭花發清明近。花間小蝶黏香鬢。邀伴捉迷藏。露微花氣涼。花深防暗邏。潛向花陰躲。蟬翼惹花枝。背人扶鬢絲。」又云：「夢殘鬢棗垂香枕。芙蓉髻墜蒲桃錦。翠幄碧如煙。小星將曙天。起來雙黛淺。繡閣拋金翦。憔悴鼠姑紅。玉階三月風。」真所謂極哀豔之深情，窮倩盼之逸趣者，不但「綠楊城郭是揚州」一語之神韻獨絶也。踏莎行醉後云：「屈子離騷，史公貨殖。直須一石曹騰醉。胸中五嶽不能平，何人解識狂奴意。修竹彈文，綠章封事，聊將筆墨供游戲。茂陵若問馬卿才，飄飄大有凌雲氣。」酒杯睥睨，目無餘子，難兄西樵，故有「羣季惠連真不讓」之句。

王士禄詞

西樵士禄炊聞詞，一百七十三首，論者謂如漁歌子之「逐鷺徵鳧下遠洲」，生查子之「階憐好月癡」，點絳脣之「雨嬲空庭」，卜算子之「暗燭影疑冰」，皆未免失之琱琢，過於求奇，非詞家本色也。菩薩蠻云：「春魂啼夢扶難起。玉敧翠弱慵難理。不用鬱金油。鬟雲膩欲流。　一雙羅襪瘦。小鳳嬌紅味。著罷立盈盈。蘭階無限情。」則是温尉門庭語。

丁澎詞

燕銜花、五十二字。一痕眉碧、五十一字，犯曲上二句一痕沙，下二句眉峯碧，後段同。山鷓鴣、五十六字，犯曲上三句小重山，下二句鷓鴣天，後段同。銀燈映玉人、八十三字，犯曲上五句剔銀燈，下三句玉人歌，後段同。合歡、九十四字，犯曲上五句萬年歡，下五句歸朝歡，後段同。御帶垂金縷，一百十字，犯曲上五句御帶花，下五句金縷曲，後段同。皆丁飛濤澎自度曲。飛濤扶荔詞頗傷於脆，由其極力愛好。行香子云：「纔上香車。忽過平沙。片時間、人遠天涯。今宵好夢，何處尋他。但一更鐘，二更雨，五更鴉。　愁對飛花。怕見殘霞。別離情、付與琵琶。斷魂江上，吹落誰家。正夢兒來，燈兒暈，月兒斜。」臨江仙云：「怪他燕子故雙棲。湘鉤暗下，賺得個撲簾飛。」頗清婉，不見佻態。

吴梅村詞

蔣子宣曰：「吴梅村、龔芝麓、曹秋岳、梁蒼巖諸人詞，俱名家，然取冠本朝，殊乖教忠之道，一概置而不録，於體爲宜。」其説甚正，然譚藝非講學比也。諸公在國初實開宗風，不獨提倡之功不可忘，而流派之考更不可没。夫錢文僖詞載於宋，趙文敏詞登於元，昔人不以爲非，編次之例應爾。信如子宣之言，則諸公之作，將附於勝國乎，抑另編一集乎。況五代十國詞家，率多身更兩姓，非付之秦火不可。而西河西堂輩，名挂前朝學籍，推類至盡，亦不宜選矣。進退之間，動多窒礙，乃知高論，非通例也。若周篔、賀裳、張綱孫、錢光繡之徒，述庵廁之明末，蓋本於竹垞，以明詩綜證之，可見皆遺老也。子宣采取，亦殊失真。至梅村淮南雞犬，眷戀故君，其賀新涼病中有感云：「萬事催華髮。論龔生、天年竟夭，高名難没。吾病難將醫藥治，耿耿胸中熱血。待灑向西風殘月。剖卻心肝今置地，問華陀、解我腸千結。追往事，倍淒咽。故人慷慨多奇節。爲當年、沈吟不斷，草間偷活。艾灸眉頭瓜歕鼻，今日須難訣絶。早患苦、重來千疊。脱屣妻孥非易事，竟一錢、不值何須説。人世事，幾圓缺。」不作一毫矯飾，足見此老良心。遭逢不幸，讀之鼻涕下一尺，述庵奈何竟置此詞於不選乎。此詞關係於梅村大矣，述庵其未講知人論世之學哉。梅村秣陵春傳奇，有聲梨園間，集中觀演秣陵春金人捧露盤云：「喜新詞初填就，無限恨，斷人腸。爲知音仔細思量。」蕪城之賦，蔘華之録，蓋別有傷心矣。阮亭詩「白髮填詞吴祭酒」，非虚美也。梅村殁爲泰山府君，見阮亭池北偶談。

許有介詞

余家藏許有介墨跡一幀，中草七言絶句云：「雨泣風號翠幾層。石頭懷古不堪登。無端縛就松針筆，畫出青山是孝陵。」款曰：「雨中遊清涼山諸詩作畫之一也，五竺道兄正之。」按五竺乃甯德崔嵸嵸，名列雲間十八子。孝陵，明太祖園寢。故跳行書，蓋黍離之感深矣，所著有米友堂集。眼兒媚云：「精魂石上憶三生。寒夜與卿盟。簾前明月，窗間小飲，樓上殘更。而今閒坐記芳情。龐兒約略明。嚲肩倚案，低頭弄筆，斜眼挑燈。」有介前代貢生，詩列明詩綜，莖汀選其詞入國朝非是。龐兒句，平側失叶。

宋琬詞

宋玉叔琬誚白髭沁園春後段云：「歎黑雲突起，九閽難叫，青蠅欲弔，隻影堪哀。不自我先，不自我後，汝乃乘危利我災。炎涼態。笑星星髯也，果小人哉。」蓋玉叔時爲族子齮齕入獄對簿，責頭嘆腹，寄憤獨深。後讀隨園詩話載何承燕留鬚云：「馬齒頻加，鵬程屢蹶。還容爾面添何物。丈夫欲表必留鬚，試問那個些兒没。窺鏡多慚，染虀誰拂。鬑鬑博得羅敷悦。從今但擬學詩人，閒吟便好將他捋。」游戲之言，更堪噴飯。按其調爲踏莎行，承燕字春巢，見蓮子居詞話。

惜分飛句中用韻

惜分飛兩結句第四字，有用韻者，有不用韻者。詞律收陳允平闋上結云：「相思葉底尋紅豆。」下結云：

「翠腰羞對垂楊瘦。」此則不用韻也。然毛滂填此調則云：「更無言語空相覷。」又云：「斷魂分付潮歸去。」語字、付字皆韻，紅友一時失檢，故不載耳。至天籟軒詞譜載此詞仄八韻，若是，實十韻也。蓋此等句法，起於毛詩君子陽陽左執簧，至漢魏以來更盛，如焦頭爛額爲上客，前漢霍光傳 仕宦不止車生耳，漢諺 京都三明各有名，晉中興傳 草木萌芽殺長沙，晉長沙王乂傳 登車不落爲著作，體中何如作祕書，南史 以時及澤爲上策。齊民要術 至若五經紛綸井大春，關東觥觥郭子横，五經復興魯叔陵，關東説詩陳君期，天下義府陳仲舉。海内所稱劉景升。其見於後漢書、東觀漢紀、聖賢羣輔録者，覼縷不盡。余謂詞體源於三百篇及古樂府，觀此益信。

玉樊堂詞

明末風雅首陳大樽子龍，大樽門下首夏存古完淳。存古，華亭人，彝仲之令子也。宏光時以廕授中書，國朝賜謚節愍，就義年方十七。所爲詩文如唳猿，如啼鵑，令人不堪卒讀。柳塘詞話謂其有玉樊堂詞。近人編夏内史集，末載詞二十餘闋。鵲踏枝云：「珠簾人影盈盈處。不到春深，不解相思苦。獨倚玉闌無一語。梨花幾陣黄昏雨。　宛轉聲聲聽杜宇。回首銷魂，無計教春去。忽見舊年攜手路。綿綿芳草離離樹。」千秋歲云：「幾番薄倖，無限傷心景。眉前事，心頭病。殘燈餘一點，恰把羅衣整。窗欞外，一枝帶雨梨花影。　獨步東風静。訪當時花徑。寒悄悄，花光浄。人去多時也，往事猶堪省。飄紅淚，銀釭露滿鞦韆冷。」他如一斛珠之「乍晴乍雨催人瘦」、憶王孫之「一種東風幾樣吹」，頗似小山吐屬。

不獨大哀一賦，傷心直逼蘭成。人去句，應作多時人去也，方叶。

淞南樂府

南匯楊徵男光輔撰淞南樂府六十闋，調皆望江南，敍述華亭風土掌故，頗爲明贍。蓋明楊運之權淞故述、王勝時澐雲間第宅志之遺意，而近人陳錦江金浩松江衢歌之變調也。中論鹽法一則，誠爲留心時務之談。而所載鄔景超事，尤足備詞家話柄，是固輶軒使者所不棄也。詞云：「淞南好，磨盾騁才華。殉國將軍書梵唄，征臺都督賦仙霞。百戰筆生花。」喬公子一琦，力開五石弓，能左右射，詩古文辭皆奇警，尤善書法，有金剛經石刻行世。從劉將軍綎戰死滴水崖，於乾隆四十年賜謚忠烈。鄔景超，邑之壯士，康熙十七年率鄉勇百人從閩督姚啓聖征臺灣，積功擢左都督。賊平，不之官而歸，著從戎紀略，光霽樓詞。其閩南記捷云：「記仙霞秋盡玉關西，寒月照征袍。聽巖城畫角，邊風四急，戰騎初驕。鐵甲三秋暗度，猛士氣全梟。飲馬長城窟，雪壓弓刀。細柳營開列壁，正軍驚韓范，將説嫖姚。擬投鞭直下，勢竭海南潮。誓指日，妖氛浄掃，笑終朝，鼯鼠技潛消。看捷奏三軍樂，賀凱唱還朝。」「淞南好，樂豈與民同。鹽販荷枷憑役賣，桃傭抱甕聽官封。物産爲誰豐。」一鹽快奪民鹽，以十之一二入官，餘仍私售，竈鹽斤不滿十文，肆鹽價至二十六文，故販私者甘犯禁以趨利。雍正四年，南令欽公璉請將上南鹽課，均攤兩邑地漕項下，每畝徵三釐九絲二忽六纖强，俾民食竈鹽而不罹於法，仁人之言，其利溥哉。惜淞民例食浙鹽，兩江臺省，難以上請。鄙意必得浙省鹽法衙門，將所轄省分有竈之縣，統計彙題，方合政體。近年别省業有奏請允行，年終彙計，課裕而民安。特旨嘉獎者，浙省援例入告，此其時矣。乾隆癸丑，重修南匯縣志，余語當事，特存此議於鹽課項下，以俟後之君子。水蜜桃垂熟，官票封園，胥役從中漁利，乃高其值以售之民。「淞南好，塵夢喚人醒。牧豎荒場駙馬第，酒傭新館探花廳。歸鶴歎非丁。」明李深爲淮府儀賓，土人豔稱其第爲駙馬廳，卽今同仁里營丁牧馬之地。探花廳酒館，乃沈繹堂太史舊第，堂額尚存。「淞南好，妓席聽新歌。武弁幫閒更小帽，文人避謗換新韡。客比鯽魚多。」妓家大半在西城營丁錯處，故倚武弁爲屏障。生監不守分者，爲破韡黨。他如「晨握僧鞵臨寶鏡，夜牽佛手入香幃」、僧鞵，菊名。佛手，柑名。「尼院餽來和尚豆，倡家賁出小娘蟶」，和尚豆，卽蠶豆，一頭去皮炒之。俗呼妓曰小娘，蟶有玉柱雙垂而白，故名。故作險諢，駭目引笑，雖非雅製，亦可入啓顔録。又按景超詞諸選未見。

賭棋山莊詞話卷九

竹垞論詞

竹垞曰：「世人言詞，必稱北宋，然詞至南宋始極其工，至宋季而始極其變。」此爲當時孟浪言詞者，發其實，北宋如晏、柳、蘇、秦，可謂之不工乎。且竹垞之與李十九論詞也，亦曰「慢詞宜師南宋，而小令宜師北宋矣。」蓋明自劉誠意、高季迪數君而後，師傳既失，鄙風斯煽，誤以編曲爲填詞。故焦弱侯經籍志備采百家，下及二氏，而倚聲一道缺焉。蓋以鄙事視詞久矣，升庵、弇州力挽之，於是始知有李唐、五代、宋初諸作者。其後耳食之徒，又專奉花間爲準的，一若非金荃集、陽春録，舉不得謂之詞，并不知尚有辛、劉、姜、史諸法門。於是竹垞大聲疾呼，力闡宗旨，而强作解事之譏，遂不禁集矢於楊、王矣。然二君復古之功，正不可没。至今日襲浙西之遺製，鼓秀水之餘波，既鮮深情，又乏高格，蓋自樊榭而外，率多自檜無譏，而竹垞又不免供人指摘矣。蓋嗣法不精，能累初祖者率如此。

有正味齋集

錢唐吴穀人錫麒祭酒應制詩賦，一時紙貴，而有正味齋集，頗傷彫琢。洪稚存所謂青緑溪山，尚未蒼古也。惟長短句，則洵爲作手。自敍佇月樓分類詞選有云：「慕竹垞之標韻，緬樊榭之音塵，竊謂字詭則滯音，氣浮則滑響，詞俚則傷雅，意褻則病淫。」循究斯言，可以知其意旨與造詣矣。集中體物諸作，佳處真不讓朱、厲獨步。若祭酒者，亦善學浙派。而爲其錚錚者歟。浣溪沙云：「隔樹新聲喚乳鳩。撲簾香絮墮銀鉤。無人尋夢到江頭。結局東風歸似客，消魂晚雨冷於秋。落花如畫滿衫愁。」巫山一段雲云：「金粉鋪殘照，胭脂爛古苔。半春濃雨不曾來。今日小園開。裙色鴛鴦妒，衣痕蝴蝶猜。落花如雪罥輕釵。無語下香階。」虞美人云：「楊枝彈碎清明雨。攪作愁和絮。春殘更苦是花殘。況到落花時節有些寒。鏡中描出雙蛾瘦。人似當年否。淒迷一片夕陽西。只恐夢回，不待亂鶯啼。」滿江紅題羅兩峯聘鬼趣圖云：「歧脚蒙頭，是五趣、中間來者。但散入、閻浮提裏，那分高下。結柳曾勞韓子送，移書屢被東方駡。奈今番、咄咄逼人何，兒童怕。青荷笠，肩頭亞。白楊火，風中炧。又零丁帖子，招魂纔罷。枯腊難充黄父飯，長身逃得鍾葵鮓。被先生、碧眼一雙圓，淋漓寫。」題蔣心餘先生臨川夢院本金縷曲云：「萬事飄如絮。驀吹來、先生筆底，夢都堪據。不怕殘鐘輕打破，機上穿成縷縷。莫認作、荒唐雲雨。一段因緣文字起，續離騷、半部精魂語。真共幻，論千古。宛然玉茗花前句。試喚起、臨川點拍，也應心許。三十種眠全解脱，纔識菩提覺路。引蝴蝶、翩翩而舞。世上盡饒鼾睡漢，問何人、許入梨園譜。纔讀罷，夜三鼓。」無悶出古北口云：「垂者雲耶，立者銕耶，相對峥嶸萬古。繞一髮中原，自成門户。照出牆邊冷月，怕更向、秦時從頭數。斷鞭籠袖，回身馬上，細看來路。行旅亂山去。問酒肆誰家，冒寒沽取。任落葉呼風，吼聲如虎。高歌出塞，盡捲入、丁丁琵琶語。待射侶相約殘年，爲道短衣休誤。」滿江紅題唐六如畫鄭元和像云：「百結鶉衣，嘆公子、豪華非昨。曾記得平康舊里，黄金揮霍。阿母但知錢樹子，才人慣唱蓮花落。幸青娥、俊眼不曾迷，團圓劇。繡繻記，梨園作。桃花塢，風流託。認先生小影，一般飄泊。圖畫莫嫌蛇足誤，世情都是鵝毛薄。算不如、冷炙與殘杯，貧兒樂。」他如羅敷媚云：「名是楊枝。愁似楊絲。怕見楊花渡口飛。」雨中花云：「坐樹鶯啼，當簾燕語，未穩單衾睡。」菩薩蠻云：「愁自在心頭。楊花不替愁。」南樓令云：「側倚團團羅扇子，偷半面、看鴛鴦。」思佳客夕泊楓橋云：「鴉羣黑攏高高樹，螢點青攙短短蘆。」菩薩蠻茌平道中云：「上九是良時。春風鬢上知。」滿江紅姑蘇午日云：「往事總如炊黍過，今人那不離騷讀。」又調祕戲錢云：「色相難空阿堵物，畫圖又入菩提變。」又調觀演邯鄲夢云：「人哭人歌傳舍換，夢來夢去神仙老。」賀新郎孤山觀梅云：「日落蒼苔渾似水，容我闌干獨倚。」湘月咏秋聲館云：「秋無今古，問古人聽得，秋聲多少。」儻遇陸輔之，當不忘采綴也。

鄭燮詞

揚州鄭板橋燮大令，書畫步武青藤山人，自稱其書爲六分半。又有徐文長門下走狗鄭燮私印。詩文瑣褻不入格，詞獨勝。自敍云：「燮年三十至四十，氣盛而學勤，閱前作輒欲焚去。至四十五六，便覺得前作好。至五十外讀一過便大得意，忘已醜而信前是，可知其心力日淺。」又云：「爲文再三更改，無傷也，然改而善者十之七，改而謬者亦十之三，乖隔晦拙，反走入荆棘叢中去，要不可以廢改，是學人一片苦心也。」又云：「少年游冶學秦柳，中年感慨學蘇辛，老年淡忘學劉蔣，皆與時推移，而不自知者，人亦何能逃氣數也。」此皆身歷艱苦之言，不止長短句一道爲然也。唐多令寄懷劉道士并示酒家徐郎云：「一抹晚天霞。微紅透碧紗。顫西風涼葉些些。正是客愁愁不穩，楊柳外、又驚鴉。桃李別君家。霜淒菊已花。數歸期、雪滿天涯。分付河橋多釀酒，須留待、故人賒。」金縷曲贈王一姐云：「竹馬相過日。還記汝、雲鬟覆頸，胭脂點額。阿母扶攜翁背負，幻作兒郎妝飾。小則小，寸心憐惜。放學歸來猶未晚，向紅樓、存問春消息。向我索，畫眉筆。廿年湖海長爲客。都付與、風吹夢杳，雨荒雲隔。今日重逢深院裏，一種溫柔猶昔。添多少、周旋形迹。回首當年嬌小態，但片言、微忤容顏赤。只此意、最難得。」滿江紅思家云：「我夢揚州，便想到、揚州夢我。第一是隋隄綠柳，不堪煙鎖。潮打三更瓜步月，雲荒十里虹橋火。更紅鮮、冷淡不成團，櫻桃顆。何日向，江村躲。何時上，江樓臥。有詩人某某，酒人个个。花逕不無新點綴，沙鷗頗有閒功課。將白頭、供作折腰人，將毋左。」其餘菩薩蠻晚景云：「流水遠天波似乳。斷煙飛上斜陽去。」金縷曲贈陳周京云：「莫向人前談往事，恐道旁、屠販疑真假。勉强去，妝聾啞。」有贈云：「嚼花心、紅蕊相思汁。共染得、肝腸赤。」菩薩蠻留春云：「雪消春又到。春到人偏老。切莫怨東風。東風正怨儂。」留秋云：「江上山無數。何處登高去。松徑小山頭。夕陽新酒樓。」沁園春恨云：「難道天公，還箝恨口，不許長吁一兩聲。」落梅云：「昨夜三更，燈昏月淡，鐵馬簷前說是非。」踏莎行云：「分明一見怕銷魂，卻愁不到銷魂處。」虞美人云：「撩他花下去圍棋。故意推他勁敵，讓他欺。」莫不謝華啓秀，新意宜人。滿江紅舊有平仄二體，板橋填田家四時苦樂歌一闋，前後苦樂分押，且爲板橋新格，亦詞苑別調也。板橋少失恃，受撫於乳母費氏，集中有乳母詩，言之極沈痛。又有絶句云：「小印青田寸許長。鈔書留得舊文章。縱然面上三分似，豈有胸中百卷藏。」題曰縣中小皁隸。有似故僕王鳳者，見之輒黯然。相傳板橋多外寵，嘗欲改律文笞臀爲笞背，聞者笑之。

宋李之儀姑溪詞，附録黄魯直、賀方回和作。近曝書亭集并載聯句。板橋學詞於陸種園震，集中特刊二闋，以見淵源，雖非通例，亦可知其在三誼重矣。金縷曲弔史閣部墓云：「孤冢狐穿罅。對西風、招魂翦紙，澆羹列鮓。野老爲言當日事，戰火連天相射。夜未半，層城欲下。十萬磨刀橫似雪，儘孤臣、一死他何怕。氣堪作，長虹挂。　難禁恨淚如鉛瀉。人道是、衣冠葬所，音容難畫。埋骨并無清浄土，便飽饑鳶也罷。這一墓，何能真假。惆悵殘碑留漢字，細摩挲、不識誰題者。一半是，荒苔藉。」按阮吾山葵生茶餘客話曰：「閣部督師赴揚，寄孥白下有孕妾，於滄桑後生一子，因家焉。雍正初鄧東長宗伯鍾岳督學江左，録之邑庠，而刻石署壁以紀其事。然則相傳閣部未有後者，非也。揚州志載閣部有養子直。而靳茶坡集，有送史愚庵梅花嶺展墓詩，注：愚庵，道鄰子，鼎革後，流寓山陽，或即直耶。又按閣部弟蘧庵可程，崇禎十六年進士，入仕本朝，攝政王致閣部書所謂識介弟於清班也。有河傳一闋，述庵選入詞綜，而注其名下曰：「明大學士史忠正公可法之弟。」閱之令人悚然，南枝向暖北枝寒，吾其如梅花何者。

秦雲擷英小譜

自三百篇不被管絃，而古樂府之法興。樂府亡而唐人歌絶句之法興。絶句亡而宋人歌詞之法興。詞亡而元人歌曲之法興。至明代曲分南北，檀板間各成宗派。沈德符顧曲雜言、沈君綏度曲須知，多論出字收音之祕，於派别尚少分晰。近嚴長明、曹仁虎、錢坫諸君，撰秦雲擷英小譜，言之甚詳，又復精確。節録於此，不獨備談塵也。演劇昉於唐教坊梨園子弟，金元間始有院本。一人場内坐唱，一人場上應節赴焉，今戲劇出場，必扮天官以引導之，其遺意也。院本之後，演而爲曼綽，俗稱高腔，在京師者爲京腔。爲絃索。曼綽流於南部，一變而爲弋陽腔，再變而爲海鹽腔。至明萬曆後，魏良輔、梁伯龍出，始變爲崐山腔。絃索流於北部，安徽人歌之爲樅陽腔，今名石牌腔，俗名吹腔。湖廣人歌之爲襄陽腔，今謂之湖廣腔。陝西人歌之爲秦腔。秦腔，自唐、宋、元、明以來，音皆如此，後復間以絃索。至於燕京及齊晉中州，音雖遞改，不過即本土所近者少變之，是秦聲與崐曲體固同也。至言其用四聲同也，二十八調同也。聲之中有音，喉齶舌齒脣是也。調之中有節，高下平側，緩急豔曼，停腔過板是也。板之中，有起、有腰、有底，眼之中，有正、有側，聲平緩則三眼一板，惟高腔七眼一板。聲急側則一眼一板，又無不同也。其中微有不同者，崐曲佐以竹，秦聲間以絲。然樂器中九調，自乙調、正宮、六字、凡字、小宮、尺字、上字諸調，絲與竹皆同也。秦聲所以去竹者，以秦多肉聲，竹不如肉，故去笙笛，但用絃索也。崐曲止用綽板，秦聲兼用竹木，俗稱梆子，竹用篔簹，木用棗。所以用竹木者，以秦多商聲，詩含神霧。商主斷割，邯鄲綽五經析疑。故用以象椌楬，禮記鄭注：椌楬柷敔。聲柷柷然，取義於止也。釋名且也，商聲駛烈，元覽綽板聲沈細，僅堪用以定眼也。昔唐明皇與太真按樂清元小殿，所用樂器凡七，甯王玉笛、李龜年觱篥而外，上羯鼓，妃子枇杷，馬仙期方響，張野狐箜篌，賀懷智拍板，手操實居其五。可知秦中用以節聲者，唐時已若是，矧玉笛與觱篥崐曲亦在所不用哉。至於九調，崑曲止用七調，無四合也。七調中乙調最高，惟十番用之。上字調亦不常用，其實只五調耳。若正宮音屬黃鐘，爲曲之主。乃自有崐曲，二百餘年惟蘇崐生發口卽中中聲，畢生所歌，皆正宮調。嗣響者，婁江顧子惠、施雲章二人耳。近日歌崐曲者，甫入正宮，卽犯他調，犯入他調，亦非中聲。至秦中則人人發口，皆音中黃鐘，調入正宮，而所謂正宮者，又非大聲疾呼，滿堂滿室之謂也。其擅長在直起直落，又復宛轉關生，犯入別調，仍蹈宮音，如歌商調則入商之宮，歌羽調則入羽之宮。樂經旋相爲宮之義，非此不足以發明之。所以然者，絃索勝笙笛，兼用四合，變宮變徵皆具。以故叩律傳聲，上如抗，下如墜，曲如折，止如槁木，倨中矩，句中鉤，累累乎端如貫珠，斯則秦聲之所有，而崐曲之所無也。昔周有韓娥，秦有薛談、秦清，漢有虞公、李延年，唐有方等女、郝三寶等，在昔相傳，樂王曲聖，莘莘蓁蓁，皆秦人，非吳人也。

善詞亦藉善歌，故宋詞亦不盡可歌，須歌者具融化之才。姜白石云：「滿江紅末句無心撲三字，歌者將心字融入去聲，方諧音律。」卽此說也。蓋能聲中無字，字中有聲，沈括夢溪筆談載此二語。鎔鑄貫通，無不入協。從來手口并擅者少，故無論雜劇傳奇，多半一人填詞，一人正譜，急節以赴之，遲聲以媚之，減偷之功，半資引刻。至今日巴人下里，尚少顧誤之周郎，而欲其與玉汝、美成輩争衡乎。然偶爾一遭，此道終在，毛大可元夕填錦纏道等調，曲師竟能入唱，其譜尚列詞話，此非詞之可歌一明證哉。況一翦梅、點絳脣諸體，爲南北曲引子者，無不可以發口，而其他調則否。然則非詞之不可歌，能歌詞者不常有耳。又按弋陽腔又曰亂彈，南方謂之下江調。甘肅腔卽琴腔，又名西秦腔，胡琴爲主，月琴爲副，工尺咿唔如語。道光三年御史奏禁，今所謂西皮調也。又有句調，則山西腔也。此擷英小譜所未詳，不揣固陋，衍而論之。余嘗謂稽之宋詞，秦、柳，其南曲崐山腔乎。蘇、辛，其北曲秦腔乎。此即教坊大使對東坡之説也。陸雲士次雲述曲工金叟之言曰：字有四聲，度曲者四聲各得其是，雖拙亦佳，非徒取媚聽者之耳也。如陽平拖韻稍長，即類於陰。陰平發音稍亮，即類於陽。去聲亢矣，過文宜抑而復揚。入聲促矣，出字貴斷而後續。雖有一定之腔，亦可短長以就韻。雖有不移之板，亦宜變換以成文。而其要領，在於養氣。如陽音以單氣送之則薄，陰音以雙氣送之則滯。將收鼻音，先以一絲之氣引入，而以音繼之，則悠然無迹。湖壖雜記此尤足證融化之説矣。大抵音樂一道，儒者解其義，而不習其器，樂工習其器，而不解其義。故樂工鮮能著書，而儒者之所張皇楮墨者，如話鈞天，如望神山，持論愈高，實用愈少耳。至今日則文人多啞曲，而樂部尤多盲工，雖有妙製，輒遭其荼毒，非齣删其句，即句更其字。余嘗聞某工歌長生殿聞鈴折，誤荒塋爲一番人矣。某工歌琵琶記寄書折，易伯喈爲狀元公矣。而何者謂之犯，何者謂之帶，膚淺調名，開卷即已茫然。在彼法中，數典幾於忘祖，安能換頭髙指，尋繹九宫八十四調之幽眇哉。鄉前輩陳東村烺先生，曾譔紫霞巾、花月痕二曲，質之歌者，輒云棘口，東村亦以此茫然自失。予謂此非文章之過也。夫曲至湯若士、吴石渠，亦可謂能事矣。乃李笠翁曰：「牡丹亭、邯鄲夢，得以盛傳於世，緑牡丹、畫中人，得以偶登於場，皆才人僥倖之事，非文至必傳之理也。」及觀笠翁所著十種，市儈之氣，令人難耐。作者高自矜詡，習者轉相驚奇，始知陽春白雪，難索賞音，而笠翁之盛有時名，不足異矣。梁章冉曰：俗伎搬演，改節參差，雖有周郎，亦當掩耳。故得明人正譜，良工按拍，一遇佳詞，增色十倍。在昔鳴鴻度、海寧查氏鈞天樂長洲尤氏諸院本，所以聲容并美者，大抵親授家伶，朝斑管而夕氍毹耳。彼場屋勾闌之内，安得常逢金叟其人哉。雖然，僕亦作啞曲者，則且論文字之美醜，東村二曲，不無可議。蓋撰曲亦有三長：詞也、白也、介也。一者未至，即非當家，嗟乎難矣。雖小道必有可觀，非身入其中者不知也。

林蕙堂集

余十一歲始就外傅，越三年得羸疾幾殆，督課盡廢。偶檢先世遺書，見吴園次綺林蕙堂集中，有藝香詞鈔，好之。彼時并不知何者爲詞，第見刊本所分句讀，或長或短，異之，持問長老，方知世間有倚聲之學。園次人品清迥，生平遺事，洵足增重詞場。讀其聽翁自傳，令人神往。傳云：聽翁仕至二千石，多惠政，以忤上官投劾歸，貧甚。壻江辰六，醵金築室於廣陵南門，曰天地閒亭。制府吴留村贈以買山錢，歸得粉妝巷廢圃居焉。又以錢二百緡，得東陵田七十畝，種秫與豆，足供半歲食。圃荒甚，有索文與詩者，多以樹木花竹爲潤筆費，不數月而成林，因名之曰種字林。於是偃仰其中，春而花，秋而月，偕内子江夏君以詩酒自適，雖至屢空，泊如也。常曰：吾才不逮古人，而冒忝方州。性懶，不能爲導引術，而年及古稀，不事家人生產，而萊妻伶妾，無北門之謫。諸兒子不營利禄，而皆拈弄筆墨，粗能爲詩古文詞，吾知造物之與我厚矣。乃以修短衰健聽之天，利鈍榮辱聽之人，是非毁譽聽之千百世而後，故自號曰聽翁。詩務言其性之所近，文好作孝穆、子山語，詞則兒女子皆能習之。有毗陵閨秀誦其「把酒屬東風，種出雙紅豆」二語，以爲秦七、黄九不能過也，故又號紅豆詞人云。文長不備載。

余嘗論國初諸詞家以詩譬之，竹垞嚴整，其高、岑乎。迦陵矯變，其李、杜乎。容若綿至，其温、李乎。而園次著墨不多，都適人意，殆王、孟歟。然難與刻舟求劍者道也。園次序錢葆馚湘瑟詞云：「詞原靡麗，體雖本於房中，而語必遥深，義實通於世説。」又云：「昔天下歷三百載，此道幾屬荆榛。迨雲間有一二公，斯世重知花草。」數語括盡詞品詞運。雲間謂陳卧子。明自中葉以後，知詞僅三人，楊升庵、王弇州、及卧子。若夏公謹言、馬浩瀾洪，皆不足數也。鄭荔鄉曰：「園次以明經薦授祕書院中書舍人，奉詔譜楊椒山樂府，世祖大稱賞，遷武選司員外郎，蓋即以椒山原官官之。出知湖州，人號爲三風太守，謂多風力，尚風節，饒風雅也。」詩鈔小傳辰六名闓，新貴人，有春蕪詞。留村名興祚，奉天人，有留村詞。「今何夕。年年苦被霜華逼。霜華逼。十三樓上，幾番吹笛。山河滿目斜陽急。闌干醉倚蛾眉碧。蛾眉碧。英雄老矣，壯心猶昔。」憶秦娥生日示陶姬「朝雨沐小閣。翠陰如幄。閣外白雲飛去速。亂峯隨意緑。靈鵲喜聲相續。新筍看看成竹。滿逕落紅無管束。燕兒銜補屋。」謁金門雨後「湖光夜徹。飛上小樓都化月。人似梅花。爛醉孤山處士家。夢雲縹緲。起傍玉闌花影悄。燕子多情。偷得紗廚細語聲。」減字木蘭花他如：好極轉生疑。海棠春曉妝月借水光磨。太常引鶯坐渾身柳，蜂歸兩股花。一絃春怨語琵琶。南歌子南山雪浄青初足。語細怕鶯知，腸斷憑花續。後庭宴斜月壓簾霜重。轉應曲風颭落花紅不定。歸自謠做成悲切。訴向淒涼月。點絳脣蟋蟀十里輕煙桃葉舫，一橋涼雨梅花笛。醉我頻傾瓶幾個，泥誰典卻釵雙隻。孤磬聲搖殘照紫，亂帆影挂秋雲碧。滿江紅擲眼兜鞵，凭肩穩髻。念奴嬌「旖旎跌宕，固不以漲墨爲豪者。至若「顛耶其仙。聖耶其賢。人間齷齪堪憐。向醉鄉且眠。吟乎有箋。歌乎有絃。糟邱長據千年。其誰曰不然。」醉太平 則枯腸芒角，者番吐露矣。園次詞，編於宗人某中，有憶秦娥，竟脱去一句。而末卷附刻散曲獨別之曰填詞，不知其何解也。

園次閨房最昵，集中有九日鴛湖憶内，及江夏君五十兩散套，不厭長言。其姬人某卒，園次哭之慟，作瘞蘭銘，略云：「姬楚人，姓馬氏，蘭吹其小字也。玉臺在郡，家鄰行雨之鄉。絳帳爲村，身是扶風之後。」紫雲詞有玉女摇仙珮爲園次壽馬少君云：「眉畫春山細。更浣花清思，猜琴妙慧。」又云：「夫子狂遊玩世。醉月尋詩，沽酒鷸釵頻泥。」添香拂硯，真不減清娱之於馬史、朝雲之於東坡也。

詞貴清空

宋詞三派，曰婉麗，曰豪宕，曰醇雅，今則又益一派曰餖飣。宋人詠物，高者摹神，次者賦形，而題中有寄託，題外有感慨，雖詞實無愧於六義焉。至國朝小長蘆出，始創爲徵典之作，繼之者樊榭山房。長蘆腹笥浩博，樊榭又熟於説部，無處展布，借此以抒其叢雜。然實一時游戲，不足爲標準也。乃後人必羣然效之。即如詠貓一事，自葆馚、竹垞、太鴻、繡谷而外，和作不下十數家。予少日曾爲集録，亡友張任如見之笑曰：「弄月嘲風之筆，乃爲有苗氏作世譜哉。」予失笑，投筆而起。是言雖虐，然實詠物家針砭也。或曰：「多識之學，風詩不廢，子何獨於詞而訾謷之，一言不已，而至再至三乎。」予曰：「詩三百篇開卷第一言，即是詠物，然使第曰關關雎鳩，在河之洲，第曰參差荇菜，左右流之，而盡去其下文，則此詩何以爲風化之原乎。而當日尼山秉筆，吾知必從刪棄矣。且今之爲此者，動曰吾擬香姜、史也。然暗香、疏影之篇，軟語商量之句，豈二公搜索枯腸，獨無一二冷典，乃賦空而不爲徵實哉。蓋詞貴清空，宋賢名訓也。」

蘇辛藩籬獨闢

晏、秦之妙麗，源於李太白、温飛卿。姜、史之清真，源於張志和、白香山。惟蘇、辛在詞中，則藩籬獨闢矣。讀蘇、辛詞，知詞中有人，詞中有品，不敢自爲菲薄，然辛以畢生精力注之，比蘇尤爲橫出。吴子律曰：「辛之於蘇，猶詩中山谷之視東坡也，東坡之大，殆不可以學而至。」此論或不盡然。蘇風格自高，而性情頗歉，辛卻纏綿惻悱。且辛之造語俊於蘇。若僅以大論也，則室之大不如堂，而以堂爲室，可乎。

賭棋山莊詞話卷十

圭塘欸乃集

元許文忠有壬置園池於相州，與弟可行有孚、子元幹楨、門客馬明初熙分題唱和，有圭塘欸乃集，凡詩二百餘篇，詞八十餘首。其塡摸魚兒調，皆用晁補之「買陂塘旋栽楊柳」爲起句，各十闋。竹垞曾采一闋入詞綜，然其中尚多合作。爲掇錄數首，不獨資談柄，并知元代去宋未久，詞學之猶存師法如此。「買陂塘、旋栽楊柳，園亭儘有公務。東山更理閒絲竹，莫用蒼生霖雨。鷗鷺渚，澹相對忘機，不羨蓬瀛嶼。平生願語。便泉石膏肓，煙霞痼疾，始遂隱居趣。邯鄲路，老我頭顱如許。黃粱何日逢呂。斜川便是桃源洞，千載歸來辭句。巾漉酹。笑琴亦無絃，何處求新譜。茫茫萬古。任滄海桑田，白衣蒼狗，不到老農圃。」可行作「買陂塘、旋栽楊柳，散人不理他務。柳栽近水應先綠，須用等閒霖雨。遵北渚。看雙檜蟠空，倒影搖煙嶼。千言萬語。只今日投簪，經年閉户。便自得天趣。真男子，報國誰如張許。論交仍負嵇呂。我今但要閒陶寫，幸免鏤章雕句。村甕酹。此真是、交梨火棗傳家譜。庭空樹古。有野鶴時來，衡門不鎖，清徹地仙圃。」文忠作「買陂塘、旋栽楊柳，閒人忙過曹務。山翁溪友來相賀，昨夜應時甘雨。舟泛渚。有茶竈相從，同過東西嶼。鷗邊自語。是午夢初回，餘酲未解，七碗得真趣。神仙事，雲海茫茫何許。何人巖下逢呂。詩家卻有還丹訣，萬景點成奇句。公自酹。且山水徜徉，莫考飛升譜。悠悠萬古。看一片煙霞，四時風物，吾圃卽元圃。」元幹作又太常引云：「藕花無數半開時。池上客來稀。杖屨獨徘徊。忽翠蓋、因風盡攲。天工妝景，水神輸供，陶寫費新詩。身外杳難期。笑士價、才堪五皮。」可行作「藕花香裏有叢筠。照水緑梢新。清潔出風塵。似持與、幽人寫真。門無俗客，地多清興，羽扇白綸巾。甘作太平民。故自謂、羲皇上人。」元幹作夫士大夫宦游中外，老歸於鄉者有之，然而勢利累之，忽忽不暇唱渭城矣。得山川之勝，而燕遊者亦有之，然而聲色進焉，昏昏都如長夜飲矣。至若一拖青紫，自詡通儒。纔辨之無，便輕後進。卒之五善窮於稱，九能鮮其譽，仗馬椶鱗，安怪議者輕薄也。若文忠，可謂傭中佼佼矣。

是作倡於明初，然明初詞頗劣。其上文忠摸魚兒十闋，五闋皆用參知機務字，如參知緑野機務、參知老圃機務等句。四闋皆用檢校公務字，如池塘檢校公務、平堤檢校公務等句。時文忠官中書左丞，明初蓋以參知檢校壽之者，然而已落惡趣矣。竹垞不選，諒哉。其後文忠復有所作，時明初在京師乃遥同之，題曰圭塘補和。太常引云：「園中風物水中亭。消得兩娉婷。濁酒卷荷傾。早洗盡、箏聲笛聲。四隄晴柳，一天花氣，付與晚山青。飛絮挾雲輕。任膝上、瑤琴自横。」

劉炯甫文

嘗讀元劉一清錢塘遺事，中載文及翁登第後，與同年遊西湖，或問西蜀有此景否，及翁卽席賦賀新涼云：「一勺西湖水。渡江來、百年歌舞，百年酣醉。回首洛陽花世界，煙渺黍離之地。更不復、新亭墜淚。簇樂紅妝摇畫艇，問中流、擊楫何人是。千古恨，幾時洗。余生自負澄清志。更有誰、磻溪未遇，傅巖未起。國事如今誰倚仗，衣帶一江而已。便都道、江神堪恃。借問孤山林處士，但掉頭、笑指梅花蕊。天下事。可知矣。」嗟乎，是真小雅詩人之義也。比之陳參政之木蘭花慢、德祐太學生之百字令，更爲沉痛。誰敢輕填詞爲小道哉。其後宋亡，及翁累徵不起，善矣。然遺事又載乙亥正月京師戒嚴，朝臣宵遁，及翁時參機政與焉，何其謬也。嗟乎，今之爲及翁者豈少哉。辛亥，延建告警，仙遊失守，富者遠徙，貧者肆竊，有掠貲財者，有刼妻女者，有受鄉愚誆詐要挾而隱忍傾家以依附之者，哀聲及乎道路。獨身受之人，諱不敢言。省會糧匱，兵羸錢荒，所招義勇尤横。且市井蕭然，而龍斷賤丈夫，反思乘時罔利者比比。或作揭帖，略云：賒不得，借不得，當不得，賣不得，番銀換不得，救死度生俱無策。求不得，乞不得，幫不得，賴不得，搶奪又不得，半死半生真慘惻。悲夫。近吾友劉炯甫出文一束相示，有錢荒議、戰守議、編甲團鄉説、權説、發義倉記。愷切敷陳，皆有關時務之言，而往來書札，尤爲不惜苦口。如云：錢荒由鄉，金銀貴由大户。鄉民斂錢自固，紳富斂金銀思避，愈匿愈荒，愈荒愈匿，然而荒則有之，猶未盡匱也。又云：昨興化有人回省云，現在募勇，勇即賊也。遍地皆勇，遍地皆賊也。賊至從賊，賊退爲勇，徒糜官餉，無濟時艱。又云：今之議者，不曰張皇，即曰騷擾，謂宜以静鎮處之。嗚乎，此諱疾忌醫之見也。計自軍興以來，由廣西而楚南北，今春不兩月間，武昌、安慶相繼失守，今鎮江又告急矣。守土之臣，非不鎮静也，寇至則委而去之。又云：保障之法，前所云水陸城鄉并舉之説也。合計水險幾處，陸險幾處，水兵若干，陸兵若干，明請中丞，老弱汰之，精壯練之，不足則團鄉兵以輔之。兵民合一，則民有固志矣。官紳合一，則士亦有固志矣。使曉然于事事實濟，足以保身家，則富者樂於輸財，貧者樂於輸力矣。受芻言，則人樂用命，容諍友，則士敢盡言。破除資格位望門户同異一切之客氣，以實心行實事，天下尚不足爲，何況一鄉一城之防堵已乎。賈生上策，監門繪圖，此真有用之言。余謂炯甫，珍藏之以俟知音，然而難言之矣。葉與端滋森和余雅集圖滿江紅云：「人醉我醒，又何怪、甘心寂寞。對一室、妻兒圖史，避時之蠹。拔劍聞雞愁力盡，閉門種菜安才薄。祇不堪、屈指舊交遊，都零落。長沙傳，難終讀。柴桑酒，纔非濁。真不如歸去，人間奚樂。論世誰憐胸有血，問時早歎天無目。願生生、莫再作多情，吾知錯。」嗟乎，等讜論於飄風，誰復憖置於耳者。讀與端之詞，拔劍看天，泣數行下，愈知炯甫之所爲發憤也。

沈夢塘八美詞

沈夢塘參吾閩志局，時以長短句與學人唱和。然所填不甚流傳。一日，炯甫出其八美詞曰，夢塘作此詞并作圖，備極渲染，今畫肆摹仿，不知其所自出矣。八美者：北齊女子木蘭、隋譙國洗夫人、唐李衞公妻紅拂、唐平陽昭公主、宋韓蘄王妻梁夫人、明水西宣慰司女官奢香、明石砫宣撫司女官秦良玉、明宫人費貞娥。其調皆齊天樂。木蘭云：「木蘭花發木犀香，盈盈一枝低護。索母穿針，從爺問字，纖手還工縑素。軍書旁午。嘆萬里烽煙，一家門户。不是緹縈，世間誰説重生女。黄河漳水幾曲，忽鞾窄袖，飛騎先渡。曉帳霜凄，宵營月上，夢入春閨無路。迷離顧兔。想絶塞胭脂，讓伊眉嫵。卸甲歸來，拭妝驚伴侶。」秦良玉云：「杜鵑啼破滄桑夢，蛾眉老去無恙。一角河山，全家骨肉，莫話平生悽愴。桃花馬上，看手製征袍，請纓長往。驃雪追風，襌娘雲鬟定相仿。孤城夔府落日，嘆封疆豎子，徒議增餉。讖語川紅，稗官蜀碧，愧殺同時諸將。平臺畫像。問比似淩煙，更誰多讓。割袖談兵，酒闌猶抵掌。」此二闋最佳。余按雲間姜曉泉有兒女英雄畫冊，凡十二人。首聶政姊，次如姬、次馮嫽、次馮婕妤，其餘與夢塘所舉正同。疑夢塘即藍本於此冊者。冊皆有詩。其詠費宮人云：「深宮尚有女專諸。一尺魚腸雪不如。可惜英雄竇良女，姓名不載舊唐書。」蓋悼竇良女刺李希烈僅見杜牧文，劉昫唐書不載也。其後臨川樂蓮裳鈞復題古詩十二章，吳江郭頻伽麐各爲之贊，惟紅拂、奢香缺焉。一以無稽，一以遐夷也。而陳雲伯文述跋之，以爲不止此數。因歷舉元女、以兵符授黃帝者。越女以劍術走白猿公者。以及國朝余酉生、八歲走京師，上書救父罪者。節烈恭人徐氏滑令强克捷子婦，城破駡賊被斷者。凡數十百人，盛矣。頤道堂文集，篇長不及錄。嗚乎，希深有言，天地靈淑之氣，不鍾於男子而鍾於婦人。今日者鐵騎朝飛，狼烽夜舉，其有抽刀而禦孫恩，撒環而征蘇峻者乎。則八人者，固當鑄金事之，而一鼓鬚眉之氣矣。

詞綜失載杜牧八六子

詞綜一書，采摭精富矣，而失載杜樊川之八六子。按是詞見顧梧芳尊前集。竹垞凡例曾列是書，而曝書亭集又有一跋，謂得吳文定公手鈔本。詞人之先後，樂章之次第，與顧氏靡有不同。始知是集爲宋初人編輯，非顧氏所撰也。然則此詞必非明人僞作可知。竹垞既見此詞，不解何以弗采。其詞云：「洞房深。畫屏燈照，山色凝翠沉沉。聽夜雨、冷滴芭蕉，驚斷紅窗好夢，龍煙細飄繡衾。辭恩久歸長信。鳳帳蕭疏，椒殿閒扃，輦路苔侵。繡簾垂，遲遲漏傳丹禁，蕣華偷悴翠鬟羞整。愁重望處金輿漸遠，何時綵仗重臨。正銷魂，梧桐又移翠陰。」唐詞傳世甚罕，零璣斷璧，俱屬可寶。第此詞後片一連四句無韻，不應如是之疏。檢詞綜所選少游之作亦然，第上片又微有不同，而詞律楊纘、晁補之等篇，則第四句皆有韻。紅友疑杜、秦俱有錯誤是也。又按洪文敏曰：「少游八六子詞，片片飛花弄晚，濛濛殘雨籠晴。正銷凝，黄鸝又啼數聲。余家舊有建本蘭畹集載杜牧之一詞，記其末句云云。」容齋四筆然則詞調俱在，而吴子律詞話謂詞不全，而并忘調名，則失考之甚矣。子律又謂江城梅花引一名攤破江神子，見書舟詞，紅友所未載。然考之詞律，已見於調下小注矣。惟書舟填一叢花，而别本又作御街行，按二調句法節拍俱同，但韻之平仄異耳。然平仄兩協，詞中常有，如憶秦娥、滿江紅皆是，此則紅友議論之所未及矣。又按近日尊前集傳本刻自汲古閣，子晉跋云，得之閩中郭聖僕。聖僕所最寶者一折角漢硯，因顏其居曰「漢硯齋」。贈余二書，玆編及蒴絹集。又贈余二畫，一淡墨水仙，一秋林高岫，蓋其愛姬李陀奴、朱玉耶筆。此有關吾閩掌故，談藝者所當甄綜也。至謂此書出於顧氏，則子晉未見文定鈔本，但據梧芳自敍之言，不足怪也。又按杜詞或是三聲互叶，禁字整字遠字皆韻。

趙師俠坦庵詞

詞綜凡例云：「羅願鄂州小集詞附。今檢小集，止水調歌頭一闋，卽竹垞所選者。小集，康熙間歙程聖跋哲所刻，目録稱是詞爲歌，卷中又稱是詞爲詩餘，互歧如是，歌之稱尤不可解。聖跋在阮亭門下，著有蓉槎蠡説。凡例又云：趙師俠坦庵長短句一卷，而所選亦止謁金門一闋。暇日偶讀坦庵詞，見其浣溪沙云：「雪絮飄池點緑漪。舞風游漾燕交飛。陰陰庭院日遲遲。一縷水沉香散後，半甌新茗味回時。蕭閒萬事總忘機。」所謂清絶滔滔者。而謁金門闋反不見於集中，知名詞之散佚多矣。坦庵詞凡八十餘，有訴衷情三首，題曰莆中酌獻白湖靈惠妃，則今祀典之天后也。然其詞云：「專掌握、雨暘權。」則湄州在宋代祈晴禱雨，不獨恩在海舶矣。坦庵在莆陽詠桃花有滿江紅，題壺山閣有柳梢青。而鹿鳴宴塡漢宮春云，莆中舊傳盛事，六亞三魁。此尤足資文獻之談助也。坦庵，汴人。

雅集詞

僕近纂雅集詞，或疑其中多骯髒幽咽之章，且引竹垞之言曰，懽愉之言難工，愁苦之言易好。昌黎亦善言詩矣，至於詞，或不然。大都懽愉之辭工者十九，而言愁苦者，十一焉耳。紫雲詞序余謂情之悲樂，由於境之順逆，苟當其情，辭無不工，此非可强而致，僞而爲也。且竹垞嘗曰：南風之詩，五子之歌，此長短句之所由昉。水村琴趣序之二篇者，一樂一悲，其可謂虞舜知言，而五子爲不足道乎。況昌黎之説，即詞亦何莫不然。昔范希文在塞下，嘗塡漁家傲，有「將軍白髮征夫淚」句。歐陽六一譏爲窮塞主。及後送人守邊，乃特矯之曰「玉杯遙獻南山壽。」然論者謂范公真得東山詩人之意，而六一辭氣涉夸，感人已淺，是真善於品藻矣。夫詞多發於臨遠送歸，故不勝其纏綿惻悱。即當歌對酒，而樂極哀來，捫心渺渺，閣淚盈盈，其情最真，其體亦最正矣。他如詠物而必多寄託，懷古則別有流連，歌者有懷，勞人思息，安能盡如郊祀之矜莊，鐃吹之揚厲哉。且宋人多稱壽之詞，喜悦諒無過此。然魏華父專工斯作，至今日則徒供覆瓿，何也，其情不屬也。蓋文字之能留於天地間者，皆有精神以貫之。精神之淺深，而聲名之久暫因之。聱屼爲工，吾知其無與於斯道矣。善乎竹垞之言曰：詩所難言者，委曲倚之於聲，其辭愈微，而其旨益遠。善言詞者假閨房兒女之言，通之於離騷變雅之義，此尤不得志於時者所宜寄情焉耳。余餬口四方，多與箏人酒徒相狎，情見夫詞，後之覽者且以爲快意之作。而孰知短衣塵垢，栖栖北風雨雪之間，其羈愁潦倒未有甚於今日者耶。紅鹽詞序嗟乎，此卽余之纂詞意也，而奚暇較量於懽愉愁苦之間哉。

詞律失檢

詞律目録載小重山又一體，入聲韻，而卷中失登。玆采周公謹浩然齋雅談中一闋，以備參考。「鼓報黄昏禽影歇。單衣猶未試，覺寒怯。塵生錦瑟可曾閲。人去也，閒過好時節。對景復愁絶。東風吹不散，鬢邊雪。些兒心事對誰説。眠不得，一枕杏花月。」雅談又載四明周子寬容作「謝了梅花恨不禁。小樓羞獨倚，暮雲平。夕陽微放柳梢明。東風冷，眉岫翠寒生。無限遠山青。重重遮不斷、舊離情。傷春還上去年心。怎禁得，時節又燒燈。」據此則上片首句第五字，下片四句第一字，俱可用仄。子寬詞，竹垞不及選，蓋公謹所著書，竹垞時未出人間，絶妙好詞費卻如許苦求而後得也。見何義門讀書敏求記跋又按王衍甘州曲「可惜許、淪落在風塵」，詞律脱許字，誤作七字句。温庭筠酒泉子「玉釵斜篸雲鬟重」，詞律誤重作髻。「裙上縷金雙鳳」本六字句，與韋莊「曙色東方纔動」同，詞律誤鏤金作金縷，又脱雙字，遂定爲四十字體。又顧敻「海燕蘭堂春又至」，至字與上意字下淚字韻，詞律誤作去，且注之曰，去字借叶。賀鑄太平時「樓角雲開風捲幕」，詞律誤樓作桉，且注其旁曰，可平。此類皆失檢者。紅友披榛斬棘，誠爲有功詞苑。而時亦主張太過，其脱誤失遺頗多。擬暇日輯諸家評語，并考核羣籍爲之補苴，庶不貽千慮之一失乎。又紅友論圖譜好收異名，曰孫行者，者行孫，何窮極乎如此。不典之言，著書竟混筆端，吾甚爲不取也。

詞有一闋兩叶者，如何傳、酒泉子、上行盃、紗窗恨等類是也。然大抵平仄各自爲韻，歸於同部者少。近讀賀方回詞，見其水調、六州兩歌頭，獨備此體。考之詞律，則水調歌頭失載。而六州歌頭又引韓元吉作逐段自相爲叶，凡五换韻，而未知尚有此不换韻者。按毛詩妹與渭協，祥與梁協，大明雎與公叶，肅與穆叶，雝石與席叶，轉與卷叶，柏舟此皆一章兩韻隔協者。至大田有渰之篇，韻雖不同，音實一部，則又詞曲家三聲互叶之源矣。更釵頭鳳有轉平韻者，紅友亦未采及，兹并爲校録於左：

水調歌頭：「南國本瀟灑。韻六代浸豪奢。韻臺城游冶。韻襞牋能賦屬宮娃。韻雲觀登臨清夏。韻碧月流連長夜。韻吟醉送年華。韻回首飛鴛瓦。韻卻羨井中蛙。韻 訪烏衣，成白社。韻不容車。韻舊時王謝。韻堂前雙燕過誰家。韻樓外河橫斗挂。韻湖上潮平霜下。韻檣影落寒沙。韻商女篷窗罅。韻猶唱後庭花。韻」

六州歌頭：「少年俠氣，交結五都雄。韻肝膽洞。韻毛髮聳。韻立談中。韻死生同。韻一諾千金重。韻推翹勇。韻矜豪縱。韻輕蓋擁。韻聯飛鞚。韻斗城東。韻轟飲酒壚，春色浮寒甕。韻吸海垂虹。韻閒呼鷹嗾犬，白羽摘雕弓。韻狡穴俄空。韻樂怱怱。韻　似黃粱夢。韻辭丹鳳。韻明月共。韻漾孤篷。韻官冗從。韻懷倥傯。韻落塵籠。韻簿書叢。韻鶡弁如雲衆。韻供麤用。韻忽奇功。韻笳鼓動。韻漁陽弄。韻思悲翁。韻不請長纓，係取天驕種。韻劍吼西風。韻悵登山臨水，手寄七絃桐。韻目送歸鴻。韻」

釵頭鳳：「世情薄。人情惡。雨送黄昏花易落。曉風乾。淚痕殘。欲牋心事，獨語斜闌。難、難、難。人成各。今非昨。病魂常似秋千索。角聲寒。夜闌珊。怕人尋問，咽淚裝歡。瞞、瞞、瞞。」紅友譏明人塡惜分釵第三句用仄仄起爲失調，今檢此詞則已先之矣。

按水調歌頭第三句，或上四字下七字，或上六字下五字，或貫十三字爲一句。卽如東坡「明月幾時有」闋，上片「不知天上宫闕」，下片「不應有恨」，筆興所至，句法參差。今讀方回作，乃知本四字句也。至天籟軒譜東坡所塡去與字叶，合與缺叶，爲間用四仄韻。然亦偶爾相符，未必著意，不應一闋中前後忽叶四句。吴子安嘗言西江月、戚氏諸體，三聲互叶，實曲學濫觴，非詞家標準。今以方回質之，乃知宋詞用韻自有此一例，不待元人小曲而後然矣。釵頭鳳闋，相傳放翁出妻唐氏所作，後人多辨其誣。然其詞見癸辛雜識，則亦是宋人手筆。其調與惜分釵同，但結句多一字。惜分釵後半亦轉平韻者，或兩調本一調乎。

柳如是詞

前卷記柳如是幼與錢青雨狎。近讀王義士澐輞川詩鈔，虞山柳枝詞云：「鄂君繡被狎同舟。並蔕芙蓉露未收。莫怪新詩刻燭敏，捉刀人已在牀頭。」自注，我郡有輕薄子錢岱勳，從姬爲狎客若僕隸，名之曰偕。姬與客賦詩，思或不繼，輒從舟尾倩作，客不知也。歸虞山後，偕亦從焉。我友宋轅文有破錢詞。義士原名溥，晚號僧士，明華亭貢生，在幾社爲卧子高弟，卧子授命，義士收葬之。集六卷，其中孤忠高義，逸老遺民，低昂紙上，誠良史之作也。又云：姬少爲吳中大家婢，流落北里楊氏，小字影憐，後自更姓柳，名是，字如是，解詩知書。錢選列朝詩，歷詆諸作者，託爲姬評。余按虞山不講倚聲，而如是金明池詠寒柳云：「有恨寒潮，無情殘照，正是蕭蕭南浦。更吹起、霜條孤影，還記得舊時飛絮。況晚來、烟浪迷離，見行客、特地瘦腰如舞。總一樣淒涼，十分憔悴，尚有燕臺佳句。春日釀成秋日雨。念疇昔風流，暗傷如許。縱饒有、繞堤畫舫，冷落盡、水雲猶故。念從前、一點春風，幾隔著重簾，眉兒愁苦。待約箇梅魂，黃昏月淡，與伊深憐低語。」則居然作者，味其詞，正有無數傷心處也。乃風塵雖脫，而依歸尚非第一流，卒之君負國，妾不負君，蒼涼晚節，此尤紅顔之薄命歟。使當日不見拒於黃陶庵，則依傍忠魂，豈至留此一重缺憾哉。陳雲伯令常熟，重修河東君墓有記。查伯葵揆爲作墓碣，其文俱極駢麗。嗟乎，明社將屋，青樓女子獨多倜儻不羣。顧眉生見竹垞酷相思詞：「風急也，聲聲雨，風定也，聲聲雨。」傾奩以千金贈之。戴延年秋燈叢話然則芝麓尚書之愛才，其尚有閨助哉。若此者，求之青泥蓮花記中，豈易多覯。

賭棋山莊詞話卷十一

詞之回文體

詞之回文體，有一句者，有通闋者，有一調回作兩調者，雖極巧思，終鮮美制。魏善伯祥曰：詩之有回文，猶梅之有臘梅，種類不入品格。伯子文集詩猶然已，而況詞乎。

汲古閣遺事

元之顧阿瑛，明之毛子晉，皆身當陽九，斥其資財，招賓客，置書畫彝鼎。然子晉校刊典籍，尤爲有功藝林，則甚矣二君之善爲謀也。風鶴方警，保無多藏厚亡之患，卽封殖終其身，亦不過庸庸一富翁耳。安能輕世肆志，而復擅美名哉。吳梅村有壽子晉木蘭花慢云：「尚湖高隱處，較漆簡，定遺經。正伏勝加餐，揚雄强飯，七略縱横。爭傳殺青奇字，更五千、餘偈叩南能。夜雨蒲團佛火，春風菌閣書聲。卧荒江投老遺民。兵後海田耕。喜柳塢堂開，月泉詩就，貰酒行吟。高談九州風雅，問開元以後屬何人。百歲顛毛斑白，千年翰墨丹青。」其推挹可謂至矣。子晉子斧季扆亦嗜古有父風。曾讀其跋趙孟奎分類唐歌詩云：「趙氏分類唐歌詩，乃鄉前輩藏本，售於先君。先君見背後，先達爲余言，此書世間已無第二本。予急歸撿之，按照目録僅存十一。傳聞武進唐孝廉孔明字昭有之，託王石谷翬往問，無有也。先是託王子良善長訪於金壇，子良述于子荊之言曰：唐氏舊有其書，須價百金。因思于與唐姻婭也，果能得之，鳩工付梓，不過傾家之半，遂可公之天下，盍再訪之。內兄嚴拱侯垣曰：此韻事，亦勝事也，吾當往。次日卽行，道經丹陽，宿旅店樓中。中夜聞户樞聲，雞初鳴，隣壁大呼失金。諸商旅皆起，將啓行，户皆扃鐍，不得去。天明，伍伯來，追宿店者二十三人，拱侯居首，爲與失金者比屋也。匍匐見縣令，命各出囊金召失金者驗之，布金滿堂下，多者數百，最少者拱侯也。及驗畢，皆非，遂出。拱侯曰：可以行矣。曰：未也。令不能決，當質之於神。舁神像坐廣庭，庭中篝熾炭，上置巨鍋，傾桐油於中，火炎炎從油上出。向拱侯曰，請浴。拱侯歎曰：毛斧季書癖，害人一至於此乎。趙孟奎之唐詩有無不可知，令予死於沸油，何也。一老人曰：若無恐，苟盜金，必糜爛，不然，無傷也。試以手探之，痛不甚劇，遂醮油塗體，果無損。遂以次二十二人，盡無恙。拱侯曰：人謀鬼謀，鑊湯鑪炭盡嘗之，今可行矣。又一人亦去。其二十一人者方與旅店鬨，及事白，盜金者店家也。拱侯抵金壇，促于子荊寓書唐孔明。答曰：無之。竟不得書以歸。予趨迎問唐歌詩，拱侯曰：焉得歌，不哭幸矣。予驚叩之，備述前事，既悵怏又踴躋焉。吳騫拜經樓詩話前輩求書之篤如此，其難復如此，心力俱殫，不獨事韻卽文亦妙也。又相傳子晉有一孫，性嗜茗飲。購得洞庭山碧蘿春，虞山玉蟹泉水，獨患無美薪，因顧四唐人集板而嘆曰，以此作薪煮茶，其味當倍佳也。遂按日劈燒之。滎陽悔道人汲古閣刻板存亡攷此皆可入嘉話録者，連類書之，爲談汲古閣遺事者考焉。至所刊詞苑英華，宋六十家詞等書，雖校讎時有錯誤，然其嘉惠倚聲家之恩大矣。

小山詞社

雍正乾隆間，詞學奉樊榭爲赤幟，家白石而户梅溪矣。惟王小山太守時翔及其姪漢舒秀才策獨倡温、李、晏、秦之學，其時和之者，顧玉停行人陳垿、毛鶴汀博士健、徐罔懷秀才庚，又有素威輅、穎山嵩、存素愫三秀才，皆王門一姓之俊。笙磬同音，壎篪迭奏，欲語羞雷同，誠所謂豪傑之士矣。太倉自吴祭酒而後，風雅於兹再盛。小山有香濤、紺寒、青綃、初禪等集。其自跋云：詞至南宋始稱極工，誠屬創見。然篤而論之，細麗密切，無如南宋。而格高韻遠，以少勝多，北宋諸君，往往高拔南宋之上。余年十五，愛歐陽、晏、秦之作，摹其豔製，得二百餘首。年來與里中舉詞社，强效南宋不能工也。余最喜其蘇幕遮云：「不須留，儂去罷。纔轉身來，又作愁人話。腸斷春風楊柳下。落日看看，早月兒來也。兩眉低，雙袖把，直恁情多，怎忍輕抛捨。一笑重回離恨卸。並坐紅窗，且再過今夜。」又如「一時歡緒。一生愁緒。要相逢，不相逢，那人何處。若説待來生，已被今生誤。且分付斷魂歸去。」惜黄花「章句酸才，琵琶小伎，抹殺奇男俠女。」齊天樂「西風簾下自然涼。況是怯秋人起獨眠床。」南柯子「黄花自瘦無人處。」蝶戀花皆可誦者，其自期許爲不誣矣。

漢舒著香雪詞，比之小山，更覺勝場。小山短調較工，漢舒長篇亦美，即小山亦盛推之，謂逸塵而奔，幾欲駕兩宋諸名家而出其上也。其秋夜對酒放歌填梅花引云：「傾一斗。開笑口。天邊月逆行雲走。左離騷。右蟹螯。狂吟獨嘯，亦足以自豪。銅芝淚凍燈花死。挂壁寶刀光射水。拍頭顱，捋髭鬟。龍泉太阿，惟汝最知吾。披繡袷。揮紈箑。卿自用卿法。聲如鐘。氣如虹。豈甘鬱鬱，長作可憐蟲。人能著翅馬能韜。來犯北風去密雪。上危岡。草荒荒。試拓弓弦，霹靂倒黃麞。」又云：「馬赤兔。人呂布。世間餘子何堪數。菊花秋。酒新篘。身無俗骨，餔歠亦風流。銀河浪闊公無渡。服藥輕身真大誤。李青蓮。王子安。才鬼聰明，畢竟勝頑仙。西園市。列金紫。齷齪誰甘爾。調清平。琴廣陵。千秋月旦，知己在旗亭。仙人掌下真州道。柳七還邀紅粉弔。發酒悲。亦奚爲。月下風前，且自去填詞。」原注柳七葬真州城西仙人掌。獨開生面，是詞場青兕手段也。

漢舒所遇曰平原君，有「落花小院夕陽黃」之句，漢舒時時對人吟之。平原君亡後，漢舒填詞哀輓累數十闋，而虞美人二首，即借此句填入，所謂「誰傳七字向殘箋。賺我夢中、吟了十多年」也。又有焚舊寄吳門詩文感賦滿江紅云：「不是所情，忍埋没、文章光價。算海内，斯人一去，知音者寡。費我十年鸚鵡賦，誤他半世鴛鴦社。問這般，相累是誰歟，微名也。」嗟乎，我未成名卿未嫁，可知同是不才人。紅粉多情，青衫有淚，宜乎漢舒難以遣此。

其年爲諸生時，曾爲某學使所忌，必欲置之劣等，借端訓飭以辱之，先期出遊方免。故集中有悵悵詞云：「腰綵脣朱，渾妝就、腐儒花靨。堪噴飯，騷腸賦骨，也來帖括。兒輩不關詩酒事，乃公偶墮文章劫。看他年，百隊鬭如霞，夔州獵。」余每讀此詞，輒爲失笑。因思國初儻非鴻博一舉，則己未榜中諸老，如其年、電發、大可、志伊以及二大布衣，皆槁項牖下以終耳。國家何以收人文化成之治哉。則甚矣七百字之足令英雄短氣也。漢舒應試金陵，曾填金縷曲云：「落日金波瀉。晚風高、飄蕭敗葉，偏隨病馬。

買得濁醪謀一醉，醉裏據鞍悲詫。目斷處、亂雲平野。身在泥塗渾不覺，尚掀眉、自許騷壇霸。誰信是，非狂者。　漫言婢價輸奴價。怕而今、蛾眉燕頷，總沉茅舍。我有廣寒修月斧，搆盡淩雲臺榭。只依樣、葫蘆難畫。今夜孤村荒店裏，囑哀蛩、莫絮傷心話。青衫淚，正盈把。」又有「灰微香力死，幔薄花魂凍。」千秋歲「傷薄命，憐孤韻，這般窮。生把東風背了受西風。」烏夜啼玫瑰秋來忽發數花感詠「雨停得意鵓鳩聲。只恐殘陽，難作幾時明。」虞美人晚春「煙柳萬絲愁織。膩得一帶紗窗，欲明無力。」芭蕉雨春雨筆響秋聲，紙鋪怨氣，想其倒綳嬰兒，蓋不勝美人遲暮之悲。然而今之知漢舒者，則不在於工制藝能取富貴矣。善乎韓文懿公菼之言曰：「吾雖貴爲尚書，曾不如秀水朱十以七品官歸田，得多讀數千卷書。」嗟乎，此固非佳人莫能解也。

小山詞社諸君，亦多揣摩南宋，然得髓者殊未見也。若存素浣溪沙云：「水遠波平點白鷗。峭帆高挂泛歸舟。暮天蕭淡夕陽愁。雲際鐘聲紅葉寺，煙邊漁唱白蘋洲。耐看山色是深秋。」鶴汀眼兒媚云：「柳條輕輭杏花鮮。見了便情牽。送鬮微笑，背燈私語，別是巫山。瓊枝想像春還在，題破浣花箋。昨宵醉後，今朝夢裏，明日愁邊。」素威浣溪沙云：「漠漠輕陰暝玉樓。鳳簫聲斷畫屏幽。竹窗蕉雨思悠悠。多病近來疏酒盞，峭寒終日下簾鉤。最難將息是深秋。」則猶是小山家法矣。大抵今之揣摩南宋，只求清雅而已，故專以委夷妥帖爲上乘。而不知南宋之所以勝人者，清矣而尤貴乎真，真則有至情，雅矣而尤貴乎醇，醇則耐尋味。若徒字句修潔，聲韻圓轉，而置立意於不講，則亦姜、史之皮毛，周、張之枝葉已。雖不纖靡，亦且浮膩，雖不叫囂，亦且薄弱。僕於倚聲，孱學耳，何敢望梅溪、玉田、藩籬，然詞客有靈，聞斯言或當首肯也。

閩中呼父曰郎罷，呼子曰囝，見於唐顧況詩。冏懷臺城路詠薯云：「夕陽村掩蜑户。幾家充野飯、香裊千縷。拾橡同炊，然糠慢煮。阿囝一燈歡聚。」賦景既真，措辭亦雅。冏懷曾客三山，故通吾鄉稱謂。冏懷又言，閩人以薯釀酒頗佳。然此酒俗呼蕃薯燒，螫口刺鼻，實不耐飲。故周櫟園歷舉閩酒，而不登此品。至薯則村邑恃以爲命，功與五穀等。閩小紀中記之甚詳，好事者又輯爲金薯傳習録。冏懷更有鷓鴣天詞，以「悽惶嶺」對「黯淡灘」，與文信國「惶恐灘頭，零丁洋裏」之句同工矣。

詞宜雅趣

詞宜雅矣，而尤貴得趣。雅而不趣，是古樂府。趣而不雅，是南北曲。李唐、五代多雅趣并擅之作。雅如美人之貌，趣是美人之態。有貌無態，如臯不笑，終覺寡情。有態無貌，東施效顰，亦將卻步。

嘉興三李

唐虞皆名其臣，至周則文侯稱字矣。孔門皆名其弟子，至孟氏則樂正、公孫稱子矣。論者以爲世變使然。至詩文稱人名，古者不嫌，劉諶、李白，且直書先聖，如西狩泣孔丘，狂歌笑孔丘，是也。今則有議其非者，此後人之謹飭也。然少陵曰：「南尋禹穴見李白。」青蓮曰：「飯顆山頭逢杜甫。」直呼朋好名姓，今人亦不敢復爾，則是質樸不及古風。顧黄公贈尤西堂詩曰：「今朝卻喜見尤侗。」讀者駭然，習俗之移人甚矣。李武曾良年貂裘换酒和朱十云：「若天意定憐才子。潘耒查容無恙在，伴竹垞老去同煙水。楚江柳，又青矣。」潘字次耕，吴江人。查字韜荒，海寧人。耒、容皆名也。武曾其猶行古之道歟。武曾與兄繩遠，弟符，稱嘉興三李。繩遠字斯曾，不爲詞。

武曾曰：「南宋詞人如夢窗之密，玉田之疏，必兼之乃工。」曹貞吉秋錦山房詞序 近王小山亦謂「夢窗之奇麗而不免於晦，草窗之淡逸而或近於平。」王穎山別花人語序 此言乃學南宋者之金針也。惟疏故平，惟密故晦，至今日則一味求妥而不講警策，又能疏而不能密，能平而不能晦，匪獨無奇麗，亦不足言淡逸矣。武曾詞工於著景，如「一帶寒沙，貰酒旗，輕掛在晚煙疏樹。」解連環「背嶺人家，雲碎著檐如絮。」綺羅香「未識君時，曾經此渡，門外幾楓殘照。」喜遷鶯寄題飽聲來草亭 真有畫意矣。武曾原名虞，字兆潰，見李集。鶴徵録，詞綜謂字符曾，誤也。迦陵序六家詞曰：「僕也紅牙顧誤，雅自託於伶官。繡幔填詞，長見呵於禪客。銅官玉女，邑居不百里而遥。小令長謡，卷帙實千篇以外。儻僅專言浙右，諸公固是無雙。如其旁及江東，作者何妨有七。」隱有大將旗鼓，八面受敵之意。余謂竹垞超倫絶羣，以匹迦陵，洵無媿色，餘子皆當斂衽。然而李氏武曾良年、分虎符，耒邊詞 沈氏融谷皞日，柘西精舍集 覃九岸登，黑蝶齋詞 機雲競爽，咸籍并稱。竹垞先登，蘅圃龔翔麟紅藕莊詞 後勁，浙西風雅，允冠一時。就中而分虎尤勝。祝英臺近之十首燒香詞，不亞於載酒集十二首洞仙歌。如云：「換衣冠、勻粉黛。兩槳畫船載。衆裏關心，芳草渡頭待。珠宮片刻同行，轂儂魂斷，況對佛、并肩齊拜。石闌外、掩卻方蜘，回身不分見伊再。替折花枝，流盼未曾怪。只愁津鼓催歸，綵絲須結，網住這西施長在。」又云：「鵲聲乾，鶯語囀。紅雨灑千片。不坐鈿轅，不障合歡扇。分明要使人看，如何歸舫，把雲母横窗遮遍。碧河淺。輸與掠水絲禽，鷄首慣偷眼。」

懊惱吴儂，桑艫疾於箭。借他角觝春哥，髡車相傍，又引露女銀嬌面。」詞從南宋入手，時多浮漫，分虎先學北宋，故無此病。吴子律賞其帆影詞「忽遮紅日江樓暗，只認是涼雲飛度。待翠蛾簾底憑看，已過幾重煙浦。」謂爲入神之筆。予謂不若「荻渚楓灣，宛轉隨人，消盡斜陽今古。」其寄慨爲深遠也。分虎又效朱希真漁父詞填釣船笛十一首。如云「少日是漁郎，老去便成漁叟。煙篛有時不戴，采江花簪首。」又云：「不去築魚梁，也不魚叉攜箇。風裏一絲轉颺，便無魚也可。」又云：「生長在吴根，不與吴儂相識。只有粉絲飛到，聽沙頭吹笛。」言近旨遠，非徒賦漁家傲者。

錦云：「正采桑時候，除了蠶娘，更無人諱。」此可爲運俗入雅之法。善文者，竹頭木屑無棄材也。其調舊傳埋貓可以引竹。分虎云：「參差漸過牆四角，記銜蟬埋處。」又嘉興以筍損音同，蠶時忌聞此語。秋皆尾犯，皆咏筍。又蟹與柿子同食，令人病痧。覃九桂枝香咏蟹云：「霜林柿葉分紅顆，鎮妨伊未沾冰齒。」

覃九詞勝於其叔。江城子云：「隋堤繫纜水平沙。板橋斜。那人家。記得門前，一樹有枇杷。喚起當壚同對酒，紅燭護，綠窗紗。津帆容易隔峯霞。秣陵花。白門鴉。錦瑟淒涼，一度感年華。三十六鱗渾不見，惟有夢，到天涯。」其菩薩蠻詠梅集調名云：「疏影一痕沙。行香滿路花。」又云：「飛雪滿羣山。箇儂愁倚闌。」粘合既工，并饒遠韻。卜算子云：「一片亂山秋，不管離魂破。」破字亦奇。融谷泊銅陵感懷及喜孝山來金陵二闋百字令最佳，其餘淺淡不耐人思。醉落魄云：「雙鬢絲絲，莫對鏡前覺。」覺字下得有味，所謂傷心事，莫恁太分明也。

六家詞刻於蘅圃。蘅圃交竹垞最早，爲倚聲最先，而所得比諸家較淺，綿麗不及竹垞，淡遠不及武曾。粉蝶兒本意云：「趁好風兒一雙兩雙，得意揀花枝，夜來濃睡。」珍珠令詠珥云：「偶墜香泥飛燕啄。便銜去書牀那角。那角。被一曲相思，鈎人心著。」如此好句，不數見也。蘅圃填好女兒用古閨秀名，如小小、蟲蟲、輕輕、七七等類，而調下自注用雙聲小名，以疊字爲雙聲，不知其何所據。錢竹汀大昕嘗言：「周南于嗟麟兮，與章首麟之趾相應，以兩麟字爲韻。大雅文王曰咨，咨女殷商，咨咨亦韻。」十駕齋養新錄又詞家有一字韻體，然則疊字或可謂疊韻乎。

宋人尚豔詞

乾隆中，裕陵嘗命儒臣取三百篇譜之，著以四上六五諸音，列以琴瑟笙簫之器，于是皆可奏之樂部。儻準此法而推之，詞審其陰陽平仄，劑其過不及，安見不有清真、耆卿其人，使大晟復盛，而井水重歌哉。馮定遠班亦言：嘉靖中善胡琴者，猶能彈宋詞，至於今，則元人北曲亦不知矣。然則予謂非詞不可歌，歌詞無其人，殆非武斷者。定遠又述先輩之言曰：曲子以聲爲主，其辭不離本色。場上之曲與科介相應，優兒敷粉墨而歌，欲得俚童野老，哭抃不禁，斯爲能事。若三人不解，則工而無所施矣。套數之體，當使西園公子、南國佳人，坐綺筵而聽之。苟雜以鄙詞，恐辱我象板鸞簫也。小令務在調笑陶寫，施於斜行小字，嘌唱曼聲，但得俊語相參，收拾出衆，便爲佳手。此論極佳，細參之幷可悟詞曲之分，不但於曲中能辨體裁也。若定遠之自論詞，則又似未得門者。定遠曰：長短句肇于唐季，脂粉輕薄，端人雅士蓋所不尚。又曰：魯公作相，有曲子相公之言，一時以爲恥。坡公謂秦太虛乃學柳七作曲子，秦愕然以爲不至是，是豔詞非宋人所尚也。其說俱詳鈍吟文稿。夫詞始於太白，盛於飛卿，何嘗不是唐季。宋人亦何嘗不尚豔詞，功業如范文正，文章如歐陽文忠，檢其集，豔詞不少。蓋曼衍綺靡，詞之正宗，安能盡以鐵板銅琵相律。惟其豔而淫而澆而俗而穢，則力絶之。至耆卿亦有高處，如「漸霜風淒緊、關河冷落、殘照當樓」，此亦何減古人。定遠徒見元人之雜曲，明人之崑腔，卽講求南北宋亦涉獵草堂污下選本，目未睹前輩典型，故有此戹言也。亦知詞固有興觀羣怨，事父事君，而與雅頌同文者乎。吾請舉近人陸太沖以謙之言曰：其事關倫紀者甚多，如東坡水調歌頭「瓊樓玉宇高處不勝寒」，神宗以爲蘇軾終是愛君。歐陽全美踏莎行，奉使不還，朝廷録其節，與洪忠宣江城梅花引數闋同揆。吴毅夫滿江紅「報國無門，濟時有策」，其自負何如。岳亦齋祝英臺近，感慨忠憤，與辛幼安「千古江山」一詞相伯仲。文信國「大江東去」，氣冲牛斗，無一毫委靡之色。劉須溪寶鼎現，詞意淒婉，與麥秀歌無殊。蘭陵王送春詞，抑揚悱惻，卽以爲小雅楚騷可也。又如陸放翁釵頭鳳、孝義兼摯。陳剛中太常引，有陟屺瞻望，不遑將母之思。至若弟兄華髮，别語叮嚀，則有黄元明之青玉案。薄宦東西，離歌不忍，則有黄師憲之卜算子。中秋懷梅溪，交情宛轉，則有高竹屋之齊天樂。西山壽平父，交契最深，則有姜白石之鷓鴣天。又或離羣索居以寄懷，長歌痛哭以悼友，則有張玉田之憶舊游、瑣窗寒。若夫伉儷情深，不特劉叔安有水龍吟，史邦卿有壽樓春、夜行船。卽婦人女子，誼篤所天，論其常，魏夫人之菩薩蠻，紫竺之生查子，孫氏之憶秦娥，易彦祥妻之一翦梅，章文虎妻之臨江仙，深得國風卷耳之遺。論其變，舒氏之點絳唇，鄭意娘之好事近，戴石屏妻之憐薄命，徐君寶妻之滿庭芳，有柏舟自矢之風。凡此忠孝節義之事，可約略舉也。或謂終不敵迷花殢酒之事居多。竊以爲何文縝，盡節名臣也，而有贈妓惠柔之作。真西山，作大學衍義人也，而有蝶戀花之詞。蓋古來忠孝節義之事，大抵發於情，情本於性，未有無情而能自立於天地間者。此雙蓮鴈邱，鳥獸草木，亦以情而弇垂不朽也。昔京山郝氏論詩曰：詩多男女之詠何也。曰：夫婦，人倫之始也。故情欲莫甚於男女，廉恥莫大於中閨，禮義養於閨門者最深，而聲音發於男女者易感。故凡託興男女者，和動之音，性情之始，非盡男女之事也。得此意以讀詞，則閨房瑣屑之事，皆可作忠孝節義之事觀。又豈特偎紅倚翠，滴粉搓酥，供酒邊花下之低唱也哉。詞林紀事序是真不愧知言矣。雖然，吾竊見後世之説詩者，風雨懷人之作，子衿憂時之篇，尚以桑中濮上疑之，則謂填詞爲輕薄子，夫復何辭。而以意逆志，誰知以風人之旨，求之長短句哉。

賭棋山莊詞話卷十二

集句詞

填詞有卽集詞句者，且有通闋只集一人之句者。然他人寥寥數篇，至竹垞則專集詩句，既工且多。第考之臨川集，荆公已啓其端。詠梅甘露歌三首，草堂菩薩蠻一首，皆是集句。甘露歌云：「天寒日暮山谷裏。的皪愁成水。地上漸多枝上稀。惟有故人知。」菩薩蠻云：「花是去年紅。吹開一夜風。」又云：「何物最關情。黄鸝三兩聲。」可謂滅盡針線之跡。蘅圃題蕃錦集云：「是誰能紉百家衣，只許半山人說。」當是指此，非泛言詩中集句也。然半山不標出處，未若竹垞歷注名姓，尤令人易於根據。汾陽客感臨江仙云：「無限塞鴻飛不度，李益太行山礙并州。白居易白雲一片去悠悠。張若虛餓啼烏舊壘，沈佺期古木帶高秋。劉長卿永夜角聲悲自語，杜甫思鄉望月登樓。魏扶離腸百結解無由。魚玄機詩題青玉案，高適淚滿黑貂裘。李白」他如滿庭芳歸田歡諸闋，神工鬼斧，前賢定畏後生。蓋集句長調比短調尤難也。此集，六家詞中未及載。

清真詞有曹季中杓注。季中，號一壺居士，見陳振孫書錄解題，其注久佚不傳。近宛平查心穀爲仁與錢塘厲樊榭同箋絶妙好詞，然搜采佚聞，雖名爲箋，與紀事相類。若李富孫曝書亭詞注，則數典釋義，允爲注書正例。富孫，秋錦後人，其於是書頗多舉正。如小紅樓之明月引，應爲江城梅花引。壽劉編修之六么令，應爲百字令。至蕃錦集中原本只注人名，李氏并考題目。而桂殿秋之劉寫，應爲劉駕。搗練子之顧况，應爲張祜。江神子之李賀，應爲雍陶。浣溪沙之張蟾，應爲張蠙。全唐詩無張蟾。減蘭之王勃，應爲王維。采桑子之韓偓，應爲韓翃。菩薩蠻之李白，應爲李中。題畫河瀆神之陳頗，應爲黄頗。鷓鴣天之杜甫，應爲杜牧。燕臺送陳右源還吴第一句。李舒應爲樂章。鬱氛氲見昭德皇后廟樂章。按唐書樂志，其詞内出李舒撰。德明興聖廟樂章、讓皇帝樂章，并係四言。河傳之劉長卿，應爲劉禹錫。玉樓春之張責，應爲皮日休。臨江仙之張謂，應爲張説。錢翊應爲杜荀鶴。懷歸寄周青士、繆天自。南樓令之齊已，應爲李白。十拍子之殷文圭，應爲蘇廣文。天仙子之皮日休，應爲陸龜蒙。滿庭芳之李頎，應爲李頻。王續應爲王績。又「笑拈霜管題詩句，難道今生不再逢」，原注郎士元、韓偓，撿之本集皆無，蓋竹垞出之腹笥，記憶不無偶疏。校讎諦當，真長水之功臣矣。然落葉之掃，時有未盡。買陂塘下片結句素無六字，書舟、碧山諸作，盡是刻本傳訛。竹垞別闋，亦皆五字。送展成歸吴云：「憐取舊時題扇」，時字應删。原集亦無此字。多麗首句三字，次句六字，今以「滿長亭落葉」，亦五字斷句，非。別本江湖載酒集有六么令，用趙氏事贈舍人武昔，曝書亭集删去，而壽劉編修亦全用劉氏事，其體相同，故誤百字令爲六么令。「酒後狂呼雙耳熱，更彎弧射碎轅門柳」，此暗用三國志吕布事，引北齊祖珽傳及周禮釋之，亦不甚關涉。羅璧識遺謂公羊、穀梁皆姜姓，書姜開先詞後醉太平闋，亦未引及。

蕃錦集偶句，無不工妙。如浣溪沙云：「閬苑有書多附鶴，李商隱春城無處不飛花。韓翃碧幌青燈風灩灩，元稹紫槽紅撥夜丁丁。許渾樹色到京三百里，殷堯藩柳條垂岸一千家。劉商暮雨自歸山悄悄，李商隱殘燈無餘影幢幢。元稹蠟照半籠金翡翠，李商隱羅裙宜著繡鴛鴦。章孝標」鷓鴣天云：「平鋪風簟尋琴譜，皮日休醉折花枝當酒籌。白居易桃花臉薄難藏淚，韓偓桐樹心枯易感秋。曹鄴松間明月長如此，宋之問石上青苔思殺人。樓穎」玉樓春云：「一生一代一雙人，駱賓王相望相思不相見。王勃女蘿力弱難逢地，曹鄴戲蝶飛高始過牆。姚合落花不語空辭樹，白居易明月無情卻上天。薛逢」近黃石牧之雋唐堂集唐極有盛名，香屑一集，不脛而走。然多多爲富，求若此勻整細麗，亦不復數見。今於倚聲得之，真絶唱哉。相傳竹垞少時，塾師以王瓜令對，卽應聲曰后稷。年十七，入贅馮氏，與名士王鹿柴卽席對古人名，如顧野王沈田子、蔡興宗崔慰祖、杜審言蕭思話、韓擇木李栖筠、劉方平徐圓朗、劉仁本范道根之類，凡數十事，此亦何減金屈戍、玉丁東哉。

集句別有機杼，佳處真令才人閣筆。如武后廟云：「六宮粉黛無顏色，萬國衣冠拜冕旒。」太白酒樓云：「我輩此中惟飲酒，先生在上莫題詩。」春宮云：「一陰一陽之謂道，此時此際難爲情。」義塚云：「掩之誠是也，逝者如斯夫。」皆不可湊泊之句。吾閩暱遊北里，每書楹帖贈所歡，仿詞家婁婉兒、崔廿四故事，分押其名於内，亦有集句而佳者。予所聞，曾經滄海難爲水，願作鴛鴦不羨仙。水仙雪膚花貌參差是，仙管雲璈彷彿聞。雪仙喜子有情常傍户，燕兒留客不思家。喜燕潤臉呈花，圓姿替月，振聲似玉，吹氣成蘭。替花玉蘭把往事、今朝重提起，破工夫、明日早些來，戲臺願天下有情人，都成了眷屬，是前生鑄定事，莫錯過姻緣。伎館全集院本者，具見撮合苦心。昔紀文達公昀謂古語無不有偶。時適繙孟子，或卽指伯夷非其君不事請對，文達曰：「孟子致爲臣而歸。」或又舉「維女子與小人爲難養也」，文達曰：「有寡婦見鰥夫而欲嫁之。」

兩宋詞評

北宋多工短調，南宋多工長調。北宋多工軟語，南宋多工硬語。然二者偏至，終非全才。歐陽、晏、秦，北宋之正宗也。柳耆卿失之濫，黄魯直失之傖。白石、高、史，南宋之正宗也。吴夢窗失之澀，蔣竹山失之流。若蘇、辛自立一宗，不當儕於諸家派別之中。

學詞須兼善兩宋

詞至南宋奥窔盡闢，亦其氣運使然，但名貴之氣頗乏，文工而情淺，理舉而趣少。善學者，於北宋導其源，南宋博其流，當兼善，不當孤詣。

南宋善養氣

詞家講琢句而不講養氣，養氣至南宋善矣。白石和永，稼軒豪雅。然稼軒易見，而白石難知。史之於姜，有其和而無其永。劉之於辛，有其豪而無其雅。至後來之不善學姜、辛者，非懈則粗。

姜開元詞

會稽姜開元啓贈歌者李郎秦樓月云：「天下李。一般柯葉分仙李。分仙李。東西南祖，故家苗裔。按趙郡李氏兄弟居巷東巷西，有東西南三祖，見唐書宰相世系表。漢時有個延年李。唐時有個龜年李。龜年李，崔九堂前，岐王宅裏。」竹垞以醉太平書其後云：「支郎眼黄。何郎粉香。尊前一曲斷腸。愛秦樓月涼。公羊穀梁。自注：鄭清之送新鼊詩，公羊穀梁并出一人之手，其姓則姜，蓋四字反切皆姜字。鄱陽括蒼。詞人試數諸姜。自注梅山姜特立，括蒼人。算堯章擅場。」按姜夔字堯章，鄱陽人。運用典切，知倚聲端須博覽。昔稼軒能學内傳，凡我同盟鷗鷺，今日既盟之後，來往莫相猜。易安能用世説，清露晨流，新桐初引。以此視之，何多讓也。又海鹽閨秀虞兆淑，字蓉城。點絳唇云：「梅綻芳菲，垂楊烟外低金縷。韶華小住。生怕廉纖雨。繡户凄涼，蝴蝶雙飛去。愁如許。夢魂無據。還在秋千路。」竹垞有題虞夫人玉映樓詞集，亦填此調云：「玉映樓空，鏡臺留得傷心句。比肩人去。誰忍修簫譜。門柳風前，依舊飄金縷。廉纖雨。返魂何處。莫是秋千路。」味其詞，李居士、朱淑真一流人歟。然歷考諸家詞選所載，亦祇此一首，疑本集久佚，卽從曝書亭採摭者。卽李氏作注，亦不得詳其生平。然則集中附録他人之作，其功豈少哉。姜開元詞，述庵亦未采。

張翥楊基學姜

前卷所載張鑑補姜堯章傳，傳末所舉學姜諸人，本於竹垞黑蝶齋詞序。然竹垞又曰：「張翥、楊基皆具夔之一體。」基之後，得其門者寡矣。按翥字仲舉，晉甯人，有蛻巖樂府。基字孟載，嘉州人，有眉庵詞。張鑑不著於篇，蓋爲宋人立傳，不能攙入元人明人也。然陳允平之後，宜補列仇山村，山村亦姜派者，仲舉卽其門下士。竹垞時，無絃琴譜未出，故不得論定，非有意削之也。至孟載詩：「細柳已黄千萬縷，小桃初白兩三花。」「羅幕有香鶯夢暖，綺窗無月鴈聲寒。」「芳草漸於歌館綠，落花偏向舞筵多。」此例凡數十句，竹垞謂試填入浣溪沙，皆絶妙好辭也。靜志居詩話按此說本於弇州，學者知此，則詩詞之辨明矣。作詩不求氣體，徒講字句，其不爲浣溪沙亦僅矣。

漢舒贈阿陳

唐宋人無不戴花，魏晉人無不傅粉。漢舒贈歌兒阿陳金縷曲云：「休自遜，青衣班輩。丸髻清歌施粉黛，是六朝名士都如此。卿一笑，吾狂矣。」可謂雅謔。今日官府給賞，猶有簪花之例。而插萸戴菊，此俗久廢，不過詞人承用其文。若效陳思王、何晏故事，卽樂部亦惟㭎子爲然。近聞崐旦乃有傅粉者，一賤業耳，而頓覺今昔淳澆之感，嗟乎。

長短調並工

長短調并工者，難矣哉。國朝其惟竹垞、迦陵、容若乎。竹垞以學勝，迦陵以才勝，容若以情勝。

詞中一字韻

尤西堂侗曰：詩無一字，惟梁鴻五噫歌以噫字叶韻。故東坡哨遍亦以噫字换頭。然周晴川十六字令云：「眠。月影穿窗白玉錢。無人弄，移過枕函邊。」已用眠字冠首矣。艮齋雜說按此說本於孔沖遠，所謂詩以申志，一字則言蹇而意不會。毛詩正義然顧亭林曰：緇衣三章，章四句，非也。敝字一句，還字一句，若曰敝予，還予，則言之不順矣。且何必一言之不爲詩也。吳志歷陽山石文，楚，九州渚。吳，九州都。楚字一句，吳字一句，亦是一言之詩。日知録此論最確。若詞則醉春風中三疊字，惜分釵末二疊字，皆一字一句一韻。實與歷陽文渚與楚叶，都與吳叶同體。卽十六字令，蔡伸、張孝祥所填皆一字韻，不始於周晴川。自明人作譜，方不知此字是韻，誤以爲三字句。

一句兩韻

無名氏鞓紅云：「悄不管桃紅杏淺。」管與淺叶。少游夢揚州云：「望翠樓簾捲金鈎。」樓與鈎叶。此句法亦本毛詩秦風「于嗟乎不承權輿」，乎與輿叶也。陶南村云：虞邵庵宴散散學士家，歌兒郭氏唱今樂府，其折桂令起句云：「博山銅。細裊香風。」一句而兩韻，名曰短柱，極不易作，先生愛其新奇。輟耕録而不知古人已有之。邵庵博學，一時未悟，南村亦失攷也。折桂令乃元人小曲，字數多少不同，其起句亦有六字，若七字中用兩韻，則張小山「海棠嬌楊柳纖腰」「緑窗紗銀燭梅花」，當時已多此體。近日樊榭之「溯空行小艇風輕」亦效之。至天籟軒詞譜所載白无咎百字一首，乃補紅友之闕，係詞家雙疊格，與此名同而實異也。又按詞本有兩字卽成一韻，如河傳之「湖上。閒望。」温庭筠「錦里。蠶市。」韋莊者是，特未全篇耳。輟耕録載邵庵折桂令詠蜀漢事，通體二字三聲互叶，趙雲松翼以爲前人所未有。且引老子知足不辱、知止不殆，史記甌窶滿篝、汙邪滿車，以爲此體之先聲。陔餘叢攷然毛詩「于嗟乎騶虞」，乎與虞韻，則已二字卽韻矣。又雲松指邵庵所作爲詩，亦誤也。

汪晉賢森曰：自有詩，而長短句卽寓焉。南風之操，五子之歌是已。周之頌三十一篇，長短句居十八，漢郊祀歌十九篇，長短句居其五，至短簫鐃歌十八篇，篇皆長短句，謂非詞之源乎。迄于六代，江南采蓮諸曲，去倚聲不遠，其不卽變爲詞者，四聲猶未諧暢也。自古詩變爲近體，而五七言絕句傳於伶官樂部，長短句無所依，則不得不更爲詞。當開元盛時，王之渙、王昌齡詩句流播旗亭，而李白菩薩蠻等詞亦被之歌曲。古詩之於樂府，近體之於詞，分鑣并騁，非有先後。謂詩降爲詞，以詞爲詩之餘，殆非通論矣。詞綜序晉賢與竹垞交好，故其持論相同，真得詞之源流，非膠爲附會以尊詞也。惟云：五七言絕句傳於伶官樂部，長短句無所依，則不得不更爲詞，是殆不然。詩人自爲五七言絕句耳，樂部歌之，襯字泛聲，遂變成長短句。太白、飛卿卽并其襯字泛聲填之，非絕句之外，別有長短句也。至吴子安謂金、元以來，南北曲皆以詞名，或繫南北，或竟稱詞，詞所同也，詩餘所獨也。顧世稱詩餘者寡，欲名不相混，要以詩餘爲安。榕園詞韻發凡是則不講派別之過也。南北自名曲，長短句自名詞。且古之以詞名書者，莫先於離騷。而句法參差，十常七八，是亦可謂爲詩餘乎。況武帝有秋風辭，陶靖節有歸去來辭，若如子安之言，豈漢晉作者乃爲關漢卿、白仁甫、高則誠輩作鼻祖哉。子安徒見論填詞者謂其名多本於詩，不加諦審，遽作主持。然唐宋人長短句數百家，以詞名者十之七八，以樂府名者十之二三，以詩餘名者不過廖省齋、許梅屋、吴履齋數人。此如後村之名別調，東澤之名綺語債，林正大之名風雅遺音同意。非必謂詞宜名詩餘也。且明人又謂曲爲詞餘矣，然則安得以詞稱曲哉。故詩餘指聲音則可，指體製則未可，予前已備論之。

詞繼古詩作

王述庵曰：汪氏晉賢敍竹垞太史詞綜，謂詞長短句本於三百篇并漢之樂府，其見卓矣，而猶未盡也。蓋詞實繼古詩而作，而詩本於樂，樂本於音，音有清濁高下輕重抑揚之別，乃以五音十二律以著之。非句有長短，無以宣其氣而達其音。故孔穎達詩正義謂風雅頌有一二字爲句及至八九字爲句者，所以和以人聲而無不協也。國朝詞綜序此於句法之所以長短，果能深知其故。惟以晉賢之言爲未盡，是又好爲議論。夫上古詩與樂合，虞廷典樂詩歌無不該。中古詩與樂漸分，尼山删定，便須絃歌以求其合。然文字與聲音猶未嘗顯判爲二也。其後文人不審音，不能不別立樂府，於是有合樂之詩，有不合樂之詩。六代以還，樂府浸廢，而聲音之道，終古不亡。乃寄之絶句，乃寄之填詞，然則填詞，真樂府之嫡傳矣。今述庵曰：實繼古詩而作。吾不知述庵所指古詩是謂南風之操、五子之歌之類乎，則晉賢已言及之矣。是謂漢世所遺如河梁贈答及十九首之類乎，則詞實起於唐，實轉於五七言，歌法不能祧唐及六代而直祖漢人。且蘇、李、枚叔之篇，亦未聞其被之絃管。至正義明言詩之見句，少不減二，多至於八。其外更不見九字十字，徵引尤爲失實。梁章冉曰：長短句法自一字至十餘字，其源皆起於古歌詞。賡歌都俞，一字之始也。風雅之祈父、肇禋，二字之始也。江有汜、思無斁，三字之始也。四五六七爲句，所在多有。七字而外，句法雖長，皆可讀矣。藤花亭曲話是言與述庵相發明。然都俞非歌，不得謂爲一字之始。至詩句長短相參，蓋不勝舉。卽如山有榛章，始三字，中四字，終五字。昊天有成命章，始五字，次四字，次六字，次三字，換節移聲，大致已與詞同。昔人謂梁武帝江南弄，沈隱侯六憶爲詞之漸，是未免數典忘祖歟。七字外如金縷曲之八字，摸魚兒之十字，水調歌頭之十三字，或竟作一句，或分作兩句，則視填者筆興之所至矣。近蔣子宣選詞，拘牽紅友之言，謂某字必讀，某字必句，是亦執一而未觀其通也。況紅友所分句讀，律以諸家之詞，齟齬却亦不少。

詞不必唱

文章有創體，即爲絶唱，斷不容後人學步者。司空表聖詩品，騷壇久奉爲金科玉律。國朝袁子才乃有續品之作，其語言工妙，興象深微，吾不知媲美前修否也。近日吴江郭祥伯、金匱楊伯夔又仿之，合撰爲詞品。夫詞之於詩，不過體製稍殊，宗旨亦復何異。而門逕之廣，家數之多，長短句實不及五七言。若其用，則以合樂，不得專論文字。引刻幽眇，頗難以言語形容，是固不必品，且亦不能品也。今試以二君所作示人，不預告之曰詞品，安知其不可以品詩哉。況又拘牽爲二十四則，此如杜老秋興，偶得八詠，而和者必如數以取盈，不敢有所增減，膠柱鼓瑟，可笑孰甚。至其所分名目，更多雷同。微婉詎別於委曲，閒雅無異於幽秀。孤瘦逋峭，所差幾何。穠豔奇麗，亦復相近。幽秀、高超、雄放、委曲、清脆、神韻、感慨、奇麗、含蓄、逋峭、穠豔、名雋十二則祥伯撰。輕逸、綿邈、獨造、淒緊、微婉、閒雅、高寒、澄澹、疎俊、孤瘦、精鍊、靈活十二則伯夔撰。與表聖立名少異，蓋高古、疏野、實境、超詣等稱，與詞不相似也。而源流正變，都無發明，亦何貴此疊牀架屋爲也。雖其中若芙蓉作花，秋水一半，欲往從之，細石淩亂。委曲雜花欲放，細柳初絲，上有好鳥，微風拂之。神韻送君長往，懷君思深，白日欲墮，池臺氣陰。淒緊幽絃再終，白雲愈稀，千里飄忽，鶴翅不肥。輕逸吐屬非不雅雋，然不切則爲陳言矣。吳子律乃以爲奄有衆妙，何也。

芑川詞

元曾鷗江允元點絳脣云：「長亭道。一般芳草。只有歸時好。」此真善言離情矣。芑川之任臺陽，過相思嶺，亦填憶秦娥云：「相思嶺。淒涼一片離人境。離人境。白雲紅樹，迢迢孤影。問名乍覺鄉心警。歸來莫惜重尋省。重尋省。峯巒一樣，兩般情景。」用意與鷗江相類。嗟乎，令威化鶴，豈知其竟不歸來耶。又過涵江江城子云：「遠山如畫暎晴沙。亂飛葭。不聞鴉。但有一雙柔艣響咿啞。九十九灣人未到，鷗鷺慣，識歸家。紅樓隱約露紅牙。日初斜。樹重遮。幾度隨風，吹出笑聲譁。梁燕雙棲情自樂，孤鴈影，落天涯。」寫景如繪，彷彿紅船問渡時也。予壬子于役漳平，載經此地，與懷離索，并感雅製，乃填憶秦娥云：「輕舟渡。故人當日填詞處。填詞處。遠山如畫，一雙柔艣。飄零雙燕真淒楚。孤鴻覓食尤辛苦。尤辛苦。天涯海角，何心懷古。」前半即用芑川語。芑川時與肖巖同行，故有雙燕之句，若懷古則指其莆田四絶句也。絶句云：「鼙鼓漁陽事已非。故鄉猶自説梅妃。蕭蘭八賦工何益，不及梨園奏羽衣。」「懷古何心弔六朝。余郎客鬢已蕭蕭。江山滿目無窮感，却把零箋記板橋。」「去損何如比玉才。櫟翁賞識出塵埃。招尤不惜緣知己，賦到寒鴉轉自哀。」「陳紫方紅各擅場。一編忠惠譜堪詳。浮名畢竟關何事，驛騎年年去故鄉。」肖巖曰：芑川阻雨桃嶺，賦浪淘沙絶佳。其詞云：「推枕對銅荷。一夜滂沱。行時不得住如何。窗外鶺鴒先客醒,喚遍哥哥。匝月總晴和。今雨偏多。故鄉已是隔關河。旅次途中都一樣,不算蹉跎。」余過郵亭,窮尋之不可得,想浪疥吾壁,已爲逆旅主人削去矣。聞芑川居臺後,所作日富,兼攬小晏、大蘇之勝。乃烽火厄之,波濤厄之,遺集已蒼茫不可問。循覽舊日書札,忍淚而盡登之。子建所謂既傷逝者,行自念也。悲夫。

白石詩説

白石道人爲詞中大宗,論定久矣。讀其説詩諸則,有與長短句相通者。節録一二於左,略以鄙意注之,而傳諸同志焉。無怪予之附會也。

韻度欲其飄逸,其失也輕。詞嫌重滯,故渾厚宏大諸説,俱用不著。然使其飄逸而輕也,則又無繞梁之致,而不足繫人思。

雕刻傷氣,敷衍露骨。若鄙而不精巧,是不雕刻之過。拙而無委曲,是不敷衍之過。此卽疏密相間之説也。故白石字雕句刻,而必準之以雅。雅則氣和而不促,辭穩而不澆,何患其不精巧委曲乎。

僻事實用,熟事虛用。那人正睡裏,飛近蛾緑。此卽熟事虛用之法。

説景要微妙。微妙則耐思,而景中有情。寒鴉數點,流水遶孤村,楊柳岸、曉風殘月。所以膾炙人口也。

短章醖藉,大篇有開闔乃妙。不醖藉則比露,言盡意盡,成何短章。無開闔則板拙,周草窗之詞或譏之爲平矣。

委曲盡情曰曲。竹垞贈鈕玉樵曰:「吾最愛姜、史,君亦厭辛、劉,亦以其徑直不委曲也。

語貴含蓄。句中無餘字，篇中無長語，非善之善者也。句中有餘味，篇中有餘意，善之善者也。填詞有一定字數，但使塡畢讀之，短不可增，長不可節，已極洗伐操縱功夫矣。若餘味餘意，則詞家率不留心，故講之爲尤難。

體物不欲寒乞。今之搜討冷僻者，其去寒乞亦無幾矣，而奈何自以爲淹博哉。

一曰理高妙，二曰意高妙，三曰想高妙，四曰自然高妙。自然高妙，詞家最重，所謂本色當行也。

詞源精湛

詞盛於宋，宋人論詞，精湛莫過樂笑翁。詞源一書，以澹生居士刻本爲善。考諸家所刻樂府指迷，即此書之下卷。而此書實名詞源，不宜與沈伯時相混。若選本則周草窗絶妙好詞其最也。蓋在花庵詞選、陽春白雪諸書之上。陽春白雪尤踳駁少條理。

朱淑真生查子

朱淑真以生查子一詞，傳者疑其失德。然池北偶談曰：是詞見歐陽文忠公集一百三十一卷，然則非朱氏之作明矣。淑真又有采桑子，皆集唐宋女郎詩句，見花草粹編，此尤集句之雅談歟。按淑真所集，校以四十四字體，上下兩結句後皆多一五字句，凡五十四字。考之諸家譜律，俱不載采桑子有此體，且黄來同押，尤爲可疑，當博詢知者。而湖壖雜記載一事，頗屬異聞，今録之。順治辛卯，有雲間客扶乩於片石居，有女仙降，或問仙來何處。書曰：兒家原住在錢塘，曾有詩編號斷腸。問仙爲何氏。書曰：猶傳小字在詞場。或不知斷腸集誰氏作也。乃又問曰：得非蘇小小乎。書曰：漫把若蘭方淑女。或曰：然則李易安乎。書曰：須知清照異真娘。朱顏說與任君詳。或方悟爲朱淑真。故隨問隨答，卽成浣溪沙一闋。隨復拜祝，再求珠玉。乩又書曰：「轉眼已無桃李。又見荼蘼綻蕊。偶爾話三生，不覺日移階晷。去矣。去矣。歎惜春光似水。」乩遂不動。或疑客之所爲，然客非知文者。此與蘇小小降乩，和馬浩瀾詩相似。浩瀾事見本事詩。鮑墳鬼唱，又何止一曲黃金縷也，豈其精靈固有以自詠者哉。更按淑真，諸書俱云號幽棲居士，錢塘人，世居桃村。而詞林紀事引四朝詩集以爲海甯人，文公姪女，未審孰是。

賭棋山莊詞話續編一

魏華父未全作諛辭

竹垞曰：「宣政而後，士大夫爭爲獻壽之詞，連篇累牘，殊無意味。至魏華父則非此不作矣，置之不録也。」按此說本於花庵，然華父鶴山長短句三卷，雖未臻上乘，亦未嘗全作諛辭。其水調歌頭過凌雲和太博張方韻云：「千古蛾眉月，照我別離杯。故人中歲聚散，脈脈若爲懷。醉帽三更風雨，別袂一簾山色，爲放笑眉開。握手道故舊，抵掌論人才。山中人，竈間婢，亦驚猜。江頭新漲催散，欲去重徘徊。世事絲絲滿鬢，歲月匆匆上面，渴夢肺生埃。酒罷聽客去，公亦賦歸來。」亦疏暢可誦。竹垞謂曾覽觀是集，殆未諦審乎。又臨江仙上元放燈約束伎前燈火云：「千燈渾是淚，一笑不論錢。」八聲甘州云：「多少曹符氣勢，只數舟㦧葦，一局枯棋。更完顏何事，花玉困重圍。算眼前、未知誰恃，恃蒼天、終古限華夷。還須念，人謀如舊，天意難知。」則不可謂非有心人也。華父曾爲吾閩安撫使。

田元均曰：「爲三司使數年，強笑多矣，直笑我面似鞾皮。」月泉吟社謝詩賞啓用之云：「恭維某官，笑面如鞾。」阮亭議其不雅馴。香祖筆記 華父清平樂詠白笑花云：「纔問爲誰含笑，盈盈鞾面薰風。」知此語爲宋人所習用，然鞾面上頭贅以盈盈字，亦殊不倫。

楊誠齋詞

楊誠齋念奴嬌上章乞休置戲作小詞自賀。云：「一道官銜清徹骨，別有監臨主守。主守清風，監臨明月，兼管栽花柳。」此等字面俱惡俗。又云：「且說廬陵新盛事，三個閒人眉壽。揀罷軍員，歸農押録，致政誠齋叟。」軍員押録不知何許人。

題本事詞

夏日偶過寄巢，辰溪出觀閨秀詩詞，卷中有題小庚先生本事詞後二闋。姚翠濤雪初浪淘沙云：「天籟韻珊珊。顧曲餘閒。烏絲小字寫香奩。千古風流千古恨，留在人間。　空自說辛酸。無限情緣。癡兒嬌女忒纏綿。天下有情天上月，那得常圓。」陸琇卿韻梅浣溪沙云：「韻事才人又美人。湖山金粉豔芳塵。一編絮果與蘭因。　簾外綠雲留倩影，風前紫玉慰香魂。瓊簫吹到月黃昏。」琇卿爲吳縣潘星齋曾瑩之室，有潘陸聯吟私印。雨後坐月清平樂云：「溼雲低撲。星齋涼意含疏竹。閒倚紅闌干幾曲。琇卿一點流螢閃綠。星齋　小窗月上遲遲。星齋送來花影參差。愛把湘簾半下，琇卿秋痕篩滿羅衣。星齋」琇卿工畫梅，有梅花詞十首，其夫婦讀書處曰梅館。星齋有自題填沁園春詞云：「梅花人影雙清，有多少、香風腕底生。好憑青玉案，愁春未醒，脫紅羅襖，喜夏初臨。蝶外尋芳，鷗邊還夢，半是閒情半綺情。鵝笙擫，笑霓裳按拍，還倩卿卿。」閨幃韻事，突過趙、李矣。中四語純集調名，尤爲巧合自然。

星齋詞生香活色，極似吳石華。茲略其鷓鴣簾櫳詞鈔中警作數闋於左。浪淘沙閨愁云：「斜倚小紅樓。

不上簾鉤。一年孤負踏青游。連日飛花連夜雨，釀作春愁。花影漾溪流。水緑如油。傷春滋味似傷秋。展得眉頭愁一縷，怎展心頭。」唐多令云：「春色又天涯。尋春路已賒。待春來、重到儂家。記得泥紅牆子外，有一樹、海棠花。生小最風華。晶盤舞袖斜。待來時、重聽琵琶。記得海棠花影下，有一帶、緑窗紗。」醉花陰霽雪云：「粉砌冰簾寒入畫。春在疏簾下。坐到夜深時，明月窗前，悄把梅花寫。一片殘聲飄竹瓦。何處閒愁惹。夢裏好尋詩，喚箇扁舟，摇入山陰也。」清平樂聞蟬聲云：「一絲微裊。爲問秋多少。滿地緑陰涼意早。教把斜陽遮了。　最宜雨後風前。聲聲換得商絃。記向紅橋載酒，萬荷花裏停船。」菩薩蠻云：「晴絲摇曳烟痕織。流鶯訴盡春消息。花下自尋思。去年春去時。　花魂吹未醒。付與愁邊省。閒倚畫闌干。玉羅衫子寒。」柳梢青題畫云：「曲曲梟鄉。山眉隱黛，雲葉飄涼。老柳多情，幾絲秋影，挂著斜陽。　斜陽無限思量。憶短夢、零星斷腸。數點棲鴉，一鉤初月，做盡昏黄。」十六字令云：「絲。一縷春風綰别離。深深拜、多謝緑楊枝。」

張臯文詞選

張臯文詞選，凡詞四十四家，一百十六首。由唐逮宋，所選止此，可謂嚴矣。末附其友黄仲則、景仁竹眠齋詞左仲甫、輔念宛齋詞惲子居、敬兼塘詞錢黄山、季重黄山詞李申耆、兆洛蜩翼詞丁若士、履恆宛芳樓詞陸祁生繼輅清隣詞凡七家。鄭善良掄元又益以臯文，茗柯詞與其弟翰風，琦立山詞其徒金子彦、應瑊蘭簃詞朗甫，式玉竹隣詞而善長之作字橋詞亦自列焉。二張及七家，皆常州人。二金及鄭，則歙産也。合十家，或一二闋，或十數闋，其題多詠物，其言率有寄託。相其微意，殆爲朱厲末派飣餖塗澤者別開真面，將欲爲詞中之錚錚佼佼者乎。續選凡詞五十二家，一百二十二首，則翰風外孫董子遠毅所録，以補前選之遺，亦肄業之善本也。

仲則詩名最盛，其竹眠詞爲王蘭泉司寇所刊定。仲則曾及司寇之門，以詞論，殊覺青勝於藍，冰寒於水。乃司寇序之，若有微詞，何也。此序不載春融堂集申耆篤學能文，其養一齋集，不愧讀書人吐屬。子居古文風骨遒上，居官亦以才能見稱。皋文周易虞氏義，世方風行，然亦剽竊以供場屋之用，其真知研究者殊難。散文氣醇體潔，足爲桐城後勁，於詞皆餘事耳。四先生之書，予皆見之，餘人則散見他著，未睹全集。此卷所録子居畫蝴蝶詞六首，分層用意，予最愛其第三首云：「輕須薄翼不禁風。教花扶著儂。一枝又逐月痕空。都來幾日中。曾有伴，去無蹤。闌前種豆紅。蜜官隊裏且從容。問心同不同。」阮郎歸詠楊花者，名作在前，難於措手。皋文云：「儘飄零殼了，誰人解，當花看。正風避重簾，雨迴深幕，雲護輕幨。尋他一春伴侶，只斷紅、相識夕陽閒。未忍無聲委地，將低重又飛還。疏狂情性，算淒涼、耐得到春闌。但月地和梅，花天伴雪，合稱清寒。收將十分春恨，做一天、愁影遶雲山。看取青青池畔，淚痕點點凝斑。」木蘭花慢雖未能拔奇於東坡之外，亦自無限深情。春日賦示楊生子掞云：「長鑱白木柄，劚破一庭寒。三枝兩枝生綠，位置小窗前。要使花顏四面，和著草心千朵，向我十分妍。何必蘭與菊，生意總欣然。曉來風，夜來雨，晚來煙。是他釀就春色，又斷送流年。便欲誅茅江上，只怕空林衰草，憔悴不堪憐。歌罷且更酌，與子遶花間。」水調歌頭清空一氣，寄託遙深。他如黃山之「纔能吹得燈兒黑，明月無言又到窗。」又云：「梅花落後桃花落，芳草無情獨襯桃。」鷓鴣天翰風之「花影一枝枝瘦，明月滿中庭。」又云：「簾外依依香絮，算東風、吹到幾時停。」南浦「何處繫香車，海棠三兩花。」又云：「碧藕折連絲，夢輕君未知。」菩薩蠻申耆之「倭墮綠雲斜。未妨雙臉霞。」又云：「複袖錦鴛鴦。經年繡一雙。」又云：「不覺月痕西。下簾霜滿衣。」菩薩蠻子彥之詠螢云：「又恐到清霜時節，小扇輕羅無人惜。更銀屏翠幕深深隔。」賀新涼花影云：「一夜一分月色，又一分花意，催送芳春。」湘春夜月朗甫之「人意悄，篆煙濃。開簾燕子風。」又云：「春心花不知。」更漏子蛺蝶云：「一捻纖腰，恰合付與愁痕。年時此地看花處，到花時、一例傷神。」高陽臺善長殘荷云：「卷向薰風，坼向西風，消受斜陽無數。」綠意簾云：「只是一片湘波，怎便隔天涯。約住滿庭花氣，問東風可解，吹送芳菲。」又云：「朝來欲捲，怕暗塵、點上羅衣。」湘春夜月柳云：「平蕪一片斜陽影，問韶光、何處勾留。」又云：「儂心化作天涯絮，怕重來、錯認簾鉤。」高陽臺秋海棠云：「倚盡雕闌，殷勤誰伴黃昏。斷腸剩得娉婷影，斂嬌紅、欲上羅裙。」高陽臺詞不一格，而皆耐人尋味，固與如塗塗附者異矣。

金應珪曰：「近世爲詞，厥有三蔽。義非宋玉，而獨賦蓬髮，諫謝淳于，而唯陳履舄，揣摩牀笫，汙穢中冓，是謂淫詞，其蔽一也。猛起奮末，分言析字，詼嘲則俳優之末流，叫嘯則市儈之盛氣，此猶巴人振喉以和陽春，黽蜮怒嗌以調疏越，是謂鄙詞，其蔽二也。規模物類，依託歌舞，哀樂不衷其性，慮歎無與乎情，連章累篇，義不出乎花鳥，感物指事，理不外乎應酬，雖既雅而不豔，斯有句而無章，是謂游詞，其蔽三也。」詞選跋按一蔽是學周、柳之末派也。二蔽是學蘇、辛之末派也。三蔽是學姜、史之末派也。皐文詞選，誠足救此三蔽。其大旨在於有寄託，能蘊藉，是固倚聲家之金鍼也。雖然，詞本於詩，當知比興，固已。究之尊前花外，豈無即境之篇，必欲深求，殆將穿鑿。夫杜少陵非不忠愛，今抱其全詩，無字不附會以時事，將漫興遣興諸作，而皆謂其有深文，是溫柔敦厚之教，而以刻薄譏諷行之，彼烏臺詩案，又何怪其鍛鍊周內哉。即如東坡之乳燕飛，稼軒之祝英臺近，皆有本事，見於宋人之紀載。今竟一概抹殺之，而謂我能以意逆志，是爲刺時，是爲歎世，是何異讀詩者盡去小序，獨創新說，而自謂能得古人之心，恐古人可起，未必任受也。前人之紀載不可信，而我之懸揣，遂足信乎。故臯文之說不可棄，亦不可泥也。此意予所著稗販雜錄已略及之，茲復論之如此，爲能尋詞源者進一解焉。

東坡卜算子云：「缺月挂疎桐，漏斷人初定。時有幽人獨往來，縹緲孤鴻影。驚起卻回頭，有恨無人省。揀盡寒枝不肯棲，寂寞沙洲冷。」時東坡在黃州，固不無淪落天涯之感。而鮦陽居士釋之云：「缺月，刺明微也。漏斷，暗時也。幽人，不得志也。獨往來，無助也。驚鴻，賢人不安也。回頭，愛君不忘也。無人省，君不察也。揀盡寒枝不肯棲，不偷安於高位也。寂寞沙洲冷，非所安也。」字箋句解，果誰語而誰知之。雖作者未必無此意，而作者亦未必定有此意。可神會而不可言傳，斷章取義，則是刻舟求劍，則大非矣。即如宋末玉田、蕢洲諸家，閱歷滄桑，固宜胸有壘塊。今一遇稍有感慨之詞，便以爲指斥時事，愁禽怨柳，塞滿乾坤，是直以長短句爲謗書矣。夫豈其然。昔吾友劉贊軒勷曾作詠塵詞云：「簾前幾陣狂風，登樓一望迷南北。濛濛驟起，紛紛自擾，斜陽欲黑。舞榭燈昏，妝臺釵冷，模糊春色。歎遮來難覓，掃來仍聚，染雙鬢、誰人識。無賴青青垂柳，又愁痕、雨邊暗織。半黏去馬，半隨流水，銷魂行客。十斛量愁，千重疑夢，青衫淚溼。好拂衣歸去，低徊明鏡，把朱顔惜。」水龍吟無錫丁杏舲紹儀采入聽秋聲館詞話，疑爲慨時之作。其時粵匪披猖，閩中大警，贊軒非無憂憤之篇。而此詞則實因朝雲在殯，柳枝不來，感逝傷離，所遭輒不如意而作，無關時事也。夫以同時之人，蹤跡未密，尚難揣其用意之所在，而況在千載百年以上乎。杏舲詞話，采摭甚勤，校讐律譜，亦復精審。其論詞選謂過於矜嚴，學之者非平即晦。乃窺測作者，又隱隱爲皋文推波助瀾，豈以是爲獨得秘解耶。皋文所選不過百餘闋，而杏舲以爲四百餘闋亦誤。

迦陵填詞圖

迦陵填詞圖，作於戊午閏三月廿四日，蓋舉鴻博之先一年也。乾隆末，其從孫藥洲中丞縮本刻之，袁簡齋爲之序。中有吾閩林麟焻瑤華步武曾韻云：「掃眉才子，捧硯佳人，成古來名話。龍鬚半翦學弄聲，索冷秋千高架。研箋凝墨，對梳掠、雲鬟入畫。有壚頭，取酒鸘裘，文是相如似者。而今賦手凌雲，記歌板因緣，花陰簾下。那人別後憔悴，甚尺幅生綃空寫。丁香帶結，任帳底煙銷蘭麝。想多時、抛卻檀槽，淡淡眉峯蹙也。」卷中吳農祥題詞獨多，有風流子，代女郎贈主人。有鳳凰臺上憶吹簫，代主人贈女史。又有沁園春三闋。末闋云：「柳底吹笙，塵尾烏絲，争侍賓筵。見題詩欲倦，徐留帳下，宿酲微解，恆立牀前。擲果丰姿，餘桃憨態，任打金鋪擁被眠。郎君誓，定今生與爾，不罷相憐。只今追憶蹁躚。好初日容儀比少年。記笑顏抬眼，花難解語，歌喉按拍，珠亦羞圓。金馬初開，璧人何在，翡翠簾寒易惘然。秋懷苦，似長河不息，膏火同煎。」跋云：陳髯舊有小史，驚豔一時。又作沁園春以惱之。徐林鴻和云：「歌舞君家，不借人看，阿誰肯憐。縱腰肢柳擺，長條攀折，衣裳雲想，別樣纏綿。瞥見何曾，竊窺未許，迢遞蓬山路幾千。平生面，只錦衾帳底，寶髻臺前。無端賺製新篇。有蜀錦、吴綾十萬箋。任彩霞吹徹，短簫橫笛，銀河隔斷，碧海青天。春色依然。玉人何處，妙手空將好事傳。伊相謔，除身爲明鏡，分得嬋娟。」跋云：「星叟先生將戲語譜入，余亦再疊前韻，名曰惱髯，以當懊儂，鴻再記。」按星叟，卽農祥也。小史蓋謂紫雲。裘文達日修題五絶句，第四云：「卷中詩伯首漁洋。諸子飛騰各擅場。一事難忘惆悵處，不將餘瀋貌雲郎。」

鄧牧論詞

宋錢塘鄧牧心牧伯牙琴云：「唐宋間始爲長短句，法非古，意古。然數百年來，工者幾人，美成、白石逮今膾炙人口。知者謂麗莫若周，賦情或近俚。騷莫若姜，放意或近率。」張叔夏詞集序。此一節持論極精的。

宋時已有嗚呼語

俗以死爲嗚呼，此語宋時已有。張功甫鎡南湖集有臨江仙詞，自注云：「余年三十二，歲在甲辰，嘗畫七圈於紙，揭之座右，每圈橫界作十眼，歲塗其一，今已過五十有二，悵然戲題此詞。」詞云：「七箇圈兒爲歲數，年年用墨糊塗，一圈又剩半圈餘。」又云：「縱使古稀真箇得，後來爭免嗚呼。」杜少陵詩遣懷，存沒再嗚呼。

塞垣春

塞垣春一名采綠吟，見周公謹蘋洲漁笛譜。與詞律所載，句法既差，平仄亦異，想紅友未見此詞也。茲將其序與詞並錄於左俟考。序云：「甲子夏，霞翁會吟社諸友，逃暑於西湖之環碧。琴尊筆硯，短葛練巾，放舟於荷深柳密間。舞影歌塵，遠謝耳目。酒酣，采蓮葉，探題賦詞，余得塞垣春，翁爲翻譜數字，短簫按之，聲極諧婉，因易今名云。」詞云：「采綠鴛鴦浦，畫舸水北雲西。槐薰入扇，柳陰浮槳，花露侵詩。點塵飛不到，冰壺裏、紺霞淺壓玻瓈。想明璫凌波遠，依依心事寄誰。移櫂檥空明，蘋風度、瓊絲霜管清脆。只赤挹幽薌，悵岸隔紅衣。對滄洲、心與漚閒，吟情渺、蓮葉共分題。停杯久，涼月漸生，煙合翠微。」

予此詞據知不足齋本錄入。按天籟詞譜補遺，載采綠吟，卻不言卽塞垣春。而於畫舸上多一放字，又以只赤作咫尺，岸隔作岸院，漚閒作鷗閒，蓮葉作蓬萊，煙合作煙含，又以寄誰作誰寄，謂裏字寄字脆字皆韻，平仄通叶，平六仄三也。知不足齋所據，影宋抄本也，公瑾好作古字，其中中字皆作申，則以鷗爲漚，以咫尺爲只赤，不足怪也。

公謹以梅、瑞香、水仙爲三香，菊、桂、秋荷爲三逸，以聲聲慢詠之。王葳隱又以梅、蘭、水仙、山礬、瑞香爲五香圖，張伯雨天雨以踏莎行詠之，見貞居詞。

蚓吹集

偶從烏石山九賢祠，見填詞一卷，上曰蚓吹集，下曰侯官崑石山人填，有林熼小印一。點絳脣別意云：「鶯老花殘，一春歸信還無據。愁痕千縷。碧向眉峯聚。　拈得紅箋，擬寫相思句。情難敍。幾回勾去。没箇詮題處。」滿江紅醉後書感云：「枉做書傭，空負過、少年時節。算此際、閒愁萬種，壯懷千疊。愚戇難投人世眼，顛狂合墜風塵刼。歎半生、老我舊青氈，徒羈紲。　囊橐裏，分金絶。釜庾裏，餘糧竭。問滿腔塊壘，作何歸結。一線龕燈寒弔影，數行衫淚新留血。酒酣時，亂擊案頭壺，聲嗚咽。」

竹溪詞

金壇史悟岡震林耽禪悦，撰西青散記，多雋語。有云：「醫者之手俯，乞者之手仰，書者之手側，皆干人者也。」又云：「松癡老人性嗜松。松之古者，勁直端嚴，曰，吾師也。其次兄之，友之，子弟之。鈍拙如老僕，鬅鬙醜婢，短健如奚童，老人悉憐愛之，弗忍爲翦伐。」有因老人殁而枯瘁者，觀者歎曰，義松也。子竹溪，及老人生忌日，必奠松以酒而拜之。下有梅，老人手植也。竹溪有賀新涼詞云：「此處松陰罅。有當年，酒人詞客，詠觴其下。小子趨庭常聽得，一一姓名心寫。數往事、留傳佳話。淡月微雲風動竹，瘦龍鱗、恐值春雷化。黄粉漫，琴絃罷。　傷懷老淚空盈把。再休提、零縑碎墨，看山讀畫。夢影酒痕都滅没，依舊月窗煙樹。歲歲裏、雨淋霜打。只有寒梅增嬌健，亦曾經、晤對諸公者。留伴我，孤吟夜。」

詞之三聲互叶

詞之三聲互叶，非創自詞也。虞廷賡歌，已以熙韻喜起矣。至詩中此例尤多，又詞有疊句法，亦本於詩，即如之子歸，不我過，不我過等類是也。蓋必疊一句其意方顯。若無意強疊，則亦無貴乎疊矣。

道山堂前集集，吾鄉陳静機軾著，首有黎士宏、黃周星序。静機勝朝遺老，采薇不出，蓋氣節之士。然其文殊平庸不足觀，詞尤多失調。如滿江紅之「孤琴調湧海峯尖」，下半闋第七句沁園春之「何時飛鏡大刀頭」，下半闋第九句平仄全非。填詞不下百闋，乖錯尚如是。其讀書桃源憶故人云：「纖纖玉指翻緗縹。簾外風枝悄。揭過牙籤多少。一陣脂香繚。畫屏閒几微吟了。惟有洛神賦好。不學男兒潦倒。偷揣登科稿。」頗清脆可誦。縹緗倒用，其亦丁零娉妗之遺法乎。

張以甯詞

古田張志道以甯在明初文章有盛名，最爲宋景濂欽服。亦能詞，而所傳只二闋。一明月生南浦，已采入明詞綜。一江神子，本平韻七十字體。近檢翠屏集，則後半首句已脱去，不能成調。然其集尚是明代所刻，蓋當時此道已歇絶矣。志道題申屠子廸毀曹操廟卷云：「使世皆申屠駉，則漢不魏，魏不帝矣。

管甯賤，孔明夭，駉生也後，天也。嗚呼，悲夫。」數語最慷慨可誦，然志道則已身事二姓矣。志道元泰定丁卯進士，任黄巖州判官，陞六合知縣，又教諭淮南，再徵國子助教，累入翰林，食元禄者四十餘年。入明拜前官，奉使安南，封其國主。未至，王卒，國人請立世子，志道不許，復請命於朝，乃許之。太祖以其奉使不辱，賜以御製詩八篇。祖留孫，元禮部尚書。父一清，參知政事，蓋元世臣也。見沈景倩萬曆野獲編。

團扇詞

武平林子壽其年農部存悔齋詩集，後附團扇詞十數首。虞美人云：「一燈篷底聽秋雨。夜入吴淞路。明朝應是卸帆時。可惜夫容，開盡一年枝。羅襟點點離亭酒。驀地重攜手。畫奩依舊掃雙蛾。無那别時，終比見時多。」子壽清才早達，衆皆以大器期之。同治甲子以貧故，由省會之漳，訪其故人。今日停裝，明日粵匪突至，遂遇害於漳州城下。并其未刻著作，亦皆散失。嗚呼，文人之窮，乃至此哉。

周櫟園書影

周櫟園著書影十卷，取老人讀書，祇得影子之意，當時讀者盛相推許。然其書大抵鈔撮羣籍而成，自出己意者不過十之二，而尚有錯誤之處。如謂宋末賈秋壑仿説郛爲悦生堂隨鈔。按説郛爲陶南村所輯，南村元人，秋壑安能仿之。第櫟園是書，乃成於清室者，窮愁著書，蓋猶有古人之風焉，固不必深求也已。中又引徐巨源之言，謂子夜讀曲之屬，流爲詩餘，流爲詞，詞變爲曲。按明人皆以詩餘稱詞，兹云流爲詩餘，又云流爲詞，詩餘與詞，亦未審何別。

黄燮青詞綜續編

丙子，予過江夏，平湖張鹿仙炳堃都轉以抱山樓詞索序，並出其先集兩種，及海鹽黄韻甫燮青國朝詞綜續編見贈。韻甫之書，蓋準蘭泉司寇而作，所采約六百家，予置之行篋，未及讀也。一日，見上海所刻申報中載香海詞話未列作者姓氏云：詞綜續編二十四卷，自順治迄咸豐，搜羅可謂富矣。然首卷録丹陽荆慈衞念奴嬌一闋，與草窗絶妙詞選張于湖過洞庭作一字不訛，殊不可解。案于湖爲南宋名家，所著紫微詞，久已膾炙人口，何選家竟未之見。繼武朱王，蓋亦難矣。予考之草窗原書，其言不謬。此與杏舲詞話所記明詞綜以五代李珣之浣溪沙爲鐵尚書鉉作，錯誤正同，其亦疏於校讐矣。詞話又云：嘉善黄霽青太守安濤有續詞綜之輯，覓其書不獲。周季貺司馬云：黄氏詞續，藏黄韻珊大令憲清家，亂後存否，末由知矣。大令官楚中，有倚晴樓詞。按所言卽韻甫也。惟韻甫作韻珊，燮清作憲清，豈名字有更改，抑記憶之偶疎耶。然則韻甫此書，其卽本於霽青歟。但霽青之作，亦選入此書第六卷。而韻甫所附詞話，第言霽青所著緑箋詞鈔二卷，爲其所手定，並不言其有續詞綜，豈故諱之歟，疑不能明也。若末卷并及近今年少英俊，則鹿仙之所附益也。韻甫詩詞及帝女花、桃花雪諸傳奇，鄂垣皆有刊本，當繼覓之。

杏舲云：往見蔣氏詞選，録吴興女史沈御蟬宛選夢詞，謂是容若侍衞妾。其菩薩蠻云云。此詞余前卷已録。閨中有此姬人，乃詩詞無一語述及，味詞意，頗怨抑也。按蔣氏昭代詞選所列閨秀，妻稱室，妾稱副室。沈宛名下，明注長白侍衞納蘭成德室。然則妻也，非妾也，殆誤記歟。抑以旗人不應有漢婦耶。侍衞悼亡諸作，情長語重，予前卷已詳之，或即爲沈氏發歟。惜侍衞所著淥水亭雜識、納蘭詞等書，余皆散失，或其中有可考者。杏舲又云：大興朱竹君學士，主試閩中，夢武夷君見召，約以十年。後視學任滿入都，未久遂逝。閩縣孟瓶菴吏部弔以金縷曲云云。按此事載吏部所著瓜棚避暑録，予前卷已采入。惟杏舲所引詞，與原作多不同。如「蓬山」作「蓬瀛」，「爲乘軺仙霞關上」作「駕征軺搴帷南望」，「一枕孤篷」作「一枕清宵」，「風馬雲車」作「雲馬風車」，「人世事塵凡隔」作「休忘卻舊丹册」，「嗟行役」作「慵登陟」，「武夷君十年以後」作「語仙靈相期十載」，「不虛」作「不辜」，「誰料重來前緣在，蜕骨寒巖猶昔」作「誰料輶軒重莅止，到眼巖巒猶昔」，「曾幾時」作「曾未幾」，「莫唱人間可哀曲」作「話到幔亭張宴事」。互異將半，不知其何所本。至蜕骨莫唱二句，即用竹君題圖詩。蓋吏部此詞，亦爲題圖作也。事有原委，文有來由，隨意塗抹之，其亦勇於筆削矣。書中似此者多，不便備舉。

賭棋山莊詞話續編二

林則徐與鄧廷楨詞

侯官林文忠公勳業文章彪炳海內。所著政書及畿輔水利議、荷戈紀程等編，近已次第刊行。雲左山房詩文集尚存於家。公與同邑李蘭卿彥章都轉同志，平日切磋，皆相期以古名臣。都轉任思恩府時，爲政私淑陽明，官聲大起。惜天不永年，未竟厥施，其亦有幸有不幸矣。榕園集詩文頗富，而未見長短句，公則詞附於詩存之後。公固不必以詞見，而其詞則與嘉道間諸大老可以並駕齊驅。月華清和鄧嶰筠廷楨制府沙角眺月原韻云：「穴底龍眠，沙頭鷗静，鏡奩開出雲際。萬里情同，獨喜素娥來此。認前身、金粟飄香，拌今宵、羽衣扶醉。無事。更憑闌想望，誰家秋思。　億逐承明隊裏。正燭撤玉堂，月明珠市。鞅掌星馳，怎比輭塵風細。向煙樓、撞破何時，怪燈影、照他無睡。宵霽。念高寒玉宇，在長安里。」喝火令和嶰筠韻云：「院静風簾捲，篁疏月影捎。閒拈新拍按瓊簫。惹得隔牆眠柳，齊裊小蠻腰。　自闢清涼界，斜通宛轉橋。家山休悵秣陵遥。翦取吴紈，寫取舊煙梢。喚取幽禽入畫，對影舞雲翹。」高陽臺和嶰筠韻云：「玉粟收餘，原注：罌粟一名蒼玉粟。金絲種後，原注：吕宋煙草名金絲醺。蕃航別有蠻煙。雙管横陳，何人對擁無眠。不知呼吸成何味，愛挑燈、夜永如年。最堪憐，是一丸泥，損萬緡錢。　春雷欻破零丁峽，笑蜃樓氣盡，無復灰然。沙角臺高，亂帆收向天邊。浮槎漫許陪霓節，看澄波、似鏡長圓。更應傳、絶島重洋，取次回舷。」金縷曲春暮和嶰筠綏定城看花云：「絶塞春猶媚。看芳郊、清漪漾碧，新蕪鋪翠。一騎穿塵鞭影瘦，夾道緑楊煙膩。聽陌上黄鸝聲碎。杏雨梨雲紛滿樹，更蘋婆、新染朝霞醉。聯袂去，漫游戲。謫居權作探花使。忍輕抛、韶光九十，番風廿四。寒玉未消冰嶺雪，毳幕偏聞花氣。算修了、邊城春禊。怨緑愁紅成底事，任花開、花謝皆天意。休問訊，春歸未。」買陂塘癸卯閏七夕云：「記前番明河如練，一雙星影纔渡。者回真算天孫巧，不待隔年來聚。誰作主。任月幌雲屏，再綰同心縷。芻尼解事，看兩度殷勤，毛衣秃盡，填就舊時路。含情處。脈脈一襟風露。天涯悵觸離緒。追歡早把芳時誤，此夕瓠瓜如故。愁莫訴。怕再上層樓，又被黄姑妒。何時歸去。盼白鶴重來，玉笙吹破，或與子喬遇。」公樂人之善，不以分位自高。吾友翁蒉卿時穉秀才，家臺江，年少有俊才，詩宗太白、長吉，俯視一切，頗見呰於時口。公時以廉訪讀禮歸家，聞其名，命駕造訪，蒉卿才名由此大起。公以吏事得罪及出關，改字俟邨。讀高陽臺、金縷曲二闋，爲之慨然，豈但於倚聲中爲阿芙蓉增一故實哉。

集中附録嶰筠原詞三首，亦自清氣往來。月華清云：「島列千螺，舟横萬鷁，碧天朗照無際。不到珠瀛，那識玉盤如此。劃秋濤、長劍催寒，倚峭壁、短簫吹醉。何事。似元規歗詠，那時情思。卻料通明殿裏。怕下界雲迷，蜃樓成市。訴與瑶閶，今夕月華煙細。泛深杯、待喝蟾停，聽畫角、恐驚蛟睡。秋霽。正三人對影，不曾千里。」喝火令云：「風細筠初脱，雲輕葉慣捎。小樓何處唤吹簫。恰似青娥翠袖，扶醉舞抬腰。邀笛前時步，垂楊舊日橋。萬山煙雨故山遥。一樣含漪，一樣弄鳴梢。一樣黄昏月下，如雪露雙翹。」原注：廨東小軒十笏，修篁一叢，兀雨搖煙，娟好可念，瀹茗相對，翛然有故園之思矣。高陽臺云：「鴉渡冥冥，花飛片片，春城何處輕煙。膏膩銅盤，枉猜繡榻閒眠。九微夜爇星星火，誤瑶窗、多少華年。更那堪，一道銀潢，長貸天錢。星槎恰到牽牛渚，歎十三樓上，暝色凄然。望斷紅牆，青鸞消息誰邊。珊瑚網結千絲密，乍收來、萬斛珠圓。指滄波、細雨歸帆，明月歸舷。

甄毅庵詞

紉秋氏硯凹餘瀋四卷。按紉秋，福鼎林滋秀也。與福州黄卓人漢章、羅源黄南邨銓、平陽鮑石芝臺、華莪園濟，以詩呈長洲吴枚庵翊鳳選定，刻蘭社詩略，此其雜記之作也。中記假館正定時，三月八日與沈定夫學博、甄毅庵孝廉，置酒城之西北桃林别業中，極一時觴詠之樂。毅庵賦沁園春云：「約就東風，隱隱飛橋，冪冪輕煙。趁林花濃淡，春行梅塢，溪聲遠近，路入仙源。共訪天台，相隨劉阮，不飯胡麻也有緣。長林畔，看赤城霞起，那是人間。霏微細雨無端。空搔首踟躇欲問天。便流膏然杏，鳩呼布穀，游絲罥柳，馬繫連錢。玉洞將尋，蘭亭莫續，也得浮生半日閒。休孤負、待溼雲吹散，月上闌干。」毅庵未詳其名，亦未知何籍。

謝質卿詞

往余在關中，頗有文酒過從之樂。然能詩者多，談詞者頗少。惟南康謝蔚青兵備質卿長於倚聲，見予詞，輒以爲弗及，匿其稿不肯出，故予亦未見其全也。曾以金縷曲題予酒邊詞，自謂效予集中體云：「那有埋憂地。向人間、將歌代哭，非癡非醉。閩嶠煙花燕市月，一任水流雲滯。衹博得、狂名如沸。酒國詩城隨去住，放吟魂、宇宙閒游戲。問誰識，箇中意。青門快把春風袂。趁良宵、調宫按羽，翦燈無寐。似此清才猶不遇，愧我塵寰虛寄。更忍説、烏衣門第。落落吾宗衰歇久，望東山、事業君其繼。請善養，浩然氣。」蔚青有轉蕙軒詩及駢體，捻回之亂，目擊心傷，作哀秦文以弔之，淒厲不減子山，予曾鈔藏之篋衍。君今年將七十矣，守官潼關道。署之後有養園，養園之左有觀河樓，蓋卽潼關城樓也。或集司空表聖詩品作楹帖云：「太華夜碧，大河前横。」極爲穩愜。山水雄奇，花竹綿渺，四扇門中，斯園實爲第一勝地。君俯仰觴詠，詞人之晚景，不亦佳乎。蔚青爲蘊山啓昆中丞之孫，椒石學崇觀察之子，其詞學蓋得於庭訓。觀察著小蘇潭詞六卷，多成於罷官之後。唐多令云：「新緑破雲尖。嫣紅摘露緘。畫樓人、重换春衫。記得刺桐花下立，風廿四、月初三。攬鏡倦開函。攤書忘下籤。玉堂人、未解華簪。妒殺多情雙燕子，纔薊北，又江南。」減蘭云：「晴綿擘柳。花影扶春如殢酒。燕侶鶯儔。不到春深不解愁。花醒人醉。一翦斜風鈴語碎。莫捲珠簾。簾下貍奴自在眠。」百字令云：「生涯如此，但熏爐茗椀，消磨長夏。四十無聞身漸老，一任呼牛呼馬。蘂照前因，蓮花舊夢，漫與論聲價。幾番風雨，夜來惟聽飄瓦。便不買賦千金，空羣一顧，寂寂何爲者。厚禄故人稀問訊，有以尋常慰藉。殷浩書函，令狐箋記，品第原中下。爨桐留幾，肯將心事輕寫。」觀察早歲登科，中年解組，摇落江潭，故不無生意婆娑之感。集中寄内寄弟諸作，淒音苦節，其亦有不能已於中者乎。又秋水秋煙秋雲秋星調南浦，用玉田韻。其秋煙云：「橘柚漸生寒，半陰晴、正是溟濛初曉。逗出一絲清，流雲外，惟見雁翎斜掃。炊菰熟否，人家遙認山廚小。不道燒痕都化盡，似此離離荒草。便教攙入斜陽，帶歸鴉、幾回未了。漁火近猶遮，萍風動、纔識采菱船到。如塵去渺。荻花移過空潭悄。莫向樊川禪榻畔，催得鬢邊青少。」又句，「算楊花輪做浮萍，尚留歸著。近黄昏，瘦了闌干一角。」玉人歌落花「怪道鄰街鼓，總是三更」。瀟瀟雨秋夜聽雨不寐「梧桐一樹無多葉，猶自做、秋聲不了」。月下笛秋懷「些兒破紙著窗心，恁奈暗風如翦月如鍼」。虞美人「問訊生疏，人前翻似初相識。酒腸茶量總能諳，漏洩春消息」。燭影搖紅舞榭歌樓都照徧，來照篷窗人獨」。念奴嬌七里瀧中秋待月「看花仍是去年人，去年花落知何處」。踏莎行觀察自序所云：「癡語如夢，廋言若狂，後有知我，爲引百觴者，其在此矣。」蘇潭，中丞之别業，以南康故里有蘇步坊，翁覃溪方綱學士贈以此名，勒銘池上。中丞爲覃溪高弟，與欽州馮魚山敏昌并名，稱爲翁門二山。所著小學考，蔚青重刊於西安，然校對尚未精。

譚廖詞

旌德譚西屏廖以丞尉需次西安，能文知兵。喜交才士，與山陰萬伯舒廷琬、仲桓同倫兄弟，蘭州劉夢星開第，及余唱酬極洽。予嘗以感秋八詠命題，西屏既作詩，復填短調四闋。秋燈云：「簾內銀釭小。簾外孤星皎。天地送秋風。紗窗閃閃紅。對影情何限。涼夜愁相伴。忽報一花開。秋心未肯灰。」醉公子秋蝶云：「蝴蝶兒。早涼時。秋陰籬落數花鬚，暫來粉翅垂。宵夢驚風露，含情故故飛。花前拍板對斜暉。別離知未知。」蛺蝶兒時予將之關西講院，君亦將從軍鄜州，故其言如此。迄今十年不通魚雁，未知短衣匹馬，其意興尚何如也。伯舒治古文，仲桓工駢作，雖橐筆飢驅，而所志愈厲。夢星由進士分發來陝，故鄉已破，無家可歸，備嘗禍亂，時有罪言，酒酣耳熱，歌駡并作。與人交，有血性而不阿。華州民回互鬨，由貿筍而起，其曲實在民，官袒民抑回，回遂叛。予論此事，頗責備縣官不能持平。時適與王霞舉兵部、林潁叔方伯聯吟，遂及之。夢星見之，大以爲非，面質予，予謝之。及予入都，君方失官坐累，不名一錢。匝月後，忽千里致驢，并爲書數百言力伸前説。且曰：「君詩文必傳于後，人信之，將助回虐民矣，君忍乎哉。」予置之不敢辯。顧予之行也，君揮涕相送，出二詩。其一云：「不死須相見，知音復幾人。開尊欣舊雨，問字悔青春。弟子侯芭老，先生原憲貧。灞橋垂岸柳，遠眼逐行塵。」其言鄭重，嗚呼，此意何可忘也。

張樹荄與徐鏡清詞

年來西北旱饑，大疫流行，文字舊交，一時俱逝。若袁篠隖保恆侍郎、張聽庵樹荄觀察、謝麐伯維藩、吴子儁觀禮兩編修，又皆有用之才，彼蒼其何意耶。篠隖在西安，見予華山後游記，極傾倒之。跋後自稱教下小末。聽庵精技擊，能書畫，從軍入閩，勇於殺賊，延建諸郡，至今稱頌之。麐伯詩學杜陵，言有肝膽。倭文端公殁時，麐伯輓之云：「紹聖學於道統絶續之交，誠意正心，講席敢參他説進。奪我公於國是紛紜之日，排和議戰，明朝無復諫書來。」與公異趣者，見之皆不悦。子儁爲予己酉同年生，久相聞名而未得見，丙子始晤於法源寺。君旋出典蜀試，丁丑始爲莫逆交，殆所謂視我真爲一代人者。嗚呼，尤可痛已。袁辦賑河南，張轉運關東，謝監視京師粥廠，皆殁於王事。惟子儁十年幕府，積勞病目，體質素羸，予别君時私憂之，而君竟已矣。袁、謝、吴皆不聞有詞，張則有滿江紅一闋。敍云：「辛未春夏，暢讀枚如酒邊詞十卷，胸次頓開，步集問韻，以誌佩服。」詞云：「鼎食鐘鳴，問幾日不成寂寞。没來由、功名富貴，只填溝壑。我謂文章終不朽，君家壁壘誰能薄。擊青萍，大唱酒邊詞，燈花落。展長卷，連番讀。煮宿酒，渾忘濁。把肝腸盪洗，年來一樂。坎壈半生能鍊骨，塵沙四海休睜目。彼蒼蒼、有意老雄才，何嘗錯。」詞不足以盡君，念君待我厚，重省此詞，愈增腹痛耳。

子僊熟於時務，下筆洋洋灑灑，千言立就，而知人善下，尤爲近日所稀。嘗以一卷示予曰：「此德清徐曉芙鏡清所撰詞，曉芙己酉選拔，以知縣謁選，卒於京師。余欲刻之，恨余不精此道，君爲刊定，勿惜筆削。」予謝不敢。子僊笑曰：「余聞王蘭泉司寇選國朝詞綜，於同人之作，多所竄改，君何歉焉。」余曰：「此非法也，司寇賢智之過，予何敢效。夫人之嗜好不同，文之強弱亦異，安能盡裁以一律。況人各有心，文各有意，又安能以我意爲人意，謂人意必盡如我意。予讀司寇春融堂集，亦未能遠過於時賢。其選詞專主竹垞之説，以南宋爲歸宿，不知竹垞詞綜無美不收，固不若是之拘也。今不問全集之最勝，而祇取結體之相同，則竹垞已云吾最愛姜、史，君亦厭辛、劉，而辛、劉之作，何以尚留於詞綜哉。且不獨備數而已。稼軒三十五首，改之九首，又何以入選如是之多哉。司寇則不然，同時若蔣藏園、洪北江皆有詞名，祇以派别不同，蔣第選二首，洪第選一首，皆非其至者。噫，其亦異於竹垞矣。且夫一字之師，古人動色相矜許，誠難之也。丁敬禮曰，後世誰相知定吾文者。然則定文必由於相知，今相知未盡，而遽定其文，即不至點金成鐵，而必謂子面如吾面，得無削趾適履之嫌乎。大抵司寇所著書，當以湖海文傳爲善。其餘雖采摭繁富，謂爲宏奬風流則可，謂爲精於鑒別，似尚須論定也。」

曉芙詞名歐陽亭，清空有致，不染塗澤襞積之習。菩薩蠻云：「小園叢桂張黄繖。玉蟾三五清輝滿。上市美霜螯。饞涎流老饕。延秋傾玉醞。穉子牽裾問。月裏樹婆娑。今年花幾多。」踏莎行云：「浮白移尊，鬧紅租舸。橋頭鐵笛吹雲破。玉鉤藏罷漏聲殘，滿湖涼露蕉衫涴。後約裁箋，嘉賓入座。無端遠岫濃煙鎖。畫樓紅燭雨同聽，銷魂今夜人真箇。」原注：西泠載酒自題紀游圖十二首之一。金縷曲云：「到此休惆悵。憶隨身、耕惟一硯，十年飄蕩。也算五侯鯖嘗徧，拄笏西山挹爽。有幾輩、逢人說項。詩近中唐詞兩宋，更文章漢代卿雲樣。弓與帛，日相望。如其萬卷書無恙。再如其、桑栽八百，簞瓢堪仰。閉户窮經終老耳，那得高軒過訪。又那得詞壇推奬。弧矢懸閭男子事，會乘風、踏破長江浪。面已皺，志還壯。」醉後放言曉芙橐筆東西，一官未就，集中尚有驀山溪諸作，其身世之感深矣。

曉芙驀山溪云：「兜鍪一著，幾輩上青雲，吾老矣，無他技，但伴毛錐子。」因憶昔過兩渡鎮見胥溪叟題壁云：「世風日薄，歎投筆從戎，運籌有志。太息欃槍星未落，灞上棘門兒戲。鵝鸛成行，牛羊受牧，莫笑夷吾器。烽煙遥望，銜盃今且一醉。倏聞報捷紅旗，輕裘緩帶，不愧封疆吏。羽檄飛傳紛鼙鼓，三舍暫容退避。手刷翎毛，頭銜鶴頂，血滴蒼生淚。黄巾不起，封侯此願難遂。」翠縷唫與曉芙同意。嗟乎，爛羊頭，續狗尾，古今同慨。符雪樵詠花翎云：「但見東南飛孔雀，豈知西北有浮雲。」一鬨之市，誰敢知其是非耶。

旅館留題，頗少佳作，數年來南北奔馳，所見甚多，録其稍可誦者一二。方順橋中州玉笙氏蘇武慢云：

「春意來時，河間唱罷，又作遂初之賦。嫩麥纔抽，寒梅欲笑，撲面塵沙如雨。千里關河，廿年事業，百般情緒。想北轍南轅，車輪馬鐵，不堪重數。聽誰家、臘鼓鼕鼕，琵琶切切，猶自徵歌選舞。頑僕垂頭，疲騾頓足，此夜愁魂千縷。白髮高堂，倚閭凝望，知兒來否。且料理寒衾，先向夢中歸去。」張夏無名氏臺城路云：「一燈纔穩思鄉夢，披衣又催雞唱。鈴語丁丁，馬蹄得得，惹動四山亂響。懸崖似掌。看古雪崚嶒，寒雲莽漾。曉色蒼涼，一輪紅日海東上。向平婚嫁未了，卧游圖四壁，鬱成奇想。來日齊州，馬頭靈嶽，一角遥青相向。塵容俗狀。悵琴劍輕裝，未攜笻杖。刮面西風，軟紅飛十丈。」又昔年琉璃廠，購得殘書數種，中夾一紙，前詩數首，後詞兩闋，字皆簪花小楷，末有芝仙大姊蓮妹問香等字，未知誰家閨秀。亦未知是録舊是新製，惜紙已霉爛過半，字句多不全，聊掇於此，以俟知者。浣溪沙用葉小紈韻云：「羅縠衫輕凭畫樓。烏雲斜嚲玉搔頭。疏桐閣外月如鉤。吟瘦遠山青入夢，顰深雙黛緑添愁。盈盈銀浦水西流。」虞美人句云：「萬古傷心顏色，算斜陽。叫到楚雲淒斷，一峰青。」詠雁

茅鹿鳴詞

戊辰計偕報罷，遇丹徒茅雅初鹿鳴，甲子同年也。索觀予集，填沁園春見贈云：「往矣朱陳，雅調騷情，不在玆乎。恰三十年來，都爲名誤，七千里外，苦被饑驅。原注：君將入秦。短鬢頻搔，長歌當哭，有美誰將善價沽。飄零甚，早浮生過半，白了頭顱。客中將伯頻呼。笑此道、而今頗不孤。原注：時余營歸計，君亦以囊澀未就道。想天意蒼茫，方將玉汝，世途偃蹇，卻早衰吾。風雨琴尊，雲天金石，落拓同聲也勝無。聊

相慰，喜清聲老鳳，兩地將雛。」蓋雅初亦垂老始第，復不得志於春官，將歸課子，不出山矣。閩縣鄭仲濂守廉讀之有感。步韻云：「慷慨上書，天閶路迷，君盍行乎。況朝爽西山，自供贈策，晴雲太華，已爲先驅。此去灞陵，短衣匹馬，美酒十千差可沽。千珍重、此鬼神歌嘯，溝壑頭顱。年來痛飲狂呼。算上下、雲龍興未孤。奈垂暮風塵，輸盟石隱，半生仕宦，失望金吾。琴劍悽悽，煙花漠漠，日夕狼烽黯淡無。何心問、任饞涎腐鼠，嚇煞鵷雛。」及余在長安，閉門寂寞，追念舊游，亦填一闋，郤寄仲濂，并聯爲長卷，懸之齋壁。詞云：「三十餘年，銷磨幾字，也者之乎。任嫫母西施，供人刻畫，追風逐電，範我馳驅。行矣諸君，歸歟最樂，斜日揚帆出直沽。時應試者多由海道。儻相憶，這未衰肝膽，將老頭顱。夢中似有人呼。勸莫遣雄心醉後孤。笑說甚才情，幾分癡蠢，生於憂患，百様支吾。蜕骨如蛇，换腸似鼠，爲問留皮比豹無。君知我，算平生返哺，尚愧鴉雛。」嗣聞雅初入閩，某觀察延掌記室，賓主不相得，去館卒於旅邸。身後蕭條，幾無以殮。嗟乎，依人作計，其難至此，悲夫。

鄭仲濂詞

鄭仲濂家世清華，妙才自喜，亦余己酉同譜。由翰林改官工部，遭亂歸來，十年不出。予時多遠遊，與君蹤跡不甚密。及戊辰入都，君聞之，夜半走訪。自後余無聊，輒就君，君亦三日不見余不樂也。字畫詩詞皆工，而詞尤宛轉入情。丙子余復入都，則君亡矣。索其遺書，得螭道人詞草一卷。或有題無調，或調題俱無。蓋君自中年以後，多傷心之故，雖有所作，亦付之叢殘，不自珍惜。然君爲朝士，三十年未嘗得行其志，其所藉以存君者，亦止此矣。況以詞論，固海內一作者也。其郎事浪淘沙云：「没始没端倪。假象虛機。一盂轉側雙丸馳。爲問勞生歌哭者，見事何遲。宿昔枉思維。總落頑癡。天空雲散月來時。大地山河無所有，今日方知。」客有貢諛者，詞以代答。臨江仙云：「畫不通神詩欠雅，羞云潦倒名場。大豚小犬費平章。且貪雞鶩食，誰慕鵠鴻翔。清氣少分天乞與，非癡非黠非狂。祇疑垂老若爲忙。色塵三萬斛，淚雨一千行。」寓齋雪丁香盛開，不旬日，謝矣，感而有作。滿庭芳云：「滴粉珠飛，搓酥玉碎，韶華也忒零星。繁枝無賴，斜亞小銀屏。十日忽忽開落，梨雲夢、容易吹醒。憑闌倦，猶疑風絮，春雪謝孃庭。沉沉。晝漏寂，妙年影事，花下重尋。有柰窺半面，梔綰同心。一自素鸞信杳，人中酒、憔悴如今。香篝底，不堪細訴，訴又誰聽。」簡枚如同年沁園春云：「我問枚如，有家不歸，鶴怨猿驚。向巨靈掌上，高搴太華，黃金臺下，嬾揖公卿。仰屋著書，杜門避客，熱海中閒署散人。長安道，笑三千白髮，十丈紅塵。夢君昨上青旻。更手挾君詩敂玉晨。看天才何媿，鞭笞鸞鳳，古賢合讓，蹴踏麒麟。我亦從之，分章抉漢，俯眺齊煙九點青。蘧然覺，剩空牀長簟，磊落吟身。」仲濂繼配林四娘，能詩，伉儷極篤。逝後，君終日有淚痕，其無題諸調，大抵悼亡之作，奉倩神傷，不壽未必不由此耳。鵲橋仙云：「百事都乖，兩眉不展，嫁我有何佳處。虀鹽井臼廿年中，取辛苦、備嘗而去。長簟凝塵，空箱遺挂，滿口思量無據。破窗風雨夜深吟，待嘔出、心肝償汝。」清平樂云：「珠簾晝寂。燕子雙飛入。病酒愁春無氣力。又近去年寒食。」卜算子云：「儂自命不猶，錯妒雙星會。銀河一水別教填，拌送如潮淚。」又句「爲卿灰盡一生心。饑軀整日幾曾閒，怎打量、閒來哭汝。」讀之令人鼻涕下一尺。

「錯因緣。葡仙。薄因緣。葡仙。只得人間卅一年、悔生天。葡仙。幸相憐。葡仙。忍相捐。葡仙。破鏡無因月再圓。夜如年。葡仙」。此亦仲濂集中悼亡之篇。蓋用風光好調，仿竹枝采蓮曲之體，曼聲長嘯，呼其字而訴之。葡仙，當是閨諱也。

薩天錫詞

元薩天錫詠雨傘云：「開如輪，合如束。翦紙調膏護秋竹。日中荷影葉亭亭，雨裏芭蕉聲簌簌。晴天卻陰雨卻晴，二天之説誠分明。但操大柄常在手，覆盡東西南北行。」此爲依附權門干求恩澤者發也。寫炙手氣餤，令人慨然。所著雁門集，其裔孫露蕭龍光農部重刊之，校勘頗不苟。附詞十四首，詞綜前後録其七首。尚有念奴嬌登鳳凰臺懷古步韻云：「六朝形勝，想倚雲樓閣，翠簾如霧。聲斷玉簫明月底，臺上鳳凰飛去。天外三山，洲邊一鷺。李白題詩處。錦袍安在，淋漓醉墨飛雨。遥憶王謝功名，人間富貴，散草頭朝露。淡淡長空孤鳥没，落日招提鈴語。古往今來，浮生無定，南北勞人路。浩歌一曲，莫辭别酒頻注。」亦清轉可誦，而他篇則不無錯誤。如壽大宗伯致仕干公填法曲獻仙音，平韻雙調五十四字。考之律譜，則此調止有九十一字、九十二字仄韻體。且一首之中，上用寒刪，下變用支微，韻亦參差不叶。豈自度之腔，而律譜失收乎。卜算子第三句上拍云：「悄無蹤、烏鵲南飛。」下拍云：「西風嗚、宿夢魂單」，作上三下四句法，與换頭自離邊塞路，稽之各家傳作，句調皆不合，豈另有此一體乎。至金陵懷古本滿江紅，誤作念奴嬌，校者已從詞綜改正。而其中春色去也，多色字。雙燕子，雙誤新。打孤城，孤誤空。亂鴉斜日，斜誤紅。寒螿泣，螿誤蛩。只有蔣山青，只誤惟。又因而不改。少年遊一名小闌干，詞綜脱干字，此亦從之作小闌。念奴嬌一名酹江月，此以酹作酬。則校者不得辭其過也。農部善於治生，以鹽筴起家，好行其德，待之舉火者無算。子某，孝廉尤揮霍。予曾見霞浦游漫郎大琛大令萍緣小記，皆記蘇臺冶遊之作。大令自稱小玉，其所云雁門生者，卽孝廉也。長篇三千字，瑣屑朗秀，動人流連。有西江月題詞云：「落筆才憐鳳鳳，倚歌聲答烏烏。銷魂猶自譜吳歈。薄命世間兒女。我是桃花別客，十年一夢模糊。新愁替得舊歡娱。夢裏鶯嗔燕妒。」當時文采，轉瞬消磨，而兩家門户，亦皆零替矣。

木蘭花慢應以柳詞爲譜

木蘭花慢，詞律以蔣竹山爲譜，謂此詞規矩森然，誠爲毫髮無憾矣。然予讀吳禮部詩話，載柳耆卿此調云：「拆桐花爛漫，乍疏雨、洗清明。正豔杏燒林，緗桃繡野，芳景如屏。傾城。盡尋勝去，驟雕鞍、紺幰出郊坰。風暖繁絃脆管，萬家競奏新聲。盈盈。鬭草踏青。人豔冶、遞逢迎。向路旁，往往遺簪墜珥，珠翠縱横。歡情。對佳麗地，任金罍罄竭玉山傾。拚卻明朝永日，畫堂一枕春酲。」其結調用韻，與竹山正同。柳先於蔣，何舍置之。中又載吳彦高詞亦然。但彦高後拍起句云：「長安。底處寬。人不見，路漫漫。」首句二字，次句三句四句俱三字，與詞律所載兩闋俱稍異，是又一格也。紅友未及檢。禮部，元人，名師道，字正傳，籍蘭谿。

林北鯤詞

廈門逼海，水鹹不堪飲，日必取泉於鼓浪嶼。近日蜃樓鬼市，徧布層巔，行者苦之，水不時至，價亦加昂。且其地爲有事所必争，他族滋蔓，其無乃包藏禍心。嗟乎，廈門數十萬生靈，平居之饑渴，臨事之性命，俱不能自主，可不思曲突徙薪之計哉。因憶莆田林南池兆鯤太史，鼓浪洞天填鳳凰臺上憶吹簫云：「到處招遊，一笻雙屐，而今又欲乘船。似憑虚公子，縹緲隨仙。極目洪濤萬頃，忽露出、雞犬人煙。新來客，鐘聲遠接，引入洞天。巖前。老僧指點，這一所村莊，曾憩征鞍。有舊臺荒壘，雨蝕苔墁。折戟沉沙已久，都忘卻、鑿井耕田。聽説罷，掀髯一笑，共醉雲端。」下半所言，蓋指耿、鄭交訌時也。今之隱憂，蓋有百倍於耿、鄭矣。南池又有瓶梅滿庭芳三闋。其首闋云：「月浸瑶臺，霜鋪瓊砌，主人早辦迎寒。東籬秋老，花事又闌珊。誰自江南返櫂，將春色、攜到吟壇。真耶夢，佳人枉顧，洗眼試詳看。相逢翻欲哭，因他瘦損，倚徧雕闌。問别來一載，何處盤桓。且喜容顔如舊，還帶得、半點儒酸。冬宵永，移尊對酌，燈火話團圞。」

鄭玉筍能詩

臺江校書鄭玉筍，能詩，有集一卷。余見之於余戚馮翁。「貌不負人人負貌，卿須憐我我憐卿」，玉筍所集句也。詞榭諸君，皆有題詠。玉筍既負豔名，日夜思脱籍，其家靳之，卒鬱鬱死，葬於新亭。新亭者，埋香之叢塚也。馮翁嫌其穢雜，爲移厝於小西湖。無賴子挾其家人與馮翁爲難，重賂之，始息。殊有千金買骨之風。馮翁爲余話此事，猶太息不止也。大抵閩士不善爲名，至閨閣有著述，尤秘匿不肯示人。惟青樓女子，時或以此釣奇，然亦從前風氣偶有之，今則絶無矣。余憶三十年前有林曼英者，喜詩，能誦唐人三百首及黄莘田香草箋，一字不遺，亦略通其意，名噪甚。或贈以詩云：「未必黄金能買笑，不妨白眼看人多。」蓋曼英左目仰視，所謂斜眼也。一日，予飲其家，有客欲要之，曼英不答。客無計，乃曰：「能作一小曲，當不汝擾。」曼英率爾曰：「何題。」曰：「月。」「何韻。」曰：「光。」即應曰：「光。汝看空庭白似霜。儂家遠，照不到西廂。」客愕然竟去。余笑謂之曰：「我不意汝乃琴操、盼盼一流人。」曼英曰：「昨有客遺我詞鏡，卷首乃十六字令，我愛其短，時念之，故不覺衝口而出。」予曰：「詞氣對鍼亦妙。」曼英笑曰：「君不聞童謡乎：『與哥相約月光時，月今光了哥未來。閩語，謂來曰釐古音也。莫是儂家月出早，莫是哥家月出遲。』我實轉此意言之。」蓋其慧如此。

賭棋山莊詞話續編三

凌廷堪論詞

歙凌次仲廷堪教授著梅邊吹笛譜，按篇注明宮調。自序云：「稿中所用四聲，非於唐宋人有所本者，不敢輒爲假借。所用韻，凡閉口，不敢闌入抵齶鼻音，至於抵齶與鼻音，亦然。異時有揚子雲當鑒此苦心也。」蓋次仲究心樂譜，嘗以琵琶證琴聲，知宋人燕樂二十八調多與雅樂異名，因成燕樂攷原六卷，條分縷析，考據極明。惜予於此道未嘗學問，不敢謬說是非。第觀其論詞與余意合，兹采其大略於左。

宣城張其錦，次仲之高弟也。述其師之言曰：「詞者詩之餘也，昉於唐，沿於五代，具於北宋，盛於南宋，衰於元，亡於明。以詩譬之，慢詞如七言，小令如五言。慢詞北宋爲初唐，秦、柳、蘇、黄如沈、宋，體格雖具，風骨未遒。片玉則如拾遺，駸駸有盛唐之風矣。南渡爲盛唐，白石如少陵，奄有諸家。高、史則中允、東川，吴、蔣則嘉州、常侍。宋末爲中唐，玉田、碧山風調有餘，渾厚不足，其錢、劉乎。草窗、西麓、商隱、友竹諸公，蓋又大歷派矣。稼軒爲盛唐之太白，後村、龍洲亦在微之、樂天之間。金元爲晚唐，山村、蜕巖可方温、李，彦高、裕之近於江東、樊川也。小令唐如漢，五代如魏晉，北宋歐、蘇以上如齊、梁，周、柳以下如陳、隋。南渡如唐，雖才力有餘而古氣無矣。填詞之道，須取法南宋，然其中亦有兩派焉。一派爲白石，以清空爲主，高、史輔之。前則有夢窗、竹山、西麓、虚齋、蒲江，後則有玉田、聖與、公謹、商隱諸人，掃除野狐，獨標正諦，猶禪之南宗也。一派爲稼軒，以豪邁爲主，繼之者龍洲、放翁、後村，猶禪之北宗也。元代兩家並行，有明則高者僅得稼軒之皮毛，卑者鄙俚淫褻，直拾屯田、豫章之牙後。我朝斯道復興，若嚴蓀友、李秋錦、彭羨門、曹升六、李畊客、陳其年、宋牧仲、丁飛濤、沈南渟、徐電發諸公，率皆雅正，上宗南宋，然風氣初開，音律不無小乖，詞意微帶豪豔，不脱草堂前明習染。唯朱竹垞氏，專以玉田爲模楷，品在衆人上。至厲太鴻出，而琢句鍊字，含宫咀商，淨洗鉛華，力除俳鄙，清空絕俗，直欲上摩高、史之壘矣。又必以律調爲先，詞藻次之。昔屯田、清真、白石、夢窗諸君，皆深於律吕，能自製新聲者。其用前人舊譜，皆恪守不敢失，况其下乎。」梅邊吹笛譜目録跋後按篇中多持平之論，以視主張姜、史，掊擊辛、劉者，其識解固高人一等矣。至論國朝詞，則各言所見，且當時風氣之所趨，亦足以考流派矣。

次仲云：周清真小雨收塵一調，題曰月下笛，而與白石、玉田諸作迥異。今細校之，卽瑣窗寒。唯換頭處少一字耳，片玉集中暗柳啼鴉詞可按也。疑是瑣窗寒別名，非月下笛本調。又云：夢芙蓉夢窗甲稿題尹梅津所藏趙昌芙蓉，自度曲也。調極幽咽，竹垞、樊榭嘗用之，而萬氏詞律失載。又云：萬氏專以四聲論詞，畏其嚴者多詆之，瀘州先著尤甚。以爲宋詞宫調，必有秘傳，不在乎四聲。今按宋姜夔白石集滿江紅云：末句無心撲，歌者將心字融入去聲，方諧音律。徵招云：正宫齊天樂慢前兩拍是徵調，故足成之。及考徵招起二句，平仄與齊天樂脗合。又宋史樂志載白石大樂議云：七音之協四聲，各有自然之理。王灼碧雞漫志，楊柳枝舊詞起頭，有側字平字之别。然則宋人皆以四聲定宫調，而萬氏之説，與古闇合也。余恆謂推步必驗諸天行，律呂必驗諸人聲，淺求之樵歌牧唱，亦有律呂。若舍人聲而別尋所謂宮調者，則雖美言可市，終成郢書燕説而已。今秋舟過荊溪，感填湘月以酹紅友，卽白石所云念奴嬌鬲指聲也。按鬲指亦謂之過腔，念奴嬌本大石調，今吹入雙調，故曰過腔，謂以黃鐘商過入夾鐘商也。此則亦采入國朝詞綜第二集，但删節不備耳。中所選次仲詞，若秋夜隔浦蓮近拍和呂叔訥簾鉤、齊天樂，皆不見本集。此三則語皆精審。其浣溪沙黃昏云：「鵲尾黃昏炷麝臍。壓簾新琢辟寒犀。是誰門巷玉簫低。日自南回梅漸北，風從東至柳微西。翠禽偏向夢邊啼。」醜奴兒曉起云：「朝來漸覺春寒減，雲散檐牙。日上窗紗。起汲新泉自煑茶。門無屐齒蒼苔滿，淡處紛華。閙裏生涯。細數庭前未放花。」好事近正定道中小飲云：「秣馬鎮州城，城外荷花無數。解轡柳陰沽酒，看鸕鷀飛去。太行夭矯控中原，形勢自千古。莫問前朝興廢，有青山如故。」綺羅香登壯觀亭云：「雁外青天，鴉邊黃葉，亭上秋光如許。萬里江山，齊向此中奔赴。見隔水、幾疊峯巒，似微帶、六朝烟雨。戰西風、苔瘦榛荒，斷碑猶有老顛賦。徘徊空對舊蹟，如見風流載酒，掀髯箕踞。雪下前村，留得可人佳句。問當時、豪興如何，有點點、白鷗飛去。拂吟鞭、試覓歸途，寂寥誰共語。」原注：米顛壯觀亭詩：如何夜來風，獨下前村雪。湘江靜表忠觀云：「陌上春深歸騎緩。望中原、李花零亂。霜寒一劍，潮迴萬弩，怕誰穿錢眼。不著柘黃衣，擁旄節、開門無患。孱孫納土，明廷報功，猶留得、表忠觀。莫菜羹，攜麥飯。奏神絃、里巫初散。紅妝士女，青袍父老，指南來新雁。落日霸圖銷，靈旗上、疏風摇晚。英雄逝矣，行人弔古，空摩舊券。」生氣拂拂從十指出矣。予少喜藏園九種曲，若笠翁十種則甚鄙之。次仲高陽臺云：「十年細讀藏園曲，儘移宮換羽，挹偏清新。接席何由，雲端悵望驂麟。須眉展拜疑相識，向畫圖、凝想前因。」又論曲絶句中有云：「仄語纖詞院本中。惡科鄙諢亦何窮。石渠尚是文人筆，不解俳優李笠翁。」可見文有定價，嗜好固不盡相遠耳。

藝概論詞

余於滬瀆書肆，得興化劉融齋熙載所著藝概。後晤同年吴桐雲大廷觀察，爲言融齋掌教書院，善於談藝。蓋窮年績學之士，惜忽忽歸來，未及見也。藝概自詩文及經義皆言及，中有詞曲概，雖或爲古人所已言者，抑言之而或有可商者，如謂晚唐五代爲變調，元遺山集兩宋之大成，予皆不能無疑。而精審處不少，不可廢也。節録之以供參考。融齋謂詞喻諸詩，東坡、稼軒，李、杜也。耆卿，香山也。夢窗，義山也。白石、玉田，大歷十子也。其有似韋蘇州者，張子野也。此可參次仲之説。次仲兼以時言，融齋專論格耳。

馮延巳詞，晏同叔得其俊，歐陽永叔得其深。

宋子京詞是宋初體，張子野始創瘦硬之體，雖以佳句互相稱美，其實趣尚不同。

叔原貴異，方回贍逸，耆卿細貼，少游清遠，四家詞趣各別，惟尚婉則同耳。

周美成律最精審，史邦卿句最警鍊，然未得爲君子之詞者，周旨蕩而史意貪也。

蘇、辛皆至情至性人，故其詞瀟灑卓犖，悉出於温柔敦厚。世或以粗獷託蘇、辛，固宜有視蘇、辛爲別調者矣。

張玉田盛稱白石，而不甚許稼軒，耳食者遂於兩家有軒輊意。不知稼軒之體，白石嘗效之矣。集中如永遇樂、漢宮春諸闋，均次稼軒韻。其吐屬氣味，皆若秘響相通，何後人過分門户耶。

白石才子之詞，稼軒豪傑之詞，才子豪傑各從其類愛之，強論得失，皆偏辭也。

白石詞，在樂則琴，在花則梅也。

陸放翁詞，佳者在蘇、秦間，然乏超然之致，天然之韻，是以人得測其所至。

蔣竹山詞，未極流動，而語多創獲。其志視梅溪較貞，其思視夢窗較清。

詞當合其人之境地以觀之。

北宋詞用密亦疏，用隱亦亮，用沉亦快，用細亦闊，用精亦渾。南宋只是掉轉過來。

南宋詞近耆卿者多，近少游者少。少游疏而耆卿密也。詞固必期合律，然雅頌合律，桑間濮上亦未嘗不合律也。律和聲本於詩言志，可爲專講律者進一格焉。

昔人詞詠古詠物，隱然只是詠懷，蓋其中有我在也。

詞深於興，則覺事異而情同。事淺而情深，故没要緊語正是極要緊語，亂道語正是極不亂道語。

詞澹語要有味，壯語要有韻，秀語要有骨。

詞莫妙於以不言言之，非不言也，寄言也。如寄深於淺，寄厚於輕，寄勁於婉，寄直於曲，寄實於虚，寄正於餘，皆是。

戈載翠微花館詞

詞學國朝爲盛，而詞集最易消磨。以予所見，前則陳其年迦陵詞三十卷，（此初刻本後乃編入湖海樓集）近則戈寶士（載）翠微花館詞二十七卷，最爲繁富。餘則自五六卷至一二卷，而一二卷尤多。既無全集可附麗，別本孤行，蟲鼠爲災，每有委之叢殘，未轉瞬而姓氏翳如者，可慨已。予官京師雖日淺，有暇必周行廠肆，輒於爛攤堆上極力尋檢，積久遂得若干種。鄭仲濂與予有同志，相約俟搜羅稍富，當作提要以傳之。今仲濂已歿，予亦出都，恐此事遂已。因記其集名，並録一二佳篇，隨手編纂，不分先後。其中吴越爲多，他省頗寥寥，豈提倡之無其人耶。嗟乎，零璣斷璧，再俟百年，安知不貴若照乘之珠哉。

秦恩復享帚詞

享帚詞四卷，江都秦敦夫（恩復）撰。自序云：「僕家有藏書一萬卷，闢屋三楹，坐卧其中，暇則吟諷以資笑傲。隨意所感，寓之於詞，或矢口而謳吟，或曼聲而長嘯，等諸擊壤之堯民，有類悲秋之宋玉。凡人世之憂愉欣戚，榮辱得失，胥不入於寤寐。」其言頗蕭散可喜，然其詞則歎老傷窮，不一而足。如和彭羨門百字令等闋可見也。阮文達云：「道光丙申，秦家不戒於火，凡宋元精刻及傳鈔秘籍，悉歸煨燼，詞板亦燬，此重刻也。」（詞序）敦夫曾刻詞學叢書，校録頗精。中有菉斐軒詞韻，即厲樊榭詩所云「欲呼南渡諸公起，韻本重雕菉斐軒」者是也。以入聲分隸三聲，蓋中原音韻之先聲，故論者以爲曲韻，非詞韻也。予向在京邸，得錫山女冠韻香爲敦夫所作篆書楹帖句云：「清鏡理雲鬟，雕爐熏紫煙。」曾作七古詠之。韻香，毗陵人，氏王，名嶽蓮，自度於雙修庵，號清微道人。有空山聽雨圖，敦夫爲填選冠子。敦夫有姬慈鬘，善畫花卉，逝後填疏影、掃地游等闋，語皆淒楚。阮郎歸詠柳云：「春風吹恨上眉彎。和煙籠翠鬟。依依情緒忍輕攀。流紅水一灣。　臨斷岸，馬蹄殘。春遊不放閒。柳絲撩亂鬢絲斑。公然青眼看。」安公子春社云：「已是花飛片。那堪杜宇聲聲勸。廿四番風吹不盡，恨春情零亂。只趁得，衰紅暗綠閒庭院。聽社鼓，二月剛過半。奈好天良景，怎忍流光如箭。　羌笛添新怨。短長亭外游絲罥。欲向花前留好語，待商量鶯燕。料此後、離愁逐漸天涯遠。一紙書，抵作相思券。望愛惜韶華，休把萬金輕換。」又句：「一蝶抱秋心。南鄉子題慈鬘秋花圖。有花便好，無花也有陰陰樹。金蕉葉情到深時轉薄情。可惜一天無用月。南鄉子敦夫云：「武林吳素江，名景潮，得古琴於土中，修三尺四寸五分，額廣五寸，腰狹三寸四分，刮磨三日，銘刻迺露。其文曰：『東山之桐，西山之梓，合而爲一，垂千萬古。』上曰號鍾，下曰疊山，共十二字，隸法古勁，知爲宋謝文節公故物也。素江作圖，余詠以六州歌頭。」又云：「向來填詞家祇分平仄兩體，惟滿江紅一譜而兼四聲，且字句亦參差互異。暇日按舊譜戲以四聲寫之，各效其體。平聲韻效姜白石體，上聲韻效杜祁公體，去聲韻效柳耆卿體，入聲韻效蘇長公體。」此皆足供詞人攷據之資。

張維屏聽松廬詞鈔

聽松廬詞鈔，海天霞唱二卷附玉香亭詞一卷番禺張子樹維屏撰。子樹一字南山，早負才名，居官亦有聲。晚年家居，頹唐自肆。余聞其鄉人曰：此南山有爲而然也。南山生平謹飭，後爲人所誤。區寬者，縣役之總首也，蠹法受賦，家資鉅萬，援例得四品銜，既歿，其家請南山題主。私以萬金賂其人，其人粉飾慫恿，南山不知而從之，清議譁然。南山曾仿尤西堂法作圖數十幀，歷紀一生事蹟，付之梨棗，分致同人。或於其後添繪題主圖，密封送還，南山始覺，乃大慚憤。因謂身名瓦裂，有何顏面，因而問柳尋花，無日不在歌姬之院。即其素愛之聽松廬，亦不時至焉。

南山曰：「詞家蘇、辛、秦、柳，各有攸宜，軌範雖殊，不容偏廢。」又曰：「以情勝者恐流於弱，以氣勝者恐失於粗。」然南山詞豪宕自喜，蓋有意蘇、辛而不至者，尚不能自踐其言。其夢遊仙曲三十首填法駕導引，盛得時名，究之仍是五七言詩耳。天仙子春暮出遊，悵然有詠云：「黄屋英魂猶在否。清明寒食無杯酒。夕陽紅上越王臺。攜翠榼。整金釵。人自百花墳上來。」西地錦舟中午日云：「曾歷燕齊鄒魯。有滿身塵土。長河水濁，長淮水緑，又滿天風雨。萬里此行何補。惹離愁千縷。清明過了，端陽到了，聽異鄉簫鼓。」醜奴兒令題畫云：「疏林昨夜新霜透，天正寥寥。風又刁刁。只有丹楓醉未消。一條拄杖如人瘦，兩鬢蕭蕭。兩袖飄飄。又被青山引過橋。」此數闋特清婉。附録一卷，皆其少作。其名玉香者，時有山陰方某，集諸文士於紫藤池館，南山年十三，白蓮盛開，援筆賦浣溪沙，有「銀塘風定玉生香」之句。方歎曰：「此子他日必以文章名。」遂以幼女字之，且擬搆亭池上，顏曰玉香。其後女以哭母病歿，南山悼之，集中紫藤曲與藤花夢傳奇，皆因是作也。

趙福雲小石帚生詞和姜詞

小石帚生詞一卷，和姜詞一卷，山陰趙藕村福雲撰。余初至西安，即聞客籍中有二才士，皆會稽人，其父皆官縣令，皆不幸中年化去。一藕村，一顧祖香壽楨也。祖香以文，藕村以詩詞。今觀其詞，體格已具，神味未永，天不假年，無以造於大成，惜乎。藕村專宗白石，叢稿十卷，又以琴譜減筆之例，證白石詞所注譜法，昔人所謂如梵字旁行不可辨識者，皆能得其指歸，其用心可謂勤矣。聲聲慢聞雁和江龍門韻云：「白蘋波冷，黄葉霜濃，西風雁陣驚寒。覓侶呼羣，迢迢來自江關。遥知茜紗窗裏，有愁人、青鎖眉彎。那堪聽，聽聲聲淒楚，淚落闌干。欲把鄉書重寄，恐雙飛形影，忽又成單。一點相思，爲儂傳到長安。天涯得歸何日，祇歸心、隨爾飛還。空悵惘，夢醒時、仍隔萬山。」南浦細雨斜陽行灞橋柳中云：「楊柳夾長橋，是古來、銷魂第一多處。一片碧無情，斜陽外、偏把好山遮住。東風微動樹梢，兜定絲絲雨。倚闌凝竚。看沙渚玲瓏，白翹雙鷺。天涯有恨誰憐，向花底停鞭，煙中呼渡。灞岸水潺潺，添三尺揺盪，别離情緒。沿隄草長，黯然尋到春歸路。數聲杜宇。曾苦勸春歸，還催人去。」西安郭外八仙庵，庭前有二黄楊，高不三尺，而枝幹横出，散布殆將一畝，雞棲鳧集，視若廣廈。予每至輒徘徊其旁，歎其奇而未嘗不憐其失所也。嘗有句云：「不棲鸞鳳棲雞鶩，長是年年厄閏時。」藕村將卒之前兩月，亦以高陽臺詠之，徹夜苦思，嗽疾大作，比明，視其唾壺，則殷然盡血也。詞中有句云：「關心怕厄來年閏，把緑章上奏天家。漫消磨，一寸光陰，一寸萌芽。」語特不祥，無亦所謂讖耶。

項鴻祚憶雲詞

憶雲詞四卷，錢塘項蓮生鴻祚撰。蓮生深於情，小令尤佳。其詞仿吴夢窗例，分爲甲乙丙丁四稿。丁稿自温庭筠至馮延巳各體皆擬之，且皆工，可以觀其所得力矣。甲稿自序云：「憶雲生幼有愁癖，故其情豔而苦，其感於物也鬱而深。連峯巉巉，中夜猿嘯。復如清湘戛瑟，魚沉雁起，孤月微明。其窅敻幽淒，則山鬼晨吟，瓊妃暮泣，風鬟雨鬢，相對支離。不無累德之言，抑亦傷心之極致矣。」實能自道其詞境。文亦幽蒨似唐人小品。乙稿自序云：「近日江南諸子，競尚填詞，辨韻辨律，翕然同聲，幾使姜張俯首。及觀其著述，往往不逮所言，而弁首之辭，以多爲貴，心竊病之。余性疏慢，不能過自刻繩，但取文從字順而止。削稿既竣，仍自識數語，雅不欲與諸子抗衡，又何敢邀名公嘗鑒耶。」此言尤爲痛切，足爲詞家砥柱，但不堪爲隨聲逐影者聞耳。蓮生詞之佳者録入國朝詞綜續編甚多，兹於所録外補采數篇。太常引云：「野桃開後柳飛緜。長是負春妍。費盡買花錢。禁多少、風天雨天。碧城十二，紅橋廿四，往事總淒然。夢也不曾圓。祇檐月、看人自眠。」前調客中聞歌云：「杏花開了燕飛忙。正是好春光。偏是好春光。這幾日、風淒雨涼。楊枝飄泊，桃根嬌小，獨自箇思量。剛待不思量。吹一片、簫聲過牆。」江城子吴門夜泊云：「金閶門外柳千條。駐蘭橈。度涼宵。可惜涼宵。都付與無聊。試唤吴孃歌一曲，風又起，雨瀟瀟。雙鬟低映燭光摇。似花嬌。最魂銷。今夜魂銷。明日隔楓橋。城上烏啼催酒醒，人去也，自吹簫。」霜天曉角玉山曉行云：「征鐸郎當。點輕衫露涼。賣酒人家未起，殘月在，柳梢黃。行裝。詩半囊。夢回思故鄉。秋到屏風關外，吹一路，野花香。」西江月云：「翠被香添夜夜，瑣窗人喚卿卿。如今不是舊風情。愁醉愁眠愁醒。倚幌疏燈明滅，過牆殘笛淒清。夢隨涼月繞階行，踏碎一枝花影。」虞美人鄭州云：「積雲寒結臙脂紫。立馬王嬙里。棗林一抹亂鴉啼。啼到打更時候更淒淒。紅酥手與黃縢酒。往事空銷瘦。燕姬攏袖壓琵琶。不許離人今夜不思家。」徵招丙戌除夕云：「江城幾夜聽簫鼓。看看又過除夕。擁被不成眠，更寒侵簾隙。蠟燈搖瘦碧，第一度淒涼今日。紅袖尊前，玉梅窗底，有人相憶。岑寂。送華年，青衫上，零亂粉香猶溼。鏡卜總無憑，斷天涯消息。可憐歸未得，怕明歲依然爲客。拌撿點十萬鸞箋，記倦遊蹤跡。」又句：「忽憶去年今夜，春寒第幾樓邊。」風入松「片雲籠月月籠花，花下珠簾簾外影。」玉樓春海棠花下作「巧極可憐無巧計，依樣胡蘆，明日起相思。」蘇幕遮七夕詞「豔詞空冠花間集，不上雲臺。卻上陽臺。一讀南華事事乖。」采桑子金荃詞題後蓮生家燬於火，復不得志於春官，滿地江湖，依人作計，是亦竹垞所謂「空中悢、料白頭封侯無分」者也。蓮生有灌嬰城、梅仙祠、鐵柱宮、滕王閣、寫韻軒、蘇翁圃、填壺中天調六闋，詞綜續編選其五，而獨遺滕王閣。然其詞未嘗有優劣，豈以起處不爲昌黎地耶。然推譽三王，正是昌黎之意。詞云：「千年傑閣。笑三王以後，都無文筆。幸有西山看不足，天外修眉漾碧。梟渚雲迷，龍沙草沒，俛俯成今昔。閱人多矣，帆檣倚檻如櫛。可惜蛺蝶飄零，故宮羅綺，雨打闌干溼。莫望蓼洲東去路，愁入江樓夜笛。勝地淒涼，倦遊飄泊，鄉淚頻霑臆。馬當風駛，幾時一送歸客。」又高陽臺詠馬湘蘭研，序云：「研背有雙眼，并王百谷小篆星星二字，馬自銘曰：『百谷之品，天生妙質。伊以惠我，長居蘭室。』」詞已載詞綜，不錄。竹垞有憎鼠憎蠅詩，蓋比興之作也。然蠅尤可憎，拔劍而起，何訝昔人。予客太原，其地不用蠅拂，而用蠅帚，破竹數十絲，搖搖作聲，蠅輒遠颺。蓮生在都下，有鵲橋仙詠涼篷冷布響竹冰桶詞，響竹卽蠅帚也，然近日用之者少矣。

田實發緑楊亭詞

緑楊亭詞一卷，合肥田梅嶼實發撰。梅嶼應召試得列一等，見卷首長沙陳勤恪序。當時頗有才名，詞附其玉禾山人集中。調多小令，題多閨情，然陳滑不足以名家。如夢令云：「不怕風風雨雨。但怕楊花如霧。花裏送郎歸，郎隔楊花回顧。郎去。郎去。還是郎來時路。」菩薩蠻云：「燈花夜夜真珠顆。背燈彈淚挑燈坐。不畏錦衾寒。思君形影單。加餐毋念妾。有夢歸來説。保得好容顔。爲儂畫遠山。」差有餘味。

王度書連屋詞

書連屋詞三卷，秦郵王香山度撰。詞分小令、中調、長調各一卷。短拍近剽，長拍近粗。中如竹枝三十首，鷓鴣天十八闋，音節難言，詩詞莫辨，以多爲貴，何爲也。且其題目並有老伯太尊等字樣，更乖於風雅矣。香山以舉人官學博，集中有甲戌別場屋滿江紅云：「號舍之神，酹墨汁、與君爲別。慚愧煞、凸臂蒙頭，欹眠逾月。銀蠟淚乾心未死，冰蠶繭沸絲難竭。最驚人、一陣黑罡風，砂如雪。頭已白，鬢還鑷。腸已斷，腰還折。聽樓頭畫角，壯懷銷滅。便踏曲江遲暮矣，五湖煙水堪容拙。謝多情、吾自有吾廬，從今絕。」久困者，讀之能無慨然。然敧眠逾月，計之不過四五度秋風耳。彼跧蹸終身鍥而不舍者，又豈少哉。

清平樂云：「循檐獨走。街鼓三更後。睡去自應歸夢有。欲睡知能著否。　月中茉莉新開。照他香雪成堆。記得年年此際，晚涼鬢上鸞釵。」在其集特有餘韻。稨雲詞一卷，太倉錢芝門恩棨撰。賣花聲云：「落葉帶愁飄。別緒難拋。相思人度可憐宵。徹夜打窗風又雨，不住瀟瀟。　夢也够魂銷。醒更無聊。獸香慵炷一燈挑。自是吳儂聽不得，翻怪芭蕉。」菩薩蠻云：「月檀珍簟寒於玉。睡醒不整鬟雲綠。微雨白蘋花。單衫紅藕紗。　桐陰深幾許。團扇追涼去。蝴蝶一雙飛。斷腸人未歸。」百字令云：「聽風聽雨，又匆匆過了，熟梅時節。嫩綠年華銷減盡，未改清狂結習。夢裏攢眉，吟邊斂手，怕問花顏色。青衫依舊，淚痕襟袖猶溼。　況又鼙鼓關山，井蛙風鶴，烽火江壖赤。生悔韜鈐從未讀，成就男兒何益。磨鐵生涯，拋金身世，往事何須說。淒涼如許，誰家還弄清笛。」無悶雪意云：「天墨沙黃，雲釀樹癡，風急棲禽不語。剩幾筆寒峯，睡容淒苦。橋外孤村弄暝，試準備、疲驢尋詩去。只防今夜，玉梅信息，飛瓊偷取。　愁緒。渺何處。想煙杪紅樓，定扃珠戶。更翠袖安排，陶家茶具。莫是熏籠悄等，早瑟縮、潛吟風中絮。儻夢繞、一院梨花，應被凍雲留住。」

湯成烈清淮詞

清淮詞二卷，常州湯果卿成烈撰。香影秋燕云：「西風吹冷。歎飄零翠羽，去來無定。病翮驚秋，挪儘玳梁棲未穩。因甚紅衰緑減，都忘卻、天涯芳信。又恰是、過盡征鴻，依約暮煙暝。還有夜深涼月，含情入翠幕，窺見孤影。此去經年，便待春來，忍更尋芳徑。想伊多少酸辛話，怕說與、傷心人聽。只徘徊、舊日香巢，似恐斷魂來認」。漢宮春衰柳云：「秋已堪憐，又被風吹墮，散做愁絲。驚鴉尋侶，幾遍尋到西池。荒煙淡日，有寒蟬、共託空枝。可記否，青青陌上，舊時何等芳姿。耐得濃霜千疊，伴淒風冷月，沒箇人知。無情感伊搖落，也自應悲。沉吟百徧，況從來、苦繫相思。忍更聽，花開花落，流鶯細訴春時。」疏影菊影云：「簾櫳映徹。化碧痕滿地，飛上明月。似有珊珊，來到籬陰，相逢可奈愁絕。秋心更比秋容淡，莫但說、銷魂時節。想夜深、秉燭清遊，定誤箇人攀折。一幅煙綃界處，何時灑醉墨，疑染晴雪。怕是斜陽，和著寒雲，早又秋光明滅。愁窺鏡裏朱顏瘦，只冷徑、霜痕都活。對小亭、鑑水遥空，襯就紙窗幽潔。」菩薩蠻悼亡云：「蓬山縹渺千重隔。人間自古傷離別。芳草本無情。春來處處生。玉樓凝望久。惆悵還依舊。終日更誰來。簾垂風自開。」又云：「晶簾秋捲玲瓏月。明蟾今古隨圓缺。情緒付西風。暗隨流水東。水流終到海。舊恨分明在。立盡月黃昏。袖羅寒不温。」果卿爲臯文戚屬，故其詞有家法。張曜孫曰：「自先世父先子詞選出，常州詞格爲之一變，故嘉慶以後，與雍乾間判若兩途也。果卿表兄每一調必以全力運轉，有約千篇於一闋，蹙萬里爲徑寸之概。」清淮詞跋後然詞貴清空，意欲清，氣欲空，太鍊則傷氣，太鬱則傷意。果卿所作，前勝於後，後卷多傷結轖。卽其附録唱和諸篇，如呂子奇承婍、子兑承娧、劉濬之遵燮輩，亦多坐此病，殆以矜尚太過耳。

沈濤洛州唱和詞

洛州唱和詞一卷，嘉興沈匏廬濤編。此匏廬守洛州時幕中唱酬之作，紅絃緑酒，笙磬同音，較之板聲錢聲珠盤聲，自爲佳也。作者自邊袖石浴禮至戴蘭卿錫祺，先後共八人，有九秋詞、銷夏四詠、消寒四詠等題目。袖石，任邱人，有空青詞。邵叶辰建詩亦嘉興人，有聽春閣詞。金改之泰，英山人，詞與袖石合刻，曰燕筑雙聲。女史沈芷薌蘂則匏廬之女，桐鄉勞介甫勳成之室也。匏廬後官吾閩興泉永道。題瘦吟樓硯序云：「隨園詩弟子陳竹士，蘇州人，元配金纖纖，亦隨園女弟子，著瘦吟樓詩稿。纖纖體羸善病，卒年二十五，是硯乃其手製，背有自寫小影。介甫填清平樂云：「繡襦甲帳。寫韻供清賞。彷彿葉家眉子樣。多箇熏香小像。蛛塵重拂瑤奩。墨花和泪猶黏。腸斷瘦吟樓畔，一鉤新月初三。」匏廬南樓令云：「鸘眼泪痕浮。紅絲冷麝篝。認依稀、眉子風流。韻事疏香妝閣後，又題到，瘦吟樓。缺月墮銀鉤。花影亦愁。悵雲鬟、霧鬢難留。剩有瓊瓏蕉一葉，記曾伴，緑窗幽。」叶辰臨江仙云：「一葉銀蕉含露白，玉臺曾結芳鄰。畫樓吹斷鳳簫聲。碧天雲遠，留影認真真。寫出吟腰秋樣瘦，數行珠字清新。墨池波冷盪愁痕。半奩眉月，空自照黄昏。」袖石南樓令云：「翠墨洗煙螺。雲腴膩粉渦。蕩愁痕、一掬湘波。惆悵瘦吟人去遠，誰著手，與摩挲。片石未銷磨。華年瞥眼過。甚春來、依舊寒多。儘把沉香薰小像，祇無計，慰雙蛾。」蘭卿浪淘沙云：「塵匣展琉璃。墨雨香飛。宫閨小字玉臺詩。想見吟腰春更瘦，扶病親題。照影訝臨池。花貌參差。彩毫誰與寫相思。惆悵畫眉人已老，潘鬢成絲。」改之蘇驀遮云：「夜吟香，朝寫韻，一片琳腴，脂粉痕猶凝。可惜曇花偏易隕。石上三生，但現春風影。玉臺空，珠字臢，自比雙文，秀句親題贈。滴得蟾蜍清淚盡。新月樓頭，還鬭妝眉靚。」沈芙江家模減蘭云：「春閨吟讌。幾度蘭釭深夜翦。背鶴風寒。鏡裏芳容石上看。新詩題贈。秋水自憐妝影靚。樓外垂楊。眉樣依然鬭畫長。」芷薌虞美人云：「玉臺人去瑶天遠。寶匣蛛塵罥。畫樓空鎖舊時春。惟有一鉤殘月弔詩魂。蟾蜍露滴香猶膩。密字真珠細。三生石上識芳容。想見繡簾開處不勝風。」匏廬和介甫霜林覓句圖，調用霜葉飛，自序云：「周清真霧迷衰草，圖譜以爲起韻，詞律以爲非韻。然夢窗之斷煙離緒，玉田之故園空杳，繡屏開了二闋，亦是韻。則此闋首語，自當以四字爲句用韻。惟圖譜以下句爲九字，亦非，蓋三字六字耳。此調前半闋橋字用平聲，後半闋六字易五字，皆從玉田體。」詞云：「自擷茶具。披風帽、支笻秋最深處。冷楓十里澹斜陽，正好尋烟語。笑指點、江南村路。紅情多在銷魂樹。寫無限荒寒，也絕勝殘年，灞橋風雪吟侶。十載破帽疲驢，西風無恙，打頭黃葉如雨。中仙樂府已飄零，更暗移宮羽。渾減字偷聲漫與。未應輸了崔郎句。早暝色催人，一抹微雲，亂鴉歸去。」昔崔不雕以「黃葉聲多酒不辭」句爲漁洋所擊賞，呼爲「崔黃葉」，漁洋詩話崔郎句指此也。

徐其志瑞雲詞

瑞雲詞一卷，荊溪徐伯宏其志撰。伯宏詞後自加評語，輒高自稱許。顧其詞多淺率，殆負才而不知所養者歟。曾在袁江填高陽臺，序云：「時河工頗多事，客游無所表見，惟工倚聲，勞逸固不同歟。」味此語，殆有所干求而不遂耶。其江神子云：「花陰月暗小庭幽。乍回眸。卻回頭。迴廊東畔，細步越句留。退定不甘前不敢，此際與誰謀。」趦趄窺伺，此小家婢耳，林下風度，殆不如是。言爲心聲，其不自覺歟。若蘇幕遮云：「驀兜來，難撇去。相憶分明，相對無言語。簾際微風花外雨。眼底深杯，不解心頭苦。說無端，還有據。何必當初，何在今生遇。山上蘼蕪山下路。鏡裏遥山，祇覺青如縷。」又疏影詠楊花句云：「東溝不異西溝水，看甚日、化萍流去。」尚爲宛轉可味。末附鏡心齋詞鈔二十餘闋，則其門下士管城李少石鑾揚所作。蓋出於藍，不及藍矣。

吴鼒百萼紅詞

百萼紅詞二卷，達園鉏菜叟撰。按此乃全椒吴山尊鼒之詞。山尊晚年寄居維揚，達園其寓齋也。六十初度，汪劍潭端光觴之湖上，倚一萼紅調爲壽，山尊因而專填此調，積久遂多，故曰百萼紅。昔錢塘高文樵以滿江紅詞與余定交，喜甚，作詞遂不用他調，自號聚紅生，名余輩填詞之處曰聚紅榭。并自鐫聚紅社中人小印。天下事固有不謀而合者，意者愛紅其人情乎。惜文樵殉漳州粤匪之難，詞卷飄零，不可復問，斷紅流水，點點皆碧血也。雨夜不寐，檢得昔日在都時，劍潭爲書詩餘一册，藏之又十二三年矣。詞云：「受淒涼。數寒窗雨點，風又撼繩牀。強起挑燈，孤吟散帙，篋底經幾星霜。正消受、言愁滋味，蟲唧唧、如和出頹牆。渺渺關河，泠泠鐘漏，薄薄衣裳。湖海交游剩幾，比狂奴年少，隕落先傷。老病身輕，浮名心死，何曾人事能妨。問丹黄、千儂甚事，況千秋、寂寞是文章。好好白頭如舊，青眼相將。」

傷池荷云：「歎西風。竟不曾驅暑，專送水邊紅。流眄情長，當歌聲咽，花候如此匆匆。記曾傍、朝霞采采，記前度，舊侶各西東。緣盡牽衣，味如飲蘗，心逐飄蓬。生小鴛鴦爲伴，怪今晨睡醒，絳雪無蹤。愁起開初，憐生斷後，知我情爲誰鍾。止留得、千莖慘緑，怕今夜、滴碎雨濛濛。何況緜緜遠道，夢也難通。」山尊有侍女徐桐，年十二三，知書解事，山尊病服歸芍，桐云：「芍藥是藥，何不園中看花去。」聞者歎其語妙。集中有憂其不壽及病中悼亡諸作，言皆悱惻，傷荷之篇，殆亦爲桐發耶。

金望欣淮海扁舟集

淮海扁舟集一卷，全椒金秋士望欣撰。秋士詞，清順頗不耐人思。巫山一段雲云：「柳弱摇春水，花嬌倚暮烟。軟風吹老嫩晴天。一帶夕陽鮮。　紫陌初調馬，紅樓半捲簾。山如出浴女兒妍。螺黛溼眉尖。」臨江仙過露筋祠云：「緩著吟鞭春水畔，東風帽影吹攲。長隄一帶夕陽西。杏花開似雪，楊柳撚成絲。　翠羽明璫神貌肅，湖雲低護靈旗。楹書絶妙古人詩。江淮君子水，山木女郎祠。」祝英臺近蛛網云：「繡簾垂，芳樹暮，網近畫簷布。似織迴文，宛轉絡烟縷。最憐顆顆明珠，何時穿就，倩梅子、黄時流雨。　問愁緒。却似將老春蠶，相思正難數。閒坐斜陽，盡日惹飛絮。有情惹住風花，仍無情處，並蝶使、蠭媒留住。」念奴嬌晚晴云：「夕陽樓畔，有翩然曬羽，暫停仙鶴。點破蔚藍天色嫩，潑黛山痕如削。雲陣排空，虹梁跨水，斷雨猶垂脚。晚妝眉樣，一鉤新月初學。　好趁空館微涼，簟紋如水，早睡原非錯。對語簾前雙燕子，似笑孤鸞棲泊。網溼蠨蛸，粉乾蛺蝶，夢到凝妝閣。此時歸去，個人猶怨情薄。」秋士曾及吴山尊之門，有浣溪沙云：「菊訪荒村一逕斜。葉公墳外野人家。此花開後便無花。夕照城闉歸畫鵲，秋風木末數歸鴉。西園載酒有侯芭。」爲山尊言也。山尊在揚，曾居西園。

史承謙小眠齋詞選

小眠齋詞選四卷，宜興史位存承謙撰。儲長源國鈞曰：「自花間、草堂之集盛行，而詞之弊已極，明三百年直謂之無詞可也。我朝諸前輩起而振興之，真面目始出。顧或者恐後生復蹈故轍，於是標白石爲第一，以刻削峭潔爲貴。不善學之，競爲澀體，務安難字，卒之鈔撮堆砌，其音節頓挫之妙，蕩然欲洗。草草陋習，反墮浙西成派。彼浙西之詞，不過一人唱之，三四人和之，以浸淫徧及大江南北。人守其說，固結於中而不可解，謂非矯枉之過歟。位存自定其稿存如干首，起衰有人，固可以無恨。」又位存之弟衎存承豫曰：「吾邑溪山明秀，夙稱人文淵藪，而自唐迄今，覈其著作，真堪不朽者，惟南宋之竹山蔣氏，本朝之迦陵陳氏兩家詞集而已。今得吾兄，如鼎三足。」按長源之說，與余素論最合。其時厲派方張，一唱百和，位存以窮老諸生，獨能於時風衆勢之所趨，卓然不惑而不枉其才，卒之百年論定，雖異己者不能没其所長，則長源之所推許甯爲過歟。其詞選入國朝詞綜將三十首，然亦取其近於浙派者，佳篇固不止此，予復簡一二録之，人之賞心，何必盡同。踏莎行云：「吹絮簾前，籤錢堂後。眼期心諸相逢驟。別來真箇遠於天，當時悔不攜羅袖。月冷清宵，香消永晝。闌干花影如人瘦。如何一月斷芳尊，心情還似曾中酒。」步蟾宫云：「單衫杏子無塵涴。更婀娜、合歡花朵。一生贏得住江南，便占盡、吴中梳裏。這邊只有消魂我。盼嫩約、今番須果。那知暮雨獨歸時，但悵望、紅樓燈火。」又句：「望天外朱樓無數，不知他、住在幾重樓。」一萼紅「抱月飄烟，想纖腰一尺。剩畫闌，冉冉斜陽，任風簾攲側。」拜星月慢「遠月濛濛霜暗溼。行不得。雞聲人語都寒色。」增字漁家傲交河曉發「歎依依別夢，知向誰家。休恨尋春較晚，傷心處，不在天涯。」鳳凰臺上憶吹簫「疏籬外、冷香縈夢，對黃花，依舊苦吟身。」八聲甘州「寒鴉落木，愁煞倚闌人。」滿庭芳「傷別傷春，淚花飄冷，無分相看過一生。」沁園春「千古傷心消不盡，怕玉骨生來易化烟。」洞庭春色

趙起約園詞稿

約園詞稿十卷，武進趙于岡起撰。于岡詞一卷一名，末卷有所謂逝水歌者，皆哭其母兄子女之作。有所謂唱晚詞者，多紀寇亂之篇。骨肉凋零，兵戈滿眼，亦極人生之不堪矣。喝火令云：「鐵甕嚴更月，紅橋靜夜霜。數交陽九頗倉皇。幾載瘡痍未復，浩刦又紅羊。忠悃神應鑒，雄師力可降。么魔肆毒狠如狼。誰養羣奸，誰使盡披猖。誰使籓籬自撤，楚漢達吴江。」嗟乎，當時袞袞諸公，所謂參之肉，其足食乎。予嘗謂詞與詩同體，粤亂以來，作詩者多，而詞頗少見。是當以杜之北征諸將陳陶斜，白之秦中吟之法運入減偷，則詩史之外，蔚爲詞史，不亦詞場之大觀歟。惜填詞家祇知流連景光，剖析宫調，鴻題鉅製，不敢措手，一若詞之量止宜於靡靡者，是不獨自誣自隘，而於派別亦未深講矣。夫詞之源爲樂府，樂府正多紀事之篇。詞之流爲曲子，曲子亦有傳奇之作。誰謂長短句之中，不足以抑揚時局哉。

于罔唱晚詞，頗得此意。地則金陵維揚等處，人則向榮、張嘉祥、鄧紹良、袁甲三諸大帥，皆見於篇，雖其詞未必入勝，然亦亂離之時能詞者應有之言。但所填只此滿江紅十數闋，其餘則仍是栽花飲酒閒生計，未盡量也。

陳聶恒栩園詞棄稿

栩園詞棄稿四卷，武進陳秋田聶恒撰。顧梁汾曰：「國初輦轂諸公，尊前酒邊，借長短句以吐其胸中。始而微有寄託，久則務爲諧暢。香嶺倦圃，領袖一時。唯時戴笠故交，擔簦才子，並與讌遊之席，各傳酬和之篇。而吴越操觚家聞風競起，選者作者，妍媸雜陳。漁洋之數載廣陵，實爲斯道總持，二三同學，功亦難泯。最後吾友容若，其門地才華，直越晏小山而上之。欲盡招海内詞人，畢出其奇，遠方駸駸，漸有應者。而天奪之年，未幾輒風流雲散。漁洋復位高望重，絶口不談。於是向之言詞者，悉去而言詩古文辭，回視花間、草堂，頓如雕蟲之見恥於壯夫矣。雖云盛極必衰，風會使然，然亦頗怪習俗移人，涼燠之態，浸淫而入於風雅，爲可太息。」答秋田求詞序書此一則於康熙初詞場風氣，言之最晰。雖然，是豈獨詞與詩文哉。卽詞派中之盛衰，亦如是矣。昔陳大樽以温、李爲宗，自吴梅村以逮王阮亭，翕然從之，當其時無人不晚唐。至朱竹垞以姜、史爲的，自李武曾以逮厲樊榭，羣然和之，當其時亦無人不南宋。迨其後，樊榭之説盛行，又得大力者負之以趨，宗風大暢，諸派盡微，而東坡詞詩、稼軒詞論，骯髒激揚之調，尤爲世所詬病。卽秋田論詞絶句亦云：「敢言豪氣全無與，詩論天然非所宜。千古風流歸蘊藉，此中安用莽男兒。」而秋田之詞，則正病慨慨無氣耳。意既凡近，筆復平實，復不能鼓盪以真氣，而自謂似密而疏，似近而遠，其信然乎。若南歌子云：「竹塢清陰淺，梧窗夜色重。不無幽夢落花中。料理斷魂歸去，五更風。」浣溪沙云：「坐待三更恨二更。草根露冷百蟲鳴。西南鉤月爲誰生。翠被寒涼愁獨夢，畫闌風細憶雙憑。斷腸燈下翦刀聲。」江城子云：「朝來似爲鏡鸞羞。無言還倚樓。不梳頭。顛領殘妝，風韻卻宜秋。不道海棠秋更瘦，人瘦也，替花愁。」求其清宕若此者，不數覯也。

孔傳鐸紅萼詞

紅萼詞二卷，國朝詞綜誤作一卷。曲阜孔牖民傳鐸撰。詞頗清疏，但游戲之筆過多。八聲甘州過鄒平謁伏生祠云：「滿咸陽，烈炬正焚書，先生似冥鴻。抱黃農虞夏，叢殘簡册，長嘯清風。楚漢縱横過了，鶴髮已蒙茸。不向桃源隱，只在寰中。他日遺經口授，與吾家藏壁，字字相同。笑空疏陸賈，草創叔孫通。千年遺風綿渺，剩荒祠、落日斷垣紅。有多少、行人錯問，何代仙翁。」踏莎行過宋狀元梁顥故里云：「滿巷斜陽，没階藜藿。當年此地開黄閣。青雲客去渺無蹤，至今不見歸來鶴。甲第猶存，牆垣頹落。豐碑已礪牛羊角。只因曾作榜頭人，令人每過思量著。」味此兩結語，調侃俗情不少也。

江東詞社詞選

江東詞社詞選一卷，作者江寧秦香光耀曾、上元孫伯雨若霖、陽湖孫樹儀廷璩、蘇州孫清瑞麟趾、吴縣戈寶士載、華亭雷介生葆廉。評閲多出湯雨生貽汾手。其中惟孫清瑞、秦香光所填入格，餘則登選少，亦未見勝作。清瑞祝英臺近秋燈云：「剔銀釭，留鳳燭，愁思倩誰替。照到淒花，澹澹畫秋意。最憐別院歸時，歌筵散後，便拋在、亂蛩聲裏。翠簾底。爲甚今夜新涼，不將繡奩理。斜暈殘蟾，六扇綺窗閉。悄從窗隙偷窺，紅羅帳側，引秋夢、一絲煙細。」香光綠意冷月云：「暝煙似織。訝漸開漸朗，四壁旋白。悄挂冷空，試比秋宵，更覺清輝悽惻。嫦娥耐冷居原慣，怕照到、衣單羈客。料滿城、翠館紅樓，不解此時孤絕。雪後江梅幾樹，乍看移瘦影，斜上窗格。一片青銅，千古高寒，鑄就傷心愁魄。那回呵手牽香袖，欲重拜、瑤階怎得。任夜霜、鋪滿闌干，没箇玉人同立。」

江順詒願爲明鏡室詞稿

願爲明鏡室詞稿二卷，旌德江秋珊順詒撰。據自序謂有九卷，而余所見只此二卷。自序云：「余性剛而詞貴柔，余性直而詞貴曲，余性拙而詞貴巧，余性脱略而詞貴縝密，余性質實而詞貴清空，余性淺率而詞貴蘊蓄，學詞冀以移我性也。」余謂此秋珊譽言，以寫其不平耳。夫人文合一，理所固然，究之人自有人之性，文自有文之體，凡秋珊之所言者，其故在不深於情耳。深於情則剛無不柔，直無不曲。當於性中求情之用，若徒求柔求曲，則詞格未工，而心術或先病矣。秋珊少填鏡中淚傳奇，自號願爲明鏡生，因繪爲圖。游白門，遇水仙子，與圖中人十九彷彿，亂後圖與圖中人俱化去，有高陽臺紀之，然則秋珊，豈短於情者耶。浣溪沙云：「一種相思訴與誰。腸兒一寸不禁迴。心兒一寸不堪灰。誤我蠶絲空自縛，背人蠟淚已成堆。無多好夢莫驚猜。」鳳凰臺上憶吹簫序云：「皖城淪賊十年矣，甲子重來，感而賦此。」詞云：「埋玉憐煙，碾珠弔月，曇花竟是空花。慘漁陽鼙鼓，驚散天涯。多事仙人跨鶴，覓殘陽、紅認誰家。儘一片，頹垣斷井，冷噪棲鴉。嗟嗟。蜉蝣身世，竟過客迷津，滄海浮槎。有千行血淚，兩鬢霜華。幾處遺營故壘，剩深宵、畫角悲笳。休憑弔，干戈未休，何處煙霞。」又句：「殘稿零星曾讀徧，重記取、斷人腸。」唐多令「有花看處莫登樓，不平世事，湖水亦東流。」臨江仙

夏寶晉笛椽詞

笛椽詞二卷，高郵夏玉延寶晉撰。余在都下寄居蕭寺，雖挂名朝籍，而門無車騎之客。一日，同寓友人謂曰：「京朝無熱官，近雖時局稍變，然亦有求熱而不能熱者，但若吾子，似又太冷。」余是日適從廠肆購得此詞，因繙其寄芙初水調歌頭共讀之。前拍云：「京洛獨官冷，人更冷於官。家居近在陽羨，歸去却無田。留得秋風雙鬢，還怕燕山霜雪，吹白上華顛。仕宦已如此，詞賦自堪傳。」讀畢各大笑而罷。芙初，劉嗣綰也。玉延爲郭頻迦麐女夫，其詞宛轉闕生，知其濡染者深矣。有百字令將抵袁浦寄頻迦先生云：「問天不語，恁茫茫塵海，一身飄墮。孤負高歌青眼望，屈指華年空過。鈍榜無名，勞薪有味，那便滄江卧。生平略似，歸來翁定憐我。何意濁浪聲邊，黃埃影裏，猶客長淮左。胡不逍遥從此去，隨處浮家皆可。孽火焚巢，賊星照户，各賸孤身裸。近鄉心切，杜陵茅屋先破。」自注，頻翁去年不戒於火，余在都爲穿窬所困。蝶戀花云：「雨雨風風無一可。瘦倚閒窗，守著黃昏坐。咫尺迴廊難得過。闌干曲折葳蕤鎖。白袷單寒紅袖挼。中酒心情，無病惟宜卧。解道清愁能幾箇。漂零花柳漂零我。」酷相思云：「愁紅萬

點垂楊下。正妙舞清歌罷。便消盡、離魂花月夜。儘有箇、知音者。那有箇、知音者。天與清愁花不惹。定少箇、人相亞。卻何事漂零猶未嫁。纔送了、春歸也。又送了，人歸也。」浣溪沙云：「小閣通橋檻倚河。一層簾子一層波。碧闌干外畫船過。柳色濃時朝雨細，桃花開後夕陽多。留春不住奈春何。」其自序云：「昔稱樂府，今乃徒歌，聲之不被，譜亦何施，取彼苦調，寫我怨思，柯亭有竹，豈無人知。」此亦可爲專言宮調者下一轉語也。

儲祕書花嶼詞

花嶼詞一卷，宜興儲玉函祕書撰。玉函與史位存兄弟，投分甚深，故詞格亦頗相似，沉着則不及耳。中年曾游吾閩，有風入松送友云：「東風吹散海邊萍。去住總飄零。閩山一路多啼鴂，料歸人、也自愁聽。惆悵片帆天遠，懸知兩地雲停。殊鄉節物又清明。誰共踏青行。酒闌緒語星星記，怕夢回、還繞池亭。從此西窗暗雨，聲聲盡是離情。」

蔣春霖水雲樓詞續

水雲樓詞續一卷，江陰蔣鹿潭春霖撰。宗源瀚序云：「鹿潭先刻水雲樓詞於東臺，同時作者，莫不斂手。而鹿潭慨然自謂欲以騷經爲骨，類情指事，意內言外，造詞人之極致。譬以南唐兩宋，意弗滿也。」按此亦前人已發之論，然得其意則可耳，若但塗澤字面則非矣。且亦惟短調能存古意，使長調故爲惝恍之辭，似可解似不可解，讀之終篇，不得其注意之所在，豈得謂之工哉。鹿潭長調頗覺鬱晦，正坐此病耳。

然其説則不可廢也。序又云：「鹿潭晚歲困甚，益復無聊，倒心回腸，博青眸之一顧。詞中所謂黄婉君者，聚散乖合，恩極怨生，鹿潭卒爲婉君而死，婉君亦以死殉鹿潭。瀕死，向陳百生再拜，乞佳傳，從容就絶。論者謂此可以慰鹿潭，而鹿潭愈足傷矣。」菩薩蠻云：「雄龍雌鳳盤高閣。紅牆百尺銀河落。蠟燭散輕煙。春城寒食天。　獸環金屈戍。花影空房宿。輕燕趁風斜。還來王謝家。」又云：「青溪流水宵嗚咽。青溪楊柳無枝葉。遠客莫相思。江南春信遲。　遲君隄上道。隄下多荒草。布穀雨聲中。野花腸斷紅。」又云：「南塘洗馬喧春水。馱金買宅長干里。錦帶玉麒麟。雙鸞羅帳温。　御箋銀沫冷。北雁音書警。落日動邊愁。春寒罷遠遊。」又云：「碧窗新火明朱鳥。金盤侍女分瑶草。作婦已經年。鸞刀清晝閒。　松紋團細緑。采采愁盈掬。微笑別春廚。羹湯勞小姑。」河傳云：「鸚鵡。低語。繡簾垂。殘日空房，夢迷。白狼塞前書信稀。花枝。好如郎去時。　屋後垂楊臨古道。飛絮少。極目空芳草。袖羅單。愁倚闌。玉關。鐵衣春更寒。」以子夜讀曲之遺，運入長短句，似五代學六朝人語也。

錢國珍寄廬詞存

寄廬詞存二卷，江都錢子奇國珍撰。其詞長調氣頗疏宕。滿江紅焦山春望云：「浪湧蛟門，是天險、長江峭壁。問誰任、孫盧到此，樓船出没。戰壘尚依京口樹，估帆遥指瓜州驛。算劫塵、已過又重新，青山色。　著幾兩，遊山屐。吹一曲，臨江笛。儘茫茫春水，盪開胸臆。畫稿圖成獅象嶺，狂吟驚起魚龍窟。讓焦仙、獨占古煙霞，留遺迹。」又有悲金陵悲揚州及感事金縷曲等闋，言皆凄憤。余嘗欲輯喪亂以來各家弔亡悼逝諸作，都爲一集，言者無罪，聞者足鑒，傳諸檀板，以警將來。是亦小雅告哀之義，而當局者所宜日置之坐右也。念奴嬌自序，寒宵夢覺，晴月照帷，鄉思無聊，淒然成詠，戲用寒字疊句。云：「短鷩寒晝。又長怕寒宵，數殘寒漏。耐得布衾寒似鐵，寒月和人都瘦。火剩寒灰，霜堆寒色，獨自消寒九。暖寒誰慰，故鄉寒信知否。最是枕畔寒雞，喚醒寒夢，寒思難消受。猛憶寒窗花事誤，又到寒梅開候。蟄比寒蟲，饑憐寒雁，紅淚浸寒袖。一寒至此，歲寒猶戀三友。」此雖游戲，然尚不墜惡道。

黄錫慶鐵庵詞甲稿

鐵庵詞甲稿一卷，甘泉黄子餘錫慶撰。昔王弇州譏楊孟載七言，可填入浣溪沙，竹垞推引十數聯，謂此皆絶妙好詞。誠以詞中如生查子似五絶，鷓鴣天玉樓春似七律，苟非恰好，無庸强填。初涉者以爲易也，而不知其爲最難。今觀此卷若憶江南、搗練子、憶王孫、長相思等調，連篇累牘。題則薔薇、丁香、鳳仙、玉簪、秋海棠，排列如羣芳之譜。虞姬、楊妃、卓文君、黄天蕩、燕子磯、雨花臺，悉數若人物輿地之書。既無新意，并多傖句。是其於詞也，殆口占漫興，取充簡册者歟。其卷首作序者，不書姓名，第稱東山廓道人，亦非法也。

朱和羲萬竹樓詞

萬竹樓詞二卷，吴縣朱子鶴和羲撰。子鶴詞庸弱未成體，姚春木椿序之。首云：「詞之義至南宋而正，至國朝而續。國朝之言詞者，尤宗浙西，蓋皆以南宋爲歸也。近人言詞者推西泠厲氏，近則又以吴門多才，蓋其淵源派别爲不二矣。」信如此言，則南宋以前詞皆不正乎。浙西派之外，皆不足謂之詞乎。其亦誤會竹垞之旨，而抑揚太過矣。蕭山單玉輝元輔，幼即雙瞽，聽人讀書，入耳不忘，長而淹博，年僅三十而逝。自言祖父以上，能詩者十六代，皆有稿本。未刊自著飲酒讀騷堂詩文集、奩邊月痕詞、周清真詞箋注。子鶴填霜葉飛悼之。洞庭山茶產於碧螺峯上，曰碧螺春，其色如螺黛，其味如蘭麝，其細如蠶眉。采於社前者爲頭茶，又名壽茶。本社字，後誤爲壽。二采者爲明茶，謂清明時所采，不過一二十兩。山人亦自珍惜，俗謂之嚇煞人。子鶴填茶瓶兒詠之。又黄霽青輯續國朝詞綜，以嘉慶初年爲始，亦見子鶴鳳歸雲詞。此三則可備詞苑叢談。

張興鏞遠春詞

遠春詞二卷，華亭張金冶興鏞撰。金冶在王述庵門下，又及聞趙味辛、吴穀人諸老緒論，故其詞無猥瑣之病。滿江紅題趙春漪鎖院詠物詩後云：「檢點番番，比家具、攜來差少。傳呼進、紛投矮屋，安排粗了。片瓦支將茶鍑穩，雙釘掛處風簾裊。看横陳、三板試閒眠，輕埃掃。瑣屑事，資軍校。緩急誼，商同調。算蜂房營罷，空留鴻爪。欲去更須重料理，此間本不求安飽。又誰知、寫入倚樓吟，皆詩料。」席帽中人讀之，恍憶如燕歸巢，如蛇赴壑時也。沁園春賦二字云：「有女同車，燕燕鶯鶯，才兼豔兼。愛杏花開候，春風似翦，棋牀對處，妙弈疑仙。看去雙文，疊來一字，配箇人兒想見憐。自注：詞調有想夫憐。休抛撇，怕形單影隻，各自蕭然。鶼鶼。蘭夜燈前。算過了、初更漏正添。憶洲分白鷺，水流無迹，臺荒銅雀，春鎖何年。　繭樣同功，魚般比目，嘉耦寧從怨耦傳。　厮相並，莫較長論短，兩小生嫌。」又賦三字云：「悵望神仙，天風泠然，吟湘路遥。　只題緘歲久，墨痕未滅，湔裙春暮，別恨重撩。　石上因緣，命中奇耦，六幅羅裙色半銷。　尊前恨，恨陽關疊後，酒盞長抛。　無聊。偶弄檀槽。撥不到、鵾絃第四條。　算揚州月色，那容分占，靈和柳影，怎地眠嬌。　擘豈雙雙，添仍一一，畫手休誇頰上毫。　相思苦，便頻年蓄艾，心病誰療。」闕合匀適，是亦古人陶心兒、崔廿四之遺則也。

賭棋山莊詞話續編四

秋風乍起，忽染沉疴，病間則冬已深矣。續纂詞話，輟業者累月。叢殘滿案，零落殊可惜。紅日上窗，寸心漸暖，乃於嚴寒瑟縮之中，負暄而重録之。其詞名素著及位高望重者，有所見則論及，否則本集在，不贅也。

孫錫雪帷韻竹詞

雪帷韻竹詞，仁和孫雪帷錫撰。詞綜續編載韻竹詞四卷，余所得一册，共三十闋，不列卷數，而詞綜所選金縷曲、玉燭新兩闋，亦正在此中。其詞蓋瓣香樊榭者。買陂塘白菊云：「挂蕉衫、素簾寒曙，幽枝漸折霜信。尊前只有秋人澹，定不澹於花影。風雨近。配小盞甜冰，好餞荒祠冷。瓊姿最俊。傍金粉闌低，琉璃障薄，涼夢悄須認。　圓蜍夜，暗抱檀心消領。敧斜休上絲鬢。劇憐脱帽三千丈，一色顫摇難定。翻自省。便刻畫花魂，著相花先哂，丹鉛謝盡。要疏朵横陳，新縑細醮，書帶露梢潤。」此在集中最爲清空。雪帷工於篆刻，有石州慢、百字令二調詠之。

王效成軒霞詞

軒霞詞一卷，盱眙王子臣效成撰。子臣詞雖無多，而饒有姜、史遺韻。長亭怨夕陽云：「記曾入隔花深隝。一片花光，總無花處。剩有晴痕，柳陰陰外漸銷度。玉顏何許。算怎向、鴉邊認取。草色淒迷，應不似前番庭宇。試住。聽聲聲風裏玉笛，又還吹暮。明煙淡雨，儘描出，可憐情緒。怪生涯、直恁匆忙，偏日日黄昏歸去。還怕見新娥，化作愁紅千縷。」又句：「門外繞一曲烟波，賸三兩野鷗來去。」長亭怨「小綴梢頭，悄不許花心知得。看釣港、已歇蘋風，還愛向絲邊，伴人孤立。」望梅詠蜻蜓「秋心鎮日渾難展，賸一紙相思無跡。但夜深泪濳濳，雨過荒階聞滴。」綠意詠芭蕉 前有傅桐，後有王錫麟二序，儷體皆可觀，子臣尚有伊蒿室詩文集。

李貽德夢春廬詞

夢春廬詞一卷，嘉興李次白貽德撰。自序謂弱冠時作香艷詞近二百首，或以秀道人語相規，遂棄去。今檢其纖佻不甚者，併新作通得四十餘首，然則次白固揣摩花間者，故短令勝於慢詞。西地錦云：「畫閣響歸遊屧。倚屏風三疊。卸衣時候，爲憐繡鳥，春衫親摺。粉氣初乾香頰。漸光融眉睫。呼來小玉都無使處，遣花間捎蝶。」惜分釵自序：「畹芬謝世，已五易寒暑矣，禁烟節近，客懷愴然。」云：「垂花幌。黏蛛網。梯桄怕向重樓上。負前期。算他時。碧海銀河，縱許儂依。遲遲。人何往。窗紙颺。倚窗略記伊模樣。幾回癡。幾回思。一塚春莎。一樹棠梨。悲悲。」畹芬乃嘉興吳女史筠，次白之婦也。能詩，著早花集，造句俊秀，不屑以脂粉自囿，卒年二十六，有落花詩二十首，序云：「妒風相逼，花片齊飛，一縷愁絲，頓成九結。作落花詩二十首，哀語沓來，不復檢制，第不知我生以後，悼花而更以悼筠者，復有何人。」

閱是詩者，可以感矣。句如：稱意花多憐薄命，解愁人自不長生。富貴怕逢初失意，別離終覺易銷魂。生前有色驕松柏，化後何人辨燕環。空階月到啼鵑冷，粉洞香消醉蝶醒。羊角風粗人掩淚，馬蹄聲亂蝶隨香。流水有聲何處泊，軟風無力隔牆飛。此類數十句，語雖哀豔，抑何其傷心也。次白詠蕉扇桂枝香，中述畹芬園扇詩有「明月三分全在手，秋風一半已銷魂」句。今此集不載，知其散佚者多矣。次白有春秋賈服逸注輯述、攬青閣詩集諸書，朱閣學蘭爲之刊行。按嘉興錢新梧儀吉記事稿，有次白墓誌銘，敍述最詳，蓋績學敦品而不遇者云。有十七史考異，可與嘉定錢氏書并行。又云，其婦以哭姑卒，次白時方踰弱冠，遂復不娶。夢春廬作望春廬，其筆誤耶。

温啓封玉鏡臺詞

玉鏡臺詞一卷，太原温雲心啓封撰。按本集不書名，於寄廬詞存題詞得其名補之。余嘗由燕之晉，復由秦入燕，凡六度太行之天門，自獲鹿至什貼，亂山相向，天小石頑中，惟青玉峽最爲幽秀，而固關頗覺高雄。庚午窮冬，遇雪於白石嶺，撤鹽堆絮，千里一白，予趺坐車沿，直覺萬態俱清，乃嘆嚴寒之中能鍊人心性也。雲心浣溪沙云：「十里驚濤吼碧溪。四山嵐翠撲緇衣。雪花如掌固關西。　漢壘兵銷烟自滅，秦城堞廢鳥空啼。銜寒馬上覓新題。」又云：「石路無塵密雪飄。同雲如夢曉山遥。玉郎真個踏瓊瑤。　鸞鏡光寒心皎皎，繡幃人冷夜迢迢。一番回首一魂銷。」當年風景，猶依依在目也。南鄉子云：「蕭瑟灑孤蓬。斷續殘更斷續風。繡被焚香眠不穩，矇矓。身在寒雲軟浪中。　離恨苦匆匆。欲訴何因得見儂。

爲問淚珠和雨點，誰濃。疏雨如何與淚同。」賀新涼感遇贈汪竹海云：「拔劍投盃起。看吴霜、點人青鬢，吾真衰矣。況又文園消渴甚，瘦骨支離如許。屈指數、生平知己。惟有姮娥青眼盼，鑒臣心、一片冰壺水。呵壁問，那能已。沉淪似我惟君耳。恨前因、三生石上，緣慳到底。誰説馮唐終不遇，畢竟名垂青史。何必要蒼生霖雨。但使模棱真得訣，便扶摇、直上雲霄裏。相視笑，盍勉此。」聞雲心與人交，其相契者傾肝膽，其非所交者輒齟齬，官刑曹十年不得遷，讀此詞可以知其意氣矣。雲心又有虞美人題顧横波小像云：「眉樓風月秦淮柳。往事思量否。朝衣猶帶美人香。贏得五花官誥，媚秋娘。孫三葛嫩登仙矣。故侶休提起。可憐非復舊嬋娟。猶記當時，曾伴石齋眠。」嗟乎，柳如是、顧横波皆青樓中奇傑女子，惜所歸俱非第一流，是亦不幸已。而後來題圖者，又往往因烏及屋，使錢、龔二貴人，捱盡笑罵，是非不幸中之尤不幸者哉。

姚斌桐還初堂詞鈔

還初堂詞鈔一卷，襄平姚秋士斌桐撰。清平樂云：「春愁無那。鎮日懨懨坐。今日春光看又過。愁思更添些箇。杜鵑叫徧歸休。香泥滿地誰收。只有兩株楊柳，年年看到深秋。」河傳云：「望裏。羅綺。車如流水。愁説相逢。箇人拘束繡幃中。匆匆。但教眉語通。垂楊幾樹臨官道。霜華早。也共相思老。月滿天。秋夜寒。燈前。可知儂未眠。」齊天樂云：「銷魂試向蓮塘問，吟懷頓添凄楚。冷露猶凝，枯香欲斷，禁得秋風如許。鴛鴦最苦。怕涼到天心，欲棲無處。比似春蠶，亂絲抽盡萬千縷。當時翠盤醉舞。有刬船越女，妝罷還妒。瘦怯羅衣，愁拋玉鏡，一樣銷凝遲暮。空房細數。歎流水年華，半隨伊去。甚得心情，夜窗留聽雨。」夢橫塘蛤蜊云：「海市腥傳，沙頭鮮采，酒懷偏易牽惹。隔巷呼來，底用向、晚風評價。殼解纖銀，漿含柔玉，翠盤初瀉。伴新醅清淺，次第嘗來，還略勝、雙螯把。江南二月清明，有罛船齊赴，兩槳輕打。滑澾春泥，拋細網、綠楊陰下。誰料得、風塵燕市，肯與愁人助杯斝。菰葉橫塘，何時歸去，結幾椽漁舍。」西北質直，其音伉爽，此則款款入情矣。秋士雖北產，嘗往來於吳越楚黔，盡覽其山川。集中有洞仙歌懷舊詞八闋，紀其所經名勝。與吾閩張亨甫際亮善，亨甫有博陵登眺圖，秋士題以百字令送之南歸云：「伴狂阮籍，憶曾登廣武，豪情千里。豎子英雄多少恨，一樣殘山賸壘。拜月靈狐，眠烟石馬，閱盡興亡事。無端憑弔，更教吾輩來此。我亦骯髒與歌，淒涼懷古，溼透青衫淚。搜盡碧雞金馬跡，惜少畫圖能記。鎩羽憐君，驅車歸去，又過前游地。蕪城新賦，故人還望重寄。」秋士舉甲榜，官中樞，性不合時，中壽卽卒，蓋亦奇嶔磊落數奇人也。

福增格酌雅齋詩餘

酌雅齋詩餘一卷，松巖福增格撰。松巖曾爲江寧將軍，此詞則刻於粵東。蝶戀花西園送春云：「絮亂西園春欲暮。燕子呢喃，愁絕雕梁訴。醉眼勸春春不住。朱門空掩青苔路。留春不見春何處。春煞無情，花也隨春去。落盡胭脂鶯不語。綠楊枝上黃昏雨。」

孫宗澧二十四橋吹簫譜

二十四橋吹簫譜二卷，江都孫定夫宗澧撰。定夫詞亦流轉，但言外無味，不耐尋繹，蓋學南宋而未至者。湘月調下自注云：「上下闋遵白石老人原製，第四句作四字讀，第五句作九字讀，詞律作念奴嬌塡，誤。」按此說亦未當。湘月之異於念奴嬌，在宮調不在字句。白石指明念奴嬌鬲指聲，可見是聲異而非體異也。至詞體雖分句讀，而作者筆興所及，時有變化。卽如東坡此調「故壘西邊，人道是、三國孫吳赤壁。」人道是三字，雖屬上句，而語勢未嘗不趨下句，又豈獨湘月乎。是不必强生分別矣。定夫不能爲硬語，七夕塡水調歌頭，似有意學蘇、辛。而開句云：「烏鵲復何事，而汝作因緣。」殊覺傖氣，亦可見其筆性之有所限矣。賣花聲云：「徧地惹愁腸。無限春光。高樓遠處莫相望。除卻陌頭靑草色，還有垂楊。飛絮去忙忙。直恁淒涼。東風底事太匆忙。燕子不歸簾未捲，閒煞斜陽。」祝英臺近梅影云：「霧迷迷，煙靄靄，何處暗香繞。擬向雕闌，待折一枝好。只愁半縷柔魂，呼他不起，算都被、夢痕遮了。笛音悄。吹上明月三分，二分爲誰照。瘦骨亭亭，可似那時貌。有時別後相思，檐前檻外，聽點屐、聲聲尋到。」摸魚子自序：「秋雨初霽，野色爭妍，同人小步東郊，沿綠村逕，柳陰深際，有茶室焉。短檻長籬，數椽新築，門外蘆竹叢生，鴨塘環繞，敗荷疏蓼，顏色可憐，主人掃葉支鐺待客賣茗，殷勤款洽，野趣翛然。」云：「掩疏籬、柳陰初瘦，人家還在深處。西風也做淒涼意，一葉一聲淒楚。行且住。有四壁啼螿，暗裏吟淸露。秋光付與。早豆莢初肥，菱絲正熟，絕好憶煙渚。江村味，撩得相思幾許。閒心合稱來去。山童低傍松爐坐，邀我白雲爲侶。天漸暮。又滿逕斜陽，紅了溪頭路。何時認取。記燈火荒莊，牛羊高隴，清夢話兒女。」饒有清氣，可資吟諷。

汪适孫甲子生夢餘詞

甲子生夢餘詞一卷，錢塘汪亞虞适孫撰。亞虞一字又村，詞工短調，意在金荃蘭畹，詞綜續編録入七調，皆佳。尚有行香子云：「蚪箭宵停。蛤帳寒輕。記年來、彩燕争迎。樓臺處處，絃管聲聲。滿林花，滿輪月，滿城燈。　鴿顫金鈴。雁促銀筝。送春歸、㚢尾杯傾。柳陰深院，草色長亭，過花朝，過上已，過清明。」鬢雲鬆令云：「畫橋高，春水滿。隔岸桃花，花底門雙扇。曾記東風窺半面。簾影絲絲，不識愁深淺。　鬢鴉分，釵鳳顫，輪與雕梁，燕子尋常見。幾日踏青歸去晚。夢也生疏，夜夜思量偏。」

戴鑑潑墨軒詞

潑墨軒詞三卷，濟甯戴石坪鑑撰。與其詩合刻，雖少深思，亦無累句。江城子雙村道中云：「春塘瀲灩碧於油。柳綿浮。荻芽抽。巷陌人家，一帶緑陰稠。蓑笠牧童煙際去，橫短笛，倒騎牛。　天寒未脱木綿裘。冷颼颼。似殘秋。路轉高原，又到小橋頭。帽影鞭絲圖畫裏，山矗矗，水悠悠。」西江月帶橋人家云：「天外羣峯渺渺，江邊野水羅羅。樵歌唱罷又漁歌。此曲閒人能和。　稻隴田車駕樹，山家碓舍臨河。駝峯橋跨鴨頭波。波上黄花魚過。」滿江紅宿金山寺云：「孤嶼中洲，渾欲把、洪濤攔住。凝望眼、熒熒雲石，濛濛煙樹。傑閣平吞三楚盡，驚波倒捲前朝去。更塔鈴、對客話興亡，悲今古。　紅葉岸，青苔渡。江落日，山沉霧。看帆飛檻外，危橋低度。夕嶂懸燈鐘磬發，水軒吹笛魚龍舞。聽蒼崖、浪打夜潮生，驚風雨。」吾閩紫藤花開時，人家或取作餅，北地則以榆錢下麵，亦烹之以爲羹。石坪有金縷曲食榆錢作云：「形體圓而小。綴喬柯、幾經雨洗，數番風掃。阿堵傳神稱妙處，遍地拾來不了。看鼓鑄洪爐工巧。製就滿盤同苜蓿，伴庾郎、韭食供昏曉。饞涎向，齒邊繞。無聲擲去知多少。與何曾、一般下箸，一般同飽。愛爾毫無銅臭氣，何必鄧通方好。更香入、厨娘手爪。野客羹材雖淡薄，也强如、饑走荒山道。真傲煞，杜陵老。」此於「華山頂上蓮花白，華山金天宫産白菜，形如菡萏，謂之蓮花白，味勝山下十倍。沙苑蒺藜苗，安肅黄芽韭」之外，真別饒風味也。自去長安，久不嘗矣。

陳朗六銖詞

六銖詞二卷，平湖陳太暉朗撰。集句爲詞，始於小長蘆，然所集乃詩句，近且有集詞句者，且有專集本人之句者。若太暉則集唐以前句，余謂六朝歌曲，語多古豔，若能運用入詞，吐屬自異，苟强聯成篇，反覺生硬。雖自謂仙衣無縫，而天吴紫鳳，已不勝其顛倒矣，姑留以備一體可也。

樂鈞斷水詞

斷水詞三卷，臨川樂元淑鈞撰。元淑一字蓮裳，詩文温麗，才名甚著。又作耳食録小説，體與聊齋志異、夜談隨録相似。書賈屢刻，風行於時。詞以周柳爲宗。菩薩蠻云：「西家蛺蝶東家燕。絳桃花裏迷茫見。曉起自鉤簾。春寒凍指尖。　廉纖針樣雨。吹上屏風去。屏上畫仙姝。仙君壓也無。」又云：「門前溪水悽鳴玉。人家十里隨溪曲。曲到畫樓邊。樓中人正眠。幾回牽短夢。報與春寒重。長是替伊愁。伊曾替我不。」浪淘沙云：「昨夜立空廊。月地流霜。影兒一半是衣裳。如此天寒如此瘦，怎不淒涼。昨夜枕空牀。霧閣吹香。夢兒一半是釵光。如此相逢如此別，怎不思量。」驀山溪武陽渡旅夜云：「荒洲古渡。沙闊行人語。蘆筆兩三枝，寫不盡，秋聲無數。魚鱗雲起，曾記上歸船，從此去。別南浦。又上南州路。丹楓幾樹。隔岸迷煙霧。猶認杏花開，不道是、斜陽紅處。獨輪生角，趁不上前村，天已暮。渡頭住。一夜風和雨。」百字令將至涿州疊韻云：「非關惜別，又非關感舊，傷心誰曉。認作世間兒女恨，也被林花冷笑。殘夜呼尊，高秋把劍，淚灑西風老。無端歸去，無端又踏燕草。記得日下層城，煙中古塔，五度經過了。幾箇黃金臺下客，不把舍人門掃。射虎山空，釣魚磯冷，夢裏千回繞。蘆溝橋畔，馬蹄躑躅多少。」蓮裳相知曰雪如，聽秋聲館詞話曰，姑蘇女伶葆珠也。集中有送雪如還吳門金縷曲，招同友人及潘靜香諸女郎，泛舟山塘，酹酒雪如墓，玲瓏四犯。下拍有云：「幾杯腸斷酒，化作冥冥雨。兼勞女伴深深拜，問何意、相憐如許。垂淚語。他時事，憑誰記取。」其初至雪如墓喝火令云：「冷草迷孤蝶，新煙繚斷鴉。送春舊路已天涯。不道保安橋外，咫尺路猶差。碧血紅心地，黃泥紫玉家。一行碑字隱殘霞。惜少周圍、幾丈短籬笆。又少幾竿斑竹，幾樹白梅花。」極意渲染，深情若揭，而雪如之品格，亦可見矣。又過秦樓自序云：「蓮花博士侍書岳綠春，吳蘭雪姬人也，能寫蘭。余既數見之，爲述此解，即題陸祁生所作碧桃記院本後。「紫襹風香，翠翹雲晃，映靨瓶花低亞。搜從帳後，拜近鞵尖，笑道酒徒顛也。知是阿壻風魔，和客搴簾，向儂求畫。便低呼小玉，分甌仙茗，解伊酲罷。曾見説、聘卻千金，緣慳雙璧，遇了玉郎纔嫁。情根慧茁，性蕊憨開，不枉鏡臺佳話。多少詞人豔傳，曲譜宜春，歌名子夜。甚桃花兩朵，换得蓮花侍者。」南鄉子再贈緑春云：「花有美人香。樹影玲瓏畫粉牆。道不解詩儂未信，吟將。佳句分明似沈郎。笛譜按宮商。此技兒家不擅場。聽曲暗拋紅豆記，思量。要發鶯喉賽暖簧。」自注：首二語緑春句蘭雪云。詞工摹寫，事亦可傳。

王初桐巏嵍山人詞集

巏嵍山人詞集，杯湖欸乃三卷，杏花村琴趣一卷。嘉定王于陽初桐撰。于陽一字竹所，自序云：「填詞三十年，有詞五百餘闋，雖世所推許，多近甜熟，不存也。三十年來，僅得三百餘闋，而應酬之作，亦不存之。排爲四卷，計詞二百餘闋，所存十之三，所去十之七。」然則竹所之於詞，可謂勤矣。其詞於南北宋諸家莫不津逮，述庵雖選入詞綜二集，要非浙西宗派所能牢籠也。最高樓支硎山訪張雨亭云：「山深處，怪石鬬谽谺。老樹幻龍蛇。初疑雲礙無行路，忽聞犬吠有人家。好峯巒，環四面，轉三叉。聽偏了空林都是鳥，吟到了閒門都是草。茨舍矮，枳籬斜。秋風已碎千條柳，寒霜未倒一叢花。注醍醐，浮鑿落，話桑麻。」水調歌頭響竹軒劇飲云：「一爵喉初潤，兩爵面微酡。三爵騰騰耳熱，四爵眼模糊。五爵氤氳浹背，六爵淋漓潑袖，七爵笑胡盧。醉倒便酣卧，紅袖不須扶。賞心事，惟痛飲，與狂歌。胸中無數塊壘，借此以消磨。賢有竹林之七，逸有竹溪之六，其樂也婆娑。一日不爲少，千日豈云多。」減蘭夏日村居云：「豪風猛雨。共入孤村喧竹樹。一霎晴雲。隱隱殘雷細似蚊。水車斜閣。柳下黄牛閒弄角。月上涼天。今夜西窗自在眠。」鵲橋仙云：「秧針雨急，楝花風暝，歸路幾重煙樹。踉蹌走入短亭中，早有個、人兒先駐。問年不答，問名不答，並坐已知未許。銜泥小屐又迎歸，但遷坐、伊曾坐處。」喝火令云：「素艷明如月，殷紅小似櫻。羅窗慣見見還驚。幾度相迴相避，幾度笑相迎。喚坐何妨坐，催行未卽行。儘教伊道是狂生。鎮日摴蒱，紅豆記輸贏。鎮日閒言閒語，漸說近真情。」少年遊云：「門前瞥見，人前稱喚，冷淡異時常。絶不寒暄，略無眷戀，端步入深堂。沉吟獨在屏風外，舊事費猜量。第一堪疑，斷腸聲裏，曾道莫相忘。」自劉改之以沁園春詠指甲、詠小腳後，詞家刻劃閨秀，輒從其體。竹所最多，髮脣舌頸胸腰心淚唾汗氣香聲影凡十四闋。靜志居琴趣有洞仙歌十七闋，竹所繼之，亦有十六闋。詞皆穩帖，是何綺思之深也。集前有王西莊鳴盛評語，集後有張未軒龍輔跋尾，皆有益於詞境。節錄之。王云：「詞之爲道最深，以爲小技者乃不知妄談，大約只一細字盡之，細者非必掃盡豔與豪兩派也。北宋詞人原只有豔冶、豪蕩兩派。自姜夔、張炎、周密、王沂孫方開清空一派，五百年來，以此爲正宗。然金荃、握蘭本屬國風苗裔。卽東坡、稼軒英雄本色語，何嘗不令人欲歌欲泣。文章能感人，便是可傳，何必淨洗豔粉香脂與銅琵鐵板乎。」張云：「余最好竹所之詞。甲戌將遊括蒼江，入山羈愁大發，奴聾傭蠢，不可告語。孤舟村店，惟竹所詞是親，朝吟夕誦，酒後耳熱，輒擊節嗚嗚。浙東之人無知音律者，聞余歌聲，無不羣聚傾聽，爭相讚歎。新年還至武林，登紫陽山頂，再歌之，又有笑我者矣。一江之分，風俗大異，江東爲碌砂，江西爲赤土。乃我之口因之亦異，江西得毀，江東獲譽。而竹所之詞，因之亦異。譽我者不復知其詞，笑我者間有以詞爲好者。」王之說，持平之論也。張之說，則真賞之難矣。

安致遠吴江旅嘯

吴江旅嘯一卷，壽光安静子致遠撰。静子文筆頗流宕有生氣，詞其餘事也。皆作於南游之時，滿江紅姑熟懷古云：「滿目烟波，閒指點、江山如畫。想南渡、誰曾遺臭，頓兵不下。梅嶺春攜白紵妓，姑溪夜飲青驄馬。笑可兒、對手有何人，惟卿也。謝公宅，無樓榭。謫仙墓，長桑柘。嘆英雄才子，做些聲價。寸管好描千古恨，三盃難起九原話。問眼前、解語是誰人，憑他罷。」静子汐社逸老，目擊滄桑，慨然言之，殆有感馬阮與四鎮乎。其所著玉磑集、紀城文稿，頗及明季亂離時事。

黄曾瓶隱山房詞

瓶隱山房詞，錢塘黄菊人曾撰。此詞選入詞綜續編，而未言卷數，余所得止兩卷。黄韻甫謂「新警詭麗，獨絶一時，其守律之嚴，尤一字不苟，非惟才大，亦復心細。」余以爲未免過譽。詞氣疏暢則有之，然可議處尚多。菊人好詠古，集中如出塞、歸國、當壚、墮樓、奔拂、盜綃、取盒、夢繯等題，頗似傳奇齣目。又如潘妃蓮花、麗華玉樹、中宗點籌、明皇洗兒、温太真行酒、謝安石圍棋等題，更似雜劇名色。立題自有法，刻意求新，何關雅道乎。又詞有以上代平之法，近人準以中原音韻，往往以入代平。然此曲韻，非詞韻也，亦北曲法，非南曲法也。用之於詞，豈爲穩愜。且詩中如八十之十，尚書之尚，未嘗不借仄爲平。然相習已久，作者讀者，皆知其有所本。今菊人於媪枕玉縛落水緑喜子溼等字，向來仄讀，莫不自注作平。其中喜字子字或可援箕子作荄茲，妹喜作妹僖之例，然已非通行之音，餘則更少依據。況轉平爲仄，詞中亦有此例，儻準此而行之，則滿紙平仄，任意顛倒，不亦傎乎。音之不審，律於何有，韻甫乃謂其一字不苟哉。

謝元淮海天秋角詞

海天秋角詞一卷，松滋謝默卿元淮撰。默卿尚有碎金詞一卷，碎金詞譜六卷，仿白石道人例，詞旁自注工尺，并及平仄句韻，固以爲獨得減偷之秘矣。余謂詩流爲詞，自唐以後，詞與詩分途矣。詞流爲曲，自宋以後，曲與詞又分途矣。今人之於詞，猶宋人之於詞，聲音之道，隨時變易。即使引商刻羽，其果畫旗亭之壁，果復大晟之遺乎。余詞話前編已論及之。故言宮調者，亦沿流溯源，知其意存其說焉可矣。善夫鄱陽陳方海之言曰：「古無四聲，而風詩起於委巷，亦奚有律吕之意。漢唐詩并入樂，今則不能。詞曲音節，明用崐山腔，又與宋元稍别。宋元詞曲不能盡入今樂，猶漢唐詩不入宋元之樂。則今人填詞，有不可歌者，在宋元時，未必不協。即宋元有不諧律吕之作，推之漢唐以前，或又有說。且元明同用四聲工尺，而調又各殊，或者新聲善變，今弋陽海鹽之譜，無可傾聽，則崐山實欲掩之也。夫調絲竹曰歌，徒歌曰謠，亦曰咢，或歌或咢，詩固言之矣。覼於委巷謳吟，則有以處古今作者。」碎金詞譜後序此通論也。且今之自謂能歌詞者，亦第以唱崑腔之法求之，而遂以周、柳、姜、史自命，此尤吾所不敢知者矣。默卿手筆雖不高，而持論頗有可采。如云：「詞爲詩餘，上不似詩，下不似曲，在詩與曲恰好之問。鍊字忌深，亦忌鄙俚，設想須是有情無理，措語須是未經人道。聲調格律，自有一定。如填某調，卽專從一人之詞爲定體，逐字逐句照依填入。縱不能四聲俱論，而平仄斷不容舛。重字雖所不禁，亦應斟酌，不得屢見。至於句讀，更有一定。如六字爲句，有上一下五、上二下四、上三下三、上四下二、上五下一之別，均須遵守。圖譜有可平可仄之說，係指他詞全闋而言。蓋一調十餘詞，平仄各異，以見格非一體，然亦每詞各有一定之平仄，並非彼此逐句皆可互易。若一調十餘詞，此句平仄從甲，彼句平仄從乙，則是通首無不可活動之字，必至通篇無一合格之句矣。」所論雖淺，然鹵莽下筆者當知之。其論詞韻平入俱獨用，近人以入代平，此沿北曲之誤，尤與余前說相合。驀山溪陰雨云：「積陰連晦，不似清秋節。滿目漲昏烟，更難保、隨風變滅。憐花惜草，顛倒費猜尋，忽做雨，忽做晴，乍冷還疑熱。濛濛密密，欲說憑誰說。負手問蒼蒼，到何時、銀潢漏歇。原非日暮，遮蔽總浮雲，層霾掃，火輪飛，好補炎精缺。」咄咄書空，此默卿感事詞也。蓋海警初起，默卿身在軍中，有鶯啼序、三臺等調，皆在寶山防堵。聞鎮海、定海、寧波三府縣連陷之作。又有念奴嬌自序云：「重遊京口，登北固山以望大海，時當兵燹之餘，呻吟未歇，歌管猶聞，往事追思，不勝慨歎。」詞云：「潤州天塹，歎成敗古今，姦雄豪傑。對湧金焦銀浪裏，飛出瓊臺玉闕。上扼荆襄，橫遮越豫，險阻稱奇絕。江山依舊，不堪重與追說。誰道荒島窮夷，海波千萬里，樓船飄瞥。火箭風輪，經過處、牛酒齊供饕餮。運策何人，逡巡終致此，滿城流血。驚魂剛定，卻聽歌吹嗚咽。」嗟乎，誰生厲階，至今爲梗，長歌之哀，逾於痛哭矣。

陶元藻泊鷗山房詞

泊鷗山房詞四卷，會稽陶凫亭元藻撰。凫亭一字篁村，袁簡齋見其題壁詩，極傾倒，所謂江湖沿路訪斯人者。國朝詞綜謂其有香影詞四卷，或卽此乎。篁村雖以明經終，而生平交遊甚廣，閱歷已深，既有才名，尚求濃福。其臘月五日初度，塡洞庭春色末闋有云：「古不云乎，達人知命，較恁枯榮。奈興悲古廟，重瞳有淚，見嗤遠使，金榜無名。何處更矜嘴爪健，對快馬虛莊話不平。笑前夕，授南柯太守，衣錦宵行。」於時篁村年七十餘矣，何於世情尚未解脱耶。歸朝歡題常山旅店壁云：「叔子不如銅雀伎。奴價何年能勝婢。腰包脚裹雪風天，乘車戴笠炎涼地。送窮窮不已。櫪間休學長鳴驥。苦行僧，一瓶一鉢，甌飲終何濟。未消磈磊聞琴起。壯不如人今老矣。長門空賦孰酬金，南皮有約堪沈李。人生行樂耳。去多時日來無幾。盍歸乎，非竹非絲，山水清音裏。」行役感慨，其氣尚豪。篁村詞投贈題畫應酬之作頗多，覃微之思，遥寄之情，固未暇及也。曾遊吾閩，有飲林氏園亭滿江紅，黄莘田齋頭觀吴門顧二娘所製硯石州慢等闋。閩之鼓山屴崱峯，俗説可望流求。篁村雙雙燕句云：「中峯放眼，一髮流求，千里嵌翠。」然余三登絶頂，雖天日晴明，而空無際究，難確指其所在。惟五更觀日出，金碧萬狀，風雲異色，較之泰山、華山所見又自不同。思作一詞寫之，至今未能。全浙詩話亦篁村所輯者，其書博采羣籍，時加案語。於黄梨洲先生下坿案云：梨洲著述甚富，康熙初，徐元文曾呈其書於朝。既而徵求前明遺獻，徐乾學以先生對，復言其衰老，竟以布衣終。雖先生抱道自高，不樂仕進，而薦剡不力，與有過焉。余謂此篁村借澆壘塊之言耳，殊失論世知人之學。梨洲生平，大致與顧亭林相似，蓋皆以勝國遺老自待者。故翰林掌院學士葉方藹將以梨洲應鴻博之徵，而陳庶常錫嘏聞之大驚曰：「是將使先生爲疊山九靈之殺身也。」力争之乃罷。錫嘏，梨洲之高弟，其言蓋知之深矣。其後修史，累招不至。徐元文請詔浙中督撫鈔其所著送京，并延其子百家與其門人萬斯同。萬言梨洲致書曰：「昔聞首陽山二老，托孤於尚父，遂得三年食薇，顔色不壞。今吾遺子從公，可以置我矣。」見鮚埼亭集、漢學師承記等書雖戲言也，有深痛焉。夫以人事君，大臣之盛節也。然出則無以全其名，不出則無以安其身，東海蓋籌之熟矣，老不能來之對，蓋所以成梨洲也，而尚議其不力薦哉。且梨洲在殘明，位至副憲，雖國破君亡，而我朝天恩寬大，未聞并諸人之歷官而削之者。而篁村一則曰諸生，再則曰布衣，若并不知梨洲之前事者。豈於無所忌諱之時，而反深於忌諱耶。徒以素負才名，不如其意，因致慨吹嘘之無人，於古人未暇深攷，遽發議論，是則熱中之爲害耳。

戴氏澈道人詞存

澈道人詞存三卷，江甯戴氏撰。按此集不載名字，卷首有其子芝識語，謂先妣戴太恭人，晚年自號澈道人，以吟詠自適，所存僅十之五六。其前又有序，序末已失，不得其名氏。稱爲馮吾園學士之母，然則吾園其卽芝耶。序又謂卽墨李毓昌不肯冒賑，山陽令王紳漢潛毒殺之，太恭人爲作旌忠傳曲本。是戴又有傳奇行世，不止以詩詞見也。李毓昌之事，諸家文集及筆記言之甚詳，余前在都下，得千古奇寃傳奇一册，未刻本也，專爲淮安府王轂出脫。謂王轂爲王紳漢誣蠛，檢驗時并未得贓，所說獨異。余謂王轂不幸身爲本府，王紳漢又其所禀調之首縣，即使全不知情，誰肯信之。亦姑存此說而已，類記於此，俟得旌忠傳再核之。黄天河鈞宰金壺浪墨云：轂初任德州牧，本貪酷吏，有王老虎之目。毛西河入都娶一妾，豐臺賣花翁女也，字之曰曼殊，不久即逝。同舉大科諸公，以詩詞誄傳弔之甚多，詳見西河合集。戴恭人惜餘春慢芍藥開時憶曼殊云：「婪尾花繁，曼殊仙跡，豐臺春色如許。紅遮香徑，碧遶闌干，當日嬌柔堪擬。想一代詞人，千秋佳麗，消受最憐伊，吟肩試倚。翠巾新拭。繡窗間，語悄鬟低，猶堪追憶。天與豔才如此。姍姍月下徘徊，露冷苔黏，釵橫珮墜。任從他滿目風光，總被杜鵑催去。」嗟乎，名花美人，百年後猶令人俯仰。不知芍藥附曼殊傳耶，抑曼殊附芍藥傳耶。金人捧露盤秋海棠云：「趁秋陰，舒秋萼，助秋光。盈盈粉暈，烟鬟嚲倦倚匡牀。依稀葉底翩翩，晚蝶覓晴芳。紅衣零亂，似憐他、徑冷方塘。　碪聲咽，笛聲怨，蛩聲切，漏聲長。幽恨絶，未諳無香。强相依，傍芙蓉，不逐美人妝。黄花待吐東籬，對半圃斜陽。」集句浣溪沙云：「隔得盧家白玉堂。李商隱好風吹樹杏花香。曹唐共憐時世減梳妝。秦韜玉燕子不來春寂寂，薛昭蘊殘燈無燄影幢幢。元稹斷多難到九迴腸。李商隱」應弦合節，筆無脂粉氣。其餘則多應酬之作，詞後附詩存一卷。

金繩武夫婦評花仙館合詞

評花仙館合詞二卷，錢塘金韻仙繩武與其婦汪玉卿淑娟撰。一爲泡影集，一爲曇花集。玉卿來歸二年餘即卒，韻仙時已舉孝廉，遂遭離亂，傷春傷別，如泣如訴，其詞格亦相似也。韻仙蝶戀花重到平原再贈素雲云：「鬢影蓬鬆釵半嚲。百計相留，無一相留可。黃曆除非儂自做。出行日子天天破。收了羊燈樓上火。聽掩中門，聽上中門鎖。疊好蘭衾難道坐。夢兒也要安排箇。」又云：「挨近茜紗窗下坐。聽說芳年，瓜字纔分破。一枕紅蕤清夢妥。銷魂何必成真箇。貼翠偎香雙鬢嚲。淚溼青衫，怎樣安排我。蝶夢驚回釵影墮。粉牆明月移花朵。」雲仙引自序：玉卿逝二十六日矣，時楚氛告警，羽檄飛馳，杭人遷徙，道路如織。余爲厝其柩於西湖卧龍橋南，既念逝者，行復自痛。云：「鼙鼓驚天，旌旗卷地，滿城兵氣秋涼。星黯黯，月荒荒。鼕鼕聽催禁鼓，偏到今宵偏不長。曉角一聲，青山紅粉，從此茫茫。送伊過了橫塘。猶憶得、花開陌上香。不道今生，再無儂分，替檢歸裝。又是回風，蕭騷做暝，恁不教人屢斷腸。一抔荒草，五更殘夢，兩地思量。」早春怨云：「了了前盟，茫茫後世，草草今生。也没安排，全無頭尾，好不分明。幾回睡去還驚。聽簌簌、風聲竹聲。是隔房櫳，是搖羅帳，是近窗櫺。」玉卿虞美人寄雯卿妹云：「鞦韆影落閒庭院。明月移花轉。幾天不挂玉簾鉤。難道春來總是不梳頭。綠窗還是攤書好。何苦尋煩惱。自家去驗小腰肢。卻比垂楊肥了那絲絲。」南鄉子喜韻仙歸云：「獨自理琴絃。睡起慵梳髻半偏。新樣初三眉子月，娟娟。盼到如今漸漸圓。此意忒纏綿。背著銀釭笑拍肩。如此風光如此夜，天天。安放癡魂在那邊。」賣花聲自序：韻仙藏有古金數十品，并藏金錯刀，爲平原校書素雲所貽。脂花間紅，蘚瘢斐綠，既見君子，我思美人，爲翦柿蒂綾製方奩貯之，譬如度地排花，亦自信位置得宜也。云：「古月出彎彎。繡蹬苔瘢。定情消受美人難。如此相貽原抵得，約指連環。檢奩替伊安。更翦羅紈。中央四角蝠雲蟠。仿作盤中詩樣子，畫與伊看。」前有闕秋芙鐶女史序與題詞，筆致翩翩，序儷體，詞倚金縷曲云：「不道花朝雨。便匆匆幾天，催了杜蘭香去。六扇文紗窗格子，曾憶舊題詩處。看幾陣、東風花絮。堆上紅樓人不管，只一雙、燕子還來住。塵世事，好無據。妝臺聞說全無主。只粉箋些些，留得斷腸詞句。病骨黃花人比瘦，卻合秋聲廿五。念儂也悲秋情緒。萍樣行蹤花樣命，未拈毫、便有離愁聚。怎做得，玉臺序。」按曇花集凡二十五闋，秋芙序謂集如花曇依然，璧玉一雙，詞數篇章，卻合離騷廿五。此闋秋聲廿五之句，亦指此也。

賭棋山莊詞話續編五

戈載詞平庸少味

戈寶士翠薇花館詞最多，余所得者二十七卷，詞綜續編以爲三十九卷，萬竹樓詞注以爲三十卷，聽秋聲館詞話以爲十卷。殆其詞隨作隨刻，故積久愈多耳。然平庸少味，閱至十篇，便令人昏昏欲睡。因其室有餘資，喜結納，才名易起。謂之好事則可，謂之名家則不能也。而其所自負者，以爲吾詞能辨四聲，能分宫調。然而張玉田有言，音律固當參究，詞章先宜精思。詞源誠以聲音麗於虛，文字徵於實，實者既難愜心，虛者何由動聽。且吾亦未見其詞之出，果能使四方傳唱也，則律之叶否，終不可知。而人轉因其守律之嚴，反恕其臨文之劣，則律者真藏拙分謗之具也。近日浙派盛行，立説莫不如此，蓋不獨寶士然也。而寶士之可議者，尚不止是。卷首序與題詞數十篇，借光之多，已屬可笑。開卷卽有龍涎香、白蓮、蓴、蟬等題，此近來學南宋者幾成例作，習氣愈覺可厭。且寶士一貢生耳，而自十三卷以後，交遊漸廣，攀援漸高，中丞方伯、觀察太守、司馬明府，歷碌滿紙，所作無非應酬。虛聲愈大，心靈愈短，豈芝麓之於迦陵乎，豈愚山之於河右乎，抑何其不憚煩也。至爲麟見亭河帥題鴻雪因緣圖，前後合一百六十闋，多至四卷，觀其自述，知配合雕鏤，費盡苦心。然以花間蘭畹之手筆，加以引商刻羽之工夫，乃爲鉅公譜榮華之録，摹德政之碑也。言之不足，又長言之，若以爲有厚幸焉，此真極詞場之變態矣。

第未知周美成、姜白石見之，以爲何如也。寶士詞亦未必風行，於世原無庸論。余所以覼縷者，庶幾學詞之人，知所自省，不至蕪蔓若此。夫人文合一，詞雖小道，亦當知績學敦品耳。

近見寶士所著詞林正韻，與吴子安榕園詞韻大體相同。子安宗廣韻，寶士宗集韻，然韻書以廣韻爲最古，集韻亦出於廣韻耳。考子安刻於乾隆甲辰，寶士刻於道光辛巳。子安海鹽人，寶士不應未見其書，乃歷舉諸家而不之及，何耶。夫古人書多用韻，韻之所包者廣，宋元以下，始漸分詩韻、詞韻、曲韻。詩韻雖二百六部、一百七部分合之不同，而源流秩然可考。曲韻則專爲北曲而作，以入爲平，其法與他韻皆異。惟詞韻初無一定，作者十數家，各持一義。寶士之書，亦未必盡出諸家之上，而其凡例排擊一切，自以爲獨得之秘。最可異者，中有云：「毛奇齡之言曰：『詞韻可任意取押』，毛氏論韻，穿鑿附會，本多自我作古，不料喪心病狂，敗壞詞學至於此極。」夫以詞無定韻，恐其汎濫，特勒一書，未嘗不可即駁正前人之誤，亦未嘗不宜但發墨守針膏肓。言自有體，何以毒詈不堪如此。豈以毛氏善駡而亦以駡反之乎。然詞學不獨不足比聖經賢傳，而亦非史例文體關係之重。況毛氏之時，詞方復興，霞蒸雲蔚，亦豈一人之見所能敗壞，其言之過當甚矣。且以宋詞考之，寶士之説，亦不盡然。寒山一部，覃咸一部，劉改之唐多令，則灣帆灘閒衫寒安南同押，是寒山可合覃咸矣。然辛、劉固浙派之所鄙夷者。吾請徵之周草窗，先與鹽不同部也，而鷓鴣天合之。庚青與侵不同部也，而戀繡衾合之。庚青與真文不同部也，而梅花引、聲聲慢、浣溪沙合之。江城子且并合於蒸與侵矣。至鶯在庚韻，而吴夢窗木蘭花慢則押入江陽矣。草窗眼兒媚、浣溪沙，則押入真文侵矣。夢窗、草窗之詞，寶士選入七家，即有誤筆，斷不至再至三。寶士自謂偏考名家詞，亦知其出入不一律否耶。况詞又有叶以方音，叶以古音之例，其叶本甚寬，毛氏任意取押之言，亦何嘗盡是誣罔乎。寶士素與元和顧千里廣圻遊，受其吹噓，千里於古文詩詞皆非當家，吾觀其所作戈氏父子諸文，多怪憤浮宕，而寶士填詞圖序，尤可失笑。俱見思適齋集夫自迦陵以後，作填詞圖者，不知若干，此亦習氣耳。千里乃特張皇之。寶士之學問，未知去毛氏幾由旬也，而論韻既自痛詆西河。其詞才亦未知去陳氏幾由旬也，而千里又爲推倒迦陵，豈溺情而不自覺歟。凡朋友切磋之義，誘掖以成其業，尤當規諷以培其德。千里校讐之學，精審可觀，而乃爲後進增驕長傲如是耶。宜其與段懋堂論學制，至於互争不已，爲人口實也。段事見經韻堂集

楊夔生詞

金匱楊伯夔夔生名父之子，家世能詞，涉歷諸派，不專一格。其過澗歇青銅峽云：「孤峭摩天路漫滅。雙厓奇特。羣峯四旁森列。似矛戟。出峽奔濤何急。雷輥聲轟砉，盲風起，怒鶻驚飛響磔磔。洪濛誰試手，劚斷雲根，削成奇骨。終古無人跡。蝕苔藤，纏老樹，杈枒蒼煙深處，往來惟見猿猱擲。」菩薩蠻宿峽口禹廟云：「荒榛細路趨靈閣。蒙蘢天半聞清鐸。神壁畫波濤。水官蘆葉袍。孤燈松映碧。如坐崧陽驛。山殿護風雲。人眠虎過門。」謁金門曉發南星驛云：「霜華凍。戍卒醉争乾甕。燃著豆藍紅屋棟。偎暖孤驛夢。咿咿晨雞初哢。喝馬呼牛聲鬨。人自出門雲出洞。四圍山冢冢。」臨江仙夜宿郎當驛云：「襆被饑驅風雪裏，薄遊滋味如僧。路長何事怕還憎。虎銜樵客屨，鼠隱紡人燈。自是元

暉聞道淺，平生悔學鸞吟。略經林壑倦攀尋。隙颯聲盡鬼，孤葉影疑禽。」筆力瘦健，標奇領異，有此題不可無此詞也。予嘗謂南宋詞家，於水軟山温之地，爲雲癡月倦之辭，如幽芳孤笑，如哀鳥長吟，徘徊隱約，洵足感人。然情近而不超，聲咽而不起，較之前人，亦微異矣。不獨東坡之百字令、水調歌頭無其興致，卽柳耆卿之「漸霜風淒緊，關河冷落，殘照當樓」，秦少游之「醉臥古藤陰下，了不知南北」，出語高爽。惟白石尚有此意，餘則皆不逮也。有花柳而無松柏，有山水而無邊塞，有笙笛而無鐘鼓，斤斤株守，是亦祇得其一偏矣。辛、劉之派，安可廢哉。夔生手定真松閣詞凡六卷。方廷湖書其後曰：「北宋不襲南唐之貌，而或失之過剛。南宋則力矯北宋剛勁險率之弊，而常流於纖膩。過猶不及，君子疑之。」斯言也，學詞者可以鑒矣。又過雲精舍詞二卷，汪紫珊世泰合刻七家詞中。今考之，只留一二闋載入此集首卷，餘皆不存矣。羅兩峰聘之鬼趣圖，流傳題詠，所見多矣，而其圖未知何狀，亦未見有記之者。夔生有題圖長短調八闋，詞未録，録其小序，荒情怪態，亦足以資嗢噱。序云：「其一、澹墨黯昧，隱隱有面目肢體，諦視始可辨。其二、一鬼短衣僂而趨，一鬼奴從羸上體，以手拄腰，骨節可數。其三、一鬼衣冠甚都，手折蘭花，攬女袂，女鬼紅衣豐髻，昵昵語，旁鬼摇扇側耳以聽。其四、一矮鬼扶杖據地，一小鬼捧酒盞就矮鬼吻，吻箕張。其五、一鬼瘦而長，垂緑髮至腰，左手作攫拏狀，右手循其髮，手長與身等，足步武越數丈，腰腹雲氣蒙之，身作青緑色。兩峰自云焦山寺中所見也。其六、長頭而僂者，一鬼身不及頭之半，頭之前鬼二，一鋭上，一混沌然，若避若指且顧。其七、風雨如漆，一鬼俛首疾趨，一鬼張繖其後，一鬼導其前，一鬼頭出繖上，若依倚疾走，昏黑淋漓，極遑遽奔忙之狀。其八、楓林古塚間，兩髑髏齒齒對語，白骨支節，巉巉然也。」又有瑶臺聚八仙贈祁陽山人吾吾子詞，附録吾吾子浣溪沙六闋。末二闋云：「木葉落兮湘水波。待他纖月過銀河。又將鼓枻唱漁歌。挽尺鮮藤編小笠，翦叢香草結新蓑。未披先付小龍馱。」又云：「隔斷蒼松是白霓。杖頭衡岳數峯低。故人船未泊浯溪。一朵青蓮忽摇動，水仙騎鷺出波飛。依稀月底認紅衣。」吾吾子未詳何許人，而夔生詞有「授我龍虎飛騰」之句，豈白玉蟾、邱處機之流乎。

杜文瀾詞

秀水杜小舫文瀾詞清筆婉，言外殊多感慨。長亭怨慢云：「竟偷被、東風吹莫。綺銷香、畫橋颺絮。燕子歸來，一襟幽怨向誰語。落花奄網，偏不放、春魂去。後約問薔薇，早拍徧、闌干無數。空誤。甚年華似水，卻把舊愁留住。新寒未減，尚負手、玉階尋句。待檢點、小扇輕衫，笑呼酒、烟蘿深處。奈樹外斜陽，還惹殘鶯啼苦。」八聲甘州淮陰晚渡云：「尚依稀、認得舊沙鷗，三年路重經。問隄邊瘦柳，春風底事，減卻流鶯。十里愁蕪悽碧，旗影淡孤城。誰倚山陽笛，併入鵑聲。空剩平橋戍角，共歸潮嗚咽，似恨言兵。墜營門白日，過客阻揚舲。更休上、江樓呼酒，怕夜深、野哭不堪聽。還飄泊，任王孫老，匣劍哀鳴。」卜算子殘月云：「花影漾簾波，夜久春痕薄。試問姮娥瘦幾分，只有闌干覺。陌上玉驄嘶，唤起雙棲鵲。楊柳梢頭挂曉星，又下西棲角。」菩薩蠻冬日云：「棲鴉點點如殘葉。林容寂寂天疑雪。烟外曉鐘疏。山寒僧夢孤。西風吹短策。酒束詩腸窄。招鶴問梅花。今年春瘦些。」小舫曾重刻吴夢窗、周草窗二家詞，搜羅校對頗備。自著采香詞，即附刻於其後。又有詞律校勘記，亦足彌紅友之缺，皆肄業所不可少之書也。又新建勒少仲方錡詞氣疏宕。秦樓月云：「月沉沉。秋窗寂寂宵深深。宵深深。暗魂何許，步徧牆陰。　空房遺影悲青琴。黃泉碧落愁難尋。愁難尋。無人訴得，咽淚歸心。」此蓋悼亡之作。吾閩俗諺有「腹饑莫與飽人説，心酸莫在路頭哭」之語，即少仲所謂咽淚歸心也。臨江仙感事云：「讀破芸緗三萬卷，迴翔直到公卿。胸藏武庫角心兵。綺羅叢裡，擘酒説功名。　鏤玉橫腰金佩肘，白頭一夢零星。舞裙歌扇總飄萍。故人江海，閒讀種魚經。」摸魚兒東湖感舊云：「問湖邊，舊時鶯燕，而今亭榭誰主。百花洲畔波鱗碧，低卷斷烟零雨。淒絶處。是幾箇漁罾，冷挂眠鷗渚。垂楊自舞。想玉笛聲殘，畫船人杳，幽恨向風訴。　橋東路。還記題香儔侶。蘿窗深夜絃語。十年重唱西江月，寥落紫雲遺譜。吟思苦。費萬軸情絲，織就銷魂賦。天涯倦旅。悵沽酒樓頭，闌干獨倚，酩酊送春去。」此二闋寄慨更深。所著有槫洲詞。卷首陳心泉慶溥序，語極矜負，自述有籬壑詞四卷，惜未之見。又馬平王少鶴拯，詩文俱長，亦工詞。余於琉璃廠曾得其刻本，爲人篡去。林穎叔與之最善，擬從穎叔寄書索之。時少鶴已歸粵西，書未行而其訃至矣，至今耿耿於心。少仲工書，年老矣，猶能作蠅頭小字。杜、勒皆官江南，王終於通政司副使。

龔自珍詞

仁和龔定庵自珍恃才跅弛，狂名甚著，氣倍人前，言語震四壁。官禮部主事，隨班供職，與同寮有所辨論，其聲遠揚。宣廟亦微聞之，置而不問。詩文皆不落凡近，詞凡五種，存者不多。有詩云：「不能古雅不幽靈，氣體難躋作者庭。悔煞流傳遺下女，自障紈扇過旗亭。」意不以詞人自居，然首句亦作者同病。菩薩蠻云：「文窗花霧淒然綠。侍兒不肯傳銀燭。樓外月昏黃。口脂聞暗香。新來情性皺。未肯偎羅袖。此度袷衣單。蒙他訊晚寒。」減蘭自序：偶檢叢紙中，得花瓣一包，紙背細書辛幼安「更能消幾番風雨」一闋，乃是京師憫忠寺海棠花也，泫然得句。云：「人天無據。被儂留得香魂住。如夢如烟。枝上花開又十年。十年千里。風痕雨點斕斑裏。莫怪憐他。身世依然是落花。」牢落百感，其不自得可慨矣。又瑤臺第一層，題某侍衛所撰王孫傳，並錄原序於後。序云：「某王孫者，家城中，珠規玉矩，不苟言笑。某氏，亦貴家也，解詞翰，以中表相見相慕重。杏兒者，婢也，語其主曰：『王孫所謂都爾敦風古，阿思哈發都。』都爾敦風古，言骨格異也。阿思哈發都，言聰明絕特也。再三云，女不應。王孫遘家難，女家薄之，求婚，拒不與，兩家兒女皆病。一夜，天大雪，杏私召王孫，王孫衣雪鼠裘至，杏曰：『寒矣。』爲脫裘，徑擁之女帳中而出。女方寢，驚寤，申禮防，不從。王孫曰：來省病耳，亦以禮自固也。杏但聞絮絮達旦聲。旦，杏送之出。王孫以赬綃巾納女枕中，女不知也，嗣是不復能相見。旬餘，夢見女執巾問曰：『此君物也。』曰：『然。』寤而女訃至，知杏兒取巾以佐殮矣。王孫尋鬱鬱以卒，杏自縊。此嘉慶丙寅丁卯間事。越辛未，余序之如此。」又乞浙龔君填詞以傳之。詞云：「無分同生偏共死，天長恨較長。風災不到，月明難曉，曇誓天旁。偶然淪謫處，感俊語、小玉聰狂。人間世，便居然願作，長命鴛鴦。幽香蘭言半枕，歡期抵過八千場。今生已矣，玉釵鬆卸，翠釧肌涼。賴紅巾入夢，夢裏說，別有仙鄉。渺何方。向瓊樓翠字，萬古攙將。」百字令自序：蔣伯生得顧橫波夫人小像，靳余曰，此君家物也，爲填一詞。云：「龍華劫換，問何人料理，斷金零粉。五萬春花如夢過，難遣些些春恨。原注：京師某家劇樓，有楹帖一聯曰：「大千秋色在眉頭，看徧翠暖珠香重遊贍部。五萬春華如夢裏，記得丁歌甲舞曾睡崐崙。」相傳尚書作也。帳韗春宵，枕攲紅玉，中有滄桑影。定山堂畔，白頭可照明鏡。記得腸斷江南，花開兩岸，老至才還盡。何不絳雲樓下去，同禮空王鐘磬。原注：尚書與錢尚書同在秦淮日賦詩云：「楊柳花飛兩岸春，行人愁似送行人。」一時傳誦。青史閒看，紅妝淺拜，回護吾宗肯。漳江一傳，心頭驀地來省。」原注：忽憶黃石齋先生在秦淮之事，曲終及之。二詞皆足資談柄，某王孫事，尤令人低徊也。

許宗衡玉井山館詩餘

近日古文，自梅伯言曾亮之後，衆推上元許海秋宗衡。其文夷猶自得，不爲桐城末派所囿，詩詞亦入格。蓋海秋固先治詞賦，與以古文餘力作韻語者不同也。詞名玉井山館詩餘，中有二闋，最足感人。嗟乎，酒場歌板，舉目滄桑，氛塵澒洞，此真迴腸蕩氣時也。金縷曲書余淡心板橋雜記後，并敍云：「曩讀曼翁斯編，心輒低回。竊以頓老琵琶，妥孃詞曲，人間天上，事豔情哀。乃至葛嫩李香，賤能抗節，魁蕭卯笛，聽輒增悲。幾類國殤，詎同禍水，方諸志乘，亦繫興亡。嗟乎，秦淮嗚咽，誰憶前塵，粵寇披猖，倏遭今劫。歲在癸丑孟春之月，僕在江上，倉猝北征。時賊騎距城不四百里，堠兵甫集，烽火斷然，僅二旬，而金陵瓦解矣。侯景誰迎，袁粲徒死，曰爲改歲，未復巖疆。嗚乎，江關殘破，親故流亡。慨念昔遊，都非舊夢。衣衫蝶化，樓閣薪燒，一付劫灰，無從弔影。桓子野奈何之喚，賀方回斷腸之詞，載誦斯編，抑又傷已。夫事非同軌，感無異情，曼翁此作，勝國難忘。僕念故園，亦滋慨息。昔之招邀勝侶，流連景光，南部煙花，東山絲竹，墜歡難拾，逝水不回。遑問前因，空成死別。奚必他時憑弔，始爲傷心之事哉。仰天掩卷，歌呼烏烏。因爲此詞，用諗同調。」詞云：「別有傷心處。儘消磨、劫灰金粉，大江東去。樓閣斜陽秋易晚，嗚咽青溪如訴。祇衰柳殘鴉無數。龍虎雄圖悲豎子，賸遺編、細載閒歌舞。亡國恨，哽難語。　年來烽火臺城路。念無端，家山唱破，淒涼無主。似有簫聲聞鬼哭，忍憶板橋風雨。漫惆悵、美人黃土。繞郭旌旗霜影重，恐將軍、愁擊軍中鼓。早哀絶，子山賦。」霓裳中敍第一序云：「昔在道光乙未丙申間，余留京師，嘗觀王郎蕊仙演桃花扇傳奇寄扇一齣，豔絶一時，士大夫賓筵酒座，盛稱歎之。碧玉梳妝，綠韝結束，五花爨弄，不復置念尋常粉墨也。閩孝廉張亨甫作王郎曲云：『天下三分月，二分在揚州，一分乃在王郎之眉頭。』王郎，揚州人，其演此曲尤精。至王郎老去，無演之者。余有詩云：『參軍蒼鶻都更變，忽憶王郎倍可嗟。一自春風消扇影，更無人解唱桃花。』及咸豐壬子，朱郎蓮芬，始演此曲，然賞之者卒鮮。嗟乎，曲海詞山，千生萬熟，而揾簪櫝落，知者無人與之言。鄧千江望海潮、蔡伯堅石州慢瞠然而已。何況公子天涯，美人樓上，春風問訊，誰復於一握濃香，識南朝之興廢哉。同治丙寅春正月，同人夜讌，時陳郎蘭仙，初演此曲。清尊檀板，素袜明璫，雖不知視王郎、朱郎爲何如。然而錦色纏頭，如聆舊曲，笛聲犯尾，共拍新腔，何必侯生，乃爲之數調尋宫慨然太息乎。」詞云：「清歌粲素靨。眼底濃香消絳雪。拍徧闌干幾疊。現後影前身，桃花顏色。關河阻絶。可有飛紅捲殘蝶。知音少，緘愁難寄，倚裏向誰説。悲切。笛聲低咽。似當日秦淮夜月。傷心公子遠别。又今夕燕脂，寫恨如血。淚痕揣露葉。早板鼓、淒涼數闋。當筵歎，春風一握，爲爾啓金篋。」及余遊都下，王郎已死，朱郎久不登場，顧時時爲海秋寫詞，蓋朱郎素工書也。庚午余再至，則海秋殁矣。朱郎無聊，復理舊業。然年華老大，盛名難再，吾友鄭仲濂見之輒太息。其時有萬郎芷儂，亦善小楷。又有李郎聽秋，工愁愛嬾，二郎皆有豔名，而無俗態。一日，余招仲濂飲。李郎司酒糾，仲濂自述食性喜酸。李郎曰：「君能飲醋一杯，吾以一曲償。」仲濂欣然引滿。余笑曰：「喫得三斗醋，百事可作，君所飲尚嫌少耳。」翌日，仲濂寄余臨江仙云：「兜愁不忿青綾被。夢殘渴想梅花味。夜雪曉寒天。思君思水仙。出門無處可。坐對防花惱。花惱若爲懷。還逃醋甕來。」嗟乎歡場若水，共盡何言。曾幾何時，眼中人無一存者，悲夫。

黄彭年詞

往歲晤黄子壽彭年於京師興勝寺，出文相質，子壽然之。與論詞，頗訝余骯髒。余曰：「近來詞派悉尊浙西，余筆放氣粗，實不足步朱、厲後塵。雖然，浙派不足盡人才，亦不足窮詞境。今日者，孤枕聞雞，遥空唳鶴，兵氣漲乎雲霄，刀瘢留於草木。不得已而爲詞，其殆宜導揚盛烈，續鐃歌鼓吹之音。抑將慨歎時艱，本小雅怨誹之義。人既有心，詞乃不朽，此亦倚聲家未闢之奇也。余方自愧其不逮，又何尋南宋之故步，斤斤奉一先生之言哉。」因索子壽舊作，爲録一箑相寄，自云不求甚解，然其詞固當家也。二郎神慢和蛻叟原韻云：「青春謝。有多少、風情揮灑。憶往日、神仙新眷屬，焚香坐、水晶簾挂。問何事、瑶池伴侶，便先後、雙鸞飛駕。悵楚天、如絲細雨，迸作淚珠傾瀉。真雅。坡公翰墨，朝雲聲價。暗思量、小園桃李在，鎮日裏、愁鬟低亞。歎世事，浮漚逝水，只無計，安排目下。況佳節重逢，歸期未卜、栖皇中夜。」滿庭芳聞簫云：「細雨斜風，扁舟河畔，無端撩亂心情。扣舷歌者，多半是吴音。爭似吹簫幽咽，和雲水、一樣淒清。漫懸擬，洞庭張樂，鼓瑟起湘靈。更休提往事，鳳凰臺上，弄玉飛昇。記楚山重疊，無水縱橫。椎髻山婆伴我，閒按拍、夜景蕭森。今安在，新愁舊恨，此曲怕重聽。」江南春慢題朱眉君焦山酣睡圖云：「江水東流，寒山孤峙，白雲常護行客。扁舟破笠，踏前朝、多少陳跡。到此拋游屐。聊酣飲，風吹墜幘。非佛非仙，悠然與世相隔。思往事，駒過隙。誰喚醒希夷，驚迴吟魄。青天萬里，笑蠻觸、安知蝸窄。待把榛蕪闢好，乾坤任安幕席。更尋訪、古鼎殘碑，幾卷琳瑯，助君枕邊酣適。」意難忘題寄巢夜話圖云：「聚散何常。似浮雲倏起，天半飛揚。寄巢人已渺，圖畫又重裝。陵變谷，海成桑。剩一卷琳瑯。憑記取，名流姓字，老輩心腸。天涯海角亭旁。念故人遠矣，風雨難忘。琴尊時小集，燈火共淒涼。星落落，水蒼蒼。吟緒料應長。爭快覩，昌黎謝表，玉局文章。」暗香用石帚韻題楊古醞消寒圖云：「鴉聲月色。念故鄉遠矣，江城吹笛。驛使寄來，問綺窗誰向親摘。春意江南未徧，且付與何郎詩筆。正蕭瑟，清夢扶持，期約挂帆席。香國。音信寂。悵兀坐小齋，故紙塵積。笑歌更泣。綠蕚金尊定相憶。閒寫疏花點點，憑記取、詞林瓊碧。待覓歲寒友也，幾人共得。」子壽本貴筑人，寄籍楚南，早歲入翰林，便歸不出。同年生多居要路，盛意吹噓，子壽泊如也。年來修志保陽，寓蓮池書院，極池臺花木之勝。丁丑，余自晉回閩，中秋過之，扶欄並坐，談及四鼓乃罷。

詞非意内言外之意

有通套語門面語，流傳習用，且若奉爲指南，而不知其與本義不相酬者。如近人論詞，輒曰：「詞者意内言外。」按此語本於説文，然此特大徐本耳，若小徐本則作「意内音外」。音外者，古之所謂語助，今之所謂虚字也。故經傳於助句之字，輒訓曰詞。若，幾詞也。於，歎詞也。云，語已詞也。其，問詞之助也。此類多矣。夫「意内言外」，何文不然，不能專屬之長短句。苟爲「意内音外」，則倚聲者將專求虚義，專講餘腔，若古樂府之湌涬妃呼豨之類，令人不可解乎。且今之稱爲能手者，不以作意見奇，而以知音自詡，是直「音内意外」矣。更與古義不合。是蓋乾嘉以來，考據盛行，無事不敷以古訓，填詞者遂竊取説文，以高其聲價。殊不知許叔重之時，安得有減偷之學，而預立此一字爲晏、秦、姜、史作導師乎。郢書燕説，衆口一辭，何爲也。又近人詞集，不曰筝語，即曰琴雅。不曰梅邊吹笛，即曰月底修簫。淩仲子謂爲習氣，不信然乎。而開卷必有詠物之篇，亦必和樂府補題數闋，若以此示人，使知吾詞宗南宋，吾固朱、厲之嫡冢也。究之滿紙陳因，毫無意致，此尤習氣之不可解者矣。元陸文圭論詞亦有「意内言外」之語，亦誤解説文以詞爲長短句耳。

謝肇淛詞

先方伯公在杭，著述極富，載家譜者二十餘種。滇略北河紀等悉登四庫，五雜俎一書，作家尤多徵引。

近滬上重刻文海披沙，則來自海舶，云倭人最所欽重。其小草齋集詩後，附録塡詞四十餘闋，王述菴明詞綜不録，殆未見公集耳。憶秦娥別意云：「花簇簇。惱人一點春山蹙。春山蹙。灞陵金縷，瀟湘寒玉。馬蹄芳草年年緑。流螢空照黃金屋。黃金屋。獨行獨坐，獨言獨宿。」謁金門溪上云：「溪水碧。倒浸一天秋色。隔岸芙蓉香欲滴。半醉嬌無力。人倚闌干嘆息。驚起一雙鸂鶒。望斷彩雲愁脈脈。橫塘霜月白。」蘇幕遮秋暮云：「朔雲高，芳草盡。纔過重陽，陣陣西風緊。鴻雁銜來青女信。最是無情，先上愁人鬢。炭煙銷，香篆燼。月墜江波，宿鳥寒無影。玳瑁梁空羅帳冷。翠被銀牀，孤負鴛鴦錦。」御街行惜春云：「落紅滿地春無主。看嫩柳，争飛絮。輕寒猶未捲重簾，最怕五更風雨。十分春色，九分過了，只一分枝頭住。雙雙紫燕簾前語。人不見，天將暮。晝長睡起篆煙殘，別是一番情緒。香肌暗損，此時此恨，脈脈堪誰訴。」荔枝閩最勝，三十年前，興化太守王君於府治門外懸楹帖云：「荔子甲天下，梅妃是部民。」其句盛傳於時。明徐興公聚友品之，名曰紅雲會。有會約，載近人所刻説鈴。小草齋詩餘有訂興公汝翔餐荔枝臨江仙云：「憶昔紅雲花下宴，玉顔嬌映波羅。如今又是五年過。枝頭風雨少，林外露華多。一騎紅塵飛得到，天香已自銷磨。鳳凰江上水微波。扁舟乘興去，勝會莫蹉跎。」當時曹石倉徐謝齊名，并多藏書。文酒過從，卽草木亦增光采。噫，可感也。又長樂有荔名勝畫，絶佳。集中浪淘沙兩闋詠之，所謂異品出吳航者，然今日亦難得矣。至國初高雲客兆繼舉此會，著荔社紀事一卷，張超然遠爲之序，深闢朱竹垞、曹秋岳閩荔不如粤荔之説。謂二君食不以時，故不見佳。後以語竹垞，竹垞亦爲爽然。序末云：「一物之微，耳名矣而不知，知矣而不盡，非深歷而詳察之，鮮有不失者。」嗟乎，是可謂言近旨遠矣。

丁鑄詞

丁翁元量鑄，余外大父喈庭先生桐之從弟也，家饒於財，性好聚書。自云在四庫總目外者頗多。獨居一樓，不關世務，摩挲彝鼎，間或吟詠，直是倪高士一流人物。其後家中落，書亦散。其戚招之點勘經籍，歷舉古今刻本，纍纍如貫珠。亦講倚聲，以詞苑叢談不注所出，乃重加編録，稿已盈尺，歿後并其自著詞，皆不知流落何所矣。嘗屬施處士怡巖邦鎮爲作鹿裘子誦離騷圖，古裝扶杖，真有蕭然出塵之概。林教諭書甫丞英爲之作贊。粵匪之亂，教諭殉難最烈，其生平蓋不輕許人也。翁有瑶華慢賦雪丁香云：「東風飄瞥。頓遺瓊英，壓樹霏香雪。瓌瓏細簇，疑載見、曲院梨雲溶月。叢叢匀糝，更愁認、楊花鋪氈。知幾番、蘸粉凝酥，儘費春工攢疊。撫闌静與端相，恍球蟢銀蛾，垂護嬌靨。籠燈款暎，呈澹靚、未讓海棠殊絶。便有人、取媲蕉心，莫綴閒情千結。」是夢窗門庭中語也。怡巖工寫照，技不在曾波臣下。有畫餘詩稿，多近王、孟語。素不以詞名。然余曾見其題書賈鄭君小影金縷曲云：「憶鬻丹青日。那時節、生涯雖淡，頭顱尚黑。也愛縹緗頻展閱，争忍光陰虚擲。今老矣，何能爲役。歲月消磨無覓處，羨君家、尚擁書千帙。我只剩，一枝筆。莫言市隱無人識。見多少，文人墨士，畫師詞客。今日爲君閒寫照，不比尋常資格。況雅有壺觴在側。偌大乾坤憑笑傲，儘從容、俯仰無蕭瑟。畢竟是，讀書得。」亦復言外見意。其後有何南霞軒舉者，既作秀才，其窮愈甚，乃以鬻書爲業，卒落魄死。著竹情齋集，并輯詩話筆記十餘卷，采摭頗富，今其稿亦多零落。長相思云：「山悠悠。水悠悠。風捲桃花上翠樓。春人不耐愁。　潮東流。潮西流。燕子飛飛未肯休。天涯無一舟。」百字令秋思云：「老天慳吝，待愁人，只放半彎明月。小立閒階風又峭，一綫秋心到骨。竹影輕篩，桂華暗馥，涼重廳如雪。哀蛩萬億，耳邊誰使休歇。　此夜未必無情，明河一水，棖觸離腸熱。聚散果憑誰作主，待共牽牛絮說。畢竟相思，幾人遂意，徒攪魂和血。不如夢去，避他銀漏聲咽。」嗟乎，此皆市門隱君子也。今者，侯嬴已渺，朱亥空存，闤闠之中，安得復聞此廣陵散哉。

黃燏劉家謀詞

余弱冠，即與侯官黃肖巖燏、劉芑川家謀定交。芑川能詞，見余作，自以爲不及。其斫劍詞中所云：「七百有餘歲，謝子不凡夫。」又云：「歸來閉門坐，對元暉清發。」余甚愧其言。移官臺陽，遭亂守城勞瘁死。所著觀海集、海音，求之積歲始獲，詞則盡失矣。惟其行時路經興化，曾寄余札，附録數詞，余詞話前編已備載之。年來南北數萬里，車脣馬足，每誦其「白雲紅樹，迢迢孤影」之句，爲之凄然。又誦其「故鄉已是隔關河，旅次途中都一樣，不算蹉跎」之句，又復爽然若失。肖巖詞則作於渡海以後，故名曰婆梭。婆梭者，海曲也。其意欲尋源於古樂府，而參以子夜讀曲之法，惜未竟其業，而饑驅東西，目擊禍亂，卒以多愁而隕。悲夫。然所作實能岸然自異，不逐時風。梅花引云：「曉鷄鳴。侯蟲驚。獨擁寒衾百感生。夢難成。夢難成。輾轉車輪，秋天不肯明。　西山映雪冬還早。東鄰鑿壁人偏惱。抱遺經。抱遺經。下炷然燈，無油那得明。」長相思云：「紫羅囊。明珠璫。二月單衣繡裲襠。儂身竟體香。耶婆櫓，女兒箱。夜夜思歡還故鄉。歡眠何處牀。」風中柳云：「亦沼亦園，有此不令人俗。插短籬，略栽花木。春時種竹。秋時種菊繞吾廬，黃金蒼玉。門階闃寂，也算高人之屋。倚新聲，南詞北曲。奚須食肉。何妨脫粟。願兒曹、父書常讀。」嗟乎。二君去我，遠者三十年，近亦二十載矣，欲面無從，言之腹痛。而芑川尤生平知己之最，重錄遺編，互曠之思，其何日已乎。丁杏舲纂國朝詞綜補，林錫三從余得二君詞，因以畀之。二君年輩在錫三前，錫三未及與遊。聽秋聲館詞話以爲錫三之友，非也。芑川道光壬辰舉人，肖巖以太學生終。

聚紅詞榭

自余倡聚紅詞榭，不過二十年耳。始四五人，繼十五六人，至於今，亡且八九。其時李星村爲祭酒，不幸亦有左邱之疾，餘皆牢落不自得。兵火水旱，時局多艱，貧病死生，壯心頓盡。蓋自余遊晉適秦，而故鄉零落，殆少一日之聚矣。古云，蓋棺論定，諸君或未成書，或成書而求之不可得，俯仰逝者，愈用慨然。乃搜殘篋之餘，聊寄山陽之痛。其已刻雅集詞者，毀譽在人，無庸多及。異日會合晨星，載談舊雨，其亦有瞠目相視，聲咿啞而不能續者乎。嗟乎。

徐一鶚詞

四十年前，有烏山十才子，徐雲汀一鶚教諭其一也。君早以詩名，善爲淡遠偶句，同人傳爲雲汀派。既而爲詞，蕭疏自喜。花發沁園春云：「一陣廉纖，悄然無語，沉沉細動春酌。空階點滴，觸起牢愁，多半中年哀樂。憑誰訴卻。訴不了、鈴聲劍閣。儘坐聽，燕子呢喃，輕寒早下簾幕。今夕聯牀如昨。便翦燭西窗，重温舊約。莫談悲憤，莽莽天涯，起舞荒雞殊惡。孤眠難著。忍報道、海棠紅落。況此後、惆悵巴山，懷人何限寂寞。」原註：雨中聞贊軒將入蜀。「猛惺忪一夢，抛撇了，可憐宵。甚無雨無風，鄰雞唱罷，天也瀟瀟。情知好春未去，奈逼人煩惱又今朝。時有嚶嚶細響，亂蚊飛下輕綃。緑煙吹水撲窗寮。正心展閒蕉。著一點涼酸，歸鴻唳急，老鸛聲驕。中庭尚稀行迹，更青林、黄雀弄啁噍。鴉語鳩啼相續，漸催塵事如潮。」原注：曙窗無寐，勞者易歌，倚枕得此。君喜掌録，見佳句輒鈔附稿中。積卷盈尺，然潦草淩亂，非君復起，不能辨其爲誰某也。有小妻，君特愛媚之。賣文所入，盡供奩費。而君破帽殘衫，不自修飾，其溺情如此。然君歿後，獨能抱其遺詩，鳩資刻行，豈君固知其不負所託耶。猛惺忪闋失其調名，俟考。

陳遹祺黄經雙鄰詞鈔

詞榭中能作温尉李主之語，以閩縣陳子駒遹祺副貢爲第一。君昔與永福黄笛樓經倡和，有雙鄰詞鈔兩卷，曾乞余序之。二君才同體合，真爲笙磬之音。後林子魚直欲刻之，攜以入粵，子魚卒官，未知其集能不零落否。君生業本裕，又年少多才，既而累不第，家亦落，摧藏不自得，逃於酒人，卒以此殞其生。詩文清麗，兼工繪事，跌宕酣嬉，見之俗情自遠。嗟乎，今眼中安得有是人哉。搜其遺製，竟無一存，其遊西江時曾致余一札，今録之亦足以想見風采矣。曩者黄河一唱，雙鬟畫壁於旗亭。叢菊兩開，九日登高於藍水。釣龍臺上，荔榕懷古之場。飛虹橋邊，荷芰流觴之地。子既激昂以爲倡，余亦跌宕乎其間。自別大江，遂成舊雨。嶺鴻渡雪，知泥印之應非。海燕辭雲，惜巢痕之又換。雖關心芳草，已非靈運池塘。而滿目青山，尚憶宣城佳句。望風馳想，慨也何如。僕計出山，已周寒暑，勞薪日積，珍髦徒誇。夏問遠探衡陽，逕湘麓，訪屈子之宗邦，探賈生之故宅。亦欲紉其叢蘭，擷其香草。而乃蒼梧雲黯，湘竹淚滋，帝子不來，宓姬難遇。追辭回雁之峯，復踏磨驢之迹。迢迢滕閣，重吟畫棟飛雲。寂寂匡廬，空對香爐曉日。蓋由袁赴湘，由湘過洪，而仍復回袁者凡五閱月。烏經繞樹，飛三匝以難棲。鶴本在林，借一枝而自足。雖復琴書可樂，塵坋無勞。小聚壎篪，不殊家室。而嘗世味於蓼甘荼苦，閱歷已多。數浮蹤於去馬來牛，差池不少。烏飛已倦，鱸美難歸。盼故都其可懷，積素心而誰語。況復楚蜀傳烽，皖吴列燧。赤眉銅馬，寇盡鴟張。灞上棘門，軍皆狼狽。扶桑非東隅之景，孤竹鮮北伐之威。嗸遍野之哀鴻，求中林之喪馬。局竟日非，生當斯世。楫不渡江，田無負郭。猶且萍隨浪轉，絮逐風飄。此則登樓望遠，王仲宣所益增慨於匏瓜。曲江潛行，杜少陵所以興悲於花草者也。夫人惟戢志煙霞之表，而後雞蟲之累，不足震其神明。殫精著作之林，而後烏兔之光，不足囿其修短。足下拔靡藝苑，聯鑣苔岑。占嘉遯之五爻，受靈文之十賚。斑斑古血，囊中之錦已多。蒼蒼高山，天際之琴自鼓。始知閉户之賢，益信奔波之失。異日者三椽可築，一舸歸來。訪君賭棋莊頭，坐我百尺樓上。重招好月，共酌清流。古今任變，不談玉壘浮雲。朝暮相逢，莫唱陽關舊曲。歲寒松柏，待訂同心。嶺表梅花，先期馳驛。惟茲息壤，永矢弗諼。書至，未數月，君亦歸而余又遠出，遂自此不共杯酒之歡矣。

梁履將木南山館詞

長樂梁洛觀履將秀才，宮詹九山上國先生之曾孫也。爲人機警而有至性，出筆秀削，宜於倚聲，年未三十而卒。有木南山館詞一卷，余擬序而刻之。以中有殘缺，尚須輯補，因循至今，冥冥中殊負吾友也。魏子安秀仁、梁禮堂鳴謙亦皆有序。子安有云：「一鱗一爪，一淚一聲。鷙鳥盤空，天有蒼涼之色。哀蟬乍警，時多淩厲之音。」讀者可以知其詞境矣。南柯子春日用禮堂韻云：「簾捲霏霏雨，苔勻漠漠煙。柴門春水暮雲天。獨對落花無語、立階前。　薄醉初欺臉，微吟欲聳肩。鷓鴣聲裏路三千。不道東風吹夢、忽經年。」聲聲慢雙江樓聞琵琶有感云：「鬢絲減緑，燭淚燒銀，酒醒人倚雕闌。切切淒淒，乍疑雨過江干。幾度傷春傷别，剩香塵、涴在青衫。愁絶處，欲歌難終曲，記又無端。　一語一絃一咽，莫珠簾風露，十指禁寒。江月無聲，開窗一白漫漫。昨夢紅燈深處，第三橋過第三間。問甚夜，攜朱笙，同譜花南。」

梁鳴謙詞

梁禮堂觀察，弱冠捷秋試，友教四方，中年登科，觀政吏部，遂乞假不出。門下多騰達知名之士，名師之望，幾同山斗。既而佐大府，理官文書，聲華日起，所入亦豐。有田有宅，歸理舊業，將以此終矣，未幾竟卒。訃至都下，余爲之泫然。歸見沈幼丹制軍所作墓志銘，摹寫生平，鬚眉欲活，又不禁慨然。禮堂幼從其族叔少皐賡辰學博遊，髫齔時余即見之。後二十餘年，復見於劉氏。禮堂欣然曰：「丈昔由吾師購陳祥道禮書，吾彼時以禮書爲冷書，意吾丈必是冷人，今何幸一接顔色乎。」自是遂爲相知。素工儷體，後有志治古文，每與余言，輒終日。詞筆清華，而時露抑塞之意。想其橐筆饑驅，久嘗世味，固亦有不自得者乎。滿江紅楊花云：「如此韶光，竟著意、漫空飄灑。況夕陽樓閣，清溪亭樹。欲去還銜春社燕，將留更逐長亭馬。問一春、何事負東君，飄零也。才不在，飛瓊亞。態不在，翾風下。只茫茫塵海，何方税駕。潔白寧因泥水污，輕狂早被鸚哥罵。願他生、莫更作浮萍，無休暇。」南樓令落花云：「豔雪輕霏樹，香塵薄糝空。倚闌干、盡日濛濛。畢竟東君何意緒，開與落、恁匆匆。質弱隨風易，情多欲下慵。問天涯、誰認離蹤。吩咐銜泥雙燕子，莫銜到、畫樓東。」

林天齡詞

長樂林錫三天齡讀學，以編修入值上書房，既又充宏德殿行走，時時以不稱其官爲慮，近再任江蘇學政。回憶疇昔之言，計蕆事之後，或可相聚於故鄉。今冬忽聞其卒，噫，天何奪之遽耶。其初視學山西，走急足六千里，邀余襄校文字。余至，累月唱和。舊幕故多能文之士，賓館中有西齋，當塗黄左田鉞侍郎所闢，團聚其内，終日不談一俗事，是亦一時勝概也。其填詞不苦思，不險語，隨勢宛轉，而恰如其意。吟儔既散，所作漸稀，嘗寄書從余覓舊稿，謂欲勒成一集，亦未知其果否也。滿庭芳新竹云：「暖坼泥痕，嫩連苔色，雨聲纔作瀟瀟。無人庭院，獨立愛丰標。恰好二分宜水，不禁得、露泫煙銷。平安否，報書何處，問訊到東橋。飄蕭。看鳳尾，纔扶欲起，已定還摇。且長祝東君，放使干霄。不負前年醉日，绿窗下、樽酒頻澆。薰風早，檀欒三徑，待爾洗炎歊。」最高樓楊花云：「東風晚，吹雪滿天涯，遊子去何歸。江干暮雨新寒後，樓頭斜照晚晴時。怎飄零，初醒眼，更攢眉。愁還向，鄰家明月說。夢還向，御溝流水別。惜春顏色難長駐，送春情緒易成癡。更何心，愁落早，問開遲。」滿江紅乞雨云：「厭説春晴，又穀雨，今朝過矣。有老農，仰天而歎，犁鋤未試。烟日徒滋花柳媚，風雲不吐江山氣。笑绿章，只借海棠陰，翻多事。麥苗槁，稻苗死。鴨兒惱，鵲兒喜。算慣放驕陽，應非天意。高臥不妨茅屋破，閉門當爲蒼生計。莫昏昏，潭底睡癡龍，鞭之起。」摸魚兒自序：正月十五夜，夢與枚丈聯句填詞，醒而忘其大半，只記青山二句爲枚丈語耳，醒後補綴成篇。云：「六千里、驚魂乍定，一尊重見傾倒。青山故國還無恙，只有鬢絲枯槁。愁亦好。任雪月風花，攙入騷人抱。車塵暫掃。悵隔檻呼燈，對船招酒，香夢斷三島。且料理，宏獎風流心事，天涯儘有香草。傅山絶調銷沉久，故宅空餘文藻。春未老。莫眼倦長空，躑躅斜陽道。歸鴻尚早。指流水晉祠，泠泠碧玉，幽趣共君討。」按此在晉所作，晉祠去陽曲五十里，山水絶勝，回首當時，黯然魂銷矣。傅山，字青主，國初高士。

王彝招吟菊之局

咸豐己未之秋，閩縣王子舟彝孝廉，購菊花三百盆，五色紛如，堂廡庭階皆滿，招諸君爲吟菊之局。一人一席，一筆，一墨，一硯，一韻本，肴四，酒無算。拈題分箋，三日始罷。夜則然紅蠟數十枚，淺斟密詠於冷葉幽香之下。至今思之，如在天上。子舟爲文勤尚書從子，門地清華，風姿玉立，能詩善飲，裙屐灑然，固翩翩佳公子也。未幾，文勤卒於位，生計漸窘，而君之意興，亦漸闌珊矣。乃入資爲學官，又未幾，哭其妻妾，并及子女，一年數喪，而君之生意殆盡矣。遷俄數月，竟歿於建陽。其時贊軒家亦中落，而詞榭中遂無人能爲東道主者。盛衰之轉移，不堪置念。贊軒刻有效顰詞。子舟於詞不多作，余屢屬贊軒搜其遺稿，不可得也。牽連書之，亦吾不死吾友之意而已矣。又有浙人王筠舲廷瀛者，錫三之弟子也。暫來詞局，歸應秋試，獲雋即死，其所作亦不可考矣。

石介詞

往余掌教同州豐登書院，庚午，將入都，諸生謀醵資爲讌。余聞而力謝之，乃合寫衢尊閣侍別圖，題者二十餘人，以寄其無已之思。蒲城郭生玉堂寶森作後序，大荔石生廉夫介填二詞。廉夫性情簡傲，素不滿於衆口。余以芑川贈余二語轉贈之曰：「清勿見骨，奇勿露角。」廉夫感焉，而同人亦漸與之親。其詞爲金縷曲，并序云：「夫子長樂魁儒，陳留貴胄。文光偶臨於西土，才名久擅乎南邦。太華攜詩，三輔之風雲變色。豐登主講，十城之桃李皆春。藹藹人師，循循善誘。兩載於兹，人知孔北海。千秋若接，昔之張橫渠。爾乃籬菊初殘，嶺梅乍放。恩承北闕，將鳴珮玉於薇垣。教著西河，暫駐離雲於槐市。於是鹿洞生徒，鱣堂弟子，彩筆賦臨歧之句，素絲成話別之圖。言表丹忱，非同粉飾也。介從游最早，受染滋深。學愧康成，竊戀扶風之帳。情移鍾子，忍停流水之琴。瓣香永矢於後山，學拍偶師乎白石。萬里雖遥，願逐大河而到海。一方竟隔，空憐飛雪之隨風。遠眼雙懸，寸腸九轉。嗟乎。所計在百年以後，公不忘滋蘭樹蕙之心。相逢在廿載以前，我或有入室升堂之望。詞云：「淚落驪歌裏。嘆別離、人生最苦，况爲師弟。勸我名山須努力，消受垂青凡幾。且莫説、感恩知己。李杜韓歐吾不見，舍宣城、此筆誰提起。願十載，隨杖履。　弄人造化偏如此。卻要把兩年馬帳，竟移千里。太華長河俱寂寂，一瓣心香誰恃。忽報道、南豐去矣。皎皎白駒終欲繫，恨嶺梅、有信催行李。腸九折，愁難已。」又云：「纔得追隨樂。差慰我、長書短劍，頻年落拓。阮籍窮途何足惜，捫蝨空懷景略。更愁對孤山梅鶴。天壤移情今孰是，恐六州、又鑄今生錯。身世事，須斟酌。　斯人終爲蒼生託。但可有、關西夫子，講堂鱣雀。北向長安幾千里，何日相逢臺閣。只魚雁往來休莫。他日閩山應更遠，悄夢魂、總戀鼇峯著。肯孤負，千秋約。」余於朋舊題贈之作，恐涉標榜，多置不録。其生存者，尤不欲援引。第念秦閩相去七千里，余老矣，廉夫亦逾艾，渺渺停雲，未知繼見在何日，因特存之，以誌爾時沆瀣之情。廉夫於去後，將所得書札，聯爲長卷，因玉堂求題識於謝蔚青觀察，昨閲轉蕙軒文集始知之。嗟乎，若廉夫者，不誠加人一等乎。

蒿庵論詞

〔清〕馮　煦撰

蒿庵論詞目録

蒿庵論詞

論晏殊詞

詞至南唐，二主作於上，正中和於下，詣微造極，得未曾有。宋初諸家，靡不祖述二主，憲章正中，譬之歐虞褚薛之書，皆出逸少。晏同叔去五代未遠，馨烈所扇，得之最先，故左宫右徵，和婉而明麗，爲北宋倚聲家初祖。劉攽中山詩話謂「元獻喜馮延巳歌詞，其所自作，亦不減延巳」，信然。

論歐陽修詞

宋初大臣之爲詞者，寇萊公、晏元獻、宋景文、范蜀公，與歐陽文忠並有聲藝林，然數公或一時興到之作，未爲專詣。獨文忠與元獻，學之既至，爲之亦勤，翔雙鵠於交衢，馭二龍於天路。且文忠家廬陵，而元獻家臨川，詞家遂有西江一派。其詞與元獻同出南唐，而深致則過之。宋至文忠，文始復古，天下翕然師尊之，風尚爲之一變。卽以詞言，亦疏雋開子瞻，深婉開少游。本傳云，超然獨騖，衆莫能及，獨其文乎哉，獨其文乎哉。

論柳永詞

耆卿詞，曲處能直，密處能疏，奡處能平，狀難狀之景，達難達之情，而出之以自然，自是北宋巨手。然好爲俳體，詞多媟黷，有不僅如提要所云，以俗爲病者。避暑録話謂「凡有井水飲處，即能歌柳詞」。三變之爲世訢病，亦未嘗不由於此，蓋與其千夫競聲，毋甯白雪之寡和也。

論蘇軾詞

興化劉氏熙載，所著藝概，於詞多洞微之言，而論東坡尤爲深至。如云：「東坡詞頗似老杜詩，以其無意不可入，無事不可言也。若其豪放之致，則時與太白爲近。」又云：「東坡定風波云『尚餘孤瘦雪霜姿』，荷華媚云『天然地別是風流標格』，雪霜姿、風流標格，學東坡詞者，便可從此領取。」又云：「詞以不犯本位爲高，東坡滿庭芳『老去君恩未報，空回首，彈鋏悲歌』，語誠慷慨，然不若水調歌頭『我欲乘風歸去，又恐瓊樓玉宇，高處不勝寒』，尤覺空靈藴藉。」觀此可以得東坡矣。

論黄庭堅詞

后山以秦七、黄九並稱，其實黄非秦匹也，若以比柳，差爲得之。蓋其得也，則柳詞明媚，黄詞疏宕。而褻諢之作，所失亦均。

論秦觀詞

少游以絶塵之才，早與勝流，不可一世，而一謫南荒，遽喪靈寶。故所爲詞，寄慨身世，閑雅有情思，酒邊花下，一往而深，而怨悱不亂，悄乎得小雅之遺，後主而後，一人而已。昔張天如論相如之賦云：「他人之賦，賦才也，長卿，賦心也。」予於少游之詞亦云。他人之詞，詞才也，少游，詞心也。得之於內，不可以傳，雖子瞻之明儁，耆卿之幽秀，猶若有瞠乎後者，況其下邪。

論晏幾道詞

淮海、小山，真古之傷心人也，其淡語皆有味，淺語皆有致，求之兩宋詞人，實罕其匹。子晉欲以晏氏父子追配李氏父子，誠爲知言。彼丹陽、歸愚之相承，固瑣瑣不足數爾。

論程垓詞

程正伯淒婉綿麗，與草窗所録絶妙好詞，家法相近，故是正鋒。雖與子瞻爲中表昆弟，而門徑絶不相入。若其四代好閨怨，無悶酷相思諸闋，在書舟集中極俳薄，不類其他作。而升庵乃亟稱之，真物色牝牡驪黄外矣。（按：正伯乃紹熙間人，並非與子瞻爲中表昆弟。）

論晁補之詞

晁无咎爲蘇門四士之一，所爲詩餘，無子瞻之高華，而沈咽則過之。葉少藴主持王學，所著石林詩話，陰抑蘇黄，而其詞顧揖蘇氏之餘波，豈此道與所問學，固多歧出邪。

論史達祖詞

詞爲文章末技，固不以人品分升降。然如毛滂之附蔡京，史達祖之依侂胄，王安中之反覆，曾覿之邪佞，所造雖深，識者薄之。梅溪生平，不載史傳，據其滿江紅詠懷所云「憐牛後、懷雞肋」，又云「一錢不值貧相逼」，則韓氏省吏之説，或不誣與。

論李之儀詞

姑溪詞長調近柳，短調近秦，而均有未至。

論謝逸詞

溪堂温雅有致，於此事蘊釀甚深。子晉衹稱其輕倩，猶爲未盡。樵隱勝處不減溪堂，惟情味差薄耳。

論周邦彦詞

陳氏子龍曰：「以沈摯之思，而出之必淺近，使讀之者驟遇之，如在耳目之前，久誦之，而得雋永之趣，則用意難也。以儇利之詞，而製之必工鍊，使篇無累句，句無累字，圓潤明密，言如貫珠，則鑄詞難也。其爲體也纖弱，明珠翠羽，猶嫌其重，何況龍鸞，必有鮮妍之姿，而不藉粉澤，則設色難也。其爲境也婉媚，雖以驚露取妍，實貴含蓄不盡，時在低回唱歎之餘，則命篇難也。」張氏綱孫曰：「結構天成，而中有豔語、雋語、奇語、豪語、苦語、癡語、没要緊語，如巧匠運斤，毫無痕跡。」毛氏先舒曰：「北宋，詞之盛也，其妙處不在豪快而在高健，不在豔冶而在幽咽。豪快可以氣取，豔冶可以言工，高健幽咽則關乎神理骨性，難可强也。」又曰：「言欲層深，語欲渾成。」諸家所論，未嘗專屬一人，而求之兩宋，惟片玉、梅溪，足以備之。周之勝史，則又在渾之一字。詞至於渾，而無可復進矣。

論呂濱老詞

千里和清真，亦趨亦步，可謂謹嚴。然貌合神離，且有襲迹，非真清真也。其勝處則近屯田，蓋屯田勝處，本近清真，而清真勝處，要非屯田所能到。趙師會序呂濱老聖求詞，謂其婉媚深窈，視美成、耆卿伯仲。實祇其撲蝴蝶近之。上半在周、柳之間，其下闋已不稱。此外佳構，亦不過小重山、南歌子數篇，殆又出千里下矣。

論趙彥端詞

坦庵、介庵、惜香，皆宋氏宗室，所作並亦清雅可誦。高宗於彥端西湖詞，有我家裏人也會作此等語之稱。其實介庵所造，比諸坦庵、惜香，似尚未逮。毛氏既許坦庵爲放翁一流，又謂其多富貴氣，不亦自相矛盾耶。

論杜安世詞

壽域詞，四庫全書存目，謂其字句譌脱，不一而足。今取其詞讀之，卽常用之調亦平仄拗折，與他人微異。則是壽域有意爲之，非盡校者之疏。

論蔡伸道詞

蔡伸道與向伯恭嘗同官彭城漕屬，故屢有酬贈之作。毛氏謂其逐酒邊三舍，殊非篤論。攷其所作，不獨菩薩蠻花冠鼓翼一首，雅近南唐。卽驀山溪之孤城莫角，點絳脣之水繞孤城諸調，與蘇武慢之前半，亦幾幾入清真之室。恐子諲且望而卻步，豈惟伯仲間耶。至以厥祖忠惠譜荔支，而怪其集中無一語及玉堂紅者，是猶責工部之不咏海棠也。

論向子諲詞

酒邊詞，紹興乙卯大雪行鄱陽道中阮郎歸一闋，爲二帝在北作也。眷戀舊君，與鹿虔扆之金鎖重門，謝克家之依依宫柳，同一辭旨怨亂，不知壽皇見之，亦有慨於心否，宜爲賊檜所嫉也。終是愛君，獨一瓊樓玉宇之蘇軾哉。彼以詞駘宕不可爲者，殆第見屯田、山谷諸作，而未見此耳。

論陳師道詞

後山、嬾窟、審齋、石屏諸家，並嫻雅有餘，綿麗不足，與盧叔陽、黄叔暘之專尚細膩者，互有短長。提要之論，後山、石屏皆謂其以詩爲詞，然後山筆力甚健，要非式之所可望也。

論周紫芝詞

周少隱自言少喜小晏，時有似其體製者，晚年歌之，不甚如人意。今觀其所指之三篇，在竹坡集中，誠非極詣。若以爲有類小山，則殊未盡然。蓋少隱誤認幾道爲清倩一派，比其晚作，自覺未逮。不知北宋大家，每從空際盤旋，故無椎鑿之迹。至竹坡、無住諸君子出，漸於字句間，凝鍊求工，而昔賢疏宕之致微矣。此亦南北宋之關鍵也。

論張元幹詞

蘆川居士以賀新郎一詞，送胡澹庵謫新州，致忤賊檜，坐是除名。與楊補之之屢徵不起，黄師憲之一官遠徙，同一高節。然其集中壽詞實繁，而所壽之人，則或書或不書，其瑞鶴仙一闋首云「倚格天峻閣」，疑即壽檜者。蓋檜有一德格天閣也，意居士始亦與檜周旋，至穢德彰聞，乃存詞而削其名邪。

論張孝祥詞

于湖在建康留守席上賦六州歌頭，感憤淋漓，主人爲之罷席。他若水調歌頭之雪洗虜塵静一首，木蘭花慢之擁貔貅萬騎一首，浣溪沙之霜日明霄一首，率皆睠懷君國之作。

論陳亮詞

龍川痛心北虜，亦屢見於辭，如水調歌頭云：「堯之都，舜之壤，禹之封，於今應有，一个半个恥和戎。」念奴嬌云：「因笑王謝諸人，登高懷遠，也學英雄涕。」賀新郎云：「舉目江河休感涕，念有君如此何愁虜。」又：「涕出女吴成倒轉，問魯爲齊弱何年月。」忠憤之氣，隨筆涌出，並足唤醒當時聾聵，正不必論詞之工拙也。

論曾覿詞

曾純甫賦進御月詞，其自記云：是夜西興，亦聞天樂。子晉遂謂天神，亦不以人廢言。不知宋人每好自神其説，白石道人尚欲以巢湖風駛，歸功於平調滿江紅，於海野何譏焉。獨醒雜志謂暹卒聞張建封廟中，鬼歌東坡燕子樓樂章，則又出他人之傅會，益無徵已。

論辛棄疾詞

稼軒負高世之才，不可羈勒，能於唐宋諸大家外，别樹一幟。自茲以降，詞遂有門户主奴之見。而才氣横軼者，羣樂其豪縱而效之。乃至里俗浮囂之子，亦靡不推波助瀾，自託辛、劉，以屏蔽其陋，則非稼軒之咎，而不善學者之咎也。卽如集中所載水調歌頭長恨復長恨一闋，水龍吟昔時曾有佳人一闋，連綴古語，渾然天成，既非東家所能效顰，而摸魚兒、西河、祝英臺近諸作，摧剛爲柔，纏綿悱惻，尤與粗獷一派，判若秦越。

論劉過詞

龍洲自是稼軒附庸，然得其豪放，未得其宛轉。子晉亟稱其天仙子、小桃紅二闋云：纖秀爲稼軒所無。今視其語，小桃紅褻矣而未甚也，天仙子則皆市井俚談，不知子晉何取而稱之。殆與陶九成之稱其沁園春詠美人指足同一見地邪。周必大近體樂府，黄機竹齋詩餘，亦幼安同調也。又有與幼安周旋而即效其體者，若西樵、洺水兩家，惜懷古味薄。濟翁筆亦不健，比諸龍洲，抑又次焉。

論陸游詞

劍南屏除纖豔，獨往獨來，其逋峭沈鬱之概，求之有宋諸家無可方比。提要以爲詩人之言，終爲近雅，與詞人之冶蕩有殊，是也。至謂游欲驛騎東坡、淮海之間，故奄有其勝，而皆不能造其極，則或非放翁之本意歟。

論沈端節詞

提要謂沈端節吐屬婉約，頗具風致，似尚未盡克齋之妙。周氏濟論詞之言曰：「初學詞求空，空則靈氣往來，既成格調求實，實則精力彌滿。」克齋所造，已臻實地。而南歌子遠樹昏鴉鬧一闋，尤爲字字沈響，匪僅以婉約擅長也。

論洪咨夔詞

平齋工於發端，其沁園春凡四首，一曰「詩不云乎，蒹葭蒼蒼，白露爲霜。」二曰「歸去來兮，杜宇聲聲，道不如歸。」三曰「飲馬咸池，攬轡崐崙，横騖九州。」四曰「秋氣悲哉，薄寒中人，皇皇何之。」皆有振衣千仞氣象，惜其下並不稱。

論石孝友詞

金谷遺音小調，間有可采。然好爲俳語，在山谷、屯田、竹山之間，而雋不及山谷，深不及屯田，密不及竹山，蓋皆有其失，而無其得也。今選於此數家，披揀尤嚴，稍涉俳諢，寧從割舍。非刻繩前人也，固欲使世之譚藝者，羣曉然於此事，自有正變，上媲騷雅，異出同歸。而淫蕩浮靡之音，庶不致靦顏自附於作者，而知所返哉。

論姜夔詞

白石爲南渡一人，千秋論定，無俟揚搉。樂府指迷獨稱其暗香、疏影、揚州慢、一萼紅、琵琶仙、探春慢、淡黃柳等曲。詞品則以詠蟋蟀齊天樂一闋爲最勝。其實石帚所作，超脱蹊逕，天籟人力，兩臻絶頂，筆之所至，神韻俱到。非如樂笑、二窗輩，可以奇對警句，相與標目，又何事於諸調中强分軒輊也。野雲孤飛，去留無迹。彼讀姜詞者必欲求下手處，則先自俗處能雅，滑處能澀始。

論吴文英詞

夢窗之詞，麗而則，幽邃而綿密，脈絡井井，而卒焉不能得其端倪。尹惟曉比之清真，沈伯時亦謂深得清真之妙，而又病其晦。張叔夏則譬諸七寶樓臺，眩人眼目。蓋山中白雲，專主清空，與夢窗家數相反，故於諸作中，獨賞其唐多令之疏快。實則何處合成愁一闋，尚非君特本色。提要云：「天分不及周邦彦，而研鍊之功則過之，詞家之有文英，如詩家之有李商隱。」予則謂商隱學老杜，亦如文英之學清真也。

論張榘詞

詞家各有塗逕，正不必强事牽合。毛子晉於洪叔嶼，則舉「燕子又歸來，但惹得滿身花雨」及「花上蝶，水中鳧，芳心密意兩相於」等語，而信其不減周美成。楊用修於李俊明，則以爲蘭陵王一首，可並秦、周。至芸窗全卷只五十闋，而應酬諛頌之作，幾及十九。子晉乃取其警句分配放翁、邦卿、秦七、黄九。以一人之筆，兼此四家，恐亦勢之所不能也。

論高觀國詞

陳造序高賓王詞，謂竹屋、梅溪，要是不經人道語。玉田亦以兩家，與白石、夢窗並稱。由觀國與達祖疊相唱和，故援與相比。平心論之，竹屋精實有餘，超逸不足。以梅溪較之，究未能旗鼓相當。今若求其同調，則惟盧蒲江差足肩隨耳。

論劉克莊詞

後村詞，與放翁、稼軒，猶鼎三足。其生丁南渡，拳拳君國，似放翁。志在有爲，不欲以詞人自域，似稼軒。如玉樓春云：「男兒西北有神州，莫滴水西橋畔淚。」憶秦娥云：「宣和宮殿，冷煙衰草。」傷時念亂，可以怨矣。又其宅心忠厚，亦往往於詞得之。滿江紅送宋惠父入江西幕云：「帳下健兒休盡鋭，草間赤子俱求活。」賀新郎壽張史君云：「不要漢庭誇擊斷，要史家編入循良傳。」念奴嬌壽方德潤云：「須信諂語尤甘，忠言最苦，橄欖何如蜜。」胸次如此，豈翦紅刻翠者比邪。升庵稱其壯語，子晉稱其雄力，殆猶之皮相也。

論蔣捷詞

子晉之於竹山深爲推挹，謂其有世説之靡，六朝之險，且比之二李、二晏、美成、堯章。提要亦云：「練字精深，調音諧暢，爲倚聲家之矩矱。」然其全集中，實多有可議者。如沁園春老子平生二闋，念奴嬌壽薛稼翁一闋，滿江紅一掬鄉心一闋，解珮令春晴也好一闋，賀新郎甚矣吾狂矣一闋，皆詞旨鄙俚，匪惟李晏周姜所不屑爲，卽屬稼軒亦下乘也。又好用俳體，如水龍吟仿稼軒體，押脚純用些字。瑞鶴仙玉霜生穗也，押脚純用也字。聲聲慢秋聲一闋，押脚純用聲字。皆不可訓。卽其善者亦字雕句琢，荒豔炫目，如高陽臺云：「霞鑠簾珠，雲蒸篆玉。」又云：「燈搖縹暈茸窗冷。」齊天樂云：「電紫鞘輕，雲紅箆曲。」又云：「峯繒岫綺。」念奴嬌云：「翠簨翔龍，金樅躍鳳。」瑞鶴仙云：「螺心翠靨，龍吻瓊涎。」木蘭花慢云：「但鶯斂瓊絲，鴛藏繡羽」等句。嘉道問，吴中七子類祖述之，其去質而俚者自勝矣。然不可謂正軌也。

論韓玉詞

提要辨韓玉有二，一終於金，字温甫，爲鳳翔府判官。一爲北方之豪，由金入宋，而歷引集中在南諸題以爲證，分析頗詳。乃毛識東浦詞，直稱韓温甫。竹垞詞綜，歸之金人，其所敍爵里，亦與終金者合。

蓋皆誤併二人爲一，當據提要以正之。

汲古原刻隨得隨雕

汲古原刻未嘗差別時代，故蔣勝欲以南都遺老，而列書舟之前。晁補之、陳後山，生際汴原文作「神」字京，顧居六集之末。蓋隨得隨雕，無從排比。今選一依其次，亦不復第厥後先。惟篇帙較原書不及十之二三，聯合成卷，異乎人自爲集矣。

校訂毛本

四庫總目，盛推毛氏考證釐訂之功，觀所記跋，知於辨譌糾繆所得已多。然字句之間，頗有尚待商榷者，爰以見存選録，校刊各本，一一讎對。凡義得兩通者，一仍毛本之舊。其有顯然舛失，則從別本改正。如淮海菩薩蠻詞「欲似柳千縷」，縷誤絲，據王氏敬之刊本所引汲古改。小山泛清波摘遍詞「暗惜光陰恨多少」，光上衍花字，據萬氏樹詞律删。琴趣外篇滿江紅詞「便江湖與世永相忘」，與世誤在江湖上，據趙氏聞禮樂府雅詞改。聖求小重山詞「小窗風動竹」，小誤上，據朱氏彝尊詞綜改。蒲江賀新郎詞「荒祠誰寄風流後」，祠誤詞，據黄氏昇花庵詞選、周氏密絶妙好詞改。若片玉、梅溪、白石、夢窗諸家，則率從近世戈氏、杜氏校訂之本，亦即用戈選宋七家例，不復指明所出，以省繁重。惟於原刻可通而他本異文足資參酌者，則旁注篇中，以質大雅。見聞僻陋，藏本尤尠，罣一漏萬，知難免爾。案趙聞禮撰陽春白雪，非樂府雅詞。

知稼翁詞有注

詞有本事，待注乃明，知稼翁所賦各闋，尤多寄託。汲古於詞前備載其子沃所案，今移爲詞下夾注，而標名於首。其他作者自記，及子晉校語，凡在詞下者，並冠以原注，示與今校區別。

篇中疑字閒亦標注

篇中疑字有無可勘正者，閒亦標注。又或本詞之内，一韻重押，若周紫芝天仙子，再出暝字，韓玉賀新郎，再出冷字之類，偶爾失檢，不必爲作者曲諱，而兩詞聲情婉約，亦未可以一眚掩也。

兩本不同用善本

各集内有一詞而見兩家者，梅溪集載玉蝴蝶詞，晚雨未摧宫樹一首，夢窗乙稿中，復列此章，詳其語意，似與邦卿爲近，故歸之史集。又原刻遇兩本通闋歧出者，每附注詞下，兹則惟善之從。故於後山送胡舍人録原詞，而贈晁无咎舞鬟，則易用注中之一本云。

注明毛晉疏處

楊西樵名炎正，號濟翁，文獻通攷誤正作止，且屬下爲號。竹垞、紅友並沿其謬。汲古初刻亦舛，今定從後改之本。此外人名、集名，有待參攷者，如黄叔暘名昇，諸書所同，而毛氏獨以昇爲昃。又，楊无咎逃禪詞，楊字從木，提要據圖繪寶鑑改楊作揚。李公昂文溪詞，提要據宋史黄雍傳，案：昴英附見黄雍傳。及文溪集，定爲名昴英，辨毛題李公昴之誤。然今本實作公昂，非公昴，與提要所見之汲古歧出。盧炳烘堂詞，提要據書録解題改烘作哄。多足證明子晉之疏，今悉附著於此。而篇中則疑以傳疑，不敢遽變其舊。

甄録各家本色

古無所謂詞韻也，菉斐軒雖稱紹興二年所刊，論者猶疑其僞託，它無論已。近戈氏載撰詞林正韻，列平上去爲十四部，入聲爲五部，參酌審定，盡去諸弊，視以前諸家，誠爲精密。故所選七家，即壘守其説，名章佳構，未嘗少有假借。然考韻録詞，要爲兩事，削足就屨，甯無或過。且綺筵舞席，按譜尋聲，初不暇取禮部韻略，逐句推敲，始付歌板。而土風各操，又詎能與後來撰著逐字吻合邪。今所甄録，就各家本色擷精舍粗。其用韻之偶爾出入，有未忍概從屏棄者，姑舉一二以見例。如竹山永遇樂詞，以水袂叶聚去，竹屋風入松詞，以陰及根叶晴情，龍洲賀新郎詞，以頳淚叶路雨之屬皆是。匪獨老學庵筆記引山谷念奴嬌詞愛聽臨風笛，謂笛乃蜀中方音，爲不合中州音韻也。是在讀者折衷今古，去短從長，固無庸執後儒論辨，追貶曩賢。亦不援宋人一節之疏，自文其脱略，斯兩得之。

從毛本甄采

毛氏就其藏本，更續付梓，於兩宋名家，若半山、子野、方回、石湖、東澤、日湖、草窗、碧山、玉田諸君子，未及彙入。即所刻諸家之中，亦仍有裒輯未備者，兹既從之甄采，雖别得傳本，亦不敢據以選補。域守一隅，彌自恧已。

菌閣瑣談

〔清〕沈曾植撰

蕙閣瑣談目録

附録

蕙閣瑣談

黄公詞筌守弇州規軌

賀黄公載酒園詩話，與吴修齡圍爐詩話，皆標舉晚唐，觝斥王、李者。標新擷秀，清婉動人，實亦竟陵之旁流，彼幽此淺耳。黄公皺水詞筌，亦多儁語，而確守弇州規軌。殊不思卮言所謂宛轉綿麗、淺至儇俏者，吴歌佳致，政可表隆慶間江左風流。西蜀南唐四百年前，已會此細想乎。愚於弇州、黄公，所標花間、尊前名句，未嘗不諷味移情。而舉燭治燕，或恐非郢書本實耳。

弇州拈出香弱

弇州云：「温飛卿詞曰金荃，唐人詞有集曰蘭畹，蓋取其香而弱也。然則雄壯者固次之矣。」此弇州妙語。自明季國初諸公，瓣香花間者，人人意中擬似一境而莫可名之者，公以香弱二字攝之，可謂善於侔色揣稱者矣。皺水勝諦，大都演此。余少時亦醉心此境者，當其沉酣，至妄謂午夢風神，遠在易安以上。又且謂易安倜儻有丈夫氣，乃閨閣中之蘇、辛，非秦、柳也。蘭畹書不傳，或謂亦飛卿詞名，未確。（按：歐集近體樂府，應天長第三首校語，金奩集作温飛卿詞，則温集名金奩，非金荃也。校語兩引蘭畹。千秋歲校云：蘭畹作張子野詞。水調歌頭校云：此詞見蘭畹第五卷，則蘭畹爲宋詞，非唐人集。）

黄公拈出險麗

黄公拈出險麗二字，亦千劍千賦，閱後有得者語，非宋人旨。其以王通叟春遊詞證之，則瞎却後人眼目矣。「燈摇縹碧茸窗冷」，自是秋墳鬼語，殊不覩所謂斧鑿痕者。伊川許小晏鬼語，而黄公不許荆州亭鬼語，然則詞客迂僻，過于道學乎。所謂斧鑿痕嫌其不弱耳。險麗二字，亦本弇州。

南州草堂詩話

南州草堂詩話，多記桑海諸公悲歡詞事，所謂眼中景、景中人、人中意者。臨濟三宫，於此漏泄宗風不少。要之輕塵弱草之情，尤宜促節哀絃之奏，有香弱而不嫌儇俏。假令弇州見之，不知又當作何賞會。

劉公㦷一時名語

劉公㦷謂詞須上脱香奩，下不落元曲，乃稱作手，亦爲一時名語。然不落元曲易耳，浙派固絶無此病。而明季諸公宗花間者，乃往往不免。若所謂上脱香奩者，則韋莊、光憲既與致光同時，延巳、熙震亦與成績並世，波瀾不二，風習相通，方當於此津逮唐餘，求欲脱之，是欲升而去其階已。國初諸公，不能耋花間、草堂界限，宜有此論。

五代詞促碎北宋嘽緩

卮言謂花間猶傷促碎，至南唐李主父子而妙。殊不知促碎正是唐餘本色，所謂詞之境界，有非詩之所能至者，此亦一端也。五代之詞促數，北宋盛時嘽緩，皆緣燕樂音節蛻變而然。卽其詞可懸想其纏拍。花間之促碎，羯鼓之白雨點也。樂章之嘽緩，玉笛之遲其聲以媚之也。慶曆以前詞情，可以追想。唐時樂句，美成、不伐以後，則大晟功令，日趨平整矣。

花草蒙拾有通識

漁洋花草蒙拾，偶然涉筆，殊有通識。其述雲間諸公論詞云：五季猶有唐風，入宋便開元曲。故嵩意小令，冀復古音，屏去宋調，庶防流失。謂其長處在此，短處亦在此。不獨評議持平，且能舉出當時詞家心髓，識度固在諸公上也。雲間所謂入宋便開元曲者，蓋指屯田。而不肯察察言之，遂使隨聲附和者，扣槃捫籥，生諸眼障。

鄒程村極稱沈天羽語

鄒程村極稱沈天羽意致相詭，言語妙天下之語，謂爲詩餘別開生面。此兩語固可與賀黃公險麗二字相發。然在宋人詞中，山谷開其端，稼軒極其趣，白石亦染指焉。南宋諸家有合於此不少。政恐沈、鄒二君，覿面不識耳。至臯文、止庵，而後識之。

齊物論齋詞

齊物論齋詞，爲臯文正嫡。臯文疏節闊調，猶有曲子律縛不住者。在晉卿則應徽按柱，斂氣循聲，興象風神，悉擧騷雅。古懷納諸今慢，標碧山爲詞家四宗之一。此宗超詣，晉卿爲無上上乘矣。玉田所謂清空騷雅者，亦至晉卿而後盡其能事。其與白石不同者，白石有名句可標，晉卿無名句可標。其孤峭在此，不便摹擬亦在此。仲修備識淵源，對之一詞莫贊。毗陵詞人，亦更無能嗣響者。可謂門風峻絶。

融齋論詞較止庵精當

止庵而後，論詞精當，莫若融齋。涉覽既多，會心特遠，非情深意超者，固不能契其淵旨。而得宋人詞心處，融齋較止庵眞際尤多。

漁洋論濟南二安

易安跌宕昭彰，氣調極類少游，刻摯且兼山谷，篇章惜少，不過窺豹一斑。閨房之秀，固文士之豪也。才鋒大露，被謗殆亦因此。自明以來，墮情者醉其芬馨，飛想者賞其神駿，易安有靈，後者當許爲知己。漁洋稱易安、幼安爲濟南二安，難乎爲繼。易安爲婉約主，幼安爲豪放主，此論非明代諸公所及。

詞曲用字有陰陽

顧仲瑛製曲十六觀，全抄玉田詞源下卷，略加點竄，以供曲家之用。於此見元人於詞曲之界，尚未顯分，蓋曲固慢詞之顯分者也。其第十五觀云，曲中用字有陰陽法，人聲自然音節，到音當輕清處，必用陰字，當重濁處，必用陽字，方合腔調。用陰字法，如點絳脣首句，韻脚必用陰字。試以「天地玄黃」爲句歌之，則歌黃字爲荒字非也。若以「宇宙洪荒」爲句，協矣，蓋荒字屬陰，黃字屬陽也。用陽字法，如寄生草末句，七字內五字，必用陽字。以「歸來飽飯黃昏後」爲句歌之，協矣。若以黃昏後歌之，則歌昏字爲渾字非也。蓋黃字屬陽，昏字屬陰也。此一則爲詞源所無，然可與彼先人曉暢音律條相證。陰字配輕清，陽字配重濁，此當是樂家相傳舊法，乃與樂府雜録段安節所謂上平聲爲徵聲者隱相符會。向嘗疑上平聲爲徵聲，語不可解，若易之曰，陰平聲爲徵聲，則可解矣。

樂家私器

醴泉筆録云：持國按樂，見弦斷弦續者，笙歌之類，吹不成聲。詰之曰，自有按樂器。國家議黍尺數年，造樂器，費萬計，乃用樂家私器，以享宗廟。按：樂書多引大晟樂法，意卽取私器法，以爲官法歟。此所謂私家按樂意竟，是否隋唐以來，相承舊法舊器，未可知也。

後山論東坡詞

東坡以詩爲詞，如雷大使之舞，雖極天下之工，要非本色，此后山談叢語也。然考蔡絛鐵圍山叢談，稱上皇在位，時屬升平，手藝之人有稱者，棋則有劉仲甫、晉士明，琴則有僧梵如、僧全雅，教坊琵琶則有劉繼安，舞則雷中慶，世皆呼之爲雷大使，笛則孟水清，此數人者，視前代之技皆過之。然則雷大使乃教坊絶技，謂非本色，將外方樂乃爲本色乎。

益公集用歐集例

歐陽文忠詞名近體樂府，周益公詞亦名近體樂府，慕藺之意歟。兩公同籍吉州，同謚文忠，事業文章，後先照耀，益公集編次之法，亦全用歐集例也。

歐有平山集

歐樂府羅泌跋云：「公性至剛，而與物有情，吟咏之餘，溢爲歌詞，有平山集，盛行於世，曾慥雅詞不盡收也。」按今之六卷琴趣外編，疑卽平山集之類。歐集校語，於平山琴趣，略無徵引，不知何故。

本事曲可補宋藝文志

校語引京本時賢本事曲子後集，此書名罕見，可增入補宋藝文志。草堂詩餘多注本事，采於此書歟。

醉翁琴趣中僞作

醉翁琴趣，頗多通俗俚語，故往往與樂章相混。山谷俚語，歐公先之矣。琴趣中若醉蓬萊、看花迴、蝶戀花、咏枕兒、惜芳時、阮郎歸、愁春郎、滴滴金、卜算子第一首、好女兒令、南鄉子、鹽角兒、憶秦娥、玉樓春、夜行船，皆摹寫刻摯，不避褻猥。與山谷詞之望遠行、千秋歲、江城子、兩同心諸作不異。所用俗字，如漁家傲之「今朝斗覺凋零嚇」、「花氣酒香相廝釀」，宴桃源之「都爲風流嚇」，減字木蘭花之「撥頭惚利」，玉樓春之「艷冶風情天與措」，迎春樂之「人前愛把眼兒劄」，宴瑶池之「戀眼噥心」，漁家傲之「紙難弃」，亦與山谷之用𨇽㞗俗字不殊。殆所謂小人謬作，託爲公詞，所謂淺近之詞，劉煇僞作者，厠其間歟。名臣録謂劉煇作醉蓬萊、望江南以誣修，今故在琴趣中，集中盡去此等詞，是也。琴趣中於山谷諢詞皆汰不録，而醉翁僞作一無所汰，爲不可解耳。

歐詞好用廝字

歐公詞好用廝字，漁家傲之「花氣酒香皆廝釀」、「蓮子與人長廝類」、「誰廝惹」，皆是也。山谷亦好用此字。

山谷步蟾宫詞

山谷步蟾宫詞「蟲兒真個惡靈利，惱亂得道人眼起俊」，俗語也。樂章集征部樂「但願蟲蟲心下，把人看待，長似初相識，」直以蟲蟲作人人卿卿用，更奇。

歐公印眉詞

醉翁琴趣玉樓春印眉詞，細膩曲折，紀實而有風味，此情狀他詞罕見，惟樂章集洞仙歌「愛印了雙眉，索人重畫」，足相印耳。

附錄：

（一）海日樓叢鈔

李珣

鑒誡録有斥亂常一條云：「賓貢李珣，字德潤，本蜀中土生波斯也。少小苦心，屢稱賓貢。所吟詩句，往往動人。尹校書鶚者，錦城烟月之士也。與李生嘗爲善友，遽因戲遇嘲之，李生文章，掃地而盡。詩云：『異域從來不亂常，李波斯强學文章。假饒折得東堂桂，胡臭薰來亦不香。』」按李珣、尹鶚，花間集并載其詞。摭言記「白敏中中令鎮荆南，因盧發使酒，有詩云：『十姓胡中第六胡，也曾金殿掌洪爐。少年從事誇門地，莫向樽前喜氣粗。』」同一胡也，一以自矜，一爲人賤，何歟？全拙庵温故録

史例治詩詞

以事繫日，以日繫月，史例也。宋人以之治詩，而東坡、山谷、後山之情際，賓主歷然，曠百世若披帷而相見。彼謂詩史，史乎史乎！漚尹侍郎乃今復以此例施之於詞，東坡其乘韋也。長語

宋詞三家

汪叔耕莘方壺詩餘自叙云：「唐宋以來詞人多矣，其詞主於淫，謂不淫非詞也。余謂詞何必淫，亦顧寓意何如爾。余於詞，所喜愛三人焉。蓋至東坡而一變，其豪妙之氣，隱隱然流出言外，天然絶世，不假振作。二變而爲朱希真，多塵外之想，雖雜以微塵，而清氣自不可没。三變而爲辛稼軒，乃寫其胸中事，尤好稱淵明。此詞之三變也」云云。叔耕詞頗質木，其人蓋學道有得者。其所稱舉，則南渡初以至光、寧，士大夫涉筆詩餘者。標尚如此，略如詩有江西派。然石湖、放翁，潤以文采，要爲樂而不淫，以自別爲詩人旨格。曾端伯樂府雅詞，是以此意裁别者。白石老人，此派極則，詩與詞几合同而化矣。吴夢窗、史邦卿影響江湖，别成絢麗，特宜於酒樓歌館，飣坐持杯，追擬周、秦，以纘東都盛事。於聲律爲當行，於格韻則卑靡。賴其後有草窗、玉田、聖與出，而後風雅遺音，絶而復續。亦猶皋羽、霽山，振起江湖哀響也。自道光末戈順卿輩推戴夢窗，周止庵心厭浙派，亦揚夢窗以抑玉田。近代承之，幾若夢窗爲詞家韓、杜。而爲南唐、北宋學者，或又以欣厭之情，概加排斥。若以宋人之論折衷之，夢窗不得爲不工，或尚非雅詞勝諦乎？筆記

大晟樂

北曲興而詞變，大晟律吕之法，俗樂中蕩然不存，而大常雅樂，元襲宋，明襲元，一綫相沿，未嘗改作。鄭世子之言曰：「宋大晟樂，方士魏漢律所造，取徽宗指寸爲律。朱子所謂崇定之際，姦諛之令，黥涅之徒，不足以語天地之和，指反律也。其樂器等，汴破入金，改名大和。金破入元，改名大成。元亡，樂歸

於我。今太常所謂雅樂，及天下學宫所謂大成樂，蓋漢津之律也。漢津之杜撰，自不能服宋人之心，而金元以來反遵用之，無敢議其失者，理不可曉。」此鄭世子知明太常樂襲宋大晟舊法也。續通考、明史樂志，皆載十二月按律樂歌，大略與詞源合。正月太蔟，本宫黄鍾商，俗名大石，曲名萬年曆。二月夾鍾，本宫夾鍾宫，俗名中吕，曲名玉街行。三月姑洗，本宫太蔟商（與太蔟本宫黄鍾商同例），俗名大石（當作高大石），曲名賀聖朝。四月仲吕，本宫無射徵，俗名黄鍾正徵，曲名喜升平。五月蕤賓，本宫姑洗商，俗名中管雙調，曲名樂清朝。六月林鍾，本宫夾鍾角，俗名中吕角，曲名慶皇都。七月夷則，本宫南吕商（疑當依詞源作南吕閏，或南吕角），俗名中管商角，曲名永太平。八月南吕，本宫南吕宫，俗名中管仙吕，曲名鳳皇吟。九月無射，本宫無射宫，俗名黄鍾，曲名飛龍引。十月應鍾，本宫姑洗徵，俗名中吕正徵，曲名龍池宴。十一月黄鍾，本宫夷則角，俗名仙吕角，曲名金門樂。十二月大吕，本宫大吕宫，俗名高宫，曲名風雲令。雅俗諸名，皆用宋世之舊。而中管五調，宋世俗樂所無，獨太常雅樂有之。此明太常樂卽宋大晟樂，最顯證也。明史樂志：「張鶚言，太常樂黄鍾爲合，似矣。其以大吕爲下四，太蔟爲高四，夾鍾爲下一，姑洗爲高一，夷則爲下工，南吕爲高工之類，皆以兩律兼一字，何以旋宫取律，止黄鍾一均而已。部復鶚奏，稱蕤賓之勾，應鍾之凡，其以字眼配律吕，亦如大晟之法。鶚奏，太廟樂南鍾均用林鍾起調，林鍾畢調，黄鐘均用黄鍾起調，黄鍾畢調。」云云。則朱子所稱張功甫行在譜子，大凡壓入音律，止在首尾二字，明太常樂人猶世守之。淩次仲以起調畢曲爲蔡氏所撰。彼太常樂人，豈嘗讀蔡氏書哉？全拙庵温故録

一聲叶一字

趙彦肅十二詩譜，直以一聲叶一字。朱子辨之，以爲應有疊字散聲，乃合古樂唱嘆之自然。考白石大樂議，言「紹興大樂，多用大晟，知以七律爲一調，而不知度曲之義，知以一律配一字，而未知永言之旨。」則一聲叶一字，固大晟樂法，周美成、田不伐諸人所定者也。而白石自度諸曲，旁注管色，亦仍一聲叶一字。其二聲叶一字者，不過十分之一。矛盾己説，爲何意乎。諸調皆俗樂，音主流美，尤非十二譜雅樂音取古淡比也。然張叔夏詞源，却又有「字少聲多難過去」之語。所謂「先須道末後還腔」，即朱子所謂唱者發歌句也。所謂「助以餘聲始繞梁」者，即朱子所謂和者繼其聲也。朱子二語，殆檃括當時謳歌旨要言之。一聲一字則雅樂不永言，字少聲多則俗樂難過度，兩義相違，此疑問亦言樂者亟當研究者也。同上

譜字

詞源，管色應指字譜：六、凡、工、尺、上、一、四、勾、合、五、十字，次敍勾，次合上，略與遼志同。五不具下高，而一上凡皆有尖號，與本書前列古今譜字略殊。末有大住、小住、掣、折、大凡、打六號，而白石歌曲越九歌後，有古今譜法，亦列折字法，折字管色爲ㄅ，白石歌曲旁綴音譜，ㄅ號首首有之，九歌亦首首有折字也。陳元靚事林廣記總敍訣曰：「折聲上生四位，掣聲下隔一宫，反聲宫閏相頂，丁聲上下相

同。」其所謂反聲者，殆即詞源六號中之大凡。詞源、謳曲指要中「反掣用時須急過，折拽悠悠帶漢音」。又云「丁住無牽逢合六」。反掣折丁，得廣記相證，語始明白。而指要所言者聲，廣記所言者字，管色譜則列諸音字同條。白石歌曲有以折字當一聲，以叶一字者，有以折字兼一聲，以叶一字者。掣字作ク作ク，丁字作丁。大凡入與尺字人混不可辨，小頓力亦多兼一聲以叶一字。尚有一丨號綴於聲旁者，或疑即大凡異體，加此諸聲於一聲一字之中，又加以大頓小頓疊頓。哩字引濁，囉字清住，乃哩囉頓陵喻八犯四犯寄煞諸訣，皆於一聲具諸變化。字少聲多之說，其可以此想象之乎？竊疑所謂「舉本輕圓無磊塊，清濁高下縈縷比，若無含韻強抑揚，則爲念曲叫曲矣」者，乃就一聲言，非以全體言。燕南芝庵論曲，與謳曲指要相出入。彼言凡歌一聲（歌一聲，歌一句，分二條），聲有四節，曰起末，曰過度，曰揾簪，曰攧落。所謂一聲，即一聲叶一字之一聲也。歌一聲而有四節，又雜以頓住反掣折丁諸節度，焉得不字少聲多。後世舉四節諸法，皆以工尺記之，故宋世之一字配聲少而後世配聲多，宋世一聲具諸節度，而後世但有工尺無諸節度也。（俗樂具此諸節度，誠永言之盡態極研者矣。雅樂無此，所謂無含韻而念曲者也。姜氏非以一聲配一字爲非，意或欲以四節助永言耳。熊朋來瑟譜云：「姜氏作越九歌，擬楚九歌，且自爲之瑟譜。瑟譜，雅樂也。而越九歌折字甚多，是姜氏誠能用俗樂節度於雅樂矣。」蔡絛鐵圍山叢談「樂曲有均有韻。均者宫徵商羽角，合變宫、宫變徵爲之，此七均也。所謂韻者，凡調各有韻，猶詩律有平仄之屬，所謂韻也」。按：蔡氏所言之韻，即張氏若無含韻之韻也。凌次仲知韻之由字譜不由平仄，而不能指所謂猶詩平仄者何物。若以一聲中四節當之，則了然明白。四節復緯

以四字，則每調之韻，自有區別，不必神瞽而後能聽。毛氏之掊擊起調畢曲，亦可不必矣。）同上

字譜昉自唐人

陳暘樂書卷一百五十七，論曲調曰：「清樂盡於開元之初，十部亡於僖昭之末。流及五季，惟譙樂飲曲存焉。聖朝承末流之弊，雅俗二部，惟聲指相授，按文索譜。故音曲之變，其異有三。擬樂府者作爲華辭，本非協律，詩樂分二，去本浸遠。此一異也。古者樂曲，詞句有常，或三言四言以制宜，或五言九言以授節，故含章締思，彬彬可述。辭少于聲，則虛聲以足曲，如相和歌中有伊夷吾邪之類，爲不少矣。唐末俗樂，盛傳民間，然篇無定句，句無定字，又間以優雜荒艷之文，閭巷諧隱之事，非如莫愁、子夜，尚得論次者也。故自唐以後，止于五代，百氏所記，但記其名，無復記辭，此二異也。古者大曲咸有辭解，前艷後趨，多至百言。今之大曲，以譜字記其聲折，慢疊既多，尾徧又促，不可以辭配焉。此三異也。」按：暘書多引唐人舊籍，若趙耶利、李冲之琴學，大周正樂、唐樂圖之器象，（通志：大周正樂一百二十卷，無撰人。宋志：大周正樂八十八卷。注：五代竇儼訂論。）皆沈存中、王晦叔所未見。其他亦多本唐人遺說，惜其不盡著所出也。據此條稱宋承唐五季流弊，「雅俗二部，惟聲指相授，案文索譜」。則知管色字譜遠自唐傳。白石歌曲傍注，蓋仿唐人按文索譜舊式。世謂字譜始宋人，誤也。譙樂飲曲，文譜相承，而猶有篇無定句、句無定字之弊，於花間小令，字句多參差可徵之。詞家不爲音家束縛類然。景祐以後，乃漸齊一矣。抑花間多蜀詞，宋初教坊樂工，得之西蜀者多。歐陽炯所敍録，意固蜀伶工所私記者耶？（崇文總

目：「周優人曲辭二卷，周吏部侍郎李上交翰林學士李昉諫議大夫劉濤纂録燕樂優人之曲辭。」此五代中原詞選，惜其不傳。）樂書叙雅琴，稱「太宗皇帝因大樂雅琴，更加二弦，召錢堯卿按譜，以君臣文武禮樂正民心九弦，按曲轉入大樂，十二律清濁互相合應。御製韶樂集中有正聲翻譯字譜，又令鈞容班頭任守澄並教坊正部頭花日新、何元善等注入唐來讌樂半字譜，凡一字先以九弦琴譜對大樂字，并唐來半字譜，並有清聲。今九弦譜内，有大定樂、日重輪、月重明三曲，並御製大樂乾安曲。景祐韶樂集内太平樂一曲，譜法互同，他皆仿此。可謂善應時而造者也。」按：此所稱唐來讌樂半字譜，尤足爲唐人管色字譜顯證。太宗九弦琴譜、景祐韶樂集，蓋皆辭與譜並載者。又可知白石越九歌、琴曲所祖述矣。同上

詞變爲曲之關鍵

芝庵論曲，玉田論詞，似不可并爲一談。然詞曲相沿，其始固未嘗有鴻溝之晝。愚意「字少聲多難過去」七字，乃當爲詞變爲曲一大關鍵。南方沿美成一派，字句格律甚嚴。北方於韻，平仄既通，於字少聲多之難過去者，往往加字以濟之。字少之詞，乃遂變爲字多之曲。哩囉在詞爲虚聲，而在曲爲實字。最顯證也。此端自柳耆卿已萌芽，樂章集同一調而不同字數者劇多。彼蓋深諳歌者甘苦，又其時去五代未遠，了知詩變爲詞，即緣字少聲多之故。既演小令爲慢詞，遂不惜增減字句，以除磊塊，使無大晟之整齊，美成之嚴謹，詞化爲曲，不必待卻特殊時代矣。然芝庵論曲，尚有添字病一條。去宋未遠，猶知方便非正則也。厥後以院本爲曲之正軌，而添字諸病，乃不復以爲病矣。（張小山小令，添字甚少。）同上

芝庵論曲術語

芝庵論歌之格調，頂疊垜換之頂疊，即廣記寄煞訣「輪頂兩斯頂」之頂，亦即詞源「丁住無牽逢合六」之丁。總敍訣「丁聲上下相同」之丁也。縈紆牽結之牽，即「丁住無牽」之牽。「敦拖嗚咽」之拖，即詞源「聲拖字拽」之拖。敦即寄煞訣「敦指依數行」之敦也。（詞源無敦字，而「大頓聲長小頓促」句下注云：「頓，都昆切。」則頓字即敦字也。）歌之節奏，有停聲，有待拍，即詞源「停聲待拍慢不斷」也。有偷吹，有拽捧，拽即「折拽悠悠帶漢音」、「聲拖字拽疾爲勝」之拽，又即丁抗掣拽之拽也。凡歌一聲，聲有四節。曰起末，即詞源「舉本輕圓」之舉本，曰過度，即「字少聲多難過去」之過去也。凡歌一句，句有聲韻，一聲平，一聲背，一聲圓，平即詞源「腔平字側」之平，圓即「舉本輕圓」之圓也。凡一曲中各有其聲，曰敦聲，曰抗聲，抗聲即詞源「抗聲特起直須高，抗與小頓皆一掯」也。凡歌有三過聲，曰取氣，即詞源「忙中取氣急不亂」之取氣。曰換氣，即詞源「拗則少入氣轉換」之氣轉換也。他若謂調有子母，有姑舅兄弟，有字多聲少，有字少聲多，既與詞源「字少聲多難過去」相證，又與白石徵爲子母調之説相證。放掯兒、明掯兒、暗掯兒、長掯兒、短掯兒、碎掯兒，則皆詞源七敲八掯之作用也。芝庵蓋金、宋間人，故所用術語，猶與詞家承接。而詞曲遞嬗之節，亦可于此尋之。同上

樂曲分配四聲

白石樂議：「七音之協四聲，各有自然之理。今以平入配重濁，上去配輕清，奏之多不諧協。」據此知宋世樂曲分配四聲之法。寄閒翁瑞鶴仙詞：「粉蝶兒撲定落花不去。」扑字不協，改爲守字始協，其平入與上去之界限歟。至惜花春起早：「瑣窗深。」深字不協，改幽字又不協，改明字乃協。得非深韻閉口，幽韻撮口，與明字穿鼻開口之異耶。玉田言脣齒喉舌鼻，而不言脣齒喉舌牙，意當是述歌者之言。緣此故而平聲可爲上入，則又知樂家喜輕清，不利重濁也。（樂府傳聲極注重開合齊撮。雖昆曲與宋詞不同，然人聲口勢，古今不易，固可推類比知也。）同上

筆談論歌

筆談卷五「古之善歌者有語，當使聲中無字，字中有聲」一條，即詞源「舉本輕圓無磊塊」之詳說也。以芝庵起末過度證之，或末字爲是。第詞源四語皆是説聲中無字一邊，筆談所謂字中有聲，如宫聲字而曲合用商聲者，則能轉宫爲商歌之，此爲詞源指要所不詳。然音譜所謂「聽者不知宛轉遷就之聲，以爲合律，不詳一定不易之譜，以爲失律，矧歌者豈特忘其律，抑且忘其聲字」云云，未嘗不含有轉宫爲商之變換。而失律合律，聽者乃無定論。字中有聲之訣，意紫霞、寄閒諸公所不講耶，筆談稱古之善歌者，蓋唐人舊傳歟。同上

龜兹樂

隋書音樂志：「龜兹者，起自吕光滅龜兹，因得其聲，吕氏亡，其樂分散。後魏平中原，復獲之，其後聲多變易。至隋有西國龜兹、齊朝龜兹、土龜兹等，凡三部。開皇中，其器大盛於閭閈，有曹妙達、王長通、李士衡、郭金樂、安進貴等，皆妙絶弦管。新聲奇變，朝改暮易。煬帝大製艷詞，令樂正白明達造新聲，創玉女行觴、神仙留客等曲。帝謂幸臣曰：『多彈曲者，如人多讀書。讀書多能撰書，彈曲多即能造曲』。齊後主能自度曲，别采新聲，倚弦而歌。爲無愁曲，意即所謂齊朝龜兹。而周武帝聘后於北狄，所得康國龜兹諸樂，其土龜兹耶。曹妙達在齊封王，入隋猶盛，齊、隋樂相受可知。西涼樂在魏、周之間爲國伎，又號爲秦、漢伎。然其實起苻氏之末，吕光，沮渠蒙遜等據有涼州，變龜兹聲爲之，非華夏舊器。」亦隋志述之最詳。九部樂中，龜兹、天竺、康安樂器大同。龜兹歌曲有善摩尼，解曲有婆伽兒，舞曲有小西天，多涉佛事。後來唐人法曲，椎輪此矣。札記

合生

夢華録雜伎藝有合生，元典章有高合生之目。新唐書武平一傳：「宴兩儀殿，胡人韈子何懿等唱合生歌，言淺穢，因倨肆，欲奪司農少卿宋廷瑜賜魚。平一上書諫曰：胡樂施于聲律，本備四夷之數。比來日益流蕩，異曲新聲，哀思淫溺。始自王公，稍及閭巷，妖妓胡人，街童市子，或言妃主情貌，或列王公

名質，詠歌蹈舞，號曰合生。」是則合生本出西胡，附合生人本事，與踏搖、參軍演弄故事不同。通考唐宋百戲，均不列合生，蓋不屬於教坊也。同上

長沙書坊刻詞

録鬼簿：「胡正臣，杭州人，能歌董解元西廂，至於古之樂府慢詞李霜崖賺令，無不周知。其子存善，能繼其志。小山樂府、仁卿金縷樂府、瑞卿詩酒餘音，至於羣玉叢珠，裒集諸公所作，編次有倫。及將古本□□，直取潭州易氏印行元文，□讀無訛，盡於書坊刊行。亦士林之翹楚也。」愚按古本下闕二字，今疑是樂府字。潭州易氏印行元文，疑卽直齋書録解題所録長沙書坊刻百家詞也。同上

典雅詞

盧召弓宋史藝文志補三卷，次中興絶妙詞後，注云：「姚述堯簫臺公餘詞、倪稱雲川詞、邱崇文定詞，各一卷，此不知何人所集，亦樂府雅詞之意。」宋人所稱雅詞，亦有二義，此典雅詞，意取大雅。若張叔夏所謂「雅詞協音，一字不放過」者，則以協大晟樂律爲雅也。曾端伯蓋兼二義。又按碧雞漫志：「万俟雅言自定其集，分兩體，曰雅詞，曰側豔。」又云：「賀方回、周美成時時得離騷遺意。如賀之六州歌頭、望湘人、吴音子，周大酺、蘭陵王、六醜諸曲最奇。或謂深勁乏韻，此遭柳氏野狐涎吐不出者也。」按今周氏三詞膾炙詞林，而賀三詞罕知者。全拙庵温故録

晁朱詞話

詞話始晁无咎，而朱弁骫骳説繼之。今二書皆不存，獨朱書名見直齋書録解題耳。護德瓶花齋涉筆

（二）手批詞話三種（龍榆生輯）

沈寐叟先生，原有蕙閣瑣談，爲論詞之作。兹從其哲嗣慈護兄處，得讀先生手批詞話三種，亟爲録出如下：

賀裳皺水軒詞筌：「黄九時出俚語，如『口不能言，心下快活』，可謂傖父之至。」先生批云：「黄是當行，加之刻畫。」

詞筌：「稼軒雖入粗豪，尚饒氣骨。」先生批云：「謂稼軒爲粗豪，宜其稱賞改之也。」

詞筌：「詞有入説部則佳」一條，先生批云：「詞家境界隘於詩，然鬼語亦復何妨。」黄公此論，乃不如伊川評小晏詞之當行。

詞筌：「長調推秦柳周康爲協律。」先生批云：「以宋世風尚言之，秦柳爲當行，周康爲勰律；四家並提，宋人無此語也。」

詞筌：「若求王武子琉璃匕内豚味，吾謂必當求之陸放翁、史邦卿、方千里、洪叔嶼諸家。」先生批云：「黄公推挹放翁，是其獨嗜。然陸與史，固判然兩途。」

王士禎花草蒙拾：「名家當行，固有二派。」一條，先生批云：「使君於此不凡。」

蒙拾：「詞曲雖不同，要亦不可盡作文字觀。」先生批云：「大晟譜既不傳，在今日止可作文字觀。」

彭孫遹金粟詞話：「詞家每以秦七、黃九並稱。」先生批云：「當時並未齊名。明世諸公，無聊比附耳。」

芬陀利室詞話

〔清〕蔣敦復撰

余既爲劍人刻嘯古堂詩、芬陀利室詞，搜其遺集，復得二卷，悉付剞劂。一日，其哲嗣伯威攜詞話三卷、兵鑑四卷來，皆劍人生前手自寫定者。兵鑑僅有唐一代，未得爲完書。詞話固劍人生平得意之作，第止寥寥數十葉，亦未斷手。劍人著述，余最愛其詞，詩次之，文尤其次也。劍人詞譜，余向曾獲見其手鈔本，辨析宮商，剖別音調，訂正於陽陰清濁之分，學者殊苦其難。及究其歸宿，劍人亦未有以應。嘗自謂著録三萬餘言，非至精至當，不敢出以問世。余以問之伯威，伯威云未之見。蓋生前既未成書，身後亦並散佚，顧其大旨悉見之於詞話。劍人作詞，欲上追南唐北宋，而舉有厚入無間一語，以爲獨得不傳之祕。余亦謂詞之一道，易流於纖麗空滑，欲反其弊，往往變爲質木，或過作謹嚴，味同嚼蠟矣。故鍊意鍊辭，斷不可少，鍊意所謂添幾層意思也，鍊辭所謂多幾分渲染也。余於詞，入之未深，十七八歲時，曾問倚聲之學於朱丈仲潔，以所作就正，蒙許爲可傳。憂患餘生，概從擯棄，零編賸稿，百不存一。不意劍人詞話中，猶采及鄙人舊作，展卷沉吟，恍如隔世。其中詞人，大半相識，以余所知，未及甄録者尚多，劍人於此，不無遺憾焉。矧夫近日名流，紛起如雲，幾欲互張南北之軍，争執騷壇牛耳。惜乎劍人往矣，未得周旋於珠槃玉敦之間，而爲雄長也。光緒十有一年，歲次乙酉，孟冬中澣，吴郡王韜紫詮甫識於春申浦上淞隱廬。

芬陀利室詞話目録

卷一

卷二

卷三

芬陀利室詞話卷一

周保緒詞

嘉慶末，余年童稚，始識陽湖周保緒先生于田若谷邑宰署中，蒙以奇童見稱。時習經史及帖括文字，間亦作詩，未嘗問津于倚聲之學。中年抑鬱無憀，乃學填詞。從王子久茂才處，韶附註：子久卽余舊字，今詞留余處，尚有劍人評跋。借得先生存審軒詞一卷讀之，是真得意内言外之旨。菩薩蠻前段云：「嬌憨未識相思苦。盈盈漫捉風前絮。春去繡簾閒。黛痕輕上山。」浪淘沙後段云：「回枕曲屏空。纖甲重重。睡情比勝酒情濃。多少流鶯催得起，夢又怱怱。」虞美人云：「不須把酒倚闌干。才放春晴，都不記春寒。」臨江仙云：「曉風吹面酒醒時。一雙翠羽，無處寄相思。」虞美人影云：「一燈秋夜疏星共。照破銀屏幽夢。又是隙風微動。簾押文犀重。紅蕉小譜琵琶弄。碎玉丁當遥送。顫落鈿釵金鳳。酒醒脂痕凍。」凡此于南唐北宋神似，而非形似。一萼紅云：「漏聲沉、想寒蟾一點，依約度疏林。隱臂粧殘，扶頭酒淺，離思空復盈襟。記初見柔荑未握，試弦索、嬌語囀春禽。錦幄藏花，繡鞍銜雪，都是情深。才得畫羅親解，甚輕分翠帶，翦却同心。舞絮樓臺，吹香院宇，羞向夢裏重尋。念惟有窗前玉蝶，坼紅萼、芳意不勝簪。那更歸遲，任伊閒伴瑶琴。」纏綿婉約中，得深厚之致。蓋先生少年時，與張皋文翰風兄弟同里相切劘，又與董晉卿各致力于詞，啓古人不傳之祕。近來浙吴二派，俱宗南宋，獨常州諸公，能瓣香周秦以上，窺唐人微旨，先生其眉目也。

保緒詠物詞

蠹蝶蟫魚，蝕故紙所成，形似故名之。保緒先生爲作齊天樂云：「綠茸不記尋春路，濛濛但留纖影。玳管輕捎，烏闌細寫，生被銀魚驚醒。鐙花餤冷，照一片愁痕，倩誰重省。欹枕商量，化伊還怯夜風緊。羅浮休便去也，有神仙恰待，圓月如鏡。織就雲衣，調殘露屑，争又前身虛幷。芝田萬頃。任竹榻蕉窗，個人消領。翦紙招來，費緗梅半餅。」寓意深遠，非淺人所能夢見。又有新竹、風竹、晴竹、雨竹四首，調倚長亭怨、疏影、南浦、高陽臺。比興無端，言有盡而意無窮，與時輩咏物，相去遠矣。

周青柳下詞

保緒先生有族叔名青，字木君，所著有柳下詞，保緒序而刻之。以爲居恆愁苦怨抑，詞多酸澀之味，思力沈摯，求之古人，往往而合。鵲橋仙云：「花陰黯淡，春游岑寂，誰管連天風雨。惜春何事最關情，只水影蒼茫東去。　庭深綠草，簾垂疏月，静夜聲聲杜宇。可曾幽夢乍驚回，怕不是年時心緒。」解連環云：「畫陰庭院。算窺簾鳳子，半隨春倦。怎奈向碧甃雕甍，攪風裏游絲，暗留花片。幾處幽香，早特地撩人夢斷。怕依依欲語，如嚬又笑，倚闌初見多情，别來眷戀。嘆芳心未久，霎時偷變。想小徑玉勒争嘶，看桃李經春，肯藏嬌面。舊日劉郎，但付與愁魂宛轉。漫低徊、一任流光，畫簾莫卷。」一落索結語云：「井梧不許聽吟秋，又淅瀝、階前雨。」巫山一段雲結云：「倚闌獨自語無聊，此際可憐宵。」微音哀怨，如秋蛩聲，憂能傷人，宜其不永年也。

保緒賦楊花詞

清真六醜一詞，精深華妙，後來作者，罕能繼縱。獨保緒賦楊花詞，用其調云：「向濃陰翠幄，漾娟娟、春魂如雪。畫闌獨凭，飛英鴛甃濕，正恁愁絶。又對斜陽院，晴絲空裊，任飄零離別。南園誤了雙蝴蝶。草際輕粘，簾前漫瞥。纖纖映、蛾眉月。却難尋瘦影，幽恨重疊。東風摇曳，算塵根小刼，灞岸鳴嘶騎，情暗切。柔條幾度攀折。縱天涯覓遍，買春榆莢。只惆悵、衆芳都歇。争得似、委豔香泥長倚，杏梁春帖。還消受、半枕寒怯。更唾絨、點綴茸窗底，嬌紅一捻。」此詞精思妙緒，宛轉環生，片玉家風，洵乎未墜。其聲律謹嚴處，可謂字字從華嚴法界中來。

曹種水詞

嘉興曹種水名言純，詞與郭頻伽相倡和。繪種水圖，自題摸魚子一闋，頻伽和之。又爲其妻清素居士繪紡車圖，用前均自題。有「紡車山下前身業，冷落面城堤觜。隻輪回幾，慣衣静鐙寒，秋聲在樹，河漢影垂地。」頻伽和均題云：「從來椎髻梁鴻婦，不識繡韡紅觜。」門似水也，儘要持家，商量閒柴米。」種水詞以清麗居宗，微嫌餖飣，浙派故也。鳳凰臺上憶吹簫，同金小山賦板橋春影一首，頗有李易安風格。詞云：「門近横波，樓深讀曲，記來曾度前溪。甚板橋猶是，芳樹全非。橌外闌干歷歷，都無有，惟有風吹。還留剩、漁潭鬤鏡，黛岫低眉。凝思一襟舊事，看到得而今，换了淒迷。似草昏煙黯，金粉霏微。

更入斜陽催暝，叢灌裏、不住鵑啼。啼何語、聽他再三，苦勸人歸。」小山名孝柏，此調中有云：「只有杜鵑啼血，聲聲裏、替訴相思。相思處，黄昏月淡，紅板橋西。」摹擬易安，得其形似，亦太相逼矣。

馮柳東詞

浙派詞，竹垞開其端，樊榭振其緒，頻伽暢其風，皆奉石帚、玉田爲圭臬，不肯進入北宋人一步，况唐人乎。馮柳東太史登府，亦其眉目也。所著有月湖秋瑟、花墩琴雅諸詞，亦以姜張爲宗，而旁涉中仙、草窗。霜天曉角云：「昨夜新霜一抹，看一路橘林黄。」浪淘沙云：「說與西風留一葉，尚有蟬棲。」可謂詞中有畫。掃花遊賦落葉云：「殘蟬老去。縱一枝尚戀，悽和蛩語。斷夢頻醒，添了疏疏碎雨。」惜餘春慢賦夕陽全首云：「淡抹嵐頭，微明沙尾，蕭瑟楚天將暮。半痕欲斷，幾點才斜，露出秋城疏樹。不盡千山萬山，一片殘暉，亂鴉馱去。　趁征人、馬背鞭絲，影倦扶歸路。早又見腰笛吹殘，荷鋤話晚，指荒村何處。古寺紅牆，江亭白舫，都爲酒人留住。莫問銅駝故宫，金粉飄零，六朝誰主。正寒煙衰草淒迷，凝遠倚樓無語。」柳東詞大約工于寫景狀物，得南宋人遺意。惟言情之作，不及頻伽，正與種水詞相伯仲耳。

瘦鸞詞

柳東於冷攤舊書中得詞箋，題爲歲儉偶感，末署款瘦鸞，書極娟媚，詞有擁髻淒然之意，蓋貧婦有才者。其詞調倚賣花聲云：「袖薄那禁寒。羞與郎言。早拚賣却墹池田。辛苦天寒蘿屋底，又遇荒年。　繡帖未成完。針綫拋殘。嬌兒啼飯忒心酸。一琖瓦鐙籬落外，廢盡秋眠。」味其詞意，愁苦中却温厚不迫，是女子中才而賢者。余婦靈石山人，見之欲和均，輒愀然而罷。滿江紅題石砫女帥秦良玉像結云：「歎國殤，兒女盡英雄，紅蘭泣。」紅蘭良，玉之媳，未知誰氏，俟再考。

柳東題梅卿詞後

花墩琴雅中，有城頭月一首，題亡婦梅卿南柯子詞後注云：婦有隨月樓殘稿，其寒夜南柯子云：「細點瓜虀譜，閒裁萱草花。三年爲婦慣貧家。且喜蘆簾紙閣手同叉。獸火温篝局，蛾燈罷紡車。戲他兒女綰雙丫。懶放鴛針，今夜較寒些。」靈石内史檢此詞示余曰：「君繪紙閣雙聲圖，此非爲吾兩人寫照耶。」又曰：「君往時箴吾，語帶凄涼，獨不能爲此寒乞語。」蓋靈石舊有「芳草碧如此，落花紅奈何」句，又有「紅繡相思緑繡愁」七字，余繩之，乃不復作。今憔悴多病，門户辛勤，怱怱更不暇唱渭城矣。

梅卿詞語

梅卿有「雪影壓殘鳥夢，月痕冷靠花身」二語，味之亦有鬼氣，宜其不永年也。靈石嘗自謂語涉幽怨，他日恐累君悼亡。且君以才名蓋世，致境遇坎坷，若再擅閨房倡和之樂，不愈爲造物所苦耶，乃絶意不作詩詞。

柳東賦闌干詞

柳東有聲聲慢賦闌干，後段云：「却記酒闌扶倦，數玲瓏十二，同靠秋涼。月暗花疏，忍教同倚思量。附

註：韜按：同靠、同倚意複，古人集中無此語病也。愁腸幾回斷後，恨無人拄遍釵梁。凝望久、想吟魂還在畫廊。」臺城路賦香篆後段云：「柔腸替伊寫出，恐被風吹斷，繭雲難寄。半炷才完，一絲又上，迷了薄金窗紙。紅篝倦倚。記如夢如煙，背燈愁裏。枕畔蘅蕪，冷灰飛不起。」皆和頻伽作也。細膩熨帖，正與頻伽工力悉敵。

詞綜詞律有誤

余每恨竹垞翁問學淹博，而詞綜一書，不無疏漏。至萬氏詞律，自矜搜獲，於宮調，全未夢見。又一體三字，最爲無理取鬧。今觀柳東所云：張子野惜瓊花下闋「汴河流如帶窄，任輕舟如葉」，詞綜脱汴字、舟字。詞律知輕下落一字，不知河上之有脱誤。蔡伸侍香金童「更柳下人家似相識」，詞綜脱相字。詞律另收趙長卿多一字爲別體。子野于飛樂「怎空教花解語，草解宜男」，詞律據何本脱花解語三字，而以毛滂多此三字另立一體。周邦彥荔枝香近「香澤方薰」，脱遍字，是韻。詞律作四字句，遂誤認卷字是韻。柳永鬬百花「終日扃朱户」，應作换頭起句，詞綜誤屬上段，而以遠恨綿綿作起。詞律不知收晁補之一調，亦同此誤，致疑參差無味。蔣捷白苧，憶昨下脱「聽鶯柳畔」四字，詞律以柳永多此四字，爲另格。趙以夫角招「溪横略彴」，脱横字。張先山亭宴「問還解相思否」，脱還字。陳允平垂楊「縱鵑啼不唤春歸」，脱縱字。此類不可縷舉，萬氏無由考正，沾沾以辨上去爲獨得，句調之未審，何暇更論音律耶。其訾議萬氏如此。吴門戈順卿亦有詞律訂、詞律補之作，惜未板行。恐學者輾轉承訛，余所以不得已于一言也。

詞律謬誤甚多

萬氏詞律謬誤甚多，有最無理可作笑柄者，雨中花一調，共列十八首，令慢不辨，皆謂之又一體，嘵嘵于夜行船、明月棹孤舟之卽雨中花。不知諸首字句平仄小有異同者，不勞分體。末載淮海九十八字仄韻一首，注以爲舊刻見天風八字句，細玩之寒字下，應有一叶韻字，乃作□空一字，自矜搜獲，刻作「見天風吹落滿空寒□，皇女明星迎笑」云云。余案：寒字下非脫一字，乃誤併兩字作一字耳。皇字明係白玉二字，上句寒白，下句玉女，白字固韻。玉女峯在華山，試問皇女何解，萬氏恐亦不知也。

周穉圭詞

詞之合于意内言外，與鄙人有厚入無間之旨相符者，近來諸名家指不多屈。周保緒先生外，有周穉圭者，名之琦，祥符人，官通顯。顧其詞蕉萃婉篤，恤乎若有隱憂。阮郎歸云：「哀筝彈損遠山眉。此情金雁知。」青玉案云：「鶯如人懶，花如人醉，春也如人瘦。」思佳客云：「從來怕見初弦月，才學蛾眉便學顰。」菩薩蠻云：「煙穗墮空煙。夢回秋可憐。人倚小紅樓。闌干天際愁。」浣溪沙云：「無語可憐秋易瘦，有情那得月常圓。」訴衷情云：「人去後，楊柳又如絲。無語對花枝。鶯語隔簾櫳。忽忽。畫樓今夜風。」凡此皆有花間風格，下亦不失爲小山父子。至長調瑞鶴仙云：「怕幽禽，忘了花魂清瘦，却道棲香正穩。」念奴嬌云：「潮落秋生，水涼夢遠，休喚眠鷗起。」天香咏水仙花云：「銀缸舊愁自寫。倚冰奩、薄寒吹麝。一掬茜窗清淚，粉粧慵卸。」凡此又得清真家法，下亦不失爲草窗。

馮周二詞工力悉敵

詩至咏古，酒杯塊壘，慷慨激昂，詞亦有之。第如迦陵之叫囂，反覺無味。月湖秋瑟詞中有買陂塘咏南宋宮人，送汪水雲南歸事。金粱夢月詞中，有高陽臺仙露庵宋宮人餞汪水雲處，同此一事，製題略異，一咏故事，一懷古蹟。今録二詞于左。買陂塘：「望天山雪花如席，黄冠早賜歸去。十年憔悴金臺客，回首滄桑塵土。行莫遽。且共醉穹廬，玉怨銜杯數。陽關調苦。想亡國新鶯，昭陽舊燕，别句正愁賦。　南朝事、白髮青娥能語。霓裳天上何處。琴心一曲梅花恨，换了哀笳秋杵。朝復暮。應夢到孤舟，夜月黄河渡。重來禾黍。歎水剩山殘，亂鴉啼遍，多少故宮樹。」高陽臺：「白雁聲殘，青蛾淚盡，燕臺别路重分。供奉琴歌，不堪彈入離尊。興亡夢短黄冠老，掩金觴、翠袖含顰。歎西湖、卅六離宮，何處長門。　當年環佩空歸去，任花旛戀雨，佛火愁人。剩水殘山，依然鈴語黄昏。紅兜那覓南朝寺，話滄桑，舊額猶存。泣銅山、承露盤傾，一樣銷魂。」二詞工力悉敵，却又移易不得。如以馮作咏仙露庵，則浮泛不切，所謂相題行文，此等是也。

馮周題洗妝樓詞

遼后洗粧樓，柳東、穉圭，俱有題咏。案：蕭氏爲奸臣乙辛搆陷，千古奇寃。往時讀焚椒録，不覺髮指，作回心院詞七古一首弔之。今觀二詞，各有妙處。周詞頗勝，平調較仄韻，彌覺哀韻欲流也。臺城路：

一、玉盆灣口無遺廟，層樓尚依瓊渚。蕃馬吹螺，駝尼簇翠，歷盡金鋪敗雨。承恩是處。記換枕攤衾，青娥分付。九帳燈紅，東樓粧罷早朝去。蛾眉忽遭秋妬。枉多才瑟瑟，舊恨千古。案證香詞，瓦殘蕭字，莫問同心眉譜。煙莎日暮。剩荷葉西頭，綠雲黃土。只有蒙哥，內家聞祕語。」滿庭芳：「眠柳梳煙，荒池洗月，翠簾不卷春愁。暗塵珠絡，芳豔未全休。飛燕新詞漫擬，簪花格、墨妙誰儔。憑闌處、韡金帕玉，腸斷舊風流。凝眸。佳麗地，脂函錦匣，香冷温柔。但捺鉢當時，諫草還留。可惜琵琶調苦，回心院、枉費綢繆。焚椒恨，天書練影，三十六宮秋。

周穉圭弔七姬詞

余少時作羣珠碎樂府，爲張吳時潘元紹姬人七人作也。元紹爲張士誠壻，明太祖命徐達攻蘇州，事急，七人者辭于元紹，請先死以明志，各就縊，元紹殯殮成禮。張來儀有七姬權厝志，宋仲温書之，見平江貝氏千墨庵石刻。金粱夢月詞有高陽臺一首，語頗哀豔。詞云：「黃葉風多，青苔篆蝕，殘碑尚認啼痕。怨魄歸來，愁他蛺蝶羅裙。一弦一柱哀琴語，打羣鶯，枝上消魂。最無端，玉骨淒涼，娟袂難分。娃宮誰問傷心史，只潘花小字，猶記貞珉。妙墨重鐫，依然金盌千春。埋香那覓三興土，掩蘼蛾，灰冷齊雲。但從今，墓草年年，休長情根。」

弔元紹妻詞

蘇州盤門內麗娃鄉社神祠，俗呼駙馬府，即祀張吳行省左丞潘元紹也。吳亡，元紹妻金枝公主投水死，皆可哀也。余往時遊吴，作百字令弔之云：「梧宫秋，正西風黄葉，滿城笳鼓。小劫紅羊緣底事，髗骨一堆荒土。身殉君王，恩憐夫壻，判絶從泉路。白駒淒唱，後庭腸斷歌舞。可惜芳塍桃根，朱絲畢命，綺恨抛兒女。葬罷瓊姬鵑血冷，不是情樓簫侣。玉柙煙銷，朱房粉碎，慘淡花無語。麗娃鄉裏，月明環佩來去。」詞不甚工，曾刻一私印云：「短簿祠邊載酒，麗娃鄉裏填詞。」青簾白舫，人影衣香，落魄狂遊，不無影事。迄今回首，如夢如塵，結習未忘，徒作綺語而已。

題紅蘅碧杜之居詞

余又有高陽臺一首，寄題紅蘅碧杜之居，所謂短簿祠邊載酒者是也。詞云：「鳳紙箋愁，鸞衾壓夢，天涯幾慣無寥。草草尊前，當時記得花朝。丁冬剛聽琵琶語，恁春魂、一半先銷。更何堪，樓上春人，江上春潮。　人間祇有青衫淚，算紅冰未化，紅蠟都飄。萬水千山，而今説甚迢遥。微波淼淼吹難起，勸西風、莫畫離騷。儘疏燈，此夕淒凉，細雨芭蕉。」此余于歡場散後，口語重遭，憂患頻仍，而玉人猶寄聲責諾，心呼負負，乃填此詞。客夜挑燈，自讀一過，覺嗚咽不成聲也。

許穆堂詞

國初盛稱雲間陳李三宋詞，一以花間爲宗。至王述庵司寇續輯詞綜，瓣香竹垞，沿于浙派矣。許穆堂侍御著自怡軒詞五卷，獨能得小山父子風格，則其宗尚，雅在北宋。臨江仙云：「珠閣香銷簾半卷，雨餘庭院淒清。一痕殘月露華明。玉窗人靜夜，銀甲試秦箏。　調入關心眉暗鎖，冰泉幽咽難聽。哀弦傳得美人情。落花相與恨，到地一無聲。」菩薩蠻云：「緑窗春暖鶯聲急。風香露重梨花濕。早起理雙眉。隔簾蝴蝶飛。翠環光掩映。玉貌花枝並。江岸柳如絲。斷腸君不知。」前首宋初，後首唐末，藴籍風流，典型猶在。有和珠玉、六一詞一卷，數十首，與司寇同時，而不染時賢習氣，所以可傳。

王夢樓序穆堂詞

嘗謂詞之感人甚于詩，王夢樓太守序穆堂詞云：訪余于京口快雨堂，録所作詞數首見示，余適有所惑，讀之忽至泣下。余皈空門十餘年，神情寂寞，而穆堂之詞，能動余若此，其所詣可知已。然詞能動人若此，彼詩之不能動人者，其所詣不愈可知耶。

穆堂詞太似古人

「陌上草萋萋，春山鶯亂啼。無事皺雙眉，不知心恨誰。閒撥冷灰珠閣晚，添香。細語花間咒玉郎。最是夜深眠未穩，淒涼。月映疏枝上短牆。」皆穆堂句。微嫌面目太似古人，亦是一病。

金梁夢月詞

「爐香冷了金猊，鏡臺攜，不信生來長見翠眉低。姮娥依舊弄清輝，我自不曾真見月圓時。」皆金梁夢月詞中句也。一見一不見，俱極有見地，讀之令人銷魂。

彭甘亭詞

吾州彭甘亭徵君擅長駢體，小謨觴館文集，幾與石笥山房卷葹閣争勝。詩亦古藻紛披。詞不多作，臺城路題汪紫珊碧梧山館云：「十年夢想汪倫久，相逢秣陵羈旅。壁月詞人，微雲女壻，家住石帆深處。藥闌花溆，有翠鳳棲檐，冷蛩當户。一片吟情，秋聲都在最高樹。才聞踏歌岸上，又東勞西燕，相背飛去。江草黏天，楊花滚雪，愁聽離亭津鼓。銀床小塢。問甚日閒蹤，再圓鷗侶。寫我西窗，剪燈同話雨。」宗旨似在夢窗、草窗間。

王四篁詞

道光壬寅癸卯間，余被蜚語，易僧服避人于南匯。時會稽王四篁潤爲二尹，邑人顧澹園上舍成順、李吟香明經墀相與訂方外交。延余主荷花塢梔子庵，有香光樓爲董華亭讀書處，書繡佛前三字。四篁贈余句云：「繡佛前頭讀書處，此中端合住持僧。」余亦有「梔子庵荒春草緑，荷花塢小夕陽紅」句。澹園喜填詞，余舉意内言外及有厚入無間之説告之。四篁復舉仇山村「言順律舛，律協言謬」俱非詞家本色語。澹園恍然悟曰：「填詞三十年，今始得正法眼藏也。」所著有曙采樓詞，余序之，選訂鋟板，凡三卷，俱爲雅音。及余去南數年，復續刻二卷寄示，較前刻稍雜矣。霜葉飛用清真均，後段云：「千山木落西風悄。隨風去、舊日芳境尋到。浩歌消得鬢毛斑，奈此時懷抱。倩玉篴、吹愁不了。天涯何處悲同調。倚畫闌，空回首，狼藉風塵，漫嗟年少。」尾犯用清真韻「波涵秋影。正悲秋人在，水天初暝。危亭獨立涼颸裏，任金猊香冷。斷雲一片，悵望處，明霞近。倦登樓，不是無情，舊歌誰耐教聽。似此清愁難盡。倚羅屏、莫暗省。況一聲落雁，幾樹丹楓，怎堪消領。翠被紅蕤枕。偏憶著、慨慨成病。空目斷，露下銀塘，萬花涼夢都醒。」此首指與余荷塢聯吟事，故有「萬花涼夢都醒」六字名句也。後又有重過荷花塢，懷鐵上人余僧服時名妙塵，號鐵和尚。云：「水閣風清，柳絲織就黄金縷。藕花深處。誰摘蓮心苦。人去天涯，離思簫難譜。涼雲度。重簾遮護。緑沁芭蕉雨。」蓋點絳唇調。澹園雅意學清真，余語以清真詞搏捖，如獅子搏兔用全力，非南宋諸家徒以諧婉見長。

顧澹園虚懷不可及

昔人論作詩必有江山書卷友朋之助，卽詞何獨不然。不讀萬卷書，不行萬里路，不交萬人傑，無胸襟，無眼界，囁嚅齷齪，絮絮效兒女子語，詞安得佳。澹園自謂填詞三十年，余語之曰：「恨君少讀十年書。」澹園謝曰：「誠然，然猶幸聞君一夕話耳。」余每以狂直爲時輩所嫉，此老虚懷，正不可及。

王覲顔詞

海甯崔蒼雨寄贈王覲顔菽堂歡詩詞四册，蒼雨一序，文極安雅，因寄聲求序拙集。王詞不專事浙派，與蔣夢華倡和甚多。夢華三姝媚題曹倦圃手録舊贈歌姬詞册，詞本七首，倦圃在廣南席上爲友人書。自注云：田氏，歌姬著名者，後有所適，意即陳圓圓也。王和之詞不甚佳，故不録。録蝶戀花一首云：「無賴楊花天不管。衹攪離愁，繞遍亭長短。曉起開門如雪卷。玉驄嘶影何曾見。看殺悠揚春夢亂。人倚闌干，暗把東風怨。飛到江南南畔岸。郎行更比江南遠。」

芬陀利室詞話卷二

姚梅伯詞

蛟川姚梅伯孝廉，名場跌盪，豪邁風流。爲學務博，下筆千言，詩古文駢體外，尤工于詞，久已剞劂問世。余謂其少作微嫌纖碎，雖爲人傳誦，當自悔也。近造詣益深，自然名家。與余論詞于海上，旨趣頗合。其序余詞有云：「高樓明月，如此瓊簫，寒竹空山，奈何翠袖。」又云：「諸公方弓刀乞貴，我輩猶花月言愁。」洋洋大篇，推許過當。爲余團扇上書二詞，今錄于此。好事近云：「回渚柳稀疏，柳外畫城雲漠。城上一眉山影，掛新蟾一角。扶肩醉向酒家歸，霜逕踏黃蘀。四五點燈明處，是誰家水閣。」浪淘沙寄蘭語樓主人吳中云：「飄燕逐風翔，孤負華堂。花囚月梏夢顛當。能耐幾梳青鬢髮，幾寸回腸。百計替思量。誰短誰長。天涯處處有斜陽。便向吳頭遷楚尾，總是他鄉。」蘭語樓其所歡也。梅伯在滬，屬意者三人，此其一。外有彤瑄冰蠶閣，人頗儇慧，嘗忤梅伯，逐之。姬悔，丐余作彤瑄冰蠶閣賦，捧觴爲壽，擬相如千金一賦，似過之。又有玉魫樓，尤所深眷，寫玉魫樓話雨圖，自題高陽臺云：「兵後江山，劫餘身世，敢期香夢重圓。昔巷高樓，并無斷柳淒蟬。花雲漸羃春如海，得相逢、難說無緣。甚筵前。箏篴歡聲，變盡當年。傷心別後漂零況，到紅銷腕玉，翠退眉鈿。不語沉沉，移時低首凭肩。只看半炷山鑪麝，裊晶鉤、都是愁煙。幾淹煎。落照平原，明月青天。」蓋是時上海遭粵匪之亂，名花星散，姬亦流寓蘇郡，適遇梅伯，情益淒然，贈以是詞，邀余同作。余和其韻云：「護作花鈴，修成月斧，人間好夢長圓。不奈淒清，魂銷斷羽零蟬。天涯縱有相逢分，惹離悰、風散萍緣。枉從前。細訂香盟，細訴華年。　江湖從約知何處，又疏簾翠桁，瘦篴紅鈿。恨鎖眉峯，那堪悄倚山肩。茫茫萬感真無補，老情穹、媧石飛煙。把愁煎。一寸星河，一刹人天。」

潘星齋詞

梅伯贈余潘星齋少宰鸝䳺簾櫳詞鈔，皆其少作也。德儷琇卿夫人，亦能詞，玉臺倡和，江左風流。少宰詞清華朗潤，唐多令前後結云：「記得泥紅牆子外，有一樹海棠花。記得海棠花影下，有一帶碧窗紗。」憶舊遊「正芳年圓月，小影淩波，人立花前，花下春如夢，怕春魂喚起，又化春煙。畫屏夜燒銀燭，待照海棠眠。奈絮語忽忽，黃昏孤負，風露闌干。　天天。最怊悵、是眉樣描餘，心字燒殘。生小鴛湖住，只雙栖雙宿，便是神仙。可憐玉筝彈斷，淒絕舊冰弦。剩香淚盈盈，青山開遍紅杜鵑。」詞絕佳，惟結語七字，開遍之遍宜入，此小疵也。少宰伯兄功甫舍人，與余結香火緣，未嘗見其填詞。其弟玁庭、季玉，俱擅倚聲，均見梅伯所爲序中。

湯雨生詞

武進湯雨生都督，客居白門，築琴隱園于雞籠山下，風流文采，三絕才名，照耀一時。官嶺南時，作劍人緣傳奇，聞余名，大驚，世間果有劍人緣，屢寄聲，願定交。道光甲辰，介范廉泉刺史師招往，一見傾心，出雙笠、孤笠二圖屬題。越八年，歲壬子秋賦再見，文酒流連，與諸名士一會于琴隱園，再會于獅子窟，三會于周綺霞女郎涼秋閣。白髮紅顔，哀絲豪竹，江山人物之盛，今古罕逢。至明年春，公殉靈均之節，而六朝遺蹟盡化劫灰矣。煙雲聚散，一轉瞬間，似有定數。念與公宿緣，爰爲立傳，文字報知己，如斯而已乎。秀水孫次公瀜刻公遺稿，曰琴隱園詞鈔。公詞佳者固不止此，吉光片羽，人傳詞耶，詞傳人耶，讀一過，輒欷歔欲絶。

雨生買陂塘

秦淮佳麗地，河房中女郎色藝擅名者多。一日，雨翁偕侯青甫廣文，招余及王柘薌秀才，琴師某，泛舟秦淮。兩岸水閣，紅簾半鉤，風香夕照，玉人梳頭，涼篷容裔，目睇意銷。涼秋閣主人命侍兒以短梯引客上，香鑪銅緑，茗碗甆青，湘榻棐几，陳設精雅。壁間詩畫箋帖，悉名流投贈。主人著碧綃衫，持白紈扇，丰神秀朗，一笑嫣然，宜兩老人爲之傾倒也。雨翁年七十六，青翁年八十五，看花老眼，自詡無雙。酒半，雨翁誦買陂塘贈主人詞云：「賺吟朋、幾番載酒，平波相對如掌。調冰雪藕連宵晝，秀句滿城争賞。卿莫讓。消受了、六朝風月騷人長。紅霞碧浪。正玉篴聲中，珠簾影裏，仙侶笑移舫」云云。余即席和之，有「開蕊榜。算第一名，第一名流賞」句。蓋往時秦淮，每有花狀元品目，點綴承平景物，洵足樂已。

雨生作衰柳衰草詞

雨翁嘗作衰柳、衰草二詞，倚長亭怨慢，余與孫月坡和之。其詞感物比興，凄婉欲絶。衰柳云：「更誰向灞橋攀折，萬里關河，一天風雪。古陌人稀，幾絲猶是馬頭拂。蕭蕭短鬢，正顧影、同凄絶。盼斷七香車，還只當、聽鶯時節。休説。賺高樓翠袖，望眼欲窮天末。浮萍散了，怕流水、也應消歇。最苦是、落葉江城，剩一簑風前幽咽。算夢裏腰肢，難解眉頭千結。」衰草云：「漫重認六朝山色，霜冷雲凝，燒痕如墨。懊恨王孫，斜陽催送馬蹄疾。鷹韝欲脱，怕血染、平蕪赤。是處亂蓬飛，共緑鬢、一般愁白。還憶伴，珊珊花徑，暗把茜裙沾濕。踏青倦了，算屧印、爲誰留得。怎料取、客館秋清，恁消受怨蛩涼夕。便扇底螢光，都被西風吹息。」雨翁喝火令有云：「姊去吹簫，小妹去彈絲。郎去紅牙低按，儂去唱郎詞。」此從古樂府大婦中婦小婦數語得來。余曾題雨翁畫梅樓圖長卷，樓爲其德配雙湖夫人畫梅處。夫人嘗墨梅寄雨翁于九江，附題一詞云：「折得嶺南梅，憶著江南雪。君到江南正雪天，未是梅花節。畫了一枝成，没個人評説。抵得家書寄與看，瘦到珊珊骨。」閨房唱酬之福，獨擅一門。

金陵古蹟詞

秦淮風月，江左勝區，雨翁賦南鄉子云：「春水緑平橋。十二紅樓戀畫橈。是處簾櫳遮好夢，良宵。不勸金尊月不饒。　魂也不禁銷。燕别鶯離暮暮朝。獨自憑闌空弔古，笙簫。斷送南朝六七朝。」憶于甲辰之秋，秦雪舫郎中、孫竹庲秀才，招上下江諸名士，宴集五松園，分詠金陵古蹟。余得謝公墩江令宅七律二首。花間尊前，屢有裙屐之會，一朝兵火，滿目山川，追憶舊游，恍如隔世。曾填高陽臺調寄月坡諸君云：「畫閣呼燈，珠簾讀曲，西風紅板橋頭。勸酒雙鬟，當時未解離愁。庾郎縱有江南賦，到今朝、難説悲秋。付東流。十里秦淮，明月高樓。青衫何止天涯淚，看韶芳不再，綺夢都休。滿目山川，那堪重憶前遊。銷魂怕聽吴娘句，又瀟瀟、暮雨蘇州。甚勾留。水國蘋花，幾點眠鷗。」此詞吴清如郎中嘉拴見之，亦賦一首和余韻云：「衰柳籠煙，寒蛩弔月，淒涼朱雀航頭。舊恨難消，那堪更觸新愁。秦淮本是傷心地，問南朝、幾閲春秋。況而今、燕子歸來，不見紅樓。天涯勝侶都零落，剩歡情如夢，俊賞都休。花月空濛，商量重訂清遊。吴姬豔曲聽應慣，算人生、合住蘇州。過山塘、小艇攜尊，留伴閒鷗。」時余方薄遊金閶，故郎中有吴姬豔曲數語。

吴嘉拴詞如春蘭初花

吴郎中少時，爲吴中七子之一。今酉生、閏生、順卿、井叔諸君，俱歸道山。詞壇領袖，巋然靈光。所著有儀宋堂文集，古文瓣香六一，與歸熙甫、汪苕文相伯仲間。曾序余嘯古堂文集，以眉山比擬，殊不敢當。詞筆如春蘭初花，幽芳襲人。桂殿秋云：「斜陽一角人初夢，夢過花南燕子樓。」虞美人云：「自開奩鏡掃彎環。無限惜春心事上眉山。」風蝶令云：「綠窗紅燭暗還明。耐得滿天風露立深更。」長調風格，在山村、蛻巖間。徵招春感云：「綵旛颭動庭前樹，東皇暗催芳訊。次第報花開，奈尖風淒緊。嬋娟剛瘦損。更零落、滿宮金粉。步屧回廊，凝塵曲榭，易凋雙鬢。休問舊鄉園，王孫去、苔堦亂紅盈寸。漫與訴柔腸，怕蘭盟難準。瓊箋空寫恨，早赢得、玉郎春困。倚雕檻，纖手低垂，看畫簾人近。」余最愛其「鴛鴦照影立多時」七字，豔情入妙，正以不著墨爲佳，此則花間遺韻也。

雨生題海天霞唱

雨翁有一詞，頗露英雄本色，題張南山海天霞唱集云：「唱霞漁者，恁襟懷，直似海天空闊。萬里潮平煙靜處，遥指中原一髮。蜃市初收，鯨波未息，過眼都休説。一聲高唱，六龍扶起紅日。　憶昨罷釣江頭，攜琴海上，見汝雄心折。幾卷新詞聲激壯，寫出肝腸如鐵。瀨雨晴時，天風斷後，血共丹霞熱。魚龍夜定，更休横竹吹裂。」

雨生一門風雅

雨翁家一門風雅，夫人、女公子皆能吟詠，善畫工琴，諸公子王謝風流，惜余未見。記一日，公他出，有長鬚奴司門，謂余曰：「每秋賦，上下江秀才謁主人者，日喧于門。我視其人風雅，與主人臭味合，乃通謁。諸衣冠赫奕，俗物敗人意，謝弗與通。」余微哂之，黠哉此奴，亦名士氣耶。

雨生與余論詞

壬子秋，雨翁與余論詞，至有厚入無間，輒斂手推服曰，昔者吾友董晉卿每云，詞以無厚入有間，此南宋及金元人妙處。吾子所言，乃唐、五代、北宋人不傳之祕。惜晉卿久亡，不克握塵一堂，互證所得也。

爲余作填詞圖，並贈四絶句云：「那待簪花賦鹿鳴。方回姓氏重公卿。一錐不得君休嘅，已見樓臺七寶成。」「辛苦天涯一錦囊。眼前何處少豺狼。逃儒逃墨難逃世，見説桃源也戰場。」「曉風殘月木蘭舟。只爲青山作浪遊。鐵板銅琵空一世，寒氈破衲總千秋。」「痛飲狂歌亦可哀。幾人知爾不凡才。世間只有黄金貴，誤殺生涯故紙堆。」愛我之深，欲歌欲泣。臨别謂余曰：「吾老矣，身後名託君以傳，何如。」孰知公舍生取義，大節凜然。而以經濟才期望余者，風塵淪落，益復無聊，年過五十，無所建立，安能傳公。

題填詞圖

題余填詞圖者，侯青甫廣文詩云：「心於碧落裊遊絲。容易能成絶妙詞。道得人人意中語，千回百折費尋思。」「詞人能得似君無。妙手傳神興不孤。三十年間饒眼福，陳迦陵後又斯圖。」王栢薌秀才云：「玉簫金琯太玲瓏。誰信詞人氣似虹。蹈海競傳高士節，披襟曾犯大王風。劇憐緑鬢垂新白，欲買青山住小紅。珍重五條弦上意，楚天消息落飛鴻。」兩君與余莫逆。青翁語人曰：「老劍用世材，惜世無能用之者。」栢薌亦奇士，以兄禮事余。粵匪陷金陵，栢薌手殺數賊，力盡死，闔門殉難。青翁年八十六，杜門餓死。志節卓卓俱如是，爲吾黨光。余羈愁抱病，感憤填膺，作一詞告諸君地下云：「公等今安在。想當年、酒酣起舞，擧頭天外。萬帳貔貅誰殺賊，金印今年斗大。便取彼、頭顱而代。各有心肝須報國，況瘡痍滿眼蒼生待。歌未闋，唾壺碎。無端撒手成千載。忽中宵、裸身大叫，慷當以慨。與賊俱生真可恥，對此茫茫四海。臣子義、皇穹難戴。後死他年終慰汝，誓河山、肯負平生概。言不盡，復再拜。」

吴中七子詞

吴中七子，朱君酉生，識余最早，且有知己之感。州試時，欲拔余冠軍，某刺史不從，拂衣而出，寄聲道珍重。余少年填詞，喜豪放，和迦陵悵悵詞五首，跌盪淋漓。百字令咏垓下起句云：「拔山已矣，忽英雄氣盡，今朝兒女。」以此自負。有攜余詩詞質酉生，歎曰：「此君才氣，非我輩所能企及，獨倚聲一門外漢耳。」緣此絶不填詞者十餘年。後避人之南匯，客王四篁二尹所，四篁示以張叔夏山中白雲詞，一夕和三十餘首，四聲悉依原作，成一册曰山中和白雲。四篁録示戈君順卿，求指疵，順翁驚詫云：「此是詞家射雕手，尚何疵可指耶。」後七子詞皆得讀之。酉生宗夢窗，閏生宗梅溪，井叔宗碧山，餘草窗、竹屋，各有專尚。順翁詞集最富，不名一家，惟用心于律，訂萬氏之訛，他人或苦之，彌津津樂道也。晚年自袁江歸住山塘老屋，提唱後學。余自知持論與之不甚合，竟不往見。順翁知余詞未刻本，手録十餘首，稱賞不置云。

順翁詞

順翁少年以四春詞得名，春影云：「縷縷柔魂，盪入迷濛，不辨是紅是翠。」春香云：「熏得花魂盡返，漾晴天，百和依稀。」春聲云：「種種幽情難訴，正別夢嬌啼，畫屏人寂。」春意云：「釵影膩，酒香濃，慣暗裏揑忪。」此皆鈎魂攝魄，咏物上乘。齊天樂題朱酉生蘿碧詞卷云：「春愁飛滿斜陽裏，風懷到秋逾瘦。鷗思雲涼，鶯情花昵，抛盡鎖窗紅豆。瓊簫譜就。羡玉比吟肩，細敲蓉漏。錦字翻來，紫霞仙曲繞歌袖。華年暗塵去驟。寂寥身世，感風雨消受。湘管吹香，蜀弦彈夢，淚裛蟬箋痕透。銀醅滿斗。費幾度銷魂，幾回搔首。一縷新霜，鏡中添鬢又。」翠薇花館詞，持律謹嚴，特少跳脱變化之筆。此首却流麗盡致，集中僅見之作，晚年更頹唐矣。

沈閏生詞

花陰、柳影、草色、苔痕四詞，余往時見翠薇花館集而和之，後知原唱爲沈君閏生作。花陰花犯用清真體云：「小闌干，濃芬壓處，簾紋散新霽。珮環來未。儘遮斷嬌聲，纖影難記。幽叢悄指尋芳地。餘寒風正細。但隱約、斷襟零袖，亭亭蘭霧裏。銷魂落英滿苔衣，黄蜂漫誤撲，仙雲鬟髻。霏絳雨、東園路，亂扶花氣。攜尊共、采香伴侣，煙漠漠、羅茵人乍起。又待取、瘦蟾摇夢，紅簫吹樹底。」柳影春霽用草窗體云：「香絮飛時，見疏疏碎縷，閒鎖深碧。一角紅牆，霧遮煙繞，迷離换了晴色。畫闌幾尺。有人悄背樓陰立。但怪得、羅袂薄寒，無語弄瑶篴。飛花誤蝶，墜葉驚蟬，望裏斜陽，總成蕭瑟。算江潭、西風又緊，鞭絲低裊去無迹。還更紋簾和夢隔。暗塵凝晚，悭忪獨倚黄昏，半蟾窗外，翠痕飄直。」下二首差同，用筆從清真六醜一詞得來。戈作殊不逮。

戈詞有失律處

順翁持律雖嚴，集中亦不能自遵約束。夾鍾羽之玉京秋，宜用入聲叶韻，不可叶上去，見所著詞林正韻凡例中。及自作楊柳岸一首，用院字上去韻。憶舊遊調結七字，當作平平去入平去平，第四字必宜用入，歷引各家詞證之。及自作問東風一首結云：「山花已盡紅杜鵑。」盡字非入，何恕于責己耶。若作「山花淚濕紅杜鵑」則協矣。他首失律處亦多。

酉生賦斜陽詞

咏物作題外取神最妙，亦最難。酉生賦斜陽臺城路云：「韋郎吟鬢，看如此無言，自成幽抑。淡抹危牆，寒侵遠浦，幾處瑣絃催夕。憑闌望極。漸天影昏黄，霽雲濃寂。粉豔金悽，六朝多少舊山色。嬋娟尚憐暮節。玉釵低度曲，芳草先歇。井廢沈煙，樓高墜露，惟有一痕愁碧。西風漸急。算渭水長流，照人離別。暗數流光，戍亭聞夜笛。」此詞後段，純乎題外取神。西風三句，得唐賢三昧，氣味亦厚。較順卿作，超妙多矣。

順卿得鍊字法

順卿有「鶯啼未醒，半是垂楊影」及「只有落花流水冷斜陽」，洵名句也。浣溪沙云：「手撥幺弦金鳳澁，臂銷雙釧玉魚寬。」祝英臺近云：「盡他裙扇凝紅，箏絃斂綠，但恨縷情絲飛滿。」如夢令云：「別淚幾絲彈，紅暈酒波愁重。」雅得鍊字法。

題填詞圖三首最佳

題余填詞圖者，吴門王養初法曲獻仙音云：「鉛點綃紅，夢痕簾碧，廿載江湖游倦。謝巷斜陽，冒園衰草，曾牽個人幽怨。想月底翻新譜，瓊簫幾回按。　翠莎軟。又匆匆、踏殘吴苑。秋色裏，雙證鷺盟繾綣。韻貼楚波涼，更聽伊、青瑟悽婉。酒殢花蔫，況今宵、容易腸斷。怕羇棲鐙炧，添了一聲河滿。」婁東楊師白洞仙歌云：「是真才子，只一枝斑管。翻盡詞場古今案。任藏頭記譜，畫指尋腔，空中語，寫出綠簫清怨。　分明姝麗在，粉本迦陵，二百年來此重見。紙閣倚雙聲，溪近羅敷，照夢裏筆花紅炫。恰羡得、吹笙傍秦臺，願身化銀簧，待伊呵煖。」汪穉泉聲聲慢云：「青衫落拓，彩筆飄零，廿年名豔詞場。溪號羅敷，水天慣住鴛鴦。煙鬟畫屏雙笑，按參差、低度霓裳。思影事，只迦陵風格，一樣清狂。　爲問天涯倦侶，甚聲偷字減，偏老柔鄉。酒醒烏篷，蕭蕭幾樹垂楊。尊前墜歡重覓，換江湖、無數蒼涼。吟未歇，恐新愁又縈寸腸。」此圖題者甚衆，當以此三詞，爲深得鄙人情事。

紙閣雙聲圖題詞

余憂患餘生，中年得婦靈石山人，小住羅敷溪上，拔釵問字，臨鏡拈毫，雖數米量鹽，吟事不廢。會秋賦，山人以詩贈别云：「瘦綠垂楊柳，絲絲又送行。人間重科第，夫壻最才名。」又嘗得句云：「簾陰白浸三分月，牆角紅疏一穗花。」諸君題詞，以此豔稱之。嘗繪紙閣雙聲圖，上海王萩畦觀察題云：「殘月屯田，野雲石帚，好隨詩卷長留。賭到旗亭，古今幾個名流。紅牙者番拍出，更堪憐、閒怨閒愁。評子細、待看花沽酒，一醉蘭舟。漫説瓊樓風月，甚青天碧海，渺渺悠悠。溪住羅敷，煙波試語眠鷗。一燈最憐雙琯，寫烏絲、細畫銀鈎。銷豔福，便玉臺佳詠，同譜千秋。」蓋和余聲聲慢韻也。雲間丁步洲亦題聲聲慢一首，同韻而不和。詞云：「輕描眉翠，淡擘箋紅，鏡鈿小閣春留。寒梅才吐，冷香飛上簾鈎。粧臺一枝簫按，度雙聲、共破閒愁。搔首問，悵浮雲天末，心事悠悠。且向人間小隱，恁銀屏深底，玉唱珠酬。夢穩鴛鴦，直教妒殺沙鷗。碧天淡雲無際，笑銀河、轉隔牽牛。算豔福，只劉綱夫婦，同此前修。」此圖姚石甫方伯、湯雨生都督、姚春木徵君，皆有題詠，惜爲人竊去。尚有謝默卿觀察一詞，自綴旁譜，爲友人攜去，俟補録。

陸樹齋詞

秀水孫次公瀛來游滬上，與余定交，以同人詞選見贈，閲之半余舊雨。琴隱老人詞已録外，陸樹齋大令籍本吾邑，與余總角同筆硯者數年，同爲邑侯毛循齋先生門下士。樹齋工書，專舉業，不知其能詞也。今讀其東虬草堂詞一卷，爲王雪軒方伯序刻，中有茗戰、瓜戰、棋戰、拇戰、楊妃襪、宓妃枕、湘妃淚、潘妃步諸詞，爲人傳誦。以與余論詞之旨不合，故不録。最愛其齊天樂咏簾云：「棗花瑣碎風絲弱，盈盈隔來秋水。待燕休垂，留香莫捲，忙煞連朝心事。瞢騰枕底。共響觸瓊鈎，驚殘春睡。羅襪生波，一輪明月掛簷際。青溪溪畔水樹，認紅闌九曲，斜護丁字。粉竹篩雲，珠塵攪雨，悄納湖邊花氣。濃春去矣。笑十里揚州，舊游曾記。恨緒絲絲，織殘湘女淚。」又有祝英臺近邱六女郎云：「劇憐野鴨文鴛，秋篷雙影，渾不解琵琶情味。有人翦燭西泠，紅箋譜恨，六橋上、小名偷記。」觀此，知陸弟風情，正復不淺，一行作吏，身殉王事，惜哉。

李小瀛詞

上海李小瀛曾裕司馬，爲瀛門比部哲嗣，少時隨侍京邸讀書，衞玠神清，鄴侯骨秀，京師諸名優，爭欲捧觴度曲，博李公子歡。此余故人子袁井夫孝廉爲余言者。所著有枝安山房詞草，點絳脣云：「兩岸垂楊，門前流水明于鏡。宵來人靜。露立秋衫冷。水上紅樓，樓上紅燈暝。西風定。碧紗窗映。約略釵鬟影。」醉太平云：「瑶琴懶橫。銀燈懶明。芭蕉故作秋聲。一聲聲怕聽。巫山夢醒。眉山淚盈。新涼已怯桃笙。待秋深怎生。」清平樂云：「晝長人靜。繡倦尋芳枕。睡起羅衫斜未整。玉臂簟紋紅印。無聊獨倚粧臺。侍兒剛報花開。開到階前夜合，檀郎今夕歸來。」三詞皆清圓流麗，風流自喜。近脚韡手板，聽鼓應官，鐵馬金戈，戴星捧檄，轉蓬身世，彌作勞歌，擊筑宫商，倍成逸響。有洞仙歌吴門即事四首云：「一帆風雪，約胥臺小住。笳鼓聲中訪春去。驀相逢，邂逅人面桃花，猶記得，舊日芳洲蘭杜。漫天烽火裏，緑慘紅愁，飛絮東風更無主。重問奈何天，甫定驚魂，還省識、别來眉嫵。笑鸚鵡知名隔簾呼，却不問滄桑，問人安否。」其一「葭灰初動，覺針樓春早。門外西風尚料峭。向粧臺，癡坐私語無聲，肩凭處，别有暖香盈抱。嬌憨憐姊妹，簾角潛窺，悄齧紅巾昵人笑。薄醉倩扶歸，深巷重重，偏謊道、獸環封了。判一宿空桑話三生，但何處巫峯，怎生能到。」其二「酒闌人散，聽沉沉更漏。眉月初三下牆久。看燈昏鴛帳，篆冷猊爐，人静也，幾陣新寒輕逗。慵粧偷卸後。卸到羅裳，故作嬌嗔復停手。引臂替郎肩，一笑回眸，又攬取、繡衾覆首。只軟玉温香可憐生，問小小春魂，那堪消受。」其三「雲凝雨膩，正連宵徵逐。驪唱無端又相促。怕牽衣話别，後會先期，明鏡裏，春色眉山雙蹙。柔腸縈宛轉，尺幅紅綃，裹贈鮫宫碎珠玉。人海易秋風，錦瑟華年，須珍惜、蟬明蛾緑。願掃盡欃槍報平安，待舊燕歸來，冶遊重續。」其四摹繪情事，寫生妙手，然中間却有無限感慨。人目爲金荃艷體，吾謂是香草哀音，何時翦燭論詞，一爲印證斯語。

薛慰農詞

朋輩中秦次游、應敏齋兩司馬，皆爲余言，全椒薛慰農明府，以名進士出宰百里，有古循吏風，愛才下士，賓至如歸。今于同人詞選中，得西湖觴唱，讀之天骨開張，具見風力，非塵俗吏也。佳篇名作，當不止此。西江月云：「蛾眉有樣在西家。懶學新人描畫。」調笑令云：「怪他阿姊情癡。鎮日粧樓鎖眉。眉鎖，眉鎖。漸漸新愁到我。」身厠宦途，儼然有獨立不懼風概。而時事日棘，蒿目傷心，皆于言外得之。臺城路紀徽郡凱撤云：「黄山烽火連天赤，孤城屹然西向。峻嶺盤空，雄關扼隘，管鑰有人專掌。重重保障。争鶴唳風聲，也增驚悦。草檄才疏，悶來倚劍獨惆悵。㸦虵差幸遠伏，看捷書露布，旗影紅颺。壯士長歌，將軍起舞，待畫淩煙閣上。書生舊樣。手一幅蠻箋，度成凱唱。却笑寒酸，少封侯骨相。」豪放似稼軒、于湖，令人慨然有封狼居胥意。柳梢青秋柳云：「絮果難圓，楊枝易老，秋又今年。少婦樓頭，征人陌上，依舊纏綿。江南紅板橋邊。記弱態、依依可憐。過眼繁華，驚心摇落，況又烽煙。」咏物中寓感事，非描頭畫角者比。減蘭云：「揚州小杜。十里珠簾空覓句。葉已成陰。孤負尋春一片心。宵涼夢杳。月影蒼涼星影小。不怨嫦娥。只怪瑶臺風露多。」寄託遥深，非徒寫青樓影事。一萼紅題楊眉影夫人畫蘭遺墨，爲秦次游作云：「剩愁苗。教秦嘉腸斷，香草泣離騷。寶匣塵昏，瑶琴調澀，三生福分全消。算只有曇花小幅，是當年、螺子黛親描。並蒂緣慳，同心影瘦，紉佩香銷。千古才人工怨，覩零縑斷素，倍益無聊。碧杜緘情，紅蘅憶遠，古芬飛上吟毫。最惆悵、湘君魂窅，一聲聲、楚些渺難招。争怪潘郎華鬢，逐漸霜凋。」次游與余定交，即以夫人遺墨見示屬題，並乞志銘哀誄，忽忽未有以應。今年春，次游遽以微疾化去，秦樓夫婦，跨鳳俱仙。讀此覺情文相生，哀豔欲絶，微雨晝簾，阿灰能無腸斷。

王季平詞

上海王氏世有陰德，一如丈言規行矩，鄉里推鉅德長者。哲嗣叔彝、季平、昆玉並以名諸生起家。季平恂恂儒雅。叔彝闊達敏幹，有經世才。海運捕盜，積功官太守，人品似張于湖，詞亦似之。卜算子云：「推到四千年，幾個真名士。艷説書生報國心，僅仗文章耳。可笑甕中天，偏自誇青史。誰料昂藏七尺軀，但辨毛錐子。」賀新涼自題戎裝小像云：「舉止原疏野。笑頻年、詩場酒壘，復居人下。破浪乘風空有志，恥話鍾離銜嫁。者面目、何堪入畫。便是封侯真骨相，駕鹽車、煞愧儔凡馬。班定遠，枉心寫。屠鯨乍罷鄉兵社。莽無端、孫盧小醜，又相驚也。海氣蒼涼吹蜃市，幻出重重臺榭。還怕說、聞雞中夜。依舊樓船楊僕擁，問書生、紙上談何者。歌一曲，夏聲夏。」自軍興雜流並進，董龍雞狗，品秩巍然，其人去凡馬尚遠。志節之士，甯老死空山，肯與若輩爲伍哉。醉太平云：「春陰乍晴。春愁乍生。小樓挑盡殘檠。聽雲邊雁聲。風吹有情。詩吟未成。一枝梅影縱橫。忽窗前月明。」此種詞所謂不著一字，儘得風流，看似無難，正不易到。鵲橋仙云：「如蓮心苦。如蘭氣吐。肯與嬌雲争妬。添毫縱讓畫師工，繪不出、心頭縷縷。夢來怕阻。書來怕誤。宛轉柔腸難訴。柳梢高挂月初三，更屈指、幽期莫負。」本事風流，與復不淺。

王子九詞

王子九茂才，韜注：卽余舊字。少工倚聲，出入於玉田、草窗之間，旅滬後，絶不復作。適江韻樓鳳笙自吴門來，留宿子九城北草堂，與予對榻。酒酣，偶言及詞，頗自矜詡。子九笑曰：若此等作亦易爲也，因爲余吟舊作小令數闋。詞句清麗，情韻纏綿，於箇中三折肱矣。今就余所憶得者，追録於左。柳梢青云：「把夢支開，將愁放下，獨自淒涼。記得人人，去年今日，特地思量。如今夢也荒唐。空冷到，鴛衾半牀。手撥寒灰，香猶未斷，祇斷柔腸。」少年遊云：「西風吹得愁如許。隔院聞低語。怪底重陽，作出秋陰，便有淒涼處。緑陰一角紅樓露，寂歷無人住。半桁疏簾，幾樹垂楊，都是迴腸路。」訴衷情云：「纖纖眉月可憐生。花影不分明。寂歷晚涼庭院，閒殺讀書燈。誰與共、話零星。猛心驚。一聲聲篴，一更更點，一倍淒清。」風蝶令云：「髫齓無心理，燈孤有語通。一絲微雨一絲風。作就懨懨時候最愁儂。苔壁延新綠，紗窗撲亂紅。朝來小病晚來慵。還憶昨宵殘夢五更鐘。」

芬陀利室詞話卷三

詞律失收甚多

詞調萬氏律中失收者甚多，愛月夜眠遲一調，見高麗史樂志，吾友張篠峯廣文填之。詞云：「捲雨拖雲，仗好風一片，挖碧還天。露痕流樹，煙痕貼水，涼開畫意鷗邊。鈎簾閒坐，湖亭萬菰蒲，逼燈寒。弄明珠、有仙人玉宇，呼下銀盤。前歲爾客燕臺，我蓬蒿掩户，此夕誰歡。便怱怱，莫更負了湖上，素影團欒。冰壺替濯肝腴，清鐘聽，轉心安。喜敲門唤吟伴，煮茗共話詩禪。」高麗史余所未見，意必更有惜花春起早一調，他日晤篠峯當問之。

張篠峯詞

篠峯爲武康徐雪廬高弟，早擅才名，倚聲尤所專嗜。儒官薄宦，所至輒與邦人士觴詠流連。近日校官，流品頗雜，風雅如斯，吾見亦罕。所著緑雪館詞，卷帙之富，與吴門戈順卿相埒。余嘗勸其精選割愛，務存傳作，古人詞集，原不貴多也。

緑雪館詞

緑雪館詞，多賦長調，東澤綺語，山中白雲家風，故是未墜。小令中調，亦有瓣香君家子野者。戀繡衾云：

「亂雲團暝做晚愁。壓玲瓏、珠幌一鈎。病宿酒懨懨睡，怪鸚哥、驚夢翠幬。玉笙何處調仙曲，觸春情、欲說奈羞。怕落盡梨花雪，祝東風休近小樓。」醉太平云：「珠蘭漸馨。銀箏乍停。玉纖鈎上簾旌。笑冰蟾瘦生。茶温酒清。無言有情。泥人小坐湘屏。數牽牛幾星。」余愛篠峯詞，多在此種。

張孫詞各有病

詞博采諸家者近雜，專主一家者近隘，余老友二人，皆致力于詞，皆成一家，必傳無疑。要各有病，其一，于唐、五代、北南宋源流正變，俱涉獵探討，每一下筆，不自矜持，如李家娘子，才入墨池，旋登雪嶺，此病在貪多，華亭張篠峯鴻卓緑雪館詞是也。其一，酷嗜張叔夏山中白雲，心摹手追，寸步不失，工力積久，具體而微，如桓宣武學劉越石，終有一不似處，此病在愛好，長洲孫月坡麟趾秋露繡鴛等詞是也。兩君皆與余文字至交，篠峯閔余才高衆忌，以胡稚威相擬，月坡尤傾倒真摯。余顧訾議其短，蓋責備賢者，千秋盛業，不當貢諛，非敢蹈文人相輕習氣。

月坡今之玉田

余與月坡定交，在寓居白門時。秦淮煙月，鍾阜雲嵐，蕭寺訪秋，秦樓讀曲，素心相樂，無日不偕。時秦雪舫郎中，晚年欲究倚聲之學，余告以月坡今之玉田。月坡則曰：「沈博艷麗，悱惻芬芳，詞壇飛將，安得不推老劍。」三人同游盋山園，余賦西子粧一解，雪舫極賞「問西風，甚今年、瘦得垂楊如此」三句，而不解「下斜陽，衣上空山冷翠」九字，何以作如許結語。月坡曰：「此南宋人不傳之祕，君填詞十年自知」。相與一笑而罷。余題其秋露詞，賦洞仙歌中有云：「似么花病蝶，碎葉零蟬，苔影碧，涼透一簾絲雨。」又云：「煙外秣陵秋，瘦了斜陽，更瘦到舊時漚鷺。」其詞品可想見。月坡題余拈花詞云：「舊遊如夢，記星辰昨夜，水明簾底。落魄青衫詞一卷，多少天涯情味。絲竹中年，煙花小刼，字字含悽淚。江湖十載，可憐銷盡英氣。便教傳向旗亭，雙鬟唱遍，那識離騷意。絕代蛾眉誰得似，不是尋常羅綺。沅碧湘青，蘭啼蕙笑，楚些魂招未。啼蛩深巷，小門聽雨開閉。」

月坡詞刻

月坡客遊，所得囊貲，盡以刻詞，有秋露、繡鴛、拜玉、說夢、補籬、水榭唱和、折柳、鳳簫、叩門、倚闌問鶴、嵐漪、聽艫、琴川、採藥等詞。甲辰秋，初識面，以秋露、繡鴛二册相質，余以玉田許之，遂成拜玉詞，與余唱和諸首，皆在此卷。及客江右，寄余鳳簫詞，中有小荷、蓮卿二女郎事，余作書箴之，謂我輩學佛人，不宜復墮情障。賦高陽台一解云：「碎玉成煙，零珠擱淚，青衫莫再多情。目送飛花，那堪鬢已星星。佳人命薄都腸斷，有誰憐、薄福書生。最淒清。小閣銀燈，小院銀箏。中年我亦傷懷抱，儘哀絲豪竹，短驛長亭。一樣工愁，天生名士傾城。蕭蕭暮雨疏疏柳，盪秋魂、又惹秋聲。任飄零。怕負香衾，已負香盟。」粤氛熾後，月坡歸吳門，陳心泉觀察方宰琴川，延往署中，作琴川詞。咸豐七年，張子和大令來宰吾邑，偕月坡至，首詢余狀，因歸晤焉。皤然一翁，志意摧抑，非復曩時高興矣。自言初刻詞板，遭亂不存，將綜前後所作，另刊零珠、碎玉二編，君爲我序之。余諾而未果，無何，子和去任，月坡亦同返吳門。兩間破屋，老病杜門，未審近狀何若，爲之三歎。

于惺伯詞

松江郡城北郭一蘭若，往時余以僧服結社于此壁間，得董香光與草衣道人石刻殘字，文曰，着手心頭便判。案道人姓王氏，名微，字修微，華亭人，工詩詞。墮落風塵，中年入道。往來吳越，與名士輩遊。嘗築生壙于西湖，蓋奇女子也。余爲言于雷約軒，因名是庵曰修微。約軒作志，篠峯填揚州慢一解，余和之。秀水于惺伯亦和是韻，惺伯詩壇領袖，著述甚多，詞有題紅閣集語兒村篴，皆瓣香朱厲，清婉可誦。題余紙閣雙聲圖云：「畫眉窗畔，畢案簾邊，花觚韻册長留。琢就新詞，擘箋同寫銀鈎。巢痕並棲最好，怪無端、添了離愁。愁渺渺，指征帆一挂，海角山陬。吳苑年時孤旅，又春申浦上，單唱誰酬。砲火魚天歸去，駭絕閒鷗。重糊四圍新格，掃蛛絲、還剔蝸牛。門靜掩，掐瓊枝、簫譜更修。」余亦題其南湖柳隱圖，中有云：「桃源人世在，但目斷、湖湘烽火警。」與砲火二語同意。出門一望，帶甲滿天，吾兩人並有身世之感。

孫次公刻同人詞選

孫次公刻同人詞選，以己所著澼月樓詞稿殿焉。菩薩蠻諸首，頗得子夜前溪遺意。如「問是幾時生。雙星窺畫屏」。「翠被不成眠。春寒各自憐」。等句是也。紅娘子與定娘夜坐云：「莫輕教半臂卸吳棉，尚峭寒難禁。看月痕如夢下牆來，壓花魂不醒。」言情寫景，俱能入妙。瑣窗寒題次游婦楊眉影夫人詩畫遺册，中有云：「銘辭凄婉，一曲翠眠緘恨。」翠眠、眉影，所御琴名，足備香奩故實。

陳心泉詞

月坡琴川詞，長亭怨云：「水邊牆角，聽幾個莎蟲語。　寸穴暫棲身，笑各自、争吟風露。」高陽台云：「闌干六曲無人倚，有花枝、翻覺凄涼。」洞仙歌弔蒙叟云：「歎老樹偏難傲冰霜，翻不及飛花，惹人憐惜。」皆有寄託可誦。　此卷陳心泉觀察序之，駢文雄麗，望而知爲才子之筆。　月坡晚年境益厄，賴心泉、子和兩君客之，子和與余舊識，　心泉未一面，　而選拙詞入續絶妙好詞，可謂神交。　有一萼紅寄懷月坡云：「鬢蕭蕭。問孫登長嘯，可似舊時豪。　折柳詞工，看花眼倦，天涯還是無聊。　恨臺鳳雙雙飛去，好江山、何處聽吹簫。謂小荷蓮卿被逐事。　白髮歡娱，青氊身世，秋月春潮。　屈指江南詞客，歎晨星朝露，如此寥寥。　桃葉江邊，莫愁湖上，羡君依舊魂銷。　有個人人低唱，怕歌喉不比小紅嬌。　漫把新愁舊愁，堆上吟毫。」此心泉在都門金陵未遭兵火時作，故詞中云云。　賢士大夫愛才之心，流露楮墨，讀之令人增知己之感。

陳同叔詞

余偕靈石内史，小住羅敷溪上，故人陳希孟仲子同叔從余受倚聲之學，頗有妙悟。　近吾州人士，雅尚填詞，刻滄江樂府，同叔與焉。余序之，以爲削華三峯，别施斤鑿，鏤冰一寸，中具樓臺。　裊碧而單絲直上，臨鏡則萬花吐妍。　因以有厚入無間之説進之，同叔詞之境詣可見。

滄江樂府

滄江樂府詞凡七人：嘉定程序伯庭鷺、太倉楊師伯敬傳、寶山朱杏孫燾、沈小梅穆孫、陳同叔升、鎮洋汪稈泉承慶、錢芝門恩棨也。序伯年最長，詩師陳雲伯，畫師錢松壺，諸侯賓客，江湖畫師。晚歲始喜倚聲，刻緪秋詞一卷。浣溪沙云：「咫尺紅樓夢轉遥。更無人在更魂銷。一簾花影下如潮。記得回燈還避影，零星舊事訴無聊。乍寒時節可憐宵。」鷓鴣天云：「當時扶醉經行處，記得闌干在那邊。」情景宛然，可入本事詞中。疏影簾波云：「春陰小院。恰一重一掩，煙細風軟。望裏盈盈，疑隔銀河，畢竟較伊清淺。依稀透露驚鴻影，却尚恨、巫雲遮斷。待託誰、爲爾通辭，除是撲鉤雙燕。曾訝梳頭晏起，鏡潮紅暈頰，簾底窺見。咫尺分張，聽得釵聲，但覺坐來人遠。宵闌浸到蛾眉月，更蕩漾、涼痕無限。攙和了、花影層層，未許湘紋流散。」後段深得題神。憶舊遊自題秋雨填詞圖云：「慣當杯側帽，紅燭烏絲，醉擘蠻箋。偏易春韶換，早消磨綺夢，盡化秋煙。禁他一簾細雨，點滴損秋眠。記佛火僧寮，夜潮客舫，長在愁邊。闌珊更誰省，是宴散旗亭，水皺笙寒。鬢影難重緑，只風懷消減，悟後逃禪。可堪未除結習，零響叶商弦。凴讀曲沈吟，飄零彩筆非少年。」酸楚之音，自是才人失意後所作。

楊師白詞

楊叔温先生與彭甘亭丈齊名。師白以名父子中年坎坷，詞多淒厲。南柯子云：「鴨緑盈盈皺，魚雲薄薄遮。淡黃楊柳又藏鴉。照見小紅樓上月鈎斜。繡閣垂金鎖，文窗掩碧紗。一雙歸燕語梨花。料得玉人今夜未還家。」巫山一段雲云：「瘦人天氣病人時。秋花紅一枝。愁來不與夢相知。疏簾月上遲。」用筆雖輕，妙有酸澀之味。高陽臺云：「雨茁愁芽，春蘇病葉，小樓酒醒今宵。影細燈昏，有人擁髻無聊。玉梅幾日開如雪，恁忽忽、又近花朝。展香衾、鵲尾才温，鳳腦先焦。兜心記起年時事，儘瓊枝釵溜，銀甲箏調。不道相思，者回未抵魂銷。畫船聽厭吳娘曲，總輸他、水閣瀟瀟。料多情，一夜東風，吹皺紅潮。」風格在碧山、白雲間。師白又有月痕、煙影、風色、雨意四詞，刻劃微至，吳門四春詞，不得專美于前矣。

朱杏孫詞

同邑朱杏孫孝廉，與余弱冠定交，即以詩文相切劘。曾繪雪窗清咏圖，余記之。飢來驅去，勞燕分飛，杏孫雖獲一第，家中落，草草勞人，非復昔時豪興。近乃與序伯、師白、稗泉、芝門、同叔、小梅，結詞社唱和，修窮措大故事，非其素志也。詞鈎心鬥角，不喜傍人門户，於諸君子中，別調自彈，其性之兀傲可見。虞美人調作回文體云：「秋聲一夜涼燈瘦。寂寂愁新逗。病蛩悲蟀小庭中。落月悄垂，簾影翠房空。輕煙黛鎖雙眉恨。背鏡情無準。粉殘脂剩酒醒難。靠遍皺痕，羅袖倚天寒。」此調回文，國初毛西河有之。汪君子詮又于回文中作七律一首，愈徵巧妙。杏孫和之云：「孤樓綺夢寒燈隔，細雨梧窗偪冷風。珠露撲釵蟲絡索，玉環圍鬢鳳玲瓏。膚凝薄粉殘粧悄，影對疏闌小院空。蕪綠引香濃冉冉，近黃昏月映簾紅。」使西河見之，得無前賢畏後生耶。

沈小梅詞

沈君小梅家大場里枸橘籬，夢唐先生猶子，同梅丈季子也。所居春雨莊，余少時往來熟遊，與生甫、仲貽、午生結兄弟歡時，小梅尚總角讀書，英英不凡。自夢翁徂謝，午生、生甫、仲貽先後物故，近同翁亦歸道山，僅小梅與仲兄穉聰塤篪相倡和而已。余邇來人琴之痛，不甚過春雨莊。猶憶往時，小梅欲學詞，余告以從玉田入手，即和余紅香緑影咏紅緑梅及花陰柳影諸詞，清雋諧婉，咄咄逼人。余謂君詞可大成，第勿專學玉田，流于空滑，當以夢窗救其弊。小梅唯唯，顧心弗善也。今余論詞之旨，較前又異，諸君子刻集時，皆郵寄相質。獨序伯、杏孫未經余去取。小梅則寄示，而去取不甚從余，知其未能心服。然此事千秋，自有定論，非一人之私言所能輕重。況余所獻箴言，實出朋友相愛之誠耶。余所云：「有厚入無間者，南宋自稼軒、夢窗外，石帚間能之，碧山時有此境，其他卽無能爲役矣。」小梅他日工力益深，優入北宋，方信吾言。數世通家，同案兄弟，故敢妄論如此。

小梅詞尖新

小梅蝶戀花云：「約住海棠魂未醒。嫩寒作就春人病。」浣溪沙云：「荻絮因風疑作雪，柳絲弄暝不成煙。夕陽紅上鷺鷥肩。」元人集中名句也。如此尖新，豈不可喜。然石帚、夢窗尚須加一層渲染，淮海、清真則更添幾層意思。加渲染，添意思，正欲其厚也。若入李氏、晏氏父子手中，則不期厚而自厚，此種當于神味別之。

汪穉泉詞

滄江樂府七人中，汪君穉泉年少多才，余見其所著蘭笑詞，詫曰：「此詞家射雕手也。長調音節瀏亮，頓挫生姿，瓣香納蘭容若，而絕少衰颯氣。小令中腔，芬芳悱惻，不墮南宋人雲霧。加以學力，鄙人當退避三舍矣。」臨江仙云：「蘭月流波銀箭咽，比肩人影窗西。眉尖傳語太迷離。蚖膏羞照鏡，麝屑替熏衣。悄説輕寒今夜減，姸春暖護雙棲。頰潮紅暈鬢雲低。海棠濃睡好，多事曉鶯啼。」蝶戀花云：「銀鑰沉沉深院靜。一點冰丸，簾隙窺人冷。拂檻芭蕉聲不定。黄昏瘦了釭花影。酒到今宵偏易醒。倦倚紅蕤，往事和愁省。那更懨懨添小病。藥煙吹上屏山暝。」霓裳中序第一云：「玫階雨乍歇。黶洗花房霏碎纈。珠淚瓊壺暗結。剩幽思訴蛩，離魂招蝶。苔衣翠貼。歎瘦紅低葬秋雪。腸空斷、綠章漫奏，往事夢飄瞥。　悽絕。粉愁盈曆。認倩影涼煙漸滅。年年長是恨别。有銀燭風摇，紺袖塵壓。墜香誰更乞。記聽取、穿廊鈿簽。還惆悵，碧窗人靜，夜吟雁箏咽。」高陽臺云：「倚病鐫愁，尋香煮夢，等閒又過殘春。落盡藤花，暝煙何處斜門。纏綿紅了江魚尾，託微波、總隔癡雲。忒瞢騰，點點鮫珠，偷揾羅巾。　當時只道相逢好，有釵光掠削，箏語温存。翠被天涯，而今一樣黄昏。雕梁多少營巢燕，怨東風、容易飄茵。下簾丁，懶疊瓊箋，懶把銀尊。」玫階雨乍歇一首，似夢窗，倚病鐫愁一首，似碧山。其他若燕筍蠶豆咏物諸首，俱運清雋之筆。三十自述諸首，吐磊落之懷。初集如此，他日造就，正未可量。

錢芝門詞

錢君芝門，爲序伯高弟，序伯善畫，芝門工書，序伯老去填詞，芝門妙年度曲，在同社中以白描本色語見長，自然妍雅。柳梢青云：「涼月中庭。明河絡角，風露淒清。一抹紅牆，幾株碧柳，三兩秋鶯。誰家小院調箏。有多少、愁春未醒。夢裏香痕，酒邊心事，説也零星。」風蝶令云：「空憶銷魂處，愁多酒不濃。亂雅啼斷月明中。枯柳荒灣，獨自倚疏篷。惜別秋無據，相思夢欲空。年來我亦慣飄蓬。江闊雲低，夜夜聽孤鴻。」長亭怨唐園探梅云：「是依舊風廊月檻。雪海香兜，酒槽珠釃。喚醒吟魂，寒煙幾筆够荒暗。濃春誰綰。生怕是銷磨漸。那更證盟鷗，驀提起、天涯萍感。還念者，青衫飄泊，不分紅顏分占。花枝照眼，奈鏡裏華絲偷減。好寄語、湘燕江鴻，漫重省、舊遊淒黯。只鈿箧飄殘，莫便東風輕颭。」讀之覺淒厲動魂，芬芳竟體。

同叔從碧山玉田入手

同叔于詞，才性最近，出筆便饒秀均。余初刻緑箫、碧田二卷，同叔一見深嗜。時余方從事南宋，以空靈婉約爲主。同叔以余爲前馬，所作亦從碧山玉田入手。鷓鴣天云：「春陰漠漠紅牆外，細雨桃花燕子愁。東風也惜離人瘦，不放輕寒上小樓。」浣溪沙云：「鸚語緑呼花命短，鵑心紅化柳絲長。」殊見新穎。瑞鶴仙云：「亂鶯啼夢醒。正翠窈紅深，幽閨人病。熏爐篆煙静。化愁絲恨縷，暗飄羅幰。釵鈿懶整。掩冰奩、塵棲粉鏡。悄生寒，一角紋紗，又墮半規蟾影。誰省。顰蛾翠減，瘦損蘭衿，畫闌閒凭。絲風未定，疏簾外、弄煙暝。歎相思難寄，鴛綃偷展。淚點飄珠冷凝。想高樓，幾處笙歌，夜粧門靚。」古豔幽秀，兼夢窗、碧山之勝。余客滬城，同叔填長亭怨慢寄懷云：「又香徑愁紅如掃。幾許離情，暗縈芳草。如此江山，此時不似舊懷抱。采蘭倦矣，空悵望、知音少。留得一分春，儘消受、燕昏鶯曉。春杳。盼迢迢碧水，隔歲未通孤棹。美人何處，定延佇、冪蘿幽沼。是甚日，共賦登樓，更共聽、簫聲淒悄。算遊冶忽忽，未許閒蹤閒早。」倦尋芳琴河歸棹云：「菰煙颭影，芷雨吹香，涼倚孤棹。幾度看秋，消得鬢絲抽老。遠夢怕隨流水渡，雁聲又報西風悄。聽蕭蕭，剩無多楓葉，替描愁稿。悵次第年光漸換，打槳横塘，催送歸早。款竹門前，應被鷺鷗雙笑。望眼旗亭還貰酒，那堪薄暝聞淒調。甚冰蟾向黃昏，露簾偏照。」風格在蒲江、竹屋間。具此才調，倘從余今日之持論，力追南唐北宋諸家，所謂有厚入無間者，庶幾得之。

雲都圖題詞

嘉定侯秬園先生，貞臣遺裔，盛世逸民，少時夢與神女遇，呼爲雲都十七郎官，事甚怪。序伯得雲都十七郎官印，寫雲都圖，拓印文裝册徵題。楊師伯賦高陽臺云：「病海湔愁，柔鄉鑄夢，個中一味瞢騰。單枕遊仙，幾回親到墉城。絳都縹緲青都隔，有閒雲、便惹閒情。盡饒伊，騃女癡男，片石三生。前生倘是封姨姊，況今宵缺月，後夜燒鐙。第九班中，玉清曾替簽名。鑑湖孤負當年約，者頭銜、賺了卿卿。忍重看，蠆尾銀鈎，紅蕊飄零。」汪穊泉賦憶舊遊云：「想乘鸞宿約，化蝶離魂，一枕遊仙。笑指瓊樓上，道班行弟九，袍爵前緣。綠章夜銜花鳳，小字署郎官。更煙洹綃衣，霞棲斗帳，幾度纏綿。人天渺何處，但家國蒼涼，淚咽紅鵑。略訴幽修怨，似女蘿山鬼，淒斷湘弦。甚時鑑湖重到，吹散彩雲妍。剩片石摩挲，苔紋暗碧尋秬園。」此可補虞初九百中一則嘉話。

南宋詠物皆有寄託

詞原于詩，卽小小咏物，亦貴得風人比興之旨。唐、五代、北宋人詞，不甚咏物，南渡諸公有之，皆有寄託。白石、石湖咏梅，暗指南北議和事。及碧山、草窗、玉潛、仁近諸遺民，樂府補遺中，龍涎香、白蓮、蓴、蟹、蟬諸咏，皆寓其家國無窮之感，非區區賦物而已。知乎此，則齊天樂咏蟬，摸魚兒咏蓴，皆可不續貂。卽間有咏物，未有無所寄託而可成名作者。余于近來諸君子咏物之作，縱極繪聲繪影之妙，多所不取。善乎保緒先生之言曰：「凡詞後段，須拓開説去。」此可爲咏物指南。

張次柳詞

道光末，余往來吴門，主張次柳凱公子家。次柳爲白也太守令子，雅喜倚聲，嘗集古來閨秀詞數百家，屬余選訂付梓未果。所著有三影樓琴譜。三影句，説者不一，余與之審定，爲「無數楊花過無影，隔牆送過秋千影，雲破月來花弄影」三語。次柳演其意作洞仙歌三首，一時和者頗衆。嘗從天籟閣詞譜，補萬氏詞譜未收者，作陽臺怨、添字采桑子、碧玉簫、憶人人、鸚鵡曲、珍珠令、二色宫桃諸首，可謂能好事者矣。浣溪沙云：「漠漠春光上翠微。溶溶春意透羅幃。落花無賴對人飛。南國種愁紅豆子。東風牽恨緑楊絲。向來從不許相思。」「槐緑陰濃日未曛。文楸戲賭玉釵温。凭肩低囑最銷魂。妾是鳳仙郎鳳子，姊呼桃葉妹桃根。鴛鴦從小不輕分。」「檻外宵深桂影移。鸞箋欲寄意遲遲。滿身香霧立多時。湘琯烏絲書小字，玉箏檀板唱新詞。明明心事燭花知。」「小閣輕寒過雁聲。一丸霜月漏三更。熏籠斜倚奈淒清。金翦翦餘愁翦翦，玉笙生喚夢生生。更無情緒記零星。」次柳又有「各自銷魂，獨自聽春雨」句，爲黄霽青丈所賞識，詞名由此鵲起。

袁又村詞

錢塘袁又村大令祖惠，爲隨園先生文孫，蘭村通守哲嗣。佐貳起家，風雅夙嗜。丞吾邑時，曾以詞相質證。及攝令上海，余亦作寓公，竟不往見。癸丑八月五日君殉守土之節，余乃往哭，爲作殉難本末一篇，刻拙集中。兵後所著詩詞，未知尚有存否。今敝篋中檢得題余芬陀利室詞集浪淘沙二詞，亟登之，其人與詞並可存也。詞云：「何處玉人簫。吹度長橋。風前垂柳雪中蕉。不是個中人不省，翡翠蘭苕。碧海任萍飄。往事如潮。拈花回首惹魂銷。奩裏青蓮留一瓣，舌蕊心苗。」又村才性聰敏，繪事篆刻，無藝不精。嘗新丞署廳事集句作楹帖云：「翦取吴淞半江水，卽是河陽一縣花。」其靈心慧業，可見一斑。

小梅和柳影詞

小梅和余柳影詞，頗得草窗風格。調倚春霽云：「空翠波迢，盪濃陰一抹，便是春色。鎖夢螺屏，冪愁鷗榭，濛濛絮痕凝碧。夢圍瀟陌，曉風卷起都無迹。憶往日、千縷軟魂，低裊畫闌側。高樓望斷，慘緑迷茫，短堠長亭，冶情騷瑟。正依依斜陽淡了，纖腰難倚小蠻泣。鸞鏡淺眉描未得。儘堪憐處，空教盼盡倡條，更何從、問燕消鶯息。」

秦少園詞

嘉定秦少園嘗於夢中得「笑攜紈扇一團月，戲插花枝兩鬢雲」句，繪詩夢圖，序伯諸人題之。少園雅喜填詞，孫次公同人詞選中，刻其聽松濤閣詞一卷，余閱之，想係少作。聞近著繡沅詞，當更有進境，惜余未之見也。

張東墅詞

張篠圃中丞督學江蘇時，余與嘉定張東墅修府同受知遇之恩。丙午秋賦，中丞師亦謂兩人必售。無何，賤子鎩羽西風，而東墅聯翩直上，入侍木天，出歷戎馬，雖里居較近，不甚款洽。及拙稿初刻，東墅託人轉覓，始知其詩詞夙工。第翦燭論文，未訂西窗之約。茲從陸樹齋同門東虬草堂詞中，得題辭一首，録之。金縷曲云：「碾玉搓香句。怪天風泠泠，吹下紫雲仙譜。湖海交遊塵海夢，身世蒼涼休訴。好料理、應官聽鼓。依樣胡盧誇幾輩，問三生、此筆能爭否。呼石帚，論千古。勞生自笑浮名誤。冷風懷、中年漸近，怕歌金縷。昔夢瓊樓翻舊曲，重濕青衫淚雨。算萬刼、情天難補。趁著燕臺花信早，擲貂裘、且醉鑪頭去。敲鐵板，爲君舞。」此詞想東墅與樹齋同客都門時作。今陸弟云亡，回思張緒當年，能無腸斷。

子九寄紅蕤詞

子九自號淞北玉魫生，家居甫里，讀書應試，往來於鴻城鹿邑間，頗多影事。所眷紅蕤者，絶色也，曾有囓臂盟，願居妾媵列，後卒不果。紅蕤工詩詞，刺血寫經，爲子九禳病，其情深摯如此，宜子九之惓惓不忘也。酒闌燈灺，私爲余述之，欷歔不已。有寄紅蕤詞三闋，爲録于此。殘春向盡，芳訊杳然，填此爲紅蕤問，調寄高陽臺：「棠韻添紅，梨痕破白，芳叢緩緩偷開。曾不多時，緑陰寂寂樓臺。流鶯苦勸殘春住，奈今年、春已成灰。爲東風、吹得傷心，怕見春來。香盟鏡約何曾改，恨朱樓望遠，青鳥音乖。尚記前番，扁舟載得愁回。枇杷門巷應依舊，怕他年、深掩荒苔。最堪憐，寒色飛花，芳草天涯。」春事盡矣，春愁轉劇，恐絶代佳人，不久於空谷也。青鳥不來，心焉悽惋，爲倚此解，調寄西子粧：「柳外煙霏，花邊霧隱，作出濃陰如許。青衫蕉萃淚痕多，今年芳事成孤負。落紅無語。忍親見、殘春歸去。問東風甚無情，嫁了海棠何處。短牆外，開盡碧桃，門掩瀟瀟雨。鏡臺信息半無憑，况煙波，幾重間阻。不情不緒，思量著、年時凄楚。怕重來，只剩荒涼院宇。」重至江村，舊巢已换，滿目蕭然，恨焉今昔，調寄臺城路：「斜陽一片銷魂地，重來已增凄楚。蘚跡粘階，苔錢繡徑，舊日曾經行處。梁空燕去，算尚有流鶯，苦留人住。記得闌前，深宵涼影共私語。天涯恨多間阻。低徊徵鏡約，甚日萍聚。葳蕤深鎖，人面都非，赢得淒涼如許。舊時門户。更瘦到垂楊，添來愁緒。夢也難尋，幾重江上樹。」

按：先生嘯古堂文集，自序稱詞話八卷，今流傳於世者僅兹三卷，疑八卷乃預擬之數，未及於生前殺青耳。又詞話卷一，先生謂嘉慶末識周保緒先生於田若谷邑宰署中，此殆先生晚年追敍時所誤記，或嘉慶末嘗見保緒先生於他處也。檢寶山縣志官師表，田若谷三知寶山，其末任係嘉慶十四年，而去任之年，係嘉慶十七年，時先生方五歲，曾否於任内識周，無由證實。詞話卷二引姚梅伯序云，諸公方弓刀乞貴，我輩猶花月言愁，檢姚氏手寫稿，花月言愁四字，原作脂粉薶窮，想係先生誤記。姚氏手寫稿，今藏寶山羅店陳氏家。詞話卷三，載沈小梅爲夢唐先生猶子，檢李申耆撰沈先生傳，夢唐當作夢塘。閱先生詞話既竟，因就見及者略志數語，儻亦談藝者之所樂聞歟。邑後學滕固識。

詞概

〔清〕劉熙載撰

詞概目録

詞概

詞爲聲學

樂歌，古以詩，近代以詞。如關雎、鹿鳴，皆聲出於言也。詞則言出於聲矣，故詞，聲學也。

詞之音意無窮

説文解詞字曰：「意内而言外也。」徐鍇通論曰：「音内而言外，在音之内，在言之外也。」故知詞也者，言有盡而音意無窮也。

詞調本諸倡和

詞有創調、倚聲，本諸倡和。倡和莫先於虞廷：觀乃歌曰以下三句調，卽乃賡載歌及又歌之調所出也。風雅篇必數章，後章亦多用前調，其或前後小異者，殆猶詞同調之又一體耳。

詞具六義

詞導源於古詩，故亦兼具六義。六義之取，各有所當，不得以一時一境盡之。

詞須辨雅鄭

樂中正爲雅，多哇爲鄭。詞樂章也，雅鄭不辨，更何論焉。

梁陳詩具詞體

梁武帝江南弄、陶宏景寒夜怨、陸瓊飲酒樂、徐孝穆長相思，皆具詞體，而堂廡未大。至太白菩薩蠻之繁情促節，憶秦娥之長吟遠慕，遂使前此諸家，悉歸環内。

太白詞足抵少陵秋興

太白菩薩蠻、憶秦娥兩闋，足抵少陵秋興八首，想其情境，殆作於明皇西幸後乎。

張志和漁歌子風流千古

張志和漁歌子，西塞山前白鷺飛一闋，風流千古。東坡嘗以其成句用入鷓鴣天，又用於浣溪沙，然其所足成之句，猶未若原詞之妙通造化也。黄山谷亦嘗以其詞增爲浣溪沙，且誦之有矜色焉。

太白與志和一憂一樂

太白菩薩蠻、憶秦娥，張志和漁歌子兩家，一憂一樂，歸趣難名，或靈均思美人、哀郢，莊叟濠上近之耳。

温韋不同

温飛卿詞精妙絶人，然類不出乎綺怨。韋端己、馮正中諸家詞，留連光景，惆悵自憐，蓋亦易飄颻於風雨者。若第論其吐屬之美，又何加焉。

晏歐學馮

馮延巳詞，晏同叔得其俊，歐陽永叔得其深。

宋張實趣不同

宋子京詞是宋初體。張子野始創瘦硬之體，雖以佳句互相稱美，其實趣尚不同。

王半山詞一洗五代舊習

王半山詞瘦削雅素，一洗五代舊習，惟未能涉樂必笑，言哀已歎，故深情之士，不無間然。

柳詞不能比杜詩

柳耆卿詞，昔人比之杜詩，爲其實説，無表德也。余謂此論其體則然，若論其旨，少陵恐不許之。

柳詞風期未上

耆卿詞細密而妥溜，明白而家常，善於敍事，有過前人。惟綺羅香澤之態，所在多有，故覺風期未上耳。

坡詞近太白

東坡詞頗似老杜詩，以其無意不可入，無事不可言也。若其豪放之致，則時與太白爲近。

東坡復古

太白憶秦娥聲情悲壯，晚唐、五代惟趨婉麗，至東坡始能復古。後世論詞者，或轉以東坡爲變調，不知晚唐、五代乃變調也。

坡詞風流標格

東坡定風波云：「尚餘孤瘦雪霜姿。」荷華媚云：「天然地別是風流標格。」雪霜姿，風流標格，學坡詞者，便可從此領取。

坡詞自成一家

東坡與鮮于子駿書云：「近卻頗作小詞，雖無柳七郎風味，亦自成一家，一似欲爲耆卿之詞，而不能者。」然坡嘗譏秦少游滿庭芳詞學柳七句法，則意可知矣。

坡詞具神仙出世之姿

東坡詞具神仙出世之姿，方外白玉蟾諸家，惜未詣此。

山谷詞爲曲家濫觴

黄山谷詞用意深至，自非小才所能辨。惟故以生字俚語，侮弄世俗，若爲金元曲家濫觴。

梅詞爲少游開先

少游詞有小晏之妍，其幽趣則過之。梅聖俞蘇幕遮云：「落盡梅花春又了，滿地斜陽，翠色和煙老。」此一種，似爲少游開先。

少游詞自出清新

秦少游詞得花間、尊前遺韻，卻能自出清新。東坡詞雄姿逸氣，高軼古人，且稱少游爲詞手。山谷傾倒於少游千秋歲詞「落紅萬點愁如海」之句，至不敢和。要其他詞之妙，似此者豈少哉。

秦湛詞勝乃翁

少游水龍吟「小樓連苑橫空，下窺繡轂雕鞍驟」，東坡譏之云：「十三個字，只説得一個人騎馬樓前過。」語極解頤。其子湛作卜算子云：「極目煙中百尺樓，人在樓中否。」言外無盡，似勝乃翁，未識東坡見之云何。

晏賀柳秦俱尚婉

叔原貴異，方回贍逸，耆卿細貼，少游清遠，四家詞趣各别，惟尚婉則同耳。

晁无咎不能追東坡

東坡詞在當時鮮與同調，不獨秦七、黄九别成兩派也。晁无咎坦易之懷，磊落之氣，差堪驂靳。然懸崖撒手處，无咎莫能追躡矣。

辛詞摸魚兒本无咎

无咎詞堂廡頗大，人知辛稼軒摸魚兒「更能消幾番風雨」一闋，爲後來名家所競效。其實辛詞所本，即无咎摸魚兒「買陂塘、旋栽楊柳」之波瀾也。

周詞當不得個貞字

周美成詞，或稱其無美不備。余謂論詞莫先於品，美成詞信富艷精工，只是當不得個貞字。是以士大夫不肯學之，學之則不知終日意縈何處矣。

周旨蕩而史意貪

周美成律最精審，史邦卿句最警鍊，然未得爲君子之詞者，周旨蕩，而史意貪也。

稼軒假詞以鳴

辛稼軒風節建豎，卓絶一時，惜每有成功，輒爲議者所沮。觀其踏莎行和趙興國有云：「吾道悠悠，憂心悄悄。」其志與遇，概可知矣。宋史本傳，稱其雅善長短句，悲壯激烈。又稱謝校勘過其墓旁，有疾聲大呼於堂上，若鳴其不平。然則其長短句之作，固莫非假之鳴者哉。

稼軒善運用古書

稼軒詞龍騰虎擲，任古書中理語廋語，一經運用，便得風流，天姿是何夐異。

蘇辛詞瀟洒卓犖

蘇辛皆至情至性人，故其詞瀟灑卓犖，悉出於温柔敦厚。或以粗獷託蘇辛，固宜有視蘇辛爲别調者哉。

辛姜氣味相通

張玉田盛稱白石，而不甚許稼軒，耳食者遂於兩家有軒輊意。不知稼軒之體，白石嘗效之矣，集中如永遇樂、漢宮春諸闋，均次稼軒韻。其吐屬氣味，皆若秘響相通，何後人過分門戸耶。

不宜强論辛姜得失

白石才子之詞，稼軒豪傑之詞，才子豪傑，各從其類愛之，强論得失，皆偏辭也。

姜詞如琴如梅

姜白石詞幽韻冷香，令人挹之無盡，擬諸形容，在樂則琴，在花則梅也。

白石似藐姑冰雪

詞家稱白石曰白石老仙，或問畢竟與何仙相似，曰：「藐姑冰雪，蓋爲近之。」

辛陳詞相似

陳同甫與稼軒爲友，其人才相若，詞亦相似。同甫賀新郎寄幼安見懷韻云：「樓猶如此堪重別。只使君從來與我，話頭多合。行矣置之無足問，誰換妍皮癡骨。但莫使伯牙絃絶。」其酬幼安再用韻見寄云：「斬新換出旗麾別。把當時一椿大義，拆開收合。據地一呼吾往矣，萬里摇肢動骨。這話欛只成癡絶。」懷幼安用前韻云：「男兒何用傷離别。況古來幾番際會，風從雲合。千里情親長晤對，妙體本心次骨。卧百尺高樓斗絶。」觀此則兩公之氣誼懷抱，俱可知矣。

同甫水龍吟言近指遠

同甫水龍吟云：「恨芳菲世界，游人未賞，都付與鶯和燕。」言近指遠，直有宗留守大呼渡河之意。

放翁詞安雅清贍

陸放翁詞，安雅清贍，其尤佳者在蘇、秦間。然乏超然之致，天然之韻，是以人得測其所至。

劉改之詞沉着不及稼軒

劉改之詞，狂逸之中，自饒俊致，雖沉着不及稼軒，足以自成一家。其有意效稼軒體者，如沁園春「斗酒彘肩」等闋，又當別論。

高竹屋詞嫌多綺語

高竹屋詞，爭驅白石，然嫌多綺語。如御街行之詠轎，其設想之細膩曲折，何爲也哉。詠簾亦然。劉改之沁園春詠美人指甲、美人足二闋，以褻體爲世所共譏，然病在標者，猶易治也。

劉後村詞旨正而語有致

劉後村詞，旨正而語有致。真西文章正宗，詩歌一門，屬後村編類，且約以世教民彝爲主，知必心重其人也。後村賀新郎席上聞歌有感云：「粗識國風關雎亂，羞學流鶯百囀。」總不涉閨情春怨。又云：「我有生平離鸞操，頗哀而不愠，微而婉。」意殆自寓其詞品耶。

竹山爲長短句之長城

蔣竹山詞未極流動自然，然洗鍊縝密，語多創獲。其志視梅溪較貞，其思視夢窗較清。劉文房爲五言長城，竹山其亦長短句之長城與。

張玉田詞轉益多師

張玉田詞清遠蘊藉，悽愴纏綿，大段瓣香白石，亦未嘗不轉益多師。即探芳信之次韻草窗，瑣窗寒之悼碧山，西子妝之效夢窗可見。

張王兩家情韻相近

評玉田詞者，謂當與白石老仙相鼓吹。玉田作瑣窗寒，悼王碧山，序謂碧山其詞閑雅，有姜白石意。今觀張王兩家，情韻極爲相近，如玉田高陽臺之「接葉巢鶯」，與碧山高陽臺之「淺萼梅酸」，尤同鼻息。

文文山詞乃變之正

文文山詞有風雨如晦、雞鳴不已之意，不知者以爲變聲，其實乃變之正也。故詞當合其人之境地以觀之。

兩宋詞用筆不同

北宋詞用密亦疏，用隱亦亮，用沉亦快，用細亦闊，用精亦渾。南宋只是掉轉過來。

南宋詞近柳多近秦少

南宋詞近耆卿者多，近少游者少；少游疏而耆卿密也。

宋詞喻唐詩

詞品喻諸詩，東坡、稼軒，李杜也。耆卿，香山也。夢窗，義山也。白石、玉田，大曆十子也。其有似韋蘇州者，張子野當之。

元遺山詩詞

金元遺山，詩兼杜、韓、蘇、黄之勝，儼有集大成之意。以詞而論，疏快之中，自饒深婉，亦可謂集兩宋之大成者矣。

劉靜修詞似陶詩

東坡謂陶淵明詩，臞而實腴，質而實綺。余謂元劉靜修之詞亦然。

蘇辛詞與劉靜修詞

蘇、辛詞似魏玄成之嫵媚，劉靜修詞似邵康節之風流，倘泛泛然以横放瘦淡名之，過矣。

虞薩詞與張仲舉詞

虞伯生、薩天錫兩家詞，皆兼擅蘇、秦之勝。張仲舉詞，大抵導源白石，時或以稼軒濟之。

論詞之章法

詞之章法，不外相摩相盪，如奇正、空實、抑揚、開合、工易、寬緊之類是已。

論詞中承接轉換

詞中承接轉換，大抵不外紆徐斗健，交相爲用。所貴融會章法，按脈理節拍而出之。

論詞中起收對

元陸輔之詞旨云：「對句好可得，起句好難得，收拾全藉出場。」此蓋尤重起句也。余謂起收對三者，皆不可忽。大抵起句非漸引卽頓入，其妙在筆未到，而氣已吞。收句非繞回卽宕開，其妙在言雖止，而意無盡。對句非四字六字，卽五字七字，其妙在不類於賦與詩。

詞之過變本於詩

詞有過變，隱本於詩。宋書謝靈運傳論云：「前有浮聲，則後須切響。」蓋言詩當前後變化也，而雙調換頭之消息，卽此已寓。升歌笙入，閒歌合樂，楚辭招魂，所謂四上競氣也。詞之過變處，節次淺深，準此辨之。

詞須情景相融

詞或前景後情，或前情後景，或情景齊到，相間相融，各有其妙。

詞須愈轉愈深

一轉一深，一深一妙，此騷人三昧，倚聲家得之，便自超出常境。

詞須空中蕩漾

空中蕩漾最是詞家妙訣。上意本可接入下意，卻偏不入。而於其間傳神寫照，乃愈使下意，栩栩欲動。楚辭所謂「君不行兮夷猶，蹇誰留兮中洲」也。

詞須去來無迹

詞要放得開，最忌步步相連。又要收得回，最忌行行愈遠。必如天上人間，去來無迹，斯爲入妙。

小令與長調之所難

小令難得變化，長調難得融貫，其實變化融貫，在在相須，不以長短別也。

詞須隱秀

詞以鍊章法爲隱，鍊字句爲秀。秀而不隱，是猶百琲明珠，而無一綫穿也。

鍊字與鍊句

鍊字，數字爲鍊，一字亦爲鍊。句則合句首、句中、句尾以見意，多者三四層，少亦不下兩層。詞家或遂謂字易而句難，不知鍊句固取相足相形，鍊字亦須遥管遥應也。

詞中虛字

玉田謂詞與詩不同，合用虛字呼唤。余謂用虛字正樂家歌詩之法也。朱子云：「古樂府只是詩，中間卻添出許多泛聲，後人怕失了那泛聲，逐一聲添個實字，遂成長短句，今曲子便是。」案朱子所謂實字，謂實有個字，雖虛字亦是有也。

詞之好處所在

詞之好處，有在句中者，有在句之前後際者。陳去非虞美人：「吟詩日日待春風。及至桃花開後卻匆匆。」此好在句中者也。臨江仙：「杏花疏影裏，吹笛到天明。」此因仰承憶昔俯注一夢，故此二句不覺豪酣，轉成悵悒，所謂好在句外者也。倘謂現在如此，則騃甚矣。

方回青玉案收句

賀方回青玉案詞，收四句云：「試問閒愁都幾許，一川煙草，滿城風絮，梅子黄時雨。」其末句好處，全在試問句呼起，及與上一川二句並用耳。或以方回有賀梅子之稱，專賞此句誤矣。且此句原本寇萊公

「梅子黄時雨如霧」詩句，然則何不目萊公爲寇梅子耶。

詞之妙全在襯跌

詞之妙，全在襯跌，如文文山滿江紅和王夫人云：「世態便如翻覆雨，妾身元是分明月。」酹江月和友人驛中言别云：「鏡裏朱顔都變盡，只有丹心難滅。」每二句若非上句，則下句之聲情不出矣。

詞不宜舍章法而專求字句

詞眼二字，見陸輔之詞旨。其實輔之所謂眼者，仍不過某字工，某句警耳。余謂眼乃神光所聚，故有通體之眼，有數句之眼，前前後後，無不待眼光照映。若舍章法而專求字句，縱争奇競巧，豈能開闔變化，一動萬隨耶。

用韻須知通别

詞家用韻，在先觀其韻之通别，别者必不可通，通者仍須知别。如江之於陽，真之於庚，古韻既别，雖今吻相通，要不得而通也。東冬於江，歌於麻，古韻雖通，然今吻既别，便不可以無别也。至一韻之中，如十三元韻，今吻讀之，其音約分三類，亦當擇而取之，餘韻準此。

效古者當專效一體

詞中平仄，體有一定，古人或有平作仄，仄作平者，必合句上、句下、句内之字，權其律之所宜，互爲更換斯得，如銅山靈鐘，東西相應。故效古者，當專效一體，不可挹彼注兹，致譏聲病。

平可代上入

平聲可爲上入，語本張玉田詞源，則平去之不可相代審矣。然平可代以上入，而上入或轉有不可互代者。玉田稱其父寄閒老人瑞鶴仙詞「粉蝶兒撲定花心不去，閒了尋香兩翅」，撲字不協，遂改爲守字，此於聲音之道，不其嚴乎。

上入有不能代平處

上入雖可代平，然亦有必不可代之處。使以宛轉遷就之聲，亂一定不易之律，則代之一說，轉以不知爲愈矣。

上去不宜相替

上去不宜相替，宋沈伯時義甫之説也。去聲當高唱，上聲當低唱，明沈璟詞隱之説也。兩説爲後人論詞者所本，爰爲表而出之。

詞家須辨陰陽

詞家既審平仄，當辨聲之陰陽，又當辨收音之口法，取聲取音以能協爲尚。玉田稱其父惜花春起早詞「瑣窗深」句，深字不協，改爲幽字，又不協，再改爲明字，始協，此非審於陰陽者乎。又深爲閉口音，幽爲斂脣音，明爲穿鼻音，消息亦別。

句中用入宜慎

古人原詞用入聲韻，效其詞者，仍宜用入。餘則否。至如句中用入，解人慎之。

辨句兼辨讀

詞家辨句兼辨讀，讀在句中，如楚辭九歌，每句中間皆有兮字，兮者無辭而有聲，即其讀也。更以古樂府觀之，篇終有聲，如臨高臺之收中吾是也。句下有聲，如有所思之妃呼豨是也。何獨於句中之聲而疑之。

句中不可多用雙聲疊韻

詞句中用雙聲疊韻之字，自兩字之外，不可多用。惟犯疊韻者少，犯雙聲者多，蓋同一雙聲，而開口、齊齒、合口、撮口，呼法不同，便易忘其爲雙聲也。解人正須於不同而同者去其隱疾。且不惟雙聲也，凡喉舌齒牙脣五音，俱忌單從一音連下多字。

十二律與後世宮調

十二律與後世各宮調異名而同實。如在黃鍾，則正黃鍾爲宮，大石調爲商，以至般涉調爲羽。在大呂則高宮爲宮，高大石調爲商，高般涉調爲羽，詞源所列，既明且備矣。

律和聲本於詩言志

詞固必期合律，然雅頌合律，桑間濮上亦未嘗不合律也。律和聲，本於詩言志，可爲專講律者，進一格焉。

詠古詠物隱然詠懷

昔人詞，詠古詠物，隱然只是詠懷，蓋其中有我在也。然人亦孰不有我，惟「耿吾得此中正」者尚耳。

詞深於興

詞深於興，則覺事異而情同，事淺而情深。故没要緊語，正是極要緊語，亂道語正是極不亂道語。固知「吹皺一池春水」，干卿甚事，原是戲言。

東坡和楊花詞

鄰人之笛，懷舊者感之，斜谷之鈴，溺愛者悲之。東坡水龍吟和章質夫詠楊花云：「細看來不是楊花，點點是離人淚。」亦同此意。

史姜詠物評語

東坡水龍吟起云：「似花還似非花。」此句可作全詞評語，蓋不離不即也。時有舉史梅溪雙雙燕詠燕，姜白石齊天樂賦蟋蟀，令作評語者，亦曰「似花還似非花」。

用事貴無事障

詞中用事，貴無事障。晦也，膚也，多也，板也，此類皆障也。姜白石詞用事入妙，其要訣所在，可於其詩說見之。曰：「僻事實用，熟事虛用，學有餘而約以用之，善用事者也。乍敍事而閒以理言，得活法者也。

詞有點有染

詞有點有染，柳耆卿雨淋鈴云：「多情自古傷離別，更那堪、冷落清秋節。今宵酒醒何處，楊柳岸、曉風殘月。」上二句點出離別。冷落、今宵二句，乃就上二句意染之。點染之間，不得有他語相隔。隔則警句亦成死灰矣。

尚風與尚骨

詞有尚風，有尚骨，歐公朝中措云：「手種堂前楊柳，別來幾度春風。」東坡雨中花慢云：「高會聊追短景，清商不假餘妍。」孰風孰骨可辨。

胡明仲論蘇詞

王敬美論詩云：「河下輿隸，須驅遣另換正身。」胡明仲稱「眉山蘇氏詞，一洗綺羅香澤之態，擺脫綢繆宛轉之度，使人登高望遠，舉首高歌，而逸懷浩氣，超乎塵埃之表。」此殆所謂正身者耶。

詞亦有西江西崑兩派

詩有西江、西崑兩派，惟詞亦然。戴石屏望江南云：「誰解學西崑。」是學西江派人語，吴夢窗一流，當不喜聞。

借色與真色

詞之爲物，色香味宜無所不具。以色論之，有借色，有真色，借色每爲俗情所豔。不知必先將借色洗盡，而後真色見也。

論詞之喻

昔人論詞，要如嬌女步春。余謂更當有以益之曰，如異軍特起，如天際真人。

清空與妥溜

詞尚清空妥溜，昔人已言之矣。惟須妥溜中有奇創，清空中有沉厚，才見本領。

詞要恰好

詞要恰好，粗不得，纖不得，硬不得，輭不得。不然非傖父即兒女矣。

詞要厚而清

黃魯直跋東坡卜算子「缺月掛疏桐」一闋云：「語意高妙，似非喫煙火食人語，非胸中有萬卷書，筆下無一點塵俗氣，孰能至此。」余案詞之大要，不外厚而清。厚，包諸所有。清，空諸所有也。

詞之味韻骨

詞淡語要有味，壯語要有韻，秀語要有骨。

詞要清新

詞要清新，切忌拾古人牙慧。蓋在古人爲清新者，襲之卽腐爛也，拾得珠玉化爲灰塵，豈不重可鄙笑。

全體與内藴

描頭畫角，是詞之低品。蓋詞有全體，宜無失其全，詞有内藴，宜無失其藴。

詞妙在寄言

詞之妙，莫妙於以不言言之，非不言也，寄言也。如寄深於淺，寄厚於輕，寄勁於婉，寄直於曲，寄實於虛，寄正於餘，皆是。

詞以不犯本位爲高

詞以不犯本位爲高，東坡滿庭芳：「老去君恩未報，空回首，彈鋏悲歌。」語誠慷慨。然不若水調歌頭：「我欲乘風歸去，又恐瓊樓玉宇，高處不勝寒。」尤覺空靈蘊藉。

詞境與詩境

司空表聖云：「梅止於酸，鹽止於鹹，而美在酸鹹之外。」嚴滄浪云：「妙處透徹玲瓏，不可湊泊，如水中之月，鏡中之象。」此皆論詩也。詞亦以得此境爲超詣。

以太白詩論詞

玉田論詞曰：「蓮子熟時花自落。」余更益以太白詩二句曰：「清水出芙蓉，天然去雕飾。」

人籟悉歸天籟

古樂府中，至語本只是常語，一經道出，便成獨得。詞得此意，則極鍊如不鍊，出色而本色，人籟悉歸天籟矣。

極鍊如不鍊

詞中句與字有似觸著者，所謂極鍊如不鍊也。晏元獻「無可奈何花落去」二句，觸著之句也。宋景文

「紅杏枝頭春意鬧」，鬧字觸著之字也。

詞貴得本地風光

詞貴得本地風光，張子野游垂虹亭作定風波有云：「見說賢人聚吴分。試問。也應傍有老人星。」是時子野年八十五，而坐客皆一時名人，意確切而語自然，洵非易到。

腔名宜還本意

詩放情曰歌，悲如蛩螿曰吟，通乎俚俗曰謡，載始末曰引，委曲盡情曰曲，詞腔遇此等名，當於詩義溯之。又如腔名中有喜怨憶惜等字，亦以還他本意爲合。

詞之興觀羣怨不下於詩

詞莫要於有關係，張元幹仲宗因胡邦衡謫新州，作賀新郎送之，坐是除名，然身雖黜而義不可没也。張孝祥安國於建康留守席上，賦六州歌頭，致感重臣罷席。然則詞之興觀羣怨，豈下於詩哉。

詞尚風流儒雅

詞尚風流儒雅，以塵言爲儒雅，以綺語爲風流，此風流儒雅之所以亡也。

綺語有顯有微

綺語有顯有微，依花附草之態，略講詞品者，亦知避之。然或不著相而染神，病尤甚矣。

借同甫語以判詞品

「没些兒媻珊勃窣，也不是峥嵘突兀，管做徹元分人物」，此陳同甫三部樂詞也。余欲借其語以判詞品，以元分人物爲最上，峥嵘突兀猶不失爲奇傑，媻珊勃窣則淪於側媚矣。

詞有陰陽

詞有陰陽，陰者采而匿，陽者疏而亮，本此以等諸家之詞，莫之能外。

詞有聲響

桓大司馬之聲雌，以故不如劉越石。豈惟聲有雌雄哉，意趣氣味皆有之。品詞者辨此，亦可因詞以得其人矣。

五代小詞風雲氣少

齊梁小賦，唐末小詩，五代小詞，雖小卻好，雖好卻小，蓋所謂兒女情多，風雲氣少也。

詞客當有雅量高致

耆卿兩同心云：「酒戀花迷，役損詞客。」余謂此等，只可名迷戀花酒之人，不足以稱詞客，詞客當有雅量高致者也。或曰：「不聞花間、尊前之名集乎。」曰：「使兩集中人可作，正欲以此質之。」

詞家先要辨得情字

詞家先要辨得情字，詩序言發乎情，文賦言詩緣情，所貴於情者，爲得其正也。忠臣、孝子、義夫、節婦，皆世間極有情之人，流俗誤以欲爲情。欲長情消，患在世道。倚聲一事，其小焉者也。

詞隨人進

詞進而人亦進，其詞可爲也。詞進而人退，其詞不可爲也。詞家轂到名教之中，自有樂地，儒雅之内，自有風流，斯不患其人之退也夫。

案：藝概卷四爲詞曲概，此條以下論曲，故不録。

詞壇叢話

〔清〕陳廷焯撰

詞壇叢話目録

詞壇叢話

詞肇於賡歌

唐以前無詞名，然詞之源，肇於賡歌，成於樂府。漢郊祀歌、短簫鐃歌諸篇，長短句不一；是詞之祖也。迄于六代，江南采蓮諸曲，去倚聲不遠。其不卽變爲詞者，律體未興，古風猶未遠也。自古詩變爲近體，五七言各分古、律、絶，傳於伶官樂部。長短句無所依，而詞於是作焉。兹將漢晉六朝諸歌曲，擇其類於詞者若干首，録入雜體一卷，亦數典不忘祖之義云。

花間之祖

有唐一代，太白、子同，千古綱領。樂天、夢得，聲調漸開。終唐之世，無出飛卿右者，當爲花間集之冠。

温詞風格

飛卿詞，風流秀曼，實爲五代兩宋導其先路。後人好爲艷詞，那有飛卿風格。

五代以馮爲巨擘

詞至五代，譬之於詩，兩宋猶三唐，五代猶六朝也。後主小令，冠絶一時。韋端己亦不在其下。終五代之際，當以馮正中爲巨擘。

北宋詞風格高

詞至於宋，聲色大開，八音俱備，論詞者以北宋爲最。竹垞獨推南宋，洵獨得之境，後人往往宗其說。然平心而論，風格之高，斷推北宋。且要言不煩，以少勝多，南宋諸家，或未之聞焉。南宋非不尚風格，然不免有生硬處，且太着力，終不若北宋之自然也。

北宋詞不及南宋處

北宋間有俚詞，間有伉語。南宋則一歸純正，此北宋不及南宋處。

兩宋不可偏廢

北宋詞，詩中之風也。南宋詞，詩中之雅也。不可偏廢，世人亦何必妄爲軒輊。

古今五家詞

古今詞人衆矣，余以爲聖於詞者有五家。北宋之賀方回、周美成，南宋之姜白石，國朝之朱竹垞、陳其年也。

賀周詞勝諸家

昔人謂東坡詞勝於情，耆卿情勝於詞，秦少游兼而有之。然較之方回、美成，恐亦瞠乎其後。

不能以繩尺律東坡

東坡詞獨樹一幟，妙絶古今，雖非正聲，然自是曲子内縛不住者。不獨耆卿、少游不及，即求之美成、白石，亦難以繩尺律之也。後人以繩尺律之，吾不知海上三山，彼亦能以丈尺計之否耶。

東坡詞別有天地

東坡詞，一片去國流離之思，哀而不傷，怨而不怒，寄慨無端，別有天地。

秦柳有可議處

秦柳自是作家，然却有可議處。東坡詩云「山抹微雲秦學士，露華倒影柳屯田」，微以氣格爲病也。

秦柳情景俱勝

秦寫山川之景，柳寫羇旅之情，俱臻絶頂，有不可以言語形容者。

歐詞未脱五代風氣

歐陽公詞，飛卿之流亞也。其香艷之作，大率皆年少時筆墨，亦非盡後人僞作也。但家數近小，未盡脱五代風氣。

小山四癡

晏小山詞，風流綺麗，獨冠一時。黃山谷序，稱叔原仕宦連蹇，而不能一傍貴人之門，是一癡也。論文自有體，而不肯一作新進士語，此又一癡也。費資千百萬，家人饑寒，而面有孺子之色，此又一癡也。是叔原之爲人，正有異於流俗，不第以綺語稱矣。

子野詞獨開妙境

張子野詞，才不大而情有餘，别於秦、柳、晏、歐諸家，獨開妙境，詞壇中不可無此一家。

余不喜山谷詞

黄山谷詞，儘有可議處，故所選從略。袁子才不喜山谷詩，余亦不喜山谷詞也。

晁无咎詞有本領

晁无咎詞，名不逮秦、柳諸家，而本領不在其下。

方回詞一片化工

方回詞，筆墨之妙，真乃一片化工。離騷耶，七發耶，樂府耶，杜詩耶，吾烏乎測其所至。

方回詞如雲煙縹緲

昔人謂方回詞，妖冶如攬嬙施之袪，富艷如入金張之堂，幽索如屈、宋，悲壯如蘇、李，此猶論其貌耳。若論其神，則如雲煙縹緲，不可方物。集中所選不多，然已足見此老面目。

美成詞獨有千古

美成樂府，開闔動盪，獨有千古。南宋白石、梅溪，皆祖清真，而能出入變化者。

美成詞工鍊無比

美成詞，鎔化成句，工鍊無比，然不借此見長。此老自有真面目，不以綴拾爲能也。

清真二字最難

美成詞，渾灝流轉中，下字用意皆有法度，故其詞名清真集。蓋清真二字最難，美成真千古詞壇領袖。

白石如詩中之淵明

詞中之有姜白石，猶詩中之有淵明也。琢句鍊字，歸於純雅。不獨冠絶南宋，直欲度越千古。清真集後，首推白石。

白石爲詞中之仙

白石詞中之仙也，惜其樂府五卷，今僅存二十餘闋。自國初已然，今更無論矣。當於各書肆中，以及窮鄉僻壤，遍訪之。

玉田詞風流疏快

白石詞，如白雲在空，隨風變滅，獨有千古。同時史達祖、高觀國兩家，直欲與白石並驅，然終讓一步。他如張輯、吴文英、趙以夫、蔣捷、周密、陳允平、王沂孫諸家，各極其盛，然未有出白石之範圍者。惟玉田詞，風流疏快，視白石稍遜，當與梅溪、竹屋，並峙千古。

辛詞出坡老之上

稼軒詞，粗粗莽莽，桀傲雄奇，出坡老之上。惟陸游渭南集可與抗手，但運典太多，真氣稍遜。

辛詞非放翁所及

稼軒詞非不運典，然運典雖多，而其氣不掩，非放翁所及。

小山改之自成大家

北宋之晏叔原，南宋之劉改之，一以韻勝，一以氣勝，別於清真、白石外，自成大家。

易安詞冠絕一時

李易安詞，風神氣格，冠絕一時，直欲與白石老仙相鼓吹。婦人能詞者，代有其人，未有如易安之空絕前後者。

喬夢符效易安

易安詞「尋尋覓覓，冷冷清清，悽悽慘慘戚戚」，喬夢符效之，作天淨沙詞云：「鶯鶯燕燕春春，花花柳柳真真。事事風風韻韻，嬌嬌嫩嫩，停停當當人人。」疊字又增其半，然不若易安之自然。蓋古人傑出之作，後人學之，鮮有能並美者。

易安謝啟爲僞作

易安名清照，格非之女，嫁趙明誠。趙彥衛雲麓漫鈔，謂易安再適張汝舟。漁磯漫鈔中，又作張汝舟，諸家皆沿其說。又僞撰易安投内翰綦公崇禮啟云：「清照啟，素習義方，粗明詩禮。近因疾病，欲至膏肓，牛蟻不分，灰釘已具。嘗藥雖存弱弟，應門惟有老兵。既爾蒼黃，因成造次。信彼如簧之說，惑兹似錦之言。弟既可欺，持官文書來輒信。身幾欲死，非玉鏡架亦安知。僶俛難言，優柔莫決。呻吟未定，强以同歸。視聽才分，實難共處。忍以桑榆之晚節，配兹駔儈之下才。身既懷臭之可嫌，惟求脱去。彼素抱璧之將往，決欲殺之。遂肆侵陵，日加毆擊。可念劉伶之肋，難勝石勒之拳。局地叩天。敢效談娘之善訴。升堂入室，素非李赤之甘心。外援難求，自陳何害。豈期末事，乃得上聞。取自宸衷，付之廷尉。被桎梏而置對，同凶醜以陳詞。豈惟賈生羞絳灌爲儕，何啻老子與韓非同傳。但祈脱死，莫望償金。友凶横者十旬，蓋非天降。居囹圄者九日，豈是人爲。抵雀捐金，利當安往。將頭碎璧，失固可知。實自謬愚，分知獄市。伏遇内翰承旨，縉紳望族，冠蓋清流，日下無雙，人間第一。奉天克復，本緣陸贄之詞。淮蔡底平，實以會昌之詔。哀憐無告，雖未解驂。感戴鴻恩，如真出己。故兹白首，得免丹書。清照敢不省過知慚，捫心識愧。責全責智，已難逃萬世之譏。敗德敗名，何以見中朝之士。雖南山之竹，豈能窮多口之談。惟智者之言，可以止無根之謗。高鵬尺鷃，本異升沉。火鼠冰蠶，難同嗜好。達人共悉，童子皆知。願賜品題，與加湔洗。誓當布衣蔬食，温故知新。再見江山，依舊一瓶一鉢。重歸畎畝，更須三沐三薰。忝在葭莩。敢兹塵瀆。」漁磯漫鈔中，謂易安再適張汝舟，竟至對簿，啟在臨安時作。案：易安並無再適事，啟乃好事者僞作無疑。考金石録語，辨之於後。

盧雅雨辨易安受誣

德州盧雅雨鹺使，作金石録序，力辨李易安再適之誣。謂德父殁時，易安年四十六矣。又六年，始爲是書作跋，是時年已五十有二。匪夏姬之三少，等季隗之就木，以如是之年猶嫁，嫁而猶望其才地之美，和好之情，亦如德父昔日。至大失所望，而後悔之，又不肯飲恨自悼，輒喋喋然形諸簡牘。此常人所不肯爲，而謂易安之明達爲之乎。觀其涔經喪亂，猶復愛惜一二不全卷軸，如護頭目，如見故人。其惓惓德父，不忘若是，安有一旦忍相背負之理，此子輿氏所謂好事者爲之。或造謗如碧雲騢之類，其又可信乎。案盧氏此辨，可謂精當。好古者慎勿隨波逐流，重誣古人也。余因録易安詞，而附論之於此。

陳雲伯辨小説之非

陳雲伯大令云：宋人小説，往往汚衊賢者。如四朝聞見録之於朱子，東軒筆録之於歐陽公，比比皆是。又謂去年元夜一詞，本歐陽公作，後人誤編入斷腸集，遂疑朱淑真爲泆女，皆不可不辨。案去年元夜一詞，當是永叔少年筆墨。漁洋辨之於前，雲伯辨之於後，俱有挽扶風教之心。余謂古人托興言情，無端寄慨，非必實有其事。此詞卽爲朱淑真作，亦不見是泆女，辨不辨皆可也。

朱淑真不亞於易安

朱淑真詞，風致之佳，情詞之妙，真不亞於易安。宋婦人能詩詞者不少，易安爲冠，次則朱淑真，次則魏夫人也。

元遺山爲金人之冠

元遺山詞，爲金人之冠。疏中有密，極風騷之趣，窮高邁之致，自不在玉田下。

仲舉爲元代作者

余雅不喜元詞，以爲倚聲衰於元也。所愛者惟趙松雪、虞伯生、張仲舉三家。然子昂原屬宋人，道園老子，所作無多。元代作者，惟仲舉一人耳。

道園詞所傳不多

道園自是作手，其詩如漢廷老吏斷獄，卓絶一時。詞亦精警團聚，脱盡前人窠臼。惜所傳寥寥，未免令人遺憾。

仲舉取法白石

仲舉詞，亦是取法白石，屏去浮豔。不獨鍊字鍊句，且能鍊氣鍊骨。以云入室則未也，然亦升白石之堂矣。

仲舉後無嗣響

余每讀仲舉詞，一喜一哀。喜其深得白石之妙，哀者，哀此碩果不食。自仲舉後，三百餘年，渺無嗣響。使非國初諸老出，詞至此，不亦亡乎。然則仲舉之詞，雖在竹屋、梅溪、白石諸老下，而讀仲舉詞者，竟作竹屋、梅溪、白石、玉田觀可也。

詞至明亡

詞至于明，而詞亡矣。明初如楊孟載、高季迪、劉伯温輩，温麗芊綿，去兩宋不遠。至李昌祺、王達善、楊升庵之流，風格稍低，猶堪接武。自馬浩瀾輩出，淫詞穢語，風雅掃地。明末陳人中，爲一時傑出。但氣數近小，國運使然。

清詞以朱陳爲冠

詞至國朝，直追兩宋，而等而上之。作者如林，要以竹垞、其年爲冠。朱、陳外，首推太鴻。譬之唐詩，朱、陳猶李、杜，太鴻猶昌黎。作者雖多，無出三家之右。

梅村詞工

吴梅村詩名蓋代，詞亦工絶。以易代之時，欲言難言，發爲詩詞，秋月春花，滿眼皆淚。若作香奩詞讀，失其旨矣。

梅村臨殁詞

梅村出山，侯朝宗遺書力阻。後有懷古兼弔朝宗詩云：「死生總負侯嬴諾，欲滴椒漿淚滿襟」。其臨殁詞云：「故人慷慨多奇節，爲當年沉吟不斷，草間偷活。」悔恨之意深矣。

漁洋詞閒雅

王漁洋詞，風流閑雅，小令之妙，空絶古今。

漁洋以詩爲詞

漁洋小令，每以詩爲詞，雖非本色，然自是詞壇中一幟。西堂小令亦工，然終不及也。

竹垞詞源出白石

朱竹垞詞，艷而不浮，疏而不流，工麗芊綿中而筆墨飛舞。其源亦出自白石，而絶不相似。蓋白石之妙，正如大江無風，波濤自涌。竹垞之妙，其詠物諸作，則杯水可以作波濤，一簣可以成泰山。其感懷諸作，意之所到，筆卽隨之。筆之所到，信手拈來，都成異彩。是又泰山不辭土壤，河海不擇細流也。與白石並峙千古，豈有愧哉。

竹垞謙詞

竹垞自題詞云：「不師秦七，不師黃九，倚新聲玉田差近。」此猶其謙詞也。其實取法玉田，不過借徑。至其自得之妙，雖玉田亦當避一席。

詞貴疏密相間

詞貴疏密相間。昔人謂夢窗之密，玉田之疏，必兼之乃工。然兼之實難。竹垞詞，人知其疏矣，未知其密也。

竹垞兼吴張之妙

昔人謂吴夢窗詞，如七寶樓臺，拆碎下來，不成片段。余謂張玉田詞，如鏡花水月，萬籟空虛。兼兩家之妙者，竹垞也。

竹垞詞綜雅正

竹垞所選詞綜，自唐至元，凡三十八卷，一以雅正爲宗，誠千古詞壇之圭臬也。其所自作，濃淡相兼，疏密相稱，深得風雅之正。陳其年外，誰敢與之並驅中原哉。

陳詞出蘇辛

陳其年詞，縱横博大，海走山飛，其源亦出蘇辛。而力量更大，氣魄更勝，骨韻更高，有吞天地走風雷之勢，前無古，後無今。

其年如老杜

詞中陳其年，猶詩中之老杜也。風流悲壯，雄跨一時。後人作詞，非失之俚，卽失之伉。談閨襜者，失之淫褻。揚湖海者，失之叫囂。曷不三復其年詞也。

其年學業最富

其年年四十餘，尚爲諸生，故學業最富。其一種潦倒名場，抑鬱不平之氣，胥於詩詞發之。與竹垞同舉鴻博，訂交又最深，極一時之盛，嗚呼至矣。

其年才大如海

其年才大如海，其於倚聲，視美成、白石，直若路人。東坡、稼軒，不過借徑。獨開門徑，別具旗鼓，足以光掩前人，不顧後世。如神龍在天，變化盤屈。如鯨魚掣海，杳冥恣肆。視彼「淺斟低唱」者，固無論矣。卽視彼清虚騷雅，歸於純正者，亦覺其一枝一葉爲之，未足語於風雅之大也。后人不善學之，近於粗野。卽善學之，如鄭板橋、蔣心餘輩，尚不能幾其萬一，遑問其他哉。以詩中老杜較之，固非虛美。

詞壇五家之長

賀方回之韻致，周美成之法度，姜白石之清虛，朱竹垞之氣骨，陳其年之博大，皆詞壇中不可無一，不能有二者。

其年情勝

每讀其年詞，則諸家盡皆披靡。以其情勝，非以其氣勝也。蓋有氣以輔情，而情愈出。情爲主，貴得其正。氣爲輔，貴得其厚。後人徒學其矜才使氣，殊屬無謂。

南北並峙

藕漁小令之妙，獨絶一時，與漁洋南北並峙可也。

清初諸家

國初諸老之詞，論不勝論。而最著者，除吴、王、朱、陳之外，莫如棠邨。秋岳、南溪、珂雪、蕤香、華峰、飲水、羨門、秋水、符曾、分虎、晉賢、覃九、蘅圃、松坪、西堂、莘野、紫綸、奕山諸家，分道揚鑣，各樹一幟。而飲水、羨門、符曾、分虎，尤爲傑出。

樊榭自成大家

厲樊榭詞，異色生香，正如萬花谷中，雜以幽蘭。別于其年、竹垞外，自成大家。

三家度越前代

讀諸家詞後，讀竹垞詞，令人神觀飛越。讀竹垞詞後，讀其年詞，令人拔劍悲歌。讀其年詞後，讀樊榭詞，令人神閒意遠，時作濠濮上想。國朝有此三絶，所以度越前代與。

王小山宗北宋

王小山詞，艷而清，微而遠，語不深而情至。時諸家皆效法南宋，小山獨宗北宋，而亦兼有南宋之長。

香雪詞婉雅

香雪詞，出小山之右。風流婉雅，永叔、叔原之流亞也。

琢春與梅鶴詞

琢春、梅鶴兩家，詞骨最高。集中所録不多，而已可見一斑。

板橋詞別創一格

板橋詞，遠祖稼軒，近師其年，別創一格，不與稼軒、其年沿襲，真有獨往獨來之概。

板橋詞沉着

板橋論詩，以沉着痛快爲第一，而以温厚和平者爲小家氣。其言雖偏，可以藥膚庸，自是一時快論。今觀其詞，亦極沉着痛快之致。

板橋奇才

板橋詞，淋漓酣暢，色舞眉飛。每一字下，如生鐵鑄成，不可移易，真一代奇才。

板橋詞少含蓄

板橋詞，無一字不直截痛快。佳處在此，可議處亦在此，以其少含蓄之神也。

板橋詞令人起舞

讀梅村詩而不下淚者，其人必是忍人。讀板橋詞而不起舞者，其人必非壯士。

板橋詞自删極嚴

板橋詞自删極嚴，所存不過五六十闋。集中選其八九，可以盡板橋之妙矣。

板橋道情

板橋道情之妙，前無古人，後無來者。雖令其年、竹垞爲之，亦不能及。蓋物各有體，道情與詞，筆路迥别，非可强而致也。極録入雜體一卷中，借以消余之煩惱，並借以平天下之争心。

板橋遜稼軒

稼軒詞，直似一座鐵甕城，堅而鋭，鋭而厚，憑你千軍萬馬，也衝突不入。板橋相去遠矣。

乾隆詞家

竹香以詞名武陵，漁川以詞名臨潼，橙里以詞名安徽。位存、龍威，兩雄相峙。俱能出入兩宋，變化三唐。余每病諸公，家數近小，袛可稱名家，不足稱大家也。得史位存起而囊括之，而國初諸老之風，又見於乾隆初矣。

位存詞兼有衆美

位存詞，兼有衆美，純粹以精。其才力不逮其年、竹垞、太鴻三家，而情詞之妙，是亦我朝之張子野也。

位存詞純雅

位存詞，實乃風氣一大轉移。嗣後作者雖多，而氣魄終小。其一二才氣發皇之士，大率蹈揚湖海，又生雅正之旨，實自位存始也。然不得爲位存咎。位存固凝神鍊句，歸於純雅。後人非無此才，無此氣度耳。

湘雲詞綿緲

湘雲詞，徜徉山水，綿緲無際。其筆致之妙，别于位存，亞於竹垞。百餘年來，此調不復見矣。

東南詞家

湘雲詞，每讀一過，餘音嫋嫋，不絶如縷。讀之既久，其味彌長。同時春橋、荀叔、秋潭、聖言、對琴諸家，皆以詞名東南，然無出湘雲右者。

心餘詞不逮曲

心餘太史，才名蓋代。其傳奇各種，膾炙人口久矣。詞不逮曲，然倔强盤屈，自是奇才。

心餘詞取法其年

心餘詞，取法其年。雖未入室，然亦駸駸乎升其年之堂矣。

心餘詞氣不可掩

心餘詞，桀傲不馴，然其氣自不可掩。彼好爲艷詞麗句者，對之汗顔無地矣。

讀鄭蔣詞

讀板橋詞，使人齷齪消盡。讀心餘詞，使人氣骨頓高。皆能動人之性情者。

鄭蔣兩家不同

心餘詞，秋氣滿紙。燈下讀之，其光如豆，與板橋同一筆墨恣肆。其不及板橋者，以心餘詞太着力；而氣仍不聚。板橋詞不着力，而精神團聚，已力透紙背矣。

吴竹嶼詞逼真南宋

吴竹嶼詞，風流閒雅，逼真南宋諸君。同時作者雖多，然璞函之外，無出湘雲、心餘、竹嶼之右者。

蔣吴詞在湘雲下

心餘以魄力争雄，竹嶼以風流制勝，皆同時之錚錚者。然皆在湘雲下。

璞函詞風

璞函詞，直逼朱陳，分鑣樊榭。芝田、晴波、蠡槎、蒼漁，起而羽翼之，而詞又一變。

詞手先後而生

其年、竹垞，千古僅見，會於一時。十餘年而生一太鴻。又十餘年而生一位存。又數十年而生一璞函。一代詞手，先後而生，天若有意於其間也。

璞函學博才大

璞函詞，芊綿温雅，貌似南宋，骨似北宋，學博才大，冠絶一時。與竹垞代興可也。

璞函著詞最富

璞函著詞最富，然不矜才，不使氣。温厚和平，婉而多諷。詞貴細婉而忌粗疏，璞函當無此譏。

吴穀人詞一時獨步

乾嘉之際，吴穀人一時獨步。純雅中而有眉飛色舞之致，當與竹垞把臂入林。

穀人以後詞家

朱、陳之後有太鴻，太鴻之後有位存，位存之後有璞函，璞函之後有穀人。穀人之後，數十年來，如蓉裳、伊仲、次仲、頻伽、米樓、荔裳、秋舲、吉暉、竹所諸君，後先繼起，非不精妙，然無有越穀人之範圍者。穀人真詞中絶調也。

穀人詞以雅正爲宗

穀人著作，一以雅正爲宗。論者譏其有過鍊之弊，轉傷真氣。獨倚聲鍊字鍊句，歸於純雅。亦間有疎朗處，以暢其機，盡美矣，又盡善也。

不選應酬之作

余十七八歲，便嗜倚聲。古人老去填詞，余愧學之早矣。余初好爲艷詞，四五年來，屏削殆盡。是集所選，一以雅正爲宗。純正者十之四五，剛健者十之二三，工麗者十之一二。其一切淫詞濫語，及應酬無聊之作，概不入選。

諸家小傳注明詞下

選諸家詞，其姓名里居官爵，皆考核詳明，係諸其下。間有一二不知者，或知之未竟者，寧遺其里居，不敢妄入。

詞家故事斟酌録入

以一詞得名，或以一詞見罪者，古今不可勝數。兹皆斟酌録入，俾讀者一覽了然。蓋余記心甚拙，閲後竊忘，世人當有同病。高明之士，慎勿笑余瑣屑也。

詞録先短後長

古人歌詞，長者曰慢，短者曰令，初無中調、長調、小令之目。自顧從敬草堂詞，以臆見分之，遂相沿襲，殊屬牽强。是集選各家詞，短者在先，長者在後，亦有顛倒錯亂者。或以年代先後不同，不復區別。

詞評附録詞後

張子野弔林君復詩：「烟雨詞亡草更青。」蔡君謨寄李良定詩：「多麗新詞到海邊。」一篇之工，見之吟咏。山抹微雲秦學士，露華倒影柳屯田，曉風殘月柳三變，滴粉搓酥左與言。一句之工，形諸口號。他如賀梅子、張三影、王桐花、崔黄葉、崔紅葉、竹影詞人之類，古今不可悉數，品隲自應不爽。是集多綴古人評語，附詞之末。其品隲未當者，則概不録入。

是集間採元曲

詞止一韻，或轉韻，皆是古體。宋詞如戚氏、西江月、换巢鸞鳳、少年心、惜分釵、漁家傲諸闋，元人小曲，如乾荷葉、天净沙、凭欄人、平湖樂諸闋，平上去三聲並用，是宋詞已爲曲韻濫觴。至元則全入於曲矣。是集間有采録，蓋不欲没古人之美，詞曲混一之譏，固所不免。

是集去取特嚴

言情之作，易流於穢。宋人選詞，以雅爲主。法秀道人語涪翁曰：作艷詞當墮犂舌地獄，正指涪翁一等體製而言耳。是集於馬浩瀾輩所作，去取特嚴，寧隘毋濫。未始非挽扶風教之一助云。

詞題照古本録入

唐五代詞，皆無題，調卽題也。宋人間有命題者，自增入閨情、閨思、四時景等題。自花庵、草堂始。後遂相沿，殊屬可厭，失古人無端寄慨之旨矣。今照古本有者録入，無者删去。

詞調本詞綜例

四聲二十八調，各有其倫。柳屯田樂章集，有同一曲名，字數長短不齊，分入各調者。姜白石湘月詞，注云：此念奴嬌之鬲指聲也。則曲同字數同，而湘月、念奴嬌，調實不同，合之爲一非矣。詞因有一曲而各異其名者。是集悉本竹垞詞綜之例，不敢更易。審音者度無勿知，似不必比而同之也。

選詞以婉麗爲宗

詞雖不避艷冶，亦不可流於穢褻。嘗見趙忠簡詞，有「夢回鴛帳餘香嫩」之句。司馬温公詞，有「相見争如不見，有情還似無情」之句。范文正詞，有「眉間心上，無計相迴避」之句。韓魏公詞，有「愁無際，武陵凝睇，人遠波空翠」之句。寇萊公詞，有「柔情不斷如春水」之句。林和靖詞，有「羅帶同心結未成」之句。趙清獻詩，亦有「春窗惱春思，一枕杜鵑啼」之句。數公勳德才望，昭昭千古，而所作小詞，非不盡態極妍，然不涉穢語，故不爲法秀道人師呵。後學每以之藉口，競作麗辭。不知惟立品如數公，乃可偶一爲之。若後生小子沾沾然於此求工，鮮不爲心術之累。是集所選艷詞，皆以婉雅爲宗。

不可不辨字音

詞全以調爲主，調全以字之音爲主，有平仄可以通融者，有必不可以通融者。一字偶乖，便不合拍。讀者不可不辨。

詞加圈點

詞與詩不同，詩有五言，有七言，讀者易知。詞則句調參差，短長不一，初覽者難於辨識，故妄加圈點，而空首一字，使閱者觸目洞然。

附録佳作

方外緇流，閨中淑質，不少佳作。是集所選，皆附歷代名家之後，亦遵沈氏選詩之例。山歌樵唱，里諺童謡，竟有妙絶千古者，但總不免俚俗二字。故另爲雜體一卷，而正集不敢濫登。

另爲雜體

傳奇各種，佳者林立，思欲採一二支，録入雜體之後。再四思之，此舉未果。惟桃花扇哀江南一曲，實乃空絶前後，有不可以傳奇目之者，故附録國朝雜體之後。

附録桃花扇哀江南

是集所選，以兩宋爲宗，而國朝諸公，實足與兩宋相埒，故所選獨多。

附録瑣事

詞人瑣事，散見各家詩話，及諸傳記小説，綴拾以録入是集。惜余所見不廣，漏萬之譏，自知不免矣。

改正錯字

古今字句音韻之譌，不可屈指，集中悉爲改正。間註明一二於眉批中，亦有不註者。博雅君子，當不待煩言而自解矣。

加注批語

古人一詞之妙，必有本旨，驟觀或者茫然。余不揣固陋，妄加眉批。亦間有批於詞後者，其有合與否，未敢自信。而先輩諸名公所論，則必註某人云云，不敢掠古人之美也。

詞選止於道光初年

是集所選，自漢迄道光初年而止。我朝文教蔚興，詞學盛行。海内諸名家，各有集本，豈無合作。惜余年少，限於見聞，又僻處東南，交游未廣。僅就管窺之見，録爲是集。而道光已後諸名家，俟續集再當補入。

歲在同治十三年秋八月仲浣，亦峰陳世焜，隨筆録於天台客舍。案：陳氏原名世焜，後改廷焯。卒于光緒十八年（一八九二），年四十，其作白雨齋詞話時爲光緒十七年，則選雲韶集及作此叢話時，僅二十二歲。

白雨齋詞話

〔清〕陳廷焯撰

白雨齋詞話敍

陳子亦峯，予戊子江南所校士也。闈中得生卷，議論英偉，而真意懇摯，決其爲宅心純正之士。亟薦於主司，果膺魁選。謁予於桃源署齋，温文爾雅。與談經史，悉能根究義理，貫串本原。詩古文辭，皆取法乎上，必思登峯造極而後止。間論時事，因及古忠臣孝子，輒義動於色。予竊喜鑒衡不爽，而生之素所蓄積可知矣。桃源劇邑，不易治，予欲維縶之，俾資贊畫，以親老辭。詎意年甫强仕而殁，尊公猶健在也。其門弟子集其詞話，並所著詩詞，先以付梓。予得而閱之，推本風騷，一歸於温柔敦厚之旨，非所謂宅心純正，蘄至於登峯造極者歟。予既幸能得一士，又甚惜得一士而未獲見諸行事，第以空言傳世，不能無慨於中，爰書數言，以弁簡端。

光緒二十年秋八月，歷城汪懋琨序。

詩莫盛於唐，而詞莫盛於宋。宋以後詞律復變，則南北曲出焉。故詞之爲體，詩以爲禰，曲以爲子。識者爲之，莫不沿溯漢魏，游衍屈宋，以蘄上闚三百篇之恉。意謂不如是，不足以澂其源，涉其奥。其説亦既美矣。然予嘗以爲此文辭之源，非文心之源也。文心之源，亦存乎學者性情之際而已。爲文苟不以性情爲質，貌雖工，人猶得以抉其柢，不工者可知。所謂詞者，意内而言外，格淺而韻深，其發攄性情之微，尤不可掩。而世乃欲以鍥薄求之，藻繪揉之，抑末已。吾友陳君亦峯，少爲詩歌，一以少陵杜氏爲宗，杜以外不屑道也。年幾三十，復好爲詞，探索既久，豁然大徹。所爲詞稿，深永超拔，已足上摩宋賢之壘。而别著白雨齋詞話八卷，抉擇幽微，辨才無礙，尤有不受流俗羈紲者。亦峯之於詞，思與學兼盡如此，亦勤矣哉。亦峯天資醇厚，篤内行，與人交，表裏洞然，無骫骳之習。退省其家，父兄之勞，靡不肩任，宗族之困，莫不引爲己憂，其有得於性情者又如此。則文詞之工，操本以運末，復何怪焉。同治之季，予始識亦峯於泰州，切劘道義既久，因得附爲婚姻。迄今二十餘年，莫渝終始。顧予兄弟輩，業不加修，而亦峯之學，乃與年俱進。嘗言四十後當委棄詞章，力求經世性命之藴。予深偉其議，且思有所翼贊。而亦峯遽以光緒壬辰秋，奄忽辭世。噫，善人君子，不能久存於世，歐陽子所以致慨於張子野者，予嘗以爲䜌言。今乃不幸，於吾亦峯親見之，寧無恫耶。亦峯爲學精苦，每晝營家事，夜誦方策。

及既歿，遺書委積，多未徹編。惟手録詞話，已有定稿。其門下士海寧許君守之諸君子將爲刊行，以予庶幾能知亦峯者，督文弁首。予既感亦峯之志，且幸是書之傳也，因述所見如右，以質許君。惟託於文字者，可以無窮，亦峯所以自託者既箸，其亦可以無憾矣乎。記三年前，亦峯嘗挈是書初稿見視，且屬爲敍。予以方如南清河，俶裝待發，無以應也。今乃終得論次其書，而亦峯已不及見，嗚呼，此尤足以啓予之悲也已。亦峯諱廷焯，鎮江丹徒人，舉光緒戊子科江南鄉試。歿時年四十。光緒十九年，太歲在癸巳，夏四月，正定王耕心撰。

自敘

倚聲之學，千有餘年，作者代出。顧能上溯風騷，與爲表裏，自唐迄今，合者無幾。竊以聲音之道，關乎性情，通乎造化。小其文者，不能達其義，竟其委者，未獲泝其源。揆厥所由，其失有六。飄風驟雨，不可終朝，促管繁絃，絶無餘藴，失之一也。美人香草，貌託靈脩，蝶雨梨雲，指陳瑣屑，失之二也。雕鎪物類，探討蟲魚，穿鑿愈工，風雅愈遠，失之三也。慘戚憯悽，寂寥蕭索，感寓不當，慮歎徒勞，失之四也。交際未深，謬稱契合，頌揚失實，遑恤譏評，失之五也。情非蘇、竇，亦感迴文，慧拾孟、韓，轉相闘韻，失之六也。作者愈漓，議者益左，竹垞詞綜，可備覽觀，未嘗爲探本之論。紅友詞律，僅求諧適，不足語正始之原。下此則務取穠麗，矜言該博。大雅日非，繁聲競作，性情散失，莫可究極。夫人心不能無所感，有感不能無所寄，寄託不厚，感人不深，厚而不鬱，感其所感，不能感其所不感。伊古詞章，不外比興。谷風陰雨，猶自期以同心，攘垢忍尤，卒不改乎此度。爲一室之悲歌，下千年之血淚，所感者深且遠也。後人之感，感於文不若感於詩，感於詩不若感於詞。詩有韻，文無韻。詞可按節尋聲，詩不能盡被絃管。飛卿、端己，首發其端，周、秦、姜、史、張、王，曲竟其緒，而要皆發源於風雅，推本於騷辯。故其情長，其味永，其爲言也哀以思，其感人也深以婉。嗣是六百餘年，沿其波流，喪厥宗旨。張氏詞選，不得已爲矯枉過正之舉，規模雖隘，門牆自高。循是以尋，墜緒未遠。而當世知之者鮮，好之者尤鮮矣。蕭齋岑寂，撰詞話八卷，本諸風騷，正其情性。温厚以爲體，沉鬱以爲用。引以千端，衷諸一是。非好與古人爲難，獨成一家言，亦有所大不得已於中，爲斯詣綿延一線。暇日寄意之作，附録一二，非敢抗美昔賢，存以自鏡而已。光緒十七年除夕，丹徒陳廷焯。

受業門人海寧許正詩棠詩、正定王宗炎、受業甥同縣包桊翰、族子鳳章、從子兆煊同斠字。

白雨齋詞話目錄

卷一

卷二

卷三

卷四

卷五

卷六

卷七

卷八

白雨齋詞話卷第一

引言

詞興於唐，盛於宋，衰於元，亡於明，而再振於我國初，大暢厥旨於乾嘉以還也。國初諸老，多究心於倚聲。取材宏富，則朱氏彝尊詞綜。持法精嚴，則萬氏樹詞律。他如彭氏孫遹詞藻、金粟詞話、及西河詞話毛奇齡、詞苑叢談徐釚等類，或講聲律，或極豔雅，或肆辯難，各有可觀。顧於此中真消息，皆未能洞悉本原，直揭三昧。余竊不自量，撰爲此編，盡掃陳言，獨標真諦。古人有知，尚其諒我。

國初羣公之病

明代無一工詞者差强人意，不過一陳人中而已。自國初諸公出，如五色朗暢，八音和鳴，備極一時之盛。然規模雖具，精蘊未宣。綜論羣公，其病有二。一則板襲南宋面目，而遺其真，謀色揣稱，雅而不韻。一則專習北宋小令，務取濃豔，遂以爲晏、歐復生。不知晏、歐已落下乘，取法乎下，弊將何極，況並不如晏、歐耶。反是者一陳其年，然第得稼軒之貌，蹈揚湖海，不免叫囂。樊榭窈然而深，悠然而遠，似有可觀。然亦特一邱一壑，不足語於滄海之大，泰華之高也。

學詞貴得其本原

學古人詞，貴得其本原，舍本求末，終無是處。其年學稼軒，非稼軒也。竹垞學玉田，非玉田也。樊榭取徑於楚騷，非楚騷也。均不容不辨。

作詞貴沉鬱

作詞之法，首貴沉鬱，沉則不浮，鬱則不薄。顧沉鬱未易强求，不根柢於風騷，烏能沉鬱。十三國變風、二十五篇楚詞，忠厚之至，亦沉鬱之至，詞之源也。不究心於此、率爾操觚，烏有是處。

詩詞不盡同

詩詞一理，然亦有不盡同者。詩之高境，亦在沉鬱，然或以古樸勝，或以沖淡勝，或以鉅麗勝，或以雄蒼勝。納沉鬱於四者之中，固是化境，卽不盡沉鬱，如五七言大篇，暢所欲言者，亦别有可觀。若詞則舍沉鬱之外，更無以爲詞。蓋篇幅狹小，倘一直説去，不留餘地，雖極工巧之致，識者終笑其淺矣。

宋詞不盡沉鬱

唐五代詞，不可及處，正在沉鬱。宋詞不盡沉鬱，然如子野、少游、美成、白石、碧山、梅溪諸家，未有不沉鬱者。卽東坡、方回、稼軒、夢窗、玉田等，似不必盡以沉鬱勝，然其佳處，亦未有不沉鬱者。詞中所貴，尚未可以知耶。

張惠言詞選

張氏惠言詞選，可稱精當，識見之超，有過於竹垞十倍者，古今選本，以此爲最。但唐五代兩宋詞，僅取百十六首，未免太隘。而王元澤眼兒媚、歐陽公臨江仙、李知幾臨江仙、公然列入，令人不解。即朱希真漁父五章，亦多淺陋處，選擇既苛，即不當列入。又東坡洞仙歌，只就孟昶原詞敷衍成章，所感雖不同，終嫌依傍前人。詞綜譏其有點金之憾，固未爲知己，而詞選必推爲傑構，亦不可解。至以吴夢窗爲變調，擯之不録，所見亦左。總之小疵不能盡免，於詞中大段，卻有體會。温、韋宗風，一燈不滅，賴有此耳。

温詞祖離騷

飛卿詞全祖離騷，所以獨絶千古。菩薩蠻、更漏子諸闋，已臻絶詣，後來無能爲繼。

沉鬱含意

所謂沉鬱者，意在筆先，神餘言外，寫怨夫思婦之懷，寓孽子孤臣之感。凡交情之冷淡，身世之飄零，皆可於一草一木發之。而發之又必若隱若見，欲露不露，反復纏綿，終不許一語道破，匪獨體格之高，亦見性情之厚。飛卿詞，如「懶起畫蛾眉。弄妝梳洗遲。」無限傷心，溢於言表。又「春夢正關情。鏡中蟬鬢輕。」淒涼哀怨，真有欲言難言之苦。又「花落子規啼。緑窗殘夢迷。」又「鸞鏡與花枝。此情誰得知」。

皆含深意。此種詞，第自寫性情，不必求勝人，已成絕響。後人刻意争奇，愈趨愈下，安得一二豪傑之士，與之挽回風氣哉。

温飛卿更漏子

飛卿更漏子三章，自是絶唱，而後人獨賞其末章梧桐樹數語。胡元任云：「庭筠工於造語，極爲奇麗，此詞尤佳。」即指「梧桐樹」數語也。不知梧桐樹數語，用筆較快，而意味無上二章之厚。胡氏不知詞，故以奇麗目飛卿，且以此章爲飛卿之冠，淺視飛卿者也。後人從而和之，何耶。

飛卿詞純是風人章法

飛卿更漏子首章云：「驚塞雁，起城烏。畫屏金鷓鴣。」此言苦者自苦，樂者自樂。次章云：「蘭露重，柳風斜。滿庭堆落花。」此又言盛者自盛，衰者自衰。亦即上章苦樂之意。顛倒言之，純是風人章法，特改換面目，人自不覺耳。

温飛卿菩薩蠻

飛卿菩薩蠻十四章，全是變化楚騷，古今之極軌也。徒賞其芊麗，誤矣。

皇甫子奇詞

唐代詞人，自以飛卿爲冠。太白菩薩蠻、憶秦娥兩闋，自是高調，未臻無上妙諦。皇甫子奇夢江南、竹枝諸篇，合者可寄飛卿廡下，亦不能爲之亞也。

中主山花子

南唐中宗山花子云：「還與韶光共憔悴，不堪看。」沉之至，鬱之至，淒然欲絕。後主雖善言情，卒不能出其右也。

後主詞思路淒惋

後主詞思路淒惋，詞場本色，不及飛卿之厚，自勝牛松卿輩。

韋端己詞

韋端己詞，似直而紆，似達而鬱，最爲詞中勝境。

温韋消息相通

端己菩薩蠻四章，惓惓故國之思，而意婉詞直，一變飛卿面目，然消息正自相通。余嘗謂後主之視飛卿，合而離者也。端己之視飛卿，離而合者也。端己菩薩蠻云：「未老莫還鄉。還鄉須斷腸。」又云：「凝恨對斜暉。憶君君不知。」歸國遥云：「别後只知相愧。淚珠難遠寄。」應天長云：「夜夜緑窗風雨。斷腸君信否。」皆留蜀後思君之辭。時中原鼎沸，欲歸不能。端己人品未爲高，然其情亦可哀矣。

孫孟文詞不及温韋

孫孟文詞，氣骨甚遒，措語亦多警鍊。然不及温、韋處亦在此，坐少閑婉之致。

馮正中與温韋相伯仲

馮正中詞，極沉鬱之致，窮頓挫之妙，纏綿忠厚，與温、韋相伯仲也。蝶戀花四章，古今絶搆。詞選本李易安詞序，指「庭院深深」一章爲歐陽公作，他本亦多作永叔詞。惟詞綜獨云馮延巳作。竹垞博極羣書，必有所據。且細味此闋，與上三章筆墨，的是一色，歐公無此手筆。

正中蝶戀花情詞悱惻

正中蝶戀花四闋，情詞悱惻，可羣可怨。詞選云：「忠愛纏綿，宛然騷辯之義。延巳爲人，專蔽嫉妒，又敢爲大言。此詞蓋以排間異己者，其君之所以信而不疑也。」數語確當。

正中蝶戀花四章解

正中蝶戀花首章云：「濃睡覺來鶯亂語。驚殘好夢無尋處。」憂讒畏譏，思深意苦。次章云：「誰道閒情拋棄久。每到春來，惆悵還依舊。日日花前常病酒。不辭鏡裏朱顏瘦。」始終不渝其志，亦可謂自信而不疑，果毅而有守矣。三章云：「淚眼倚樓頻獨語。雙燕來時，陌上相逢否。」忠厚惻怛，藹然動人。四章云：「淚眼問花花不語。亂紅飛過秋千去。」詞意殊怨，然怨之深，亦厚之至。蓋三章猶望其離而復合，四章則絶望矣。作詞解如此用筆，一切叫囂纖冶之失，自無從犯其筆端。

正中詞極淒婉之致

正中菩薩蠻、羅敷艷歌諸篇，温厚不逮飛卿。然如「憑仗東流。將取離心過橘州。」又，「殘日尚彎環。玉筝和淚彈。」又，「玉露不成圓。寶筝悲斷絃。」又，「紅燭淚闌干。翠屏煙浪寒。」又，「雲雨已荒凉。江南春草長。」亦極淒婉之致。

北宋詞古意漸遠

北宋詞，沿五代之舊，才力較工，古意漸遠。晏、歐著名一時，然并無甚强人意處。即以艷體論，亦非高境。

晏歐詞近正中

晏、歐詞雅近正中，然貌合神離，所失甚遠。蓋正中意餘於詞，體用兼備，不當作艷詞讀。若晏、歐不過極力爲艷詞耳，尚安足重。

好作纖巧語爲晏歐之罪人

文忠思路甚雋，而元獻較婉雅。後人爲艷詞，好作纖巧語者，是又晏、歐之罪人也。

晏幾道工於言情

詩三百篇，大旨歸於無邪。北宋晏小山工於言情，出元獻、文忠之右，然不免思涉於邪，有失風人之旨。而措詞婉妙，則一時獨步。

小山詞曲折深婉

小山詞，如「去年春恨卻來時。落花人獨立，微雨燕雙飛。」又，「當時明月在，曾照彩雲歸。」既閒婉，又沉着，當時更無敵手。又，「明年應賦送君詩。細從今夜數，相會幾多時。」淺處皆深。又，「曉霜紅葉舞歸程。客情今古道，秋夢短長亭。」又，「少陵詩思舊才名。雲鴻相約處，煙霧九重城。」亦復情詞兼勝。又，「從別後、憶相逢。幾回魂夢與君同。今宵賸把銀釭照，猶恐相逢是夢中。」曲折深婉，自有艷詞，更不得不讓伊獨步。視永叔之「笑問雙鴛鴦字怎生書」、「倚闌無緒更兜鞵」等句，雅俗判然矣。

張子野詞古今一大轉移

張子野詞，古今一大轉移也。前此則爲晏、歐，爲温、韋，體段雖具，聲色未開。後此則爲秦、柳，爲蘇、辛，爲美成、白石，發揚蹈厲，氣局一新，而古意漸失。子野適得其中，有含蓄處，亦有發越處。但含蓄不似温、韋，發越亦不似豪蘇膩柳。規模雖隘，氣格卻近古。自子野後，一千年來，温、韋之風不作矣，益令我思子野不置。

蘇辛不相似

蘇、辛並稱，然兩人絶不相似。魄力之大，蘇不如辛。氣體之高，辛不逮蘇遠矣。東坡詞寓意高遠，運筆空靈，措語忠厚，其獨至處，美成、白石亦不能到。昔人謂東坡詞非正聲，此特拘於音調言之，而不究本原之所在。眼光如豆，不足與之辯也。

東坡詞别有天地

詞至東坡，一洗綺羅香澤之態，寄慨無端，别有天地。水調歌頭、卜算子雁、賀新涼、水龍吟諸篇，尤爲絶搆。

東坡詞人不易學

太白之詩，東坡之詞，皆是異樣出色。只是人不能學，烏得議其非正聲。

耆卿詞善于鋪叙

耆卿詞，善於鋪敍，羈旅行役，尤屬擅長。然意境不高，思路微左，全失温、韋忠厚之意。詞人變古，耆卿首作俑也。

蔡伯世論詞陋極

蔡伯世云：「子瞻辭勝乎情，耆卿情勝乎辭，辭情相稱者，惟少游而已。」此論陋極。東坡之詞，純以情勝，情之至者，詞亦至。只是情得其正，不似耆卿之喁喁兒女私情耳。論古人詞，不辨是非，不別邪正，妄爲褒貶，吾不謂然。

東坡少游皆情餘於詞

東坡、少游，皆是情餘於詞。耆卿乃辭餘於情。解人自辨之。

黄不如秦

秦七、黄九，並重當時。然黄之視秦，奚啻碔砆之與美玉。詞貴纏綿，貴忠愛，貴沉鬱，黄之鄙俚者無論矣。即以其高者而論，亦不過於倔强中見姿態耳。於倔强中見姿態，以之作詩，尚未必盡合，况以之爲詞耶。

黄九於詞直是門外漢

黄九於詞，直是門外漢，匪獨不及秦、蘇，亦去耆卿遠甚。

秦柳不可相提並論

秦少游自是作手，近開美成，導其先路，遠祖温、韋，取其神不襲其貌，詞至是乃一變焉。然變而不失其正，遂令議者不病其變，而轉覺有不得不變者。後人動稱秦、柳，柳之視秦，爲之奴隸而不足者，何可相提並論哉。

少游詞最深厚沉著

少游詞最深厚，最沈著。如「柳下桃蹊，亂分春色到人家。」思路幽絶，其妙令人不能思議。較「郴江幸自遶郴山，爲誰流下瀟湘去」之語，尤爲入妙。世人動訾秦七，真所謂井蛙謗海也。

少游滿庭芳諸闋

少游滿庭芳諸闋，大半被放後作，戀戀故國，不勝熱中，其用心不逮東坡之忠厚。而寄情之遠，措語之工，則各有千古。

少游俚詞亦不少

少游名作甚多，而俚詞亦不少，去取不可不慎。

張綖論蘇秦詞似是而非

張綖云：「少游多婉約，子瞻多豪放，當以婉約爲主。」此亦似是而非，不關痛癢語也。誠能本諸忠厚，而出以沉鬱，豪放亦可，婉約亦可，否則豪放嫌其粗魯，婉約又病其纖弱矣。

方回詞允推神品

方回詞，胸中眼中，另有一種傷心説不出處，全得力於楚騷，而運以變化，允推神品。

方回詞極沉鬱

方回詞極沉鬱，而筆勢卻又飛舞，變化無端，不可方物，吾烏乎測其所至。方回踏莎行荷花云：「斷無蜂蝶慕幽香。紅衣脱盡芳心苦。」下云：「當年不肯嫁東風，無端卻被秋風誤。」此詞騷情雅意，哀怨無端，讀者亦不自知何以心醉，何以淚墮。浣溪沙云：「記得西樓凝醉眼，昔年風物似而今。只無人與共登臨。」只用數虚字盤旋唱歎，而情事畢現，神乎技矣。世第賞其梅子黄時雨一章，猶是耳食之見。

吴賀浣溪沙結句

浣溪沙結句，貴情餘言外，含蓄不盡。如吴夢窗之「東風臨夜冷於秋」、賀方回之「行雲可是渡江難」，皆耐人玩味。

毛澤民與晁无咎詞

毛澤民詞，意境不深，間有雅調。晁无咎則有意蹈揚湖海，而力又不足。於此中真消息，皆未夢見。

詞至美成乃有大宗

詞至美成，乃有大宗。前收蘇、秦之終，復開姜、史之始。自有詞人以來，不得不推爲巨擘。後之爲詞者，亦難出其範圍。然其妙處，亦不外沉鬱頓挫。頓挫則有姿態，沉鬱則極深厚。既有姿態，又極深厚，詞中三昧亦盡於此矣。今之談詞者亦知尊美成。然知其佳，而不知其所以佳。正坐不解沉鬱頓挫之妙。彼所謂佳者，不過人云亦云耳。摘論數條於後，清真面目，可見一斑。

美成詞無處不鬱

美成詞極其感慨，而無處不鬱，令人不能遽窺其旨。如蘭陵王柳云：「登臨望故國，誰識京華倦客」二語，是一篇之主。上有「隋堤上，曾見幾番，拂水飄綿送行色」之句，暗伏倦客之根，是其法密處。故下接云：「長亭路，年去歲來，應折柔條過千尺。」久客淹留之感，和盤託出。他手至此，以下便直抒憤懑矣，美成則不然。「閒尋舊蹤迹」二疊，無一語不吞吐。只就眼前景物，約略點綴，更不寫淹留之故，卻無處非淹留之苦。直至收筆云：「沉思前事，似夢裏、淚暗滴。」遥遥挽合，妙在纔欲説破，便自咽住，其味正自無窮。六醜薔薇謝後作云：「爲問家何在。」上文有「悵客裏光陰虛擲」之句，此處點醒題旨，既突兀又綿密，妙只五字束住。下文反覆纏綿，更不糾纏一筆，卻滿紙是羈愁抑鬱，且有許多不敢説處，言中有物，吞吐盡致。大抵美成詞一篇皆有一篇之旨，尋得其旨，不難迎刃而解。否則病其繁碎重複，何足以知清真也。

美成滿庭芳

美成詞有前後若不相蒙者，正是頓挫之妙。如滿庭芳夏日溧水無想山作上半闋云：「人静烏鳶自樂。小橋外、新緑濺濺。凭欄久，黄蘆苦竹，擬泛九江船。」正擬縱樂矣，下忽接云：「年年。如社燕，飄流瀚海，來寄修椽。且莫思身外，長近樽前。憔悴江南倦客，不堪聽、急管繁絃。歌筵畔，先安枕簟，容我醉時眠。」是烏鳶雖樂，社燕自苦。九江之船，卒未嘗泛。此中有多少説不出處，或是依人之苦，或有患失之心。但説得雖哀怨，却不激烈。沈鬱頓挫中，別饒蘊藉。後人爲詞，好作盡頭語，令人一覽無餘，有何趣味。

美成菩薩蠻

美成菩薩蠻上半闋云：「何處望歸舟。夕陽江上樓。」思慕之極，故哀怨之深。下半闋云：「深院捲簾看。應憐江上寒。」哀怨之深，亦忠愛之至。似此不必學温、韋，已與温、韋一鼻孔出氣。

美成齊天樂

美成齊天樂云：「緑蕪彫盡臺城路，殊鄉又逢秋晚。」傷歲暮也。結云：「醉倒山翁，但愁斜照斂。」幾於愛惜寸陰，日暮之悲，更覺餘於言外。此種結構，不必多費筆墨，固已意無不達。

美成玉樓春

美成詞，有似拙實工者。如玉樓春結句云：「人如風後入江雲，情似雨餘黏地絮。」上言人不能留，下言情不能已。呆作兩譬，别饒姿態，却不病其板，不病其纖，此中消息難言。

美成浪淘沙慢

美成詞，操縱處有出人意表者。如浪淘沙慢一闋，上二疊寫别離之苦。如「掩紅淚、玉手親折」等句，故作瑣碎之筆。至末段云：「羅帶光銷，紋衾疊，連環解、舊香頓歇。怨歌永、瓊壺敲盡缺。恨春去不與人期，弄夜色，空餘滿地梨花雪。」蓄勢在後，驟雨飄風不可遏抑。歌至曲終，覺萬彙哀鳴，天地變色。老杜所謂「意愜關飛動，篇終接混茫」也。

美成解語花

美成解語花元宵後半闋云：「因念帝城放夜，望千門如畫。嬉笑遊冶，鈿車羅帕。相逢處，自有暗塵隨馬。年光是也。惟只見舊情衰謝。清漏移，飛蓋歸來，從舞休歌罷。」縱筆揮灑，有水逝雲卷，風馳電掣之感。

美成夜飛鵲

美成夜飛鵲云：「何意重經前地，遺鈿不見，斜徑都迷。兔葵燕麥，向斜陽、影與人齊。但徘徊班草，欷歔酹酒，極望天西。」哀怨而渾雅。白石揚州慢一闋，從此脱胎。超處或過之，而厚意微遜。

美成小令以警動勝

美成小令，以警動勝。視飛卿色澤較淡，意態却濃。温、韋之外，別有獨至處。

陳子高詞婉雅閒麗

陳子高詞婉雅閒麗，暗合温、韋之旨。晁无咎、毛澤民、万俟雅言等，遠不逮也。

陳簡齋臨江仙逼近大蘇

陳簡齋無住詞，未臻高境。惟臨江仙云：「憶昔午橋橋上飲，坐中都是豪英。長溝流月去無聲。杏花疏影裏，吹笛到天明。二十餘年成一夢，此身雖在堪驚。閒登小閣眺新晴。古今多少事，漁唱起三更。」筆意超曠，逼近大蘇。

朱希真漁父五篇

朱希真春雨細如塵一闋，饒有古意。至漁父五篇，雖爲臯文所賞，然譬彼清流之中，雜以微塵。如四章結句「有何人留得」、五章結句「有何人相識」，一經道破，轉嫌痕迹，不如並删去爲妙。余最愛其次章結句云：「昨夜一江風雨，都不曾聽得。」此中有真樂，未許俗人問津。又三章結句云：「經過子陵灘半，得梅花消息。」静中生動，妙合天機，亦先生晚遇之兆。

辛稼軒詞中之龍

辛稼軒，詞中之龍也，氣魄極雄大，意境却極沉鬱。不善學之，流入叫囂一派，論者遂集矢於稼軒，稼軒不受也。

稼軒有粗魯詞

稼軒詞如永遇樂京口北固亭懷古、南鄉子登京口北固亭、浪淘沙山寺夜作、瑞鶴軒南澗雙溪樓等類，才氣雖雄，不免粗魯。世人多好讀之，無怪稼軒爲後世叫囂者作俑矣。讀稼軒詞者，去取嚴加別白，乃所以愛稼軒也。

稼軒詞以賀新郎一篇爲冠

稼軒詞自以賀新郎一篇爲冠別茂嘉十二弟，沉鬱蒼涼，跳躍動盪，古今無此筆力。詞云：「緑樹聽鵜鴂。更那堪杜鵑聲住，鷓鴣聲切。啼到春歸無啼處，苦恨芳菲都歇。算未抵人間離別。馬上琵琶關塞黑。更長門翠輦辭金闕。看燕燕，送歸妾。將軍百戰身名裂。向河梁回頭萬里，故人長絶。易水蕭蕭西風冷，滿座衣冠似雪。正壯士悲歌未徹。啼鳥還知如許恨，料不啼清淚長啼血。誰伴我，醉明月。」詞意云：茂嘉蓋以得罪謫徙，故有是言。

稼軒水調歌頭

稼軒水調歌頭諸闋，直是飛行絶迹。一種悲憤慷慨鬱結於中，雖未能痕迹消融，却無害其爲渾雅。後人未易摹倣。

稼軒詞彷彿魏武詩

稼軒詞彷彿魏武詩，自是有大本領、大作用人語。

余所愛之辛詞

稼軒詞着力太重處，如破陣子爲陳同甫賦壯詩以寄之、水龍吟過南澗雙溪樓等作，不免劍拔弩張。余所愛者，如「紅蓮相倚深如怨，白鳥無言定是愁。」又，「不知筋力衰多少，但覺新來懶上樓。」又，「城中桃李愁風雨，春在溪頭薺菜花」之類，信筆寫去，格調自蒼勁，意味自深厚。不必劍拔弩張，洞穿已過七札，斯爲絶技。

稼軒鷓鴣天

稼軒鷓鴣天云：「却將萬字平戎策，換得東家種樹書。」哀而壯，得毋有烈士暮年之慨耶。

稼軒臨江仙

稼軒臨江仙後半闋云：「別浦鯉魚何日到，錦書封恨重重。海棠花下去年逢。也應隨分瘦，忍淚覓殘紅。」婉雅芊麗。稼軒亦能爲此種筆路，真令人心折。

稼軒蝶戀花

稼軒蝶戀花元日立春云：「今歲花期消息定。只愁風雨無憑準。」蓋言榮辱不定，遷謫無常。言外有多少哀怨，多少疑懼。

稼軒摸魚兒

稼軒「更能消幾番風雨」一章，詞意殊怨。然姿態飛動，極沉鬱頓挫之致。起處「更能消」三字，是從千回萬轉後倒折出來，真是有力如虎。

稼軒菩薩蠻

稼軒菩薩蠻一章書江西造口壁，用意用筆，洗脱温、韋殆盡，然大旨正見吻合。

稼軒最不工綺語

稼軒最不工綺語。「尋芳草」一章，固屬笑柄，即「驀然回首，那人却在燈火闌珊處」及「玉觴淚滿却停觴，怕酒似、郎情薄」，亦了無餘味。惟「尺書如今何處也，綠雲依舊無蹤迹」。又「芳草不迷行客路，垂楊只礙離人目」爲婉妙。然可作無題，亦不定是綺言也。

龍川詞合者寥寥

陳同甫豪氣縱橫，稼軒幾爲所挫。而龍川詞一卷，合者寥寥，則去稼軒遠矣。

同甫水調歌頭

同甫水調歌頭云：「堯之都，舜之壤，禹之封。於中應有一個半個恥臣戎。」精警奇肆，幾於握拳透爪。可作中興露布讀，就詞論，則非高調。

詞衰於劉蔣

劉改之、蔣竹山，皆學稼軒者。然僅得稼軒糟粕，既不沉鬱，又多支蔓。詞之衰，劉、蔣爲之也。板橋論詞云：「少年學秦、柳，中年學蘇、辛，老年學劉、蔣。」真是盲人道黑白，令我捧腹不禁。

改之全學稼軒皮毛

改之全學稼軒皮毛，不則卽爲沁園春等調。淫詞褻語，汙穢詞壇。卽以艷體論，亦是下品。蓋叫囂淫冶，兩失之矣。

竹山詞外強中乾

竹山詞，外强中乾，細看來尚不及改之。竹垞詞綜，推爲南宋一家，且謂其源出白石，欺人之論，吾未敢信。

竹山詞多不接處

竹山詞多不接處。如賀新郎云「竹几一燈人做夢」，可稱警句。下接云：「嘶馬誰行古道。」合上下文觀之，不解所謂。即云託諸夢境，無源可尋，亦似接不接。下云：「起搔首、窺星多少。」蓋言夢醒。下云：「月有微黃，籬無影。」又是警句。下接云：「挂牽牛數朵青花小，秋太淡、添紅棗。」此三句，無味之極，與通首詞意，均不融洽。所謂外强中乾也。古人脫接處，不接而接也，竹山不接處，乃真不接也。大抵劉、蔣之詞，未嘗無筆力，而理法氣度，全不講究。是板橋、心餘輩所祖，乃詞中左道。有志復古者，當別有會心也。

後村與安國相伯仲

張安國詞，熱腸鬱思，可想見其爲人。劉後村則感激豪宕，其詞與安國相伯仲，去稼軒雖遠，正不必讓劉、蔣。世人多好推劉、蔣，直以爲稼軒後勁，何耶。

知稼翁詞氣和音雅

黃思憲知稼翁詞，氣和音雅，得味外味。人品既高，詞理亦勝。宋六十一家詞選中載其小令數篇，洵風雅之正聲，温、韋之真脈也。余最愛其菩薩蠻云：「高樓目斷南來翼。玉人依舊無消息。愁緒促眉端。

不隨衣帶寬。萋萋天外草。何處春歸早。無語凭闌干。竹聲生暮寒。」時公在泉幕，有懷汪彥章，以當路多忌，故託玉人以見意。又卜算子云：「寒透小窗紗，漏斷人初醒。翡翠屏間拾落釵，背立殘釭影。欲去更踟躕，離恨終難整。隴首流泉不忍聞，月落雙溪冷。」時公赴召，道過延平，有歌妓追論舊事，卽席賦此。遠韻深情，無窮幽怨。

知稼翁眼兒媚

知稼翁以與趙鼎善，爲秦檜所忌，至竄之嶺南。其眼兒媚梅調和傅參議韻云：「一枝雪裏冷光浮，空自許清流。如今憔悴，蠻煙瘴雨，誰肯尋搜。昔年曾共孤芳醉，争插玉釵頭。天涯幸有，惜花人在，杯酒相酬。」情見乎詞矣，而措語未嘗不忠厚。

放翁詞去稼軒甚遠

放翁詞亦爲當時所推重，幾欲與稼軒頡頏。然粗而不精，枝而不理，去稼軒甚遠。大抵稼軒一體，後人不易學步。無稼軒才力，無稼軒胸襟，又不處稼軒境地，欲於粗莽中見沉鬱，其可得乎。

放翁鵲橋仙

放翁詞惟鵲橋仙夜聞杜鵑一章，借物寓言，較他作爲合乎古。然以東坡卜算子雁較之，相去殆不可道里計矣。

白雨齋詞話卷第二

姜堯章詞清虛騷雅

姜堯章詞，清虛騷雅。每於伊鬱中饒蘊藉，清真之勁敵，南宋一大家也。夢窗、玉田諸人，未易接武。

白石詞中寄慨

南渡以後，國勢日非。白石目擊心傷，多於詞中寄慨。不獨暗香、疏影二章，發二帝之幽憤，傷在位之無人也。特感慨全在虛處，無迹可尋，人自不察耳。感慨時事，發爲詩歌，便已力據上游，特不宜説破，只可用比興體。卽比興中，亦須含蓄不露，斯爲沉鬱，斯爲忠厚。若王子文之西河，曹西士之和作，陳經國之沁園春，方巨山之滿江紅、水調歌頭，李秋田之賀新涼等類，慷慨發越，終病淺顯。南宋詞人，感時傷事，纏綿温厚者，無過碧山，次則白石。白石鬱處不及碧山，而清虛過之。

白石詞格調最高

白石詞以清虛爲體，而時有陰冷處，格調最高。沈伯時譏其生硬，不知白石者也。黄叔暘歎爲美成所不及，亦漫爲可否者也。惟趙子固云：白石詞家之申、韓也，真刺骨語。

白石氣體超妙

美成、白石，各有至處，不必過爲軒輊。頓挫之妙，理法之精，千古詞綜，自屬美成。而氣體之超妙，則白石獨有千古，美成亦不能至。

美成白石各有獨至處

美成詞於渾灝流轉中，下字用意，皆有法度。白石則如白雲在空，隨風變滅。所謂各有獨至處。

白石揚州慢

白石揚州慢淳熙丙申至日過揚州云：「自胡馬窺江去後，廢池喬木，猶厭言兵。漸黄昏、清角吹寒，都在空城。」數語，寫兵燹後情景逼真。「猶厭言兵」四字，包括無限傷亂語。他人累千百言，亦無此韻味。

白石短章不可及

白石長調之妙，冠絶南宋，短章亦有不可及者。如點絳脣丁未過吴淞作一闋，通首只寫眼前景物。至結處云：「今何許。憑欄懷古。殘柳參差舞。」感時傷事，只用「今何許」三字提唱。「憑欄懷古」以下，僅以殘柳五字，咏歎了之。無窮哀感，都在虛處。令讀者弔古傷今，不能自止。洵推絶調。

白石齊天樂

白石齊天樂一闋，全篇皆寫怨情。獨後半云：「笑籬落呼燈，世間兒女。」以無知兒女之樂，反襯出有心人之苦，最爲入妙。用筆亦别有神味，難以言傳。

白石湘月

白石湘月云：「暗柳蕭蕭，飛星冉冉，夜久知秋冷。」寫夜景高絶。點綴之工，意味之永，他手亦不能到。

白石詞開玉田一派

白石詞，如「無奈苕溪月，又喚我扁舟東下。」又「冷香飛上詩句」。又「高柳垂陰，老魚吹浪，留我花間住」等語，是開玉田一派。在白石集中，只算雋句，尚非夐高之境。

白石石湖仙

白石石湖仙一闋，自是有感而作，詞亦超妙入神。惟「玉友金蕉，玉人金縷」八字，鄙俚纖俗，與通篇不類。正如賢人高士中，著一傖父，愈覺俗不可耐。

白石翠樓吟

白石翠樓吟武昌安遠樓成後半闋云：「此地宜有神仙，擁素雲黄鶴，與君遊戲。玉梯凝望久，歎芳草萋萋千里。天涯情味。仗酒祓清愁，花消英氣。」一縱一操，筆如遊龍，意味深厚，是白石最高之作。此詞應有所刺，特不敢穿鑿求之。

竹屋不及梅溪

竹屋、梅溪並稱，竹屋不及梅溪遠矣。梅溪全祖清真，高者幾於具體而微。論其骨韻，猶出夢窗之右。

彭駿孫論史邦卿不當其實

彭駿孫云：「南宋詞人，如白石、梅溪、竹屋、夢窗、竹山諸家之中，當以史邦卿爲第一。昔人稱其『分鑣清真，平睨方回，紛紛三變行輩，不足比數』，非虚言也。」此論推揚太過，不當其實。三變行輩，信不足數。然同時如東坡、少游，豈梅溪所能壓倒。至以竹屋、竹山與之並列，是又淺視梅溪。大約南宋詞人，自以白石、碧山爲冠，梅溪次之，夢窗、玉田又次之，西麓又次之，草窗又次之，竹屋又次之。竹山雖不論可也。然則梅溪雖佳，亦何能超越白石，而與清真抗哉。

梅溪東風第一枝

梅溪東風第一枝立春精妙處，竟是清真高境。張玉田云：「『不獨措詞精粹，又且見時節風物之感。』乃深知梅溪者。」余嘗謂白石、梅溪皆祖清真，白石化矣，梅溪或稍遜焉。然高者亦未嘗不化，如此篇是也。

梅溪獨絶處

梅溪詞，如：「碧袖一聲歌，石城怨、西風隨去。滄波蕩晚，菰蒲弄秋，還重到斷魂處。」沉鬱之至。又，「三年夢冷，孤吟意短，屢煙鐘津鼓。屐齒厭登臨，移橙後，幾番涼雨。」亦居然美成復生。又臨江仙結句云：「枉教裝得舊時多。向來簫鼓地，曾見柳婆娑。」慷慨生哀，極悲極鬱。較「臨斷岸、新綠生時，是落紅、帶愁流處」之句，尤爲沉至。此種境界，卻是梅溪獨絶處。

梅溪玉蝴蝶

梅溪玉蝴蝶云：「一笛當樓，謝娘懸淚立風前。」幽怨似少游，清切如美成，合而化矣。

竹屋詞非竹山所及

竹屋詞最雋快，然亦有含蓄處。抗行梅溪則不可。要非竹山所及。

竹屋詞用比意

竹屋「春風吹綠湖邊草」一章，純用比意，爲集中最純正最深婉之作。他如賀新郎梅之「開遍西湖春意爛，算羣花正作江山夢。吟思怯、暮雲重。」此類不過聰俊語耳，無關大雅。

陳唐卿論高史詞殊謬

陳唐卿云：「竹屋、梅溪詞，要是不經人道語，其妙處，少游、美成亦未及也。」此論殊謬。夫梅溪求爲少游、美成而不足者，竹屋則去之愈遠，烏得謂周、秦所不及。且作詞只論是非，何論人道與不道。若不觀全體，不究本原，徒取一二聰明新巧語，遂歎爲少游、美成所不能及，是亦妄人也已矣。

宋人論夢窗多失之誣

夢窗在南宋，自推大家。惟千古論夢窗者，多失之誣。尹惟曉云：「求詞於吾宋，前有清真，後有夢窗，此非予之言，四海之公言也。」爲此論者，不知置東坡、少游、方回、白石等於何地。沈伯時云：「夢窗深得清真之妙，但用事下語太晦處，人不易知。」其實夢窗才情超逸，何嘗沉晦。夢窗長處，正在超逸之中，見沉鬱之意，所以異於劉、蔣輩，烏得轉以此爲夢窗病。至張叔夏云：「吴夢窗如七寶樓臺，眩人眼目，拆碎下來，不成片段。」此論亦余所未解。竊謂七寶樓臺，拆碎不成片段，以詩而論，如太白牛渚西江夜一篇，卻合此境。詞惟東坡水調歌頭近之。若夢窗詞，合觀通篇，固多警策。即分摘數語，亦自入妙，何嘗不成片段耶。總之，夢窗之妙，在超逸中見沉鬱，不及碧山、梅溪之厚，而才氣較勝。

張惠言不知夢窗

張皋文詞選，獨不收夢窗詞，以蘇、辛爲正聲，卻有巨識。而以夢窗與耆卿、山谷、改之輩同列，不知夢窗者也。至董氏續詞選，祇取夢窗唐多令、憶舊游兩篇，此二篇絕非夢窗高詣。唐多令一篇，幾於油腔滑調，在夢窗集中，最屬下乘。續選獨取此兩篇，豈故收其下者，以實皋文之言耶。董毅爲皋文外甥。謬矣。

夢窗高陽臺

夢窗高陽臺一篇落梅，既幽怨，又清虛，幾欲突過中仙、詠物諸篇，是集中最高之作，詞選何以不録。

夢窗精於造句

夢窗精於造句，超逸處則仙骨珊珊，洗脱凡艷。幽索處，則孤懷耿耿，别締古歡。如高陽臺落梅云：「宮粉雕痕，仙雲墮影，無人野水荒灣。古石埋香，金沙鎖骨連環。南樓不恨吹横笛，恨曉風千里關山。半飄零，庭上黄昏，月冷闌干。」又云：「細雨歸鴻，孤山無限春寒。」瑞鶴仙云：「怨柳淒花，似曾相識。西風破屐林下路，水邊石。」祝英臺近除夜立春云：「剪紅情，裁緑意，花信上釵股。殘日東風，不放歲華去。」又春日客龜溪遊廢園云：「緑暗長亭，歸夢趁風絮。」水龍吟惠泉山云：「艷陽不到青山，淡煙冷翠成秋苑。」滿江紅澱山湖云：「對兩蛾猶鎖，怨緑煙中。秋色未教飛盡雁，夕陽長是墜疏鐘。」點絳唇試燈夜初晴云：「情如水。小樓薰被。春夢笙歌裏。」又云：「征衫貯、舊寒一縷，淚溼風簾絮。」鶯啼序云：「暝堤空、輕把斜陽，總還鷗鷺。」八聲甘州游靈巖云：「箭徑酸風射眼，膩水染花腥。」又云：「連呼酒，上琴臺去，秋與雲平。」俱能超妙入神。

夢窗有俚詞

夢窗賦女髑髏調思佳客云：「釵燕攏雲睡起時。隔牆折得杏花枝。青春半面妝如畫，細雨三更花欲飛。情輕愛别舊相知。斷腸青冢幾斜暉。亂紅一任風吹起，結習空時不點衣。」又題華山女道士扇調蝶戀花云：「北斗秋横雲髻影。鶯羽衣輕，腰減青絲剩俗字俗句。一曲遊山聞玉磬。月華深處人初定。十二闌干和笑凭。風露生寒，人在蓮花頂。睡重不知殘酒醒。層城幾度啼鴉暝。」又題藕花洲尼扇調醉落魄云：

「春温紅玉。纖衣學剪嬌鴉緑。夜香燒短銀屏燭。偷擲金錢，重把寸心卜。此三句亦平常淺俗意，雖非惡劣，究屬疲庸，不謂夢窗蹈之。翠深不礙鴛鴦宿。採菱誰記當時曲。青山南畔紅雲北。一葉波心，明滅淡裝束。」此類命題，皆不大雅。金應珪抉詞中三蔽，似此亦在俚詞之列，故爲皐文所不取。然用意造句，仙思鬼境，兩窮其妙。余録入閑情集中，不忍没古人之美也。

夢窗金縷曲

夢窗金縷曲陪履齋先生滄浪看梅云：「華表月明歸夜鶴，問當時花竹今如此。枝上露，濺清淚。」後疊云：「此心與東君同意。後不如今今非昔。兩無言、相對滄浪水。懷此恨，寄殘醉。」感慨身世，激烈語偏説得温婉，境地最高。若文及翁之「借問孤山林處士，但掉頭笑指梅花蘂。天下事，可知矣。」不免有張眉怒目之態。

陳西麓詞中正軌

陳西麓詞，和平婉雅，詞中正軌。張叔夏云：「詞欲雅而正，志之所之，一爲物所役，則失其雅正之音。近代陳西麓，所作平正，亦有佳者。」夫平正則難見其佳，平正而有佳者，乃真佳也。求之於詩，十九首後，其惟陶淵明乎。詞惟西麓近之。有志於古者，三復西麓詞，一切流蕩忘反之失，不化而化矣。

西麓在中仙夢窗之間

西麓詞在中仙、夢窗之間。沉鬱不及碧山，而時有清超處。超逸不及夢窗，而婉雅猶過之。

西麓八寶妝起句

西麓八寶妝起句云：「望遠秋平。」起四字便耐人思，卻似日湖漁唱詞境，用作西麓全集讚語，亦無不可。

西麓八寶妝

西麓八寶妝云：「琴心錦意暗懶，又争奈西風吹恨醒。」其有感於爲制置司參議官時乎。然不肯仕元之意，已決於此矣，正不必作激烈語。

西麓詞耐人玩味

西麓綺羅香秋雨云：「滴入愁心，秋似玉樓人瘦。煙檻外，催落梧桐，帶西風、亂梢鴛甃。」字字鍾鍊，卻極和雅。又鬲江月云：「隔岸人家砧杵急，微寒先到簾鉤。」又玉樓春云：「斜陽一片水邊樓，紅葉滿天江上路。」又蝶戀花柳云：「寂寞情懷如中酒。攀條恨如東風手。」又云：「悵望章臺愁轉首。畫欄十二東風舊。」俱耐人玩味。

西麓取法清真

西麓亦是取法清真，集中和美成者十有二三，想見服膺之意。特面目全別，此所謂脱胎法。

西麓西湖十詠

西麓西湖十詠，多感時之語，時時寄託，忠厚和平，真可亞於中仙。下視草窗十闋，直不足比數矣。如探春蘇堤春曉云：「搔首捲簾看，認何處六橋煙柳。」秋霽平湖秋月云：「對西風憑誰問取，人間那得有今夕。」應笑廣寒宮殿窄。露冷煙淡，還看數點殘星，兩行新雁，倚樓橫笛。」掃花游雷峯夕照云：「可惜流年，付與朝鐘暮鼓。」驀山溪花港觀魚云：「宮溝泉滑，怕有題紅句。鉤餌已忘機，都付與人間兒女。濠梁興在，鷗鷺笑人癡，三湘夢，五湖心，雲水蒼茫處。」齊天樂南屏晚鐘云：「御苑煙花，宮斜露草，幾度西風彈指。」似此之類，皆令人思。讀之既久，其味彌長。諸詞作於景定癸亥歲，閱十餘年，宋亡矣。三湘夢三句，推開說，先生其有遺世之心乎。

周公瑾刻意學清真

周公瑾詞，刻意學清真。句法字法，居然合拍。惟氣體究去清真已遠。其高者可步武梅溪，次亦平視竹屋。

公瑾木蘭花慢十章

公瑾木蘭花慢西湖十景十章，不過無謂游詞耳，蓉塘詩話獨賞之，何也。

公瑾一萼紅

公謹一萼紅登蓬萊閣有感一闋，蒼茫感慨，情見乎詞，當爲草窗集中壓卷。雖使美成、白石爲之，亦無以過。惜不多覯耳。詞云：「步深幽。正雲黄天淡，雪意未全休。鑑曲寒沙，茂林煙草，俯仰今古悠悠。歲華晚，飄零漸遠，誰念我，同載五湖舟。磴古松斜，厓陰苔老，一片清愁。回首天涯歸夢，幾魂飛西浦，淚灑東州。故國山川，故園心眼，還似王粲登樓。最負他，秦鬟妝鏡，好江山、何事此時游。爲唤狂吟老監，共賦銷憂。」

公瑾獻仙音

公瑾獻仙音弔雪香亭梅云：「一片古今愁，但廢綠平烟空遠。無語消魂，對斜陽衰草淚滿。」又「西泠殘笛，低送數聲春怨。」即杜詩「回首可憐歌舞地」之意。以詞發之，更覺凄惋。水龍吟白蓮云：「擎露盤深，憶君涼夜，暗傾鉛水，想鴛鴦、正結梨雲好夢，西風冷，還驚起。」詞意兼勝，似此亦居然碧山矣。

草窗絶妙好詞選

草窗絶妙好詞之選，並不能强人意。當是局於一時聞見，即行采入，未窺各人全豹耳。不得以草窗所輯，一概尊之。紀文達立論，好是古非今。絶妙好詞一編，歎爲篇篇皆善，未免以耳代目。且如殷璠所選河嶽英靈集，以唐人選唐詩，而庸陋謬妄，不可言狀。文達亦賞之，尤屬不解。

王碧山詞詩中曹杜

王碧山詞，品最高，味最厚，意境最深，力量最重。感時傷世之言，而出以纏綿忠愛。詩中之曹子建、杜子美也。詞人有此，庶幾無憾。

論南宋詞家

南宋詞家白石、碧山，純乎純者也。梅溪、夢窗、玉田輩，大純而小疵，能雅不能虚，能清不能厚也。

詞壇三絶

詞法之密，無過清真。詞格之高，無過白石。詞味之厚，無過碧山，詞壇三絶也。

碧山詞品最高

詩有詩品，詞有詞品。碧山詞性情和厚，學力精深。怨慕幽思，本諸忠厚而運以頓挫之姿，沉鬱之筆。論其詞品，已臻絶頂，古今不可無一，不能有二。白石詞，雅矣正矣，沉鬱頓挫矣。然以碧山較之，覺白石猶有未能免俗處。少游、美成，詞壇領袖也。所可議者，好作豔語，不免於俚耳。故大雅一席，終讓碧山。

碧山詞工雅

碧山詞觀其全體，固自高絶，即於一字一句間求之，亦無不工雅。瓊枝寸寸玉，旃檀片片香，吾於詞見碧山矣。於詩則未有所遇也。看來碧山爲詞，只是忠愛之忱，發於不容已，並無刻意争奇之意，而人自莫及，此其所以爲高。

碧山詠物有寄託

詞選云：「碧山詠物諸篇，並有君國之憂。」自是確論。讀碧山詞者，不得不兼時勢言之，亦是定理。或謂不宜附會穿鑿，此特老生常談，知其一不知其二。古人詩詞有不容鑿者，有必須攷鏡者，明眼人自能辨之。否則徒爲大言欺人，彼方自謂識超，吾則笑其未解。碧山詠物諸篇，固是君國之憂。時時寄託，卻無一筆犯複，字字貼切故也。就題論題，亦覺躊躇滿志。

碧山天香

碧山天香龍涎香一闋，莊希祖云：「此詞應爲謝太后作。前半所指，多海外事。」此論正合余意。惟後疊云：「荀令如今漸老，總忘却尊前舊風味。」必有所興。但不知其何所指。讀者各以意會可也。

碧山詞所指

碧山南浦春水云：「簾影蘸樓陰，芳流去，應有淚珠千點。滄浪一舸，斷魂重唱蘋花怨。」寄慨處，清麗紆徐，斯爲雅正。又慶宮春水仙云：「歲華相誤，記前度湘皋怨別。哀絃重聽，都是淒涼，未須彈徹。」後疊云：「國香到此誰憐，煙冷沙昏，頓成愁絶。」結云：「試招仙魄。怕今夜瑤簪凍折。攜盤獨出，空想咸陽，故宮落月。」淒涼哀怨，其爲王清惠作乎。又無悶雪意後半闋云：「清致悄無似，有照水南枝，已攙春意。誤幾度憑欄，莫愁凝睇。應是梨雲夢好，未肯放東風來人世。待翠管吹破蒼茫，看取玉壺天地。」無限怨情，出以渾厚之筆。惟南枝句中含譏刺，當指文溪、松雪輩。

詞選論碧山詞

碧山眉嫵、高陽臺、慶清朝三篇，古今絶搆。詞選取之，確有特識。眉嫵新月云：「漸新痕懸柳，淡彩穿花，依約破初暝。便有團圓意，深深拜、相逢誰在香徑。畫眉未穩，料素娥猶帶離恨。最堪愛，一曲銀鉤小，寶簾挂秋冷。千古盈虧休問。歎漫磨玉斧，難補金鏡。太液池猶在，淒涼處、何人重賦清景。故山夜永，試待他窺户端正，看雲外山河，還老桂花舊影。」詞選云：「此喜君有恢復之志，而惜無賢臣也。」高陽臺詞選云：此題應是梅花。後半闋云：「江南自是離愁苦，況遊驄古道，歸雁平沙。怎得銀箋，殷勤與説年華。如今處處生芳草，縱憑高、不見天涯。更消他、幾度東風，幾度飛花。」詞選云：「此傷君臣晏安，不思國恥，天下將亡也。」慶清朝榴花後半闋云：「誰在舊家殿閣，自太真仙去，掃地春空。朱旛護取，如今應誤花工。顛倒絳英滿徑，想無車馬到山中。西風後，尚餘數點，還勝春濃。」詞選云：「此言亂世尚有人才，惜世不用也。」不知其何所指。右上三章，一片熱腸，無窮哀感。小雅怨誹不亂，諸詞有焉。以視白石之暗香、疏影，亦有過之無不及。詞至是，乃蔑以加矣。

碧山水龍吟

碧山水龍吟諸篇，感慨沉至。詠牡丹云：「自真妃舞罷，謫仙賦後，繁華夢、如流水。」詠海棠云：「歎黃州一夢，燕宮絶筆，無人解，看花意。」感寓中出以騷雅之筆，人人自深。詠白蓮云：「太液荒寒，海山依約，斷魂何許。」又云：「三十六陂煙雨。舊淒涼、向誰堪訴。如今漫説仙姿自潔，芳心更苦。」寫出幽貞，意者亦指清惠乎。詠落葉云：「渭水風生，洞庭波起，幾番秋杪。想重崖半没，千峯盡出，山中路，無人到。」筆意幽冷，寒芒刺骨。其有慨於崖山乎。

碧山齊天樂

碧山齊天樂諸闋，哀怨無窮，都歸忠厚，是詞中最上乘。詠螢云：「漢苑飄苔，秦陵墜葉，千古淒涼不盡，何人爲省。但隔水餘輝，傍林殘影。」詠歎蒼茫，深人無淺語。隔水二句，意者其指帝昺乎。詠蟬首章云：「短夢深宮，向人猶自訴憔悴。」言中有物，其指全太后祝髮爲尼事乎。後疊云：「病葉難留，纖柯易老，空憶斜陽身世。窗明月碎，甚已絶餘音，尚遺枯蜕。鬢影參差，斷魂清鏡裏。」意境雖深，然所指卻瞭然在目。次章起句云：「一襟餘恨宮魂斷。」下云：「鏡暗妝殘，爲誰嬌鬢尚如許。」合上章觀之，此當指王昭儀改裝女冠。後疊云：「銅仙鉛淚如洗，歎移盤去遠，難貯零露。病翼驚秋，枯形閲世，消得斜陽幾度。餘音更苦。甚獨抱清商，頓成淒楚。」字字淒斷，卻渾雅不激烈。餘音數語，或有感於太液芙蓉一闋乎。

碧山贈秋崖道人

碧山贈秋崖道人西歸調齊天樂云：「冷煙殘水山陰道，家家擁門黄葉。」一起令人魂銷。又云：「换盡秋芳，想渠西子更愁絶。」亦不堪多誦。後疊云：「短褐臨流，幽懷倚石，山色重逢都别。」黍離麥秀之悲，山色六字，凄絶警絶。覺國破山河在，猶淺語也。下云：「江雲凍折。算只有梅花，尚堪攀折。」此亦必有所指，骨韻高絶。玉田感傷處，亦自雅正，總不及碧山之厚。

讀碧山詞須息心静氣

讀碧山詞，須息心静氣，沉吟數過，其味乃出。心粗氣浮者，必不許讀碧山詞。

花外集中疏快之作

碧山「洗芳林夜來風雨」一闋，花外集中，惟此篇最疏快。風骨稍低，情詞卻妙。

碧山詞味厚

碧山八六子云：「漫淡卻蛾眉，晨妝慵掃，寶釵蟲散，繡衾鸞破，當時暗水和雲泛酒，空山留月聽琴。料如今、門前數重翠陰。」宛雅幽怨，殊耐人思。又一萼紅赤城山中題梅花卷云：「疏萼無香，柔條獨秀，應恨流落人間。」後半云：「重省嫩寒清曉，過斷橋流水，問訊孤山。冰骨微銷，塵衣不浣，相見還誤輕攀。未須訝、東南倦客，掩鉛淚，看了又重看。故國吴天樹老，雨過風殘。」身世之感，君國之恨，一一可見。疏影梅云：「籬根分破東風恨，又夢入水孤雲闊。」後疊云：「幾度黃昏，忽到窗前。重想故人初別。蒼虬欲捲漣漪去，漫蜕卻、連環香骨。」高陽臺云：「屢卜佳期，無憑卻怨金錢。何人寄與天涯信，趁東風、急整歸船。縱飄零，滿院楊花，猶是春前。」幽情苦緒，味之彌永。

碧山法曲獻仙音

「翠華不向苑中來。可是年年惜露臺。水際春風寒漠漠，官梅卻作野梅開。」高似孫過聚景園詩也。可謂淒怨。碧山法曲獻仙音聚景亭梅次草窗韻云：「層綠峨峨，纖瓊皎皎，倒壓波痕清淺。過眼年華，動人幽意，相逢幾番春換。記喚酒尋芳處，盈盈褪妝晚。已銷黯，況淒涼近來離思，應忘卻、明月夜深歸輦。荏苒一枝春，恨東風人似天遠。縱有殘花灑，灑征衣鉛淚都滿。但殷勤折取，自遣一襟幽怨。」較高詩更覺淒婉。

碧山花犯

碧山花犯苔梅云：「三花兩花破蒙茸，依依似有恨，明珠輕委。雲卧穩藍衣，正護春顦顇。羅浮夢，半蟾挂曉么鳳冷，山中人乍起。」筆意幽索，得屈宋遺意。少陵每飯不忘君國，碧山亦然。然兩人負質不同，所處時勢又不同。少陵負沉雄博大之才，正值唐室中興之際，故其爲詩也悲以壯。碧山以和平中正之音，卻值宋室敗亡之後，故其爲詞也哀以思。推而至於國風、離騷，則一也。

碧山望梅

碧山望梅云：「剪玉裁冰，已占斷江南春色。恨風前素豔，雪裏暗香，偶成拋擲。」寄慨往事，必有所指。後半云：「如今眼穿故國，待拈花弄蕊，時話思憶。想隴頭依約飄零，甚千里芳心，杳無消息。粉怯珠愁，又只恐吹殘羌笛。正斜飛、半窗曉月，夢回隴驛。」惓惓故國忠愛之心，油然感人，作少陵詩讀可也。

碧山雅正

詞法莫密於清真，詞理莫深於少游，詞筆莫超於白石，詞品莫高於碧山。皆聖於詞者。而少游時有俚語，清真、白石，間亦不免。至碧山乃一歸雅正。後之爲詞者，首當服膺勿失。一切游詞濫語，自無從犯其筆端。

詞有碧山詞乃尊

詞有碧山，而詞乃尊。否則以爲詩之餘事，遊戲之爲耳。必讀碧山詞，乃知詞所以補詩之闕，非詩之餘也。

絶妙好詞選碧山次乘

草窗與碧山相交最久，然絶妙好詞中所選碧山諸篇，大半皆碧山次乘，轉有負於碧山。

玉田非白石之匹

張玉田詞，如並剪哀梨，爽豁心目，故誦之者多。至謂可與白石老仙相鼓吹。仇仁近語。惟精警處多，沉厚處少，自是雅音，尚非白石之匹。

玉田與碧山同一機軸

玉田詞感傷時事，與碧山同一機軸，只是沉厚不及碧山。

玉田以春水詞得名

玉田以春水一詞得名，用冠詞集之首。此詞深情綿邈，意餘於言，自是佳作。然尚非樂笑翁壓卷，知音者審之。

玉田多議論

兩宋詞人，玉田多所議論。其所自著，亦可收南宋之終。沉厚微遜碧山，其高者頗有姜白石意趣。後遂鮮有知音矣。

玉田工於造句

玉田工於造句，每令人拍案叫絕。如憶舊遊大都長春宮云：「古臺半壓琪樹，引袖拂寒星。」結云：「鶴衣散影都是雲。」壺中天夜渡古黃河云：「扣舷歌斷，海蟾飛上孤白。」渡江雲山陰久客寄王菊存云：「山空天入海，倚樓望極，風急暮潮初。」湘月山陰道中云：「疏風迎面，濕衣原是空翠。」清平樂云：「只有一枝梧葉，不知多少秋聲。」甘州餞沈克道並寄趙學舟云：「短夢依然江表，老淚灑西州。一字無題處，落葉都愁。」後疊云：「折蘆花贈遠，零落一身秋。」又前調餞草窗西歸云：「料瘦筇歸後，閑鎖北山雲。」臺城路爲湖天賦云：「夜氣浮山，晴暉蕩目，無尋秋處。」又前調寄太白山人陳又新云：「虛沙動月，歎千里悲歌，唾壺敲缺。」後疊云：「迴潮似咽。送一點愁心，故人天末。江影沉沉，夜涼鷗夢闊。」長亭怨餞菊泉云：「記橫笛玉關高處，萬疊沙寒，雪深無路。」西子妝江上云：「楊花點點是春心，替風前萬花吹淚。」結云：「漫依依，愁落鵑聲萬里。」又憶舊遊寄友云：「一葉紅心冷，望美人不見，隔浦難招。舊時認得鷗鷺，重過月明橋。」又前調登蓬萊閣云：「海日生殘夜，看卧龍和夢，飛入秋冥。還聽水聲東去，山冷不生雲。」此類皆精警無匹，然不及碧山處正在此。蓋碧山已幾於渾化，並無驚奇可喜之句，令人歎賞。所以爲高，所以爲大。玉田邁陂塘後半闋云：「休重省。莫問山中秦晉，桃源今度難認。林間卻是長生路，一笑元非捷徑。深更靜。待散髮吹簫，鶴背天風冷。憑高露飲。正碧落塵空，光搖半壁，月在萬松頂。」沉鬱以清超出之，飄飄有凌雲之意。沖厚雖不及碧山，然自出草窗、西麓上。

玉田高陽臺

玉田高陽臺西湖春感一章，凄涼幽怨，鬱之至，厚之至，與碧山如出一手，樂笑翁集中亦不多覯。詞云：「接葉巢鶯，平波卷絮，斷橋斜日歸船。能幾番游，看花又是明年。東風且伴薔薇住，到薔薇、春已堪憐。更凄然。萬綠西泠，一抹荒煙。當年燕子知何處，但苔深韋曲，草暗斜川。見說新愁，如今也到鷗邊。無心再續笙歌夢，掩重門、淺醉閑眠。莫開簾。怕見飛花，怕聽啼鵑。」

玉田長亭怨

玉田長亭怨餞菊泉後半闋云：「同去。釣珊瑚海樹。底事便成行旅。烟迷斷浦。更幾點、戀人飛絮。如今又、京國尋春，定應被、薇花留住。且莫把孤愁，說與當時歌舞。」時菊泉將復之薊北，數語微而多諷，結二語自明其不仕之志，似此亦不讓碧山。

玉田三姝媚

玉田三姝媚送舒亦山云：「賀監猶存，還散迹、千岩風露。」君國恨，離別感，言外自見。又云：「莫趁江湖鷗鷺。怕太乙爐煙，暗銷鉛虎。」又云：「布襪青鞵，休誤入、桃源深處。」語帶箴規，耐人尋味，便似中仙最高之作。大抵讀玉田詞者，貴取其沉鬱處。徒賞其一字一句之工，遂驚歎欲絶，轉失玉田矣。

碧山玉田用筆互異

碧山、玉田，多感時之語，本原相同，而用筆互異。碧山沉鬱處多，超脱處少。玉田反是，終以沉鬱爲勝。

碧山詞最沉鬱

草窗、西麓、碧山、玉田，同時並出，人品亦不甚相遠。四家之詞，沉鬱至碧山止矣。而玉田之超逸，西麓之淡雅，亦各出其長以爭勝。要皆以忠厚爲主，故足感發人之性情。草窗雖工詞，而感寓不及三家之正。本原一薄，結構雖工，終非正聲也。

草窗盛負詞名

當時草窗盛負詞名，玉田次之，碧山、西麓名則不逮。即後世知之者，亦不過數人，然千載下自有定論。一時得失，何足重輕。

李篔房木蘭花慢

李篔房木蘭花慢送客云：「吟邊喚回夢蝶，想故山、薇長已多年。」後疊云：「留連漫聽燕語，便江湖、夜雨隔燈前。」此詞絶有感慨。絶妙好詞中失載，見公謹浩然齋雅談。

葛長庚詞可以步武稼軒

葛長庚詞，一片熱腸，不作閒散語，轉見其高。其賀新郎諸闋，意極纏綿，語極俊爽，可以步武稼軒，遠出竹山之右。

李易安獨闢門徑

李易安詞，獨闢門徑，居然可觀。其源自從淮海、大晟來，而鑄語則多生造。婦人有此，可謂奇矣。

宋人論易安聲聲慢

易安聲聲慢一闋，連下十四疊字，張正夫歎爲公孫大娘舞劍手。且謂本朝非無能詞之士，未曾有一下十四疊字者。然此不過奇筆耳，並非高調。張氏賞之，所見亦淺。又寵柳嬌花之句，黄叔暘歎爲前此未有能道之者。此語殊病纖巧，黄氏賞之，亦謬。宋人論詞，且多左道，何怪後世紛紛哉。

易安佳句

易安佳句，如一翦梅起七字云：「紅藕香殘玉簟秋。」精秀特絶，真不食人間煙火者。

易安武陵春

易安武陵春後半闋云：「聞説雙溪春尚好，也擬泛輕舟。只恐雙溪舴艋舟，載不動、許多愁。」又淒婉，又勁直。觀此益信易安無再適張汝舟事。卽風人豈不爾思，畏人之多言意也。投綦公一啓，後人僞撰以誣易安耳。

易安賣花聲

易安賣花聲云：「簾外五更風。吹夢無蹤。畫樓重上與誰同。記得玉釵斜撥火，寶篆成空。回首紫金峯。雨潤煙濃。一江春浪醉醒中。留得羅襟前日淚，彈與征鴻。」淒艷不忍卒讀，其爲德父作乎。

魏夫人及李易安

朱晦庵謂宋代婦人能文者，惟魏夫人及李易安二人而已。魏夫人詞筆頗有操邁處，雖非易安之敵，然亦未易才也。

朱淑真詞可稱小品

朱淑真詞，才力不逮易安，然規模唐五代，不失分寸。如「年年玉鏡臺」及「春已半」等篇，殊不讓和凝、李珣輩。惟骨韻不高，可稱小品。

白雨齋詞話卷第三

金詞以吴彦高爲冠

金代詞人，自以吴彦高爲冠，能於感慨中饒伊鬱，不獨組織之工也。同時尚吴、蔡體，然伯堅非彦高匹。

吴彦高人月圓

陶九成云：「近世所謂大曲，蘇小小蝶戀花、蘇東坡念奴嬌、晏叔原鷓鴣天、柳耆卿雨零鈴、辛稼軒摸魚子、吴彦高春草碧、蔡伯堅石州慢、張子野天仙子、朱淑真生查子、鄧千江望海潮。」按：其中惟稼軒摸魚子一篇，爲古今傑作。叔原鷓鴣天，爲艷體中極致，餘亦泛泛，不知當時何以並重如此。余獨愛彦高人月圓宴張侍御家有感云：「南朝千古傷心地，還唱後庭花。舊時王謝，堂前燕子，飛入人家。恍然在遇，仙姿勝雪，宫鬢堆鴉。江州司馬，青衫淚溼，同是天涯。」感激豪宕，不落小家數。洪景盧云：「先公在燕山，赴北人張總侍御家集，出侍兒佐酒，中有一人，意狀摧抑可憐。叩其故，乃宣和殿小宫姬也。坐客翰林直學士吴激，作詞記之，聞者揮涕。」中州樂府云：彦高賦此時，宇文叔通亦賦念奴嬌，先成而頗近鄙俚。及見彦高作茫然自失。是後，人有求作樂府者，叔通卽批云，吴郎近以樂府名天下，可往求之。

遺山詞可稱別調

金詞於彥高外，不得不推遺山。遺山詞刻意争奇求勝，亦有可觀。然縱横超逸，既不能爲蘇、辛，騷雅清虚，復不能爲姜、史。於此道可稱別調，非正聲也。

元代尚曲

元代尚曲，曲愈工而詞愈晦。周、秦、姜、史之風，不可復見矣。

張仲舉規模南宋

元詞日就衰靡，愈趨愈下。張仲舉規模南宋，爲一代正聲。高者在草窗、西麓之間，而真氣稍遜。

仲舉詞樹骨甚高

仲舉詞樹骨甚高，寓意亦遠。元詞之不亡者，賴有仲舉耳。然欲求一篇如梅溪、碧山之沉厚，則不可得矣。

仲舉詞去宋人已遠

仲舉綺羅香雨中舟次洹上云：「水閣雲窗，總是慣曾經處。曾信有客裏關河，又怎禁夜深風雨。」此則刻意爲白石，冲味徽減，姿態卻饒。又水龍吟蓼花云：「瘦葦黄邊，疏蘋白外，滿汀煙穟。」黄邊白外四字，亦新奇。又云:「船窗雨後,數枝低入,香零粉碎。不見當年,秦淮花月,竹西歌吹。」係以感慨,意增便厚,船窗數語亦是畫所不到。但看來已是元詞,去宋人已遠。

虞道園似出仲舉之右

虞道園詞筆頗健,似出仲舉之右。然所作寥寥,規模未定,不能接武南宋諸家。惟「報道先生歸也,杏花春雨江南」二語,卻有自然風韻。

倪元鎮人月圓

倪元鎮人月圓云:「傷心莫問前朝事,重上越王臺。鷓鴣啼處,東風草緑,殘照花開。悵然孤嘯,青山故國,喬木蒼苔。當時明月,依依素影,何處飛來。」風流悲壯,南宋諸鉅手爲之亦無以過。詞豈以時代限耶。

詞亡於明

詞至於明,而詞亡矣。伯温、季迪,已失古意。降至升庵輩,句琢字鍊,枝枝葉葉爲之,益難語於大雅。自馬浩瀾、施閬仙輩出,淫詞穢語,無足置喙。明末陳人中能以穠艷之筆,傳淒婉之神,在明代便算高手。然視國初諸老,已難同日而語,更何論唐、宋哉。

伯温臨江仙

伯温臨江仙云:「鏡中緑髮漸無多。淚如霜後葉,摵摵下庭柯。」以開國元勳而作此哀感語,蓋已兆胡維庸之禍矣。

高季迪沁園春

高季迪沁園春雁云:「隴塞間關,江湖冷落,莫戀遺粱猶在田。須高舉,教弋人空慕,雲海茫然。」託意高遠。先生能言之,而終自不免,何耶。

用修小令時雜曲語

用修小令,合者有五代人遺意,而時雜曲語,令讀者短氣。

陳卧子山花子與江城子

陳卧子山花子云:「楊柳淒迷曉霧中。杏花零落五更鐘。寂寂景陽宮外月,照殘紅。蝶化綵衣金縷盡,蟲銜畫粉玉樓空。惟有無情雙燕子,舞東風。」淒麗近南唐二主,詞意亦哀以思矣。又江城子後半闋云:「楚宮吴苑草茸茸。戀芳叢。繞游蜂。料得來年,相見畫屏中。人自傷心花自笑,憑燕子、駡東風。」亦綿邈悽惻。

葉小鸞詞筆哀豔

葉小鸞詞筆哀豔，不減朱淑真。求諸明代作者，尤不易覯也。

明無一篇沉鬱頓挫詞

有明三百年中，習倚聲者，不乏其人。然以沉鬱頓挫四字繩之，竟無一篇滿人意者，真不可解。

國初諸老沉厚不足

國初諸老，同時傑出，幾欲上掩兩宋。然才力有餘，沉厚不足。蓋一代各有專長，宋詞已成絶技，後世不能相加也。

北宋南宋不可偏廢

國初多宗北宋，竹垞獨取南宋，分虎、符曾佐之，而風氣一變。然北宋、南宋，不可偏廢。南宋白石、梅溪、夢窗、碧山、玉田輩，固是高絶，北宋如東坡、少游、方回、美成諸公，亦豈易及耶。況周、秦兩家，實爲南宋導其先路。數典忘祖，其謂之何。

詞至南宋極盡變態

北宋去温、韋未遠，時見古意。至南宋則變態極焉。變態既極，則能事已畢。遂令後之爲詞者，不得不刻意求奇，以至每況愈下，蓋有由也。亦猶詩至杜陵，後來無能爲繼。而天地之奥，發洩既盡，古意亦從此漸微矣。

吴梅村詞有身世之感

吴梅村詞，雖非專長，然其高處，有令人不可捉摸者。此亦身世之感使然。否則徒爲難得今宵是乍涼等語，乃又一馬浩瀾耳。

梅村如夢令

梅村如夢令云：「誤信鵲聲枝上。幾度樓頭西望。薄倖不歸來，愁殺石城風浪。無恙。無恙。牢記別時模樣。」低回婉轉中有怨情，不當作綺語讀。次章云：「小閣焚香獨坐。摵摵紙窗風破。女伴有誰來，管領春愁一個。無那。無那。斜壓翠衾還卧。」此中亦見怨情，當與上章參看。

梅村可作東坡後勁

東坡詞豪宕感激，忠厚纏綿，後人學之，徒形粗魯。故東坡詞不能學，亦不必學。惟梅村高者，有與老坡神似處，可作此翁後勁。如滿江紅諸闋，頗爲暗合，松栝凌寒，滿目山川，沽酒南徐三篇，尤見筆意。即閑情之作，如臨江仙逢舊結句云：「姑蘇城外月黄昏，緑窗人去住，紅粉淚縱横。」哀艷而超脱，直是坡仙化境。迦陵學蘇、辛，畢竟不似。

梅村絶筆

賀新郎病中有感一篇，梅村絶筆也。悲感萬端，自怨自艾。千載下讀其詞，思其人，悲其遇。固與牧齋不同，亦與芝麓輩有別。

梁棠村詞尚穠豔

梁棠村詞尚穠豔，語必和平，自是福澤人聲口。然論詞未爲高妙。

漁洋小令以風韻勝

漁洋小令，能以風韻勝，仍是做七絶慣技耳。然自是大雅，但少沉鬱頓挫之致。昔人謂漁洋詞爲詩掩抑，又過矣。

漁洋詞不能沉厚

漁洋詞含蓄有味，但不能沉厚。蓋含蓄之意境淺，沉厚之根柢深也。彼力量薄者，每以含蓄爲深厚，遂自謂效法北宋，亦吾所不取。

漁洋佳作

漁洋偷聲木蘭花春情寄白下故人後半闋云，「方山亭下江南路。畫槳凌波從此去。十四樓空。萬葉千花淚眼中。」淒麗而古雅，惜不多覯。又鳳凰臺上憶吹簫和漱玉作云：「鏡影圓冰，釵痕卻月，日光又上樓頭。正羅幃夢覺，紅褪綃鉤。睡眼初瞤未起，夢裏事、尋憶難休。人不見，便須含淚，强對殘秋。悠悠。斷鴻南去，便瀟湘千里，好爲儂留。又斜陽聲遠，過盡西樓。顛倒相思難寫，空望斷、南浦雙眸。傷心處，青山紅樹，萬點新愁。」思深意苦，幾欲駕易安上之。衍波集中，亦僅見此篇。

珂雪詞取徑較正

曹升六珂雪詞，在國初諸老中，最爲大雅，才力不逮朱、陳，而取徑較正。國朝不乏詞家，四庫獨收珂雪，良有以也。

升六掃花遊

升六詞，余最愛其埽花遊春雪一篇。如云：「一夜梅花，暗落西窗似雨。飄搖去，試問逐風，歸到何處。」又云：「擁斷關山，知有離人獨苦。漫凝竚。聽寒城、數聲譙鼓。」綿雅幽細，斟酌於美成、梅溪、碧山、公謹，而出之者。

飲水詞措詞淺顯

容若飲水詞，在國初亦推作手，較東白堂詞佟世南撰，似更閒雅。然意境不深厚，措詞亦淺顯。余所賞者，惟臨江仙寒柳第一闋，及天仙子淥水亭秋夜、酒泉子謝卻荼蘼一篇三篇耳，餘俱平衍。又菩薩蠻云：「楊柳乍如絲。故園春盡時。」亦悽惋，亦閒麗，頗似飛卿語，惜通篇不稱。又太常引云：「夢也不分明。又何必催教夢醒。」亦頗淒警，然意境已落第二乘。

錢湘瑟工豔詞

錢湘瑟工爲豔詞，造語尤妙。如憶少年云：「小屏殘燭，小窗殘雨，小樓殘夢。銖衣已煙散，只蘅蕪香重。」穠麗語能入幽境，意味便永。然亦僅在皮毛上求深厚，非吾所謂深厚也。

丁飛濤亦工豔詞

丁飛濤亦工爲艷詞，較周冰持爲和雅。然亦只是做得面子好，不足爲詞壇重也。

毛會侯浣雪詞

毛會侯浣雪詞，刻翠裁紅，務求新穎，丁飛濤之流亞也，總不免染花間草堂陋習。

彭羨門詞力量未足

彭羨門詞，意境較厚。但不甚沉着，仍是力量未足。

羨門詞小令爲勝

羨門詞，長調、小令均有可觀，而小令爲勝。憶王孫寒食、蘇幕遮婁江寄家信等篇，頗得北宋人遺韻。

吴薗次詞中小品

吴薗次詞，調和音雅，情態亦濃，詞中小品也。竹垞謂其似陳西麓，亦漫爲許與之論。

薗次小令不脱草堂窠臼

薗次小令，亦不能脱草堂窠臼，長調間作壯浪語。如滿江紅醉吟云：「髀肉晚銷燕市馬，鄉心秋冷揚州鶴。」又云：「海上文章蘇玉局，人間游戲東方朔。」薗次與迦陵結異姓昆季，似此亦頗類迦陵也。

西堂詞曲不佳

西堂詞曲，擅名一時，然皆不見佳。力量既薄，意境亦淺。專恃一二聰明語，以爲新奇獨得之祕，不值有識者一笑。

西堂小令合者寥寥

西堂小令最不佳，除浣溪沙清明悼亡兩闋，及菩薩蠻病中有感第二闋外，合者寥寥。長調稍可，壯語工於綺語也。

西堂菩薩蠻八章

西堂菩薩蠻丁巳九月病中有感八章，源出温、韋。身世興衰之感，略見於此，而詞意不免淺顯。如「負負欲何言。饑來難叩門。」又，「濃笑寫官銜。排行無二三。」又，「歎息返柴廬。當門立吏胥。」又，「白髮影婆娑。秋風鬼病多。」又，「何物返魂丹。空囊無一錢。」又，「何處度餘年。除非離恨天。」等句，全失忠厚之旨。若暗含情事，而出以幽窈之思，渾雅之筆，便是飛卿復作。余惟愛其次章云：「六宮鬧掃芙蓉鏡。君王偶愛飛蓬鬢。殿脚惜空同。昭陽天幾重。江南春雨晚。紅豆新歌滿。流落杜秋娘。琵琶憶上皇。」讀之令人淚下。王漁洋題展成新樂府云：「南苑西風御水流。殿前無復按梁州。飄零法曲人間遍，誰付當年菊部頭。」又云：「猿臂丁年出塞行。灞陵醉尉莫相輕。旗亭被酒何人識，射虎將軍右北平。」其年壽悔庵六十詞云：「曾經天語憐才，如今老卻凌雲手。」又云：「長樂笙簫，連昌花竹，可堪回首。」皆當與此篇參看。吳薗次太守跋其後云：「阮生失路，澆淚無端，屈子問天，寄愁何處。水以不平而激，木因有鬱而奇，情有所之，理固然矣。吾友悔庵，文高於命，宦薄於名。豔曲三章，欲醉沉香之酒。奇才兩字，不分歸院之燈。孤竹崖前，空隨射虎，百花洲上，徒共眠鷗。劉公幹高卧清漳，王仲宣哀吟荆楚，爰以沉鬱之意，寫爲穠麗之音。此病中八首所由作也。夫生而識字，卽種愁根，長解言文，原非善氣。慅慅自合人奴，咄咄何堪令僕，吾儕若此，復何怪耶。子善吹簫，請命小紅而按曲，我爲拔劍，聊浮大白以倚聲。」可謂深得悔庵心者。

西堂好爲豔詞

西堂亦好爲豔詞，多聰明纖巧語，殊乖大雅。「不敢罵檀郎。喃喃咒杜康。」「笑擲竹夫人。無端一面嗔。」之類，皆足令人噴飯。

西堂好作聰明語

西堂好作聰明語，害人最深。小有才者，一索而得，終身陷入苦海矣。

顧華峯詞非上乘

顧華峯詞全以情勝，是高人一著處。至其用筆，亦甚圓朗。然不悟沉鬱之妙，終非上乘。

華峯賀新郎千秋絶調

華峯賀新郎寄吳漢槎寧古塔，以詞代書。兩闋，只如家常説話，而痛快淋漓，宛轉反覆，兩人心迹，一一如見。雖非正聲，亦千秋絶調也。詞云：「季子平安否。便歸來、生平萬事，那堪回首。行路悠悠誰慰藉，母老家貧子幼。記不起、從前杯酒。魑魅搏人應見慣，料輸他、覆雨翻雲手。冰與雪，周旋久。淚痕莫滴牛衣透。數天涯、依然骨肉，幾家能彀。比似紅顔多薄命，更不如今還有。只絶塞、苦寒難受。廿載包胥承一諾，盼烏頭馬角終相救。置此札，君懷袖。」次章云：「我亦飄零久。十年來，深恩負盡，死生師友。夙昔齊名非忝竊，試看杜陵消瘦。曾不減、夜郎僝僽。薄命長辭知己別，問人生、到此淒涼否。千萬恨，爲兄剖。兄生辛未吾丁丑。共些時、冰霜摧折，早衰蒲柳。詞賦從今須少作，留取心魂相守。但願得、河清人壽。歸日急翻行戍稿，把空名、料理傳身後。言不盡，觀頓首。」二詞純以性情結撰而成，悲之深，慰之至。丁寧告戒，無一字不從肺腑流出。可以泣鬼神矣。

西河詞在五代宋初之間

西河經術湛深，而作詩卻能謹守唐賢繩墨，詞亦在五代、宋初之間。但造境未深，運思多巧。境不深尚可，思多巧則有傷大雅矣。

西河相見歡

西河相見歡云：「愁思遠，拋金翦，唾殘絨。羞殺鴛鴦銜去一絲紅。」風蝶令鬭草云：「藏得宜男，臨賽又躊躇。」此類極有思致，雖未至於流蕩，總不免纖小。

葉元禮詞直是女兒聲口

葉元禮詞，直是女兒聲口。如「生小畫眉分細繭，近來綰髻學靈蛇。粧成不耐合歡花。」又，「蝶粉蜂黃拚付與，淺顰深笑總難知。教人何處懺情癡。」又，「羅裙消息落花知。」又，「清波一樣淚痕深。」又，「此生有分是相思」等句。纖小柔媚，皆無一毫丈夫氣，宜其夭亡也。

徐電發詞流傳海外

徐電發詞，當時盛負重名，至於流傳海外，可謂榮矣。其規模北宋，卻有似處，惟氣格不高，祇堪作晏、歐流亞。至周、秦深處，尚未夢見。

徐電發鳳棲梧

電發鳳棲梧春草云：「緑遍天涯無半縫。憐伊歲歲和愁種。」語絶淒麗，然視君復、聖俞兩詞，已下一格，去歐公少年游一篇，何可以道里計。

蓀友詞出電發之右

樊榭論詞云：「獨有藕漁工小令，不教賀老占江南。」余觀蓀友詞色澤有餘，措詞亦閒雅，雖不能接武方回，固出電發之右。

蓀友雙調望江南

嚴蓀友雙調望江南云：「歌婉轉，風日渡江多。柳帶結煙留淺黛，桃花如夢送横波。一覺懶雲窩。曾幾日、輕扇掩纖羅。白髮黄金雙計拙，緑陰青子一春過。歸去意如何。」情詞雙絶，似此真有賀老意趣。

竹垞詞獨出冠時

竹垞詞，疏中有密，獨出冠時，微少沉厚之意。其自題詞集云：「不師秦七，不師黄九，倚新聲、玉田差近。」夫秦七、黄九，豈可並稱。師玉田不師秦七，所以不能深厚。不知秦七，亦何能知玉田，彼所知者，玉田之表耳。師玉田而不師其沉鬱，是買櫝還珠也。

竹垞兼夢窗之密玉田之疏

昔人謂夢窗之密，玉田之疏，必兼之乃工。就形骸而論，竹垞似能兼之矣。然余則云：夢窗疏處，高過玉田，而密處不及，與古人之言正相反，書之以俟識者。

竹垞長亭怨慢

竹垞長亭怨慢雁云：「結多少、悲秋儔旅。特地年年，北風吹度。紫塞門孤，金河月冷恨誰訴。迴江枉渚。也只戀、江南住。」感慨身世，以淒切之情，發哀婉之調，既悲涼，又忠厚。是竹垞直逼玉田之作，集中亦不多見。漁洋秋柳詩云：「相逢南雁皆愁侶，好語西烏莫夜飛。」同此哀感。一時和作，所以遠不逮者，不在詞語之不工，在所感之不同耳。後人更欲妄爲訾議，亦弗思甚矣。新城秋柳四章，純是滄桑之感，國朝定鼎燕京，新城已十歲矣，相逢南雁，實有所指也。

竹垞静志居琴趣

竹垞江湖載酒集，灑落有致。茶煙閣體物集，組織甚工。蕃錦集，運用成語，別具匠心，然皆無甚大過人處。惟静志居琴趣一卷，盡掃陳言，獨出機杼。豔詞有此，匪獨晏、歐所不能，卽李後主、牛松卿亦未嘗夢見，真古今絶搆也。惜託體未爲大雅。

竹垞摸魚子

吾於竹垞，獨取其豔體，蓋論詞於兩宋之後，不容過刻，節取可也。竹垞静志居琴趣一卷，生香真色，得未曾有。前後次序，略可意會，不必穿鑿求之。竹垞摸魚子云：「粉牆青、虬檐百尺，一條天色催暮。洛妃偶值無人見，相送襪塵微步。教且住。攜玉手、潛行莫惹冰苔仆。芳心暗訴。認香霧鬟邊，好風衣上，分付斷魂語。雙栖燕，歲歲花時飛度。阿誰花底催去。十年鏡裏樊川雪，空裊茶煙千縷。離夢苦。渾不省、鎖香金篋歸何處。小池枯樹。算只有當時，一丸冷月，猶照夜深路。」情詞俱臻絶頂，擺脱綺羅香澤之態，獨饒仙豔，自非仙才不能。

董文友蘇幕遮諸篇詞中之妖

董文友蘇幕遮諸篇，皆能曲折傳神，撲入深處，詞中之妖也。學詞者一入其門，念頭差錯，終身不可語於大雅矣。同時如梅村、阮亭、迦陵、薗次、蛟門、程村、西堂、西銘、荔裳、顧庵輩，多心折蓉渡詞，每首下各綴以評語，亦不可解。

周冰持好作綺語

周冰持亦好作綺語，不過花影之流亞耳，尚不足爲妖也。

沈去矜不及文友

彭駿孫見沈去矜、董文友詞，謂泥犁中皆若人，故無俗物。去矜亦花影之餘，冰持之匹，不及文友之工。

清初以迦陵爲巨擘

國初詞家，斷以迦陵爲巨擘，後人每好揚朱而抑陳，以爲竹垞獨得南宋真脈。嗚呼，彼豈真知有南宋哉。庸耳俗目，不值一笑也。

迦陵詞氣魄絶大

迦陵詞氣魄絶大，骨力絶遒，填詞之富，古今無兩。只是一發無餘，不及稼軒之渾厚沉鬱。然在國初諸老中，不得不推爲大手筆。

迦陵詞沉雄俊爽

迦陵詞沉雄俊爽，論其氣魄，古今無敵手。若能加以渾厚沉鬱，便可突過蘇、辛，獨步千古。惜哉。

其年絶後空前

蹈揚湖海，一發無餘，是其年短處，然其長處亦在此。蓋偏至之詣，至於絶後空前，亦令人望而卻走。其年亦人傑矣哉。

迦陵詞患在不能鬱

迦陵詞不患不能沉，患在不能鬱。不鬱則不深，不深則不厚。發揚蹈厲，而無餘蘊，究屬粗才。

迦陵江南春

迦陵詞惟江南春和倪雲林原韻一章，最爲和厚，全集三十卷，僅見此篇。詞云：「風光三月連櫻笋，美人躊躇白日静。小屏空翠颭東風，不見其餘見衫影。無端料峭春閨冷。忽憶青驄别鄉井。長將妾淚駢紅巾。願作征夫車畔塵。人歸遲、春去急。雨絲滿院流光溼。錦書道遠嗟奚及。坐守吴山一春碧。何日功成還馬邑。雙倚琵琶花樹立。夕陽飛絮化爲萍，攬之不得徒營營。」怨深思厚，深得風人之旨。

其年詞極壯浪

其年詞極壯浪，所少者沉鬱。余最愛其月華清後半闋云：「如今光景難尋，似晴絲偏脆，水煙終化。碧浪朱欄，愁殺隔江如畫。將半帙南國香詞，做一夕西窗閑話。吟寫。被淚痕占滿，銀箋桃帕。」淋漓飛舞中，仍不失爲雅正，於宋人中逼近美成。

其年短調氣象萬千

其年諸短調，波瀾壯闊，氣象萬千，是何神勇。如點絳脣云：「悲風吼。臨洺驛口。黄葉中原走。」醉太平云：「估船運租。江樓醉呼。西風流落丹徒。想劉家寄奴。」好事近云：「别來世事一番新，只吾徒猶昨。話到英雄失路，忽涼風索索。」清平樂云：「不見長洲苑裏，年年落盡宮槐。」平敍中峯巒忽起，力量最雄。板橋、心餘輩，極力騰踔，終不能望其項背。

其年西江月

其年西江月云：「神仙將相詎難爲，萬事取之以氣。」偏論，亦是快論、至論。大言炎炎，我爲起舞。

其年醉落魄

其年醉落魄詠鷹云：「寒山幾堵。風低削碎中原路。秋空一碧無今古。醉袒貂裘，略記尋呼處。男兒身手和誰賭。老來猛氣還軒舉。人間多少閒狐兔。月黑沙黄，此際偏思汝。」聲色俱厲，較杜陵「安得爾輩開其羣，驅出六合梟鸞分」之句，更爲激烈。

其年夜遊宮四章

其年夜遊宮秋懷四章，字字精悍。如云：「短狐悲，瘦猿愁，啼破冢。」又，「無數蟲吟古磚縫。料今宵，靠屏風，無好夢。」又，「秋氣横排萬馬。盡屯在、長城牆下。每到三更素商瀉，溼龍樓，暈鴛機，迷爵瓦。」又，「箭與饑鴟競快。側秋腦、角鷹愁態。」又，「一派明雲薦爽。秋不住、碧空中響。」正如干將出匣，寒光逼人。

其年感皇恩六章

其年感皇恩曉涼雜憶六章，皆追憶舊遊之作，不言感慨，而感慨亦見。首章結句云：「三年渾一夢，揚州路。」四章結句云：「燕丹門下客，皆安在。」收束處一則大雅，一則沉雄。

其年滿江紅諸闋

其年滿江紅諸闋，縱筆所之，無不雄健。如爲陳九之子題扇云：「生子何須李亞子，少年當學王曇首。對君家兩世濕青衫，吾衰醜。」又謁程崐崙「上黨地爲天下脊，使君文在先秦上。」又何端明先生筵上「被酒我思張子布，臨江不見甘興霸。只春潮濺雪白人頭，堪悲咤。」竹垞亦有「乞食肯從張子布，舉杯但屬甘興霸」之句，氣概稍遜，精警則一。又過邯鄲道上呂仙祠示曼殊「枕裏功名雞鹿塞，刀頭富貴麒麟塚。」下云：「萬事關河人欲老，一生花月情偏重。算兩人今日到邯鄲，寧非夢。」又和韻「萬里秋從西極到，千年淚向南樓灑。」又贈蘭次「開口會能求相印，吾生詎向溝中死。終不然、鬻畚華山陰，尋吾子。」又自封邱北岸渡河至汴梁「一派灰飛官渡火，五更霜灑中原血。」又「閱盡江山真欲舞，算來人物誰堪駡。」東南耕下云：「一朵菊花人伏枕，半庭荳葉秋除架。」又送葉桐初還東阿「風吼軍都山忽紫，雨收督亢天全緑。」下云：「建業雲山通地肺，姑蘇煙水連天目。」此類皆極蒼涼，亦極雄麗，真才人之筆。

迦陵汴京懷古十首

迦陵汴京懷古十首，措語極健，可作史傳讀。板橋金陵十二闋，高者可稱後勁。心餘則去此遠矣。

迦陵官渡篇

汴京諸作，論筆勢之森竦，自推官渡一篇，而樊樓一章，最見作意。後四語云：「風月不須愁變換，江山到處堪歌舞。恰西湖甲第又連天，申王府。」悲憤之詞，偏出以熱鬧之筆，反言以譏之也。

其年經信陵君祠一闋

其年秋日經信陵君祠一闋，後半云：「今古事，堪悲詫。身世恨，從牽惹。倘君而尚在，定憐余也。我詎不如毛薛輩，君寧甘與原嘗亞。歎侯嬴，老淚苦無多，如鉛瀉。」慨當以慷，不嫌自負，如此弔古，可謂神交冥漠。

其年水調歌頭諸闋

其年水調歌頭諸闋，英姿颯爽，行氣如虹，不及稼軒之神化，而老辣處時復過之，真稼軒後勁也。

其年游竹林寺詞

其年念奴嬌游京口竹林寺云：「長江之上，看枝峯，蔓壑盡饒霸氣。獅子寄奴生長處，一片雄山莽水。怪石崩雲，亂岡淋雨，下有黿鼉睡。層層都挾，飛而食肉之勢。」英思壯采，何其橫霸如此。

其年登尉繚臺詞

其年沁園春諸詞，亦甚雄偉，登尉繚臺一闋，尤爲感慨沉至。

其年題梅花圖詞

其年沁園春最佳者，如題徐渭文鍾山梅花圖後半云：「如今潮打孤城，只商女船頭月自明。歎一夜啼烏，落花有恨，五陵石馬，流水無聲。尋去疑無，看來似夢，一幅生綃淚寫成。攜此卷，伴水天閒話，江海餘生。」情詞兼勝，骨韻都高，幾合蘇、辛、周、姜爲一手。

其年賀新郎一百三十餘首

其年賀新郎調，填至一百三十餘首之多，每章俱於蒼莽中見骨力。精悍之色，不可逼視，第四韻尤能振拔。如「北固外，晴江夜走。其上有秦時明月，籠以外秋星作作」。皆是突接，精神更覺百倍。

其年呈芝麓先生詞

賀新郎如席上呈芝麓先生「話到英雄方失志，老鶻飛來傑傑。」又，「一半疎星明滅。歸去焚書應學劍，愛風毛雨遍千山雪。益智粽，竟何益。」筆勢亦如怒猊俊鶻。

其年賀新郎筆力橫絶

賀新郎有洞穿七札，筆力橫絕者，如：「憶得危崖騰健鶻，咽秋燈、夜半歌山鬼。風乍刮，鬢成蝟。」又，「此意儘佳那易遂，學龍吟、屈煞牀頭鐵。風正吼，燭花裂。」又，「醉倚江樓成一笑，總輸他、稛角東村子。牛背上，笛聲起。」又，「粗飯濁醪吾事畢，傍東籬、且了黃花債。今古恨，漫興慨。」又，「博望野花紅染血，訴行藏、風裏休悲咤。恐又震，昆陽瓦。」又，「繡嶺宮前花似血，正秦川、公子迷歸路。重酌酒，盡君語。」此類皆得未曾有，真足驚心動魄。

其年贈阿黑詞

其年贈何生鐵鐵小字阿黑，鎮江人，流寓泰州，精詩畫，工篆刻。賀新郎一篇，飛揚跋扈，不可羈縛。詞云：「鐵汝前來者。曷不學、雀刀龍笛，騰空而化。底事六州都鑄錯，辜負陰陽爐冶。氣上燭、斗牛分野。小字又聞呼阿黑，詎王家、處仲卿其亞。休放誕，人笞罵。蕭疏粉墨營邱畫。更雕鑱、漸臺威斗，鄴宮銅瓦。不值一錢疇惜汝，醉倚江樓獨夜。月照到、寄奴山下。故國十年歸不得，舊田園、總被寒潮打。思鄉淚，浩盈把。」一味橫霸，亦足雄跨一時。

迦陵題珂雪詞

「萬馬齊瘖蒲牢吼」，此迦陵題珂雪詞語，然直似先生自品其詞，吾恐升六尚謙讓未遑也。其後疊云：「耳熱杯闌無限感，目送塞鴻歸盡。又眼底羣公袞袞。」其年胸中，不知吞幾許雲夢。下云：「作達放顛無不可，勸臨淄且傅當筵粉。城柝沸、夜烏緊。」悲極憤極，如聞其聲。

其年送王正子詞

其年送王正子之襄陽賀新郎一闋，前疊云：「立馬和君説，到襄陽、爲余先問，隆中諸葛。往日英雄潮打盡，怪煞怒濤崩雪。今古恨，總多於髮。再問大堤諸女伴，白銅鞮、可有閒風月。誰彈向、楚天瑟。」兩問奇絶，可謂目無一世。

其年不長於閑情

閑情之作，非其年所長，然振筆寫去，吐棄一切閨襜泛話，不求工而自工，才大者固無所不可也。如桂殿秋云：「凝情低詠年時句，人在東風二月初。」菩薩蠻彈琴云：「促柱鼓瀟湘。風吹羅帶長。」蝶戀花促坐云：「猶自眉峯煙不定。避人奩内添宮餅。」又跳索云：「鬟絲扶定相思子。」下云：「對漾紅繩低復起。明月光中，亂捲瀟湘水。匿笑佳人聲不止。檀奴小絆花陰裏。」又圍爐云：「小院緑熊鋪褥厚。玉梅花下交三九。」下云：「招入繡屏閒寫久。斜送横波，郎莫衣單否。袖裏任郎沾寶獸。雕龍手壓描鸞手。」又潛來云：「立久微聞輕歎息。春陰簾外天如墨。」換巢鸞鳳云：「飄盡楊花雨偏肥，摘來梅子春先瘦。」石州慢夏閨云：「起來慵繡，將泉戲瀉團荷，憐他葉嫩纔如掌。珠滑不成圓，卻添人間想。」齊天樂紀夢云：「迴腸千縷，總些個情懷，舊時言語。」賀新郎和竹逸江村遇伎之作云：「我有紅綃無窮淚，彈與多情灼灼。悔則悔、當初輕諾。十載雲英還未嫁，訴傷心、撥盡琵琶索。」似此皆低回哀怨，情致纏綿。惟雲郎合巹詞，未免俚褻。

詞有陳朱古意全失

或問其年、竹垞，一時兩雄，不知置之宋人中，可匹誰氏。余曰：「此不可相提並論也。陳、朱才力極富，求之宋名家亦不多覯，而論其所造，則去宋賢甚遠。宋賢得其正，陳、朱得其偏。宋賢得其精，陳、朱得其粗。自詞有陳、朱，而古意全失矣。」

讀書不可無識

近人懾於陳、朱之名，以爲國朝冠冕。不知陳、朱不過偏至之詣，有志於古者，尚宜取法乎上。烏絲載酒，聊存之以備一體可也。乃知讀書不可無才，尤不可無識。

陳朱詞規模終隘

善爲詞者，貴久而愈新，不妨俟知音於千載後。陳、朱之詞，佳處一覽了然，不能根柢於風騷，局面雖大，規模終隘也。

二李詞皆規模南宋

二李詞絶相類，大約皆規模南宋，羽翼竹垞者。符曾較雅正，而才氣則分虎爲勝。

符曾詞情味最永

符曾詞，如好事近秦淮燈船云：「五十五船舊事，聽白頭人語。」高陽臺過拂水山莊感事云：「一邃東風，斜陽淡壓荒煙。」踏莎行金陵云：「遊人休弔六朝春，百年中有傷心處。」勝國之感，妙於淡處描寫，情味最永。

分虎釣船笛自樹一幟

分虎釣船笛云：「曾去釣江湖，腥浪黏天無際。淺岸平沙自好，算無如鄉里。從今只住鴨兒邊遶或泛苕水。三十六陂秋到，宿萬荷花裏。」別有感喟，於朱希真五篇外，自樹一幟。

萬樹詞與詞律如出兩人手

萬紅友香膽詞，頗多別調，語欠雅馴，音律亦多不協處。與所著詞律，竟如出兩人手。真不可解。

白雨齋詞話卷第四

厲樊榭詞超然獨絕

厲樊榭詞，幽香冷豔，如萬花谷中，雜以芳蘭。在國朝詞人中，可謂超然獨絕者。論者謂其沐浴於白石、梅溪，徐紫珊語此亦皮相之見。大抵其年、錫鬯、太鴻三人，負其才力，皆欲宋賢外別開天地。而不知宋賢範圍，必不可越。陳、朱固非正聲，樊榭亦屬別調。

樊榭詞沉厚之味不足

樊榭詞拔幟於陳、朱之外，窈曲幽深，自是高境。然其幽深處，在貌而不在骨，絶非從楚騷來。故色澤甚饒，而沉厚之味終不足也。

樊榭措詞最雅

樊榭措詞最雅，學者循是以求深厚，則去姜、史不遠矣。

樊榭國香慢

樊榭國香慢素蘭云：「月中何限怨，念王孫草緑，孤負空香。冰絲初弄，清夜應訴悲涼。玉斲相思一點，算除是、連理唐昌。閒階澹成夢，白鳳梳翎，寫影雲窗。」聲調清越，是其本色，亦是其所長。

樊榭百字令

樊榭百字令月夜過七里灘云：「萬籟生山，一星在水，鶴夢疑重續。櫓音遥去，西巖漁父初宿。」無一字不清俊。下云：「林浄藏煙，峯危限月，帆影摇空緑。隨風飄蕩。白雲還卧深谷。」鍊字鍊句，歸於純雅，此境亦未易到也。

樊榭謁金門

余最愛樊榭謁金門七月既望湖上雨後作云：「凭畫檻，雨洗秋濃人淡。隔水殘霞明冉冉，小山三四點。艇子幾時同汎，待折荷花臨鑑。日日緑盤疎粉豔，西風無處減。」中有怨情，意味便厚。否則無病呻吟，亦可不必。

樊榭玉漏遲

樊榭玉漏遲永康病中夜雨感懷云：「病與秋争，葉葉碧梧聲顫。濕鼓山城暗數。更穿入溪雲千片。燈暈翦。似曾認我，茂陵心眼。」此詞似周草窗，而騷情雅意，更覺過之。

樊榭精於造句

樊榭亦精於造句，如齊天樂云：「將花插帽，向第一峯頭，倚空長嘯。」高陽臺云：「祕翠分峯，凝花出土。

憶舊遊云：「遡溪流雲去，樹約風來，山翦秋眉。」下云：「又送蕭蕭響，盡平沙霜信，吹上僧衣。憑高一聲彈指，天地入斜暉。」齊天樂秋聲云：「微吟漸怯，訝籬豆花間，雨篩時節。獨自開門，滿庭都是月。」念奴嬌云：「起坐不離雲鳥外，倒影山無重數。柳寺移陰，葑田拖碧，花氣涼於雨。詩成猶未，遠蟬吟破秋句。」下云：「月逗籬聲前浦。」結云：「水荇搖曳烟路。」桃源憶故人螢云：「殘月剛移桐屋，一箇牆陰緑。」似此之類，自其外著者觀之，居然一樂笑翁矣。

太倉諸王皆工詞

太倉諸王皆工詞，漢舒尤爲傑出。次則小山。小山工爲綺語，才不高而情勝，措語亦自婉雅，無綺羅惡態。

小山詞情詞淒婉

小山詞，如「病容扶起淡黄時」。又，「燕子尋人，巷口斜陽記不真。」又，「一雙紅豆寄相思，遠帆點點春江路。」又，「畫屏離思遠，羅袖淚痕濃。」又，「一雙燕子夕陽中，莫銜殘鬢影，吹向落花風。」又，「燈微屏背影，淚暗枕留痕。」又，「小園春雨過，扶病問殘春。」又，「眼波低翦篆絲風。」又，「一彎愁思駐螺峯。」皆情詞淒婉，晏、歐之流亞也。

漢舒天分甚高

漢舒自是作手，惜其享年不永，未盡所長。其天分甚高，如琵琶仙秋日遊金陵黃氏廢園云：「秋士心情，況遇著、客裏西風落葉。惆悵側帽行來，隔溪景清絶。沒半點、空香似夢，只幾簇、野花誰折。莎雨寒幽，石煙荒淡，鶯蝶飛歇。試問取、舊日繁華，有餅媼漿翁尚能說。道是廿年彈指，竟風光全別。真不信尋常亭榭，也例逐滄桑棋刼。何怪宋苑陳宮，荒蛄弔月。」感慨蒼茫，結四語尤妙。他手每每倒說，意味轉薄。

作詞貴於悲鬱中見忠厚

作詞貴於悲鬱中見忠厚。悲怨而激烈，其人非窮則夭。漢舒詞如「浮生皆夢，可憐此夢偏惡。」又云：「看取西去斜陽，也如客意，不肯多躭擱。」沉痛迫烈，便成詞讖，香雪所以不永年也。

讀香雪詞去取不可不慎

閑情之作，竹垞幾於仙矣，文友則妖也。香雪居二者之間。讀香雪詞，去取不可不慎。如踏莎行云：「落燈天似晚秋寒，病春人卧銷魂處。」又云：「夢中尋夢幾時醒，小橋流水東風路。」滿江紅云：「拂砌風輕，鶯作態，穿簾雨細花無恙。」又云：「鬭草心慵垂手立，兜鞵夢好低頭想。」永叔倚闌無緒更兜鞵，淺俗語耳，似此則婉雅矣。又云：「檻外紅新花有信，鏡中黃淡人微恙。」又云：「夢短易添清晝倦，書長慣費黃昏想。」又云：「架上牛衣紅淚在，夢中鸞信青天杳。」又云：「風榻茶煙秋病思，月簾花氣春愁料。」此類皆麗而有則，正不必讓小長蘆。

香雪蘭陵王

香雪蘭陵王一闋，句句從對面寫來，直至結處云：「這般情景，怎教我不念著。」一筆叫醒，戛然而止，用筆亦有龍跳虎卧之奇。

陸南薌全祖南宋

陸南薌白蕉詞四卷，全祖南宋，自是雅音。但無宋人之深厚，不耐久諷也。

南薌賣花聲

南薌賣花聲後疊云：「昨夢碧峯疑，楚館叢祠。覺來心事阿誰知。三十六鱗遲寄與，空疊烏絲。」此詞絕沉婉，真得南宋人消息，惜不多見。

板橋詞有魄力

板橋詞，頗多握拳透爪之處，然卻有魄力，惜乎其未純也。若再加以浩瀚之氣，便可亞於迦陵。

板橋賀新郎

板橋賀新郎徐青藤草書云：「半生未掛朝衫領。恨秋風，青衿剥去，禿頭光頸。只有文章書畫筆，無古無今獨逞。並無復、自家門徑。拔取金刀眉目割，破頭顱、血迸苔花冷。亦不是，人間病。」痛快之極，不免張眉努目。

板橋金陵十二首

板橋金陵十二首，瑕瑜互見，惟胭脂井一篇，用筆最勝。余獨愛其滿江紅二句云：「碧葉傷心亡國柳，紅牆墮淚南朝廟。」凄涼哀怨，爲金陵懷古佳句。

板橋心餘有意爲劉蔣

其年詞沉雄悲壯，是本來力量如此。又加以身世之感，故涉筆便作驚雷怒濤，所少者，深厚之致耳。板橋、心餘，未落筆時，先有意爲劉、蔣，金剛努目，正是力量歉處。

心餘力弱氣粗

板橋詩境頗高，間有與杜陵暗合處，詞則已落下乘矣。然畢竟尚有氣魄，尚可支持。心餘則力弱氣粗，竟有支撑不住之勢。後人爲詞，學板橋不已，復學心餘，愈趨愈下，弊將何極耶。

江研南詞取法南宋

江研南詞，取法南宋，頗有一二神解處。南薌所得在貌，研南所得在神。吾終不以貌易神也。

研南詞婉雅幽怨

研南詞，如「只有東風，依依分綠上楊柳。」又柳影云：「誤了閨人，也曾描出春前怨。」婉雅幽怨，視少游、碧山幾於化矣。琢春詞在國朝不甚顯，然識者當相賞於風塵外也。

研南八聲甘州

研南八聲甘州久客揚州追思湖上清游之樂悽然有作云：「記蘇堤芳草翠輕柔，柳絲拂簾鉤。趁花風吹帽，扶藜買醉，正好清游。日落亂山銜紫，塔影挂中流。喚櫂穿波去，月滿船頭。不料嬉春散後，對白雲揖別，煙水都愁。數那家池閣，曾嘯碧天秋。到而今、歸期未穩，夢六橋、飛滿舊鳧鷗。更初轉、猛驚回處，卻在揚州。」極寫清游之樂，便覺揚州俗塵可厭。「烟花三月下揚州」後，不可無此冷水澆背之作。

江賓谷詞

江賓谷詞，亦得南宋人遺意。雖未臻深厚，卻與淺俗者迥別。

賓谷學南宋得其意趣

研南學南宋，合者得其神理。賓谷學南宋，合者得其意趣。皆出陸南薌之右，而皆未能深厚。

張哲士詞規模樂笑翁

張哲士當時頗以詩詞名，然其於詩太淺太薄，直似門外漢。詞則規模樂笑翁，間有合處。板橋詩勝於詞，四科則詞勝於詩，各取其長可也。

江橙里詞清遠而蘊藉

江橙里詞，清遠而蘊藉。沈沃田稱其劌鉥肝腎，磨濯心志，苦心孤詣以爲詞，可謂難矣。然余觀練溪漁唱，句琢字鍊，歸於純雅，只是不能深厚。蓋知學南宋，而不得其本原。本原何在，沉鬱之謂也，不本諸風騷，焉得沉鬱。國朝詞家，多犯此病。故驟覽之，居然姜、史復生。深求之，皆姜、史之糟粕。惟陳迦陵兕吼熊啼，悍然不顧，雖非正聲，不得謂非豪傑士。

旭東玉漏遲

旭東玉漏遲云：「似草春懷，又被東風吹徧。書劍天涯去後，何處覓試香庭院。簾半捲。怕聽杏梁雙燕。」寄慨處，婉雅幽怨，頗近西麓。

旭東木蘭花慢

旭東木蘭花慢秋帆和樊榭結數語云：「空懸離愁渺渺，任西風、送客自年年。畫出瀟湘數點，依稀没入蒼煙。」空濛寂歷，橙里自非樊榭匹，而此詞殊不減也。

史位存詞陳朱勁敵

史位存詞，寓纖穠於閒雅之中，流逸韻於楮墨之外。才力不逮陳、朱，而雅麗紆徐，亦陳、朱所不及。真陳、朱勁敵也。

位存詞雅麗

其年詞最雄麗，竹垞則清麗，樊榭則幽麗，璞函則穠麗，位存則雅麗，皆一代艷才。位存稍得其正，而才氣微減。

位存一萼紅

位存一萼紅桃花夫人廟云：「楚江邊，舊苔痕玉座，靈跡自何年。香冷虚壇，塵生寶曆，千秋難釋煩寃。指芳叢、飄殘清淚，爲一生、顔色悞嬋娟。恩怨前朝，興亡閒夢，回首淒然。似此傷心能幾，歎詩人一例，輕薄流傳。雨颯雲昏，無言有恨，憑欄罷鼓神絃。更休題、章臺何處，伴湘波、花木暗啼鵑。惆悵明璫翠羽，斷礎荒煙。」清虚騷雅，用意忠厚。「至竟息亡緣底事，可憐金谷墜樓人」，適形其輕薄耳。

位存詞沉至

位存詞，如「團扇先秋生薄怨。小池風不斷」。神似温、韋語。然非其中真有怨情，不能如此沉至。故知沉鬱二字，不可强求也。

位存采桑子

位存采桑子云：「淚滴寒花，漸漸逢人説鬢華。」悲感語説得和緩，便覺意味深長。南溪詞云：舊識僧徒與酒徒。年來多半疏。亦無叫囂惡習，然尚遜此和緩。

位存臺城路

位存臺城路云：「登臨倦了，只一點愁心，尚留芳草。斗酒新豐，而今慚愧説年少。」所詠亦淺顯在目，而措語卻深婉可諷。

位存滿江紅

位存滿江紅云：「更不推辭花下酒，最難消受黄昏雨。」此種語，自是衝口而出，卻非天人兼到者不能。

位存短調曲折哀婉

位存詞極淒婉，又極雅潔。短調如「千蝶帳深縈夢苦，倦拈紅豆調鸚鵡」。又，「十二金堂小闌干，偏没箇留儂處。」又，「説與今年小樓中，第一夜，聽春雨。」又，「蕭蕭瑟瑟到天明，蟋蟀聲中燈一點。」又，「人去月痕消。」皆極精妙。長調如「晴色漸甦梅柳，風和雪，忽又闌珊。春情遠、千回萬轉，才肯到人間。」又，「二十四橋邊，醉年時明月，又沾暮雨。只有楊花、繫歸心，不關芳草。」曲折哀婉，不必板學南宋，而意境亦勝。

任淡存詞婉妙

任淡存詞措語婉妙，味亦雋永，可爲位存之亞、遂佺之匹。朱雲翔，字遂佺，元和人，有蝶夢詞。同時張龍威，亦以詞名，然有枝而不物之弊，不及任、朱也。

朱春橋詞頗近秀水

朱春橋，竹垞太史族孫也。其詞亦頗近秀水，而才力不逮。

過春山湘雲遺稿

過春山湘雲遺稿二卷，徜徉山水，綿邈無際。其筆意之騷雅，别於位存，近於樊榭。吴竹嶼稱其詞如雪藕冰桃，沁人醉夢。百餘年來，此調不復見矣。

湘雲詞味長

湘雲詞，每讀一過，餘音嫋嫋，不絶如縷。讀之既久，其味彌長。同時朱春橋、吴荀叔、朱秋潭、江聖言、汪對琴諸君，皆以詞名東南，然無出湘雲右者。

湘雲詞令人尋味不盡

湘雲詞，如「幾點萍香鷗夢穩，柳棉吹盡春波冷」。又，「回首桃源仙路迴，一聲欸乃川光冥。」又，「數盡落花無語，黄昏雙燕還來。」又，「香乍爇，簟微寒，魂銷似去年。」又，「秋聲吹不盡，長笛月明中。」又，「指點江山，斜陽一片下平楚。」又，「雙槳趁潮平，載取江雲歸去。」皆令人尋味不盡。

湘雲詞淒警

湘雲詞，如「小雨啼花，深煙怨柳。」又，「金椀生苔，漆燈無焰。」又，「但山鬼吟秋，杜鵑啼雨。回首宫斜，白楊深夜語。」此類皆淒警特絶。

湘雲倦尋芳

湘雲倦尋芳過廢園見牡丹盛開有感云：「絮迷蝶徑，苔上鶯簾，庭院愁滿。寂寞春光，還到玉闌干畔。怨緑空餘清露泣，倦紅欲倩東風浣。聽枝頭、有哀音淒楚，舊巢雙燕。　漫竚立、瑶臺路杳，月佩雲裳，已成消散。獨客天涯，心共粉香零亂。且盡花前今夕酒，洛陽春色忽忽换。待重來，怕只有、斷魂千片。」及時勿失，自是有心人語。

湘雲西子妝

湘雲西子妝後半闋云：「佳期誤。落盡梅花，寂寞誰爲主。玉琴彈破碧天寒，問東風、鶴歸何處。重尋舊址，漫贏得蒼煙冷語。黯銷魂，入夜啼鵑更苦。」清虛中亦復騷雅，湘雲所以爲高。

詞未易言精

其年、竹垞，才力雄矣，而意境未厚。位存、湘雲，韻味長矣，而氣魄不大。詞之爲道，正未易言精也。

汪對琴琵琶仙

汪對琴琵琶仙金閶晚泊一章，有議論，有感慨，有識力，淵淵作金石聲，可爲春華閣詞壓卷。詞云：「斜日揚舲，堞樓下、一帶荒涼吴苑。珠幌猶蔽何鄉，秋空片雲卷。風漸急、横塘乍渡，便穿入、虎山西崦。野草低迷，寒鴉下上，渾是淒怨。看胥口波面靈旗，未輸爾、鴟夷五湖遠。無限亂山銜碧，閃煙檣斜展。排多少、荒臺廢館。只望中破楚門鍵。料得遥夜鐘聲，夢回難遣。」

吴竹嶼曇香閣詞

吴竹嶼曇香閣詞，如水木之清華，雲嵐之秀潤，高者亦湘雲流亞。

竹嶼情詞婉轉

竹嶼詞，如「一點相思誰與寄，羅襟留得東風淚」。逼近小山。又賣花聲云：「楊柳小灣頭。煙水悠悠。歸心空望白蘋洲。只有春江知我意，依舊東流。」情詞宛轉，不求高而自合於古。

竹嶼祝英臺近

竹嶼祝英臺近和王述庵蘋花水閣聽雨憶山中舊游云：「石玲瓏，花匼匝。池館翠陰密，蘋末風來，雨意正蕭瑟。」起數語淡淡布置，點綴入妙。下云：「夢裏寒山，跳珠濺千尺。」亦甚超遠。

竹嶼詞風流婉雅

風流婉雅，是竹嶼本色。吳中七子，璞函而外，固當首屈一指。

蔣心餘詞不及迦陵板橋

蔣心餘詞，氣粗力弱，每有支撑不來處。匪獨不及迦陵，亦去板橋甚遠。

銅絃詞中完善之作

銅絃詞，惟浮香舍小飲四章，廿八歲初度兩章，爲全集完善之作。雖不免於叫囂，精神卻團聚，意境又極沉痛，可以步武板橋。如云：「越霰吳霜篷背飽，奈年來、王事都靡盬。藉竿木，尚能舞。」又，「十載中鉤吞不下，趁波濤、忍住喉間鯁。嘔不出、漸成癭。」激昂嗚咽，天地爲之變色。

趙璞函詞穠艷

趙璞函詞，措語穠至，用筆清虛，規模亦甚宏遠，可與竹垞、樊榭並驅争先。璞函詞，穠艷是其本色。然能規橅古人，不離分寸。故雅而不晦，麗而有則。視國初名家，正不多讓。

璞函臺城路

璞函臺城路張麗華祠云：「璧樹飛蟬，袿裳化蝶，欲問故宮無路。殘鐘幾度。只遺曲猶傳，隔江商女。回首雷塘，暮鴉啼更苦。」音調悽惋，措詞大雅，所謂麗而有則。又，桃葉渡云：前調「烏衣巷口斜陽冷，尋常更無飛燕。」又云：「明月多情，素光猶似照團扇。」淡淡著筆，情味自饒。此詞後半闋率入邪思，不免佻薄。又詠蘆花云：淒涼犯「西風乍捲。便鷗鷺飛來不見。」又云：「幾度思持贈，回首天涯，白雲空翦。」又秋柳云：臺城路「長亭古道。莫更問當時，燕昏鶯曉。」又秋草云：前調「不見王孫，夕陽空記舊行蹟。」又云：「塞北秋深，江南日暮，一帶傷心寒碧。憑高望極。又斷雨零煙，幾重遮隔。獨立蒼茫，舊袍青淚溼。」均於淒感中見筆力。規模南宋，似又勝於張仲舉。

璞函河傳似五代人手筆

璞函河傳云：「東風日暮雨瀟瀟。魂銷。人歸紅板橋。」又云：「酒初醒。夢將成。愁聽。紗窗啼曉鶯。」淒秀之詞，味亦深永，似五代人手筆。

璞函與竹垞各有千古

璞函豔詞，情最深，味最濃，筆力卻絕遒。與竹垞分道揚鑣，各有千古。

竹垞璞函兩家艷詞有別

艷詞至竹垞，仙骨珊珊，正如姑射神人，無一點人間烟火氣。璞函則如麗娟、玉環一流人物，偶墮人間，亦非凡艷。此兩家艷詞之別也。

璞函筆致迥與人殊

璞函憶少年云：「重尋已無路，吠雲中仙犬。」又云：「幾點春山橫遠岸，也難比、翠眉痕淺。東風落紅豆，悵相思空徧。」仙乎仙乎，絕非凡豔。又霓裳中序第一云：「憑高望極。但暮雲芳草凝碧。人何處，瑶華信杳，迢遞亂山驛。」又云：「越羅紅淚拭，道別後、休思此夕。今應是、梨花門掩，燕子伴岑寂。」思深意苦，筆致迥與人殊。

璞函綺羅香

贈妓之詞，亦以雅爲貴。余最愛璞函綺羅香云：「渾已換、款柳心情，猶未減、咒桃眉嫵。」又云：「選壻窗邊，可憶斷魂柔路。縱尊前、不鼓琵琶，算青衫、也無乾處。」淋漓曲折，一往情深。較古人贈妓之作，高出數倍。

璞函祝英臺近八章

璞函祝英臺近八章，遣詞閒雅，用筆沉至。艷詞中運以絕大筆力，真千年絕調也。竹垞洞仙歌後，又闢一境矣。

毗陵二張

璞函而後，作者日盛，而愈趨愈下。芝田朱澤生、晴波鄭澐、蠡槎林蕃鍾、薲漁沈起鳳間有可觀，餘則競尚新聲，務窮纖巧，幾忘卻此中甘苦。惟毗陵二張，溯厥本源，獨求風騷門徑，不必學南宋，而意境自合。詞之不滅者，二張力也。

薲漁詞逼近五代

薲漁鬲溪梅令云：「小蓴山下水溶溶。記相逢。欲採蘋花，可惜過東風。午橋烟雨濃。　不如歸去、夢簾櫳。小樓東。留得欄杆，一半月明中。夜涼花影重。」此詞絕婉麗，得南唐二主之遺。又謁金門云：「夢裏玉人樓遠近，燕歸花氣冷。」亦逼近五代，不襲南宋人陳迹。

蠡槎玉樓春

蠡槎玉樓春云：「今宵有酒爲君斟，明日畫橋春共遠。」語婉情深，令人心醉。若酣酣子之「雲破窮陰纖月逗，會須重醉當壚酒」。調蝶戀花秋日湖上作。則一片傷心，溢於言外矣。西泠酒民有酣酣詞鈔一卷。

黄仲則竹眠詞淺俗

黄仲則竹眠詞，鄙俚淺俗不類其詩。詞選附録一首，尚見作意。餘無足觀矣。

張皋文詞選

張皋文詞選一編，掃靡曼之浮音，接風騷之真脈。附録一卷，簡擇尤精。洵有如鄭掄元所云，後之選者，必不遺此數章。具冠古之識者，亦何嫌自負哉。

張皋文水調歌頭五章

皋文水調歌頭五章，既沉鬱，又疎快，最是高境。陳、朱雖工詞，究曾到此地步否，不得以其非專門名家少之。如首章云：「難道春花開落，又是春風來去，便了卻韶華。花外春來路，芳草不曾遮。」次章云：「招手海邊鷗鳥，看我胸中雲夢，蔕芥近如何。楚越等閒耳，肝膽有風波。」三章云：「珠簾捲春曉，蝴蝶忽飛來。遊絲飛絮無緒，亂點碧雲釵。腸斷江南春思，黏著天涯殘夢，賸有首重回。銀蒜且深押，疎影任徘徊。羅帷卷，明月入，似人開。一尊屬月起舞，流影入誰懷。迎得一鈎月到，送得三更月去，鶯燕不相猜。但莫憑闌久，風露溼蒼苔。」四章云：「今日非昨日，明日復何如。竭來真悔何事，不讀十年書。爲問東風吹老，幾度楓江蘭徑，千里轉平蕪。寂寞斜陽外，渺渺正愁余。千古意，君知否，只斯須。名山料理身後，也算古人愚。一夜庭前緑遍，三月雨中紅透，天地入吾廬。容易衆芳歇，莫聽子規呼。」五章云：「長鑱白木柄，斸破一庭寒。三枝兩枝生緑，位置小窗前。要使花顔四面，和著草心千朵，向我十分妍。何必蘭與菊，生意總欣然。曉來風，夜來雨，晚來煙。是他釀就春色，又斷送流年。便欲誅茆江上，只怕空林衰草，憔悴不堪憐。歌罷且更酌，與子遶花間。」熱腸鬱思，若斷仍連，全自風騷變出。

張翰風詞真皋文伯仲

張翰風詞，飛行絶迹，不逮皋文，而宛轉纏綿處，時復過之，真皋文伯仲也。余最愛其菩薩蠻云：「横塘日日風吹雨。隔簾卻望江南路。蝴蝶慣輕盈。風前魂屢驚。闌干人似玉。黛影分窗緑。斜日照屏山。相思羅袖寒。」真不減飛卿語。又「碧藕折蓮絲，夢輕君未知」，亦極淒麗。

詞賴二張以存

萬事萬理，有盛必有衰。而於極衰之時，又必有一二人焉，扶持之使不滅。詞盛於宋，亡於明。國初諸老，具復古之才，惜於本原所在，未能窮究。乾嘉以還，日就衰靡，安所底止。二張出而溯其源流，辨別真僞。至蒿庵而規模大定，而詞賴以存矣。盛衰之感，殊係人思，獨詞也乎哉。

左仲甫詞

左仲甫詞，逸情雲上，愈唱愈高。如南浦夜尋琵琶亭云：「何處離聲刮起，撥琵琶千載剩空亭。是江湖倦客，飄零商婦，於此盪精靈。」下云：「我是無家張儉，萬里走江城。一例蒼茫弔古，向荻花楓葉又傷心。只琵琶響斷，魚龍寂寞不曾醒。」極沉鬱，又極跳盪。又浪淘沙裏花片投涪江歌以送之。下半闋云：「鄉夢不曾休。惹甚閒愁。忠州過了又涪州。擲與巴江流到海，切莫回頭。」精警奇肆，言外有無窮幽怨。

惲子居阮郎歸六首

惲子居阮郎歸畫蝴蝶六首，俱見新意。余尤愛其次章云：「少年白騎放驕憨。踏青三月三。歸來未到捉紅蠶。化蛾真不甘。　江橘葉，一分含。那防仙嫗探。雙雙鳳子出花龕。繭兒風太酣。」哀感頑艷，古今絶唱。又三章云：「輕須薄翼不禁風。教花扶著儂。一枝又逐月痕空。都來幾日中。　曾有伴，去無蹤。闌前種豆紅。蜜官隊裏且從容。問心同不同。」情深意遠，不襲温、韋、姜、史之貌，而與之化矣。

李申耆菩薩蠻

李申耆菩薩蠻云：「複袖錦鴛鴦。經年繡一雙。」即屈子好修以爲常意。又，「不爲見時難。忍扶羅袖看。」何其淒怨。又，「花氣泛紅螺。横飛出繭蛾。」冷艷幽香，奇情異采。又，「不覺月痕西。下簾霜滿衣。」傷所遇之不偶也。**此類真可繼武飛卿。**

金應城賀新涼

金應城賀新涼詠螢云：「風雨黄昏庭院黑。照沉沉、蜨夢渾無迹。」下闋云：「景華宫裏音塵絶。悵秋風、洛陽古樹，青燐堆血。白鳥如雷羞難盡，慘慘陰陵妖碧。又恐到、清霜時節。小扇輕羅無人惜。更銀屏、翠幕深深隔。笑熠燿，近牆隙。」寄託甚深，漢苑飄苔而後，又成絶響矣。

金朗甫詞

金朗甫學於皋文，詞選附録七首，意遠態濃，婉而多諷。相見歡三章，尤爲絶唱。

鄭掄元詞

鄭掄元字橋詞，思深意苦，深得中仙之妙。如緑意殘荷云：「眼底紅芳嫁盡，但枯葦歷亂，堪訴愁苦。卷向薰風，拆向西風，消受斜陽無數。曉來清露憐儂甚，正無奈盤心非故。只看他鉛淚難收，灑向一池煙雨。」直是碧山化境。得之於詞學衰微之候，益令我嗟歎不已。

掄元高陽臺

掄元高陽臺柳云：「平蕪一片斜陽影，問韶光何處勾留。」下云：「儂心化作天涯絮，怕重來、錯認簾鉤。便拌他、過了殘春，又是殘秋。」又前調秋海棠云：「江南昨夜霜華滿，算蕭蕭蘭徑，都付芳塵。倚盡雕闌，殷勤誰伴黄昏。斷腸剩得娉婷影，斂嬌紅、欲上羅裙。」又甘州云：「悵夫容已老，西風不管，獨自沉吟。可惜斷紅雙臉，只是淚痕深。」下云：「看亭皋落葉，片片是秋心。怕天涯幾經摇落，向雪闕風渡更難禁。」哀怨纏綿，碧山之深厚，玉田之清雅，兩得之矣。

吴穀人詞清和雅正

吴穀人古詩駢文，皆未臻高境，轉不若試帖律賦之工。惟詞則清和雅正，秀色有餘，出古詩駢文之右。

穀人詞可亞於樊榭

詞欲雅而正，故國初自秀水後，大半效法南宋，而得其形似。穀人先生，天生一枝大雅之筆，益以才藻，合者可亞於樊榭，微嫌才氣稍遜。

穀人月華清

穀人詞，如月華清後半云：「不怨美人遲暮，怨水遠山遥，夢來都阻。翠被香消，莫話青鸞前度。剩醉魂、一片迷離，繞不了、天涯紅樹。誰語，正高樓横笛，數聲清苦。」此類亦居然草窗矣。

金匱二楊

金匱二楊蓉裳荔裳工爲綺語，高者亦不過吴薗次、徐電發之亞，不足語於大雅。

楊伯夔與郭祥伯詞

楊伯夔當時盛負詞名，與吴江郭祥伯仿表聖詩品例，撰詞品二十四則，傳播藝林。然兩君於詞，皆屬最下乘。匪獨不及陳、朱，亦去董文友、王小山遠甚。而世顧津津稱之，何也。

頻伽詞尤多惡劣語

頻伽詞尤多惡劣語，如「小桃如綺。命短東風裏」。又，「昔日結如心，今日心如結。心裏重重疊疊愁，愁裏山重疊。」又，「那家那家在天涯。雨又斜。雲又遮。聽也聽也，聽不到一曲琵琶。」又，「丁字簾前，有個丁娘淒斷」之類，似又出二楊之下。

頻伽艷體

頻伽艷體，惟憶少年結句云：「當時已依約，況夢中尋路。」頗似竹垞手筆，集中不可多得。又好事近云：「猶認墮釵聲響，卻梧桐葉落。」措語甚雅，亦頻伽詞中罕見者。

白雨齋詞話卷五

洪稚存詞稍勝於詩

洪稚存經術湛深，而詩多魔道。詞稍勝於詩，然亦不成氣候。

孫子瀟袁蘭邨詞不講氣格

孫子瀟、袁蘭邨輩爲詞，全不講究氣格，只求敷衍門面而已。並有門面亦敷衍不來處。

蔣鹿潭水雲樓詞

蔣鹿潭水雲樓詞二卷，深得南宋之妙。於諸家中，尤近樂笑翁。竹垞自謂學玉田，恐去鹿潭尚隔一層也。

鹿潭才氣甚雄

詞至國初而盛，至毗陵而後精。近時詞人莊中白，敻乎不可尚已。譚氏仲修，亦駸駸與古爲化。鹿潭稍遜皋文、莊、譚之古厚，而才氣甚雄，亦鐵中錚錚者。

鹿潭詞精警雄秀

鹿潭詞，如東風第一枝云：「雲影薄，畫簾乍捲。山意冷，瘦筇又嬾。」木蘭花慢云：「雲埋蔣山自碧，打空城，只有夜潮來。」又前調云：「蘆邊夜潮驟起，暈波心、月影盪江圓。」又云：「看莽莽南徐，蒼蒼北固，如此山川。鉤連更無鐵鎖，任排空、檣艣自回旋。寂寞魚龍睡穩，傷心付與秋烟。」又甘州云：「避地依然滄海，險夢逐潮還。一樣貂裘冷，不似長安。」又云：「引吳鉤不語，酒罷玉犀寒。總休問杜鵑橋上，有梅花、且向醉中看。南雲暗，任征鴻去，莫倚闌干。」壽樓春云：「但疏雨空階，蕭蕭半山黄葉聲。」鷓鴣天云：「屏間山壓眉心翠，鏡裏波生鬢角秋。」淒涼犯云：「疏燈暈結。覺霜逼簾衣自裂。」又云：「窗鳴敗紙、尚驚疑打蓬乾雪。悄護銅瓶、怕寒重梅花暗折。卻開門，樹影滿地壓凍月。」唐多令云：「哀角起重關。霜深楚水寒。背西風、歸雁聲酸。一片石頭城上月，渾怕照、舊江山。」齊天樂云：「海氣浮山，江聲擁樹，閃閃燈紅蕭寺。高談未已，任夜鵲驚枝。睡蛟吟水。笑指天東，一丸霜月盪潮尾。」又云：「啼鵑萬里，怕化作秋聲，醉魂驚起。涼露沉沉，斷鴻悲暗葦。」似此皆精警雄秀，造句之妙，不減樂笑翁。

鹿潭深於樂笑翁

鹿潭深於樂笑翁，故措語多清警，最豁人目。集中謁金門人未起一章、甘州又東風喚醒一分春一章兩篇，情味尤深永，乃真得玉田神理，又不僅在皮相也。

鹿潭謁金門

鹿潭謁金門云：「人未起。桐影暗移窗紙。隔夜酒香添睡美。鵲聲春夢裏。妝罷小屏獨倚。風定柳花到地。欲拾斷紅憐素指。捲簾呼燕子。」婉雅凄怨，尋味不盡。

鹿潭詞凄怨

鹿潭窮愁潦倒，抑鬱以終，悲憤慷慨，一發於詞。如卜算子云：「燕子不曾來，小院陰陰雨。一角闌干聚落花，此是春歸處。　彈淚別東風，把酒澆飛絮。化了浮萍也是愁，莫向天涯去。」何其凄怨若此。

鹿潭臺城路

鹿潭臺城路金麗生自金陵圍城出，爲述沙洲避雨光景，感賦此解。時畫角咽秋，燈燄慘緑，如有鬼聲在紙上也。云：「驚飛燕子魂無定，荒洲墜如殘葉。樹影疑人，鴞聲幻鬼，欹側春冰途滑。頽雲萬疊。又雨擊寒沙，亂鳴金鐵。似引宵程，隔谿燐火乍明滅。　江間奔浪怒湧，斷笳時隱隱，相和嗚咽。野渡舟危，空村草濕，一飯蘆中凄絶。孤城霧結。賸罥網離鴻，怨啼昏月。險夢愁題，杜鵑枝上血。」狀景逼真，有聲有色。因思迦陵賀新郎作家書竟題范龍仙書齋壁上蘆雁圖云：「漏悄裁書罷。遶廊行、偶然瞥見，壁間古畫。一派蘆花江岸上，白雁濛濛欲下。有立且飛而鳴者。萬里重關歸夢杳，拍寒汀、絮盡傷心話。捱不了，凄涼夜。　城頭戍鼓剛三打。正四壁、人聲都静，月華如瀉。再向丹青移燭認，水墨陰陰入化。恍嘹唳、枕稜窗罅。曾在孤舟逢此景，便畫圖、相對心猶怕。君莫向，高齋掛。」繪聲繪影，字字陰森，逼人毛髮，真乃筆端有鬼。然同一設色，而陳自縱横，蔣多蕭戚。言爲心聲，蔣所遇之窮，又不逮陳遠矣。

黃樸存眠鷗集詞

仁和黃樸存眠鷗集詞，亦沐浴於南宋諸家，而未能深厚。格調亦嫌平，合者亦不過彀人流亞。如臺城路歸燕云：「蓼渚梢紅，蘆塘掠雪，秋思渾生南浦。」又浪淘沙魚舟云：「短笛唱涼州，驚起沙鷗。浪花圓處釣絲柔。簑笠不辭江上老，雲水悠悠。」聲調清朗，氣息和雅，自是越中一派。

譚仲修復堂詞

仁和譚獻，字仲修，著有復堂詞，品骨甚高，源委悉達。窺其胸中眼中，下筆時匪獨不屑爲陳、朱，儘有不甘爲夢窗、玉田處。所傳雖不多，自是高境。余嘗謂近時詞人，莊中白尚矣，蔑以加矣。次則譚仲修。鹿潭雖工詞，尚未升風騷之堂也。

仲修蝶戀花六章

仲修蝶戀花六章，美人香草，寓意甚遠。首章云：「樓外啼鶯依碧樹。一片天風，吹折柔條去。玉枕醒來追夢語。中門便是長亭路。」淒警特絶。下云：「慘緑衣裳年幾許。爭禁風日爭禁雨。」幽愁憂思，極哀怨之致。次章云：「下馬門前人似玉。一聽斑騅，便倚闌干曲。」結云：「語在修眉成在目。無端紅淚雙雙落。」真有無可奈何之處。眉語目成四字，不免熟俗。此偏運用淒警，抒寫憂思，自不同泛常豔語。三章云：「一握鬟雲梳復裹。半庭殘日忽忽過。」卽屈子好修之意，而語更深婉。四章云：「帳裏迷離香似霧。不燼爐灰，酒醒聞餘語。連理枝頭儂與汝。千花百草從渠許。」「以膠投漆中，誰能別離此。」有此沉着，無此微至。下云：「蓮子青青心獨苦。一唱將離，日日風兼雨。豆蔻香殘楊柳暮。當時人面無尋處。」淒婉芊綿，不懈而及於古。五章云：「庭院深深人悄悄。埋怨鸚哥，錯報韋郎到。壓鬢釵梁金鳳小。低頭只是閒煩惱。」傳神絕妙。下云：「花發江南年正少。紅袖高樓，争抵還鄉好。遮斷行人西去道。輕軀願化車前草。」沉痛已極，真所謂情到海枯石爛時也。六章云：「玉頰妝臺人道瘦。一日風塵，一日同禁受。獨掩疏櫳如病酒。捲簾又是黄昏後。」沉至語，殊覺哀而不傷，怨而不怒。下云：「六曲屏前攜素手。戲説分襟，真遺分襟驟。書札平安知信否。夢中顔色渾非舊。」相思刻骨，寤寐潛通，頓挫沉鬱，可以泣鬼神矣。仲修青門引云：「人去闌干静。楊柳晚風初定。芳春此後莫重來，一分春少，減卻一分病。」透過一層説，更深，即相見争如不見意。下云：「離亭薄酒終須醒。落日羅衣冷。繞樓幾曲流水，不曾留得桃花影。」此詞淒婉而深厚，純乎騷雅。又昭君怨云：「煙雨江樓春盡。盼斷歸人音信。依舊畫堂空，捲簾風。約略薰香閒坐。遥憶翠眉深鎖。鬢影忍重看，再來難。」深婉沉篤，亦不減温、韋語。

仲修蘇幕遮

仲修蘇幕遮云：「緑窗前，紅燭低。小撥檀槽，月釅涼煙碎。夜静銜杯風細細。吹上羅襟，仍是相思淚。病誰深，春似醉。陌上桃花，門内先憔悴。夢到高樓星欲墜。零露無聲，冷入空閨裏。」低回哀怨，此種境界，固非淺見所能知。

仲修臨江仙

「燕飛偏是落花時」，此仲修臨江仙詞語也。觀此七字，是何等沉鬱。仲修臨江仙云：「江南紅豆一枝枝。江南人面，眼底是相思。」思路幽絶。又前調和子珍云：「芭蕉不展丁香結，忽忽過了春三。羅衣花下倚嬌憨。玉人吹笛，眼底是江南。最是酒闌人散後，疎風拂面微酣。樹猶如此我何堪。離亭楊柳，涼月照毿毿。」厚意稍遜前章，而語極清雋，琅琅可諷。玉人吹笛二語，尤爲警絶。

仲修浣溪沙

仲修浣溪沙云：「昨夜星辰昨夜風。玉窗深鎖五更鐘。枕函香夢太忽忽。畫閣焚香煙縹渺，闌干撅笛月朦朧。碧桃花下一相逢。」通首虛處傳神，結語輕輕一擊，妙甚。

仲修清平樂

仲修清平樂云：「東風吹遍。穉柳垂清淺。雲樹朦朧千里遠。望斷高樓不見。樓前塞雁飛還。愁邊多少江山。忍把棉衣換了，玉梅花下春寒。」逼近五代人手筆。

仲修賀新郎

仲修賀新郎云：「春衫裁翦渾抛了。盼長亭、行人不見，飛雲縹緲。一紙音書和淚讀，卻恨眼昏字小。

見說是、天涯春到。夢倚房櫳通一顧，奈醒來、各自閒煩惱。知兩地，怨啼鳥。」淒涼怨慕，深於周、秦，不同貌似者。

仲修長調稍遜

仲修小詞絕精，長調稍遜。蓋於碧山深處，尚少一番涵詠功也。仲修之言曰：「吾少志比興，未盡於詩而盡於詞。」又曰：「吾所知者比已耳，興則未逮。河中之水，吾詎能識所謂哉。」即其詞以證其言，亦殊非欺人語。

莊中白敍復堂詞

莊中白敍復堂詞云：「仲修年近三十，大江以南，兵甲未息，仲修不一見其所長，而家國身世之感，未能或釋。觸物有懷，蓋風之旨也。世之狂呼叫囂者，且不知仲修之詩，烏能知仲修之詞哉。禮義不愆，何恤乎人言。吾竊願君爲之而蘄至於興也。」蓋有合風人之旨，已是難能可貴。至蘄至於興，則與風人化矣。自唐迄今，不多覯也。求之近人，其惟莊中白乎。

莊中白詞罕見其匹

吾鄉莊棫一名忠棫，字希祖，號中白，吾父之從母弟也。著有蒿庵詞，窮源竟委，根柢槃深，而世人知之者少。余觀其詞，匪獨一代之冠，實能超越三唐、兩宋，與風騷漢樂府相表裏。自詞人以來，罕見其匹。

而究其得力處，則發源於國風小雅，胎息於淮海、大晟，而寢饋於碧山也。

復古之功興於茗柯成於蒿庵

千古詞宗，温、韋發其源，周、秦竟其緒，白石、碧山各出機杼，以開來學。嗣是六百餘年，鮮有知者。得茗柯一發其旨，而斯詣不滅。特其識解雖超，尚未能盡窮底蘊。然則復古之功，興於茗柯。必也，成於蒿庵乎。

記中白之言

中白病殁時，年甫半百。生平與余覿面不過數次，晤時必談論竟夕。余出舊作與觀，語余曰：「子於此道，可以窮極高妙，然倉卒不能臻斯境也。」又曰：「子知清真、白石矣，未知碧山也。悟得碧山，而後可以窮極高妙。」此言在中白病殁之前一年。余初不知其言之懇至也。十餘年來，潛心於碧山，較曩時所作，境地迥別，識力亦開。乃悟先生之言，嘉惠不淺。思以近作就正於先生，而九原已不可作，特記其言如此。

中白論詞

中白先生敍復堂詞有云：「夫義可相附，義卽不深。喻可專指，喻卽不廣。託志帷房，睠懷君國，温、韋以下，有迹可尋。然而自宋及今，幾九百載，少游、美成而外，合者鮮矣。又或用意太深，詞爲義掩，雖多比、興之旨，未發縹渺之音。近世作者，竹垞擷其華，而未芟其蕪。茗柯泝其原，而未竟其委。」又曰：「自古詞章，皆關比、興，斯義不明，體制遂舛。狂呼叫囂，以爲慷慨。矯其弊者，流爲平庸。風詩之義，亦云渺矣。」先生此論，實具冠古之識，並非大言欺人。

李子薪論莊詞

李子薪慎傳嘗語余云：「莊希祖詞，窮極高深，竟難於位置。即置之清真、白石間，尚非其駐足處。此真知蒿庵甘苦。彼囿於流俗之見者，必以其言爲不倫矣。

蒿庵蝶戀花四章

蒿庵蝶戀花四章，所謂託志帷房，睠懷身世者。首章云：「城上斜陽依緑樹。門外斑騅，過了偏相顧。玉勒珠鞭何處住。回頭不覺天將暮。」回頭七字，感慨無限。下云：「風裏餘花都散去。不省分開，何日能重遇。凝睇窺君君莫誤，幾多心事從君訴。」聲情酸楚，卻又哀而不傷。次章云：「百丈游絲牽別院。行到門前，忽見韋郎面。欲待回身釵乍顫。近前却喜無人見。」心事曲折傳出。下云：「握手怱怱難久戀。還怕人知，但弄團團扇。强得分開心暗戰。歸時莫把朱顔變。」韜光匿采，憂讒畏譏，可爲三歎。三章云：「緑樹陰陰晴晝午。過了殘春，紅萼誰爲主。宛轉花旛勤擁護。簾前錯喚金鸚鵡。」詞殊怨慕。次章蓋言所謀有可成之機，此則傷所遇之卒不合也。故下云：「回首行雲迷洞户。不道今朝，還比前朝苦。」悲怨已極。結云：「百草千花羞看取。相思只有儂和汝。」怨慕之深，却又深信而不疑。想其中或有讒人間之，故無怨當局之語。然非深於風騷者，不能如此忠厚。四章云：「殘夢初回新睡足。忽被東風，吹上横江曲。寄語歸期休暗卜。歸來夢亦難重續。」决然舍去，中有怨情，故纔欲説便咽住。下云：「隱約遥峯窗外緑。不許臨行，私語頻相屬。過眼芳華真太促。從今望斷横波目。」天長地久之恨，海枯石爛之情，不難得其纏綿沉着，而難其温厚和平。

蒿庵買陂塘

蒿庵買陂塘云：「問西風、數行新雁，故人今向何許。銜來音信從誰至，宛轉似將人語。休輕顧。便拆得封時，都是傷心句。此情最苦。賸涼月三更，盈盈血淚，化作杜鵑去。空階外，往日佳期已誤。淒涼説與遲暮。清商一曲原蕭爽，消受幾多霜露。情莫訴。休再望，南天渺渺衡陽浦。錦箋附與。回首絳雲飛，傷心只在，一點相思處。」騷情雅意，詞品超絶。其年、竹垞，才氣雖高，此境却未夢見。結句相字，不協於律，然於本原殊無傷也。

蒿庵八六子

蒿庵八六子云：「罨重城。淒淒風雨，都來伴我孤征。漸濕霧、淒迷不斷，薄寒料峭還生。秋心暗驚。沉沉不放新晴。倚檻慵開鸞鏡，臨流罷撫銀箏。漫忘却他鄉，茱萸節近，黄花放後，白衣人遠，但見拍水沙鳧野渡，寥天雲雁煙汀。黯銷凝。忽忽又聽櫓聲。」此則變化於少游、美成、碧山，而更高出數倍者。此詞與碧山一篇，格近似而用意各别，與板襲者不同。

蒿庵相見歡

蒿庵相見歡云：「春愁直上遥山。繡簾閒。贏得蛾眉宫樣，月兒彎。雲和雨、煙和霧，一般般。可恨紅塵，遮得斷人間。」次章云：「深林幾處啼鵑。夢如煙。直到夢難尋處，倍纏綿。蝶自舞，鶯自語，總凄然。明月空庭，如水對華年。」二詞用意用筆，超越古今，能將騷雅真消息，吸入筆端，更不可以時代限也。

蒿庵瑞鶴仙

蒿庵瑞鶴仙云：「玳梁幾許。問海燕芳蹤何住。看紅襟飄瞥，重到畫屏，漫把人誤。」又云：「苦憶年年遠道，水驛山程，空怨零雨。鶯聲暗訴。催春至，共誰語。怕高樓去後，花枝滿眼，東風吹向繡户。更青青柳色，陌上費人凝竚。」又垂楊云：「睍睆流鶯，依稀似欲迎人語。儂心縱使從君訴。奈飛燕、雕梁嬌妒。傍長堤一碧無情，任玉驄嘶去。」又云：「凄楚。連宵苦雨。竟沾水漬泥，不堪重顧。」此類皆含無限情事，鬱之至，厚之至，似又深於碧山。詞至是，可以興，可以怨矣。

蒿庵菩薩蠻諸詞全祖飛卿

蒿庵菩薩蠻諸詞，全祖飛卿，而去其穠麗之態，略帶本色，境地甚高。如：「人人都説江南好。今生只合江南老。水調怨揚州。月明花滿樓。」又，「懶起學濃妝。偷閒繡鳳凰。」又，「輕雲簾乍捲。香霧羅帷掩。記得嫁王昌。盈盈出畫堂。」又，「荼蘼開後羣芳歇。緑陰滿院聽鶗鴂。窗外老鶯聲。都教和淚聽。」又，「人在木蘭艭。春波度遠江。」又，「郎意若爲尋。妾愁江水深。」又，「樓頭花事急。金雁無消息。怎得晚春時。薄情郎早歸。」又，「簾外幾番風。香閨夢正濃。」和平温厚，感人自深。温、韋後一千年來，此調久不彈矣，不謂於蒿庵見之，豈非快事。

蒿庵念奴嬌

蒿庵念奴嬌後半闋云：「幾回遠寄鸞牋，深藏懷袖，字字愁磨滅。欲待將書重一讀，讀又柔腸千折。便得常留，也難相比，攜手重親接。不知今夜，夢魂可化蝴蝶。」怨慕之詞，低回往復。結二句，從無可奈何中作此癡想，不作訣絶語，自是温厚。

蒿庵詞令人尋味不盡

蒿庵詞有不知其用意所在，而不得謂之無因者。如浪淘沙云：「舊事漫嗟呀。鏡影窗紗。音書字字記無差。説不盡時抛却去，流水天涯。」又夢江南云：「紅袖滿樓招不見，橋邊楊柳細如絲。春雨杏花時。」不知其何所指，正令人尋味不盡。

蒿庵真珠簾

蒿庵真珠簾云：「驀地喜相尋，見白雲自遠。煙草滿川梅雨後，只腸斷江南何限。」意味甚深，亦不知其何所指。

蒿庵更漏子

蒿庵更漏子云：「玉樓寒，芳草碧。門外馬嘶人跡。搴繡幕，拂銀屏，風來夜不扃。應念我。偏相左。魚鑰重門深鎖。書不寄，夢無憑。窗紗一點燈。」自是脱胎於飛卿，而意味又自不同。

蒿庵鳳凰臺上憶吹簫

蒿庵鳳凰臺上憶吹簫云：「瓜渚煙消，蕪城月冷，何年重與清遊。對妝臺明鏡，欲説還羞。多少東風過了，雲飄渺、何處句留。都非舊，君還記否，吹夢西洲。悠悠。芳辰轉眼，誰料到而今，盡日樓頭。念渡江人遠，儂更添憂。天際音書久斷，還望斷天際歸舟。春回也，怎能教人，忘了閒愁。」純是變化風騷，温、韋幾非所屑就，尚何有於姜、史。

蒿庵醜奴兒慢

蒿庵醜奴兒慢云：「飛來燕燕，驚破緑窗殘夢，看多少、花昏柳暝，雲暗煙濃。望帝春心，枝頭曾否解啼紅。闌干曲曲，柔絲細細，愁殺游蜂。長記那時，成蹊桃李，一樣鮮穠。到此際風風雨雨，誰寫春容。迢遞仙源，何人尋約到山中。蛾眉休説，入門時候，妒恨偏工。」此感士不遇也，結更深一層説。骨高味古，幾欲突過中仙。

蒿庵青門引

蒿庵青門引云："「夢裏流鶯囀。喚起春人都倦。研箋莫漫去題紅，雨絲風片，簾幕晚陰卷。碧雲冉冉遥山展。去也無人管。便尋畫箧螺黛，可堪路隔天涯遠。」怨深愁重，欲言難言，極沉鬱之致。

蒿庵菩薩蠻意有所刺

「寶函鈿雀金泥鳳。釵梁欹側雲鬟重。莫遣夢兒酣。江南春色闌。音書金雁斷。芳草芙蓉岸。當户理機絲。年年戰士衣。」此蒿庵菩薩蠻詞也。意亦有所刺，而筆墨又别，正不必襲温、韋陳迹。

蒿庵踏莎行

蒿庵踏莎行結句云："「尊中餘瀝且休揮，明朝簾外迷紅雨。」淒警絶倫，不同凡豔。

蒿庵定風波

蒿庵詞有看似平常，而寄與深遠，耐人十日思者。如定風波云："「爲有書來與我期。便從蘭杜惹相思。昨夜蝶衣剛入夢。珍重。東風要到送春時。三月正當三十日。占得。春芳畢竟共春歸。只有成陰并結子。都是。而今但願著花遲。」暗含情事，非細味不見。

蒿庵詞四十闋

蒿庵詞一卷，所傳不過四十闋。其一生所作，必不止於此。余友李子薪，嘗欲得其全稿以付梓，余求之兩年，竟不能得。今其家住泰州之東鄉，一子又故，身後蕭條，遺稿不知尚存否。讀其詞，思其人，悲其遇，爲之於邑者累日。

近世文人不自量

近世文人學士，略諳吟詠，輒裒然成集。尚未能涉獵藩籬，便思欲質諸後世，亦多見其不自量矣。彼若知有蒿庵詞，定當汗流浹背。

蒿庵詞名不顯

蒿庵詞名不顯，匪獨不及陳、朱諸公，亦不逮楊荔裳、郭頻伽輩，猶争傳於一時也。然世無不顯之寶，文人學業，特患其不精，不患其無知己。曲高和寡，於我奚病焉。

仲修序蒿庵詞

仲修序蒿庵詞云：「夫神之所宰，機之所抽，心之所游，境之所搆，身之所接，力之所窮，孰能無所可寄哉。縱焉而已逝，蕩焉而已紛。魚寄於水，鳥寄於木，人心寄於言，風雲寄於天，凡夫寄於榮利，莊棫寄於詞。填詞原於樂闔中之思乎，靈均之遺則乎，動於哀愉而不能已乎。小子學詩，可以興，可以觀，可以羣，可以怨。沱潛洋洋，岷嶓峨峨，汎彼柏舟，容與逍遥。爲鶴鳴，爲沔水，爲園有桃，爲匏有苦葉，吾知之矣，吾知之其詩也。」數語洞悉深處。蓋人不能無所感，感不能無所寄。知有所寄，而後可讀蒿庵詞。

余思鼓吹蒿庵

近人爲詞，習綺語者，託言温、韋。衍游詞者，貌爲姜、史。揚湖海者，倚爲蘇、辛。近今之弊，實六百餘年來之通病也。余初爲倚聲，亦蹈此習。自丙子年與希祖先生遇後，舊作一概付丙，所存不過己卯後數十闋，大旨歸於忠厚，不敢有背風騷之旨。過此以往，精益求精，思欲鼓吹蒿庵，共成茗柯復古之志。蒿庵有知，當亦心許。

閑情之作亦不易工

閑情之作，雖屬詞中下乘，然亦不易工。蓋摹色繪聲，礙難著筆。第言姚冶，易近纖佻。兼寫幽貞，又病迂腐。然則何爲而可，曰：「根柢於風騷，涵泳於温、韋，以之作正聲也可，以之作豔體亦無不可。」古人詞如毛熙震之「暗思閑夢，何處逐雲行」。晏元獻之「樓頭殘夢五更鐘，花底離愁三月雨」。林和靖之「羅帶同心結未成。江頭潮已平」。晏小山之「落花人獨立，微雨燕雙飛」。又，「當時明月在，曾照綵雲歸」。又，「從别後，憶相逢。幾回魂夢與君同。今宵賸把銀釭照，猶恐相逢是夢中。」又，「春思重，曉妝遲。尋思殘夢時。」歐陽公之「照影摘花花似面。芳心只共絲爭亂」。秦少游之「欲見迴腸。斷續薰爐小篆香」。賀方回之「初未試愁那是淚，每渾疑夢奈餘香」。無名氏之「爲君惆悵，何獨是黄昏」。湯義仍之「不經人事意相關。牡丹亭夢殘。斷腸春色在眉彎。倩誰臨遠山」。國朝王香雪之「鬭草心慵垂手立，兜鞋夢好低頭想」。史位存之「千蝶帳深縈夢苦。倦拈紅豆調鸚鵡」。趙璞函之「東風落紅豆，悵相思空徧」。似此則婉轉纏綿，情深一往，麗而有則，耐人玩味。其次，則牛松卿之「强攀桃李枝。斂愁眉」。又，「彈到昭君怨處，翠蛾愁。不擡頭。」牛希濟之「紅豆不堪看，滿眼相思淚」。顧敻之「斂袖翠蛾攢。相逢爾許難」。寇萊公之「愁蛾淺。飛紅零亂。側卧珠簾捲」。晏元獻之「疑怪昨宵春夢好，原是今朝鬬草贏。笑從雙臉生」。范文正之「眉間心上，無計相迴避」。歐陽公之「都緣自有離恨，故畫作、遠山長」。周子寬之「傷春還上去年心，怎禁得，時節又燒燈」。無名氏之「怎得西風吹淚去，陽臺爲暮雨」。王次回之「善病每逢春月卧，長愁多向花前歎」。又，「幾度卸妝垂手望。無端夢覺低聲唤。猛思量，此際正天涯，啼珠濺。」國朝吴梅村之「摘花高處睹身輕」。又，「慣猜閒事爲聰明。」梁玉立之「拂鏡試新妝。低回問粉郎」。吴薗次之「巫雲昨夜，同騎雙鳳。夢夢夢」。王小山之「燈微屏背影，淚暗枕留痕」。又，「小園春雨過，扶病問殘春。」又，「眼波低翦篆絲風。」又，「一彎愁思駐螺峯。」王香雪之「檻外紅新花有信，鏡中黄淡人微恙」。又，「夢短易添清晝倦，書長慣費黄昏想。」毛今培之「斜月小屏風。玉人殘夢中」。過湘雲之「遊絲不解繫韶華，爲誰偏逐香車去」。均不失爲風流酸楚。今人不知作詞之難，至於豔詞，更以爲無足輕重，率爾操觚，揚揚得意，不自知可恥。此關雎所以不作也，此鄭聲之所以盈天下也，此則余之所大懼也。

舊作艷詞

或問余所作豔詞以何爲法，余曰：余固嘗言之，根柢於風騷，涵泳於温、韋，以之作正聲也可，以之作豔體，亦無不可。蓋綺語已屬下乘，若不取法乎古，更於淫詞褻語中求生活，縱窮極工巧，去風雅愈遠，即流弊益甚，竊所不取。余舊作豔詞，大半付丙。然如舊作倦尋芳紀夢云：「江上芙蓉凝別淚，橋邊楊柳牽離緒。望南天，數層城十二，夢魂飛渡。」下云：「正颯颯梧梢送響，攙入疏砧，殘夢無據。倚枕沉吟，禁得淚痕如注。欲寄書無千里雁，最傷心是三更雨。待重逢，却還愁彩雲飛去。」又，齊天樂爲楊某題憑欄美人圖後半云：「樊川舊愁頓觸，歎梨雲夢杳，鎖香何處。翠袖天寒，青衫淚滿。怕聽楝花風雨。」又憶江南云：「離亭晚，落盡刺桐花。江水不傳心裏事，空隨閒恨到天涯。歸夢逐塵沙。」雖未知於古人何如，似尚無纖佻浮薄之弊。

國初十六家詞獨遺竹垞

國初十六家詞，孫默編獨遺竹垞，殊不可解。其中王士禄、王士禎，於詞一道，並非專長，不知何以列入。又尤侗、董俞、陳世祥、黄永、陸求可、鄒祇謨等詞，根柢既淺，措語又不盡雅馴，尚非分虎、符曾、藕漁之匹，二李一嚴亦未入選。亦何敢與小長蘆抗哉。去取太不當人意。而紀文達公謂國初填詞之家，略約具是，亦失之不檢也。

彭駿孫詞藻所論多左

彭駿孫詞藻四卷，品論古人得失，欲使蘇、辛、周、柳兩派同歸。不知蘇、辛與周、秦，流派各分，本原則一。若柳則傲而不理，蕩而忘反，與蘇、辛固不能强合，視美成尤屬歧途。駿孫於詞一道，未能洞悉源委。其所撰延露詞，亦未見高妙，故所論多左。

明詞綜無謂

國朝詞綜之選，王昶編去取雖未能滿人意，大段尚屬平正，余亦未敢過非。惟明詞綜之選，實屬無謂。然有明一代，可選者寥寥無幾，高者難獲一篇，略可寓目者大約不過數十篇耳。亦不能病其所選之平庸也。

清綺軒詞選荒謬

清綺軒詞選，華亭夏秉衡選大半淫詞穢語，而其中亦有宋人最高之作。涇渭不分，雅鄭並奏，良由胸中毫無識見。選詞之荒謬，至是已極。

宋七家詞選甚精

宋七家詞選甚精，戈載編若更以淮海易草窗，則毫髮無遺憾矣。

皋文詞選精於詞綜

皋文詞選，精於竹垞詞綜十倍。去取雖不免稍刻，而輪扶大雅，卓乎不可磨滅。古今選本，以此爲最。若黄樸存詞選，則兼採游詞，於風騷真消息何嘗夢見。

六十一家詞選甚精雅

近時馮夢華煦所刻喬笙巢宋六十一家詞選，甚屬精雅，議論亦多可採處。

唐五代詞選最爲善本

成肇麐唐五代詞選，删削俚褻之詞，歸於雅正，最爲善本。唐五代爲詞之源，而俚俗淺陋之詞，雜入其中，亦較後世爲更甚。至使後人陋花間、草堂之惡習，而並忘緣情託興之旨歸，豈非操選政者加之厲乎。得此一編，較顧梧芳所輯尊前集，雅俗判若天淵矣。

唐明皇好時光

唐明皇好時光云：「寶髻偏宜宮樣，蓮臉嫩、體紅香。眉黛不須張敞畫，天教入鬢長。莫倚傾國貌；嫁取箇、有情郎。彼此當年少，莫負好時光。」俚淺極矣。而顧梧芳尊前集首録此篇，稱爲音婉旨遠，妙絶千古，豈非癡人説夢。

蓮子居詞話有可採處

近閱蓮子居詞話，海陵吳衡照子律撰其中亦有可採。然於詞之原委，全未討論。枝葉雖榮，本根已槁，此亦六百餘年之通病也。

蓮子居詞話論北宋詞家淺陋

蓮子居詞話云：「蘇之大、張之秀、柳之豔、秦之韻，周之圓融，南宋諸老，何以尚茲。」此論殊屬淺陋。謂北宋不讓南宋則可，而以秀豔等字尊北宋則不可。如徒曰秀豔圓融而已，則北宋豈但不及南宋，並不及金元矣。至以耆卿與蘇、張、周、秦並稱，而不數方回，亦爲無識。又以秀字目子野，韻字目少游，圓融字目美成，皆屬不切。即以大字目東坡，豔字目耆卿，亦不甚確。大抵北宋之詞，周、秦兩家皆極頓挫沉鬱之妙。而少游託興尤深，美成規模較大，此周、秦之異同也。子野詞於古雋中見深厚，東坡詞則超然物外，別有天地。而江南賀老，寄興無端，變化莫測，亦豈出諸人下哉。此北宋之雋，南宋不能過也。若耆卿詞，不過長於言情，語多淒秀，尚不及晏小山，更何能超越方回，而與周、秦、蘇、張並峙千古也。

蓮子居詞話又云：「蘇、辛並稱，辛之於蘇，亦猶詩中山谷之視東坡也。東坡之大與白石之高，殆不可以學而至。」此論尚有可採。惟以大字目東坡，終不甚確。

詞則二十四卷

余舊選詞則四集二十四卷，計詞二千三百六十首，七易稿而後成。余自序云：「風騷既息，樂府代興。自五七言盛行於唐，長短句無所依，詞於是作焉。詞也者，樂府之變調，風騷之流派也。温、韋發其端，兩宋名賢暢其緒。風雅正宗，於斯不墜。金元而後，競尚新聲。衆喙争鳴，古調絶響。操選政者，率昧正始之義，媸妍不分，雅鄭並奏。後之爲詞者，茫乎不知其所從。卓哉皋文，詞選一編，宗風賴以不滅，可謂獨具隻眼矣。惜篇幅狹隘，不足以見諸賢之面目。而去取未當者，十亦有二三。夫風會既衰，不必無一篇之偶合。而求諸古作者，又不少靡曼之詞。衡鑒不精，貽誤匪淺。余竊不自揣，自唐迄今，擇其尤雅者五百餘闋，匯爲一集，名曰大雅。長吟短諷，覺南豳雅化，湘漢騷音，至今猶在人間也。顧境以地遷，才有偏至。執是以尋源，不能執是以窮變。大雅而外，爰取縱横排奡感激豪宕之作四百餘闋爲一集，名曰放歌。取盡態極妍哀感頑豔之作六百餘闋爲一集，名曰閑情。其一切清圓柔脆争奇門巧之作，别録一集，得六百餘闋，名曰别調。大雅爲正，三集副之，而總名之曰詞則。求諸大雅固有餘師，即遁而之他，亦即可於放歌、閑情、别調中求大雅，不至入於歧趨。古樂雖亡，流風未闃，好古之士，庶幾得所宗焉。」

大雅集序

序大雅集云：「太白詩云：『大雅久不作，吾衰竟誰陳。』然詩教雖衰，而談詩者猶得所祖禰。詞至兩宋而後，幾成絶響。古之爲詞者，志有所屬，而故鬱其辭，情有所感，而或隱其義。而要皆本諸風騷，歸於忠厚。自新聲競作，懷才之士，皆不免爲風氣所囿，務取悦人，不復求本原所在。迦陵以豪放爲蘇、辛，而失其沉鬱。竹垞以清和爲姜、史，而昧厥旨歸。下此者更無論矣，無往不復。皋文溯其源，蒿庵引其緒，兩宋宗風，一燈不滅。斯編之録，猶是志也。」録大雅集。

放歌集序

序放歌集云：「息深達亹，俳惻纏綿，學人之詞也。若瑰奇磊落之士，鬱鬱不得志，情有所激，不能一軌於正，而胥於詞發之。風雷之在天，虎豹之在山，蛟龍之在淵，恣其意之所向，而不可以繩尺求。酒酣耳熱，臨風浩歌，亦人生肆志之一端也。杜詩云：『放歌破愁絶。』誠慨乎其言矣。」録放歌集。

閑情集序

序閑情集云：「閑情一賦，白璧微瑕，昭明誤會其旨矣。淵明以名臣之後，際易代之時，欲言難言，時時寄託。閑情云者，閑其情使不得逸也。是以歷寫諸願，而終以所願必違。其不仕劉宋之心，言外可見。淺見者膠柱鼓瑟，致使美人香草之遺意，等諸桑間濮上之淫聲，此昭明之過也。茲篇之選，綺説邪思，皆所不免。然夫子删詩，並存鄭衛，知所懲勸，於義何傷。名以閑情，欲學者情有所閑，而求合於正，亦聖人思無邪旨也。」録閑情集。

别調集序

序别調集云：「人情不能無所寄，而又不能使天下同出一途。大雅不多見，而繁聲於是乎作矣。猛起奮末，誠蘇、辛之罪人。盡態逞妍，亦周、姜之變調。外此則嘯傲風月，歌詠江山，規模物類，情有感而不深，義有託而不理。直抒所事，而比興之義亡。侈陳其盛，而怨慕之情失。辭極其工，意極其巧，而不可語於大雅，而亦不能盡廢也。」録別調集。

迴文集句疊韻皆詞中下乘

迴文集句疊韻之類，皆是詞中下乘。有志於古者，斷不可以此眩奇。一染其習，終身不可語於大雅矣。若友朋唱和，各言性情，各出機杼可也，亦不必以疊韻爲能事。就中疊韻尚可偶一爲之。次則集句。最下莫如迴文，斷不可效尤也。古人爲詞，興寄無端。行止開合，實有自然而然。一經做作，便失古意。世人好爲疊韻，强己就人，必競出工巧以求勝，争奇鬬巧，乃詞中下品，余所深惡者也。作詩亦然。

擇録迴文集句疊韻變調

迴文集句疊韻變調各體，余於別調集中求其措語無害大雅者，擇録一二。非賞其工也，聊備一格而已。

蛸蛣雜記

蛸蛣雜記載粤妓張八重頭菩薩蠻云：「今宵屋挂前宵月。前年鏡入新年髮。芳心不共芳時歇。草色洞庭南。送君花滿潭。別花君豈堪。綺窗臨水岸。有鳥當窗喚。水上春帆亂。遊蝶化行衣。行人遊未歸。蓬飛魂更飛。」柔情宛轉，生面獨開，音節之妙，全在增一句，便覺此調應如此作。自我變古，有何不可。又粵妓袁九鬼腳望江南云:「無人到,花外已聞倒挂,一聲聲。往事都隨商女笑,新詩要掩大家名。乞得情人小字,篆雙成。」情絲摇曳,亦變調中之最佳者。二詞余録入別調集。

詩詞與人品

詩詞原可觀人品,而亦不盡然。詩中之謝靈運、楊武人,人品皆不足取,而詩品甚高。尤可怪者,陳伯玉掃陳、隋之習,首復古之功,其詩雄深蒼莽中,一歸於純正。就其詩以論人品,應有可以表見者,而諂事武后,騰笑千古。詞中如劉改之輩,詞本卑鄙。雖負一時重名,然觀其詞,即可知其人之不足取。獨怪史梅溪之沉鬱頓挫,温厚纏綿,似其人氣節文章,可以並傳不朽。而乃甘作權相堂吏,致與耿檉、董如璧輩並送大理,身敗名裂。其才雖佳,其人無足稱矣。梅溪姓氏,不見録於文苑中,職是之故。視陳西麓之不肯仕元,當時有海上盜魁之目,甯不愧死。

蔣竹山人品高絶

蔣竹山,至元大德間,臧陸輩交薦其才,卒不肯起。詞不必足法,人品卻高絶。

馮正中人無足取

馮正中蝶戀花四章,忠愛纏綿,已臻絶頂。然其人亦殊無足取,尚何疑於史梅溪耶。詩詞不盡能定人品,信矣。

後來之隽推板橋

激昂慷慨，原非正聲。然果能精神團聚，辟易萬夫，亦非强有力者未易臻此。國朝爲此調者，迦陵尚矣。後來之隽，必不得已，仍推板橋。若蔣心餘、黄仲則輩，醜態百出矣。

徐湘蘋工詞

國朝閨秀工詞者，自以徐湘蘋爲第一。李紉蘭、吴蘋香等相去甚遠。湘蘋踏莎行云：「碧雲猶疊舊河山，月痕休到深深處。」既超逸，又和雅，筆意在五代北宋之間。閨秀工爲詞者，前則李易安，後則徐湘蘋。明末葉小鸞，較勝於朱淑真，可爲李、徐之亞。

雙卿詞十二闋

西青散記，載綃山女子雙卿詞十二闋。雙卿負絶世才，秉絶代姿，爲農家婦。姑惡夫暴，勞瘁以死。生平所爲詩詞，不願留墨迹，每以粉筆書蘆葉上，以粉易脱，葉易敗也。其旨幽深窈曲，怨而不怒，古今逸品也。史梧岡西青散記載雙卿事甚詳。或疑其寓言，亦刻舟之見。十二闋余録入别調集。如望江南云：「春不見，尋過野橋西。染夢淡紅欺粉蝶，鎖愁濃緑騙黄鸝。幽恨莫重提。人不見，相見是還非。拜月有香空惹袖，惜花無淚可沾衣。山遠夕陽低。」又二郎神詠菊花云：「絲絲脆柳。裊破淡煙依舊。向落日、秋山影裏，還喜花枝未瘦。苦雨重陽挨過了，虧耐到、小春時候。知今夜，蘸微霜，蝶去自垂首。生受。新寒浸骨，病來還又。可是我、雙卿薄倖，撇你黃昏靜後。月冷闌干人不寐，鎮幾夜、未鬆金扣。枉辜卻，開向貧家，愁處欲澆無酒。」此類皆忠厚纏綿，幽冷欲絕。而措語則既非温、韋，亦不類周、秦、姜、史，是仙是鬼，莫能名其境矣。雙卿惜黃花慢孤雁云：「碧盡遙天。但暮霞散綺，碎翦紅鮮。聽時愁近，望時怕遠，孤鴻一箇，去向誰邊。素霜已冷蘆花渚，更休倩、鷗鷺相憐。暗自眠。鳳凰雖好，寧是姻緣。」讀此覺雖速我訟，亦不汝從。尚嫌過激，不及此和平中正也。下云：「凄涼勸你無言。趁一沙半水，且度流年。稻粱初盡，網羅正苦，夢魂易警，幾處寒烟。斷腸可似嬋娟意，寸心裏、多少纏綿。夜未閒。倦飛誤宿平田。」此詞悲怨而忠厚，讀竟令人泣數行下。

雙卿薄倖詞

雙卿薄倖詞云：詠瘧。○西青散記，雙卿夙有瘧疾，體弱性柔能忍事。即甚悶，色常怡然。一日，雙卿舂穀喘，抱杵而立。夫疑其惰，推之仆臼傍，杵壓於腰，忍痛復舂。炊粥半而瘧作，火烈粥溢，沃之以水。姑大訴，掣其耳環曰：出。耳裂環脫，血流及肩。乃拭血畢炊，於是抒臼俯地而歎曰：天乎，願雙卿一身，代天下絕世佳人受無量苦。千秋萬世後，爲佳人者無如我雙卿爲也。至是爲苦瘧詞，以蘆葉書之。歎曰：誠不如化作彩雲飛也。「依依孤影。渾似夢、憑誰喚醒。受多少、蝶嗔蜂怒，有藥難醫花證。最忙時、那得功夫，凄涼自整紅爐等。總訴盡濃愁，滴乾清淚，寃煞蛾眉不省。去過酉、來先午，偏放卻、更深宵永。正千迴萬轉，欲眠仍起，斷鴻叫破殘陽冷。晚山如鏡。小柴扉、煙鎖佳人，翠袖懨懨病。春歸望早，只恐東風未肯。」日用細故，信手拈來，都成異采。得雙卿詞，足爲吾別調集生色。

雙卿摸魚兒

余最愛雙卿摸魚兒云：西青散記：鄰女韓西，新嫁而歸，性頗慧，見雙卿獨舂汲，恆助之。瘧時，坐於牀爲雙卿泣。不識字，然愛雙卿書。乞雙卿寫心經，且教之誦。是時將返其夫家，父母餞之。召雙卿，瘧弗能往，韓西亦弗食。乃分其所食自裹之遺雙卿。雙卿泣爲此詞，以淡墨細書蘆葉。又以竹葉題鳳凰臺上憶吹簫一闋。「喜初晴，晚霞西現。寒山煙外清淺。苔紋乾處容香履，尖印紫泥猶軟。人語亂。忙去倚柴扉，空負深深願。相思一線。向新月搓圓，穿愁貫恨，珠淚總成串。黃昏後，殘熱誰憐細喘。小窗風射如箭。春紅秋白無情豔。一朵似儂難選。重見遠。聽説道、傷心已受殷勤餞。斜陽刺眼。休更望天涯，天涯只是，幾片冷雲展。」纏綿悽惻，隴頭流水不如是之嗚咽也。又鳳凰臺上憶吹簫云：「寸寸微雲，絲絲殘照，有無明滅難消。正斷魂魂斷，閃閃搖搖。望望山山水水，人去去、隱隱迢迢。從今後，酸酸楚楚，只似今宵。青遥。問天不應，看小小雙卿，嫋嫋無聊。更見誰誰見，誰痛花嬌。誰望歡歡喜喜，偷素粉、寫寫描描。誰還管，生生世世，夜夜朝朝。」其情哀，其詞苦。用雙字至二十餘疊，亦可謂廣大神通矣。易安見之，亦當避席。

趙我佩詞

近時閨秀，仁和趙我佩君蘭，著有碧桃館詞，格調未高，措辭亦不免於俗。余獨賞其踏莎行一篇春草，可爲集中壓卷。詞云：「徑遠苔花，庭飛柳絮。池塘寂寞清明雨。西園蝴蝶故依依，東風吹夢來何處。別浦魂銷，畫樓人佇。離愁三月長亭路。經年綠遍舊城根，萋萋又送王孫去。」雅麗纏綿，不減陳西麓。

吳蘋香浪淘沙

吳蘋香浪淘沙云：「蓮漏正迢迢。涼館燈挑。畫屏秋冷一枝簫。真箇曲終人不見，月轉花梢。何處暮砧敲。黯黯魂銷。斷腸詩句可憐宵。欲向枕痕尋舊夢，夢也無聊。」此亦郭頻伽、楊荔裳流亞。韻味淺薄，語句輕圓。所謂隔壁聽之，鏗鏘鼓舞者也。蘋香詞可取者如河傳云：「春睡。剛起。自兜鞵。立近東風費猜。繡簾欲鉤人不來。徘徊。海棠開未開。料得曉寒如此重。煙雨凍。一定留春夢。甚繁華。故遲些。輸他。碧桃容易花。」自寫愁怨之作，宛轉合拍，意味甚長。

蘋香祝英臺近

蘋香祝英臺近詠影云：「曲闌低，深院鎖。人晚倦梳裹。恨海茫茫，已覺此身墮。那堪多事青燈，黃昏纔到，又添上影兒一箇。最無那。縱然著意憐卿，卿不解憐我。怎又書窗，依依伴行坐。算來驅去應難，避時尚易，索掩却、繡幃推卧。」蘋香父夫俱業賈，兩家無一讀書者，而獨呈翹秀，殆有夙慧也。詞意不能無怨，然其情亦可哀矣。

陳小魯詞

詞有故作樸直語，而實形粗魯者。如陳小魯高溪梅令云：「庭前竹樹報平安。不平安。一夜西風吹折、兩三竿。缺中來遠山。此五字有景無情束不住上三句。古人只道出門難。入門難。江北江南，也作故園看，玉門何處關。」此二句尚可又浣溪沙云：「一世楊花二世萍。無疑三世化卿卿。不然何事也飄零。」又太常引云：「水天水地水人家。水上做生涯。一二畝蒹葭。七八畝菱花藕花。蒹葭活火，菱香藕熟，湖水可煎茶。秋夢有些些。只不管、朝雲暮鴉。」此二句尚可此類大抵皆拾黃山谷、蔣竹山唾餘，可厭之極。

金聖歎論詩詞全是魔道

金聖歎論詩詞，全是魔道，又出鍾、譚之下。其評歐陽公詞一卷，穿鑿附會，殊乖大雅。且兩宋詞家甚多，獨推歐公爲絶調，蓋猶是評水滸、西廂之伎倆耳。以論詞之例論曲，尚不能盡合。況以論曲論傳奇之例論詩詞，烏有是處。

聖歎評歐詞

「深花枝。淺花枝。深淺花枝相並時。花枝難似伊。玉如肌。柳如眉。愛著鵝黄金縷衣。啼妝更爲誰。」歐陽公長相思詞也。可謂鄙俚極矣。而聖歎以前半連用四花枝兩深淺字，歎爲絶技。真鄉里小兒之見。

聖歎評詩詞直是門外漢

聖歎評傳奇雖多偏謬處，却能獨出手眼。至於詩詞，直是門外漢。取其所長，棄其所短，是在有識者。

作詞宜取法乎上

一篇之工，膾炙人口，如山抹微雲，梅子黄時雨，暗香、疏影、春水等篇，名實相副，則亦當之無愧色。然白雪陽春，知音必少。有志之士，自宜取法乎上，歷久愈新。若急於求知，如郭頻伽、楊荔裳輩，每作一篇，羣焉附和，庸夫俗子，皆言其佳。嗚呼，誠屬高超深厚之作，庸夫俗子，何足以知其佳。庸夫俗子皆言其佳，其不佳也可知矣。

纖巧之詞非佳作

聰明纖巧之作，庸夫俗子每以爲佳。正如蜣蜋逐臭，烏知有蘇合香哉。若以王碧山、莊中白之詞，不經有識者評定，猝投於庸夫俗子之前，恐不終篇而思卧矣。

論詞不應徒取聰明語

未睹鈞天之美，則北里爲工。不詠關雎之亂，則桑中爲雋。徐昌穀談藝録語也。今人論詞，不向風騷中求門徑，徒取一二聰明語，歎爲工絶，正坐此病。

作詩詞不可有才子氣

無論作詩作詞，不可有腐儒氣，不可有俗人氣，不可有才子氣。人第知腐儒氣俗人氣之不可有，而不知才子氣亦不可有也。尖巧新穎，病在輕薄。發揚暴露，病在淺盡。腐儒氣俗人氣，人猶望而厭之。若才子氣則無不望而悦之矣，故得病最深。

宋無名氏九張機

宋無名氏九張機，自是逐臣棄婦之詞。淒婉綿麗，絶妙古樂府也。詞綜删存七首。余大雅集中，就樂府雅調兩篇，摘録十一首。精粹已盡，不啻窺全豹矣。如云：「一張機。采桑陌上試春衣。風晴日暖慵無力，桃花枝上，啼鶯言語，不肯放人歸。」又云：「兩張機。月明人静漏聲稀。千絲萬縷相縈繫，織成一段，迴文錦字，將去寄呈伊。」又云：「三張機。吴蠶已老燕雛飛。東風宴罷長洲苑，輕綃催趁，館娃宮女，要换舞時衣。」刺在言外。又云：「四張機。鴛鴦織就欲雙飛。可憐未老頭先白，春波碧草，曉寒深處，相對浴紅衣。」又云：「五張機。横紋織就沈郎詩。中心一句無人會，不言愁恨，不言憔悴，只恁寄相思。」意殊忠厚。又云：「六張機。雕花鋪錦半離披。蘭房别有留春計，爐添小篆，日長一線，相對繡工遲。」又云：「七張機。春蠶吐盡一生絲。莫教容易裁羅綺，無端翦破，仙鸞彩鳳，分作兩邊衣。」苦心密意，不忍卒讀。又云：「八張機。回紋知是阿誰詩。織成一片淒涼意，行行讀遍，厭厭無語，不忍更尋思。」又云：「九張機。雙花雙葉又雙枝。薄情自古多離别，從頭到底，將心縈繫，穿過一條絲。」雙花七字，何等親切。從頭三句更慎重，可以觀，可以怨。又云：「輕絲象牀，玉手出新奇。千花萬草光凝碧，裁縫衣著，春天歌舞，飛蝶語黄鸝。」歡樂語中含淒感。又云：「春衣素絲。染就已堪悲。塵昏汗污無顔色，應同秋扇，從兹永棄，無復奉君時。」此章最沉痛，似爲貶節者言之，觀次句可見。以下言何況，又加以塵污也。淒涼怨慕，千古孤臣孽子勞人思婦讀之，皆當一齊淚下。九張機純自小雅、離騷變出。詞至是，已臻絶頂。雖美成、白石亦不能爲。

九張機全是寄怨之作

九張機全是寄怨之作。其緣起云：「醉留客者，樂府之舊名。九張機者，才子之新調。憑戛玉之清歌，寫擲梭之春怨。章章寄恨，句句言情。」詩云：「一擲梭心一縷絲，連連織就九張機。從來巧思知多少，苦恨春風久不歸。」可知其寄意矣。

九張機詞千年絶調

詞至九張機，高處不減風騷，次亦子夜怨歌之匹，千年絶調也。臯文詞選獨遺之，亦不可解。

詞須觀全體

王介甫謂張子野「雲破月來花弄影」，不及李世英「朦朧淡月雲來去」。此僅就一句言之，未觀全體，殊覺武斷。卽以一句論，亦安見其不及也。

太白菩薩蠻憶秦娥爲詞中鼻祖

太白菩薩蠻、憶秦娥兩闋，神在箇中，音流絃外，可以是爲詞中鼻祖。尋詞之祖，斷自太白可也，不必高語六朝。

飛卿詞獨絶千古

飛卿短古，深得屈子之妙，詞亦從楚騷來。所以獨絕千古，難乎爲繼。

唐人詞所傳不多

唐人詞，所傳不多，然皆見作意。即於平淡直率中，亦覺言近旨遠。正如漢魏之詩，語句雖有工拙，氣格固自不同。至五代則聲色漸開，瑕瑜互見，去取不當，誤人匪淺矣。

以詞較詩

以詞較詩，唐猶漢魏，五代猶兩晉六朝，兩宋猶三唐，元明猶兩宋，國朝詞亦猶國朝之詩也。

香山長相思

香山長相思云：「暮雨瀟瀟郎不歸，空房獨守時。」香山此詞絕佳，惟上半闋詞近鄙褻。絕不費力，自然淒警。若黄昏却下瀟瀟雨。」朱淑真詞便見痕迹。

王建調笑令

王仲初調笑令云：「絃管。絃管。春草昭陽路斷。」結語淒怨，勝似宫詞百首。

古人詞小疵

鍊字琢句，原屬詞中末技。然擇言貴雅，亦不可不慎。古人詞有竟體高妙，而一句小疵，致令通篇減色者。如柳耆卿「對蕭蕭暮雨灑江天」一章，情景兼到，骨韻俱高。而有「想佳人妝樓長望」之句。佳人妝樓四字，連用俗極，亦不檢點之過。又如王君玉望江南云：「碧瓦煙昏沉柳岸，紅綃香潤入梅天。」可謂精於造句。紅綃七字爲荆公所愛。而接語云：「飄灑正蕭然。」五字意盡殊病空滑，與上不稱。又如姜白石石湖仙一闋，自是高境。而「玉友金蕉玉人金縷」八字纖俗，固不能爲白石諱。又如高竹屋「月冷霜袍擁」一篇，旁面取勢，亦可謂思深意遠。惟「想見那」三字，不免粗鄙。此類皆失之不檢，致使敲金戛玉之詞，忽與瓦缶競奏。白璧微瑕，固是恨事。

詞中可偶作詩語

昔人謂詩中不可著一詞語，詞中亦不可著一詩語，其間界若鴻溝。余謂詩中不可作詞語，信然。若詞中偶作詩語，亦何害其爲大雅。且如「似曾相識燕歸來」等句，詩詞互見，各有佳處。彼執一而論者，真井蛙之見。

詞中不可作曲語

詩中不可作詞語，詞中不妨有詩語，而斷不可作一曲語。温、韋、姜、史復起，不能易吾言也。余鄉能詞者，張猗谷崇蘭有夢溪棹謳二卷。趙次梅彦俞有瘦鶴軒詞一卷。兩君之詞，摘録一二於詞則中。而余所服膺者，則莊中白蒿庵詞也。他人詞皆不免爲風氣所囿，蒿庵則吐棄凡庸，冥心獨往，夐乎不可尚已。

植庵詞

植庵詞一卷，余友李子薪慎傳所撰也。子薪年逾四十，始習倚聲。學力未充，而才氣甚旺。使天假之年，未始不可爲迦陵嗣響。賀新涼六闋，余録入放歌集中，所以存舊交也。

唐少白金縷曲

吾鄉唐少白煜與余爲中表兄弟。年少工詞。後困於衣食，未能充其學力之所至。年未五十下世，可歎也。猶記其金縷曲登岱二章云：「此是擎天柱。峙巖巖、青連不斷，平分齊魯。老柏蒼松高十丈，對著罡風絮語。猶自說、秦皇漢武。欲識前朝興廢事，把山靈、喚起談今古。哭還笑，歌復舞。　望中遥見金閶路。人道是、孔顔師弟，登臨之處。白馬當時疑匹練，只今變爲烽火。忍細認、江南故土。天譴此山南北限，爲神京、萬古撑門户。愁飛鳥，尚難度。」次章云：「萬仞丹梯路。其中有、神房阿閣，秦碑漢樹。下視齊州煙九點，上接青天尺五。占膏壤、中居於魯。西望長安東瞰海，更北連燕趙南吴楚。小天下，空寰宇。　一聲長嘯千山暮。却雜入、村夫樵唱，牧童笛譜。峭壁巉巖雲亂湧，怪石嵯峨如虎。有松柏、凌風而舞。問有仙緣能遇否。已石閭、烟鎖無仙住。收勝境，付金縷。」筆意豪邁，亦板橋之流亞。

王耕心論詞

正定王道農耕心天才超逸，博學多能。經史古文詩詞之類，皆能淹貫古今，獨抒己見。而尤精於内典。

其論詞亦以大雅爲主，而不廢猛起奮末之音。余詞得力處，半由蒿庵一言，半由道農子薪辯論之功也。

鞠龕滿江紅

道農以其尊翁鞠龕姻丈蔭祐滿江紅四篇示余。原序云：「咸豐甲寅，客海州，與王子揚、劉子謙、殿塡，許牧生、吳蓮卿、周廉廷、張溥齋朝夕過從，觴詠甚樂。吳介軒用少陵飲中八仙歌韻賦詩矜寵之。離隔以來，幾陳迹矣。今廉廷便途見過，謂已繪圖留證墮歡，命曰海國騷音，兼示所作弁言及諸賢題詠。根觸往夢，不能無言。其一云：「彈鋏悲吟，問誰是、平津侯者。儘年來、懷中刺滅，琴前曲寡。一例空堂棲燕雀，虛名隨處拌牛馬。甚海濱、翻值釣鼇人，争相迓。延陵季，詞源瀉。高陽裔，才名亞。又客星幾點，攢眉結社。湘漢騷人聯棣萼，張王樂府争雄霸。鎮多情、把臂到狂奴，論風雅。」其二云：「擊鉢聲聲，渾不爲、風雲月露。算都是、蒼茫身世，鬱懷噴吐。柳色虹橋驚戰伐，菊花九日傷遲暮。儘旁人、腫背詫駝峯，甘陵部。仙耶怪，予和汝。牀上下，人三五。仗彩毫收入，浣花舊譜。杜老風華傳綺季，酒龍序次排詩虎。祇齒牙、餘論我難勝，公其誤。」其三云：「顧曲雄才，合放爾、出人頭地。尚關心、西園餘韻，再繙圖記。鴻爪印留修禊帖，龍頭人似催租吏。倚征篷、促和右軍詩，斜陽裏。君且去，門須閉。儂便學，陳無已。待哀猿啼徹，恐應出涕。偶破天慳成此會，再聯萍影談何易。看眼中、落落聚星羣，還餘幾。」其四云：「對此茫茫，沒著落、愁人一箇。渾不耐、墮歡如夢，亂愁如火。聚合何關神鬼忌，拋離忍使因緣左。誦河梁、五字斷腸詩，鉛波墮。休便說，劉琨卧。休浪炙，淳于髡。怕階前尺地，也難容我。誰續罪言憐杜牧，枉傳仙侶伴張果。問何年、位業紀真靈，彈冠賀。」感激豪宕，直可摩迦陵之壘。

馬眉生有詞癖

吾邑馬眉生尚珍天資甚優，生有詞癖。充其力量所至，可以卓然成家。己卯秋，會於金陵旅次，暢論詞學源流，並贈以舊録唐宋詞一本。不見馬生久矣，諒於此中消息，必有所得。他日覿面，再當重與切磋也。

余詞初有淫冶叫囂之失

眉生好爲豔詞，間作壯語。余友王竹庵鳳起亦有此癖。余初爲詞，亦不免淫冶叫囂之失。猶憶丙子報罷後，宴竹庵座中，賦臨江仙云：「落日江干分手處，無端重見雲英。眉棱猶帶遠山青。多卿珍重意，苦語慰飄零。　颯颯西風摧勁羽，蕭郎憔悴而今。賓鴻嘹唳過前汀。紅燈摇客夢，明月碎秋心。」又金縷曲秋江送别，座有歌者，卽癸酉春竹庵座中所見也。琵琶三弄，哀怨不勝，爲賦此曲。云：「鵑血凝羅袖。撥檀槽、輕攏漫撚，雙蛾淺逗。訴盡半生恩怨語，颯沓悲風來驟。正鴻雁、初飛時候。一曲琵琶彈未徹，已青衫、爲汝重重透。再爲我，一揮手。　當年絲竹春江口。惜韶華、良辰莫負，暗拋紅豆。今日雲英還未嫁，我亦杜陵消瘦。又待折、渡頭楊柳。眼底茫茫分南北，也無心、再進當筵酒。江月白，浪花吼。」又九日登岳墩感懷賦前調後半闋云：「絲絲慘結秋陰候。撫危闌、生平細數，儘多僝僽。三十男兒仍落拓，何論中年以後。況又值、西風重九。破帽多情偏戀我，問何人、印佩黄金斗。中原望，悲風吼。」又前調云：「箕踞狂呼聊復爾，拭青萍、夜夜光凝紫。便欲擊、唾壺碎。」下云：「黄花小圃饒秋意。掃蒼苔、眠裀藉草，徑須覓醉。得失雞蟲何足數，一笑浮雲富貴。聊自學、田家生計。不信馬周終落拓，倒金尊、且了東籬事。更不下，窮途淚。」余戊子捷南闈，詩題金罍浮菊催開宴，此亦詞讖也。皆不足語於大雅。余曾作羅敷豔歌云：「紅橋一帶傷心地，煙雨淒淒。燕子樓西。難道東風不肯歸。　青旗冷趁飛鴉起，沽酒人稀。舊恨依依。一樹垂楊裊亂絲。」意境似尚深厚。又青門引云：「斷腸無奈送春歸，落花時節，妝閣鎮常掩。」下云：「夢魂應苦關山遠。只傍閒庭院。」亦尚有沉至之思。視前金縷曲諸篇，淺深判然矣。

白雨齋詞話卷六

兩宋詞家勝處

周、秦詞以理法勝。姜、張詞以骨韻勝。碧山詞以意境勝。要皆負絕世才，而又以沉鬱出之，所以卓絕千古也。至陳、朱則全以才氣勝矣。

喬笙巢評少游詞

喬笙巢云：「少游詞寄慨身世，閒雅有情思。酒邊花下，一往而深，而怨誹不亂，悄乎得小雅之遺。」又云：「他人之詞，詞才也。少游，詞心也。得之於內，不可以傳。雖子瞻之明儁，耆卿之幽秀，猶若有瞠乎後者，況其下耶。」此與莊中白之言頗相合。淮海何幸，有此知己。

兩宋詞家各有獨至處

兩宋詞家各有獨至處，流派雖分，本原則一。惟方外之葛長庚，閨中之李易安，別於周、秦、姜、史、蘇、辛外，獨樹一幟。而亦無害其爲佳，可謂難矣。然畢竟不及諸賢之深厚，終是託根淺也。

葛長庚詞無方外習氣

葛長庚詞，風流淒楚，一片熱腸，無方外習氣。余尤愛其水調歌頭云：「江上春山遠，山下暮雲長。相留相送，時見雙燕語風檣。滿目飛花萬點，回首故人千里，把酒沃愁腸。回雁峯前路，煙樹正蒼蒼。漏聲殘，燈餤短，馬蹄香。浮雲飛絮，一身將影向瀟湘。多少風前月下，迤邐天涯海角，魂夢亦淒涼。又是春將暮，無語對斜陽。」

李易安勝葛長庚

葛長庚詞，脱盡方外氣。李易安詞，卻未能脱盡閨閣氣。然以兩家較之，仍是易安爲勝。

魏夫人去易安尚遠

宋閨秀詞，自以易安爲冠。朱子以魏夫人與之並稱。魏夫人祇堪出朱淑真之右，去易安尚遠。

高仲常貧也樂

金高仲常貧也樂云：「城下路。淒風露。今人犂田昔人墓。岸頭沙。帶蒹葭。漫漫昔時，流水今人家。黄埃赤日長安道。倦客無漿馬無草。開函關。閉函關。千古如何，不見一人閒。」按趙聞禮輯陽春白雪集載此詞，乃賀方回小梅花前半闋也，兹從詞綜本。章法句法，不古不今，亦不類樂府，詞中別調也。

題項羽廟詞

宋無名氏題項羽廟念奴嬌一闋，魄力雄大，勁氣直前，更不作一渾厚語。開其年、板橋一派。此學稼軒而有流弊者，稼軒不任其咎也。

竹山滿江紅

「浪遠微聽葭葉響，雨殘細數梧梢滴。」竹山滿江紅語也。上有小窗幽閴之句，此二語不是閴寂中如何辨得。竹山詞多粗，惟此二語最細。

稼軒滿江紅

稼軒滿江紅送李正之提刑入蜀云：「東北看膾諸葛表，西南更草相如檄。把功名、收拾付君侯，如椽筆。」又云：「赤壁磯頭千古恨，銅鞮陌上三更月。正梅花、萬里雪深時，須相憶。」龍吟虎嘯之中，卻有多少和緩。不善學之，狂呼叫囂，流弊何極。

稼軒詞樸處見長

稼軒詞有以樸處見長，愈覺情味不盡者。如水調歌頭結句云：「東岸綠陰少，楊柳更須栽。」信手拈來，便成絕唱，後人亦不能學步。

張孝祥六州歌頭

張孝祥六州歌頭一闋，淋漓痛快，筆飽墨酣，讀之令人起舞。惟「忠憤氣填膺」一句，提明忠憤，轉淺轉顯，轉無餘味。或亦聳當途之聽，出於不得已耶。朝野遺記云，安國在建康留守席中賦此，魏公爲罷席而入。

東坡西江月

東坡西江月云：「休言萬事轉頭空，未轉頭時皆夢。」追進一層，喚醒癡愚不少。

東坡浣溪沙

東坡浣溪沙遊蘄水清泉寺云：「誰道人生難再少，君看流水尚能西。休將白髮唱黃雞。」愈悲鬱，愈豪放，愈忠厚。令我神往。原註寺前水西流。

趙瑞行滿江紅

趙瑞行滿江紅云：「三十年前，愛買劍買書買畫。凡幾度詩壇争敵，酒兵争霸。春色秋光如可買，錢慳也、不曾論價。任粗豪、争肯放頭低，諸公下。今老大，空嗟訝。思往事，還驚詫。是和非未說，此心先怕。太粗直萬事全將飛雪看，一閒且向貧中借。樂餘齡、泉石在膏肓，吾非詐。」粗豪中有勁直之氣。襲稼軒皮毛，亦蔣竹山流亞，宋詞之最低者。周公謹浩然齋雅談內載此詞。然詞品雖不高，而筆趣尚足，不過惡劣。至陸種園滿江紅云贈王正子：「同是客，君尤苦。兩人恨，憑誰訴。看囊中罄矣，酒錢何處。吾輩無端寒至此，富兒何物肥如許。脱敝裘、付與酒家娘，搖頭去。」暴言竭辭，何無含蓄至此。板橋幼從種園學詞，故筆墨亦與之化。

劉潛夫詞

劉潛夫滿江紅云：「空有鬢如潘騎省，斷無面見陶彭澤。便倒傾、海水浣衣塵，難湔滌。」又沁園春夢方孚若云：「天下英雄，使君與操，餘子何堪共酒盃。」又云：「使李將軍，遇高皇帝，萬户侯，何足道哉。」又贈孫季蕃云：「天地無情，功名有數，千古英雄只麽休。平生事、獨羊曇一個，淚灑西州。」沉痛激烈，幾欲敲碎唾壺。

南渡後詞

二帝蒙塵，偷安南渡，苟有人心者，未有不拔劍斫地也。南渡後詞，如趙忠簡滿江紅云：「欲待忘憂除是酒，奈酒行有盡愁無極。便挽將、江水入尊罍，澆胸臆。」張仲宗賀新郎云：「夢繞神州路。悵秋風、連營畫角，故宫離黍。底事崑崙傾砥柱。九地黄流亂注。聚萬落千村狐兔。天意從來高難問，況人情、易老悲難訴。更南浦，送君去。」又石州慢結句云：「萬里想龍沙，泣孤臣吴越。」朱敦儒相見歡云：「中原亂，簪纓散，幾時收。試倩悲風，吹淚過揚州。」張安國浣溪沙云：「萬里中原烽火北，一尊濁酒戍樓東。酒闌揮淚向悲風。」劉潛夫玉樓春云：「男兒西北有神州，莫滴水西橋畔淚。」劉叔儗念奴嬌云：「其肯爲我來耶，河陽下士，正是强人意。勿謂時平無事也，便以言兵爲諱。眼底山河，樓頭鼓角，都是英雄淚。功名機會，要須閑暇先備。」劉改之沁園春上郭帥云：「威撼邊城，氣吞胡虜，慘淡塵沙飛北風。中興事，看君王神武，駕馭英雄。」又八聲甘州送湖北招撫吳獵云：「望中原馳驅去也，擁十州牙纛正翩翩。春風早，看東南王氣，飛繞星躔。」黄幾仲虞美人云：「書生萬字平戎策，苦淚風前滴。」王子文西河云：「天下事，問天怎忍如此。」下云：「縱有英心誰寄，近新來，又報烽煙起。」曹西士西河云：「漫哀痛，無及矣。無情莫問江水。西風落日，慘新亭、幾人墮淚。戰和何者是良謀，扶危但看天意。」陳龜峯沁園春丁酉歲感事云：「誰使神州，百年陸沉，青氈未還。悵晨星殘月，北州豪傑，西風斜日，東帝江山。劉表坐談，深源輕進，機會失之彈指間。傷心事，是年年冰合，在在風寒。說和說戰都難。算未必、江沱堪宴安。歎封侯心在，鱣鯨失水，平戎策就，虎豹當關。渠自無謀，事猶可做，更剔殘燈抽劍看。麒麟閣，豈中興人物，不盡儒冠。」方巨山滿江紅云：「倘只消、江左管夷吾，終須有。」又水調歌頭云：「莫倚闌干北，天際是神州。」張方叔賀新涼云：「世上豈無高卧者，奈草廬、煙鎖無人顧。」李廣翁賀新涼云：「落落東南牆一角，誰護山河萬里。問人在、玉關歸未。老矣青山燈火客，撫佳期、漫灑新亭淚。歌哽咽，事如水。」浩然齋雅談，淳祐間，丹陽太守重修多景樓，高宴落成，一時席上皆湖海名流。酒餘，主人命妓持紅箋徵諸客詞。秋田詞先成，衆人驚賞，爲之閣筆。此類皆慷慨激烈，髮欲上指。詞境雖不高，然足以使懦夫有立志。

董文友詞

董文友詞祇能言情，不堪論事。其望梅花過鸚鵡洲、賀新郎淮陰祠兩調，偶爲慷慨之詞，立見其蹶。措語固不能圓健，平仄亦有顛倒處。

陳其年哨遍

陳其年哨遍兩篇，一氣盤旋，排山倒海。論其氣力，幾欲突過稼軒。只是雄而不渾，直而不鬱。故初讀令人色變，再讀令人齒冷矣。

其年題彭禹峯集詞

其年讀彭禹峯集一篇，後半云：「噫此世何爲，巖疆好以公充餌。麩礱牂牁地。鬼燐生、鼓聲死。猶記靖州城，連營賊火，楚歌帳外淒然起。公左挈人頭，右提酒瓮，大嚼轅門殘胔。奈縛他，烏獲矐漸離，則女子庸奴盡勝之，論通侯羊頭羊胃。」亦可謂直言不忌。

其年柬丁飛濤詞

其年柬丁飛濤一篇，起云：「大叫高歌，脱帽歡呼，頭没酒杯裏。」又云：「君不見、莊周漆園傲吏。洸洋玩弄人間世。又不見，信陵暮年失路，醇酒婦人而已。」又云：「我勸君、莫負賞花時，幸歸矣，長嘘復奚爲，算人生亦欲豪耳。今宵飲博達旦，酒三行以後，汝爲我舞，吾爲若語，手作拍張言志。黄鬚笑捋凭紅肌，論英雄如此足矣。」又西平樂王谷卧疾村居、拏舟過訊云：「只須翦燭，無煩烹韭，欲與君言，竟上君牀。君不見、石鯨跋浪，鐵馬呼風，今日一片關山，五更刁斗，何處乾坤少戰場。」筆力未嘗不横絶，惜其一發無餘。

余論詞在本原

或謂漁洋分甘餘話云：「胡應麟病蘇黄古詩，不爲十九首建安體，是欲紲天馬之足，作轅下駒也。子病迦陵詞不能沉鬱，毋乃類是。」余曰：「此不可一例論也。胡氏以皮相論詩，故不足以服漁洋之心。余論詞，則在本原。觀稼軒詞，才力何嘗不大，而意境亦何嘗不沉鬱。如謂才力大者則不必沉鬱，則是陳、王、李、杜之詩轉出蘇、黄下矣，有是理哉。

稼軒詞於雄莽中饒雋味

稼軒詞，於雄莽中别饒雋味。如「馬上離愁三萬里，望昭陽宫殿孤鴻没。」又，「休去倚危欄，斜陽正在，煙柳斷腸處。」多少曲折。驚雷怒濤中，時見和風暖日。所以獨絶古今，不容人學步。

稼軒詞於悲壯中見渾厚

稼軒詞如「舊恨春江流不盡，新恨雲山千疊。」又，「前度劉郎今重到，問玄都千樹花存否。」又，「重陽節近多風雨。」又，「秋江上，看驚弦雁避，駭浪船回。」又，「佳處徑須攜杖去，能消幾兩平生屐。笑塵勞三十九年非，長爲客。」又，「樓觀甫成人已改，旌旗未卷頭先白。歎人生哀樂轉相尋，今猶昔。」又，「秋晚蓴鱸江上，夜深兒女燈前。」又，「三十六宫花濺淚，春聲何處説興亡。燕雙雙。」又，「布被秋宵夢覺，眼前萬里江山」。又,「功成者去,覺團扇便與人疏。吹不斷斜陽依舊,茫茫禹跡都無。」皆於悲壯中見渾厚。後之狂呼叫囂者,動託蘇、辛,真蘇、辛之罪人也。

迦陵本原未厚

蘇辛詞,後人不能摹倣。南渡詞人,沿稼軒之後,慣作壯語,然皆非稼軒真面目。迦陵力量,不減稼軒,而卒不能步武者,本原未厚也。後人更欲學之,恐又爲迦陵竊笑矣。

比與興之別

或問比與興之別。余曰:宋德祐太學生百字令,祝英臺近兩篇,字字譬喻,然不得謂之比也。以詞太淺露,未合風人之旨。如王碧山詠螢、詠蟬諸篇,低回深婉,託諷於有意無意之間,可謂精於比義。婉諷之謂比,明喻則非。隨園詩話中所載詩如詠六月菊云:「秋士偶然輕出處,高人原不解炎涼。」詠落花云:「看他已逐東流去,卻又因風倒轉來。」詠茶竈云「兩三杯水作波濤」等類,皆舌尖聰明語,惡薄淺露,何異劉四罵人。即「經綸猶有待,吐屬已非凡」之句,無不傾倒,然亦不過考試中興會佳句耳,於風詩比義了不相關。宋人「而今未問和羹事,且向百花頭上開」,自是富貴福澤人聲口,以云風格,視經綸句又低一籌矣。若興則難言之矣。託喻不深,樹義不厚,不足以言興。深矣厚矣,而喻可專指,義可强附,亦不足以言興。所謂興者,意在筆先,神餘言外,極虛極活,極沉極鬱,若遠若近,可喻不可喻,反覆纏綿,都歸忠厚。求之兩宋,如東坡水調歌頭、卜算子雁,白石暗香疏影,碧山眉嫵新月、慶清朝榴花、高陽臺殘雪庭除一篇等篇,亦庶乎近之矣。

風騷有比興之義

風騷有比、興之義，本無比、興之名。後人指實其名，已落次乘。作詩詞者，不可不知。

風詩用意各有所在

風詩三百，用意各有所在。仁者見之謂之仁，智者見之謂之智，故能感發人之性情。後人强事臆測，繫以比、興、賦之名，而詩義轉晦。子朱子於楚詞，亦分章而係以比、興、賦，尤屬無謂。

樊榭詞命意未厚

詞有貌不深而意深者，韋端已菩薩蠻，馮正中蝶戀花是也。若厲樊榭諸詞，造語雖極幽深，而命意未厚，不耐久諷，所以去古人終遠。

樊榭造句多幽深

樊榭造句多幽深，穀人措詞則全在洗鍊，又不逮樊榭遠甚。

穀人詞勝駢文

穀人所長者，律賦試帖耳。古文固非所能，駢文亦不免平庸。詞較勝於駢文，然亦未見高妙。至古今體詩，則下駟之乘矣。大抵穀人先生祇可爲近時高手，論古則未也。

朱陳厲三家詞

朱、陳、厲三家，可謂極詞之變態。以云騷雅，概未之聞。

尤西堂更漏子

尤西堂更漏子云：「五更風，三點雨。并作零鐘斷鼓。殘葉影，落花魂。凄凄來叩門。天涯雁。飛聲亂。叫出傷心一片。倚半枕，擁孤衾。相思睡不成。」前半直似鬼語，後半不免粗浮，殊負此調。

迦陵精於錬句

穀人輩工於錬字耳。迦陵則精於錬句。如云：「秋色冷并刀，一派酸風捲怒濤。」又，「長城夜月一輪孤，沙場戰馬千羣黑。」又，「水雲轇葛，陽陰雜糅，奇石成獅破空走。」又，「秋生海市，紅日一輪孤陷。」又，「短鬢颯秋葉，僵指矗枯枒。」又，「大江邊，殘照裏，仲宣樓。」又，「曼聲長嘯，碧雲片片都裂。」又，「輕舟夜巔秋江，西風鱗甲生江面。」又，「隱隱前林暝翠，暗結精藍。」又，「老松三百本，山雨響徧張鱗甲。」又，「想月明千里，戰袍不夜，西風萬馬，殺氣臨邊。」又，「十月疏砧，一城冷雁，不許愁人不望鄉。」又，「我到中原，重尋舊蹟，牧笛吹風起夜波。」又，「一派大江流日夜，捲雲濤、舞上青山髻。」造句皆精警奪目，讀之可增長筆力。

其年水調歌頭

其年水調歌頭雪夜再贈季希韓云：「縱不神仙將相，但遇江山風月，流落亦爲佳。豈意有今日，側帽數哀笳。」流落亦爲佳，已是難堪。今則並此不能矣。豈意五字，悲極憤極，如聞熊啼兕吼。

夢窗詞悲鬱和厚

稼軒詞云：「而今已不如昔，後定不如今。」即其年水調歌頭之意，而意境卻別。然讀夢窗之「後不如今今非昔，兩無言、相對滄浪水。」悲鬱而和厚，又不必爲稼軒矣。

宋無名氏鷓鴣天

宋無名氏鷓鴣天云：「鎮日無心掃黛眉。臨行愁見理征衣。樽前祇恐傷郎意，閣淚汪汪不敢垂。停寶馬，捧瑶巵。相斟相勸忍分離。不如飲待奴先醉，圖得不知郎去時。」語不必深，而情到至處，亦絕調也。惟措詞近曲，終欠大雅。

字面應慎用

詞中如佳人、夫人、那人、檀郎、伊家、香腮、心兒、蓮瓣、雙翹、鞵鈎、斷腸天、可憐宵、莽乾坤、哥、奴、姐、要等字面，俗劣已極，斷不可用。卽老子、玉人、則個、好個、那個、拌個、原是、嬌嗔、兜鞵、恁些、他、兒等字，亦以慎用爲是。蓋措詞不雅，命意雖佳，終不足貴。

張子野詞最見古致

張子野詞，最見古致。如云：「江水東流郎在西，問尺素何由到。」情詞淒怨，猶存古詩遺意。後之爲詞者，更不究心於此。

黄魯直詞間有佳者

黄魯直詞，乖僻無理，桀傲不馴，然亦間有佳者。如望江東云：「江水西頭隔煙樹。望不見、江東路。思量只有夢來去。更不怕、江闌住。燈前寫了書無數。算没個、人傳與。直饒尋來雁分付。又還是、秋將暮。」筆力奇横無匹，中有一片深情，往復不置，故佳。

詞貴渾涵

詞貴渾涵，刻摯不能渾涵，終屬下乘。晁无咎詠梅云：「開時似雪。謝時似雪。花中奇絶。香非在蕊，香非在蕚。骨中香徹。」費盡氣力，終是不好看。宋末蕭泰來霜天曉角一闋，亦犯此病。

方回瑞鷓鴣

方回瑞鷓鴣云：「初未試愁那是淚，每渾疑夢奈餘香。」此種句法，直是賀老從心化出。

美成艷詞

美成豔詞，如少年游、點絳脣、意難忘、望江南等篇，別有一種姿態。句句灑脫，香匳泛話，吐棄殆盡。

美成榮枯繫於一詞

美成以少年游「并刀如水」一篇一詞通顯，以望江南「歌席上」一篇一闋得罪。榮枯皆繫於一詞，異矣。

美成蝶戀花

美成蝶戀花云：「魚尾霞生明遠樹。翠壁黏天，玉葉迎風舉。一笑相逢蓬海路。人間風月如塵土。翦水雙眸雲半吐。醉倒天瓢，笑語生青霧。此會未闌須記取。桃花幾度吹紅雨。」語帶仙氣，似贈女冠之作。否則故爲隱語，已爲夢窗「北斗秋橫」、「春温紅玉」兩篇，開其先路。

詞人好作精豔語

詞人好作精豔語。如左與言之「滴粉搓酥」，姜白石之「柳怯雲鬆」，李易安之「緑肥紅瘦」、「寵柳嬌花」等類，造句雖工，然非大雅。

放翁詞

「山盟雖在，錦書難託。莫莫莫。」放翁傷其妻之作也。放翁妻唐氏改適趙士程。「不合畫春山，依舊留愁住。」

放翁妾别放翁詞也。前則迫於其母而出其妻。後又迫於後妻而不能庇一妾。何所遭之不偶也。至兩詞皆不免於怨，而情自可哀。

吴元可采桑子

吴元可采桑子：「一樣東風兩樣吹。」輕淺語，自是元人手筆。國朝陳玉璂之「欲罵東風誤向西」，愈趨愈下矣。

沈景高和劉龍洲指甲詞

劉龍洲沁園春，爲詞中最下品。元人沈景高，有和劉龍洲指甲一篇，句句扭捏，又不及改之遠甚。而俞焯云：「景高舊家子也。余見此詞纖麗可愛，因定交焉。」當時賞識如此，何怪元詞之不振也。

明代兩花影詞

明代施浪仙花影詞四卷，卑卑不足道。求其稍近於雅者，不獲三五闋。同時馬浩瀾亦有花影詞三卷。陳言穢語，又出浪仙之下。而當時並負詞名，即後世猶有稱述之者。真不可解。

遣詞貴典雅

遣詞貴典雅。然亦有典雅之事，數見不鮮，亦宜慎用。如蓮子空房、人面桃花等字，久已習爲套語，不必再拾人唾餘。

朱賀柳詞

宋人朱行中漁家傲云:「拌一醉。而今樂事他年淚。」賀方回惜雙雙云:「回首笙歌地。醉更衣處長相記。」同一感慨,而朱病激烈,賀較深婉。柳耆卿戚氏云:「紅樓十里笙歌起,漸平沙落日銜殘照。」意境甚深,有樂極悲來、時不我待之感。而下忽接云:「不妨且繫青驄,漫結同心,來尋蘇小。」荒謾無度,遂使上二句變成淫詞,豈不可惜。

辛詞與柳詞迥別

耆卿「忍把浮名,換了淺斟低唱」,荒謾語耳,何足爲韻事。稼軒「悲莫悲生離別,樂莫樂新相識,兒女古今情。富貴非吾事,歸與白鷗盟。」憤激語而不離乎正,自與耆卿迥別。然讀唐人「忽見陌頭楊柳色,悔教夫婿覓封侯」之句,情理兩融,又婉折多矣。

冠柳詞

王通叟詞名冠柳。北宋詞家極多,獨云冠柳,仍是震於耆卿名,而入其彀中耳。觀其命名,即可知其詞之不足重。嗣後以清平樂一詞被謫,不亦宜乎。

李漢老詞

宋李漢老謚文敏,有「問玉堂何似茅舍疎籬」之句,一時膾炙人口。然此語亦似雅而俗。

蘇辛兩家不同

東坡心地光明磊落，忠愛根於性生，故詞極超曠，而意極和平。稼軒有吞吐八荒之概，而機會不來。正則可以爲郭、李，爲岳、韓，變則即桓温之流亞。故詞極豪雄，而意極悲鬱。蘇、辛兩家，各自不同。後人無東坡胸襟，又無稼軒氣概，漫爲規模，適形粗鄙耳。

坡仙獨絶千古

和婉中見忠厚易，超曠中見忠厚難，此坡仙所以獨絶千古也。

詞以人傳

岳少保、韓蘄王、文信國俱能爲詞，而少保爲稍勝。然此皆詞以人傳，並非有獨到處也。淺見者遽歎爲工絶，殊可不必。

康伯可順庵樂府

順庵樂府五卷，康伯可作也。伯可以詞受知於高宗。當其上中興十策時，何減於賈長沙之洞若觀火。後以諂檜得進，有今皇御極，視公宰相爲腹心之對。富貴熱中，頓改其素。荀攸、荀彧之事操，晦於始而明於終，猶可恕也。伯可之諂檜，明於始而晦於終，不可恕也。然其詞哀感頑豔，儘有佳者。陳質齋云：「伯可詞鄙褻之甚，此語論其人則可，論其詞則未盡然也。此不足以服其心。」至王性之云：「伯可樂章，令晏叔原不得獨擅。」此又等於瞽者辨黑白矣。

曾純甫詞

黍離麥秀之悲，暗説則深，明説則淺。曾純甫詞，黃叔暘云，純甫東都故老，詞多感慨。如金人捧露盤、憶秦娥等曲，淒然有黍離之感。如「雕闌玉砌，空餘三十六離宮。」又云：「繁華一瞬，不堪思憶。」又云：「叢臺歌舞無消息。金樽玉管空陳迹。」詞極感慨，但説得太顯，終病淺薄。碧山詠物諸篇，所以不可及。

程正伯詞

程正伯與子瞻爲中表兄弟，有書舟雅詞一卷。余觀其詞淺薄者多，高者筆意尚閒雅，去坡仙何止萬里。（案：正伯南宋人，非東坡中表。）

正伯詞與坡仙不同

竹垞謂正伯詞有與坡仙相亂者。余謂兩人詞，一洪一纖，一深一淺，如冰炭之不相入。無俟辨而可明，何慮其相亂也。

余所賞之正伯詞

正伯詞，余所賞者惟漁家傲結處云：「細拾殘紅書怨泣。流水急。不知那個傳消息。」爲有深婉之致。其次則水龍吟云：「算好春長在，好花長見，原只是、人憔悴。」及詞選所録卜算子一闋，尚有可觀。餘則一篇之中，雅鄭多不分矣。

秀水學正伯

程正伯掩淒涼黃昏庭院一篇，後來秀水詞與此種筆路最近。乃竹垞自謂學玉田，未免欺人太甚。

朱真非腐儒

詞綜所録朱晦翁水調歌頭、真西山蝶戀花，雖非高作，卻不沉悶。固知不是腐儒。

杜伯高詞

杜伯高詞氣魄絶大，音調又極諧。所傳不多，然在南宋，可以自成一隊。陳同甫云：「伯高奔風逸足，而鳴以和鸞。」評論甚當。

曹潔躬滿江紅

國初曹潔躬滿江紅錢塘觀潮云：「城上吴山遮不住，亂濤穿到嚴灘歇。是英雄未死報讎心，秋時節。」沉雄悲壯，筆力千鈞，讀之起舞。竹垞和作，已非敵手，何論餘子。

尤西堂論詞

尤展成云：「近日詞家，愛寫閨襜，易流狎昵。蹈揚湖海，動涉叫囂。二者交病。」西堂此論，可謂深中詞人之弊。顧自言之而自蹈之，何耶。

孔季重鷓鴣天

孔季重鷓鴣天云：「院静厨寒睡起遲。秣陵人老看花時。城連曉雨枯陵樹，江帶春潮壞殿基。傷往事，寫新詞，客愁鄉夢亂如絲。不知煙水西村舍，燕子今年宿傍誰。」勝國之感，情文淒豔。較五代時鹿虔扆臨江仙一闋所謂「煙月不知人世改，夜闌還照深宫。藕花相向野塘中。暗傷亡國，清露泣香紅」者，可以媲美。

紅豆詞人與王桐花

「把酒囑東風，種出雙紅豆。」吴薗次詞也，當時有紅豆詞人之號。「郎似桐花，妾似桐花鳳。」王阮亭詞也，京師人呼爲王桐花。此類皆一時情豔語，絶無關於詞之本原。而當時轉以此得名，何其淺也。

一語之工傾倒一世

宋人如紅杏尚書、賀梅子、張三影、山抹微雲秦學士、露華例影柳屯田、曉風殘月柳三變、滴粉搓酥左與言之類，皆以一語之工，傾倒一世。宋與柳、左無論矣。獨惜張、秦、賀三家，不乏傑作，而傳誦者轉以次乘。豈白雪陽春竟無和者與，爲之三歎。

一篇之工傳播藝林

子野弔林君復詩「煙雨詞亡草更青」，蔡君謨寄李良定詩「多麗新詞到海邊」，此則一篇之工，見諸吟詠。然亦其人並非專家，故不惜以一篇之工，藝林傳播。國朝崔黄葉、崔紅葉，亦猶是也。至賀梅子、張三影、秦學士，詞品超絶。而亦以一語之工得名，致與諸不工詞者同列，則亦安用此知己也。

容若飲水詞才力不足

容若飲水詞，才力不足。合者得五代人淒婉之意。余最愛其臨江仙寒柳云：「疎疎一樹五更寒。愛他明月好，憔悴也相關。」言中有物，幾令人感激涕零。容若詞亦以此篇爲壓卷。

樊榭詞筆幽豔

樊榭詞筆幽豔，蓋亦知陳、朱之悖乎古，而别出旗鼓以争勝。淺見者遂謂其從風騷來。其實不過襲梅溪、夢窗、玉田面目，而運以幽冷之筆耳。然不可謂非作手。

陳朱厲詞與風騷相背

陳、朱詞，顯悖乎風騷。樊榭則隱違乎風騷。而不知風騷門徑，必不容與之相背也。

陳朱厲各有所勝

陳以雄闊勝，可藥纖小之病。朱以隽逸勝，可藥拙滯之病。厲以幽峭勝，可藥陳俗之病。不可謂之正聲，不得不謂之作手。

詞中聖境

迦陵雄勁之氣，竹垞清雋之思，樊榭幽豔之筆，得其一節，亦足自豪。若兼有衆長，加以沉鬱，本諸忠厚，便是詞中聖境。

位存與璞函詞

位存詞規模較隘，而全篇精粹，亦能拔幟於陳、朱之外。璞函則輕圓俊美，跌宕縱橫，鼓吹陳、朱，正不多讓，皆國朝之哲也。

璞函送春詞

「青子緑陰空自好，年年總被東風誤。」璞函送春詞也。意味極厚，詞之可以怨者。

陳朱與蘇辛異

宋詞有不能學者，蘇、辛是也。國朝詞有不能學者，陳、朱是也。然蘇、辛自是正聲，人苦學不到耳。陳、朱則異是矣。

學蘇辛不可不慎

學周、秦、姜、史不成，尚無害爲雅正。學蘇、辛不成，則入於魔道矣。發軔之始，不可不慎。

板橋論詞取劉蔣

板橋論詩，以沉着痛快爲第一。論詞取劉、蔣，亦是此意。然彼所謂沉着痛快者，以奇警爲沉着，以豁露爲痛快耳。吾所謂沉着痛快者，必先能沉鬱頓挫，而後可以沉着痛快。若以奇警豁露爲沉着痛快，則病在淺顯，何有於沉。病在輕浮，何有於着。病在鹵莽滅裂，何有於痛與快也。

三百篇痛快語

「投畀豺虎，投畀有北」，三百篇之痛快語也。然謂三百篇之佳者在此，則謬不可言矣。

板橋詞

板橋詞，如「把天桃斫斷，煞他風景，鸚哥煮熟，佐我杯羹。焚硯燒書，椎琴裂畫，毁盡文章抹盡名。滎陽鄭，有慕歌家世，乞食風情。」似此惡劣不堪語，想彼亦自以爲沉着痛快也。蔣竹山詞如「春晴也好，春陰也好，著些兒春雨越好。」同此惡劣。

馮中正蝶戀花

馮中正蝶戀花云：「誰道閑情拋棄久。每到春來，惆悵還依舊。日日花前常病酒。不辭鏡裏朱顔瘦。」可謂沉着痛快之極，然却是從沉鬱頓挫來。淺人何足知之。

碧山詞鬱厚

碧山詞，何嘗不沉着痛快。而無處不鬱，無處不厚。反覆吟咏數十過，有不知涕之何從者。粗心人讀之，戛釜撞甕，何由識其真哉。

王竹庵詩詞

余友王竹庵工詩詞，而未造深厚之境。余賦秋怨詩，有云：「雞鳴欲曙天未曙。此夜知君在何處。紅燈如霧紗如烟，涼月沉沉夢中語。」竹庵歎爲幽絶，以爲不厭百回讀也。癸酉年與余唱和甚多。余時年二十一，竹庵長余九年。後聞其游楚粤間，援例得縣丞，大吏薦擢知縣。與某公不合，惝怳抑鬱，年未四十下世。可哀也已。甲申秋，余過靖江，懷以詩云：「雲水空濛欲化烟。眼前風物似當年。黄蘆苦竹秋蕭瑟，腸斷江樓暮雨天。」竹庵著有江樓暮雨詩鈔詞則倡和者不下十餘首，大半率意之作，都無存稿。

雍乾以還詞人

雍乾以還，詞人林立。如南薌、橙里輩，非無磨琢之工，而卒不能超然獨絶者，皆苦不知本原所在。故下不至如楊、郭之卑靡，上亦難窺姜、史之門户。後之爲詞者，不根柢於風騷，僅於詞中求生活，又無陳、朱才力，縱極工巧，亦不過南薌、橙里之匹。則亦車載斗量，不可勝數矣。尚安足爲貴乎。

張臯文揭詞旨

碧山、玉田而後，得張皋文一揭其旨，而詞以不滅。其間五六百年，亦多傑出之士。竟無泝其源者，亦足異矣。

金應珪詞選後序

金應珪詞選後序云：「近世爲詞，厥有三蔽。義非宋玉，而獨賦蓬髮。諫謝淳于，而唯陳履舄。揣摩牀第，污穢中冓，是謂淫詞，其蔽一也。猛起奮末，分言析字。詼嘲則俳優之末流，叫嘯則市儈之盛氣。此猶巴人振喉以和陽春，黽蜮怒嗌以調疏越，是謂鄙詞，其蔽二也。規模物類，依托歌舞。哀樂不衷其性，慮歎無與乎情。連章累篇，義不出乎花鳥。感物指事，理不外乎酬應。雖既雅而不豔，斯有句而無章，是謂游詞，其蔽三也。此病最深，亦最易犯。蓋前兩蔽則顯忤風騷，常人皆知其非。此一蔽則似是而非，易於亂真。今之假託南宋者，皆游詞也。原其所昧，厥亦有由。童蒙擷其粗而失其精，達士小其文而失其義，故論詩則古近有祖禰，而談詞則風騷若河漢，非其惑歟。此論深中世病。學人必破此三蔽，而後可以爲詞。

詞選後附録詞

詞選後附録諸家詞，大旨皆不悖於風騷。惟冠以仲則一首，殊可不必。仲則於詞，本屬左道。此一詞不過偶有所合耳，亦非超絶之作。

左仲甫南浦

左仲甫南浦夜尋琵琶亭一章，格調不凡。惟「遶回闌百折覓愁魂」句，終嫌不大雅。

鄭善長湘春夜月

鄭善長湘春夜月龍一章，意味甚深，可稱佳搆。而結數語云：「從此便、更休論春事，任教銀蒜，終日垂垂。」便更二字嫌逗，亦不檢之過。

梁應來游詞

梁應來兩般秋雨盦隨筆，除當時人詩詞外，大半掇拾唾餘，並無獨見。其中摘録諸詞，率是淺薄纖麗之作，最爲下品。彼所自撰，如金縷曲春陰云云，枝而不物，卽金氏所謂游詞也。

風騷自有門户

山歌樵唱，里諺童謠，非無可採。但總不免俚俗二字，難登大雅之堂。好奇之士，每偏愛此種，以爲轉近於古。此亦魔道矣。鍾、譚古詩歸之選，多犯此病。風騷自有門户，任人取法不盡。何必轉求於村夫牧豎中哉。

劉熙載論詞頗有合處

近時興化劉熙載論詞，頗有合處，尚不染板橋餘習。

作詞貴求本原

作詞貴求其本原，而文藻亦不可不講。求之詞選，以探其本。博之詞綜，以廣其才。按之詞律，以合其法。詞之道幾盡於是。惟本之所，在未易驟探。第求諸詞選，尚不足臻無上妙諦。此余不得已撰述此編，推諸風騷，以盡精義。知我罪我，一任天下也。

白雨齋詞話卷七

作詞應究心詞律

詞有平仄可以通融者,有必不可以通融者。一字偶乖,便不合拍。究心於詞律,自無不協之弊。

詞律先在分别去聲

詞之音律,先在分别去聲。不知去聲之爲重,雖觀詞律,亦知其然而不知其所以然。知猶不知也。斯編之作,專在直揭本原。聲調之學,有詞律在,余弗贅論。偶拈一條示人,以究詞律之捷徑耳。

初學宜先多讀唐宋詞

詞中本原,初學難於驟得。宜先多讀唐宋之詞,以植其基。然後上溯風騷,下逮國初,以竟其原委,窮其變態。本原所在,可不言而喻矣。

學詞貴在能詩之後

詩詞一理。然不工詞者可以工詩,不工詩者斷不能工詞。故學詞貴在能詩之後。若於詩未有立足處,遽欲學詞,吾未見有合者。

詞由詩入門

古人詞勝於詩則有之，如少游、白石皆然。未有不知詩而第工詞者。王碧山、張玉田輩詩不多見，然必非不工詩者。即使碧山輩詩未成家，不能卓立千古，要其爲詞之始，必由詩以入門。斷非躐等。

東坡詞勝詩文

人知東坡古詩古文，卓絶百代。不知東坡之詞，尤出詩文之右。蓋仿九品論字之例，東坡詩文縱列上品，亦不過爲上之中下。七言古爲東坡擅長，然於清絶之中雜以淺俗語，沉鬱處亦未能盡致。古文才氣縱横而不免霸氣，總不及詞之超逸而忠厚也。若詞則幾爲上之上矣。此老生平第一絶詣，惜所傳不多也。

古人詞多無題

古人詞大率無題者多。唐五代人，多以調爲詞。自增入閨情閨思等題，全失古人託興之旨。作俑於花庵、草堂，後世遂相沿襲，最爲可厭。至清綺軒詞選，乃於古人無題者，妄增入一題。誣己誣人，匪獨無識，直是無恥。

碧山詠物詞空絶古今

詠物詞至王碧山，可謂空絶古今。然亦身世之感使然，後人不能强求也。竹垞茶煙閣體物集二卷，縱極工緻，終無關於風雅。

其年長相思

其年長相思贈別楊枝云："瀲金巵。閣金巵。不是樽前抵死辭。今宵是別離。"愈樸直，愈婉曲，愈沉痛。豔詞非其年所長，然此類亦見別致。

晏小山長相思

晏小山長相思云："長相思。長相思。若問相思甚了期。除非相見時。　長相思。長相思。欲把相思說似誰。淺情人不知。"此亦小山集中別調，與其年贈別楊枝之作，筆墨相近。

其年瑞龍吟

其年瑞龍吟後半云春夜見壁間三弦子，是雲郎舊物，感而填詞。"記得蛇皮絃子，當時妝就，許多聲價。曲項微垂流蘇，同心結打。也曾萬里，伴我關山夜。有客向潼關店後，昆陽城下。一曲琵琶者。月黑楓青，輕攏細研。"游絲落絮之情，雲湧風飛之筆，亦一時之雄也。

竹垞言情勝文友

竹垞豔詞，言情者遠勝文友。而體物諸篇，則文友爲工。此亦各有所長，不可相强。如美人額、美人齒等篇，竹垞非不工巧，然不及文友之精。

學詞應究本原

文友爲詞中之妖，然卻有妖之神通。後人爲豔詞，更欲勝之，亦非易易。故余願學詞者，各究其本原之所在。本原既得，不獨蓉渡爲糟粕，卽烏絲、載酒，亦成旒綴。

温厚和平詞之根本

温厚和平，詩教之正，亦詞之根本也。然必須沉鬱頓挫出之，方是佳境。否則不失之淺露，卽難免平庸。

風騷爲詩詞之原

風騷爲詩詞之原。然學騷易，學詩難。風詩祇可取其意，楚詞則並可擷其華。

楚詞有本有末

幽深窈曲，瑰瑋奇肆，楚詞之末也。沉鬱頓挫，忠厚纏綿，楚詞之本也。舍其本而求其末，遂託名於靈均，吾所不取。

蒿庵詞與風騷相表裏

千古得騷之妙者，惟陳王之詩，飛卿之詞。爲能得其神，不襲其貌。近世則蒿庵詞，可與風騷相表裏。

此外鮮有合者。

蒿庵可繼飛卿

楚詞二十五篇，不可無一，不能有二。宋玉效顰，已爲不類。兩漢才人，踵事增華，去騷益遠。惟陳王處骨肉之變，發忠愛之忱。既憫漢亡，又傷魏亂。感物指事，欲語復咽。其本原已與騷合。故發爲詩歌，覺湘間澤畔之吟，去人未遠。嗣後太白學騷，虛有形體。長吉學騷，益流怪誕。飛卿古詩有與騷暗合處，但才力稍弱，氣骨未遒。可爲騷之奴隸，未足爲騷之羽翼也。惟菩薩蠻、更漏子諸詞，幾與騷化矣。所以獨絶千古，無能爲繼。繼之者，其惟蒿庵乎。

李杜不同

或問杜陵何以不學騷。余曰：此不可一概論也。大約自風騷以迄太白，皆一線相承。其間惟彭澤一源，超然物外。正如巢、許、夷、齊，有不可以常理論。至杜陵，負其倚天拔地之才，更欲駕風騷而上之，則有所不能。僅於風騷中求門户，又若有所不甘。故别建旗鼓，以求勝於古人。詩至杜陵而聖，亦詩至杜陵而變。顧其力量充滿，意境沉鬱。嗣後爲詩者，舉不能出其範圍，而古調不復彈矣。故余謂自風騷以迄太白，詩之正也，詩之古也。杜陵而後，詩之變也。自有杜陵，後之學詩者，更不能求風騷之所在，而亦不得不以杜陵爲止境。韓、蘇且列門牆，何論餘子。昔人謂杜陵爲詩中之秦始皇，言其變古也亦是快論。此下六條論詩之正變，偶與論風騷連類及之。

世人論李杜多不知本原

世人論詩，多以太白之縱橫超逸爲變。而以杜陵之整齊嚴肅爲正。此第論形骸，不知本原也。太白一生大本領，全在古風五十五首。今讀其詩，何等樸拙，何等忠厚。至如蜀道難、行路難、天姥吟、鳴皋行等篇，粗而不精，枝而不理，絶非太白高作。若杜陵忠愛之忱，千古共見。而發爲歌吟，則無一篇不與古人爲敵。其陰狠在骨，更不可以常理論。故余嘗謂太白詩，謹守古人繩墨，亦步亦趨，不敢相背。至杜陵乃真與古人爲敵，而變化不可測矣。固由讀破萬卷，研琢功深。亦實爲古今邁等絶倫之才，斷不能率循規矩，受古人羈縛也。但可爲知者道，難與俗人言。

升庵論李杜優劣

今之尊李抑杜者，每以李之劣處，爲李之優。而以杜之優處，爲杜之劣。不獨非杜之知己，並非李之知己矣。楊升庵其甚焉者也。

杜陵變古後不能復古

詩有變古者，必有復古者。如陳伯玉掃陳、隋之習是也。然自杜陵變古後，而後世更不能復古。自風騷至太白同出一源。杜陵而後，無敢越此老範圍者，皆與古人爲敵國矣。何其霸也。不知古者，必不能變古，此陳、隋之詩所以不競也。杜陵與古爲化者也。惟其與古爲化，故一變而莫可復興。

杜詩變古

杜陵之詩，洗脱漢魏六朝面目殆盡，亦非敢於變風騷也。特才力愈工，風雅愈遠。不變而變，乃真變矣。

茗柯蒿庵復古

自温、韋以迄玉田，詞之正也，亦詞之古也。元、明而後，詞之變也。茗柯、蒿庵，其復古者也。斯編若傳，輪扶大雅，未必無補。

詞至元明猶詩至陳隋

詞至元、明，猶詩至陳、隋。茗柯、蒿庵猶陳射洪、張曲江也。嗣後誰爲太白，收前古之終。誰爲杜陵，别出旗鼓，以開來學哉。朱、陳不能與古化，雖敢於變古，終無少陵手段，不足範圍後學也。

飛卿河傳

河傳一調，最難合拍。飛卿振其蒙。五代而後，便成絶響。

飛卿佳句

「江上柳如煙，雁飛殘月天。」飛卿佳句也。好在是夢中情況，便覺綿邈無際。若空寫兩句景物，意味便減。悟此方許爲詞。不則卽金氏所謂雅而不豔，有句無章者矣。

稼軒粉蝶兒

稼軒粉蝶兒落梅起句云：「昨日春如十三女兒學繡。」後半起句云：「而今春如輕薄蕩子難久。」兩喻殊覺纖陋，令人生厭。後世更欲效顰，真可不必。

最不易工之詞調

詞中如西江月、一翦梅、釵頭鳳、江城梅花引等調，或病纖巧，或類曲唱，最不易工。難得大雅善爲詞者，此類以不填爲貴。

詞中最上乘

入門之始，先辨雅俗。雅俗既分，歸諸忠厚。既得忠厚，再求沉鬱。沉鬱之中，運以頓挫，方是詞中最上乘。

易安雋句

「尋尋覓覓，冷冷清清，淒淒慘慘戚戚。」易安雋句也。並非高調「鶯鶯燕燕春春，花花柳柳真真，事事風風韻韻，嬌嬌嫩嫩，四字尤不堪停停當當人人。」喬夢符效之，醜態百出矣。然如雙卿鳳凰臺上憶吹簫一闋，疊至四五十字，而運以變化，不見痕迹。長袖善舞，誰謂今人不逮古人。

易安聲聲慢

易安聲聲慢詞，張正夫云：「此乃公孫大娘舞劍手。本朝非無能詞之士，未曾有一下十四疊字者。」後疊又云：「到黄昏點點滴滴，又使疊字，俱無斧鑿痕。怎生得黑，黑字不許第二人押。婦人有此詞筆，殆間氣也。」此論甚陋。十四疊字，不過造語奇儁耳。詞境深淺，殊不在此。執是以論詞，不免魔障。

雙卿詞怨而不怒

雙卿詞怨而不怒，可感可泣。吴蘋香則怨而怒矣，詞不逮雙卿。其情之可憫則一也。

西湖老僧詞

僧之能詞者，除西湖老僧點絳脣一闋外，鮮有佳者。此詞亦非正聲，然其中有一片化機，未可淺視。

雲韶集中議論

癸酉、甲戌之年，余初習倚聲，曾選古今詞二十六卷，得三千四百三十四首，名曰雲韶集。自今觀之，殊病蕪雜。然其中議論，亦有一二足採者。如云：「北宋詞，詩中之風也。南宋詞，詩中之雅也。」又云：「東坡不可及處，全是去國流離之思，卻又哀而不傷，怨而不怒，所以爲高。」又云：「方回筆墨之妙，真乃一片化工。」又云：「張文潛謂方回詞『妖冶如攬嬙、施之袪，盛麗如入金、張之堂，幽索如屈、宋，悲壯如蘇、李』，此猶論其貌耳。若論其神，則如雲煙縹渺，不可方物。」又云：「稼軒詞非不運典，然運用雖多，而其氣不掩，非放翁所及。劉氏並譏辛、陸，謬矣。」劉潛夫云：「放翁、稼軒，一掃纖豔，不事斧鑿。高則高矣，但時時掉書袋，要是一癖。又云：「詞至張仲舉後，數百年來，邈無嗣響南宋者。」又云：「詞衰於元，然猶未亡也。至明而詞乃亡矣。」又云：「竹垞詞豔而不浮，疏而不流，工麗芊綿中而筆墨飛舞。」此亦第論其面目。又云：「其年詞以氣勝，然亦是以情勝。蓋有氣以達情，而情愈出。情爲主，貴得其正。氣爲輔，貴得其厚。後人徒學其矜才使氣，殊屬無謂。」此亦第論形骸。其年詞亦未能到此地步，然其說自可取。又云：「詞家之病，首在一俗字。破除此病，非讀樊榭詞不可。」又云：「稼軒詞，精者直似一座鐵甕城。堅而鋭，鋭而厚，縱饒千軍萬馬，亦衝突不入。板橋、心餘輩，一擊瓦解矣。」又云：「五代人詞，不着力而意自勝，而俚淺處亦不少。」以上數條，雖不必盡然，亦未爲無見。

詞中連用疊字皆非正道

詞中連用疊字，或句句用春字，或句句用愁字，句句用聲字、兒字、秋字、間字之類，皆非正道。有志於古者，必不屑爲。

皇甫子奇詞

唐人皇甫子奇詞，宏麗不及飛卿，而措詞閒雅，猶存古詩遺意。唐詞於飛卿而外，出其右者鮮矣。五代而後，更不復見此種筆墨。

飛卿詞託詞帷房

飛卿詞大半託詞帷房，極其婉雅而規模自覺宏遠。周、秦、蘇、辛、姜、史輩，雖姿態百變，亦不能越其範圍。本原所在，不容以形迹勝也。

碧山詠蓴

碧山詠蓴云：「碧芽也抱春洲怨，雙捲小緘芳字。」下云：「江湖興，昨夜西風又起。年年輕誤歸計。如今不怕歸無準，却怕故人千里。」玉田長亭怨云：「故人何許。渾忘了、江南舊雨。」下云：「如今又、京國尋春，定應被、薇花留住。」自甘終隱，而亦不願其友之枉道徇人，同一用意忠厚。

碧山醉落魄

碧山醉落魄云：「垂楊學畫蛾眉綠。年年芳草迷金谷。如今休把佳期卜。一掬春情，斜月杏花屋。」婉麗中見幽怨，殆亦借題言志耶。

兩賦蝶戀花

「鎮日雙蛾愁不展。隔斷中庭，羞與郎相見。十二闌干閒倚遍。鳳釵壓鬢寒猶顫。昨日江樓簾乍捲。零亂春愁，柳絮飄千點。上已湔裙人已遠。斷魂莫唱蘋花怨。」此余蝶戀花詞也。怨而不怒，尚有可觀。越二日，又賦一闋云：「誰道蓬山天外遠。曉起開簾，重見芙蓉面。蟬鬢籠雲眉翠斂。低頭不覺朱顔變。避入花陰藏不見。細拾殘紅，不語思量遍。小院新晴寒尚淺。秋風先已捐團扇。」決絶如此，未免怨而怒矣。

乙酉鄉試後賦詞

乙酉鄉試，泄瀉委頓，草草完卷，歸舟望月，秋氣泬寥，曾賦臨江仙云：「八月西風吹客袂，初程少駐征鞍。雁聲嘹唳碧雲端。高城天共遠，回首淚闌干。短荻長蘆秋瑟瑟，水邊紅蓼花殘。冰輪寂寞夜江寒。迴潮如有恨，嗚咽繞前灘。」意不勝而情勝。明日阻雨，又賦洞仙歌一闋。上半闋云：「荒江晚泊，艤蒹葭深處。回首高城墮煙霧。正酒懷落寞，旅夢淒迷，愁欲絶、況是短篷疎雨。」亦即上章之意，詞境皆淺，聊寄吾懷而已。

舊賦鷓鴣天

詞有信筆寫去，若不關人力者，而自饒深厚，此境最不易到。余曾賦鷓鴣天一闋云：「一夜西風古渡頭。紅蓮落盡使人愁。無心再續西洲曲，有恨還登舴艋舟。殘月墮，曉煙浮。一聲欸乃入中流。豪懷不肯同零落，却向滄波弄素秋。」書以俟教我者。

陳西麓詠西湖十景

題詠西湖十景，惟陳西麓感時傷事，得風人之正。草窗木蘭花慢十闋，泛寫景物，了無深義。張成子應天長十章，才氣不逮草窗，而時有與西麓暗合處。如蘇隄春曉云：「草色舊迎雕輦，蒙茸暗香陌。」曲院荷風云：「田田處，成暗緑。正萬羽、背風斜矗。亂鷗去，不信雙鴛，午睡猶熟。」花港觀魚云：「禹浪未成頭角，吞舟膽猶怯。湖山外，江海匝。怕自有、暗泉流接。楚天遠，尺素無期，枉誤停楫。」下云：「濠梁興，歸未愜。記舊伴、袖攜留摺。指魚水、總是心期，休怨三疊。」南屏晚鐘云：「歡娛地，空浪迹。漫記省、五更聞得。」柳浪聞鶯云：「昆明事，休更説。費夢繞、建章宮闕。」兩峯插雲云：「喚醒睡龍蒼角，盤空壯商翼。西湖路，成倦客。待倩寫、素縑千尺。」此類皆有亡國之感。不及西麓之深厚，固勝似草窗作。趙聞禮録入陽春白雪集中，未爲無見。

趙聞禮陽春白雪

趙聞禮輯陽春白雪八卷，頗能擷兩宋人之精。而雜入游詞亦不少。未能盡善也。

陸務觀風流子

陸務觀風流子云：「佳人多命薄，初心慕、德曜嫁梁鴻。記緑窗睡起，静吟閒詠，句翻離合，格變玲瓏。更乘興、素紈留戲墨，纖玉撫孤桐。蟾滴夜寒，水浮微凍，鳳牋春麗，花砑輕紅。人生誰能料，堪悲處、身落柳陌花叢。翻羨畫堂鸚鵡，深閉金籠。向寶鏡鸞釵，臨粧常晚，繡茵牙版，催舞還慵。腸斷市橋月笛，燈院霜鐘。」蓋放翁傷其妻作也。詞不必高，而情極哀怨。選本皆不登此篇，惟陽春白雪集載之。

江開之菩薩蠻

「商人重利輕別離」，白香山沉痛語也。江開之菩薩蠻云商婦怨：「嫁郎如未嫁。長是淒涼夜。情少利心多。郎如年少何。」俚極笨極，真是點金成鐵。

許魯齋沁園春

許魯齋云：「儒者以治生爲急務。」真通達之論。其沁園春墾田東城云：「爲農換卻爲儒。任人笑、謀身拙更迂。念老來生業，無他長技，欲期安穩，敢避崎嶇。達士身名，豪家驕蹇，此好胸中一點無。歡然處，有膝前兒女，几上詩書。」亦卽治生之義，非泛作農家語。元草堂詩餘載之，而詞則未爲超妙。

魯齋效竹山

竹山詞云：「萬誤曾因疏處起，一閒且向貧中覓。」自是閱歷語，而詞筆甚雋。魯齋書懷詞云：「萬事豈容忙裏做，一安惟自閒中得。」效顰無謂。

學詞應守繩墨

學以礪而後成，苟違繩墨，何憚鈲摫。若以水濟水，則亦何益之有哉。古人詩詞不盡可法，善於運用，何難化腐爲奇。若理解不明，貞淫未辨，妄竊古人成語，以爲己有。膠柱者寶其唾餘，改絃者失其宗旨。古人亦安恃此知己也。

辛稼軒詞用唐人詩句

辛稼軒詞運用唐人詩句，如淮陰將兵，不以數限，可謂神勇。而亦不能牢籠萬態，變而愈工，如腐遷夏本紀之點竄禹貢也。

姚雲文艮嶽詞

元草堂詩餘，載江村姚雲文艮嶽詞云摸魚兒：「渺人間、蓬瀛何許，一朝飛入梁苑。輞川梯洞層崖出，猶帶鬼愁龍怨。窮遊宴。談笑裏、金風吹折桃花扇。翠華天遠。悵莎沼螢黏，錦屏煙合，草露泣蒼蘚。東華夢，好在牙檣瑚輦。畫圖歷歷曾見。落紅萬點孤臣淚，斜日牛羊春晚。摩雙眼。看塵世鼇宮，又報鯨波淺。吟鞭拍斷。便乞與媧皇，化成精衞，填不盡遺憾。」慨當以慷，亦陳經國之亞匹也。

彭元遜解佩環

元人彭元遜解佩環尋梅不見云：「江空不渡。恨蘼蕪杜若，零落無數。遠道荒寒，婉娩流年，望望美人遲暮。風煙雨雪陰晴晚，更何須、春風千樹。盡孤城、落木蕭蕭，日夜江聲流去。　日晏山深聞笛，恐他年流落，與子同賦。事闊心違，交淡媒勞，蔓草沾衣多露。汀洲窈窕餘醒寐，遺佩環、浮沉澧浦。有白鷗、淡月微波，寄語逍遥容與。」憂深思遠，於兩宋外，又闢一境。而本原正見相合。出自元人手筆，尤爲難得。

彭元遜警句

元草堂詩餘，録彭元遜詞最多。其警句如臨江仙云：「自結牀頭麈尾，角巾坐枕孤松。片雲承日過山東。起聽荷葉雨，行受豆花風。」蝶戀花云：「無復捲簾知客意。楊花更欲因風起。」語爽朗而意深遠，在元代定推作手。

菉斐軒詞韻

菉斐軒詞韻，以上、去、入三聲均隸於平韻中。蓋專爲北曲而設，决非宋人所訂正。惜大晟樂府久已失傳，無從考證其謬。樊榭遽以爲宋人詞韻，失之未考也。

張玉田詞源

玉田詞源二卷，上卷精研聲律，探本窮源，繪圖立説。審音者執此以求古樂不難矣。下卷自音譜以至雜論。選詞不多，别具隻眼，洵可爲後學之津梁。陳眉公誤以下卷爲樂府指迷。雲間姚培謙、張景星輯爲樂府指迷一卷，而删其十之二三，蓋仍眉公之誤也。

詞源小疵

劉改之詠美人指甲、美人足沁園春兩篇，玉田詞源録附姜史詠物之後。謂兩詞亦工麗，但不可與前作同日語。余謂宋人詠物佳篇極多，何必録此兩詞，有污大雅。此詞源之小疵，不得以玉田所賞而諱其失。

作詞之要

作詞氣體要渾厚，而血脈貴貫通。血脈要貫通，而發揮忌刻露。居心忠厚，託體高渾，雅而不腐，逸而不流，可以爲詞矣。

作詞之難

雄闊非難，深厚爲難。刻摯非難，幽鬱爲難。疏逸非難，沖淡爲難。工麗非難，雅正爲難。奇警非難，頓挫爲難。纖巧非難，渾融爲難。古今不乏名家，兼有衆長鮮矣。詞豈易言哉。

李後主晏叔原詞情勝

李後主、晏叔原皆非詞中正聲，而其詞則無人不愛，以其情勝也。情不深而爲詞，雖雅不韻，何足感人。

晏元獻歐陽文忠出小山下

晏元獻、歐陽文忠皆工詞，而皆出小山下。專精之詣，固應讓渠獨步。然小山雖工詞，而卒不能比肩温、韋，方駕正中者，以情溢詞外，未能意蘊言中也。故悦人甚易，而復古則不足。

詞宜熟讀

熟讀温、韋詞，則意境自厚。熟讀周、秦詞，則韻味自深。熟讀蘇、辛詞，則才氣自旺。熟讀姜、張詞，則格調自高。熟讀碧山詞，則本原自正，規模自遠。本是以求風雅，何必遽讓古人。

向子諲梅花引

向子諲梅花引戲代李師明作云：「花如頰。梅如葉。小時笑弄階前月。最盈盈。最惺惺。閒愁未識，無計説深情。一年空省春風面。花落花開不相見。要相逢。得相逢。須信靈犀，中自有心通。同杯杓。同斟酌。千愁一醉都忘卻。花陰邊。柳陰邊。幾回擬待，偷憐不成憐。傷春玉瘦慵梳掠。拋擲琵琶閒處著。莫猜疑。莫嫌遲。鴛鴦翡翠，終是一雙飛。」此調頗不易工，古今合作，僅此一首。蓋轉韻太多，真氣必減。且轉韻處必須另換一意，方能步步引人入勝。作者多爲調所窘。此作層層入妙，如轉丸珠。又如七寶樓臺，不容拆碎。此詞余録入閒情集。賀方回三闋，陳其年二闋，專集古語以爲詞，可稱別調。賀、陳詞余録入別調集。

張元幹樓上曲

張元幹樓上曲云：「樓外夕陽明遠水。樓中人倚東風裏。何事有情怨別離。低鬟背立君應知。東望雲山君去路。斷腸迢迢盡愁處。明朝不忍見雲山。從今休傍曲闌干。」意味深長，音調古雅，豔體中陽春白雪也。

黄石牧唐堂詞

黄石牧香屑集，古豔古香，集句神境。唐堂詞二卷，亦多幽怨之音。如翠樓吟魂云：「月魄荒唐，花靈髣髴，相攜最無人處。闌干芳草外，忽驚轉、幾聲杜宇。飄零何許。似一縷游絲，因風吹去。渾無據。想應凄斷，路傍酸雨。日暮。渺渺愁余。覺黯然銷者，别情離緒。春陰樓外遠，入柳煙、和鶯私語。連江暝樹。願打點幽香，隱郎黏住。能留否。只愁輕絶，化爲飛絮。」慘戚憯悽，迷離惝怳，非深於情者，不能道隻字。

寇萊公點絳脣

寇萊公點絳脣云：「象尺薰爐，拂曉停鍼線。愁蛾淺。飛紅零亂。側卧珠簾捲。」遣詞凄豔，姿態甚饒，自是北宋人手筆。

范文正御街行

范文正御街行云：「愁腸已斷無由醉。酒未到，先成淚。殘燈明滅枕頭欹，諳盡孤眠滋味。都來此事，眉間心上，無計相迴避。」淋漓沉着。西廂長亭襲之，骨力遠遜，且少味外味。此北宋所以爲高，小山、永叔後，此調不復彈矣。

張忠武臨江仙

張忠武臨江仙憶舊云：「千古武陵溪上路，桃花流水潺潺。可憐仙侶剩濃歡。黃鸝驚夢破，青鳥喚春還。　回首舊遊渾不見，蒼煙一片荒山。玉人何處倚闌干。紫簫明月底，翠袖暮雲寒。」清詞麗句，不減晏、歐諸賢。從古大英雄，必非無情者，吾於仲疇益信。

馮正中抛毬樂詞

「燒殘紅燭暮雲合，飄盡碧梧金井寒。」馮正中抛毬樂詞也。拗一字，更覺宮商一片。知音者原不拘於調。

陳與義擬法駕導引

詩以窮而後工，倚聲亦然，故仙詞不如鬼詞。哀則幽鬱，樂則淺顯也。宋代惟白玉蟾脱盡方外氣。陳與義擬法駕導引三章，亦稱佳構。原序云：「世傳頃年都下市肆中，有道人攜烏衣椎髻女子，買斟酒獨飲，女子歌詞以侑。凡九闋，皆非人世語。或記之問一道士，道士驚曰：此赤城韓夫人所製水府蔡真君法駕導引也，烏衣女子疑龍云。得其三而亡其六，擬作三闋。」其一云：「朝元路，朝元路，同駕玉華君。千乘載花同一色，人間遥指是祥雲。回望海光新。」其二云：「東風起，東風起，海上百花搖。十八風鬟雲半動，飛花和雨著輕綃。歸客碧迢迢。」其三云：「烟漠漠，烟漠漠，天澹一簾秋。自洗玉舟斟白醴，月華微映是空舟。歌罷海西流。」以清虚之筆，寫闊大之景，語帶仙氣，洗脱凡豔殆盡。

王香雪天仙子

王香雪天仙子曉發尚湖云：「遠樹驚烏飛不定。煙中漸吐青山影。犬聲荒店未開門，西風緊。霜華凝。半湖殘月蘆花冷。」全首寫景，亦是詞中變格，後人不必效顰。

白雨齋詞話卷八

東坡詞全是王道

東坡詞全是王道。稼軒則兼有霸氣，然猶不悖於王也。其年則竟似老瞞、石勒一流人物。板橋、心餘輩，不過赤眉、黄巾之流亞耳。後之學詞者，不究本原，好作壯語，復向板橋、心餘詞求生活，則是鼠竊狗偷，益卑卑不足道矣。

其年題珂雪詞

其年題珂雪詞云：「萬馬齊瘖蒲牢吼，百斛蛟螭困蠢。算蝶拍、鶯簧休混。多少詞場談文藻，向豪蘇膩柳尋藍本。吾大笑，比蛙黽。」夫柳誠不足重，蘇則何可厚非。一概抹煞，此蓋其年自道其詞，而特借珂雪一發之也。然竟是老瞞、石勒聲口。其年能作壯語，然悲者多而麗者少。惟送三韓李若士省親之楚金縷曲一闋，若士尊公，時提督湖廣。最爲壯麗。詞云：「秋到離亭暮。羡風前、珊鞭玉靶，翩然竟去。借問此行何所向，笑指巴煙郢樹。是烏鵲、慣南飛處。路入南荒休騁望，有陶公、戰艦空灘雨。釃熱酒，浪花舞。　嚴君坐擁貔貅旅。壓下流、一軍下瀨，目無黄祖。昨夜月明親饗士，要奏新填樂府。都不用、陳琳阮瑀。手掣紅旗翻破陣，看郎君、下筆驚鸚鵡。猿臂種，氣如虎。」雄闊壯麗。然在迦陵，自是屈意之作。

迦陵以詞受累

西河詞話云：「禮部某郎中無子，適其妾有身。已產女矣，匄鄰園尼僧，向城東育嬰堂，懷一血胎內之，遂詐言生一男。於彌月宴客，座間各賦賀詞。予同官陳迦陵賦桂枝香曲二闋。其首闋前截云：『泛蒲未既，蘭湯重試。若非釋氏攜來，定是宣尼抱至。』郎中疑迦陵知其事，故誚之。即次闋前截云：『懸弧宅第，充閭佳氣。試聽户外啼聲，可是人間恆器。』凡人間户外，皆類誚詞，遂大恚恨。其後凡禮部於翰林院銜門有所差擇，必厚抑迦陵，竟至淹滯。始知文字之隙，原有檢點所不及者，然不可不慎也。」按此二詞，迦陵集中不載。先生以詞自豪，竟以詞受累。何造化之善弄人耶。

用語助入豔詞

彭駿孫金粟詞話云：「詞人用語助入詞者甚多，入豔詞者絕少。惟秦少游『悶則和衣擁』，新奇之甚。用則字亦僅見此詞。」按此乃少游惡劣語，何新奇之有。至用則字入詞，宋人中屢見。如拌則而今已拌了，忘則怎生便忘得。又憶則如何不憶之類，亦豈謂之僅見。董文友詞云：「暗笑那人知未，薄倖從前既。」押既字穩而有味，似此方可謂善用語助入豔詞者。

少游爲詞心

讀古人詞，貴取其精華，遺其糟粕。且如少游之詞，幾奪温、韋之席，而亦未嘗無纖俚之語。讀淮海集，取其大者高者可矣。若徒賞其「怎得香香深處，作箇蜂兒抱」等句，此語彭羨門亦賞之，以爲近似柳七語。尊柳抑秦，匪獨不知秦，並不知柳。可發大噱。則與山谷之「女邊著子，門裏安心」，其鄙俚纖俗，相去亦不遠矣。少游真面目何由見乎。東坡、稼軒、白石、玉田高者易見。少游、美成、梅溪、碧山高者難見。而少游、美成尤難見。美成意餘言外，而痕迹消融，人苦不能領略。少游則義蘊言中，韻流絃外。得其貌者，如鼴鼠之飲河，以爲果腹矣。而不知滄海之外，更有河源也。喬笙巢謂他人之詞詞才也，少游詞心也。可謂卓識。

著作不以多爲貴

聲名之顯晦，身分之高低，家數之大小，只問其精與不精，不係乎著作之多寡也。子建、淵明之詩，所傳不滿百首。然較之蘇、黃、白、陸之數千百首者，相越何止萬里。詞中如飛卿、端已、正中、子野、東坡、少游、白石、梅溪諸家，膾炙人口之詞，多不過二三十闋，少則十餘闋或數闋，自足雄峙千古，無與爲敵。近人以多爲貴，卷帙裒然，佳者不獲一二闋。吾雖以之覆酒甕，覆醬瓿，猶恐污吾酒醬也。吾願肆志於古者，將平昔應酬無聊之作，一概删棄，不可存絲毫姑息之意。而後真面目可見，而後可以傳之久遠，不爲有識者所識。然則蒿庵四十闋，較古人爲已多，正不病其少也。

小倉山房詩可鄙

小倉山房詩，詩中異端也。稍有識者，無不吐棄之。然亦實有可鄙之道，不得謂鄙之者之過。假令簡齋當日删盡蕪詞，僅存其精者百餘首，多存近體，少存古體，不必存絶句。極多以百餘首爲止，更不可再多。傳至今日，正勿謂不逮阮亭、竹垞諸公也。惟其不能割舍，誇多鬬靡，致使指摘交加，等諸極惡不堪之列，亦其自取。習倚聲者，尤不可不察。

趙蔣詩不如袁

小倉山房集，佳者尚可得百首。忠雅堂詩，甌北詩鈔，百中幾難獲一。蓋一則如粗鄙赤脚奴，一則如倚門賣笑倡也。近人懾於其名，以耳代目。彼不知駝峯熊掌爲何物，宜其如鴟之嚇腐鼠也。哀哉。

袁趙蔣詩無可貴

袁、趙、蔣盛負時名，而其詩實無可貴。洪稚存、吴穀人等詩，愈趨愈下，儘可不觀。無足深論。

聰明語不足重

詩詞中淺薄聰明語，余所痛惡。一染其習，動輒可數十首。無論其不能傳，即徼倖傳之後世，亦不過供人唾駡耳。何足爲重。

詩詞貴精不貴多

余友嘗語余云：「有全唐詩，不可無全宋詞。有能爲是舉者，固是大觀。且不患其不傳也。」然余謂藉以傳一己之名則可，欲以教天下後世之爲詞者則不可。蓋兵貴精不貴多，精則有所專注，多則散亂無紀。如全唐詩九百卷，多至四萬八千首。精絶者亦不過三千首，可數十卷耳。余久有唐詩選之意，約得三千首，此舉至今未果。餘則僅備觀覽，供採掇，資諧笑而已。雖不録無害也。倚聲一途，既有朱氏詞綜，兩宋精華，約略已具，而蒿庵猶病其蕪。更欲集全宋詞，則亦不過壯觀鄴架，於本原無涉，亦可不必。

宋六十家詞蕪雜

宋六十家詞，已病蕪雜，識者宜分別觀之。吴氏宋元百家詞，竹垞時已失全書，近更無從採訪。然宋、元兩代詞，高者不過十餘家，次者約得三十餘家。合五十家足矣。録至百家，下乘必多於上駟。博而不精，終屬過舉。

宋詞精絶者約五百餘首

兩宋詞，精絶者約略不過五百餘首。足備揣摩，不必多求也。

詞宜窮正始

白石仙品也。東坡神品也，亦仙品也。夢窗逸品也。玉田雋品也。稼軒豪品也。然皆不離於正。故與温、韋、周、秦、梅溪、碧山同一大雅，而無傲而不理之誚。後人徒恃聰明，不窮正始，終非至詣。

東坡一派無人能繼

東坡一派，無人能繼。稼軒同時，則有張、陸、劉、蔣輩，後起則有遺山、迦陵、板橋、心餘輩。然愈學稼軒，去稼軒愈遠，稼軒自有真耳。不得其本，徒逐其末，以狂呼叫囂爲稼軒，亦誣稼軒甚矣。

唐宋名家流派不同

唐宋名家，流派不同，本原則一。論其派别，大約温飛卿爲一體，皇甫子奇、南唐二主附之。韋端己爲一體，牛松卿附之。馮正中爲一體，唐五代諸詞人以暨北宋晏、歐、小山等附之。張子野爲一體，秦淮海爲一體，柳詞高者附之。蘇東坡爲一體，賀方回爲一體，毛澤民、晁具茨高者附之。周美成爲一體，竹屋、草窗附之。辛稼軒爲一體，張、陸、劉、蔣、陳、杜合者附之。姜白石爲一體，史梅溪爲一體，吴夢窗爲一體，王碧山爲一體，黄公度、陳西麓附之。張玉田爲一體。其間惟飛卿、端己、正中、淮海、美成、梅溪、碧山七家，殊塗同歸。餘則各樹一幟，而皆不失其正。東坡、白石尤爲矯矯。

汪森詞綜序

汪玉峯森之序詞綜云：「言情者或失之俚，使事者或失之伉。鄱陽姜夔出，句琢字鍊，此四字甚淺陋，不知本原之言。歸於醇雅。於是史達祖、高觀國羽翼之。張輯、吴文英師之於前，趙以夫、蔣捷、周密、陳允平、王沂孫、張炎、張翥效之於後。譬之於樂，舞箾至於九變，而詞之能事畢矣。」此論蓋阿附竹垞之意，而不知詞中源流正變也。竊謂白石一家，如閒雲野鶴，超然物外，未易學步。竹屋所造之境，不見高妙，烏能爲之羽翼。至梅溪則全祖清真，與白石分道揚鑣，判然兩途。東澤得詩法於白石，卻有似處。詞則取徑狹小，去白石甚遠。夢窗才情横逸，斟酌於周、秦、姜、史之外，自樹一幟，亦不專師白石也。虚齋樂府，較之小山、淮海，則嫌平淺。方之美成、梅溪，則嫌伉墜，似鬱不紆，亦是一病，絶非取徑於白石。竹山則全襲辛、劉之貌，而益以疏快。直率無味，與白石尤屬歧途。草窗、西麓兩家，則皆以清真爲宗。而草窗得其姿態，西麓得其意趣。草窗間有與白石相似處，而亦十難獲一。碧山則源出風騷，兼採衆美，託體最高，與白石亦最異。至玉田乃全祖白石，面目雖變，託根有歸，可爲白石羽翼。仲舉則規模於南宋諸家，而意味漸失，亦非專師白石。總之，謂白石拔幟於周、秦之外，與之各有千古則可。謂南宋名家以迄仲舉，皆取法於白石，則吾不謂然也。

詞不必分南宋北宋

詞家好分南宋北宋。國初諸老幾至各立門户。竊謂論詞只宜辨别是非，南宋北宋，不必分也。若以小令之風華點染，指爲北宋。而以長調之平正迂緩，雅而不豔，豔而不幽者，目爲南宋，匪獨重誣北宋，抑且誣南宋也。

北宋有俚詞南宋多游詞

北宋間有俚詞，南宋則多游詞。而伉詞則兩宋皆不免。選擇不可不慎。學者貴求其本原所在，門户之見自消。否則各執一是，互相攻詆，溯厥本原，卒無託足處。宜乎不得其通也。

古今二十九家詞選

余擬輯古今二十九家詞選，附四十二家約二十卷。有唐一家，附一家温飛卿。附皇甫子奇五代三家，附四家李後主、附中宗韋端己、附牛松卿、孫光憲。馮延巳。附李珣北宋七家，附六家歐陽永叔、附晏元獻晏小山、張子野、蘇東坡、秦少游、附柳耆卿、毛澤民、趙長卿。賀方回、周美成。附陳子高、晁具茨。南宋九家，附八家辛稼軒、附朱敦儒、黄公度、劉克莊、張元幹、張孝祥、劉改之、陸放翁、蔣竹山。姜白石、高竹屋、史梅溪、吴夢窗、陳西麓、周草窗、王碧山、張玉田。元代一家，附二家張仲舉。附彭元遜、末附金之元遺山。國朝八家，附二十一家陳其年、附吴梅村、曹潔躬、尤悔庵、鄭板橋。曹珂雪、附彭駿孫、徐電發、嚴藕漁。朱竹垞、附李分虎、李符曾、王阮亭、董文友。厲太鴻、附黄石牧史位存、附王小山、王香雪。趙璞函附過湘雲、吴竹嶼。張皋文、附張翰風、李申耆、鄭善長。莊中白。附蔣鹿潭、譚仲修。自温飛卿至馮延巳爲第一卷。歐陽永叔至張子野爲第二卷。蘇東坡至秦少游爲第三卷。賀方回至周美成爲第四卷。辛稼軒爲第五卷。姜白石至史梅溪爲第六卷。吴夢窗爲第七卷。陳西麓至周草窗爲第八卷。王碧山爲第九卷。張玉田至張仲舉爲第十卷。陳其年爲第十一卷、第十二卷、第十三卷。曹珂雪爲第十四卷。朱竹垞爲第十五卷、第十六卷。厲太鴻爲第十七卷。史位存爲第十八卷。趙璞函爲第十九卷。而殿以張皋文、莊中白爲第二十卷。詞中原委正變，約略具是。此選大意，務在窮源竟委，故取其正，兼收其變，爲利於初學耳。非謂詞之本原即在二十九家中，漫無低昂也。惟殿以皋文、中白，卻寓深意。

皋文蒿庵爲風雅正宗

温、韋創古者也。晏、歐繼温、韋之後，面目未改，神理全非，異乎温、韋者也。蘇、辛、周、秦之於温、韋，貌變而神不變。聲色大開，本原則一。南宋諸名家，大旨亦不悖於温、韋，而各立門户，別有千古。元、明庸庸碌碌，無所短長。至陳、朱輩出，而古意全失，温、韋之風，不可復作矣。貞下起元，往而必復。皋文唱於前，蒿庵成於後。風雅正宗，賴以不墜。好古之士，又可得尋其緒焉。

爲詞宜直溯風雅

杜陵變古之法，不變古之理。故自杜陵變古後，而學詩者不得不從杜陵。縱有復古者，亦不過古調獨彈，無與爲應也。陳、朱變古之理，而並未能盡變古之法。故雖敢於變古，不能必人之中心悦而誠服其詞。且不能禁人之復古。有志爲詞者，宜直溯風騷，出入唐、宋，乃可救陳、朱之失，勿爲陳、朱輩所囿也。

知稼翁詞合東坡碧山爲一手

黄公度知稼翁詞，氣格高遠，語意渾厚，直合東坡、碧山爲一手。所傳不多，卓乎不可企及。

趙以夫龍山會

趙以夫龍山會九日云：「西北最關情，漫遥指、東徐南楚。黯銷魂，斜陽冉冉，雁聲悲苦。」感時之作，但説得太顯，不耐尋味。金氏所謂鄙詞也。感時傷事者，必熟讀碧山詞，而後可以作不平鳴。

詩詞宜沉鬱

詩之高境在沉鬱。其次即直截痛快，亦不失爲次乘。詞則舍沉鬱之外，即金氏所謂俚詞鄙詞游詞，更無次乘也。非沉鬱無以見深厚，唐、宋諸名家，不可及者正在此。

白石長亭怨慢

白石長亭怨慢云：「閲人多矣，誰得似長亭樹。樹若有情時，不會得青青如此。」白石諸詞，惟此數語最沉痛迫烈。此外如「最可惜一片江山，總付與啼鴂。」又，「文章信美知何用，漫贏得、天涯羈旅。」皆無此沉至。

白石少年游

「別母情懷，隨郎滋味，桃葉渡江時。」白石少年游戲平浦詞也。隨郎滋味四字，似不經心，而別有姿態。蓋全以神味勝，不在字句之間尋痕迹也。

碧山語無泛設

詩外有詩，方是好詩。詞外有詞，方是好詞。古人意有所寓，發之於詩詞，非徒吟賞風月以自蔽惑也。少陵詩云：「甫也南北人，早爲詩酒污。」具此胸次，所以卓絕千古。求之於詞，旨有所歸，語無泛設者，吾惟服膺碧山。

蒿庵論元以後詞不可入目

蒿庵曾語余云：「唐以後詩，元以後詞，必不可入目，方有獨造處。」此論甚精。然余謂作詩詞時，須置身於漢、魏、指詩言唐、宋指詞言之間，不宜自卑其志。若平時觀覽，則唐以後詩，元以後詞，益我神智，增我才思者，正復不少。博觀約取，亦視善學者何如耳。

詞以温厚和平爲本

温厚和平，詩詞一本也。然爲詩者，既得其本，而措語則以平遠雍穆爲正，沉鬱頓挫爲變。特變而不失其正，卽於平遠雍穆中，亦不可無沉鬱頓挫也。詞則以温厚和平爲本，而措語卽以沉鬱頓挫爲正，更不必以平遠雍穆爲貴。詩與詞同體異用者在此。

蒿庵知碧山

無論詩古文詞，推到極處，總以一誠爲主。杜詩韓文，所以大過人者在此。求之於詞，其爲碧山乎。然自宋迄今，鮮有知者。知碧山者惟蒿庵。卽皋文尚非碧山真知己也。知音不亦難哉。此條以誠字立論，明乎此，則無聊之酬應與無病之呻吟皆可不作矣。惜不得起蒿庵一證之。碧山有大段不可及處，在懇摯中寓温雅。蒿庵有大段不可及處，在怨悱中寓忠厚。而出以沉鬱頓挫則一也。皆古今絶特之詣。

古人爲詞自抒性情

情有所感，不能無所寄。意有所鬱，不能無所洩。古之爲詞者，自抒其性情，所以悦己也。今之爲詞者，多爲其粉飾，務以悦人，而不恤其喪己。而卒不值有識者一噱。是亦不可以已乎。

姜史張王詞有真氣

白石、梅溪、碧山、玉田詞，修飾皆極工，而無損其真氣。何也，列子云：「有色者，有色色者。」知此，可以言詞矣。

論歷代詞

詞有表裏俱佳，文質適中者，温飛卿、秦少游、周美成、黄公度、姜白石、史梅溪、吴夢窗、陳西麓、王碧山、張玉田、莊中白是也。詞中之上乘也。有質過於文者，韋端己、馮正中、張子野、蘇東坡、賀方回、辛稼軒、張皋文是也。亦詞中之上乘也。有文過於質者，李後主、牛松卿、晏元獻、歐陽永叔、晏小山、柳耆卿、陳子高、高竹屋、周草窗、汪叔耕、李易安、張仲舉、曹珂雪、陳其年、朱竹垞、厲太鴻、過湘雲、史位存、趙璞函、蔣鹿潭是也。詞中之次乘也。有有文無質者，劉改之、施浪仙、楊升庵、彭羨門、尤西堂、王漁洋、丁飛濤、毛會侯、吳薗次、徐電發、嚴蘋漁、毛西河、董蒼水、錢保酚、汪晉賢、董文友、王小山、王香雪、吳竹嶼、吳穀人諸人是也。詞中之下乘也。有質亡而並無文者，則馬浩瀾、周冰持、蔣心餘、楊荔裳、郭頻伽、袁蘭邨輩是也。並不得謂之詞也。論詞者本此類推，高下自見。

東坡白石具有天授

稼軒求勝於東坡，豪壯或過之，而遜其清超，遜其忠厚。玉田追蹤於白石，格調亦近之，而遜其空靈，遜其渾雅。故知東坡、白石具有天授，非人力所可到。東坡、稼軒，同而不同者也。白石、碧山，不同而同者也。

古人論詞之善無過玉田

有長於論詞，而不必工於作詞者。未有工於作詞，而不長於論詞者。古人論詞之善，無過玉田。若公謹之浩然齋雅談、絶妙好詞等編。所論與所選，均多未洽，其所自作可知矣。吾於南宋諸名家，不得不外草窗。

張氏詞選爲古今善本

作詞難，選詞尤難。以我之才思，發我之性情，猶易也。以我之性情，通古人之性情，則非易矣。竹垞詞綜，備而不精。皋文詞選，精而未備。然與其不精也，寧失不備。古今善本，仍推張氏詞選。若選本之盡美盡善者，吾未之見也。

花間草堂尊前諸選背謬

花間、草堂、尊前諸選，背謬不可言矣。所寶在此，詞欲不衰得乎。

詩詞體裁易混

詩詞源流曰：「詞之紇那曲、長相思，五言絶句也。柳枝、竹枝、清平調引、小秦王、陽關曲、八拍蠻、浪淘沙，七言絶句也。阿那曲、雞叫子，仄韻七言絶句也。瑞鷓鴣，七言律詩也。欸殘紅，五言古詩也。體裁易混，徵選實繁。故當稍別之，以存詩詞之辨。」余於大雅集中，近五七言絶句者，概不入選。惟別調集，登皇甫子奇採蓮子一首，浪淘沙一首，劉采春羅嗊曲兩首而已。

玉田謂詞不宜和韻

詩詞和韻，不免强己就人。戕賊性情，莫此爲甚。張玉田謂詞不宜和韻，旨哉斯言。

賀老小詞工於結句

賀老小詞，工於結句。往往有通首煊染，至結處一筆叫醒，遂使全篇實處皆虛，最屬勝境。如浣溪沙云：「夢想西池輦路邊。玉鞍驕馬小輜軿。春風十里鬬嬋娟。臨水登山漂泊地，落花中酒寂寥天。箇般情味已三年。」又前調云：「閒把琵琶舊譜尋。四絃聲怨卻沉吟。燕飛人靜畫堂深。欹枕有時成雨夢，隔簾無處說春心。一從燈夜到如今。」妙處全在結句，開後人無數章法。

集句詞

石孝友浣溪沙集句云：「宿醉離愁慢髻鬟。韓偓 綠殘紅豆憶前歡。晏幾道 錦江春水寄書難。晏幾道 紅袖時籠金鴨煖，秦觀 小樓吹徹玉笙寒。李璟 爲誰和淚倚闌干。李煜」集成語尚能自寫其意。然如竹垞之浣溪沙同柯寓匏春望集句云：「煙柳風絲拂岸斜。雍陶 遠山終日送餘霞。陸龜蒙 碧池新漲浴嬌鴉。杜牧 閬苑有書多附鶴，春城無處不飛花。馬啼今去入誰家。李商隱、韓翃、張籍。」又，前調惜別集句云：「惜別愁窺玉女窗。李白 遥知不語淚雙雙。權德輿 綺羅分處下秋江。許渾 暮雨自歸山悄悄，李商隱 殘燈無燄影幢幢。元稹 仍斟昨夜未開缸。李商隱」又，前調春閨集句云：「十二層樓敞畫檐。杜牧 偶然樓上卷珠簾。司空圖 金爐檀炷冷慵添。劉兼 小院迴郎春寂寂，杜甫 朱欄芳草綠纖纖。劉兼 年年三月病懨懨。韓偓」又，采桑子秋日度穆陵關集句云：「穆陵關上秋雲起，郎士元 習習涼風。蕭穎士 於彼疎桐。宋華 摵摵淒淒葉葉同。吳融 平沙渺渺行人度，劉長卿 垂雨濛濛。元結 此去何從。宋之問 一路寒山萬木中。韓翃」又，鷓鴣天鏡湖舟中集句云：

「南國佳人字莫愁。韋莊　步摇金翠玉搔頭。武元衡　平鋪風簟尋琴譜，皮日休　醉折花枝作酒籌。白居易　日已暮，郎大家　水平流。白居易　亭亭新月照行舟。張祜　桃花臉薄難藏淚，韓偓　桐樹心孤易感秋。曹鄴」又，玉樓春畫圖集句云：「劉郎已恨蓬山遠。李商隱　金谷佳期重游衍。駱賓王　傾城消息隔重簾，李商隱　自恨身輕不如燕。孟遲　畫圖省識東風面。杜甫　比目鴛鴦真可羡。盧照鄰　一生一代一雙人，駱賓王　相望相思不相見。王勃」又，瑞鷓鴣閨思集句云：「春橋南望水溶溶。韋莊　半壁天台已萬重。許渾　心寄碧沉空婉孌，劉滄　語來青鳥許從容。曹唐　更爲後會知何地，杜甫　難道今生不再逢。韓偓　最憶當時留讌處，呂温　桐花暗澹柳惺松。元稹」又，臨江仙汾陽客感集句云：「無限塞鴻飛不度，李益　太行山礙并州。白居易　白雲一片去悠悠。張若虚　飢鳥啼舊壘，沈佺期　古木帶高秋。劉長卿　永夜角聲悲自語，杜甫　思鄉望月登樓。魏扶　離腸百結解無由。魚玄機　詩題青玉案，高適　淚滿黑貂裘。李白」又，漁家傲贈别集句云：「花面鴉頭十三四。劉禹錫　調箏夜坐燈光裏。王諲　行到階前知未睡。無名氏　揮玉指。閻朝隱　絃絃掩抑聲聲思。白居易　會得離人無限意。鄭谷　杯傾别岸應須醉。羅隱　曾向五湖期范蠡。韋莊　幾千里。盧仝　如何遂得心中事。劉言史」諸篇皆脱口而出，運用自如，無湊泊之痕，有生動之趣，出古人之右矣。

竹垞蕃錦集

黃石牧香屑集，具有化工，爲詩中集句絶技，可謂專門名家矣。詞則竹垞蕃錦集，亦極集句能事。然視石牧之集詩，不可同日語。

詩詞難於詠物

沈伯時樂府指迷云：「詩難於詠物，詞爲尤難。體認稍真，則拘而不暢，摹寫差遠，則晦而不明。要須收縱聯密，用事合題。一段意思，全在結尾，斯爲絕妙。」此論亦確當。然如碧山詠物諸篇，則大矣化矣。又不僅在結尾寓意也。讀白石、梅溪、碧山、玉田詞，如飲醇醪，清而不薄，厚而不滯。元以後詞，則清者失真味，濃者似火酒矣。言近旨遠，其味乃厚。節短韻長，其情乃深。遣詞雅而用意渾，其品乃高，其氣乃静。

詩詞所以寄感

詩詞所以寄感，非以狥情也。不得旨歸，而徒騁才力，復何足重。唐賢云：「枉抛心力作詞人。」不宜更蹈此弊。

唐五代詞以婉約爲宗

唐五代小詞，皆以婉約爲宗。長調不多見，亦少佳篇。至宋乃規模大備矣。詩至於唐亦然。

宋詞不能越温韋

唐詩可以越兩晉、六朝，而不能越蘇、李、曹、陶者，彼已臻其極也。宋詞可以越五代，而不能越飛卿、端己者，彼已臻其極也。雖曰時運，豈非人事哉。

宋無名氏題項羽廟詞

宋無名氏題項羽廟調念奴嬌云：「鮑魚腥斷，楚將軍、鞭虎驅龍而起。空費咸陽三月火，鑄就金刀神器。垓下兵稀，陰陵道狹，月暗雲如壘。楚歌喧唱，山川都姓劉矣。悲泣。喚醒虞姬，爲伊死別，血刃飛花碎。霸業銷沉騅不逝。氣盡烏江江水。古廟頹垣，斜陽紅樹，遺恨鴉聲裏。興亡休問，高陵秋草空翠。」勁氣直前，不留餘地，此宜興之祖也。

蔣竹山賀新郎

蔣竹山賀新郎云：「夢冷黃金屋，歎秦箏、斜鴻陣裏，素絃塵撲。化作嬌鶯飛歸去，猶認窗紗舊緑。正過雨、荆桃如菽。此恨難平君知否，似瓊臺、湧起彈碁局。消瘦影，嫌明燭。鴛樓碎瀉東西玉。問芳踪、何時再展，翠釵難卜。待把宮眉横雲様，描上生綃畫幅。怕不是、新來妝束。彩扇紅牙今都在，恨無人、解聽開元曲。空掩袖，倚寒竹。」似此亦磊落可喜。竹山集中，便算最高之作。乃秀水必謂其效法白石，何異癡人說夢耶。

放翁蝶戀花

放翁蝶戀花云：「早信此生終不遇，當年悔草長楊賦。」情見乎詞，更無一毫含蓄處。稼軒鷓鴣天云：「卻將萬字平戎策，換得東家種樹書。」亦即放翁之意，而氣格迥乎不同。彼淺而直，此鬱而厚也。

東坡八聲甘州

東坡八聲甘州寄參寥子結數語云：「算詩人相得，如我與君稀。約他年、東還海道，願謝公雅志莫相違。西州路，不應回首，爲我沾衣。」寄伊鬱於豪宕，坡老所以爲高。

王阮亭浣溪沙

王阮亭浣溪沙紅橋懷古云：「北郭清溪一帶流。紅橋風物眼中秋。綠楊城郭是揚州。西望雷塘何處是，香魂零落使人愁。澹煙芳草舊迷樓。」遣詞琢句，較五代人更覺茗雅。邱季貞和之云：「清淺雷塘水不流。幾聲寒笛畫城秋。紅橋猶自倚揚州。五夜香昏殘月夢，六宮花落曉風愁。多情煙樹戀迷樓。」婉雅芊麗。漁洋一闋外，斷推此爲佳搆。然兩詞皆文過於質。其傳誦一時者，正以文勝也。

詞曲體異

詩詞同體而異用。曲與詞則用不同，而體亦漸異。此不可不辨。

五代人詞去取宜慎

五代人詞，高者升飛卿之堂，俚者直近於曲矣。故去取宜慎。花間、尊前等集，更欲揚其波而張其燄，吾不解是何心也。

詞不可浮豔鄙陋

文采可也，浮豔不可也。樸實可也，鄙陋不可也。差以毫釐，謬以千里矣。

詞貴婉而善諷

情以鬱而後深，詞以婉而善諷。故樸實可施於詩。施於詞者，百中獲一耳。樸實尚未必盡合，況鄙陋乎。

韋辛詞有樸實處

韋端己菩薩蠻四章，辛稼軒水調歌頭、鷓鴣天等闋，間有樸實處。而伊鬱卽寓其中。淺率粗鄙者，不得藉口。

五代詞不及兩宋

六朝詩，所以遠遜唐人者，魄力不充也。魄力不充者，以纖穠損其真氣故也。當時樂府所尚，如子夜、捉搦諸歌曲，詩所以不振也。五代詞不及兩宋者，亦猶是耳。余選希聲集六卷，所以存詩也。大雅集六卷，所以存詞也。

詩衰於宋詞衰於元

詩衰於宋。詞衰於元。然自乾嘉以還，追蹤正始者，時復有人。是衰者可以復振，亡者猶有存焉者也。

詩詞皆有境

詩有詩境。詞有詞境。詩詞一理也。然有詩人所闢之境，詞人尚未見者，則以時代先後遠近不同之故。一則如淵明之詩，淡而彌永，樸而愈厚，極疏極冷，極平極正之中，自有一片熱腸，纏綿往復。此陶公所以獨有千古，無能爲繼也。求之於詞，未見有造此境者。一則如杜陵之詩，包括萬有，空諸倚傍，縱橫博大，千變萬化之中，卻極沉鬱頓挫，忠厚和平。此子美所以橫絕古今，無與爲敵也。求之於詞，亦未見有造此境者。若子建之詩，飛卿詞固已識之。太白之詩，東坡詞可以敵之。子昂高古，摩詰名貴，則子野、碧山，正不多讓。退之生鑿，柳州幽峭，則稼軒、玉田，時或過之。至謂白石似淵明，大晟似子美，則吾尚不謂然。然則詞中未造之境，以待後賢者尚多也。皆境之高者，若香山之老嫗可解，盧仝、長吉之牛鬼蛇神，賈島之寒瘦，山谷之桀驁，雖各有一境，不學無害也。有志倚聲者，可不勉諸。

榮翰自束髮受業於亦峯舅氏，親承指受者有年。乙亥歲，補弟子員，旋食廩餼。舅氏喜榮爲可造，由是舉業外，兼課詩詞雜藝，時得聞其緒論。然舅氏於書無所不覽，凡習一藝，必造精微，而於詞學爲尤深且邃。所著詞話八卷，一本温柔敦厚，以上溯國風、離騷之旨，可謂發前人之所未發，俾後學奉爲圭臬，卓卓乎詞學之正宗矣。榮請付梓，以公諸世。舅氏不許，謂於是編歷數十寒暑，識與年進，稿凡五易，安知將來不更有進於此者乎。則舅氏之浸潤沈潛於此道，豈尋常詣力所能造也耶。壬辰歲，舅氏遽歸道山。榮懼是編久而散佚，亟與同學諸子刊而傳之。嗚呼，舅氏天資卓越，豐於才而嗇於年，著作林立，是編特其緒餘。榮懼不獲卒業，以底於成，而不能忘諄諄耳提面命時也，悲夫。受業甥包榮翰謹識。

先師陳亦峯先生，宅心孝友，卓然有以自見。既殁二年，太夫子鐵峯先生整其遺著，得若干帙，正詩與同門王雷夏諸君子因有剞劂之請。而鐵峯先生謙抑至再，以爲不足傳，僅許刻其詞話八卷，並詩詞附焉。嗚呼，此雖不足傳先生，要亦可爲諸編之嚆矢，先生有知，慰耶悲耶。刊既成，敬疏其緣起如右，蓋泫然不知涕泗之何從矣。光緒二十年夏六月，門下士海寧許正詩謹撰。

復堂詞話

〔清〕譚　獻撰

復堂詞話目録

復堂詞話

復堂詞録序

右録三百四十餘人，詞一千四十七首。敍曰：「詞爲詩餘，非徒詩之餘，而樂府之餘也。律呂廢墜，則聲音衰息。聲音衰息，則風俗遷改。樂經亡而六藝不完，樂府之官廢，而四始六義之遺，蕩焉泯焉。夫音有抗隊，故句有長短。聲有抑揚，故韻有緩促。生今日而求樂之似，不得不有取於詞矣。唐人樂府，多采五七言絶句。自李太白創詞調，比至宋初，慢詞尚少。至大晟之署，應天長、瑞鶴仙之屬，上薦郊廊，拓大厥宇，正變日備。愚謂詞不必無頌，而大旨近雅。於雅不能大，然亦非小，殆雅之變者歟。其感人也尤捷，無有遠近幽深，風之使來。是故比興之義，升降之故，視詩較著，夫亦在於爲之者矣。上之言志，永言次之。志絜行芳，而後洋洋乎會於風雅。琱琢曼辭，蕩而不反，文焉而不物者，過矣靡矣，又豈詞之本然也哉。獻十有五而學詩，二十二旅病會稽，乃始爲詞，未嘗深觀之也。然喜尋其恉於人事，論作者之世，思作者之人。三十而後，審其流別，乃復得先正緒言以相啓發。年踰四十，益明於古樂之似在樂府，樂府之餘在詞。昔云：『禮失而求之野。』其諸樂失，而求之詞乎。然而靡曼熒眩，變本加厲，日出而不窮，因是以鄙夷焉，揮斥焉。又其爲體，固不必與莊語也，而後側出其言，旁通其情，觸類以感，充類以盡。甚且作者之用心未必然，而讀者之用心何必不然。言思擬議之窮，而喜怒哀樂之相發，嚮之未有得於詩者，今遂有得於詞。如是者年至五十，其見始定。先是寫本朝人詞五卷，以相證明。復就二十二歲以來，審定由唐至明之詞，始多所棄，中多所取，終則旋取旋棄，旋棄旋取，乃寫定此千篇，爲復堂詞録。前集一卷，正集七卷，後集二卷。珂謹按：書成於光緒八年九月，未刊行，師歸道山矣。其間字句不同，名氏互異，皆有據依，殊於流俗。其大意則折衷古今名人之論，而非敢逞一人之私言，故以論詞一卷附焉。大雅之才三十六，小雅之才七十二，世有其人，則終以詞爲小道也，亦奚不可之有。復堂詞録敍

篋中詞序

國朝二百餘年，問學之業絶盛，固陋之習蓋寡。自六書九數經訓文辭篆隸之字，開方之圖，推究於漢以後、唐以前者備矣。至於填詞，僕少學焉，得本輒尋其所師，好其所未言，二十餘年而後寫定。就所睹記，題曰篋中。其事爲大雅所笑，其旨與凡人或殊。容若、竹垞而後，且數變矣。論具卷中，不覼縷也。李白、温岐，文士爲之。昇元、靖康，君王爲之。將相大臣范仲淹、辛棄疾爲之。文學侍從蘇軾、周邦彦爲之。志士遺民王沂孫、唐珏之徒，皆作者也。昔人之論賦曰：「懲一而勸百。」又曰：「曲終而奏雅」，麗淫麗則，辨於用心。無小非大，皆曰立言。惟詞亦有然矣。篋中詞敍

詞辨跋

及門徐仲可中翰，録詞辨索予評泊，以示槼範。予固心知周氏之意，而持論小異。大抵周氏所謂變，亦

予所謂正也，而折衷柔厚則同。仲可比類而觀，思過半矣。周氏止庵詞辨跋

復堂詞自序

周美成云：「流潦妨車轂。」又曰：「衣潤費鑪烟。」辛幼安云：「不知筋力衰多少，祇覺新來懶上樓。」填詞者試於此消息之。不佞悦學卅年，稍習文筆，大慚小慚，細及倚聲。鄉人項生以爲「不爲無益之事，何以遣有涯之生」，其言危苦，然而知二五而未知十也。復堂詞自敘

評温庭筠詞

盡頭語，單調中重筆，五代後絶響。源出古樂府。百花時三字，加倍法，亦重筆也。評温庭筠南歌子三闋。首闋起句「手裏金鸚鵡」。猶是盛唐絶句。評温庭筠夢江南。起句「梳洗罷」。以下均周氏止庵詞辨上卷。

評韋莊詞

亦填詞中古詩十九首，即以讀十九首心眼讀之。强顔作愉快語，怕斷腸，腸亦斷矣。項莊舞劍，怨而不怒之義。評韋莊菩薩蠻四闋。首闋起句「紅樓别夜堪惆悵」。

評歐陽炯詞

未起意先改，直下語似頓挫。認得行人驚不起，頓挫語似直下。驚字倒裝。評歐陽炯南鄉子。起句「岸遠沙平」。

評馮延巳詞

金碧山水，一片空濛，此正周氏所謂有寄託入、無寄託出也。　此闋敘事。　行雲、百草、千花、香車、雙燕，必有所託。　宋刻玉翫，雙層浮起，筆墨至此，能事幾盡。評馮延巳蝶戀花四闋。首闋起句「六曲闌干偎碧樹」。　開北宋疏宕之派。評馮延巳浣溪沙。起句「馬上凝情憶舊游」。

評晏殊詞

刺詞。評晏殊踏莎行。起句「小徑紅稀」。

評晏幾道詞

名句千古，不能有二。　所謂柔厚在此。評晏幾道臨江仙。起句「夢後樓臺高鎖」。

評柳永詞

耆卿正鋒，以當杜詩。評柳永傾盃樂。起句「木落霜洲」。

評秦觀詞

淮海在北宋，如唐之劉文房。評秦觀滿庭芳。起句「山抹微雲」。

評周邦彥詞

已是磨杵成針手段，用筆欲落不落。此類噴醒，非玉田所知。斜陽七字，微吟千百遍，當入三昧，出三昧。評周邦彦蘭陵王柳。起句「柳陰直」。但以七言古詩長篇法求之，自悟。評周邦彦六醜薔薇謝後作。起句「正單衣試酒」。麗極而清，清極而婉，然不可忽過「馬滑霜濃」四字。評周邦彦少年游。起句「并刀如水」。凝望久以下，筋搖脈動。評周邦彦花犯梅花。起句「粉牆低」。所謂以無厚入有間，斷字殘字皆不輕下。本是人去不與春期，翻說是無憀之思。評周邦彦浪淘沙慢。起句「曉陰重」。

評陳克詞

李義山詩，最善學杜。評陳克菩薩蠻二闋。首闋起句「赤闌橋盡香街直」。

評吴文英詞

正面已足。深湛之思，最是善學清真處。評吴文英憶舊游別黄澹翁。起句「送人猶未苦」。雖亦是平起，而結響頗遒。評吴文英齊天樂。起句「烟波桃葉西陵路」。此是夢窗極經意詞，有五季遺響。評吴文英風入松。起句「聽風聽雨過清明」。

評周密詞

南渡詞境高處，往往出於清真。評周密玉京秋。起句「烟水濶」。層折斷續，鎔鍊瀝液。評周密解語花。起句「暗絲罥蝶」。

評王沂孫詞

聖與精能，以婉約出之。以詩派律之，大歷諸家，去開寶未遠。玉田正是勁敵，但士氣則碧山勝矣。蹊徑顯然。評王沂孫眉嫵新月。起句「漸新痕懸柳」。此是學唐人句法章法，「庾郎先自吟愁賦」，遜其蔚跂。評王沂孫齊天樂蟬。起句「一襟餘恨宮魂斷。」詩品云「反虛入渾」，妙處傳矣。評王沂孫高陽臺。起句「殘雪庭除」。刺朋黨日繁。評王沂孫掃花游綠陰。起句「捲簾翠溼」。

評張炎詞

運掉虛渾。玉田云：「最是過變，不可斷了曲意。」評張炎高陽臺西湖春感。起句「接葉巢鶯」。一氣旋折，作壯詞，須識此法。白石嚶求稼軒，脫胎耆卿，此中消息，願與知音人參之。評張炎甘州餞沈秋江。起句「記玉關踏雪事清游」。

評唐珏詞

汐社諸篇，當以江淹雜詩法讀之。更上則郭璞游仙，元亮讀山海經，字字詄麗，字字瓏玲，學者取月，於此梯雲。評唐珏水龍吟白蓮。起句「淡妝人更嬋娟」。

評李清照詞

易安居士獨此篇有唐調，選家爐冶，遂標此奇。評李清照浣溪沙。起句「髻子傷春懶更梳」。

評李後主詞

豪宕。評李後主玉樓春。起句「晚妝初了明肌雪」。以下均周氏止庵詞辨下卷。濡染大筆。評李後主相見歡。起句「林花謝了春紅」。「淚眼問花花不語，落紅飛過秋千去」，與此同妙。評李後主清平樂。起句「別來春半」。雄奇幽怨，乃兼二難，後起稼軒，稍傖父矣。評李後主浪淘沙。起句「簾外雨潺潺」。二詞終當以神品目之。後主之詞，足當太白詩篇，高奇無匹。評李後主虞美人二闋。首闋起句「風迴小院庭蕪綠」。

評鹿虔扆詞

哀悼感憤，終當存疑，當以入正集。評鹿虔扆臨江仙。起句「金鎖重門荒苑盡」。珂謹按：正集即詞辨上卷。

評范仲淹詞

大筆振迅。評范仲淹蘇幕遮。起句「碧雲天」。沈雄似張巡五言。評范仲淹漁家傲。起句「塞下秋來風景異」。

評蘇軾詞

皋文詞選，以考槃爲比，其言非河漢也。此亦鄙人所謂「作者未必然，讀者何必不然。」評蘇軾卜算子雁。起句「缺月挂疏桐」。頗欲與少陵佳人一篇互證。評蘇軾賀新涼。起句「乳燕飛華屋」。

評辛棄疾詞

稼軒心胸，發其才氣，改之而下則獷。何嘗不和婉。評辛棄疾青玉案元夕。起句「東風夜放花千樹」。大踏步出來，與眉山同工異曲。然東坡是衣冠偉人，稼軒則弓刀游俠。評辛棄疾念奴嬌書東流村壁。起句「野棠花落」。權奇倜儻，純用太白樂府詩法。評辛棄疾摸魚兒，淳熙己亥自湖北漕移湖南，同官王正之置酒小山亭賦。起句「更能消幾番風雨」。裂竹之聲，何嘗不潛氣內轉。評辛棄疾水龍吟旅次登樓。起句「楚天千里清秋」。起句嫌有獷氣。使事太多，宜爲岳氏所譏。非稼軒之盛氣，勿輕染指也。評辛棄疾永遇樂京口北固亭懷古。起句「千古江山」。以古文長篇法行之。評辛棄疾漢宮春立春。起句「春已歸來」。旋撇旋挽。評辛棄疾蝶戀花元旦立春。起句「誰向椒盤簪綵勝」。

評姜夔詞

白石稼軒，同音笙磬。但清脆與鏜鞳異響，此事自關性分。評姜夔淡黃柳，客居合肥城南赤闌橋之西，巷陌淒涼與江左異，惟柳色夾道，依依可憐，因度此曲，以舒客懷。起句「空城曉角」。石湖詠梅，是堯章獨到處。評姜夔疏影暗香詠梅。首闋起句「舊時月色」。

評陸游詞

放翁穠纖得中，精粹不少。南宋善學少游者惟陸。評陸游朝中措。起句「怕歌愁舞懶逢迎」。

評劉過詞

能用齊梁小樂府意法入填詞，便參上乘。評劉過玉樓春。起句「春風只在園西畔」。

評蔣捷詞

瑰麗處，鮮妍自在。詞藻太密。評蔣捷賀新涼。起句「夢冷黄金屋」。

國朝詞綜補

閲無錫丁紹儀杏舲國朝詞綜補稿本，揚王昶侍郎之波，集中輩行錯落，聞見淺陋。予所見近人詞，多丁所未見。詞綜續編，嘉善黄霽青已成數十卷，黄韻珊繼之，有成書矣。復堂日記癸亥

讀柳詞

挑燈讀宋人詞，至柳耆卿云：「狎興生疏，酒徒蕭索，不似少年時。」語不工，甚可慨也。復堂日記甲子

陳實庵詞

閲陳實庵鴛鴦宜福詞、吹月詞，婉約可歌，有竹山、碧山風味。杭州填詞，爲姜、張所縛。偶談五代北宋，輒以空套抹撥。百年來，屈指惟項蓮生有真氣耳。實庵雖未名家，要是好手。復堂日記乙丑

選次瑤華集

選次瑤華集，爲予篋中詞始事。復堂日記丙寅

張玉珊詞

閱嘉興張玉珊寒松閣詩詞稿。詩篇秀絶，未深思耳。詞才婉麗。復堂日記戊辰

擬撰篋中詞

閱蔣鹿潭水雲樓詞，婉約深至，時造虛渾，要爲第一流矣。閱項蓮生憶雲詞，篇旨清峻，託體甚高，一掃浙中喘膩破碎之習。蓮生仰窺北宋，而天賦殊近南唐。丁稿一卷，偏和五代詞，合者果無愧色。有明以來，詞家斷推湘真第一，飲水次之。其年、竹垞、樊榭、頻伽，尚非上乘。近擬撰篋中詞，上自飲水，下至水雲。中間陳、朱、厲、郭、皋文、翰風、枚庵、稚圭、蓮生諸家，千金一冶，殊呻共吟，以表填詞正變，無取刻畫二窗，皮傅姜、張也。復堂日記戊辰

許海秋詞

閱許海秋玉井山房詩餘，幽窈綺密，名家之詞。復堂日記戊辰

吴子律詞

閱吴子律蓮子居詞話，頗見深微，有功倚聲不小。復堂日記己巳

定庵詩詞

閱定庵詩詞新刻本，詩佚宕曠邈而豪不就律，終非當家。詞綿麗沉揚，意欲合周、辛而一之，奇作也。復堂日記庚午

絶妙好詞箋

讀絶妙好詞箋，南宋樂府，清詞妙句，略盡於此，高于唐人選唐詩矣。四水潛夫填詞名家，善别擇，非花間、草堂之繁猥。南宋人詞，情語不如景語，而融法使才，高者亦有合於柔厚之旨。復堂日記庚午

江秋珊詞

江君秋珊，旌德人，刻顧爲明鏡室詞，來屬論定，有婉潤之致，不傖劣也。欲爲删削，江君固有意重刻。詞中一語曰「楊柳當門青倒垂」，七字名雋。原注：别十餘年，秋珊詞學大就，能求聲音之原，又言詞有襯字，辨相傳又一體之非，有詞學集成六卷。乙酉補註。復堂日記壬申

前後十家詞

戴園獨居，誦本朝人詞，悄然於錢葆馚、沈遹聲，以爲猶有黍離之傷也。蔣京少選瑶華集，兼及雲間三子。周稚圭有言：「成容若、歐、晏之流，未足以當李重光。」然則重光後身，惟卧子足以當之。嘉慶時，

孫月坡選七家詞，爲厲樊榭、林蠡槎、吴枚庵、吴穀人、郭頻伽、汪小竹、周稚圭，去取精審。予欲廣之爲前七家，則轅文、葆馚、羡門、漁洋、梁汾、容若、遹聲，又附舒章、去矜、其年爲十家。後七家則臯文、保緒、定庵、蓮生、海秋、鹿潭、劍人，又附翰風、梅伯、少鶴爲十家。詞自南宋之季，幾成絶響。元之張仲舉，稍存比興。明則卧子，直接唐人，爲天才。近代諸家，類能祧南宋而規北宋，若孫氏與予所舉二十餘人，皆樂府中高境，三百年所未有也。復堂日記壬申

偶作十六字令

偶作十六字令云：「寒。燕子辭巢漸欲還。無人處，記取舊紅闌。」蓋有去鄉之志，占此爲別。復堂日記癸酉

宋四家詞選

九月南還，十月一病幾殆。十一月赴官安慶，道出嘉善，金眉生都轉招飲。中坐以周保緒宋四家詞選見貽，潘侍郎新刻。周先生有詞辨十卷，稿本亡失，潘季玉觀察刻二卷，版亦燬矣。去年重九，張公束寄我寫本甚珍異，嘗馳書越中，以託陶子珍。此四家詞選爲後來定本。陳義甚高，勝于宛鄰詞選，卽潘四農亦無可詆諆矣。以有寄託入，以無寄託出，千古辭章之能事盡，豈獨填詞爲然。復堂日記甲戌

爲黄襄男題詞

爲新城黃襄男題行香子、書定風波二調：「歸與年年厭曉鴉。無風波處也思家。何況風波渾未了。不道。釣竿難覓似黃麻。老去臨淵何所羨。一綫。殘春心事惜飛花。漁弟漁兄無信息。嬴得。嗚榔津鼓夢中差。」「雨笠烟蓑兩不知。擎杯偷照鬢邊絲。無用文章君莫笑。誤了。畫中人更誤伊誰。網得長魚鱗莫損。還肯。撇波來去寄相思。酒債尋常行處有。記否。冷吟閒醉少年時。」復堂日記丙子

王氏詞綜

閱王氏詞綜四十八卷，二集八卷，王侍郎去取之旨，本之朱錫鬯，而鮮妍修飾，徒拾南渡之瀋，以石帚、玉田爲極軌。不獨珠玉、六一、淮海、清真皆成絕響。即中仙、夢窗深處，全未窺見。予欲撰篋中詞，以衍張茗柯、周介存之學，今始事王選所掇者，百一而已。復堂日記丙子

黃氏詞綜續編

閱黃燮清韻珊選詞綜續編。填詞至嘉慶，俳諧之病已淨。即蔓衍闡緩，貌似南宋之習，明者亦漸知其非。常州派興，雖不無皮傅，而比興漸盛。故以浙派洗明代淫曼之陋，而流爲江湖。以常派挽朱、厲、吳、郭原註：頻伽流寓。佻染餖飣之失，而流爲學究。近時頗有人講南唐、北宋，清真、夢窗、中仙之緒既昌，玉田、石帚漸爲已陳之芻狗。周介存有「從有寄託入，以無寄託出」之論，然後體益尊，學益大。近世經師惠定宇、江艮庭、段懋堂、焦里堂、宋于庭、張皋文、龔定庵多工小詞，其理可悟。復堂日記丙子

補篋中詞

篋中詞五卷，前年録成，復補數家。潘四農養一齋詞，清疏老成而少生氣。其持論頗訾議宛陵詞選，以北宋之詞，當盛唐之詩，不爲無見。而理路言詮，終非直湊單微之手。何青耜心庵詞存，駘宕麗逸，如見六朝人物，與許海秋齊名，不虚也。復堂日記乙卯

馮煦詞

閲丹徒馮煦夢華蒙香室詞，趨向在清真、夢窗，門徑甚正，心思甚邃，得澀意，惟由澀筆。時有累句，能入而不能出，此病當救以虚渾。單調小令，上不侵詩，下不墮曲，高情遠韻，少許勝多，殘唐北宋後成罕格。夢華有意於此，深入容若、竹垞之室，此不易到。復堂日記己卯

取各選删正

行縣，大風雪，輿中閉置，簾隙中閲草堂詩餘。是書人以惡札目之，然去柳黄康胡諸俚詞，則名篇秀句，大略具在。予欲仿漁洋十種唐詩例，取花間、尊前、草堂、花庵中興、元儒草堂，各選删正之。周公謹絶妙好詞，可以孤行，則不措手。漁洋各還本集，不薙複緟。予則用明人選唐詩例合編之，注出某選。此付鈔胥，十日可成。復堂日記己卯

草堂詩餘未可廢

村舍點閱草堂詩餘，擁鼻微吟，竟忘身作催租吏也。草堂所録，但芟去柳耆卿、黄山谷、胡浩然、康伯可、僧仲殊諸人惡札，則兩宋名章迴句，傳誦人間者略具，宜其與花間並傳，未可廢也。詩餘續編二卷，不知出何人，擇言雅矣。然原選正不諱俗，蓋以盡收當時傳唱歌曲耳。續采及元人，疑出明代。然卷中録稼軒、白石諸篇，陳義甚高，不隨流俗，明世難得此識曲聽真之人。復堂日記庚辰 珂謹按：庚申（卽中華民國九年）季春，武進趙君叔雍刊行之蓼園詞選，卽取材於草堂詩餘而汰其近俳近俚諸作者也。每閲後綴小箋，意在引掖後學。蓼園姓黄氏，廣西人。叔雍名尊嶽，工詞。況夔笙前輩周頤嘗謂，叔雍微尚清遠，盛年馳譽，於倚聲之學，尤能覃精覃思，發前人所未發也。

介堂詠鏡詞

涑人刺史尊人介堂太守，詠陳拜鄉八角陳鏡八寶妝詞云：「翠箔成塵，銀華蝕土，一片南朝月冷。飛上棠梨雙蛺蝶，零亂隔江花影。歌殘桃葉數聲，金陵紫氣銷沉盡。剩有興亡遺鑑，芙蓉睡醒。此日繡滿苔痕，繁華舊夢，擘箋人在荒梗。念誰伴青燐碧草，雲母畫屏猶整。好攜去金烟玉水，蟾蜍細細瑩珠粉。試照徧秦淮，菱花恨斷胭脂井。」此詞絶似元遺山、張伯雨。又有「秋老花新，酒濃人澹」八字，可入詞眼。斷句云：「緑上眉梢紅上頰，酒上心時。黛様青山油様水，花様人兒。」亦當時傳唱。原註：八寶妝與譜不協，有脱誤。復堂日記庚辰

黄仲則詞

春光漸老，誦黄仲則詞「日日登樓，一換一番春色，者似卷如流春日，誰道遲遲。」不禁黯然。初月侵簾。

逡巡徐步，遂出南門曠野舒眺，安得拉竹林諸人，作幕天席地之游。復堂日記辛巳

陽春白雪

閱樂府雅詞、陽春白雪，趙立之去取有意，似勝曾慥。與四水潛夫絶妙好詞比肩鼎足者，其鳳林書院乎。復堂日記壬午

閱歷代詩餘

自杭州借高白叔藏歷代詩餘來，排日閱之，將以補詞綜所未備。如袁去華、韓淲，竹垞所未見者具在。予欲訂篋中詞全本，今年當首定之。選言尤雅，以比興爲本，庶幾大廓門庭，高其牆宇。復堂日記壬午

校絶妙好詞

校絶妙好詞，往時評泊，與近日所見，義微不同，蓋庚午至今十三年矣。復堂日記壬午

寫定復堂詞録

寫定復堂詞録，以唐五代爲前集一卷，宋集七卷，金元一卷，明一卷爲後集。從歷代詩餘甄采，補朱王二家詞綜所無，蓋十之二。又從丁紹儀聽秋聲館詞話中，鈔得明季錢忠介、張忠烈二詞，如獲珠船。予選詞之志，亦二十餘年，始有定本，去取之指，有敍入集。復堂日記壬午

汪時甫詞

唐子愉以績溪汪時甫藕絲詞見貽，清脆婉秀，固是當行，蓋王眉叔之友也。復堂日記癸未

白香詞譜箋

廉訪珂謹按：廉訪卽張樵野侍郎蔭桓。亡友謝章庵有白香詞譜箋稿本，網羅亦富，所託未尊，不能追厲箋絶妙好詞也，屬予校正付刻。復堂日記甲申

趙對澂詞

趙對澂野航小羅浮閣詞，功力頗深，心思婉密，亦嘗染指蘇、辛，不徒柔膩。惟以兼治散曲，聲味不無闌入，韻雜律疏，未能多誦。録七首入篋中詞，亦云識曲聽真矣。族孫念倫懿士有雲無心軒遺稿，詩律幽蒨，琢句多姚合、許渾家法，填詞不多，亦録一首。復堂日記甲申

鄧嶰筠詞

甘劍侯主講六安書院，寄鄧嶰筠督部雙研齋詞寫本，其才氣韻度與周稚圭伯仲。然而三事大夫，憂生念亂，竟似新亭之淚，可以覘世變也。復堂日記乙酉

宿中廟記

宿中廟待月，月出，臨湖覽眺白石詞，千頃翠瀾，盪人胸臆，姥山中流一螺，殆如浮玉望焦山宅矣。復堂日記乙酉

王尚辰詞

謙齋珂謹按：卽王尚辰。老去填詞，吟安一字，往往倚枕按拍，竟至徹曉。固知惟狂若嗣宗，乃爲至愼。予自來合州，與謙齋交，改罷長吟，奚童相望，兩人有同好也。復堂日記乙酉

王嚴袁三家詞

閱阮亭詩餘一卷，與予舊藏寫本微異。嚴修能柯家山館詞，婉約可歌。袁湘湄洮瓊館詞，秀潤如秋露中牽牛花也。復堂日記丁亥

錢謝盦詞

錢謝盦微波亭詞，一往情深，似謝眺、柳惲詩篇也。復堂日記丁亥

校片玉詞

校新刻片玉詞盡，記歷代詩餘、草堂詩餘、詞綜、詞律異同，寫定考異百餘字。復堂日記丁丑

審定詞律拾遺

審定詞律拾遺，張韻梅校語，精密固多，臆説亦不少。徐君珂謹按：即徐本立，字誠齋。拾紅友之遺，網羅散失，不無襲謬因譌。且生澀俗陋之調求備，殆可廢也。復堂日記戊子

宋于廷序鄧嶰筠詞

鄧嶰筠督部雙硯齋詞，宋于廷序之，忠誠悱惻，咄喈乎騷人，徘徊乎變雅。將軍白髮之章，門掩黃昏之句，後有論世知人者，當以爲歐范之亞也。復堂日記戊子

宗山詞

予聞長白宗山嘯梧郡丞名字，由侯鯖詞。五家中，吴晉壬爲卅年舊交，鄧筠臣、俞小甫、邊竺潭歸里後，談藝甚歡，而宗君已前卒。今者校定遺稿，詩篇秀逸，詞旨遥深。雜著文外獨絶，言之有味。且嗣宗至愼，頗有見道之語。復堂日記己丑　珂謹按：宗師漢軍人。鄧師，名嘉純，江寧人。俞師名廷瑛，吴縣人。邊師名保樞，任邱人。

俞小甫詞

俞小甫瑤華室詞，雅令夷婉，望而知其深于詞者，無膩碎之習，有繁會之音。復堂日記己丑

葉衍蘭詞

番禺葉南雪太守衍蘭，介許邁孫以秋夢盦詞屬予讀定，綺密隱秀，南宋正宗。于予論詞，頗心折，不覺爲之盡言。復堂日記己丑

絶妙近詞

孫月坡選絶妙近詞三卷，多幽淡怨斷之音，可以當中唐人詩矣。原註：今年游鄂，交關季華，乃知集中有借刻名氏者。庚寅八月記。復堂日記己丑

謝枚如詞

閩閫中聚紅榭雅集詩詞，倚聲似揚辛、劉之波。惟枚如多振奇獨造語，贊軒較和婉入律。復堂日記己丑

鄭文焯詞

漢軍文焯叔問瘦碧詞，持論甚高，擒藻綺密，由夢窗以跂清真，近時作手，頗難其匹。復堂日記己丑

詞林紀事

俞成之來訪，談海鹽張宗橚撰詞林紀事甚精，刻本傳世絶少，記此以求。復堂日記己丑

徐仲玉詞

點定徐生仲玉行卷，塡詞婉約有度，詩篇能爲直幹。駢儷音采凡近，不見體勢，情韻則非所長也。復堂日記辛卯珂謹按：光緒己丑，珂自餘姚還杭，應秋試，師方罷官里居，以通家子相見禮上謁（時猶字仲玉、明年改字仲可。）呈所習駢文詩詞就正，皆十八歲前作。師獎勉殷拳，納之門下。越二年，爲辛卯，師點定寄還，卽師加墨之行卷也。卷藏行笥，奔走南朔，恆自隨。戊戌秋，自小站袁項城幕乞假南旋，遘盜甬東，笥被攫，師之手迹，遂不可復睹。（先子印香府君復盦覓句圖，亦是時所失。）僅得見之於師之日記矣。辛卯逮今，忽忽三十五載，師墓木久拱。珂五十無聞，且又加七，疇昔所學，曾無寸進之爲愧，而又自恨老之將至。（七十始可曰老，見禮記）爲人事所困，未能補讀也，濩落無成，愧負師門矣。乙丑三月，校刊時謹識。

湘社集

甯鄉程頌萬子大，在長沙聯湘社唱酬，如二易何王，英英俠少。而吾友江夏鄭湛侯，以風塵吏蝨其間，刻行湘社集。子大鷗笑集，塡詞婉密。蠻語集詩卷，才思不匱，趣向亦正。復堂日記辛卯

況周頤網羅詞家選本

臨桂況夔笙舍人周儀，珂謹按：儀今改頤。暫客杭州，聞聲過從，鋭意爲倚聲之學。與同官端木子疇、王幼遐、許玉瑑唱和，刻薇省同聲集，優入南渡諸家之室。夔笙網羅詞家選本別集，篋衍盈數百家。秀水女士錢餐霞雨花盦詩餘，予借觀，洗鍊婉約，得宋人流別。附詞話亦殊朗詣。又示予蘇汝謙虛谷雪波詞寫本，唐子實涵通樓師友文鈔，附龍王蘇三家詞。今寫本多唐刻所未見。蘇君超超，殆翰臣、少鶴兩先生所不能掩，予采擷入篋中詞續，此事殊未已也。復堂日記辛卯

陳朱詞

錫鬯、其年出，而本朝詞派始成。顧朱傷於碎，陳厭其率，流弊亦百年而漸變。錫鬯情深，其年筆重，固後人所難到。嘉慶以前，爲二家牢籠者，十居七八。篋中詞

沈遹駿詞

沈遹駿倚聲柔麗，探源淮海、方回，所謂層臺緩步，高謝風塵，有竟體芳蘭之妙。篋中詞

厲樊榭詞

太鴻思力可到清真，苦爲玉田所累。塡詞至太鴻，真可分中仙、夢窗之席，世人争賞其餖飣窳弱之作，所謂微之識碔砆也。樂府補題，別有懷抱。後來巧構形似之言，漸忘古意，竹垞、樊榭不得辭其過。浙派爲人詬病，由其以姜張爲止境，而又不能如白石之澀，玉田之潤，録乾隆以來愼取之。篋中詞

吳穀人詞

祭酒珂謹按：卽吳穀人祭酒錫麒。名德清才，矜式後起。詩規漁洋，詞學樊榭，可云正宗。而骨脆才弱，成就甚小。篋中詞

郭頻伽詞

南宋詞敝，瑣屑餖飣。朱厲二家，學之者流爲寒乞。枚庵高朗，頻伽清疏，浙派爲之一變。而郭詞則疏俊少年尤喜之。予初事倚聲，頗以頻伽名雋，樂於風詠。繼而微窺柔厚之旨，乃覺頻伽之薄。又以詞尚深澀，而頻伽滑矣，後來辨之。篋中詞

孫耀乾詞

休寧孫耀乾，乾隆中與汪西顥交，籽香堂詞，雅健有夢窗、草窗遺意。篋中詞

二張詞

翰風珂謹按：卽張琦。與哲兄珂謹按：卽張惠言。同撰宛鄰詞選，雖町畦未闢，而奧窔始開。其所自爲，大雅遒逸，振北宋名家之緒。其子仲遠序同聲集有云：「嘉慶以來，名家均從此出。」信非虛語。周止齋益窮正變，潘四農又持異論。要之倚聲之學，由二張而始尊耳。篋中詞

常州詞派

常州詞派，不善學之，入於平鈍廓落，當求其用意深雋處。篋中詞

周濟詞

茗柯詞選珂謹按：卽宛鄰詞選。出，倚聲之學，日趨正鵠。張氏甥董晉卿，造微踵美。止庵切磋於晉卿，而持論益精。其言曰：「愼重而後出之，馳騁而變化之，胸襟醞釀，乃有所寄。」又曰：「詞非寄託不入，專寄

託不出。一物一事，引伸觸類，意感偶生，假類必達，斯入矣。萬感橫集，五中無主，赤子隨母笑啼，野人緣劇喜怒，能出矣。」以予所見，周氏撰定詞辨、宋四家詞筏，珂謹按：即宋四家詞選。推明張氏之旨，而廣大之，此道遂與於著作之林，與詩賦文筆同其正變。止庵自爲詞，精密純正，與茗柯把臂入林。篋中詞

潘德輿詞

四農大令珂謹按：即潘德輿。與葉生書略曰：「張氏詞選，抗志希古，標高揭己。宏音雅調，多被排擯。五代北宋有自昔傳誦，非徒隻句之警者，張氏亦多恝然置之。竊謂詞濫觴於唐，暢於五代，而意格之閎深曲摯，則莫盛於北宋。詞之有北宋，猶詩之有盛唐，至南宋則稍衰矣」云云。張氏之後，首發難端，亦可謂言之有故。然不求立言宗旨，而以迹論，則亦何異明中葉詩人之侈口盛唐耶。宜養一齋詞平鈍淺狹，不足登大雅之堂也。然其鍼砭張氏，亦是諍友。篋中詞

心日齋十六家詞

稚圭中丞珂謹按：即周之琦。撰心日齋十六家詞選，截斷衆流，金鍼度與。雖未及臯文、保緒之陳義甚高，要亦倚聲家疏鑿手也。篋中詞

汪冬巢詞

冬巢詞，珂謹按：即汪潮生著。粹美無疵，深入宋賢之室。同時抗手，有王西御秋蓮子詞。篋中詞

趙秋舲詞

秋舲先生珂謹按：卽趙慶熺。詞名甚著，竊嘗議其剽滑，不能多録。篋中詞

戈順卿詞

順卿珂謹按：卽戈載。謹於持律，剖及豪芒。道光間吴越詞人從其説者，或不免晦澀窳離，情文不副。然實爲聲律諍臣，不可就便安而偭越也。篋中詞

項蓮生詞

蓮生珂謹按：卽項鴻祚。古之傷心人也。盪氣回腸，一波三折，有白石之幽澀，而去其俗。有玉田之秀折，而無其率。有夢窗之深細，而化其滯。殆欲前無古人。其乙稿自序「近日江南諸子，競尚填詞，辨韻辨律，翕然同聲，幾使姜張頫首。及觀其著述，往往不逮所言」云云，婉而可思。又丁稿序云：「不爲無益之事，何以遣有涯之生。」亦可以哀其志矣。以成容若之貴，項蓮生之富，而填詞皆幽豔哀斷，異曲同工，所謂别有懷抱者也。篋中詞

定公詞

定公珂謹按：卽龔鞏祚。能爲飛仙劍客之語，填詞家長爪、梵志也。昔人評山谷詩，如食蝤蛑，恐發風動氣，予於定公詞亦云。篋中詞

沈傳桂詞

以温李詩筆入詞，自是精品。篋中詞　珂謹按：此評沈傳桂高陽臺詞。

周岱齡詞

芥堂先生珂謹按：即周岱齡。有「秋老花新，酒濃人淡」八字，可入詞眼。篋中詞

黄曾詞

大令珂謹按：即黄曾字菊人。審律甚嚴，胸襟凡近，詞多死句。篋中詞

許宗衡詞

海秋先生珂謹按：即許宗衡。傷心人別有懷抱，胸襟醖釀，非尋常文士。度越少鶴通政，珂謹按：即王錫振。爲近詞一大宗。齊名者有上元何青耜觀察。篋中詞

何兆瀛詞

何先生珂謹按：即何兆瀛。詞，抗手許海秋，齊名文苑，不虛也。但沉鬱稍不逮許，而無海老枯率之失。篋中詞

陳元鼎詞

編修珂謹按：即陳元鼎。鴛鴦宜福詞，豔冶纏綿。篋中詞

姚正鏞詞

仲海珂謹按：即姚正鏞。爲詞，思力甚刻至，才性均厚，是一作家。篋中詞

詞人之詞三家

文字無大小，必有正變，必有家數。水雲樓詞，珂謹按：即蔣春霖著。固清商變徵之聲，而流別甚正，家數頗大，與成容若、項蓮生二百年中，分鼎三足。咸豐兵事，天挺此才，爲倚聲家杜老。而晚唐兩宋一唱三歎之意，則已微矣。或曰：「何以與成項並論。」應之曰：「阮亭、葆馚一流，爲才人之詞。宛鄰、止庵、派，爲學人之詞。惟三家是詞人之詞。與朱厲同工異曲，其他則旁流羽翼而已。」篋中詞

丁至和詞

萍綠珂謹按：丁至和保庵著萍綠詞。與水雲齊名，胸襟未必盡同，填詞甚有工力。篋中詞

趙彥俞詞

次梅珂謹按：即趙彥俞。六十學詞，成就於鹿潭，殊有俊語。篋中詞

邊浴禮詞

袖石方伯珂謹按：即邊浴禮。塡詞，刻意南宋，位置在草窗、玉田間。篋中詞

龔定庵言詞出于公羊

魯川廉訪珂謹按：即馮志沂。官比部時，予入都游從，屢過談藝。一日酒酣，忽謂予曰：「子鄉先生龔定庵言詞出於公羊，此何說也。」予曰：「龔先生發論，不必由中，好奇而已。第以意内言外之旨，亦差可傅會。」魯翁曰：「然則近代多豔詞，殆出於穀梁乎。」蓋魯翁高文絶俗，不屑爲倚聲，故尊前諧語及此。篋中詞

聚紅榭詩詞

閩中詞人，道咸間唱和頗盛。予在閩所識，如劉贊軒、謝枚如輩，皆作手也。社集有聚紅榭詩詞之刻。篋中詞

顧翰詞

蒹塘先生珂謹按：即顧翰。倚聲名家，自成馨逸。朋輩中頻迦、伯夔莫能相掩。篋中詞

趙對澂詞學蘇辛

野航珂謹按：即趙對澂。名雋之才，運思婉密而激楚，亦學蘇、辛，倚聲可當名家。惟以闌入散曲，微茫處未

免染指。佳篇不止於此，往往韻雜律疏，未能多誦。篋中詞

陽羨詞流

往年與莊仲求數乾隆以來陽羨詞流，幾幾人握蛇珠。而董晉卿先生齊物論齋詞，迄未過讀，頗以爲憾。仲求盛稱蘭石詞，予亦未見方立遺書也。篋中詞

葉英華詞

夢禪居士珂謹按：即葉英華。有小游仙詞，法駕導引一百首，託興幽微，辭條豐蔚，談者與樊榭老人絶句三百首並稱，不愧也。篋中詞

夏玉延詞

夏玉延爲郭頻伽之甥，所謂山抹微雲女壻也。高秀之致，欲度冰清。篋中詞

劉逢禄輯詞雅

禮部珂謹按：即劉逢禄。經學淵源皐文、方耕兩大師。易書公羊，可云卓爾。而淩雲辭賦，揖讓馬揚。倚聲之學，猶復洞究源流。嘗撰詞雅五卷，八十家、三百首，自敍以爲「唐五代宋所傳，才士名卿，閎意眇指，正變聲律具矣」云云。集中詞衹七首，亦所謂善易者不言易也。詞雅一編，不知傳寫尚有其人否。篋中詞

張景祁詞

韻梅珂謹按：卽張丈景祁。早飲香名，塡詞刻意姜張，研聲刌律，吾黨六七人，奉爲導師。故山兵劫，同好晨星。亂定重見，君已摧鋒落機，謝去斧藻。中年哀樂，登科已遲。又復屈承明之著作，走海國之韡板，不無黃鐘瓦缶之傷。倚聲日富，規制益高，駸駸乎北宋之壇宇。江東獨秀，其在斯人乎。外集集古，多長篇奇製，如洞仙歌、解連環之組紃石帚，真無縫鉄衣也。篋中詞

吳唐林詞

晉壬珂謹按：卽吳唐林。如虹之氣，不屑爲滴粉搓酥語，而情深一往，無愧古人。篋中詞

俞廷瑛詞

瓊華室詞，珂謹按：卽俞小甫師廷瑛著。熨帖頗近陳西麓。篋中詞

徐本立撰詞律拾遺

誠庵珂謹按：卽徐本立。撰詞律拾遺，搜采極博，審音矜慎，倚聲家功臣也。杜觀察珂謹按：卽杜文瀾。踵武成書，校勘益密，張韻梅復正其譌失云。篋中詞

許增詞

邁孫珂謹按：卽許丈增。老去填詞，傳頻伽、蕺塘本師衣缽。頻年校刻古今名家詞集，千金一治。而矜慎下筆，一字未安，不欲問世。篋中詞

陳澧詞

蘭甫先生，珂謹按：卽陳澧。孫卿、仲舒之流，文而又儒。粹然大儒，不廢藻詠。填詞朗詣，洋洋乎會於風雅。乃使綺靡奮厲兩宗，廢然知反。篋中詞

詞綜補編與續詞綜

三十年前客閩，與無錫丁君杏舲相識，君方纂詞綜補編。予告以黄霽青觀察屬草，已有成書，韻珊大令珂謹按：卽黄燮清。益之搜討。亂定以來，鉛槧日出，黄氏續詞綜刻於漢上，丁君書刻於吴中，四十卷中著録千餘人。篋中詞

羊復禮詞

辛楣珂謹按：卽羊復禮。文采，最近齊梁，運筆倚聲，寓意高秀。篋中詞

孫麟趾輯詞

嘉慶以來五六十年，南國才人，雅詞日出。不僅常州流派，大都取材南宋，婉約清超，拍肩挹袖。王侍郎詞綜成，膚語未濯，而名手以隱秀相尚者，不爲所掩。吴人孫麟趾月坡，掉鞅詞壇，往往有汐社遺風。

分題唱和，不欲爲箏琶俗響。嘗舉樊榭、蠡槎、枚庵、穀人、頻伽、小竹、稚圭爲七家詞選五十五篇，以示揭櫫。復輯詞綜以後作者，撰絶妙近詞。去取矜慎，殆可繼踵草窗，沖澹幽微，如讀中唐七言詩。篋中詞

楊葆光詞

古醞珂謹按：卽楊丈葆光著蘇盦詞録。老困場屋，仕宦不進，豪情古意，寓於詩文。集中沁園春詠帳四闋，寓言身世，倜儻權奇。篋中詞

潘鴻詞

鳳洲珂謹按：卽潘前輩丈鴻。逸才微尚，洞明流變，文心詩品，唾地成珠。然而江東兵法，固未肯竟學也。篋中詞

蘇謙與王錫振詞

桂林山水奇麗，唐畫宋詞之境。蘇君珂謹按：卽蘇謙。超超，非少鶴丈珂謹按：卽王錫振。所能掩，亦不負甌區矣。後起有王幼遐、況夔笙，宫商舉應，伶翟争傳已。篋中詞

王鵬運詞

袖墨詞珂謹按：卽王幼遐前輩鵬運著。千辟萬灌，幾無爐錘之迹，一時無兩。篋中詞

薇省同聲集

往者，陽湖張仲遠，敍録嘉慶詞人爲同聲集，以繼宛陵詞選。深美閎約之旨未墜，而佻巧奮末者自熄。顧有以平鈍雷同相訾者。近歲中書諸君子，有薇省同聲集，作者四人。人各有格，而襟抱同棲於大雅。幼遐絜精，夔笙隱秀，將冶南北宋而一之，正恐前賢畏後生也。篋中詞

粤三家詞

嶺南文學，流派最正，近代詩家張黎大宗，餘韻相禪。填詞有陳蘭甫先生，文儒蔚起，導揚正聲。葉南雪爲春蘭，沈伯眉爲秋菊，婆娑二老，並秀一時。約梁君將合二集，益以寓賢汪玉泉，爲粤三家詞云。篋中詞

沈昌宇詞

子佩珂謹按：即沈昌宇。才人失職，侘傺不平，身世多感，託諸倚聲，填詞百篇，皆商聲也。篋中詞

程頌萬詞

湘社詞人，齊驅掉鞅，子大珂謹按：即程丈頌萬。芳蘭竟體，騷雅紛緋。篋中詞

王廷鼎與三多詞

夢薇珂謹按：即王廷鼎。通經稽古，發爲高文。填詞未嘗專詣，而騷怨所激，頓折沉揚，頗近晚宋。六橋都尉，珂謹按：即三副都統多。學於夢薇，倚聲乃冰寒於水。篋中詞

劉炳照詞

集珂謹按：即留雲借月盦詞。中細意熨帖，情文相生，完篇雅製，美不勝録。光珊珂謹按：即劉丈炳照。自道，有軌循姜、史，製規秦、柳，源溯馮、韋語，既攄心得，亦表正宗，庶乎不愧。篋中詞

同光間，吾師仲修譚先生，以詞名於世，與丹徒莊中白先生棫齊名，稱譚莊。所著曰復堂詞，學者宗之，稱之曰復堂先生。時猶未盡知王佑遐、鄭叔問、朱古微、況夔笙四先生也。師之論詞諸說，散見文集、日記及所纂篋中詞，所評周止庵詞辨。光緒庚子，珂里居，思輯爲專書，請於師曰：「集録緒論，弟子職也。侍教有年，請從事。」師諾，其年冬，書成呈師。師曰：「可名之曰復堂詞話。」師歸道山久矣，木壞山頹，吾將安仰。今付梓，校誦三復，掩卷泫然。乙丑中華民國十四年三月，弟子徐珂謹識於上海寓廬。